»Ich glaubte mein Leben lang, ein Gott zu sein oder doch wenigstens in bevorzugter Verbindung zu den Göttern zu stehen. Es dauerte lange, bis ich überhaupt wahrnahm, daß es außerhalb unserer vier Wände andere Menschen gab, die alle ein Existenzrecht reklamierten und nichts von meiner Göttlichkeit wußten.« Heranwachsend in der modernsten Stadt der Welt, geprägt von einem Vater, der die Familiengeschichte auf Lohengrin zurückführt, und einem Onkel, den sein Silikonpenis die Segnungen des Fortschritts preisen läßt, sieht Hagen Seelhorst nur eine Möglichkeit, ein sinnvolles Leben zu führen: Er muß ein Held und ein Heiliger werden. Unglücklicherweise traut er sich nicht einmal, im Freibad vom Zehner zu springen. Auch später, als er Deutschland und die Welt retten will und statt dessen nur eine Diskothek in Rom erbaut, klaffen tragikomische Abgründe zwischen den großen Plänen des jungen Mannes und den Niederungen des Alltags. – Proteus war der Gott der Wandlungsfähigkeit, und als wahrer Proteus zeigt sich auch Hagen Seelhorst auf seiner Pilgerfahrt durch die Verrücktheiten im Nachkriegsdeutschland.

Michael Kleeberg, geboren am 24. August 1959 in Stuttgart, wuchs in Böblingen und Hamburg auf. Er lebte in Rom und Amsterdam und war von 1986 bis 1994 Mitinhaber einer Werbeagentur in Paris. Heute arbeitet er als Schriftsteller und Übersetzer in Berlin.

Michael Kleeberg

Proteus der Pilger

Leben, Tod und Auferstehung
des Hagen Seelhorst,
erzählt von ihm selbst

Roman

Deutscher Taschenbuch Verlag

Von Michael Kleeberg
sind im Deutschen Taschenbuch Verlag erschienen:
Barfuß (12357)
Ein Garten im Norden (12890)
Der Kommunist vom Montmartre (12938)

Ungekürzte Ausgabe
Januar 2003
© 2003 Deutscher Taschenbuch Verlag GmbH & Co. KG,
München
www.dtv.de
Erstveröffentlichung: Berlin 1999
Umschlagkonzept: Balk & Brumshagen
Umschlagbild: ›Tisch mit umgekippter Kanne II‹ (1970–1973)
von Sigmar Polke
Satz: Ebner & Spiegel, Ulm
Druck und Bindung: Druckerei C. H. Beck, Nördlingen
Gedruckt auf säurefreiem, chlorfrei gebleichtem Papier
Printed in Germany · ISBN 3-423-13034-2

»Der Mensch, der nicht ein Gott zu werden strebt, wird sich am Ende in ein Tier verwandelt finden.«
(Ch. M. Wieland, Peregrinus Proteus)

». . . sô grôze missewende ein helt nimmer mê begât . . .«
(Nibelungenlied B, 981

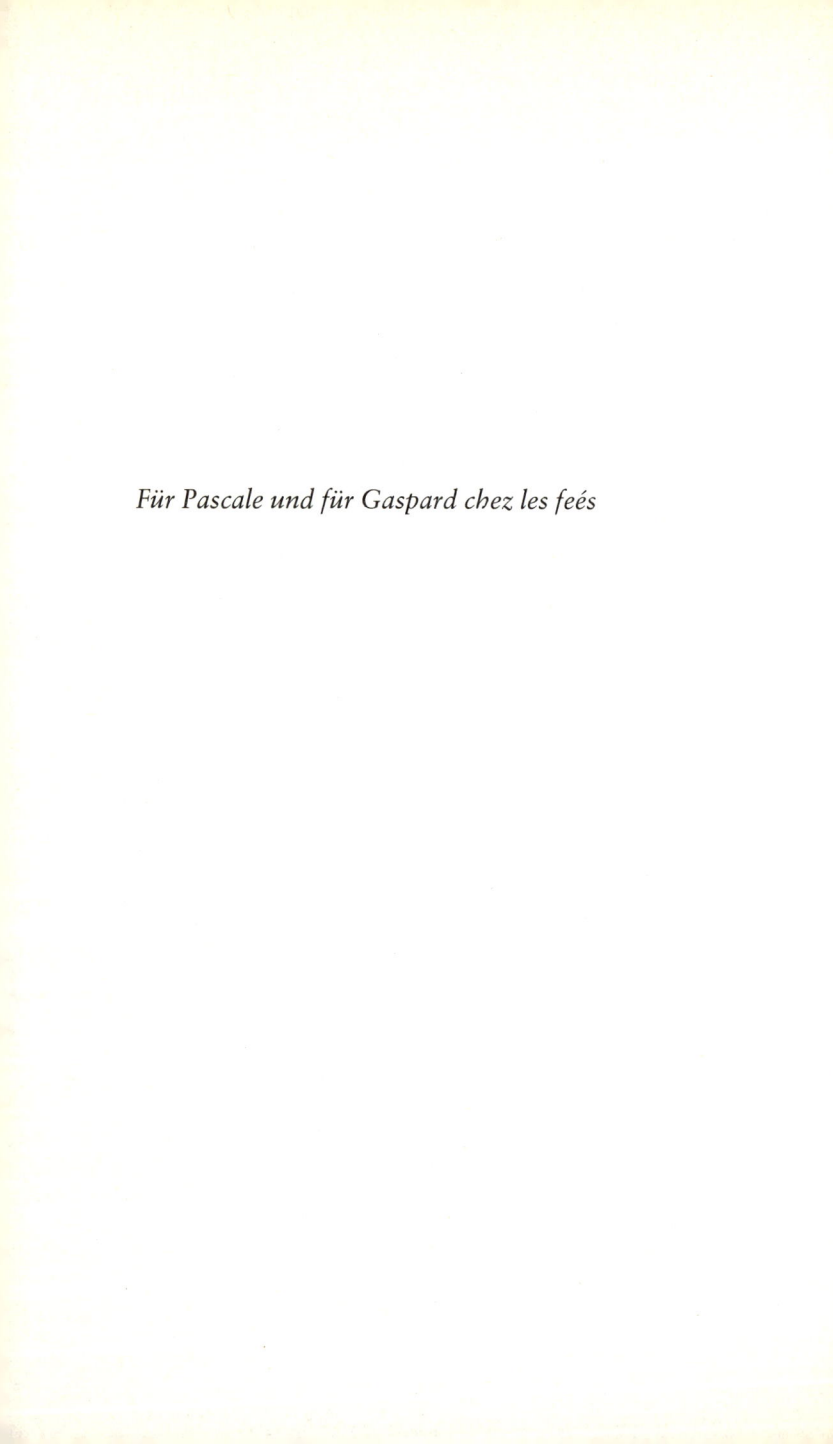

Für Pascale und für Gaspard chez les feés

Inhalt

Die modernste Stadt der Welt

Ich glaubte mein Leben lang, ein Gott zu sein, oder doch wenigstens in bevorzugter Verbindung zu den Göttern zu stehen. Es dauerte lange, bis ich überhaupt wahrnahm, daß es außerhalb unserer vier Wände andere Menschen gab, die alle ein Existenzrecht reklamierten und nichts von meiner Göttlichkeit wußten. Aus der glücklichen Zeit vor der Entdeckung dieser Ungeheuerlichkeit erinnere ich mich vor allem an den letzten Sommer vor meiner Schulzeit, als wir Besuch erwarteten, einen Besuch, der mir die Besonderheit unserer Familie und die großen Erwartungen, die dieses Leben an mich stellte, aufs Eindrücklichste vor Augen führen sollte.

Wir lebten damals in der modernsten Stadt der Welt. Wir waren von irgendwoher gekommen, und ich schlug die Augen auf und blickte auf mein Reich: eine schmucke Vierzimmerwohnung in einem neuerbauten vierstöckigen Mietshaus, um das die Welt sich wie Magnetstaub ordnete. Die Vierzimmerwohnung war die größte des Hauses, da wir sie bewohnten, Hof und angrenzender Wald standen zu meiner Verfügung, da ich Hagen Seelhorst war, und die Stadt lag im Zentrum der Welt; warum sonst hätten meine Eltern sie gewählt. In Wirklichkeit lag sie im Süden Deutschlands, in jener Gegend, die man heute das deutsche Silicon Valley nennt. Damals

9

gab es nicht einmal ein amerikanisches Silicon Valley, und wenn man unsere Stadt als Luftbild sah, so wäre man nicht auf die Idee gekommen, daß es irgend etwas mit ihr auf sich habe: Kirchtürme, ein barocker, nach dem Kriege mit entsprechenden Mitteln renovierter und mehrere moderne, katholische und lutherische, die in ein gemäßigtes Klima hinaufragten, ein verwinkelter Stadtkern wie aus der Modelleisenbahn und außenherum viel großzügiges, modernes Bauen, viele Häuschen mit Garten, zwei Friedhöfe, zwei künstliche Seen, das Ganze eingerahmt von zwei gigantischen Industrien, einer aus dem 19. und einer aus dem 21. Jahrhundert, die eine mit endlosen Montagehallen und massiven Schornsteinen, aus denen dicker weißer Rauch quoll, die andere aus nichts als gläsernen Verwaltungsgebäuden bestehend, geräuschlos, geruchlos; die eine der Stolz deutscher Tradition, die andere Banner amerikanischen Pioniergeistes; zwei Kasernen, eine amerikanische nahe der deutschen Fabrik, eine deutsche nahe der amerikanischen; das Ganze in etwa auf dem neunten Längengrad mit kleinem Provinzbahnhof und riesigem Einkaufszentrum, in fruchtbarer Kulturlandschaft, mit einer mittleren Temperatur von + 1 Grad C im Januar, von 19,1 Grad C im Juli, mit einer Apfelblüte, die gegen die erste Maiwoche einsetzte, und Hopfen- und Weizenanbau, mit köstlichen Bäckereierzeugnissen und zwei Buchhandlungen und vier Kinos, davon eines ausschließlich für Pornofilme und jugoslawische und italienische Programme für die Gastarbeiter. Nicht einmal vierzigtausend Einwohner, deren Großteil den landesüblichen Dialekt sprach, nur sehr viel Platz außenherum, um sich auszudehnen, und eine gewisse Disposition ihrer Bewohner, die aber natürlich vom Flugzeug aus nicht zu erkennen war.

Es waren moderne Menschen, die hier lebten, eine homogene Masse, ständig in Bewegung, erinnerungslos, zukunftsorientiert. Es waren Menschen mit einem unausrottbaren Mißtrauen gegen alles, was keinen Sinn machte. Denn alles, was Sinn machte, funktionierte, war verläßlich und kam ihnen zugute. Was nicht funktionierte, war sinnlos, und wer nicht funktionierte, hatte keinen Platz unter ihnen. Dabei meinten sie es gut; sie wollten nur das Beste. Die Aufnahmebedingungen waren klar, niemand konnte sich ein Leben lang vor der Prüfung drücken. Es war eine ganz normale Stadt, eine realistische Stadt, in der kein Raum war für Fehlentwicklungen und Dinosaurier.

Eine Stadt, die das Banner der Zeit trägt. Ihre Drogenesser und öffentlich Bediensteten, ihre Revolutionäre und Polizisten, ihre Selbstmörder und ihre Sportler – vom Ende her muß das alles seinen Sinn bekommen, selbst wenn eine ganze Zeitlang die verschiedenen Volten an Ausbrüche denken ließen. Aber der Zusammenbruch ist schon im Wachstum impliziert, programmiert und wirkt als Reinigungs- und Beschleunigungsfaktor. Wichtig ist nur, daß es vorwärts geht, daß die Augen nach vorn gerichtet sind, wichtig ist Kontinuität. Der Drogenesser phantasiere, der Funktionär funktioniere, der Revolutionär agitiere, der Polizist arretiere, der Selbstmörder lege Hand an sich, und der Sportler breche Rekorde, das ist der modernen Stadt gesunde Freiheit, nervöse Abweichungen von dieser Linie wären nihilistisch; und, übersättigt von ästhetischen Exzessen, ist das, wonach wir uns sehnen, nicht Rechtschaffenheit?

Am Anfang war ich im ortsüblichen Dialekt gefragt worden: Wem g'herschn du? Ich fühlte mich beleidigt und antwortete stolz: Ich gehöre gar niemandem! Ich bin Hagen Seelhorst! Das mußte genügen, und in jenem Jahr, als wir daran gingen, unsere Vergangenheit zu erkunden, hätte ich »Ich bin der Kaiser von China« oder »Ich bin Gott« nicht mit größerer Selbstverständlichkeit und Herablassung aussprechen können.

Der unbekannte Herr, von dem wir uns Aufschlüsse über unsere Herkunft erwarteten, mußte vom Stuttgarter Bahnhof abgeholt werden, und meine Mutter stand mit dem Autoschlüssel in der Hand an der Tür und klopfte mit dem Fingernagel auf das Glas ihrer Armbanduhr. Der Blick meines Vaters hob sich von seinem halbvollen Teller, senkte sich auf das Reiterfleisch und die zerdrückten, soßengetränkten Kartoffeln und entschied sich, dort zu verharren; er war Friedrich Seelhorst, und er benötigte bei jedem Wetter exakt 25 Minuten bis zum Bahnhof, und die Schüsseln mußten leer werden.

Obwohl noch reichlich Zeit blieb, war meine Mutter nervös und übelgelaunt wie stets, wenn Gäste ins Haus standen. Ich sage stets, aber sie konnte sich eigentlich nicht beklagen. Von meiner Großmutter abgesehen und von Onkel Wilhelm, dem älteren Bruder meines Vaters, der entweder mit seiner Frau oder mit seiner Mätresse uns zweimal im Jahr beehrte, überschritt nie jemand die Schwelle unserer Etagenwohnung. Der Grund dafür war, daß meine Eltern einander liebten und daher niemanden brauchten. Lieber alleine, Hagen, drückte meine Mutter es aus, als in schlechter Gesellschaft.

Schlechte Gesellschaft, oder doch schlechtere als unsere eigene, war dabei jede. Stoppelfeld von gegenüber roch komisch und hatte an meinem Geburtstag so viel Frankfurter Kranz geschaufelt und so viel Kaba getrunken, daß meine Mutter ihn über die Kloschüssel halten mußte; im übrigen konnte er mir nicht das Wasser reichen. Seine Mutter klatschte mit denen aus dem zweiten und vierten Stock. Die Arbeitskollegen meines Vaters, mein Gott, was sollte man sich mit so jemandem unter-

12

halten, und ihre Blagen würden mein Spielzeug kaputt-
treten. Onkel Wilhelms Mundwinkel zuckten anzüglich,
und schlimmer: in seiner Gegenwart verzwergte mein
Vater zum kleinen Bruder, hängender Schultern und ein-
gezogenen Kopfs, so wollte seine Frau ihn nicht sehen.
Freya, die Schwester meines Vaters und Wilhelms, war
eine Schlampe, und selbst Großmutter Herta konnte im
Laufe der Zeit anstrengend werden.

Ich wußte stets, so wie ich weiß, daß oben oben und unten unten ist, daß von den Menschen nichts zu erwarten
sei, und so einer braucht die Götter, um zu überleben.

Vielleicht, wenn man mir beizeiten den Klavierunter-
richt aufgezwungen hätte, wenn meine Eltern eifrige
Kirchgänger oder gute Gewerkschafter gewesen wären,
hätte ich mich zur Rasse der Pianisten, der Christen oder
der Arbeiter zählen dürfen, was beinahe ebensoviel Tra-
ditionsschutz gewährt wie der Erdboden. Allein, meine
Eltern glaubten weder an die Musik noch an die Kirche
oder die organisierte Arbeiterschaft. Wir waren fliegende
Holländer, kamen von nirgendwo her, gehörten nirgendwo hin, und wenn das kein Unglück sein sollte,
dann mußte es etwas Außergewöhnliches sein. Unsereins
war stolz darauf, überall zu funktionieren.

Ich war das einzige Kind meiner Eltern, ja das einzige
der Familie. Die Hoffnungen aller ruhten auf mir. Die
meines Vaters, einen Doktor seinen Sohn nennen zu können, Onkel Wilhelms, daß ich die Mechanismen der Welt
durchschaue und mich ihrer bemächtige, die meiner
Großmutter, ein ebenso sauberer, höflicher und grund-
ehrlicher Mensch zu werden wie ihre beiden Söhne; nur
Tante Freya mochte, wer weiß, sich insgeheim danach
sehnen, daß durch mich ein Fleck auf die blütenweiße
Weste der männlichen Seelhorst-Linie falle. Meine Mutter aber glaubte und hoffte auf Großes. Sie hatte mich an

Goethes Geburtstag zur Welt bringen wollen und dieses Ziel nur um weniges verfehlt. Ich war ein unbeschriebenes Blatt, ein Rohdiamant, nur zur Bewunderung freigegeben, den Elementen noch nicht ausgesetzt, die Titanic vor ihrer Jungfernfahrt.

Mein Vater war schließlich aufgestanden und nahm mit einem letzten Blick auf den Eßtisch die Autoschlüssel in Empfang.

Wie heißt er noch gleich wieder? fragte er zum hundertsten Mal.

Gleisner, sagte meine Mutter und verdrehte die Augen. Gleisner. Ich weiß wirklich nicht, warum du ihn hierher einladen mußtest.

Weil er mehr von der Sache versteht als wir. Und außerdem kommt er aus der Ostzone und wird schon nicht zuviel verlangen.

Sag um Himmels willen nicht Ostzone in seiner Gegenwart. Vielleicht ist er da empfindlich.

Was soll ich denn sonst sagen? Er kommt doch aus der Ostzone!

Was weiß ich. Sag Ostdeutschland, oder besser sag überhaupt nichts. Vielleicht kommt er ja von selbst darauf zu sprechen.

Worüber ich mit ihm zu reden habe, ist jedenfalls klar, sagte mein Vater. Über alles andere kannst du dich ja mit ihm unterhalten. Bücher und Religion und was so jemanden sonst noch interessieren mag.

Friedrich, ich bitte dich! Ich kenne den Menschen doch überhaupt nicht. Ich würde ohnehin am liebsten hierbleiben mit dem Bub.

Die Augen meines Vaters quollen hervor, wie stets, wenn er in Rage geriet. So weit kommt's noch. Die Sache geht uns alle an.

Die Sache war folgende: Der Mann, den meine Eltern

erwarteten, Herr Gleisner, war Ahnenforscher und Mythologe, war, wie er in seinem ersten Brief mitgeteilt hatte, der letzte aktive Genealoge von Mittelsachsen, legitimiert von vierzigjähriger Erfahrung und Pfarrer im Ruhestand, und mein Vater war seit geraumer Zeit gepackt von der fixen Idee, die Vergangenheit der Familie zu erkunden und eine Ahnenreihe aufzustellen.

Wozu bedurften wir der Versicherung vergangener Größe? Wohnten wir nicht in einer geräumigen Vierzimmerwohnung? Besaß mein Vater nicht einen blitzblanken Ford, Produkt des größten Automobilherstellers der Welt, wie er mir erklärt hatte? Betrug sein Lungenvolumen nicht immer noch sechs Liter, obwohl er seit seiner Heirat nicht mehr ruderte? Waren wir nicht ohnehin, wir drei, uns selbst genügend, eine besondere Familie? Mein Vater hatte bewiesen, daß man auch ohne große Schulbildung etwas werden konnte, meine Mutter hätte die Universität besuchen können, wenn sie nur gewollt hätte, ich selbst wußte, daß ich kein herkömmliches Leben führen würde, wir liebten einander und lebten in absoluter Gewißheit. Wir waren unsterblich, denn wir waren die einzigen Menschen.

Eines Tages hatte ich unseren roten Ford zur Unzeit vor dem Hause stehen sehen, und am selben Abend noch erklärte mein Vater mir, er habe sich freigenommen, um die Familiengeschichte zu erkunden. Es galt, eine Unordnung auszubügeln, eine Brücke zu schlagen.

Vor hundert Jahren nämlich waren wir reich gewesen. So reich, daß vier von fünf Söhnen unserer Familie zur Universität geschickt wurden, der älteste übernahm den Hof. Der vierte, der wie sein Vater Friedrich-Wilhelm hieß, studierte Pharmazie, heiratete in einen Drogenhandel ein, beerbte seinen Schwiegervater und belieferte bald halb Dresden mit Petroleum. Alle Straßenzüge, der

15

Zwinger, beinahe jede Fabrik, wurde mit Petroleum von Seelhorst erleuchtet. Friedrich-Wilhelm verkaufte nichts anderes mehr. Die ersten Verfechter der Elektrizität machte er vor der Stadtverwaltung und über die Gazetten lächerlich. Als Berlin elektrifiziert wurde, legte er ein riesiges Werbebudget zur Seite, um den gefährlichen Unfug des Stroms über Anschläge anzuprangern. Seine Lagerbestände wuchsen, und seine Kunden mußten plötzlich überredet werden. Schlimmer als die Elektrizität war der Verdacht, sich geirrt haben zu können. Er antichambrierte bei der Stadtverwaltung, er sandte Depeschen nach Berlin, in denen er den Kaiser vor dem undeutschen Wahnsinn des elektrischen Stroms warnte. Hinter seinem Rücken begann man ihn den Petroleum-Seelhorst zu nennen. Er nahm Hypotheken auf. Lieber untergehen, als lächerlich werden. Lieber wahnsinnig als wankelmütig. Seine Großkunden verließen ihn zuerst. Sie gaben das Signal für die kleineren Wiederverkäufer. Anstatt sich umzustellen, solange noch Zeit war, strengte er Prozesse an. Er verfaßte ein Pamphlet mit dem Titel: Deutschlands Zukunft liegt im Petroleum, das in dem pathetischen Ausruf »Mehr Licht!« gipfelte. Mit seinem Prozeß gegen das Königshaus der Albertiner übernahm er sich allerdings. Am 30. Dezember 1913 meldete er Konkurs an. Am Silvesterabend erschoß er sich. Das war mein Urgroßvater, und ihm hatten wir den Abstieg unseres Familienzweiges zu verdanken. Sein Sohn Huldreich zog anstatt als Fähnrich als gemeiner Soldat in den Krieg. Später floh er nach Frankfurt am Main und schlug sich als Vertreter durch.

Meine Großmutter war noch vor dem Ausbruch des ersten Weltkriegs dorthin geschickt worden, um bei der Herrschaft zu arbeiten. Man bildete sie zur Hausdame aus und vergewaltigte sie gleich im ersten Sommer. Das

heißt, man entjungferte sie; das Wort Vergewaltigung benutzte sie erst viele Jahrzehnte später, durchs Fernsehen
gewitzigt, zur Tatzeit wußte sie schlicht nicht, wie ihr geschah und gab auch zu, sich nicht mehr gewehrt zu haben, als gegenüber dem Täter schicklich gewesen sei. Ihr
halbes Leben lang schwieg sie sich über diese Begegnung
aus, und spät erst begann sie, in kryptischen Andeutungen von einem »hohen Herrn« zu sprechen, der habe inkognito bleiben wollen, so daß in der Familie der Satz
ging: Oma ist von einem Habsburger geöffnet worden.

Gegen Ende des Krieges wurde sie ein zweites Mal ver-
gewaltigt; diesmal bekannte sie sich mehr oder weniger zu
dem Kind, das jedoch gleich nach der Geburt zu irgendwelchen Verwandten geschickt und dort großgezogen
wurde. Das war Tante Gertrud, die zur eigentlichen Familie erst nach dem zweiten Krieg stieß, wo sie von den
nachfolgenden drei Legitimen jedoch mehr als fremde
Tante denn als große Schwester behandelt wurde.

In den zwanziger Jahren arbeitete Herta als Kaltmam-
sell in der Hauptwache, und dort traf sie eines Tages
Huldreich Seelhorst. Der großmäulige Kavalier mit Men-
joubärtchen schwor, ihretwegen 20 Stubenmädels und
Telephonistinnen sausen zu lassen. Zählen konnten sie in
unserer Familie: Er mußte schnell errechnet haben, daß er
keinen schlechten Tausch machte. 80 resolute Kilo würden ihn umsorgen, anbeten und freihalten, wenn er der
Köchin mit dem meterlangen Rabenhaar nur einige Dinge
zeigte, von denen sie bislang nichts ahnte. Nicht nur das
übrigens; Herta verging vor städtischer Sehnsucht, und
Huldreich verstand es zu leben in den Städten. Er trug das
eiserne Kreuz mit beiläufig gerecktem Kinn und spuckte
mit einer Abfälligkeit auf das System, wie sie nur die auf-
brachten, für welche es gemacht war. Daß er arbeiten
mußte, war eine Zumutung, ein Fleck auf seiner Selbst-

achtung, eine Nebensache, an die wenig Worte und noch weniger Zeit verschwendet wurden. Und er kannte Leute, immer mehr sogar, selbst Herrschaften, denn er hatte die Frankfurter Ortsgruppe der NSDAP mitbegründet, und abends und an den Wochenenden führte er Herta in der SA-Uniform in die Äppelwoikneipen von Bornheim.

Er machte ihr drei Kinder, zunächst Wilhelm, den er haßte, da seine Geburt die Falle zuschnappen ließ. Dann Friedrich, den er liebte, wenn es ihm in sentimentaler Laune gefiel, einmal den Familienvater zu geben, und schlechten Gewissens um so heftiger, wie er den Älteren, dessen Anblick ständige Erinnerung an den Betrug der Realität war, hemmungslos mit Bieratemstößen und Prügeln verabscheute. Und zum Schluß Freya, kaum mehr beachtet, ein Schicksalsschlag mehr oder weniger, er trank bereits kräftig, fünfzehn Halbe pro Abend, die SA war aufgelöst, und dann machte er sich davon und ließ seine Familie sitzen.

Mein Vater sah ihn zum letzten Mal im Krankenhaus. Das Zimmer schwamm in grünem Licht, keine Wand, kein Möbel, nichts behielt feste Gestalt und gerade Linie, alles löste sich auf in Pigmente, selbst das gelbgestrichene Stahlrohr des Bettes fühlte sich blasig und teigig an. Aus dem grünen Nebel drang es wie Geheule von fernen Robbenbänken, und das Bett schwankte, ein gestrandetes Floß in den auslaufenden Wellen.

Er konnte wieder schlucken, die Erstickungsanfälle waren vorüber, wenn auch der Atem immer noch Mühe hatte, in seinen Körper zu dringen, ein schmales Rinnsal Sauerstoff nur, das er in schmerzhafter Anstrengung aufsaugte, aber es genügte jetzt, den Schwarzen, der auf seiner Brust, auf dem Laken gehockt hatte, zur Bettkante zu verbannen, wo seine Silhouette durchsichtiger wurde mit jedem Morgen.

Noch brannten die Augen vor Fieber, so daß er nicht sicher war, ob seine Erinnerungen anderes als Alpträume waren und ob er vor dieser Zeit überhaupt existiert hatte, noch ballte die Luft vor seiner Stirn sich zu flimmernden Bäuschen, die er beiseite fächeln mußte. Da näherten sich zwei Schatten. Erst über seinem Gesicht nahmen sie Gestalt an.

Der Mund seines Vaters unter dem Schnurrbart bewegte sich. Friedrich nickte mühsam.

Sein Vater sah die Schwester an.

Er ist noch schwach, sagte die Schwester. Aber bald wird's besser gehen, hm?

Friedrich versuchte zu lächeln.

Wann? fragte er stimmlos.

Huldreich Seelhorst sah die Schwester an.

Die wiegte den Kopf unter der Haube: Vier Wochen muß er schon noch aushalten.

Mutti? sagte Friedrich.

Huldreich Seelhorst sah die Schwester an.

Die kommt heute nachmittag. Sie blickte zur Wand, wo eine Uhr hing. Eigentlich müßte sie schon da sein.

Auch Seelhorst blickte zur Uhr. Er fragte die Schwester etwas.

Auf die Stirn, sagte die Schwester.

Er beugte sich hinab, aber dann küßte er Friedrich nicht, sondern drückte ihm das Handgelenk.

Ich will heim, flüsterte Friedrich.

Sein Vater atmete ein und nickte ihm zu.

Sie sahen einander an.

Schon im Aufstehen erinnerte Seelhorst sich, griff in seine Rocktasche und zog ein Stück Holz hervor, einen davonspringenden Hasen, den er seinem Sohn geschnitzt hatte. Er drückte ihn in die heiße Hand und erhob sich.

Friedrich sah die beiden Körper sich entfernen, wieder

zu Schatten werden, während er das rauhe Holz des geschnitzten Hasen in seiner Hand spürte, und in seinem Fieber dachte er noch momentelang, es sei die Hand seines Vaters, dessen Arm länger und länger wurde, indem er sich zur Tür hin entfernte.

Als seine Mutter kam, fragte er: Wann kommt Papa wieder?

Der ist fort, sagte seine Mutter.

Wohin?

Fort.

Und wann kommt er wieder?

Nie wieder.

Was heißt nie wieder.

Nie wieder, das heißt nie in deinem ganzen Leben.

Die kleine Freya wurde zu Verwandten geschickt. Wilhelm lebte auf: In sechs Monaten wuchs er um zwölf Zentimeter, seine Wirbelsäule straffte sich, seine Augen leuchteten, er wurde schön, er betete seine Mutter an. Herta Seelhorst begann nach einem Jahr, sich als Witwe zu kleiden, die Entscheidung, einen Schicksalsschlag tragen zu müssen, gewann ihr Würde zurück. Nur mein Vater erholte sich schwer. Das Netz, das unter seinem Leben hing, war gerissen, und manchmal fuhr er nachts aus dem Schlaf hoch, weil er durch die Maschen nach unten ins Dunkle, Bodenlose gefallen war.

Herta arbeitete als Sortiererin bei der Post und bekam ihre Söhne nur abends zu sehen, aber diese Abende waren minutiös eingeteilt. Tagsüber marodierten die Brüder durch die Altstadt, zerschossen Straßenlaternen, balancierten über das Geländer des Eisernen Stegs, flohen vor der Polizei über die spitzgieblingen Dächer der Fachwerkhäuser. Zum Abendessen aber waren sie zu Hause, wuschen sich, ließen sich die Fingernägel prüfen und begannen ihr Programm.

Dieses Programm hatte Herta auf einen Zettel geschrieben, der an der Küchenwand hing, und es mußte
Abend für Abend eingehalten werden. Protest und Faulheit wurden mit dem Besen geahndet, Widerworte mit
Seifenspülungen. Die 12 Punkte des Programms waren
folgende:

1. Manieren Erwachsenen gegenüber
2. Manieren Vorgesetzten gegenüber
3. Manieren Damen gegenüber
4. Tischmanieren
5. Tanz (Walzer und Ländler)
6. Ehrlichkeit (Tagesbeichte)
7. Beten
8. Zweikampf (ritterlich)
9. Kopfrechnen
10. Auswendiglernen
11. Kochen (einfach)
12. Sauberkeit (Kopf und Hals, Oberkörper, Unterleib!)

Im Sommer 1947 erhielt Herta Seelhorst unerwartet Post:

Meine verehrte und geliebte Herta!
Du wirst dich wundern, gerade von mir einen Brief zu
erhalten, von dem Du seit nun beinahe zehn Jahren
nichts gehört hast. Es hat wohl wenig Sinn mehr, jetzt
mit Entschuldigungen anzufangen, für die Du Dir nichts
kaufen kannst, aber glaube mir, ich habe gebüßt für die
Dummheiten, die ich begangen habe, und habe mein
Päckchen an Leid bis zur Neige ausgekostet. Auch wenn
Du es nicht wirst glauben wollen: Ihr alle wart in all der
Zeit in meinen Gedanken, und ich habe manchmal, soweit es in meiner Macht stand, meinen Arm über Euch
gebreitet, unsichtbarerweise.

Ich habe den Krieg leidlich überstanden, aber zumindest was mich betrifft, haben unser aller Hoffnungen, daß es besser werde hernach, getrogen. Auch deshalb besinne ich mich heute mehr denn je auf das, worauf es wirklich ankommt im Leben: auf die Liebe seiner Frau und seiner Familie. Ich weiß, daß ich mir durch mein Benehmen jedes Anrecht verscherzt habe, zu Euch zurückzukehren, aber ich wage zu hoffen, daß Du und die Kinder weniger hartherzig seid als diese Zeit, die einem wie mir, der einmal einen Fehler begangen hat, so leicht keine zweite Chance einräumt.

Vielleicht hast Du selbst in diesen schweren Tagen manchmal gedacht, daß ein hilfreicher Arm für Dich selbst und ein väterlicher Schutz für die Kinder nicht das Allerschlechteste wäre. Auch ich, bitte glaube es mir, bin reifer geworden, und das wenige, das ich Dir versprechen kann, ist, daß ich es beim zweiten Mal besser machen würde, wenn Du mir nur die Hand noch einmal reichen möchtest.

In Hoffnung und Ergebenheit *Dein Huldreich Seelhorst*

Ich bin unter folgender Adresse zu erreichen:
H. Seelhorst
Pension Bella
Gutleutstr. Frankfurt

Seit dem Ende des Krieges hatten sich die Machtverhältnisse in der Familie Seelhorst unsichtbar und unbemerkt gewandelt. Meine Großmutter war nicht mehr die gewaltige Vollnatur, die ihre Kinder walkürengleich mit dem Besen zur Ordnung rief, sie war nicht mehr unermüdliche Beschafferin und Beschützerin, sie war nicht mehr der Ruhepol, von dem aus jeder Schritt in die feindliche Welt unternommen wurde und wohin alle Wege zurückführten. Jetzt waren es die Söhne, die das Geld nach Hause brachten. Herta arbeitete nicht mehr, sie schlug sich tagtäglich mit ihrer aufsässigen Tochter herum, die mehr als die Hälfte ihrer Kindheit anderswo verbracht hatte und sichtlich der Lektionen des 12-Punkte-Programms ermangelte. Auch äußerlich war sie nicht mehr die alte, abgemagert auf knochige 72 Kilo, mit schleppendem Gang und Ringen unter den Augen, launisch und müde, ihrer Fruchtbarkeit beraubt. Alles änderte sich, als Wilhelm eines Abends den Brief seines Vaters in der Schublade des Küchentischs fand.

Muddi!! brüllte er, und da er eine Baßstimme, einen Bizeps und Verantwortung entwickelt hatte, war die ganze Familie auf der Stelle in der Küche versammelt.

Was ist das? fragte Wilhelm streng und schlug mit der linken Hand gegen das Papier, das er in der rechten hochhielt.

Ein Brief eures Vaters. Ich hab vergessen, ihn wegzuräumen.

Du wirst ihn natürlich nicht beantworten.

Herta Seelhorst sagte nichts.

Du hast ihn doch nicht etwa schon beantwortet?

Herta Seelhorst schwieg.

Mutti, du willst doch dieses Schwein nicht etwa wiedersehen?

Friedrich zuckte ein wenig zusammen. Herta Seelhorst antwortete nicht.

Und warum denn nicht? fragte Freya.

Du hältst den Mund, sagte Wilhelm.

Wenn ich was sagen will . . . begann Freya, und schon hatte sie eine Ohrfeige sitzen. Erstaunt hielt sie sich die Wange.

Also? fragte Wilhelm.

Er soll morgen abend vorbeikommen . . . sagte Herta kleinlaut.

Wilhelm starrte sie mit aufgerissenen Augen an.

Ja bist du denn von allen guten Geistern verlassen, Mutti?

Der arme Mann! sagte seine Mutter in einer Aufwallung von Trotz. Und dann ist es doch auch lang genug her . . .

Das kommt selbstverständlich überhaupt nicht in Frage. Der Dreckskerl ist bei Nacht und Nebel abgehauen, jetzt hat er gerade kein Geld, und nun glaubt er, er kann hier angeschissen kommen und bei uns unterkriechen. Die paar Kröten, die wir nach Hause bringen, reichen kaum für uns. Hast du denn vergessen, der verdammte Säufer? Willst du dich nochmal von dem Saufkopp verprügeln lassen?

Ich dachte . . .

Wenn er hier reinkommt, brech ich ihm persönlich das Genick.

Freya meldete sich wieder zu Wort und sagte den vielleicht einzigen ehrlich selbstlosen Satz des Abends:

Muddi hat aber doch auch 'n Recht auf 'n Mann.

Da bekam sie die zweite Ohrfeige, diesmal aber von ihrer Mutter.

Hältst du wohl dei dreckisch Gusch, sonst wasch isch se dir mit Seif' aus!

Du verreist morgen, Mutti, bestimmte Wilhelm. Zu Onkel Walter an die Lahn. Morgen früh. Für zwei Wochen. Ich regel den Rest hier.

Er sah sich um. Seine Mutter schwieg und nickte. Freya heulte leise, Friedrich sah zu Boden.

Hol mir mal 'nen Zettel und was zu schreiben, sagte Wilhelm zu seinem Bruder. Er schrieb: Hiermit annulliere ich die Verabredung, die Sie sich in unserem Haus erschlichen haben und warne Sie zum ersten und letzten Mal, noch einmal einen derartigen Versuch zu unternehmen. Hochachtungsvoll

Wilhelm Seelhorst

Er steckte den Zettel in einen Umschlag und sagte zu Friedrich: Hier, schwing dich aufs Rad. Gib das in dieser Absteige ab und kauf auf dem Rückweg eine Fahrkarte für Muddi.

Herta Seelhorst verreiste am nächsten Morgen.

Niemand aus der Familie sah Huldreich Seelhorst je wieder. Wir hörten viel später, er habe die letzten Jahre seines Lebens in Lüdenscheid verbracht, wo er, ungefähr zur Zeit meiner Geburt, an einem Schlaganfall oder einer Zirrhose starb.

Als sie alleine waren, nahm Wilhelm seinen schweigsamen Bruder beiseite und sagte ihm:

Hör zu, was wir heute sind und daß wir was sind, das verdanken wir der Mutti und uns selbst. Und wenn aus uns noch was werden soll, dann nur, wenn wir nie, aber auch nie, dieses versoffene Schwein wieder zu uns lassen. Was ich mir für uns geschworen habe, ist, daß keiner je auch nur mehr wagen wird, einen Seelhorst scheel anzusehen. Ist das klar?

Friedrich nickte.

Ist das klar? fragte Wilhelm noch einmal.

Ist klar, sagte sein Bruder und lächelte ihm zu.

So hat man mir das erzählt, und dies war der bekannte Teil unserer Familiengeschichte. Jetzt wollte mein Vater den anderen, den besseren, größeren, glänzenderen, wollte ihn aus dem Nebel der Vergangenheit emporziehen, polieren, betrachten, besitzen, sich an ihm weiden, ihn einrahmen, sich mit ihm anfreunden und vergessen, was dazwischen lag.

Helden und Heilige

Alles begann mit einem Brief an das Dresdner Staatsarchiv, dessen Abfassung meinen Vater einen Sonntag kostete. Die Antwort ließ nicht lange auf sich warten. Herr
Gleisner stellte sich vor und legitimierte sich und schloß
sein Angebot mit der Bitte um philatelistische Frankie-
rung und saubere Abstempelung. Danach vergingen
etwa sechs Wochen, bis wir wieder von ihm hörten: ein
dickes braunes Kuvert mit einem Begleitschreiben, in
dem zu lesen stand: Nach etwa 20 Arbeitsstunden in
Dresden und einem Quentchen Glück kann ich Ihnen
heute schöne Ergebnisse vorlegen, mit Hilfe derer Sie die
Stammreihe Seelhorst von Ihrem Sohne bis zum Spitzen-
ahnen Huldreich (* um 1460) auf 15 Generationen ver-
längern können. Für bäuerliche Familien ist das eine
Gipfelleistung. Ein Brief mit meinen Wünschen folgt.

Gleisner hatte sich viel Mühe gemacht, zehn und mehr
Seiten auf gelblichem, holzigem Ost-Papier mit der Feder
beschrieben, die dürren Berichte der Kirchenbücher und
Annalen in einen durchlaufenden Text eigenen Stils
transformiert, mit Kommentaren und Einwürfen versehen und alles darangesetzt, die Geschichte unserer Familie so bildhaft und lebendig wie möglich zu schildern.

Mein Vater stürzte sich auf die Lieferung, aber nach
drei Zeilen und den ersten Flüchen und Verwünschun-

gen ob unlesbarer Worte und Satzbildungen übergab er den Bericht meiner Mutter, beorderte uns ins Wohnzimmer, stellte persönlich den Fernseher ab und machte es sich im Sessel bequem.

Lies du, du kannst lesen. Und du, wandte er sich an mich, hör gut zu.

Meine Mutter, die es liebte vorzulesen, setzte sich in Positur, leckte sich mehrmals die Lippen und begann. Ich höre noch ihre Stimme, die selbst den Börsenbericht wie eine Klopstock-Ode intoniert hätte. Das Bemühen um exakte Betonung und einwandfreie Formulierung blähte und höhlte ihre Wangen, gab die Schneidezähne frei oder spitzte die Lippen; sie beschleunigte, wenn sie glaubte, es werde dramatisch, verfiel bei der Lektüre glücklicher familiärer Momente in einen erbaulichen Pfarrerston, verschleppte schmachtend die Worte, wenn Ungemach die Seelhorsts heimsuchte und orgelte heroisch im Baß unserer Vorfahren, wenn die Rede auf ihre Erfolge kam.

Ich verstand damals nicht alle Details, aber die Theatralik meiner Mutter und die Reaktionen meines Vaters, der erregt auf dem Sessel herumrutschte und glänzende Augen bekam, transportierten mich in einen glorreichen Wachtraum. Da wurde über uns geredet, ich hätte tagelang zuhören können. Dies war das Leben: In einem plüschigen Sessel gemütlich zu kauern und über mich sprechen zu hören, über mich oder die Familie, das war dasselbe, die Zeiten schoben sich ineinander, Frühling folgte auf Winter, Herbst auf Sommer, die Geschlechter lösten sich ab, Staub auf den Ebenen, Hufgetrappel und der rhapsodische Klang der Worte. Nie war ich so in Einklang mit der Existenz, so erwartungsfroh glücklich wie in diesen Stunden, da ich über uns sprechen hörte, da ich verstand, daß wir wert waren, schriftlich in Ewigkeit festgehalten zu werden.

Dienstag nach Lätare 1487, begann meine Mutter, erwarb Huldreich Seelhorst das Gut des Jakob Hingnis in Großweitzschen für 600 Gulden und 300 Gulden für vorgenommene Bauten und Verbesserungen der Wirtschaft. Davon gingen acht Schock fünfzehn Groschen ab, welche Prisca, der Tochter Jakobs und des Huldreich Braut, als Erbgeld angerechnet wurden. Das Gut steht am Südende des Tanzplanes und hat seine Ausfahrt nach der alten Schmiedegasse. Für seine Wirtschaft hielt Huldreich 1491 zwei Knechte.

Er war ein schlimmer Hitzkopf bei Trunk und Kartenspiel. Im Kretscham raufte er sich anno 1490 mit seinem Schwager Peter. Am 26. Januar 1496 raufte er sich wieder im Brauschenkengut mit Veit Eidner aus Kleinweitzschen. Als er am 2. September 1499 in Themigs Holz Hopfen geholt hatte, kam er auf dem Rückweg an Merten Hummitzschs Gut vorbei und riß dort ebenfalls welchen ab, weil er meinte, alles sei sein Eigentum.

Erstaunlicherweise gelang es ihm, seinen Besitz zu vergrößern und seine Habe zu vermehren. Als er an der Auszehrung starb, noch keine 45 Jahre alt, übernahm Benedix als Kürerbe an beweglichem Eigentum 10 Scheffel Gerste, 14 Scheffel Hafer, 1 1/2 Scheffel Wicken, 1/2 Scheffel Erbes, 1/2 Scheffel Lein, 1/2 Scheffel Hanf, 4 alte Pferde, 2 gute und 2 alte Kumte, ein gutes und ein altes Hintergeschirr, einen guten Sattel, 2 gute Riemenseil mit Strang, einen massiven Wagen, ein Paar Ernte- und ein Paar Holzwagen, ein Ortscheit, 2 Wagenketten, die eine 9, die andere 7 Ellen lang, 2 Hemmketten, eine Spannkette, 105 Ellen lang, 2 Spannägel, 2 Steigeleitern, eine lange und eine kurze, einen guten Pflug und zwei Paar Eisen, einen guten und einen mäßigen Haken mit Eisen, 2 Kringelketten, ein Paar beschlagene Pflugräder, eine Egge, einen Schlitten, ein Beil, eine Axt, Radehauer, eine

Tonne zum Trinkwasser, eine Kraut- und eine Kuhbütte, 2 gute und 3 mäßige Kuhtröge, einen Zober und eine Wasserkanne, eine Gelte, ein Siedefaß, einen Kessel im Ofen an Kette gehangen, eine Mist- und eine Heugabel, einen Misthaken, einen Backtrog, 20 Backschüsseln, einen Getreidefeger, ein Sieb, einen Getreideviertel, eine Ofengabel, einen Tisch bedeckt mit 12 Tellern und 12 Löffeln, eine Handquele, einen Siedel, eine Versetzbank, ein Schlüsselbrett, eine Hellebarde, 2 Gesindeäsche, 3 Rahm- oder Milchtöpfe, 2 Kochtöpfe, einen beschlagenen Borneimer, einen alten Spaten, eine alte Schöppe, eine Fehesau, ein Butterfaß, einen Haushahn und 2 Hühner, eine Gagensäge, eine alte Sense, 30 Schock Gebundholz.

1639 im März fielen die Schweden im Dorf ein. Zwei Jahre zuvor war Mattheus Seelhorst gestorben und sein Sohn George hatte den Hof übernommen. Er sah das Ende des Seelhorstschen Wohlstandes mit an, denn nichts war vor den Landstörzern, den räuberischen Marodebrüdern sicher. Alles, was nicht niet- und nagelfest war, ging mit, und Georges Frau fiel dem Feind zum Opfer; sie hatte noch kein Kind getragen, zwei Tage später entdeckten sie sie im Wald. Die Säue waren geschlachtet, das Zugvieh geraubt, die Knechte hatten das Weite gesucht oder waren requiriert worden. George mußte sich selbst vor den Pflug spannen, auf dem Felde machte sich das Unkraut breit, langsam aber sicher kroch der Wald heran und nahm sich zurück, was die Menschen ihm entrissen hatten. Im Februar 1643 hauste wieder der Schwede im Dorf, raubte die Pfarre aus, zerstörte die Kirchenbücher und verwüstete fünf Bauernhöfe. Erst nach dem Frieden konnte George daran denken, wieder eine Bäuerin zu finden. Sie gebar ihm ein Kind, aber er genoß die späten Vaterfreuden nicht mehr lange. Ein Spätopfer des Krieges, starb er acht Jahre später.

Siehst du, sagte mein Vater, wir sind nicht die ersten unserer Familie, die nicht auf Rosen gebettet sind, aber vielleicht, wenn du deine Begabungen nützt, werden wir die letzten gewesen sein.

Und warum? fragte ich, begierig, von meinen Begabungen sprechen zu hören.

Weil du studieren und Karriere machen wirst.

Was meinst du denn, was ich einmal tun werde?

Ein Doktor kann tun, was immer er will.

Meinst du, daß ich einer werde?

Mein Vater sah mich an: Wer, wenn nicht du!

Er nickte meiner Mutter zu, weiterzumachen. Aber lies schön! sagte er.

Meine Mutter räusperte sich: Und doch ging es voran, ging sogar aufwärts: Sein Sohn Matthes besaß am 27. Juni 1689 vier gute Pferde, ein Zweihufengut, das 27 Akker Feld, anderthalb Acker Wiese und sechs Acker Holz umfaßte. Zu Arbeit hielt er drei Knechte und zwei Mägde. Auf dem Grund lagen 149 Steuerschocke. Fünf Kinder wurden ihm beschert, für die er nun auch, wie der Adel und die höheren Beamten, zwei Vornamen wählte.

Ha! Siehst du! Schon damals haben wir keinen Respekt gehabt vor Fleischtöpfen!

Was sind Fleischtöpfe? wollte ich wissen, aber mein Vater winkte ab, und meine Mutter fuhr mit psalmodierender Stimme fort:

Aber wir hatten zu viele Kriege in Deutschland. Jedesmal, wenn die Familie Seelhorst es zu etwas gebracht hatte, brach ein neuer los. Hundert Jahre nach dem Ende des 30jährigen Krieges waren sie die reichsten Bauern am Ort, aber die Reichsten sind immer die, die am meisten zu verlieren haben.

Das Grollen des herannahenden Unwetters erreichte das Ohr von Abraham-Benedix, als am 4. September

1756 Truppenteile des Fürsten Moritz von Anhalt gegen Abend von Wurzen her im Großweitzschen Quartier fordernd einrückten und Brot, Mehl, Hafer, Heu und Häkkerling verlangten. Wie die österreichischen Verbündeten auftraten, erlitten sie am 13. November 1758. Das spanische Husarenregiment schlug zwischen Groß- und Kleinweitzschen ein Lager auf. Großweitzschen berechnete seine Verluste an Lebens- und Futtermitteln, an ruinierten Zäunen, mitgenommenem Hausrat, an totgeschossenen Schweinen auf über 300 Taler. Den 21. November 1760 quartierte sich für eine Nacht das preußische Kürassierregiment von Deydlitz ein. Höchst peinlich war für Abraham der Winter 1761 zu 62; der Zugang zu seinem Gut in Masten war gesperrt. Die Mulde bildete die Grenzlinie zwischen Preußen und Österreichern, keiner durfte herüber, keiner hinüber. Vom Mieraer Berg flogen die preußischen Geschosse nach den Schanzen hinter Masten. Von der Ziegraer Höhe antworteten die österreichischen Geschütze und nahmen die durch Masten von Bauchlitz vorstürmenden Preußen unter Feuer. Die Wintersaat wurde zerstampft. Die Lieferungen, Fuhren, Steuerlasten, die der Krieg forderte, waren so hoch, daß man ein schönes Bauerngut dafür hätte kaufen können. Aus dem reichen Abraham war ein verschuldeter Bauer geworden, gleich den Nachbarn. Er hatte erfahren, daß alles Ungemach des Lebens in dem einen Wort »Krieg« zusammengefaßt ist.

Mein Vater wiegte beschwichtigend den Kopf: Das hat der Knabe aus der Ostzone dazugedichtet, lachte er. Die Russen und Krieg als Ungemach. Die haben's nötig!

Willst du über Politik reden oder zuhören?

Zuhören natürlich, mein Schatz.

Hörte Johann-Georg den Vater oft unter den schier unerträglichen Lasten des 7jährigen Krieges stöhnen, so mußte er selbst als Greis das Joch des Kaisers Napoleon mittragen: Ende März 1813 schwärmten die Kosaken umher und steckten vier Scheunen, darunter die Seelhorstsche in Brand, am 5. Mai zogen Blücher und York mit der preußischen Armee, die von Großgörschen kam, vorüber, in der Erntezeit war es die französische Reiterei, nach der Schlacht von Dresden nahte der Zug der armen Kranken und Verwundeten, vier davon starben im Seelhorstschen Haus. Leides die Fülle! Lieferungen ohne Ende! Wie mag auch Johann-Georg aufgeatmet haben, als die letzten Russen nach dem Osten heimkehrten. Ein süßer Trost war ihm geblieben, ein junges blühendes Weib und sein munterer Erbe. Der Fortbestand der Familie war gesichert, er konnte ruhig dem ewigen Schlafe entgegensehen.

Weißt du, daß das großartig ist? fragte mein Vater und tätschelte sich den runden Bauch.

Und warum leben wir nicht auf dem Bauernhof? fragte ich.

Weil er heute eine Kolchose ist, sagte mein Vater betrübt. Aber stolz können wir trotzdem sein. Es gibt nicht viele Familien, die in gerader Linie so weit zurückzuverfolgen sind.

Ich sagte nichts.

Mein Vater begann zu singen: Die süßesten Früchte kriegen nur die großen Tiere, und weil wir beide klein sind, erreichen wir sie nie. Er hielt inne und starrte ins Leere. Dann gab er sich einen Ruck und sagte: So klein auch wieder nicht, mein Sohn, so klein auch wieder nicht. 500 Jahre! Du kennst jetzt deine 15 Ur-ur-ur-Großväter.

Ich dachte, jeder hat doch einen Vater und eine Mutter und Großvater und Großmutter und Urgroßvater und immer so weiter, nein?

Vielleicht hat jeder einen Vater und eine Mutter, sagte er, wenn man's auch manchem nicht zutraut, aber darauf kommt's gar nicht an. Von unsern Schultern blicken 500 Jahre herab, was ist dagegen schon irgendein Direktor, der seinen eigenen Großvater nicht kennt! Die Tradition, mein Sohn!

Aber auch mit 15 Generationen war meines Vaters sehnsüchtiger Ehrgeiz nicht gestillt. Der Virus hatte Besitz von ihm ergriffen und schüttelte ihn. An den Wochenenden durchblätterte er die Zeitungen, kreuzte an, ich durfte ihn nicht fragen, was er tat, und diktierte seiner Frau mit schwerer Zunge und trägem Hirn lange Briefe, brach aber oft mitten im Satz ab und stierte zum Fenster hinaus, schien gar zu schnuppern wie ein Jagdhund, der eine Spur aufgenommen hat, seine Augen blitzten unter den langen Wimpern hervor, und er hämmerte nervös mit dem Knöchel aufs Holz. Friedrich, sagte seine Frau, Fried-rich!, und er lächelte ihr Verzeihung heischend zu und kehrte ins 20. Jahrhundert zurück, wo er es nicht mehr mit Schweden und Kosaken, sondern mit Mächten aufzunehmen hatte, von deren Existenz ich noch nichts wußte.

Einziges Thema bei Tisch war und blieb die Ahnengeschichte, mit deren Ende – oder besser mit deren Anfang – im 15. Jahrhundert er sich nicht abfinden wollte. Eines Tages teilte er uns seine geheimen Gedanken mit: Ihr wißt doch, begann er, daß es bei Leipzig eine Mark Seelhorst gibt, demnach dort irgendwann ein Markgraf gelebt haben muß, und ihr wißt auch, daß es irgendwo im Taunus, im Rheingau, eine Burg Seelhorst gibt, die schon im 12. Jahrhundert existierte und von einem Grafengeschlecht bewohnt wurde. Ich bin sicher, daß es da Verbindungen gibt, was heißt sicher, ich weiß es! Ein Grafensohn kann durch alles mögliche zum Bauern geworden sein, und daß die Grafen Seelhorst aus dem Rheingau irgendwann eine Mark in Sachsen begründet haben, scheint mir mehr als natürlich. Womöglich, stellt euch das vor, waren wir schon bei der Krönung Karls des Großen anwesend, womöglich sind wir eine der ältesten, eine der ersten Familien des Reiches!

Und wie willst du das herausbekommen? fragte skeptisch meine Mutter.

Nichts leichter als das! Ich schreibe diesem Gleisner, daß er hierherkommt, und dann werden wir uns an Ort und Stelle auf die Suche machen. Wir werden unsern Urlaub im Rheingau verbringen, in urheimatlicher Landschaft. Auf der Suche nach unserem Ursprung werden wir durch die Wälder sprengen, als gings nach Keilern und Bären . . .

Rudolf Gleisner war ein schmächtiger Mann von pergamentener Bibliothekarskonstitution mit geschürzten Lippen und dezent gomiertem grauem, schütterem Haar. Seine blinzelnden, kurzsichtigen Augen schützte ein entsetzliches Kassengestell, aus seinem feinen Mund glitten fast geräuschlos Worte von leicht sächsischem Klang, und in manchen Momenten zuckten die Lippen in kaum zu erratender Andeutung eines stummen Lachens. Seine Ohren waren nicht größer als Dosenchampignons, aber mit runden knorpeligen Läppchen versehen.

Die Begrüßung war von eisklirrender Steifheit und Verlegenheit, meine Eltern, die es nicht gewohnt waren, einen Fremden im Hause zu haben oder gar mit ihm auf Reisen zu gehen, standen mit angespannten Muskeln und hölzernen Nacken in der Diele, und mein Vater wußte nicht, worüber er sprechen sollte, er dachte nur immer wieder an die seit Wochen wiederholte Warnung seiner Frau, in Gleisners Gegenwart nicht das Wort

»Ostzone« in den Mund zu nehmen. Plötzlich aber schien jeder Satz, jede unbestimmte Freundlichkeit, die ihm in den Sinn kam, unweigerlich zur Ostzone hinzuführen, es gab keinen Satz mehr, in dem nicht »Ostzone« vorkam ...

Gleisner, der das Eis brechen wollte, fragte mit gespitztem Mund, ob man nicht vielleicht ein Gläschen Roten im Hause habe. Das provozierte fast einen Ehestreit, denn mein Vater hatte angesichts der bevorstehenden Abreise keine Einkäufe mehr machen wollen, und meine Mutter warf ihm nun seine Knauserei vor. Gleisner winkte erschreckt ab, schwor, daß seine Idee absurd gewesen sei, er nehme genauso gerne mit einem Becher reinen Wassers vorlieb; damit aber verschlimmerte er die Situation noch, denn meine Mutter zerrte ihn nun beinahe in die Küche, um zu beweisen, daß, wenn auch kein Wein vorrätig war, sie doch selbstverständlich anderes anzubieten hatten, Säfte, Milch, Sprudel, so sei es denn nun doch auch wieder nicht, und natürlich käme es gar nicht in Frage, ihm Leitungswasser zuzumuten, aber Gleisner hob die Hand gegen den Ansturm und sagte, wobei seine Augen durch die lupenartigen Gläser gefährlich groß hervortraten, er trinke prinzipiell nur Wein oder reines Wasser. Denn, wie der Dichter sagt, liebe Frau Seelhorst: Der Geist schwebt über den Wassern.

Zum Glück hatte er auch gute Nachrichten mitgebracht, und als er die eröffnete, entspannte sich die Situation allmählich. In der zweiten Hälfte des 14. Jahrhunderts nämlich, so erzählte Gleisner, hatte zu Leipzig ein Urbanus Seelhorst gelebt, dem die Wahrener Kirche ein kostbares Altargemälde verdanke, das unglücklicherweise verlorengegangen sei.

Es ist sehr wahrscheinlich, daß dieser Urbanus aus dem Markgrafengeschlecht stammt und das bürgerliche

Inkognito wählte, um dem Künstlerberuf nachkommen zu können und dem soldatisch-feudalen Leben seiner Familie zu entgehen. Einer seiner zahlreichen Enkel oder Urenkel ist dann endlich unser bisheriger Stammahne, jener Huldreich Seelhorst, der aus Leipzig verschwand, vermutlich einer fehllaufenden Herzensaffäre wegen und in einem Dorf auftaucht, wo niemand ihn kennt und wo er sein Erbe in den Kauf eines Gutes investiert. Ich denke, damit können wir die Brücke zwischen dem Markgrafen Berendt, der um 1200 erwähnt ist, und den bäuerlichen Seelhorsts aus dem 15. Jahrhundert schlagen. Was meinen Sie dazu? Sehen Sie, damit ein Ereignis Größe haben kann, muß zweierlei zusammenkommen: der große Sinn derer, die es vollbracht haben, und der große Sinn derer, die es interpretieren.

Mein Vater nickte leuchtender Augen.

Die Spirale führt hinab, sagte Gleisner, tief hinab. Wie weit, das werden wir noch sehen und erfahren. Die Mark Seelhorst ist jedenfalls kein Phantasiegebilde, sondern eine geschichtliche Wirklichkeit. Das 800 Jahre alte deutsche Kolonistendorf grüßt uns mit seinen deutschen Lehnsherrn, seinen deutschen Pfarrern und Schulmeistern, seinen deutschen Richtern und Gerichtsschöppen, seinen Kirchvätern, seinen Pferdnern, Hintersässern, Häuslern und Hausgenossen, mögen diese die Reste der nach der Germanisierung zurückgebliebenen Sorben oder Thüringer oder Flamen gewesen sein. Man kann annehmen, daß Ihr Vorfahr, Berendt von Seelhorst, um 1150 mit dem Gelände belehnt worden ist. Und es kann wenig Zweifel darüber bestehen, daß dieser Berendt aus dem Adelsgeschlecht im Taunus stammt. Erstens ist der Name Seelhorst nicht alltäglich. Und entspricht es nicht auch, was meinen Sie, dem Wagemut eines deutschen Ritters jener Zeit, als vielleicht überzähliger Sohn einer

mit Söhnen gesegneten Familie von Adel die zu eng ge-
wordenen heimatlichen Grenzen zu verlassen und das
Glück in der Welt zu suchen? Der Drang nach Abenteu-
ern zwang den sehnsuchtsvollen Blick nach Osten, ins
Unerforschte, Unbefriedete – und schließlich: Kennen
Sie das Wappen jenes alten Adelsgeschlechtes?

Allerdings, posaunte mein Vater, und die Augen
sprangen ihm fast aus dem Kopf: Es sind auf weißem
Schild drei nach Osten schreitende Schwäne!

Ja, wir können uns auf einige große Entdeckungen gefaßt machen, sagte Gleisner. Wir haben es da mit einer
anderen Epoche zu tun, einem anderen Menschenschlag.
Damals waren wir noch auf Größeres ausgelegt, es war
eine Zeit des Absoluten.

Er blickte mich an, und seine Brillengläser beschlugen,
als er weitersprach. Helden und Heiligen werden wir
vielleicht begegnen. Helden und Heilige stehen oft am
Beginn großer Geschlechter, denn sie sind die beiden
Stützpfeiler, die die menschliche Idee vor dem taumeln-
den Fall ins Nichts bewahren. Sie sind an den entgegen-
gesetzten Enden des Spektrums eingeschlagen: zwei absolute Formen der Apologie der Existenz, gegen ihr
Vergessen in den Boden gerammt. Mit ihnen wird der
Acker der Menschheit gedüngt.

Wir waren still geworden, und ich lauschte fasziniert,
obwohl ich nicht alles verstand, was der Genealoge
sagte; gleichviel, es war zu uns gesprochen.

Sie sind, fuhr er fort, mehr noch als Gott oder Logos,
Repräsentanten und Opfer der »condition humaine«, sie
sind Vektoren und zugleich Zielpunkte allen menschlichen Denkens und Fühlens, Wollens und Strebens. Held
und Heiliger sind das missing link, welches das große
Fragezeichen des Todes überbrückt, sie sind Erlöser. Sie
erlösen uns von der Unvermeidbarkeit unseres Sterbens,

der eine, indem er beweist, daß der Tod nichts ist, der andere, indem er vorführt, daß er nicht das Ende ist. Sie sind die zwei Parallelen menschlicher Hoffnung und menschlicher Resignation, und dort, wo sie einander treffen, wird alles sich lösen. Held und Heiliger scheinen extreme Gegensätze und sind doch Zwillinge. Beide überwinden, was am Tode das Schreckliche ist: die Überraschung. Der Held verabsolutiert das Leben, der Heilige anihiliert es, und doch gehören beide zusammen. Denn Heldentum ohne Heiligkeit ist Hedonismus, und Heiligkeit ohne Heroik verkommt zu Philanthropie. Sie sind Erwählte, die Helden und Heiligen. Sie loten die Grenzen des Menschseins aus, sie füllen seinen Raum. Ungenügen und Sehnsucht treiben sie voran. Sie sind unsterblich. Aber heute, schloß er, heute sind sie kaum mehr zu finden.

Das kommt drauf an, sagte mein Vater. Ich hab anständige Menschen kennengelernt, die sehr wohl Helden waren.

Doch wohl nicht. Held und Heiliger sind nicht Freunde des Menschen. Ihre Kommunikation beschränkt sich auf sie selbst und den Himmel. Und sie sind sich ihrer Sonderstellung bewußt. Sie bezahlen den Preis dafür.

In Frankfurt während des Krieges – sagte mein Vater, aber Gleisner unterbrach ihn: Ein Held kann man stets nur woanders werden. Alle Helden, die die Geschichte kennt, sind ausgezogen auf Aventiuren, ein Heiliger dagegen kann man immer nur hier werden. Sofort und auf der Stelle.

Während meine Eltern die Koffer zum Wagen trugen, winkte Gleisner mich zu sich heran, und riesige Augen musterten mich durch die dicken Gläser.

Und du, junger Mann, interessierst du dich für die Vergangenheit?

Ja, sagte ich, zum Beispiel die Geschichte von Siegfried, der den Drachen erschlägt und den Hort gewinnt.

Meine Mutter, stets darauf bedacht, mich mit groß angelegten Gestalten vertraut zu machen, hatte mir aus einem voluminösen, reichbebilderten Wälzer, den Deutschen Heldensagen, aus ihrer Kindheit, aus den dreißiger Jahren herübergerettet, vorgelesen.

Sehr schön, sagte Gleisner. Und die Zukunft? Wie steht es mit der Zukunft? Denkst du auch darüber nach? Interessiert es dich nicht, was einmal aus dir werden wird?

Doch, sagte ich seelenruhig, denn ich glaubte es bereits zu wissen.

Gleisner legte den Kopf ein wenig schräg und hob den knochigen Zeigefinger. An den meisten geht das so ruckzuck vorbei. Und dann kommen sie wohl auch gar nicht in Frage. Aber manch einem wird die Wahl gestellt, und dann muß er entscheiden. Entweder – oder, und alles, was danach kommt, steht geschrieben und muß erfüllt werden.

Was muß man entscheiden? fragte ich. Ich hatte bis zu diesem Moment in solch ungebrochener Fülle gelebt, daß die Idee eines wie auch immer gearteten Entweder-Oder in meinen Gedanken nicht existierte. Etwas zu wählen und dafür ein anderes nicht mehr haben zu können, solche bedrückende Lebensverengung war mir fremd. Wenn ich zwei Spielzeuge im Schaufenster mit gleicher Inbrunst begehrte, dann bekam ich früher oder später beide, meist auf der Stelle. Alle Fragen, die nach Plänen oder Berufswünschen gingen und zuzeiten von ratlosen Erwachsenen an mich gestellt wurden, verstand ich nicht. Ich war ich, das schien mir alles zu erklären und jede weitere Spezifizierung unnötig zu machen.

Was man entscheiden muß? fragte Gleisner. Die Frage,

die schon so manchem gestellt wurde, ist diese. Aber denke gut nach, bevor du wählst. Willst du ein kurzes ruhmerfülltes Dasein, von einem frühen gewaltsamen Tod beendet, oder aber bevorzugst du, lange zu leben, jedoch still, normal, durchschnittlich, von der Masse unbeachtet? Überlege genau, und dann sprich schnell! Ich dachte kurz nach, wollte schon antworten, aber etwas in Gleisners starrem Lupenblick ließ mich zögern. Ich geriet in die Anziehung der Frage, der Falle, sah mich umjubelt, sah mich tot, sah mich alt, vergessen, kam auf einer Klippe zum Halten, und Schweißperlen traten mir auf die Stirn.

Nun? fragte der Fremde, als sei eine solche Frage schnell zu beantworten. Ruhm wollte ich natürlich erwerben, es war mir unvorstellbar, warum ich lebte, wenn ich unbekannt bleiben sollte, andererseits war mein Großvater an Krepps gestorben, und das mußte, nach den Berichten meiner Mutter, so entsetzlich gewesen sein, daß ich nicht sterben dürfte, überhaupt nie. Ich sah den Mann lauernd an und fragte, ob ich nicht beides haben könne: den Ruhm und das lange Leben, war ich schließlich nicht eine Ausnahme wert? Aber Gleisner schüttelte den Kopf und sagte: Entweder oder. Wähle. Ich hatte nicht die geringste Lust zu wählen und versuchte nochmals einen Kuhhandel: mittleren Ruhm und ein ausreichend langes Leben? Keine Reaktion. Gut sagte ich mir, 55 Jahre wenigstens und ein paar Zeitungsartikel mit meinem Photo. Nein? Der Mann gab nicht nach. Wenn ich den Ruhm wähle, fragte ich, wird das Sterben dann schwer? Tut es weh? Keine Antwort. Ich fühlte meine Zeit ablaufen. Ich schwitzte und wußte nicht weiter und wünschte, ich wäre dem Mann und seiner Frage nie begegnet, die plötzlich einen bedrohlichen Schatten warfen zwischen die Pole meines Weltverständnisses. Mein Magen begann, sich schmerzhaft zusammenzuziehen, als würde mir eine entsetzliche, überraschende Neuigkeit mitgeteilt, und zugleich konnte ich nicht an ihre Realität glauben. Ich war in einem Alptraum befangen, doch war ich auch wach und mußte sprechen. So wählte ich das lange Leben, denn ich dachte: Wenn mir nur genügend Zeit zur Verfügung steht, müßte es doch mit dem Teufel zugehen, wenn nicht auch das andere, Ruhm und Größe, irgendwie zu erwerben ist. Im entscheidenden Moment hatte meine Angst vor dem Tod den Sieg davongetragen, und vielleicht verloren damals die Götter ihr Interesse an mir: Es muß penibel für sie sein, wenn jemand die vernünftige Wahl tut und hinterher mit ihnen zu feilschen versucht. Der Gedanke daran, den Alten mit seiner idiotischen Frage einfach stehenzulassen, war mir nicht gekommen, und dies war nur das erste Mal, daß das Leben mich vor unliebsam einander ausschließende Alternativen stellte und mich ultimativ in eine Ecke zu drängen versuchte. Aber die Erkenntnis, daß Freiheit die Gabe ist, nicht zu wählen, sollte noch lange auf sich warten lassen.

Silikon relativ
oder der Übermensch bin ich

Eine große Vergangenheit ist eines, sie sich leisten zu
können ein anderes. Wenn mein Vater auf dem Weg in
den Rheingau die Familie besuchen wollte, so war es natürlich auch, um seine Mutter und seine Geschwister zu
sehen, mehr aber zählte die Hoffnung, sie für sein Unternehmen zu begeistern und vor allem an den Auslagen zu
beteiligen. Der Glanz würde schließlich hinterher genauso auf sie fallen. Tante Freya lud uns die erste Nacht
ein. So konnte sie en passant auf den neuen Fernseher,
den neuen Musikschrank, den neuen rot-weiß lackierten
12M hinweisen; sie hielt mit den Brüdern Schritt. Vor allem aber war es ihr um ihre Mutter zu tun, die damals
noch bei ihr lebte und keinen Tag vergehen ließ, ohne ihr
das Hohelied der Söhne zu singen, mit spitzem Blick auf
Freyas Arbeit, ihre Haushaltsführung, ihren Ehemann
Erwin Schmittchen, seinen Beruf, den eines Lastkraft-
fahrers, die Enge der Wohnung, das Fehlen von Nach-
wuchs, ihre Anwandlungen von Faulheit, ihre leichte
Hand beim Geldausgeben.

Freya besaß, was die Familie »e dreckisch Gusch«
nannte, und in den Jahren nach dem Krieg hatte sie die
auch gebraucht, denn ihre Brüder gerierten sich als Fa-
milienoberhäupter und wollten sie zwingen, zu Hause
bei der schlaff gewordenen Mutter zu bleiben, die nach

der Episode mit dem Brief ihres Mannes nichts mehr entschied und Geschmack daran gewonnen hatte, jedesmal
zur Kur zu verreisen, wenn eine wichtige Entscheidung
anstand. Die Autorität ihrer Brüder war Fassade, sie be-
fahlen, sie brüllten, sie ohrfeigten, aber danach gingen
sie ihrer Wege. An ihren Vater besaß sie keine Erinnerung mehr, ihre Mutter hatte sie ihre halbe Kindheit lang
von Verwandten zu Verwandten geschickt, wo die
Freundlichkeit der Aufnahme in direktem Verhältnis
zum Inhalt des kleinen Umschlags stand, den sie mit-
brachte, und ihre Brüder spielten jetzt Vaterersatz, aber
in Wahrheit war sie ihnen ebenso gleichgültig wie irgendeine Fremde.

Die Lehre war ihr erster Befreiungsversuch gewesen,
sie begann 1950 bei der Deutschen Bank, aber das änderte nichts, sie mußte ihren Lohn zu Hause abliefern,
sie blieb eingekerkert. Mit sechzehn sprach sie beim Tanzen ein junger Mann an, der ihr gefiel. Von ihm ließ sie
sich in der ersten Nacht entjungfern. Die Liebe, streng
geheimgehalten, überstand diese erste Nacht, überstand
sogar Freyas Entdeckung, daß sie schwanger war. Da
war nun die Chance, und sie zögerte keinen Tag. Freya
finanzierte ihre Feldzüge immer aus eigener Substanz:
Ich krieg ein Kind! triumphierte sie, eine Unabhängigkeitserklärung, eine Kriegserklärung, alles, aber kein
Geständnis. Der junge Mann, Robert Kumetat, wurde in
die Werftstraße zitiert, Herta war mit Herzbeschwerden
zur Kur gefahren. Freya hatte ihm eingeschärft, sich
nicht von ihrem Bruder beeindrucken zu lassen. Wilhelm
gab sich streng: 16jähriges Kind, Verführung Minderjäh-
riger, was gedenke Herr Kumetat denn zu unternehmen.
Herr Kumetat bat um die Hand Freyas, die ihm ohne zu
zögern gewährt wurde. Freya weinte die ganze Nacht
lang, Kumetat hockte ratlos neben ihr.

Sie hatten ihren ersten ernsten Streit, als Freya darauf bestand, die Lehre zu Ende zu führen. Kumetat gab nach. Kurz darauf erlitt Freya eine Fehlgeburt. Kumetat schlug vor, nach Ostberlin zu seiner Mutter zu ziehen. Nach einem halben Jahr im Hause dieser Frau, die ihren Sohn beherrschte, und einer weiteren Fehlgeburt, wußte Freya, daß sie einen Fehler gemacht hatte. Und nun, da eh schon alles gleich war, da ohnehin alles schon falsch begonnen hatte, kehrte sie ohne Vorwarnung nach Frankfurt zurück und ließ Mann und preußische Schwiegermutter in Berlin.

Dann traf sie zum ersten Mal einen Menschen, der sie verwöhnte. Einen Mann, der ihr Seidenstrümpfe und kleine Schmuckstücke und parfümierte Seife schenkte, der ein eigenes Auto fuhr und sie nicht mit Fragen lämmerte, was sie den Tag über oder den vergangenen Abend gemacht habe, der sie mit großer Selbstverständlichkeit liebte und einiges von ihr verlangte, was sie noch nie getan hatte, was aber erregend war. Sie fühlte sich als Frau, erwachsen und frei. Der Haken bei der Sache war, daß es sich um einen amerikanischen Soldaten handelte, so bekam sie von ihrer Mutter Hausverbot. Der Amerikaner bezahlte ihr ein Dachzimmer, und Ende 1952 wurde sie schwanger. Als sie ihm abends strahlend die Neuigkeit mitteilte, sah er sie an und sagte: You little bitch! What do you want? Marry me? I goddam got a wife and three kids at home! Freya begann zu weinen, und er sagte angewidert: Oh hold it. We can fix that up. I'll give you the money. Freya ging zu einer Frau, die freundlich war, und als sie zurückkam, teilte der Hausmeister ihr mit, daß ihr Dachzimmer gekündigt sei. Die Tore der Kaserne blieben verschlossen, der Besatzer hatte den Rückzug angetreten.

Freya fand Unterkunft beim einzigen Menschen, den

sie kannte, der Engelmacherin. Dorthin kam der Brief, in dem Kumetat ihr mitteilte, er habe die Scheidung eingereicht, wegen böswilligen Verlassens. Freya arbeitete weiter. Im Hause der Engelmacherin lernte sie deren Sohn Erwin kennen. Ein Lastwagenfahrer, der wenig Geld nach Hause brachte, und seine Mutter war eine Zigeunerin, stellte sich heraus, deren Sippe noch im Eselskarren durch die Gegend zog. Immerhin konnte man lachen mit ihm. Im Bett war er nicht besonders einfallsreich, aber kräftig und nie tragisch. Natürlich würde er sie weiterarbeiten lassen, schon weil das Geld nötig war. Freya muß hübsch gewesen sein, damals: Er war hartnäckig, er wollte sie heiraten, er ließ nicht locker. Ihre Brüder verachteten ihn, das gab schließlich den Ausschlag. 1955 war Hochzeit. Er wollte unbedingt ein Kind, sie kannte nur ein Ziel: ihre Brüder einzuholen. In den folgenden Jahren hatte sie elf Fehlgeburten und eine Totgeburt. Wo sie ging, blutete es, das Blut rann ihre Schenkel hinab, durch den Flur bis zur Toilette zog sie eine Blutspur hinter sich her. Die Totgeburt trug sie unbemerkt zwei Wochen mit sich herum, bevor sie sich in einer entsetzlichen Blutung löste. Der Arzt verbot ihr weitere Schwangerschaften und verschrieb die Pille. Drei Jahre später mußte aufgrund von Wucherungen die Gebärmutter entfernt werden. So blieb nur ein einziges Ziel. Alle Welt machte Geld, besonders ihre Brüder. Sie drängte, forderte, beschimpfte und verspottete Schmittchen, der mit dem Geldverdienen nicht nachkam. Zum Glück gab es Kredite, sie waren unsichtbar, existierten also in gewisser Hinsicht gar nicht, und mit ihrer Hilfe war die schwerfällige Entwicklung zu Wohlstand und Ansehen wunderbar zu beschleunigen. So lebte Freya vor der Zeit her, wie die Figuren in den Trickfilmen, die erst nach einigen Sekunden entdecken, daß sie über dem Abgrund schweben und eigentlich fallen müßten.

Noch fiel sie nicht. Herta Seelhorst war zu ihrer Tochter gezogen, und Freya rächte sich. Sie ließ sie die Hausarbeit machen und wurde schlampig, denn ihre Brüder waren Saubermänner, sie kommandierte Herta herum, wie Wilhelm es nie wagen würde. Abends verbot sie Erwin, die Schlafzimmertür zu schließen, ihrer Mutter sollte kein Geräusch entgehen. Sie wartete auf eine Geste, einen Satz, sie wartete vergeblich.

Ich war gern dort, denn Schmittchen nahm mich in seinem rot-weißen 12M zum Bier- und Torteholen mit, und ich liebte es, wenn er ohne Sinn und Verstand, alle Regeln mißachtend, sich Freiheit erhupend, durch die engen Straßen raste. Vor allem besuchte ich gerne meine Großmutter, deren Toilette ich morgens mit fasziniertem Grausen beobachtete. Zunächst schloß sie sich 20 Minuten auf dem Klo ein und kommentierte durch die verschlossene Tür ihren Stuhlgang, von dessen stockungsfreiem Funktionieren die kräftigen Gerüche zeugten, die durch das Entlüftungsgitter in den Korridor drangen. Öffnete sie dann die Tür, rollte eine Wolke warmer Dünste, ein ganzer Kuhstall über mich, aber ich blieb, mit angehaltenem Atem, bis mir der Kopf zu platzen drohte, um zu sehen, wie sie ihr noch immer schwarzes Haar lossteckte, das über die Schultern und den breiten weißen Rücken einen Meter tief seidig herabfloß und das sie ausgiebig bürstete, wobei ihre bloßen Kiefer eine Melodie pfiffen. Mit leisem Schauer betrachtete ich das Gebiß, das mich aus dem Zahnputzglas anbleckte, und dann mußte ich helfen, das rosa Stützkorsett zu verhaken, und meine Großmutter jammerte über ihren »kaputten Rücken«. Danach nahm sie, die es seit langem aufgegeben hatte, die Schnurrbarthärchen zu zupfen, die auf ihrer flächigen Oberlippe sprossen, den Braun Sixtant zur Hand und rasierte sich, mit professioneller Geste die Haut straffend, ausgiebig, summte und betrachtete sich nicht ohne Zufriedenheit im Spiegel.

Für den nächsten Tag, der zugleich der Geburtstag meiner Großmutter war, hatte mein Onkel es sich nicht nehmen lassen, die ganze Familie samt Herrn Gleisner zu sich nach Hause einzuladen.

Wilhelm Seelhorst war ein Redner, war ein Volkstribun. Er liebte es zu sprechen, genoß es, sich selbst zuzuhören, genoß das vielleicht mehr als den Eindruck, den er seinen Zuhörern machte, mehr gar als den Einfluß, den er auf die, die sich um ihn scharten, ausübte. Wovon er redete, spielte eine mehr untergeordnete Rolle, was er liebte, war das Wort, wie ein Skulpteur den knetbaren Ton liebt; und das Wort liebte auch ihn, stand ihm zu Gebote, nahm ihm seine Freiheiten mit Syntax und Grammatik nicht übel; selbst der Frankfurterische Akzent, der seine Monologe hätte leicht ins Lächerliche ziehen können, gab ihnen doch nur um so mehr Kraft: Da war ein Mann aus dem Volke, kein blutloser Sinnierer, sondern ein lebensbejahender Dionysiker, der es nun einmal liebte, seine Gedanken, oder eigentlich war es weniger als das und gleichzeitig mehr: sein Wesen, seine Persönlichkeit, sein Ich zum Vergnügen, zur Verblüffung und Belehrung der anderen in Rede zu fassen.

Wenn jemals bei einem Menschen eine unüberbrückbare Kluft bestand zwischen seinen Äußerungen und seinem Leben, dann bei ihm. Daß dies aber so offenbar war und ihn selbst so wenig störte, machte viel vom Charme seiner Suaden und paradoxerweise auch von deren Überzeugungskraft aus, denn wenn man auch hätte einwenden können, daß seine Glaubwürdigkeit unter der Diskrepanz zwischen Wort und Tat litt, so verlor dieses Argument doch an Kraft durch die Entgegnung, daß seine Vorträge nie penetrant wurden, indem er in der

Ausführung seiner Vorsätze mit eigenem guten Beispiel vorangegangen wäre.

Die eingeladenen Familienmitglieder teilten sich in drei Klassen oder Wertigkeiten auf. Obenan natürlich das Geburtstagskind selbst: Herta Seelhorst und ihre zwei Mustersöhne Wilhelm und Friedrich mit ihrer Familie. Darunter folgten Erwin Schmittchen und Freya. Den Abschluß bildete der dritte und kleinstwertige Zweig der Familie, Tante Gertrud, die als Kriegerwitwe den Namen ihres gefallenen ersten Mannes: Grock behalten hatte, ihr Sohn Götz, ein Schriftsetzer, mit Heike, seiner runden rosa Blondine von Frau, die als Pediküre arbeitete und deren Hautfarbe an Rippchen gemahnte. Und dann war da noch Adolf Mahlzahn, 1,52 Meter groß, pensionierter Trambahnkondukteur, ein alter Freund Tante Gertruds, der ihr angeboten hatte, seine Pension mit ihr zu teilen, und den sie einige Zeit später dann auch tatsächlich heiratete, um zwei Jahre danach die Rente alleine zu beziehen.

Mahlzahn war eine Seele von Mensch, der seine Frau nach der Heirat vorn und hinten bediente und sich von ihm herumkommandieren ließ, aber er besaß, mag sein, um zu kompensieren, mag sein als Selbstschutz, einen kannibalischen Geschmack an drakonischen Ordnungs- und Strafmaßnahmen, der jede muselmanische Rechtsprechung an Effizienz übertraf. Dabei redete er sich selbst immer mehr in Hitze, steigerte sich mit feuchten sprühenden Lippen und glänzenden Augen in sadistische Punitionsphantasien – also isch sach' eusch: die Dieb', die Klauer heutzetach, da gibts nur eins: Händ' abhacke und die Stümp' in Salzsäure! – und konnte nur gestoppt werden, indem man ihn mit einem Bier und einem Korn beruhigte.

Wilhelm beachtete ihn wenig, er hatte überredet werden müssen, Mahlzahn einzuladen, er behandelte ihn mit gönnerhafter Herablassung, sichtlich behagte es ihm nicht, daß der kleine Straßenbahnfahrer die Gesellschaft, wenn auch auf minderem Niveau, gut unterhielt.

Man war zum Mittagessen geladen, das Wilhelms Frau nicht etwa – wie meine Mutter und Freya Schmittchen indigniert bemerkten (die kann wohl nicht selbst kochen, die kann sich's offenbar leisten) – eigenhändig zubereitet hatte, sondern vom örtlichen Feinkosthändler auf versilberten Tabletts liefern ließ. Das Haus war ein grau getünchtes Eigenheim, das Onkel Wilhelm mainaufwärts mit viel Eigenhilfe gebaut hatte – zu jener Zeit war er der einzige Seelhorst, der auf eigenem Grund und Boden lebte. Wobei »leben« viel gesagt ist, denn erstens spielte sich in diesem Haus wenig davon ab, Wilhelm und seine Frau Magda arbeiteten ganztägig in Frankfurt, trafen wohl abends und an manchen Wochenenden zu Hause aufeinander und hielten den Schein gemeinsamen Daseins nur für Einladungen aufrecht, zweitens und daraus resultierend wollte weder im Wohn- noch im Eßraum eine häuslich heimelige Stimmung sich einstellen, denn beide Räume, von einem Innenarchitekten in Eiche altdeutsch eingerichtet, starrten symmetrisch, staubfrei wie der Ausstellungsraum eines Möbelgeschäftes feindselig die Eindringlinge an, die sich erlaubten, die Sessel zu verrücken, den Teppich mit Erdnußschalen zu verschmutzen und den Tisch mit Gläserringen zu verunzieren.

Das ganze Eheleben Wilhelm und Magda Seelhorsts war nichts als eine seit Jahren mühsam und der gemeinsamen Investitionen wegen aufrechterhaltene Fiktion, denn schon seit der Anfangszeit ihrer Ehe ging Wilhelm fremd, sein Konsum an Frauen, anders kann man es schwerlich nennen, steigerte sich mit den Jahren sogar noch erheblich, während Magda sich in ihre Arbeit stürzte und ihren Lebenssinn aus den langsam, aber stetig ansteigenden Summen auf ihrem Gehaltsstreifen zog.

Magda wußte natürlich, daß ihr Mann sie betrog, aber mehr wollte sie auch nicht wissen, wohingegen Wilhelm den Männerkreis gern mit seinen Leistungen unterhielt, wofür er von seiner immer noch vorlauten Schwester als »Der große Penetrierer« apostrophiert wurde. Während einiger Jahre lebte er ganz mit einer anderen Frau zusammen, die auch in den Familienkreis eingeführt worden war und dort, man muß es gestehen, erfolgreicher auftrat als die rechtmäßige Ehegattin, der man ihre Härte, ihren Egoismus und ihren Karrieredrang übel anrechnete. Es war bezeichnend für Wilhelms Charme, mit wenigen resignierten Worten die wahren Tatbestände so drehen zu können, daß es erschien, als wären alle seine außerhäuslichen Aktivitäten nichts als die Suche eines gefühlvollen enttäuschten Menschen nach ein wenig seelischer und körperlicher Wärme, die ihm im eigenen Heim und Ehebett versagt blieb. Etwas davon mochte natürlich der Realität entsprechen, denn tatsächlich war Magda kühl und schnippisch, was nun auch wiederum zum großen Teil Panzerung gegen die anbrandenden Fährnisse des Lebens sein konnte. Magda aber besaß nicht die Gabe, Mitleid oder Zuneigung zu erwecken wie ihr Mann, der in solchen Momenten, kaum war er seiner Sache sicher, auf Angriff umschwenkte und seine erotischen Abenteuer zum besten gab, so daß sich in die gewonnene Zuneigung nun auch neiderfüllte Bewunderung mischte: Er war ein Kerl!

Jetzt saßen die Herren im Wohnzimmer, mit Ausnahme von Götz Grock, der zum Bierholen geschickt war, während die Frauen sich entweder »frisch machten« oder den Tisch deckten, und Wilhelm erzählte,

nachdem er jeden mit Bier versorgt hatte, seine Histör-
chen, die sich meist auf Messebesuchen oder Wander-
fahrten mit dem Ruderclub ereigneten. Sein Bruder, der
sah, was kommen mußte, wollte mich fortschicken, aber
Wilhelm dröhnte: Ei laß den Bub doch hier! Du bist ja
schlimmer als dei' Frau, Friedrich! Des is doch jetzt
schon en junge' Mann, sollt' misch wundern, wenn der
net mehr wüßt' als wir alle zusamme'! Hier Hagen, du
bleibst bei uns!

So redete er, so charmierte er, so gewann er alle Anwesenden, natürlich gab mein Vater klein bei. Onkel Wilhelm begann nun mit großer Geste, aber völlig beherrscht und selbstverständlich, seine Sexgeschichten
zum besten zu geben, und ich beobachtete die Gesichter
der Zuhörer: Meinem Vater war das alles vor allem peinlich; er, der seine Frau nie hintergangen hatte, setzte ein
flaches maskenhaftes Grinsen auf, das nur dann und
wann von echtem Lachen und schenkelschlagender Bewunderung für den großen Bruder gelöst wurde. Adolf
Mahlzahn war voll bei der Sache. Im Sessel versunken,
reckte er sich empor, seine Fäustchen schlugen auf die
Armlehnen nieder, meckernden Lachens, von Hustenan-
fällen unterbrochen, sprühte er: Rischtisch! So muß mers
mache! So hätt isch auch – Als isch noch jung und
knusprisch war! Genau so – des meesche se, die Weiber!
Erwin Schmittchen war ein Fremdkörper, er saß in all
dieser Innenarchitektur, als fürchte er, etwas zu beschmutzen, lachelte verkniffen und nickte, als dächte er:
Ja Mensch, mit deim' Geld hätt ich auch zehn an jedem
Finger.

Ich lauschte hingerissen, vor allem von meines Onkels
Macht, wann immer er wollte, zum Mittelpunkt einer jeden Runde zu werden. Ich sah ihn gestikulieren, ich sah
die gebannten Gesichter der Zuhörer.

Aber aufgepaßt, sagte Wilhelm: Bevor ihr versucht, das nachzumachen: Das verlangt Körperbeherrschung und Gefühl in der Zehe. Denn wenn das Ganze für die Frau schön sein soll, muß des mit Vorsicht geschehe', so 'ne Muschi ist schließlich kein Stahlrohr! Und das wichtigste: und dabei sah er strafend und vorwurfsvoll den armen Schmittchen an, die Fußnägel müssen gut geschnitten sein, sonst endet das Ganze in einem Blutbad.

Einmal hab ichs im Auto im Stadtwald mit einer getriebe', die isch auf der Mess' kennegelernt hab', die konnt' und konnt' net genuch kriesche. Da hat isch noch den Ford, immerhin mit Liegesitz'. Aber isch gesteh euch, nach dem dritte' oder vierte' Mal, da wars bei mir vorbei, isch hatt' ja auch den Tag über schon net schlecht getrunke'. Aber die Klaa mit ihrer Saugpumpe, die wollt' immer noch mehr. Also wißt ihr, was isch da mit ihr gemacht hab'. Isch heb se hoch und stülp' se mit ihrer große' Futt auf den Schaltknüppel, ich wußt net recht, wie se drauf reagiere' würd', aber nach ner Sekund' fängt se an, selig zu grinse' und sich zu bewege', und ob ihrs glaubt oder net, ich mußt' mich beeile', die Kupplung zu drücke', sonst hätt' se mir des ganz' Getrieb' zuschand' gemacht!

Da isse abgegangen was! Vierter Gang, gell! jauchzte der kleine Mahlzahn und hüpfte auf seinem Sesselkissen in die Höhe. Ja, des meesche se, die Weiber, wenn mer se schtoppt wie e Gans!

Das Gaudium der forschen Männerrunde wurde von Freya gesprengt, die ins Wohnzimmer trat, sich breitbeinig aufstellte und sagte: Hier, der Große Penetrierer. Genug maulgehurt. Deine Frau sagt, 'es Esse steht aufm Tisch.

Wilhelm hielt eine Ansprache auf seine Mutter, die die Stürme der Zeit so gut überstanden habe, wie man das einem Menschen nur wünschen könne, pries die exemplarische Erziehung, die sie ihren Söhnen habe angedeihen lassen, ließ das faszinierendste Jahrhundert der Weltgeschichte, das gleichzeitig ihr Lebensjahrhundert war, Revue passieren und erhob schließlich dankend im Namen aller Anwesenden sein Glas auf ihr Wohl, eine Geste, die von den Töchtern und Schwiegertöchtern mit erheblich weniger Elan begangen wurde als von den Männern. Nach dem Essen öffnete Wilhelm den Barschrank und kam mit einer Flasche zurück, die er vor der Runde hochhielt wie eine Hostie. Das, meine Lieben, ist Eiswein, deklamierte er. Das Beste vom Besten. Ein Tröpfchen, so etwas habt ihr noch nie getrunken. Zur Feier des Tages. Ihr kriegt aber jeder nur ein Glas, das Zeug kost' nämlich ein Heidengeld. Auf das Wohl von Muddi!

Nach dem Mahl fuhr man mit mehreren Wagen ins nächste Städtchen, wo die Gesellschaft sich im Park des Klosters unter Ulmen und Bougainvilleen ergehen, das Mittagessen verdauen und Platz schaffen wollte für Kaffee und Kuchen, die auf 16 Uhr angesetzt waren.

Ich wich nicht von meines Onkels Seite. Wilhelm war kein Held, aber er war ein Gewinner, und damals war ich mir des Unterschiedes noch nicht bewußt. Ich fühlte mich ebenbürtig, und der böse Blick meiner Mutter war unverständlich und inkonsequent: Sah sie nicht Großes in mir? Und wenn ich die Gegenwart eines Großen suchte, machte sie mir Vorwürfe und schärfte mir hinterher ein, nichts ernst zu nehmen von dem, was Onkel Wilhelm erzählt habe.

Wir gingen, abseits von den anderen, zu einer Bank, lauschten den Vögeln, atmeten den Wind ein, der Flußgeruch herüberbrachte, und schließlich richtete Wilhelm das Wort an mich:

Weißt du, Hagen, alles ist relativ!

Er sah mich vielsagend an, und als ich ergeben nickte, wiederholte er: Alles ist relativ.

Wir wissen heute dank der Physik, daß es nichts Festes gibt. Eines erklärt und ergibt sich aus dem anderen, und je nachdem, von wo aus du etwas betrachtest, verändert es seine Gestalt. Du runzelst die Stirn, du sagst, aber worauf soll man sich denn dann stützen. Auf nichts, auf gar nichts. Alles was wir können, ist, uns darüber klarzuwerden, daß alles immer ständig in Bewegung ist, wir auch, und versuchen, diese Situation zu nutzen.

Wir sind nichts Festes, Hagen, wir sind knetbar, alles kann aus uns gemacht werden. Zwei Möglichkeiten: Du läßt dich von anderen kneten, oder aber du kommst ihnen zuvor und verwandelst dich selbst in das, was verwertbar und profitabel ist. Es geht darum, schneller zu sein als die andern. Die Zeit ist ein wichtiger Faktor.

Lebewesen, Ideen entwickeln sich, indem sie gegeneinander kämpfen. Und das stärkere Prinzip setzt sich durch. Aber auch das, was heute das Wahre, Starke war, ist morgen schon wieder das Falsche, Schwache, sonst würde ja die ganze Entwicklung plötzlich aufhören und an einem Ziel angelangt sein. Aber wo ist Anfang und wo ist Ende eines Kreises?

Und wie die Menschen sich im Laufe der Geschichte aus solchen Illusionen befreit haben, befreit sich ein jeder im Laufe seines Lebens von ihnen oder sollte es doch zumindest tun. Zunächst natürlich bist du abhängig von den Autoritäten, denn du weißt und kannst noch nichts. Dann, eines schönen Tages, reißt du dich los von ihnen, ohne noch vorderhand so recht zu wissen, wohin es mit dir gehen soll. Das ist deine erste Freiheit, du befreist dich von etwas, du definierst dein Leben negativ: Das bin ich NICHT, das will ich NICHT, das stimmt NICHT. Aber was glaubst du: Kann man mit einer solchen Freiheit lange glücklich bleiben, ohne zu verbittern? Ich gebe dir zu: Diese Freiheit ist die schönste, die reine ekstatische illusionäre Freiheit der Jugend – einen Moment lang, aber im Endeffekt hat sie nicht viel Kraft, denn ein Mensch, der WILL, ist immer stärker als einer, der nur NICHT-WILL. Daher mußt du, von einem bestimmten Moment ab, eine neue Freiheit finden, eine positive, eine Freiheit zu etwas hin. Da aber gib besonders acht, denn auf diesem Abschnitt liegen die raffiniertesten Fallen verborgen.

Fallen, die du dir selbst stellst, weil du genug hast von deiner leeren Freiheit. Du nimmst beispielsweise eine Arbeit an, weil du glaubst, Geld zu brauchen, oder du heiratest eine Frau, nur weil sie ein Kind von dir erwartet, und überzeugst dich selbst, dies sei deine freie Wahl. Die Falle liegt darin, in eine neue Abhängigkeit zu geraten, weil man sich vormacht, man sei aus eigener Entscheidung in sie getappt. Aber Vorsicht! Das sind Angsthandlungen! Belüge dich niemals selbst, indem du eine Abhängigkeit mit dem Argument annimmst, es sei ein Zeichen von Freiheit, sich freiwillig dareinzubegeben. Nein, die wirkliche Freiheit kann nur eine Freiheit zu dir selbst sein!

Die Frage ist natürlich, was dein eigenes Lebensinteresse ist. Wärst du alleine auf der Welt, wüßtest du nicht, ob du lebst oder tot bist. Es sind die anderen, die dir zeigen, daß du existierst, denn es sind die anderen, die immer etwas von dir erwarten. Und ganz besonders von uns Seelhorsts, von Menschen wie dir und mir. Der einzelne andere ist gar nichts, aber die Gesamtheit formt dich. Die Welt ist wie eine Frau. Sie will erobert werden, sie erwartet nichts anderes. Und wehe uns, wenn wir ihre Hoffnungen nicht erfüllen. Der einzige Rat, den dein

Onkel dir geben kann, ist also der: Glaube an nichts, halte an nichts fest, frage dich nicht, wer du bist, sondern, was du willst, frage immer nur, wer du im nächsten Moment sein mußt, um als Gewinner aus der Situation hervorzugehen, um den Erwartungen der Welt an dich zu genügen. Die Menschen sind nichts, aber man muß sein Leben im Hinblick auf sie leben. Das klingt paradox, aber es ist die einzige Philosophie, auf die ich etwas gebe.

Inzwischen war die übrige Familie die Rundwege oft genug abgegangen, um ein Recht auf Kaffee und Kuchen zu verspüren, und machte vor der Bank halt, auf der wir saßen. Na, was hast du dir anhören müssen? fragte meine Mutter mit verkniffenem Lächeln, und Wilhelms Frau stimmte ein: Hat er wieder die Welt in 12 Minuten erklärt? Wilhelm zwinkerte mir zu: Wir beide wußten es besser. Männergespräche haben wir geführt, was? Nichts für euch.

Nachdem Gleisners Text an der Kaffeetafel verlesen war, erklärte mein Vater seine weiteren Pläne: Fahrt nach Seelhorst an den Rhein und Erkundung der Herkunft des Grafengeschlechtes. Das sind meine Ideen. Was haltet ihr davon?

Ich weiß nicht, wozu das gut sein soll, sagte Freya. Wenn wenigstens etwas dabei herauskäme, ein Titel, ein Schatz, aber so ist es ja die reine Romantik.

Was dabei herauskommt, ist ein Bewußtsein von uns selbst, sagte mein Vater. Freya zuckte die Achseln.

Freya kann das nicht verstehen, sagte meine Großmutter. In der Familie Seelhorst sind es die Männer, die zu Höherem bestimmt sind.

Um das zu wissen, sagte Wilhelm, brauche ich keine Ahnengeschichte. Meine Staatsbürgerschaft ist die Seelhorstsche. Mein Reich, das bin ich selbst. Die Geschichte meines Volks fängt mit meiner Geburt an. Wer waren diese Grafen denn überhaupt?

Ich glaube, hier kann ich etwas beitragen, sagte Gleisner. Ja, wie haben wir uns die ersten Herren von Seelhorst vorzustellen? Es waren natürlich Helden, aber was heißt das? Es waren Männer, die vom Heilsgedanken nichts wissen wollten, die wußten, daß der Untergang, das Unglück sie erwartete, alle Tage hereinbrechen konnte. Ihre einzige Hoffnung war, nach ihrem Tod noch ein zweites Mal mit den Göttern sterben zu können. Der Ehrgeiz ihres Edelmutes war es, nur für verlorene, aussichtslose Sachen zu kämpfen, denn alles Hohe und Gute ist verloren und aussichtslos. Widerstand, nicht Sieg, war ihr Weg und Ziel. Und Helden konnten sie nur im Tode werden, denn der Tod war der einzige Beweis, lange und hartnäckig genug gekämpft zu haben, um sich mit Fug und Recht als Held fühlen zu dürfen.

Na, was sagst du dazu, Bruderherz? fragte mein Vater stolz.

Ich halte nicht viel von Tod und Sterben. Ich kann nur lachen, wenn einer sagt, die Toten hätten recht. Tote sind die schlechtesten Anwälte ihrer Sache. Wichtig ist nur, daß wir leben. Nicht daß irgendwann einmal jemand gelebt hat. Wichtig ist, daß wir unabhängig sind. Die Zeiten ändern sich, die Sitten ändern sich, die Regierungen ändern sich. Gut und Böse, Richtig und Falsch ändern sich. Wir bleiben. Wer überlebt und reüssiert, hat recht.

Schon gesprochen, sagte Gleisner. Aber der Tod ist unser aller Los. Und stirbt es sich nicht leichter, nicht edler, wenn man sich in eine Tradition wie die Ihre einreiht, 15 Generationen vor Ihnen und ebenso viele danach?

Ich selbst finde die Idee großartig, sagte meine Großmutter. Und wenn ich Geld hätte, würde ich dir alles bezahlen, Friedrich. Und du, Wilhelm, du hast auch recht, denn eine Tradition, die nicht hochgehalten wird, ist nichts wert, und das muß heute geschehen, nicht wahr?

Und ich glaube doch, daß es mit unserer Familie etwas Besonderes auf sich hat und daß es unsere Sache ist, herauszufinden, was, sagte mein Vater trotzig.

Freya lachte: Entschuldige Friedrich, aber mit dem, was ich von der Familie mitgekriegt habe, scheiße ich auf unsere Besonderheit vor tausend Jahren.

Pfui Teufel, rief meine Großmutter, dir geht jeder Familiensinn ab.

Gar nicht mal, sagte Wilhelm würdig, nur die Fähigkeit zu rechnen. Das Ganze ist eine mathematische Frage, eine Gleichung. Da wir heute stehen, wo wir stehen, und da wir bewußt dort stehen und wissen, warum und wissen, warum andere nicht so weit sind, und warum die, die weiter sind, weiter sind, daher müssen wir ganz einfach anders sein als die anderen. Wäre es nicht so, wären wir nicht wir. Der Unterschied ist: Wir wissen. Wir haben keine Scheuklappen. Wir sehen. Wir haben keine Illusionen. Wir haben nie Illusionen gehabt. Wir haben nie geglaubt. Wir waren immer logisch. Wir sind unser einziger Fixpunkt im Universum.

Mein Vater wußte, daß die Sache verloren war. Indessen hatte der denkwürdige Tag noch nicht alle seine Trümpfe ausgespielt, und alle Überlegungen zur Familiengeschichte wurden unterbrochen von einem Ereignis, das den Abend beschloß und krönte und tatsächlich keinen Raum mehr ließ, an anderes zu denken und auf anderes sich zu konzentrieren.

Was sich da vorbereitete, wurde erst dadurch möglich, daß Magda das Feld räumte und sich gegen 10 Uhr abends von heftigem Kopfschmerz entschuldigt auf ihr Zimmer zurückzog. Das bedeutete freie Bahn und hieß carte blanche für Wilhelm.

Als die eichene Standuhr im Wohnzimmer zehn geschlagen hatte, Magda verschwunden und die übrigen je nach ihrem Geschmack gut mit Wein oder Bier versorgt rund um den niedrigen Tisch auf Stühlen und Couch saßen, Großmutter Herta an der Stirnseite in einem plüschigen Ohrensessel, erhob Wilhelm Seelhorst sich, schlug einmal die Hände zusammen, worauf augenblicklich Stille eintrat, und begann:

Der Penis! sagte er und schwor mit drohendem Rundblick aus aufgerissenen Augen die Gemeinde auf sich ein.

Der Penis, wiederholte er, und seine Zuhörer hingen, wie er feststellen konnte, an seinen Lippen. Herta Seelhorst trug – sie wußte ja nicht, was kam! – ein stolz-zufriedenes Gesicht zur Schau, wie stets, wenn ihr ältester Sohn das Wort ergriff. Meine Mutter verzog die Mundwinkel nach unten, sie fühlte, daß das alles gegen sie gehen würde, hätte sich aber doch nie getraut, ein Wort zu sagen oder gar das Zimmer zu verlassen, der arme Erwin Schmittchen zuckte zusammen, ein solches Thema, vorgetragen von diesem Stärkeren, das mochte schlecht ausgehen für ihn. Aber diesmal täuschten sich alle, denn die einzige Person, die Wilhelm bloßstellen wollte, war er selbst.

Der Penis, hob er zum dritten Mal an, ist das reale Symbol aller Entwicklung. Er ist ein Symbol, denn er steht für vieles, ein Pfeil des Fortschritts, Kunst und Natur inspirieren sich an seiner Form, er sichert die Fortpflanzung, seine Aktivität gewährleistet unser aller Weiterbestehen. Und er ist real, denn wenn vielleicht auch die Jungfrau Maria vom Heiligen Geist geschwängert wurde, wir alle, Männer und Frauen, die ganze Welt, benötigen doch die reale, die tatsächliche Funktion. Der Penis ist die Apotheose selbst der Funktion! Ich brauche euch das, glaube ich, nicht näher auszuführen, denkt alle ein wenig nach, erinnert euch alle ein bißchen – und dabei ließ er den Blick wiederum schweifen, einen Blick diesmal gemischt aus mitfühlender Sympathie und augenzwinkerndem Triumph.

Die Apotheose selbst der Funktion, sage ich euch, und ihr wißt ja alle, daß das Funktionieren, das Funktionieren von Maschinen und Ämtern, von öffentlichen Diensten und Armeen, von Polizei und Rechtsprechung, das Funktionieren aber auch von Hirn und Körper unerläßlich ist für unsere geistige und moralische Gesundheit. Die Römer wußten schon, warum sie mens sana in corpore sano forderten!

Um aber Funktion aufrechtzuerhalten, und da spreche ich jetzt als Ingenieur und Spezialist zu euch, ist eines unerläßlich, und das ist der Fortschritt, das ist die Evolution. Denn – Hagen, du wirst davon vielleicht schon gehört haben, gell? – die Lebensbedingungen verändern sich ständig, laufend, und das einzige, was uns fähig macht zu überleben, ist Anpassung. Was ist Anpassung aber anderes als ständiger evolutionärer schrittweiser Fortschritt?

Er hielt einen Moment inne, holte Atem und fuhr dann fort, laut und herzhaft zu sprechen, mit seiner tiefen, tragenden Stimme, mit dem weichen frankfurterischen Zungenschlag, der passagenweise, wenn er ins Hochdeutsche fiel, ganz verlorenging, dann wiederkehrte, und Wilhelm schritt durch den Raum, ließ sich auf Sessellehnen nieder, fixierte dann und wann einen der Zuhörer und legte eine Haarsträhne, die ihm auf die gewölbte, olympische Stirn gerutscht war, wieder quer über den massigen Schädel mit der Hutnummer 64.

Das alles wißt ihr natürlich selbst, sagte er, und ich habe es nur wiederholt, um gewissermaßen uns alle auf die gleiche Plattform zu hieven, von der aus ich euch

jetzt sagen will, worüber ihr vielleicht noch nicht nachgedacht habt: Fortschritt, das ist nämlich mehr noch als
Anpassung, Fortschritt ist, aufgepaßt, ein Weg zur Unabhängigkeit, denn was wir alle seit 2000 Jahren versuchen, ist doch, die Würde des Menschen gegen die Welt
zu verteidigen; gegen die Infamien der Natur zu verteidigen, sage ich.

Was ist aber Würde? Würde ist ungestörte Entwicklung unserer selbst, und aller Fortschritt unser Versuch,
die Würde des Menschen unabhängig vom Lauf der Welt
zu wahren, daher ein Kampf, unsere ungestörte Entwicklung, unser Funktionieren unabhängig von der Natur zu erhalten.

Er sah sich befriedigt um, niemand sagte etwas oder
räusperte sich, was immer sie erwartet haben mochten,
DIES war es nicht gewesen.

Das heißt also, setzte Wilhelm Seelhorst wieder an,
und das müßte ich euch allen vielleicht viel weniger sagen als anderen, jüngeren hier: Alle Errungenschaften
der modernen Welt auszunutzen, die Modernität bejahen, die ja nichts ist als das Prinzip des Vorwärts, der
Entwicklung, immer weiterzugehen, nie am Alten festzuhalten, das alles heißt, die Menschenwürde bejahen, das
alles ist etwas höchst Ehrenhaftes.

Und mehr noch, es ist nicht nur ehrenhaft, es ist sogar
verpflichtend! Denn worum geht es denn schließlich?
Warum bewegen wir uns denn alle, anstatt in unseren
Betten liegenzubleiben, worum geht es? Es geht ums
Nicht-Sterben! Es geht ums Nicht-Sterben in symboli-
scher wie in praktischer Form. Das Leben muß gesichert
werden. Sterben ist Kampfabsage, ist Niederlage, ist
Krankheit.

Dies hätte nun vor allem für meine Großmutter zu
starker Tobak sein können, die schon wiederholt erklärt

hatte, sie habe reichlich und genug gelebt und nun, da ihre Söhne das Erbe hochhielten und so gut gediehen, hätte sie nicht mehr viel dagegen einzuwenden, in die Grube zu fahren, aber Herta Seelhorst lauschte ihrem Sohn noch immer mit demselben stolzen Schmunzeln wie zu Anfang, und als er sich dessen versichert hatte, fuhr Wilhelm fort.

Denn das Sterben ist entsetzlich, ist schmerzhaft, widersinnig und verletzend. Ich spreche mein Veto gegen das Sterbenmüssen. Man stirbt, andere sterben, ich nicht, wir nicht. Ich sage Vorwärts, leben wir. Denn der Vorwärts-Gedanke der Modernität verpflichtet uns, er ist die einzige Kampfansage ans Sterben. Alle Entwicklung hat letztlich nur diesen Sinn und Zweck. Ihre Aktivität verhindert, daß wir sterben!

Und daher geschieht es voller Stolz, wenn ich euch jetzt folgendes zeige: ein reales Symbol! Ein reales Symbol dieses würdevollen und verpflichtenden Dranges der Menschheit nach Fortschritt, Funktion, Gesundheit und Unabhängigkeit! Seht und scheut euch nicht, näherzurücken und zu fragen, ich will euch alles erklären.

Mit diesen Worten trat Wilhelm in die Mitte des Familienkreises, rückte den Tisch ein wenig beiseite und entledigte sich seiner Hose. Man sah, daß er seidene Shorts als Unterwäsche trug, und ein flaches Ausatmen war das einzig hörbare Geräusch, als er diese ruhig auszog.

Er stand in der Mitte des Raumes, im weißen Nyltest-Hemd mit weinroter Krawatte, unten herum nackt, und nahm jetzt sein Glied in die Hand, oder besser legte es auf die flache Hand und schwieg einen Moment.

In diesem Augenblick hätte alles zusammenbrechen können, hätte der Skandal seinen Lauf nehmen müssen. Die Person, von der dies abhing und zu der aller Augen wanderten, war aber weder Herta Seelhorst; die kannte ihren Sohn nackt und blieb ruhig sitzen; war auch nicht Friedrich, der mit gerötetem Kopf zu Boden sah; nein, jedermann schielte nach Freya und wartete auf ihre Reaktion. Ein Wort aus Freyas »dreckisch Gusch« und alles wäre verloren gewesen. Aber Freya war es nicht nach Scherzen zumute. Die Stimmung, in die Wilhelms Rede sie alle versetzt hatte, war zu ernst, wirkte zu ehrlich, um jetzt Dummheiten von sich zu geben. Freya öffnete den Mund, räusperte sich und sagte: Laß also hören.

Dieser Penis, sagte Wilhelm, ist einer von denen, die aus Gründen, die zu erklären, soweit sie überhaupt erklärbar sind, zu weit führte, welche einen Teil der ihnen von der Natur zugedachten Aufgaben nicht mehr ausführen wollten. Bewahre, es handelt sich nicht um die entscheidendsten. Das physiologische Element, die Fruchtbarkeit, die Funktion im höchsten Moment war stets gewährleistet, es war eine Teil- und Anfangsgeste, die sich versagte. Ihr wißt ja, daß bei ideeller oder manueller Reizung zunächst die beiden zu rechter und linker Hand gelegenen Schwellkörper aktiv werden, und eben dieser Prozeß war gestört.

Welch ein Makel, welch ein Verlust wäre etwas derartiges noch vor fünfzig, noch vor zehn Jahren gewesen! Ich danke also dem technisch-medizinischen Fortschritt für eine ingeniöse Erfindung, die es seit noch nicht langer Zeit gibt, die aber bereits so weiterentwickelt wurde, daß ich hier Besitzer eines Modells der zweiten Generation bin. Zu Anfang setzte man nämlich ein Silikonkissen oder einen -stab in den Penis, was zwar dem Problem Abhilfe schuf, jedoch den Nachteil hatte, irreversibel zu sein, so daß sein armer Träger nun ständig mit einem aufgerichteten Glied gestraft war, was, wie ihr euch denken könnt, höchst unpraktisch ist, denn im Normalleben mußte es hochgeschnürt getragen werden, aber mehr als das, es gab auch Probleme mit Entzündungen, Reizungen und Schmerzen aller Art.

Was ihr aber hier vor euch seht, das ist die zweite Generation von Penisplastiken, und die ist ein wahres Wunderwerk. Zur Technik sage ich nur dies: Man setzt links und rechts je einen kleinen flüssigkeitsgefüllten Ballon ein, da, seht näher, ist das Ventil, hier Hagen, du mußt es dir vorstellen, als Autonarr, wie die Hydropneumatik eines Citroën, hier sage ich, sind die Ventile, und hier, mit dieser kleinen, kaum fingergroßen Handpumpe pumpt man auf und ab, je nach Bedarf!

Es ist ingeniös, ein kleines Kunstwerk und ein menschheitsbeglückendes noch dazu. Es ist der Sieg technischen Fortschritts über die Boshaftigkeiten der Natur, die Unabhängigkeitserklärung des Menschen, der Triumph der Funktion über den Tod, und mehr noch, denn stellt euch vor: Welch ein erotischer Gewinn für phantasiebegabte Liebende!

Er hatte gewonnen, Wilhelm Seelhorst hatte gewonnen, er hatte auf der ganzen Linie gesiegt. Alles rückte näher, beugte sich zu ihm, überwältigt von seiner Freiheit, erhöht von den Aussichten humanen Forschergeistes, begeistert die Männer von den technischen, die Frauen von den ästhetischen Reizen der Prothese. Staunende Blicke knieten zu seinen Füßen, hoffnungsvolle Augen suchten die seinen. Herta Seelhorst schaffte sich Platz, trat bewegt auf ihren Sohn zu und bedeckte seine Wangen mit feuchten Küssen.

Wilhelm war in seinem Element: Hier Johanna, möchtest du versuchen? Nein? Drängt nicht so, sonst sieht niemand mehr etwas! Also, ich zeig's euch. So, seht her! Tscht, tscht, tscht, einmal links, einmal rechts, da steht das Meisterstück, es ist prachtvoll, nicht? Und nach getanem Werk, so – langsam hoppla – führt man ihn wieder in Normalzustand zurück. Da, möchtest du versuchen? Ja, genau so, laangsam, laangsam, na wunderbar, es klappt, so, und nun genug damit.

Wilhelm Seelhorst lächelte geschmeichelt und zog seine Hose wieder hoch, während das kleine Pümpchen von Hand zu Hand wanderte, gedreht und von allen Seiten betrachtet und bewundert wurde.

Das, sagte er, ist Menschenwürde, und solange wir solche Dinge erfinden, werden wir nicht sterben, niemals, keiner von uns!

Das Ausatmen und Schweißabtupfen war nun allgemein, dann prasselte der Beifall los und Sektkorken knallten hoffnungsfroh, als beginne eine neue Zeit.

Schwanenritter

Interessieren tut's mich aber schon, sagte Wilhelm versöhnlich, als wir am nächsten Morgen abreisten. Was
sucht ihr denn nun genau?

Das Ziel unserer Nachforschungen, sagte Gleisner, ist
der Urgrund der Familie. Der wirkliche Gründer und
Stammvater. Die erste Taufe, das erste Mal, daß der
Name Seelhorst erklang, die erste Geburt.

Weißt du eigentlich, wie du gezeugt und geboren wur-
dest, Hagen? fragte Onkel Wilhelm.

Ich schüttelte den Kopf.

Im Herbst nach unserem Italienurlaub hat deine Mutter zu mir gesagt: Nächstes Jahr im Sommer, an dem und
dem Datum werde ich ein Kind bekommen, und es wird
ein Sohn sein mit braunem Haar. Das hatte sie alles perfekt berechnet, Tag und Stunde, und dann hat sie deinen
Vater angerufen und gesagt: Komm sofort nach Hause,
und dein Vater ist wie ein Wahnsinniger ins Auto gesprungen, um den rechten Moment nicht zu verpassen,
damit du kein Mädchen wirst oder blond, und hat es gerade noch eben so geschafft, und neun Monate später
auf den Tag genau nach Voraussage bist du geboren und
warst ein Junge mit braunem Haar.

Ich sah meine Mutter an.

Die winkte unwirsch ab: Alles Unsinn, was er erzählt.

Natürlich war es ganz anders.

Wilhelm grinste. Was viel wichtiger ist, das ist auch, was du aus deinem Leben machst. Dein Vater und ich, wir sind von schlechteren Ausgangspositionen gestartet als du. Weißt du noch, Friedrich, Frühjahr 45, als wir uns wiedergesehen haben in dem zerbombten Haus?

Was war ich froh, als du wieder daheim warst, Friedrich, sagte meine Großmutter.

Ja, und seitdem kann ich keine nächtlichen Bahnhöfe mehr ertragen, sagte mein Vater.

Warum? fragte ich.

Das ist eine lange Geschichte.

Aber Familiengeschichte, sagte Gleisner. Erzählen Sie, es interessiert uns alle.

Es war Anfang 45, sagte mein Vater. In der Landverschickung im Osten. Eines Morgens sagt man uns, die Schule ist aus und drückt uns in aller Eile den Volksschulabschluß in die Hand, und dann schüttelte der Lehrer uns vor dem Schulhaus die Hand und wünschte uns mit abgewandtem Kopf alles Gute, und dann ging jeder nach Hause. Nur daß mein Zuhause 700 km weit weg lag.

Friedrich Seelhorst, 14 Jahre alt, packte seine Bücher und Kleider in einen Pappkoffer, verabschiedete sich von den Bauern, bei denen er logiert hatte, und marschierte die 20 Kilometer bis zum nächsten Bahnhof. Es war Abend, als er ankam, und der Bahnhof war überfüllt von Menschen; Mütter mit Kindern zwischen Kisten und Körben in dem kleinen Wartesaal, auf dem Bahnsteig kein Durchkommen zwischen den Handkarren, alte Männer hustend am Bahnwärterhäuschen, jüngere blickten zu Boden oder ins Weite, trugen viel zu große oder zu kleine bäuerliche Kleidung, Babygebrüll, Mütter verloren die Nerven und kreischten, Geschubse und Faustschläge bei den vorderen Plätzen direkt an den Gleisen, dann wieder Perioden bleiernen

Schweigens, und die Nachtkälte kroch in die Glieder, Wind über dem menschenschwarzen Bahnsteig, Türenschlagen, alles im Halbdunkel, nur eine einzige Birne in dem nach kaltem Rauch und Mensch und Warten stinkenden Saal und kein Gesicht und kein Ausdruck darauf recht zu erkennen. Friedrich sicherte seine Flanken zwischen zwei dicken Frauen in grauem Rock mit schwerem Vorhangstoff um die Schultern, von dem die goldgewirkten Kordeln über die Brust herabbaumelten. Er hockte sich auf sein Pappköfferchen und wartete. Er wartete die ganze Nacht, wartete ohne ein Auge zu schließen, wartete gegen halbverschattete Blicke auf ihn oder auf den Koffer. Hundertmal der Schrei: Er kommt!, aber dann kam nichts, oder man hörte eine Weiche klacken oder ein Signal hochgehen, aber danach geschah nichts, und in der Stille nur mehr das Summen der eigenen Ohren; es mußte ein Vogel gewesen sein oder eine Autotür oder ein Gartentor. Nur einmal in dieser Nacht kam ein Zug, kam sogar aus Osten, aber dann hielt er nicht. Die Hälfte der Leute, aufgesprungen, drückte die Vorderen auf die Gleise, da bemerkten sie, daß der Zug nicht langsamer wurde, die Lokomotive dampfte vorüber, zwei Pfiffe, dann zwei Minuten lang geschlossene Güter- und Planwagen, und das eiserne Tagadak-Tagadak-Tagadak ließ den Bahnsteig beben.

Die Erregung zerbröckelte, Gebrüll und Schluchzer verwehte der Nachtwind. Noch stiller wurde es, Nebel der Lethargie. Friedrich rezitierte das Große Einmaleins gegen das Einschlafen, die Kälte lähmte die Lippen, sienalsiehzehnisunnereunzehn, und dachte an den Zug. An den Zug, der kommen würde. Gegen sechs Uhr morgens begann es zu schneien, und kurz vor Sonnenaufgang die Stimme des Stationsvorstehers, die einen Zug in Richtung Westen ansagte und Ruhe und Ordnung empfahl. Aber das Chaos begann, die im Wartesaal schnürten ihr

Bündel und drängten hinaus, von überall her plötzlich noch immer mehr Menschen, die wer weiß wo gewartet haben mochten. Handkarren umgestoßen, Körbe zu Boden, öffneten sich, Teller, Gläser, Schreie kollerten auf den Bahnsteig, wurden zertrampelt, zermahlen. Die ganz vorn ausgeharrt hatten, drückte die Wucht der Bewegung auf die Gleise, sie bezogen Position dahinter, öffnen die Türen sich auch zu beiden Seiten? Friedrich kroch auf allen vieren durchs Unterholz der Beine zum Rand des Steigs, zählte Stiefel, Pantoffeln, Holzschuhe, Frauenschuhe, dachte an seine Mutter. Noch eine halbe Stunde, dann war der Zug zu hören. Dann war er zu sehen, die Waggondächer schon über und über mit Menschen bedeckt. Dann hielt er an, 50 Meter vor der Mitte des Bahnhofes, Fluchen, Husten, Schreie, gellende, quäkende, hysterische, kehlige, Getrappel, Nagelsohlen, Gescharre, Ellbogen, Beine, zuckende Adamsäpfel, die weißen Wölkchen hechelnden Atems, die weißen Wölkchen aus dem Schornstein der Lokomotive, Friedrich sprang auf die Gleise, lief auf die schwarze Lok zu, kletterte auf die Puffer, erklomm den Tender und wurde mit kräftigem Griff von einem rußschwarzen Mann emporgezogen, der ihm zeigte, wie er sich setzen und wo er sich festhalten mußte. Friedrich biß sich die Lippen blutig, als er die Kämpfe unten sah, wer mehr als einen Koffer mit sich trug, war verloren, hinter ihm die Dächer schwarz von Menschen, dann ein Ruck, der ihn beinahe von der Lok warf, mit Stampfen und grauschwarzem Dampf aus dem Schornstein vor ihm setzte die Bahn sich in Bewegung, die Hälfte der Leute blieb schreiend, stammelnd, entgeistert, Fäuste schüttelnd, winkend, erstarrt zurück, junge Männer liefen mit und sprangen auf, einer verlor das Gleichgewicht und griff nach Friedrichs Bein, instinktiv zurückgezogen, der Junge, starrende Augen, ru-

dernde Arme, fiel hinterrücks außer Sicht. Der rußige
Mann reichte Friedrich eine Wollmütze, tief ins Gesicht
ziehen, die erste Etappe seiner Flucht begann.

Er stieg in Görlitz um. Er wartete einen Nachmittag in
Radeburg und eine Nacht in Riesa. In Chemnitz gab es
kein Weiterkommen mehr, und er marschierte bis Glauchau, wo man sagte, in Zwickau gebe es einen Zug. In
Glauchau stahl er ein Fahrrad, mit dem er bis Zwickau
fuhr, wo er sich kurz vor Abfahrt des Zuges in ein Abteil
mit 12 Menschen drängte; er schlief im Stehen bis Hof,
wo er wiederum eine Nacht wartete, bis ihn ein Zug
über Marktredwitz und Pegnitz nach Nürnberg brachte.
In Nürnberg aß er zum ersten Mal nach mehr als drei Tagen und hörte, daß ein Zug nach Frankfurt abging. Er
machte die Reise auf dem Klosettdeckel, bis die Bahn
zwischen Hanau und Offenbach mit quietschenden
Bremsen anhielt: Fliegeralarm. Friedrich sprang in den
Graben und sah die Lokomotive explodieren. Die letzten
15 Kilometer marschierte er, nach einer Stunde, die
Nacht hatte wieder eingesetzt, bemerkte er, daß sein
Köfferchen fehlte, er hatte es im Graben liegengelassen.
Da weinte er zum ersten Mal, aber zurück ging nicht
mehr. Gegen Mitternacht erreichte er durch zerbombte
Gassen, durch einen Trümmerhaufen, der die Frankfur-
ter Altstadt gewesen war, die deckenlose Wohnung sei-
ner Mutter, auf die der sternklare Himmel herabsah.

Das erste, was ich sagte, war: Mutti, sei nicht böse, ich
hab meinen Koffer verloren, erinnerst du dich, Mutti?

Natürlich erinnere ich mich. Ich hab die ganze Nacht
geweint vor Glück und Angst. Und ich erinnere mich
auch noch, welche Angst ich um Wilhelm hatte, denn der
war ja alt genug, um zur Front geschickt zu werden, und
ich hab ihn in der Wohnung versteckt unter dem Bett, bis
er die Stelle gefunden hat. Weißt du noch Wilhelm?

Allerdings, aber damit war's ja nicht getan. Eine Lehrstelle in einem kriegswichtigen Betrieb ist eines, aber das Schwierige war das Arbeitsamt.

Den Personalchef hatte ich schnell überzeugt, aber seine Zusage mußte vom Arbeitsamt bestätigt werden, und dort haben die Probleme angefangen, denn der Beamte war beleidigt, daß ich die Behörde übergangen und eigenmächtig eine Lehrstelle nicht nur gesucht, sondern auch gefunden hatte.

Nein, nein Junge, so geht das nicht, sagt er.

Aber die wollen mich einstellen, sag ich.

Wer dich einstellen wird, das bestimmen wir hier.

Er verlangt mein Zeugnis und betrachtet es abschätzig und hält das Papier möglichst weit von sich und sagt: Das einzige, was ich dir damit anbieten kann, ist eine Stelle als Post-Jungbote.

Postjumbo? Ich dachte, mich trifft der Schlag, das war das beste Zeugnis, das der Lehrer je ausgestellt hat.

Was du nicht sagst, meint er.

Ich hätt ihn erschlagen können, aber das hätte nichts geändert.

Postjumbo also, sagt der Kerl, das ist alles.

Und da hatte ich eine Eingebung, war zwar ein Bluff und hätte mich teuer kommen können, aber in der Not wird man eben erfinderisch, und so gut hab ich die Menschen schon gekannt, daß ich begriff, wie sie funktionieren:

Sagen Sie mir mal Ihren Namen, sag ich ihm plötzlich, dann werd ich mit meinem Vater sprechen. Mein Vater ist alter Parteigenosse, Huldreich Seelhorst, der hat die Partei hier gegründet, der kennt den Führer persönlich, dann wollen wir mal sehen, was der dazu sagt.

Ich wußte weder, wo unser ehrenwerter Vater sich aufhielt, noch ob er irgend etwas zu sagen hatte, aber ich hab eben gedacht: Einmal wenigstens muß der Mensch mir was nützen, und ich tat so, als notierte ich den Namen des Beamten von seinem Schild. Und da bekommt er Schwitzehändchen, sagt langsam langsam, und ich seh, wie er eilig meinen Namen auf dem Zeugnis nachprüft. Sieh an, denk ich, es scheint Eindruck zu machen. Und der Beamte, ganz naß schon: Wie ich heiße, geht dich gar nichts an. Ich bin hier nicht als Privatperson, sondern als Repräsentant. Aber sagtest du nicht so etwas wie, daß die Firma dich nehmen wolle?

Das steht auf dem Papier, Herr Inspektor. Ich immer höflicher.

Wenn du dich nur zu Anfang hättest klarer ausdrükken wollen. Das ändert doch natürlich alles. In diesem Falle, nicht wahr, brauchst du ja gar nicht unsere Hilfe, sondern nur unsere Bestätigung.

Ich nicke, kein Rothschild und kein Bethmann hätte höflicher lächeln können. Der Inspektor stempelt. Dann hebt er den Zeigefinger. Usus ist das nicht. Hier. Und versuche, ein wenig höflicher zu sein in Zukunft. Sonst wirst du bald wieder hier stehen.

So höflich hab ich mich nie wieder von jemandem verabschiedet. Und da hab ich begriffen, daß Höflichkeit eine Machtfrage ist. Merk dir das gut, Hagen. Je besser deine Karten stehen, desto mehr Höflichkeit kannst du dir erlauben. Na, und drei Tage später marschierten die Amis ein.

Drei Tage später war der Krieg aus, Friedrich, weißt du, was das heißt? Ein Stammbaum hätte den Typen nicht beeindruckt, ein alter Kämpfer als Vater schon. Und heute ein Doktortitel. Da stehen sie stramm. Wenn du rausfindest, daß wir von Karl dem Großen abstammen, werd ich mich freuen, aber unter uns, die Ehre brauch ich gar nicht. Die Zeit von Adelstiteln ist vorbei, und ich muß mich ums Heute kümmern. Ich hab eine Fabrikhalle zu entwerfen, Friedrich, ich hab keine Zeit und kein Geld für die Vergangenheit.

So blieben wir unter uns, um das Dörfchen Seelhorst zu besuchen, das in den Hängen zwischen Schlangenbad und Rüdesheim liegt. Die Ruine des Grafenschlosses stand auf einer Klippe, und der bewohnbare Teil war in ein Hotel umgewandelt worden, in das wir zogen, das Schloßhotel Seelhorst. Ich werde nie den Gesichtsausdruck vergessen, mit dem mein Vater seinen Namen ins Anmeldeformular eintrug, aber der Portier, den ich auch beobachtete, reagierte nicht.

Dieser kleine Marktflecken, deklamierte Gleisner, atmet große Vergangenheit. Hier haben einst die Ubier gesessen, dann die Katten, insbesondere die Mattiaker, die sich schließlich zu den Franken gesellten. Dann tauchten die Alemannen hier auf; selbst Attila mit seinen Hunnen hat auf seinem verheerenden Zug nach Gallien den Ort nicht verschont.

Leider war bei den Grafen Schluß. Kein Archiv, kein Kirchenbuch, nichts zeigte eine Spur, die über das zwölfte Jahrhundert hinaus, tiefer in die Vergangenheit zurückreichte.

Die Grafen, die Grafen, sagte Gleisner, mit diesen Grafen kommen wir nicht weiter. Was haben wir denn sonst noch.

Die drei Schwäne, sagte meine Mutter unsicher.

Unseren Namen, sagte mein Vater trotzig.

Den Namen, sinnierte Gleisner. Seelhorst . . . Warum nicht. Versuchen wir es also mit dem Namen.

Am nächsten Tag gingen wir in die Rüdesheimer Stadtbibliothek und suchten unter Seele und Horst. Keine Aufschlüsse.

Wir müssen das anders anpacken, sagte Gleisner. Der

Name Seelhorst hat weder mit Seele noch mit Adlerhorsten das geringste zu tun. Denn wenn es viele Ortschaften gibt, die ihre Namen von einer landschaftlichen Besonderheit oder dem Erbauer eines Hofes haben, so liegt es doch am Tage, daß, wo wir ursprüngliche, noch aus der Heidenzeit herstammende Orte vorfinden, wir in die Götterlehre übergehen und Heroen, Genien oder Halbgötter als Gründer und Namensgeber dieser Geschlechter und Gründerfamilien aufsuchen müssen. Und daher müssen wir Ihren Namen, mein lieber Seelhorst, etymologisch aus dem Germanischen erklären, wenn wir weiterkommen wollen.

Am nächsten Tag stiegen Gleisner und mein Vater ins Auto und fuhren nach Gießen, wo sie sich mit einem Professor für mittelhochdeutsche Literatur verabredet hatten. Der Zustand, in dem sie abends ins Hotel zurückkehrten, ist mit euphorisch nur unzureichend umschrieben. Gleisners Kopf glühte, der kleine Mann rieb unablässig die Hände, schürzte die Lippen und schrie, sie seien auf der richtigen Spur.

Mein Vater, dessen Augen aus dem Kopf zu springen drohten, gebot Schweigen und stieß Gleisner an, er solle erklären, er selbst habe zwar die Logik des Ganzen perfekt begriffen, komme aber mit den Fachausdrücken und alten Worten nicht zurecht.

Seele, begann der sächsische Pastor, sei in der Tat nichts als eine Entwicklung und Ableitung des Wortes See, und Horst komme von »Hürste«: Gebüsch, Gesträuch, Hecke oder im übertragenen Sinne auch »Verstrickung«, »Beziehung«, »Herkunft« gar, so daß man Seelhorst mit Der-mit-der-See-zu-tun-Habende, Von-der-See-Kommende übersetzen dürfe.

Das ist nun freilich eine phantastische Sache, meine Lieben, denn der von der See kommende Gott kann kein anderer sein als der Wane Njörder, der Gott des Meeres und der Schiffahrt aus der germanischen Mythologie.

Selbst meine Mutter wurde nun lebendig, wenn sie auch ihre aufkeimende Begeisterung, wie es ihre Art war, in Form einer zweifelnden Frage kleidete: Wie kann denn aber der nordische Gott der Schiffahrt an die Ufer des Rheins gekommen sein, also soviel weiter ins Binnenland, als es eigentlich seine Art war?

Schweigen trat ein.

Und überhaupt, stieß meine Mutter weiter. Ist es denn seriös, von der geschriebenen Geschichte so plötzlich in die Legende überzuwechseln?

Aber da war sie bei Gleisner an den Falschen geraten.

Legende? Gnädigste! Na erlauben Sie! Da muß ich doch wohl einmal als Pastor anstatt als Ahnenforscher zu Ihnen sprechen: Wir reden hier nicht über Mathematik, sondern über Geschichte. Und im Gegensatz zur Mathematik verlangt die Geschichte, daß man Brücken schlägt und Schlüsse zieht. Dies ist auch das einzige, was man einwenden könnte, rein wissenschaftlich gesehen, daß Genealogie, dort wo sie in Mythisches mündet, nicht mehr beweisbar sei, aber genauso ist es mit der Religion und der Bibel, was ist das ganze Alte Testament anderes als mythische Genealogie, und da hat die Wissenschaft dann eben einfach abzudanken.

Ihre andere Frage berührt mich mehr: Was macht Njörder am Rhein?

Die Schwäne! schrie mein Vater. Das müssen die Schwäne erklären! Schließlich muß es etwas bedeuten, daß wir die Schwäne im Wappen haben.

Das könne sich nur aus der Herkunft des Begründers erklären, sagte Gleisner. Man habe es demnach mit einem auf einem Schwan den Rhein heraufziehenden Gott oder Helden zu tun, wobei natürlich nur ein einziger in

Frage komme: Lohengrin, der Schwanenritter in höchsteigener Person.

Lohengrin, Njörder, Sie machen mich noch verrückt! Was haben die beiden denn miteinander zu schaffen?

Alles, aber auch alles, sagte Gleisner. Dazu müssen Sie wissen, daß während der Zeit der römischen Besatzung und der darauf folgenden Völkerwanderung die Kulturen und Mythen, germanische, griechisch-römische und keltische sich vermischt und übereinandergelagert haben, mit dem Ergebnis, das man beispielsweise in den hiesigen Gegenden Apollo nicht nur als Monats-, Orakelund Fruchtbarkeitsgott verehrt hat, sondern auch als Stammvater der hier angesiedelten Völkerschaften. Der Rhein selbst hat ja seinen Namen von dieser Gottheit, denn es liegt wohl am Tage, daß Rhenus und Grannus denselben Stamm besitzen; daß aber Grannus niemand anderes als Apollon ist, das bezeugen schon die zahlreichen, dem Apollo-Grannus geweihten noch vorhandenen Altäre. Der Gott des Rheinstroms aber ist vielerorts als Zeuger der Herrscherfamilien verehrt worden, das können Sie bei Properz nachlesen, der sich folgendermaßen hat vernehmen lassen: »Claudius wehrte dem Feind, der ob dem Eridanus einbrach, er, der den belgischen Schild reisigen Feldherrns gewann, Viridamars, der kundig vom Wagen den Wurfspieß schleudernd, gar vom Vater Rhein selbst zu stammen geprahlt.«

Da sehen Sie, daß der auf einem Schwan den Rhein heraufziehende (daß der Schwan dem Apollo heilig war, ist Ihnen ja bekannt) Lohengrin, sein Name bedeutet also: der Lohende, der strahlende Grannus, der Gott Apollo Grannus – oder Rhenus –, selbst ist.

Klar wie Kloßbrühe, wagte meine Mutter zu sagen, aber Gleisner beachtete sie gar nicht.

Langsam, langsam, mir dreht sich der Kopf, sagte mein

76

Vater. Wir hatten Njörder, wir hatten Lohengrin, und nun kommen Sie uns noch mit Apollo. Also Apollo und Lohengrin sind ein und derselbe, wenn ich Sie recht begreife?

Gleisner schürzte seine Lippen und hielt die Hände vor die Brust, die Handflächen nach oben, um zu zeigen, daß alles doch so klar sei. Dann sagte er ruhig und artikuliert: Der hier außerheimatlich verehrte Apollo, und es handelt sich wahrhaftig um ein strukturalistisches Kinderspiel, dies nachzuweisen, kann nur die von den romanisierten Schichten übernommene latinisierte Version wessen sein? Natürlich Njörders!

Soso, und warum das? fragte mein Vater. Er versuchte, den Überblick zu behalten.

Gleisner aber war bester Laune: Ah, mein Gutster, Barallelen gibt's da viele! Das beginnt schon mit dem sagenhaften am Nordpol liegenden Land der Hyperboräer, in welchem Apollo überwinterte, das entspricht geographisch genau dem Noathun, dem Wohnsitz Njörders. Beide Götter, oder besser gesagt, DER Gott, in beiden seiner Identitäten, hat Städte und Dörfer gegründet, ist als Fruchtbarkeits- und Ackerbaugott verehrt worden und wirkte als Orakelstifter und -bringer. Die verblüffendste Parallele ist aber doch die ihrer jeweiligen Geiselnahme, da werden Sie mir nicht widersprechen. Es kommt denn doch schließlich nicht so häufig vor, daß ein Gott sich zur Geisel nehmen läßt, darum können wir hier den veritablen Beweis ihrer Identität sehen: Den Frondienst, den Apollo nach Erlegung der Zyklopen leisten mußte, den aber die griechische Mythologie – vielleicht aus Pietätsgründen – nicht näher beschreibt, kennt die saftigere hemmungslosere Edda für ihren Njörder noch genau, denn sie schildert recht ausführlich, von welcher Art die Erniedrigungen waren, die der Gefangene der Riesen von den Töchtern des Hymir erdulden mußte, die ihn nämlich mit unzerreißbaren Ketten an ihrer steinernen Bettstatt angeschmiedet hatten und sich Abend für Abend seines Mundes als Nachttopf bedienten, wobei sie sich, nachdem sie auf Riesenart gewaltig gefressen und gezecht hatten, rittlings über ihn beugten, um ihre Notdurft zu verrichten ...

Herr Gleisner! sagte meine Mutter.

Ihre Notdurft zu verrichten, allerdings, gnädige Frau, rief Gleisner erbarmungslos und pochte mit dem Knöchel auf den Resopaltisch. Ihre Notdurft, die überdies des jammervollen Njörder einzige Mahlzeit darstellte, nach deren Genuß er auch noch gezwungen war, die Unterleiber der Damen zungenfertig zu säubern, was den Riesinnen, dies aber steht dann nicht mehr in der Edda selbst, sondern gehört in später geschriebene Apokryphen, weitaus mehr Vergnügen bereitet hat, als dem gepeinigten Wanengott.

Und warum hat er sie nicht zum Teufel gejagt? fragte mein Vater. Ich meine, warum hat er sich das bieten lassen als Gott?

Mein lieber Seelhorst, was geschrieben steht, muß erfüllt werden. Da spielt's gar keine Rolle, ob Sie ein Gott sind.

Und dieser Njörder ist also am Anfang unserer Familie?

Njörder, auf seinem Schwan den Rhein heraufziehend, ist hier orts- und familiengründend tätig geworden und hat, womöglich mit einer Sterblichen, ein Geschlecht gezeugt, dem er verschlüsselt, aber doch entzifferbar sein Zeichen mitgab, sein Wappen, das Wappen des auf einem Schwane von der See Kommenden. So sieht es aus, meine Guten: Der Wanengott Njörder ist Ihr Stammvater, aus ihm ist im zeitpopulären Mischmasch der Mythologien Lohengrin geworden. Liebe Familie Seelhorst: Sie dürfen mit Fug und dem Recht des Freidenkenden behaupten: Der Urahn und wahre Stammvater derer von Seelhorst war Lohengrin.

Lohengrin, sagte mein Vater erleichtert. Lohengrin!

Und er nickte stumm. Aber Gleisner war noch nicht am Ende.

Warten Sie, guter Freund, das ist noch nicht alles. Wenn Njörder auch zu den Wanen, der mit den Asen konkurrierenden Götterfamilie gehört, wird doch von Odin selbst oft genug als vom Vater ALLER Götter gesprochen, so daß man, ohne sich zuviel herauszunehmen, der Meinung anhängen darf, auch Njörder sei ein Sohn Odins gewesen, womit die Familie Seelhorst noch ein zusätzliches Glied gewinnt – und eines von beträchtlichem Rang.

Nun einmal mitten im Geschäft gab es kein Halten mehr, denn durch die Verbindung zu Odin selbst war der Verlängerung der Ahnenreihe Tür und Tor geöffnet, da auch Odin nicht einfach irgendwann dagewesen sei, sondern sehr wohl bestimmbare Ursprünge habe.

Hier dürfen Sie sich nun vor allem auf die Gesta Francorum von 727 und die Historia Regum Brittanae des Geoffrey of Monmouth aus dem Jahre 1130 stützen, wo das Wort Asen etymologisch aus »Asien« hergeleitet wird, was nun wiederum zwei Schlüsse zuläßt, denn entweder ist Odin Herr über Asgard gewesen, ein Land, welches östlich des Don in Asien lag und von wo aus er seine Wanderung nach Germanien begonnen hat, eine andere Version situiert die Ursprünge am Hofe des Königs Memnon von Troja, der die Tochter des Priamus geheiratet und ihr einen Sohn namens Tror gezeugt hat, woraus im Germanischen Thor wurde. Dieser Thor regierte in Trakia – auf skandinavisch Thrudheim – und ehelichte die Seherin Sif, und die Genealogie, die sie begründeten, führt bis »Voden« gleich Odin, der die Türkei verließ, um nach Sachsen zu wandern, ja allerdings, nach Sachsen, und dort nach trojanischem Vorbild hofzuhalten.

Am Abend dieses glorreichen Tages trat mein Vater an mein Bett.

Ja, du führst eine Tradition weiter, mein Sohn, und trägst ihr Gewicht auf den Schultern, jetzt weißt du, was es heißt, Hagen Seelhorst zu sein!

Wir hatten den weißen Dampfer, auf dem wir unsere Entdeckungen feiern wollten, in Eltville bestiegen. Es war ein fideles Schiff, das ist das mindeste, was man sagen kann. Während an den Ufern die berühmten Namen auftauchten, von einer Lautsprecherstimme bekanntgegeben, Rüdesheim, Bingen, Lorch, Bacharach, die Pfalz bei Kaub, während die Landschaft sich ins Majestätisch-Mythologische steigerte, wurde die Stimmung an Bord immer gehobener. Vor allem wurde gesungen. Wir saßen unter freiem Himmel auf dem Sonnen- und Cafédeck und konnten von drinnen aus dem Restaurant die Kanons hören, die die Senioren-Reisegruppe nach verzehrtem Mittagsmahl anstimmte, unterbrochen, untermalt und begleitet vom Grölen junger Bundeswehrsoldaten, die bereits zu dieser Stunde übermäßig des Bieres genossen hatten und mit roten Köpfen beim Skat um einen der polierten festgeschraubten Tische beisammensaßen.

Mein Vater bestellte eine Cremetorte und eine Tasse Mokka, wurde von der Serviererin aufgeklärt, daß Mokka nur in Kännchen ausgeschenkt werde, ich trank Cola, Gleisner ließ sich eine Schorle kommen. Die vorüberziehende Landschaft gebot fasziniertes Schweigen, mein Vater phantasierte mit vorspringenden Augen von den Rheintöchtern, auf der Uferstraße staute sich der Verkehr, und das Hupen dröhnte bis zum Schiff, aus dessen Bauch die brüchigen Alteleutestimmen stiegen und das

Gebrüll der Rekruten, die begonnen hatten, sich zu streiten, welchem von ihnen noch die längste Zeit abzusitzen
blieb, über wessen Freundin in seiner Abwesenheit die
meisten Männer stiegen, und zwischen den Strophen von:
Die Vögel wollten Hochzeit halten in dem tiefen Wahalde
zerklirrten beim Fiderallala die ersten Biergläser. Meine
Mutter war seekrank, oder die Cremetorte war ihr nicht
bekommen, jedenfalls hockte sie bleich auf ihrer Bank
und hielt sich mit der Hand an der Reling fest. Gleisners
Schorlen wirkten wie Champagner auf ihn, ein illuminier-
tes Lächeln spielte auf seinem Gesicht, und er rief: Ich bin
ein heiterer Krüppel! Ein heiterer Krüppel, ja das bin ich!
Und die halbblinden Augen unter den dicken Gläsern
weiteten sich, als er seine Hand auf meine legte:

Wer die Schönheit angeschaut mit Augen,
Ist dem Tode schon anheimgegeben,
Wird für keinen Dienst auf Erden taugen,
Und doch wird er vor dem Tode beben,
Wer die Schönheit angeschaut mit Augen!

Unten im Restaurant waren jetzt die Gesänge verstummt, dafür drang die quicke Rede eines Verkäufers
herauf, der ohne innezuhalten, ohne Punkt und Komma
den Senioren die Vorzüge von Daunendecken und kli-
maaktiver Wollunterwäsche anpries, wobei er den Lärm
vom Nebentisch übertönen mußte, wo die Soldaten sich
zu prügeln begannen, so daß die Besatzung einzuschrei-
ten hatte. Die Bundeswehrrekruten prügelten sich, die
Senioren kauften Wollunterwäsche, die Sonne fiel auf die
weinbedeckten Hänge, braungelb quirlte am Heck des
Dampfers das Rheinwasser, und oben an Deck rezitierte
ein emphatischer Gleisner und wies mit der Hand auf
das Rheinufer und die Schlange hupender Autos:

Aus dem Vergessen lockst du Träume: das Kind
Auf keuscher Scholle rastend des Ährengefilds
In Ernte-Gluten neben nackten Schnittern
Bei blanker Sichel und versiegtem Krug.

Das Frollein möchte, daß wir zahlen, Friedrich, sagte
meine Mutter.

Mein Vater studierte die Rechnung. Seine rehbraunen
Augen unter den träumerisch langen Wimpern blickten
aufs Ufer.

Da Hagen, siehst du die Reisigen des Grafen Seelhorst
entlangsprengen, auf ihrer Suche nach Abenteuern?

Was für ein Abenteuer ist es, Papa?

Sie suchen das Rheingold, den verlorenen Hort.

Ist das ein großer Schatz?

Der größte Schatz, der jemals existiert hat, sagte mein
Vater. Wer ihn findet, der hat ausgesorgt fürs Leben.

Wird er von einem Drachen bewacht?

Ja, ein unbesiegbarer Drache mit hürnener Haut,
durch die kein Speer dringt. Aber wir haben Zauber-
schwerter, was?

Vielen Dank für die ereignisreichen Tage, sagte Gleisner. Ihre Arbeit geht ja wohl auch bald wieder los.

Mein Vater blickte auf den Flug, auf die Hecksee des
Dampfers.

Meine Arbeit ja, da wird auch ganz Neues und Großes
passieren.

Sie haben Pläne? sagte Gleisner, Ideen?

Pläne? Ideen? rief mein Vater, und die Augen traten
ihm aus den Höhlen: Ich habe gar nichts anderes! Ich
habe Ideen für die ganze Welt!

Die Lautsprecherstimme drang kaum an seine Ohren,
die jetzt, vor einer Flußbiegung, schnarrend die Loreley
ansagte. Aller Augen hoben sich zu dem durchschnitt-

lichen Fels, maßen ihn und schweiften zum Gipfel hoch, als gebe es dort anderes zu sehen als andere Touristen, die wiederum auf den Fluß herabblickten. Am Ufer lagen St. Goar und St. Goarshausen einander gegenüber, wir waren am Ziel der Reise.

Nun war es an meinem Vater, in seinen poetischen Erinnerungen zu kramen:

Ich weiß nicht, was soll es bedeuten,
Daß ich so traurig bin.
Ein Märchen aus uralten Zeiten.
Das kommt mir nicht aus dem Sinn –

Er stockte, und Gleisner sprang ein:

Den Schiffer im kleinen Schiffe
Ergreift es mit wildem Weh,
Er schaut nicht die Felsenriffe,
Er schaut nur hinauf in die Höh . . .

Meine Mutter, noch immer ein wenig bleich von Geschaukel oder Cremetorte, ergriff mit einem skeptischen Blick auf die beiden Männer das Wort:

Er stand, als ob er auf dem Barren stünde.
Mit hohlem Kreuz und lustbetonten Zügen.
Man frage nicht: Was hatte er für Gründe?
Er war ein Held. Das dürfte wohl genügen.

Die Aufregungen der letzten Tage und die Atmosphäre der Rheinfahrt hatten mich in einen seltsam entrückten Zustand versetzt, alles schien plötzlich möglich, jeder Wunsch konnte in Erfüllung gehen. Wenn ich etwas von der Aufregung der letzten Tage begriffen hatte, dann,

daß Großes, Überraschendes, Träumerisches uns widerfahren war, daß Grenzen überschritten waren, mein Vater selbst sprach und bewegte sich wie ein König. Auch
ich war fähig, zu tun, was ich schon immer gewünscht
hatte, dies war, das fühlte ich, ein göttlicher Moment für
unsere Familie. Und als ich vom Bootssteg trat und die
harte Erde berührte, hatte ich nur einen Wunsch: leicht
wie eine Feder zu sein, steigsüchtig wie ein Drachen, der
an der Nylonschnur zerrt. Gegenüber, am anderen Ufer,
schimmerten Häuser und Kirchturm, das silbrig gekräu-
selte, sonnengesprenkelte Wasser verglaste unter meinem Blick zu einem welligen Parkett, und dort wollte ich
hin, übers Wasser davon, so leicht sein, daß nichts und
niemand auf Erden mich zu halten vermochte.

Gleisner bat uns in einem philatelistisch frankierten
Brief, sein Honorar zur Hälfte in harter D-Mark und zur
Hälfte in Naturalien zu begleichen. Seine Wünsche
stürzten meine Mutter in arge Verlegenheit: Ein »reh-
brauner Damenpullover aus Trevira oder einem ähnlich
guten Material«, eine »rote langärmlige Polobluse, aber
keine Schockfarbe«, eine »feldgraue halbärmlige Strick-
bluse« und vor allem eine Dose »Hautcreme Tokalon«,
wie meine Großmutter sie in den ersten Kriegsjahren benutzt hatte, waren nicht in örtlichen Geschäften zu finden, und meine Mutter beschwerte sich, extra für die
verrückten Wünsche dieses Herrn nach Stuttgart fahren
zu müssen. Was die andere Hälfte der Bezahlung anging,
hüllte sich mein Vater in finsteres Schweigen. Aber das
Problem löste sich auf seine Weise: Zwei Wochen nach
Gleisners Schreiben wurde die Mauer gebaut, und jegli-
che Kommunikation zwischen uns war unmöglich geworden. Mein Vater pfiff auf Panzer und Kriegserwar-
tung in Berlin, er rieb sich die Hände, er hatte eine
Vergangenheit gewonnen und entging ihrer Bezahlung.

Siegfrieds Illusionen

Die modernste Stadt der Welt wuchs, und ich lebte im Einklang mit ihr. Ihre Gegenwart war von Jägerzäunen strukturiert, ihre Träume bestanden aus Zement und Hohlblocksteinen, keiner ihrer Statiker war mit der Berechnung von Luftschlössern vertraut, es war eine Stadt ohne Erinnerung, doch voller Zukunft, die frenetisch die völlige Grenzenlosigkeit des Machbaren feierte. Alles war möglich, also fand es statt. Nichts konnte den Gesetzen der Funktion wirklich Einhalt gebieten. So wie früher des jenseitigen Lohnes sich nach einer vorübergeflogenen, schon nicht mehr greifbaren Woche versichert worden war, so konnte der moderne Bewohner, dem der Gedanke an Gott in all seiner Macht nur mehr bei der Vorsorgeuntersuchung kam, wöchentlich, jährlich, an Baukränen, Preßlufthammerlärm und Ausschreibungen, den Fluß der Entwicklungen ablesen. Was machte es da, daß die Woche selbst sich nur unwesentlich geändert hatte? Das Bedürfnis nach großen Augenblicken wurde anderswo erfüllt – es war eine sportbegeisterte Stadt, und war es nicht der Sport, dessen Selbstüberwindungen und Gipfelpunkte die allgemeine Begeisterung in Momenten von Triumph einfror? Wohl fällt der Stabhochspringer nach seinem Flug wieder hinab auf die Matte, und kühl betrachtet: was hat sein Sprung verschlagen;

doch was im Gedächtnis haftet, das ist die Sekunde ganz hoch oben. Welche Rolle konnte es da schon spielen, daß für den einzelnen der Moment letzten Glücks noch nicht gekommen war: Wieviel reizvoller war doch die Erwartung, das persönliche »noch nicht« und das allgemeine »bald«. Wenn man mit dem Wagen, von der Schnellstraße kommend, an die Grenze der Stadt traf, war das erste, was man dort sah, aus grüner, parkartiger Umgebung aufragend, der mahnende Finger, die hübsch geschwungene Stahlbetonskulptur, die steingewordene Herausforderung eines zehn Meter hohen Sprungturms, der den Mittelpunkt des städtischen Freibades bildete.

Noch bedeutete der Sprungturm mir nichts, er war nur das Erkennungszeichen der Stadt, auf die ich stolz war, so wie ich auf mich stolz war. Daß die Stadt mich nicht kannte, war natürlich, denn ich hatte mich noch nicht zu erkennen gegeben. Ich hatte keine Eile. Alles fiel mir leicht, und es war nur natürlich, daß alles mir immer leichtfallen würde. Ein Grund mehr, die Dinge, die sich von selbst ergeben mußten, nicht zu forcieren. Ich war Primus, auf dem Hof erfand ich die Spiele der Kinder. Es waren hauptsächlich Kriegsspiele. Die Fernsehnachrichten lieferten jeden Tag Anschauungsmaterial, und um die Dinge nicht langweilig werden zu lassen, waren wir einmal die Deutschen, mit den Russen gegen die Amerikaner verbündet, einmal die Amerikaner, die die Nazis bekämpften und zuzeiten russische Elitetruppen, die dem Abendland gegen die gelbe Gefahr beistanden. Ich liebte den Krieg als Thema für die Spiele, denn er lieferte ein Maximum an Material, an Schauplätzen, an Darstellern, er ermöglichte rasche dramatische Zuspitzung, und alle menschliche Entwicklung, die in anderen Spielen quälend zähflüssig voranschritt, war im Krieg stets in jedem Augenblick präsent.

Manchmal bildeten sich Koalitionen der anderen Kinder gegen mich, die ich zu früh hatte sterben lassen oder die meinen Regieanweisungen nicht widerspruchslos gefolgt waren, dann ging ich fort, im sicheren Wissen, daß die gemeinsamen Spiele versiegen würden, und wenn ich wieder auftauchte, ein Wort, ein paar freundliche Sätze genügten, alles vergessen zu machen und die anderen sich wieder, ohne Groll hinter mir einreihen zu lassen. Alleine zu sein in diesen Momenten, wenn ich oben in meinem Zimmer saß und die Geräusche vom Hof hörte, war mir noch lieber. Ich schuf eine eigene Welt aller Helden, die ich kannte, und ließ sie gegeneinander kämpfen. Meine linke Hand mochte Odysseus sein, meine rechte Thor, ich ließ meinen Fingern freies Spiel im Ringen und füllte Zettel mit den Ergebnissen der Zweikämpfe sowie mit Daten wie Größe, Gewicht, Brust- und Bizepsumfang der Kombattanten. Jeder hatte gegen jeden anzutreten, ich beobachtete stundenlang die Kontorsionen meiner Finger, schwitzend, erregt, unsicher, wer die Überhand gewänne, und führte danach minutiös Buch über den Ablauf.

Von meiner Mutter wurde ich gesalbt, wurde angebetet wie das Jesuskind von den drei Weisen aus dem Morgenland. Und mein Vater war mehr als ein umherziehender Tischler. Er stammte in direkter Linie aus den tiefsten Gründen deutscher Legende und Geschichte, und wenn auch unsere Genealogie, wie es bei solchem Reichtum und solcher Länge nicht anders möglich war, einige schwarze Schafe, einige Sackgassen gezeitigt hatte, wie meinen Großvater Huldreich, meinen Urgroßvater Friedrich-Wilhelm oder meine Tante Freya, so war es doch klar, daß mein Vater nicht dafür geschaffen war, ein Angestelltendasein zu fristen. Er hatte seine eigene Firma gegründet, und er war kaum mehr zu Hause. Auf dem Hof konnte ich mit dieser Tatsache renommieren. Mein Vater gehörte zu den Vätern, die am spätesten nach Hause kamen, und wir sahen die drei Wölfling-Kinder scheel an, deren Vater überhaupt nicht arbeiten ging. Ich kannte den eigentümlichen Geruch dort im Geschäft, das pelzige staubige Grau des Bleches der Tabelliermaschine, das Schnurren der Lochkarten, die in die Ausgänge sortiert wurden, das Knarzen, mit dem das Endlospapier Zentimeter für Zentimeter aus dem Drukker ruckte, das trübe Neonlicht. Ich sah meinem Vater zu, wenn er Frollein Eckstein, die Sekretärin, hin und her schickte, und rief sie dann auch zu mir, um sie nach Papier und Buntstiften zu senden, mit denen ich Wolkenkratzer zeichnete.

Die Firma hieß »Family Electrics«, es war Herr Hahnenfuß gewesen, der einen englischen Namen wollte, und hatte sich zum Ziel gesetzt, allen denjenigen, die ihre Familiengeschichte erkunden wollten, auf elektronischem Wege zu helfen. Dazu besaß die Firma eine Lochkartenmaschine, in der alle möglichen Familiennamen und zugehörigen Adressen gespeichert waren, und die bei der Suche nach Spuren, Querverweisen, Verwandtschaftsbeziehungen behilflich sein konnte. Mein Vater hatte zwei Teilhaber gefunden, den findigen Herrn Hahnenfuß, der aus der Textilbranche kam, sowie Dr. Fetzer, der aber eher ein stiller Teilhaber war. Mein Vater kümmerte sich vornehmlich um die Technik. Aber die Technik spielte ihm Streiche. Herr Hahnenfuß hatte nämlich einen zusätzlichen Computer erstanden, er sagte: Seelhorst, wenn ich die Leute überzeugen soll, dann müssen wir mehr anbieten, und das geht nur mit diesem neuen Modell. Das neue Modell jedoch, weit entfernt davon, das ältere, kleinere zu ersetzen, war nicht zu korrekter Arbeit zu bewegen.

Aber ich wußte nichts von irgendwelchen Schwierigkeiten, ich wußte nicht, daß Schwierigkeiten existierten, nicht für uns. Wenn mein Vater lange fortblieb, dann weil es viel zu arbeiten gab. Mein Vater war unbesiegbar. Er hatte den Amboß mit einem Streich in Stücke gehauen. Seine Haut war hürnen. Über Nebensächlichkeiten wie Lindenblätter machte ich mir keine Gedanken. Er war ein gutaussehender Mann. Er besaß das schwarze Haar der Familie, das bei seiner Mutter noch im Alter von 60 nicht ergraut war und das er in seiner Jugend in einer Bürste getragen hatte. Es existierte ein Photo von ihm und Onkel Wilhelm, ein Gruppenphoto aus einem KLV-Lager, aus dem die beiden schwarzen Schöpfe wie Tintenkleckse herausstachen.

Während der langen Stunden, die ich mit meiner Mutter alleine verbrachte, liebte ich es, über uns zu reden. Unsere süße, große, reiche, gewisse Vergangenheit, die jeden Tag um einen unscheinbaren Triumph länger wurde. Über uns zu sprechen war wie eine Massage, war Entspannung, war das Gefühl, etwas zu vollbringen, ohne Anstrengung, ohne Gefahr, so wie es stets gewesen war, wie es uns zustand.

Und wie war es, bevor ich geboren wurde? Du weißt ja, daß ich in den auswärtigen Dienst wollte. Ich wollte immer reisen. Und dann bin ich bei den Amis gelandet. In Frankfurt war ich bei Colonel Sturdy. Da gab es ein Photo, auf dem meine Mutter und der Colonel einander die Hand schüttelten und in die Kamera lächelten, und der Colonel überreichte meiner Mutter mit der anderen Hand einen Scheck, weil sie einen Einsparungsvorschlag gemacht hatte. Und Captain Faulkner? Nie wurde meine Mutter müde, zu erzählen, wie sie mit ihrem Captain gewettet hatte, von wem das Gedicht »To Celia« stamme. Ben Johnson sagte sie, Omar Khayam, beharrte der Captain. Natürlich war es von Ben Johnson. Und meine Mutter rezitierte mit singender Stimme: Drink to me only with thine eyes and I will pledge with mine ... Ha! Und da glaubte der Blödian, das sei Omar Khayam! Wo doch das Gedicht von Omar Khayam, an das er dachte, völlig anders beginnt, in der Übersetzung von Edward Fitzgerald: A book of verses underneath a bough, a jug of wine, a loaf of bread and thou ... Aber alles, was mit Saufen zu tun hatte, war dem ja eines! Ihre Augen strahlten, und niemand hätte vermocht zu sagen, ob von der Poesie oder der Erinnerung. Und der dritte mit dem komischen Namen, auf den Papa eifersüchtig ist. Major Peppermint? Und dabei bin ich nur einmal einen Tag mit ihm zum Photographieren nach Rothenburg gefahren. Er war Hobbyphotograph, und ich photographierte gut und gerne damals, und wir haben uns nur über Blenden und Einstellungen unterhalten. Und warum war Papa eifersüchtig? Ich habe keine Ahnung. Weißt du, die meisten Menschen glauben automatisch, ein Mann und eine Frau, wenn sie zusammen sind, hätten nur eines im Kopf. Dabei ist es ganz anders. Im Gegenteil. Kaum jemand denkt an irgendwelche Schweinereien. Und dann hat man ja doch einen Willen. Du hast doch auch einen Willen. Und würdest du etwas tun, was du nicht willst? Nie! Siehst du, man muß nur genügend Abstand halten. Den andern nie auf den Gedanken bringen, daß man etwas von ihm wollen könnte. Sich selbst genug sein. Die meisten Leute sind sich nicht selbst genug. Sie sind zu schwach. Ich erinnerte mich an ein Photo meiner Mutter, ein Gruppenphoto aus dem Ruderclub, aus dem Jahr 1950, vier deutsche Mädel in weißen Shorts und Hemdchen neben dem aufgebockten Boot, vier kruppstählerne Jungfrauen. Wie war es, als du Papa im Ruderclub kennengelernt hast? Dein Vater und Onkel Wilhelm waren sehr gut erzogen und sehr höflich und galant. Aber ans Heiraten hab ich überhaupt nicht gedacht. Ich wollte reisen, wollte an eine Botschaft, nach Rom am liebsten. Es ist nicht gut, zu früh zu heiraten. Und wie war es, als du ein Kind warst? Als ich drei Wochen alt war, hat mich meine Mutter einem Freund übergeben, der mit dem Motorrad runterfuhr, und ich lag im Beiwagen, die ganzen 500 Kilometer bis Eichenhain, wo Tante Elise mich erwartet hat. Und warum hat deine Mutter dich zu ihrer Schwester geschickt? Sie war nach Hamburg geflüchtet vor der Familie. Sie wollte die Welt sehen, und sie wollte weiterarbeiten, und das ging nicht mit einem Baby, und Elise hatte noch kein Kind damals. Es gab ein Photo von meiner Großmutter, sie stand hinter dem Kuchenbüffet des großen Cafés auf der Reeperbahn mit weißem Papierhäubchen und kokettem Lächeln. Es gab ein Photo aus derselben Zeit von meinem Großvater neben einer schwarzen Limousine. Das war, als er als Chauffeur arbeitete. Und wie lange bist du bei Tante Elise geblieben? Vier Jahre lang. Das ist sehr lange. Ja, sagte meine Mutter. Und wie war es damals in Eichenhain? Ich tobte den ganzen Tag im Mehlstaub der Bäckerei herum, und nachmittags hat Tante Elise große Spaziergänge mit mir gemacht, zuerst im Kinderwagen und dann, als ich laufen konnte, an ihrer Hand. Und danach? Als ich fünf war, sind Oma und Opa zurück nach Frankfurt gekommen und haben mich zu sich geholt. Und ein paar Jahre später, als der Krieg ausbrach, sind wir wieder ins Dorf zurück, nachdem Opa eingezogen war. Und wie war es da? Ich erinnere mich noch an alles, an den Geruch des Misthaufens und an den Geruch von frischem Brot und an den Geruch von geronnenem Blut beim Sauschlachten. Und wie meine vier Onkel vor der Bäckerei in ihren Uniformen für den Photographen gestanden haben, und an Alfred, den Dorftrottel, wie er die Straße heruntergehinkt kommt und an den Jud'. Was war mit dem Jud? Seine Tochter ist mit mir in die Schule gegangen, und eines Tages waren sie nicht mehr da. Sind sie ins KZ gekommen? Ja. Und wie war das? Ich weiß es nicht. Eines Morgens ist sie einfach nicht in die Schule gekommen und die ganze Familie war fort. Ich erinnere mich auch daran, wie ich bei Tante Elise im Bett schlief unter der dicken Daunendecke und sie mir die Stirn gestreichelt hat, sie hatte ganz rauhe Hände. Aber das war vor dem Krieg, am Anfang. Denn mittlerweile hatte sie ja Heinrich bekommen. Und wie war es mit dem Bootfahren? Wir haben Benzintonnen aufgeschnitten und sind damit auf dem Bach gefahren. Und wer war deine beste Freundin? Anne, die Tochter des Lehrers. Die ist tot heute. Krepps. Sie hat geraucht. Und wie war es in Frankfurt? Einen Abend, erinnere ich mich noch, als wärs gestern gewesen, ist meine Mutter nicht heimgekommen, und ich hatte Angst und bin hinaus auf die Straße, sie zu suchen, überall knallte, krachte, klirrte es, ich war in Pantoffeln, es war die Reichskristallnacht. Und dann entsinne ich mich an die Feldpostbriefe meines Vaters aus Frankreich und an das armselige Weihnachten, mit den aus Resten gegossenen Kerzen am Krüppelbäumchen im Hinterzimmer bei Hinkels, während der Nachthimmel rot glühte. Mama, backt Christkindchen Lebkuchen? frag ich meine Mutter. Nein, mein Kind, das ist Frankfurt, das brennt. Und danach? Danach, das war eine schöne Zeit, die Herderschule, das Mädchengymnasium nach dem Krieg, der Doktor Krott, der uns die Muffelbrüder nannte, und wie alle Mädchen sich in der Mathematikstunde als Muffelbrüder verkleideten, und unsere Bildungsreise an den Bodensee, dann der Ruderclub, die Faschingsfeiern, dein Vater, die Arbeit bei den Amis, der

Umzug nach Stuttgart, die Italienreisen mit Wilhelm und seiner Frau über den Gotthard in Papas Käfer, und wie die Männer der Hitze wegen nur ans Baden dachten und deshalb einfach durch Florenz durchbrausten bis zum nächsten Meer, und so sind mir die Uffizien entgangen.

Als ich in die Schule gekommen war, hatte sie mir erklärt, wie ich mich verhalten müsse: Das Schöne an der Schule, sagte sie, hat gar nichts mit den Menschen zu tun – es ist das Wissen, das da bereitliegt, nur für dich. Die andern, denen ist's egal, sie werden höchstens von dir profitieren wollen, wenn sie merken, daß du schneller lernst als sie. Denn mit dem Wissen ist's wie mit der Liebe: Nur mit niemandem geteilt, macht es glücklich, die Ahnung davon in dir drinnen, daher kommt die Freude, geht man damit ans Tageslicht, schimmelt sie. Wer ist es denn schließlich schon wert, daß man es mit ihr teile, frage ich dich. Du mußt es dir denken wie einen Edelstein in deiner Hosentasche. Da willst du auch nicht, daß ein jeder den anfasse mit seinen dreckigen Händen. Nein, es ist ein Besitz nur für dich. Die andern werden ihn dir entreißen wollen, entschmeicheln, hinterrücks entwenden. Laß sie links liegen, sie existieren gar nicht. Nimm alles auf, was du davon kriegen kannst, und behalte es für dich. Stell es dir vor wie das Einatmen vor dem Tauchen. Hol tief Luft und dann hinunter, ja so, und nun: was, wenn dort tief unter der Wasseroberfläche ein anderer deinen gehüteten Atem will, weil er selbst nicht genug hat; der kommt auf dich zu, versucht dir den Mund aufzureißen oder womöglich den seinen auf deine Lippen zu pressen, um dir die kostbare Luft zu rauben. Stell dir vor, tief unter Wasser, im Dunkeln – nein, du kannst wieder atmen! Beruhig dich! Aber so ist es, so mußt du es dir denken.

Und dann, wolltest du vielleicht, daß die Lehrer glauben, die Dummen seien genauso intelligent wie du, weil du ihnen, was ja verboten ist, heimlich von deinem Wissen abgegeben hast, mit dem sie nun wuchern. Welche Ungerechtigkeit! Der Lehrer muß glauben, ihr wüßtet alle gleich viel. Denn, siehst du, es kommt nicht nur darauf an, etwas zu wissen, sondern vor allem, es als erster zu wissen und wenn möglich als einziger.

Am besten sitzt du immer ganz vorn beim Lehrer und blickst überhaupt nur ihn an, direkt ihm in die Augen, nur nach vorn. Schau kein einziges Mal, wer da rechts oder links von dir sitzt, es lohnt nicht, stell dir einfach vor, du würdest einen Schlag bekommen, wenn du den Kopf wendest. Laß dich nicht ablenken, stell dich ganz einfach taub, wenn der andre was von dir will. Hör ihn nicht und sieh ihn nicht, und laß vor allem ihn nicht zuviel sehen. Hier schau, so hab ichs gemacht:

Und sie schrieb, und während ihr Kugelschreiber nach rechts rückte, bewegte sich die linke Hand, gewölbt zur Höhle geformt, über das bereits Geschriebene, so daß ich es nicht sehen konnte.

Das muß dir eine Bewegung werden! Wirst du daran denken?

Und ich hatte immer daran gedacht, ohne Schwierigkeiten, denn niemand schien mir wirklich zu existieren außer uns. Aber wir selbst, das war ein unerschöpfliches Thema. Wenn meine Mutter mir nicht von den Helden der Geschichte oder sagenhaften Heroen sprach, dann redete sie von mir, in demselben Ton. Und wie war es, als ich geboren wurde? fragte ich.

Das war in einem wunderbaren Sommer. In dem Jahr gab es einen Jahrhundertwein, und am Abend vorher waren wir im Kino und haben *Vom Winde verweht* gesehn. Ich wollte, daß du an Goethes Geburtstag zur Welt kommst, aber dann haben wir es um ein paar Tage ver-

fehlt. Ich wollte ein besonderes Kind. Und ich wollte
kein Kind, solange nicht alles andere geregelt war, Arbeit und Einkommen und Wohnung. Ich hab ja noch bei
den Amerikanern gearbeitet.

Und was war das Besondere an mir?

Ich hab alles gemacht, wie es sein soll, bis aufs I-Tüp-
felchen. Ich wollte nicht einfach ein Kind, wie andere ein
Kind kriegen, als Unfall oder Zufall oder als Folge irgendwelche Dummheiten. Ich wollte, daß alles stimmt,
daß du erwartet wirst, daß du schön bist und intelligent.
Ich habe Bücher studiert, ich wollte, daß alles perfekt
funktioniert. Und als ich fühlte, daß ich dich erwarte, da
wußte ich auch schon, daß du etwas Besonderes werden
würdest.

Woher wußtest du das denn?

Ich wußte es immer. Und du selbst, du weißt es genauso gut wie ich.

Ich liebte es, von mir sprechen zu hören, und meine
Mutter konnte nicht genug davon bekommen, über mich
zu reden, in immer neuen Beleuchtungen, aus stets wech-
selnden Perspektiven, als sei ich ein Wunder, das einzige,
das sie je geschaut hatte.

Wie war ich, als ich klein war? fragte ich.

Du warst nie ein dummes Kind wie die anderen.

Und wie war ich genau?

Du hast immer genau gewußt, was du wolltest. Und
du warst so stur, daß du mich manchmal bis zur Verzweiflung getrieben hast.

Was hab ich denn getan?

Du hattest eben deinen eigenen Kopf, du warst nie ein
greinendes Baby; wenn du was wolltest, hast du's durchgesetzt, und wenn du etwas partout nicht wolltest, dann
konnte ich mit dem Kochlöffel kommen, da war nichts
zu machen.

Meine Mutter versorgte mich mit Vergangenheit, mit meinem Vater aber fuhr ich auf Abenteuer aus, Sonntag morgens. Mein Vater, gewitzt im Kriege, heroisch im Ruderclub, mit einem Lungeninhalt von siebeneinhalb Litern, damals, als er im Vierer Mit trotz eines Tarierungsfehlers die Regatta auf dem Main gewonnen hatte, und sicher wären sie zu den Olympischen Spielen nach Helsinki gefahren, hätte er sich nicht im Wintertraining den Arm gebrochen und statt dessen seine Frau kennengelernt, die zufrieden bemerkte, daß der Vierer mit Onkel Wilhelm als Ersatzmann nie wieder die alte Stärke erreichte. Mein Vater, erfolgreich bei der Arbeit, der seine Fords bar bezahlte und den Kopf über die Menschen schüttelte: Die können alle nicht denken, Hagen.

Seine Augen gingen ins Weite, mit einem leicht erstaunten Ausdruck, als sei er selbst gespannt darauf zu hören, was sich zutragen würde, und zugleich konzentriert spähend, als stünde der Text auf den Wolken geschrieben. Nie stutzte er, nie setzte er neu an, nie verhedderte er sich. Er erzählte auf dem Weg durch den Süßen Grund, erzählte auf dem Pfad hinab ins Hölzlinger Tal, fand seinen Höhepunkt unten bei der Pfefferburg und endete genau dann, als wir wieder auf den Hof einbogen. Er stammte aus dem Geschlecht der Märchen- und Geschichtenerzähler, er hätte, wäre seine Herkunft eine andere gewesen, sein Leben anders verlaufen, ein hochgeehrter Mann auf den Basaren, den minarettumstandenen Plätzen der Karawansereien werden können.

Seine Phantasie glich einem neugierigen Wanderer, der die einladenden baumbestandenen Nebenpfade der geraden Hauptstraße vorzieht, seine Geschichten umspannten in kühnem Wurf den Erdkreis, und im Moment, da er sie erfand, warf er das Netz seiner Imagination weiter aus, über die Ränder der Welt hinaus; in

seinen Erzählungen kombinierte er vor langer Zeit Gele-
senes mit Erinnerungen aus Filmen, Bruchstücke techni-
scher Artikel, derer er sich entsann und die er zu futuro-
logischen All-Konzeptionen ausspann, paarten sich mit
raunend rheinrauschender Nibelungenüberlieferung,
und, sich schließlich aus all diesen Versatzstücken her-
aussteigernd, brach er Juwelen aus dem Steinbruch des
Nachthimmels, Ideen, die ganz von ihm waren, die es,
bevor er sich herausnahm, sie zu denken, noch nicht gegeben hatte.

Spann er sein Garn, entledigte er sich, ohne daß es ihm
selbst auffiel, all der Häute und Panzerungen seines täglichen Lebens, aus seinen Kreationen trat sein eigentli-
ches Wesen hervor: er stammte von vor dem sechsten
Schöpfungstag, er war ein Pflanzenesser, kein Mörder;
ein Sammler, kein Jäger; er identifizierte sich erzählend
mit einem Baum, mit einem Tier und lieh ihnen seine
Stimme, alles was er schuf, war geprägt von Sehnsucht
nach gegenseitiger Sympathie.

Seine Augen wurden klar, sein Kopf hob sich, seine
Schultern strafften sich, seine Rede entfesselte sich, in die
Begeisterung mischte sich sein Stimmklang, die Lautma-
lerei seiner Frankfurter Gaumen- und Kieferbildung; all
das war nötig und obendrein das Glücksreservat eines
arbeitsfreien Sonntagmorgens, das Amselgezwitscher im
Laub, die Lerchen, die im Hölzlinger Tal stiegen, die vor
Spannung feuchte Hand seines Sohnes in seiner eigenen.
Möglich, daß ihr ganzer Zauber darin bestand, daß sie
so unwiederholbar waren wie ein Regenbogen, daß sie
zum Tag und zur Stunde ihrer Entstehung gehörten, daß
sie zur Erinnerung eines Tages wurden, wie man sich
manchmal noch Jahre später an einen donnernden Platzregen aus dem Sommerhimmel eines bestimmten Som-
mers erinnert, an die durchnäßten, narzissengelben, am

Körper klebenden Hemden jener Stunde und an den Duft der Heckenrosen, der mit dem ersten Sonnenstrahl explodiert.

Wir hatten in unserer Werkstatt ein Unterseeboot konstruiert, mit dem wir am Südpol ins Refugium der letzten Pottwale eindrangen, die uns als Artgenossen mit großer Fontänen-Fanfare begrüßten. Dort erreichte uns über Funk ein Notruf aus der von einem Erdbeben heimgesuchten Stadt Antofagasta, und wir nahmen einen Eisberg ins Schlepp bis hinauf nach Chile, der die Trinkwassernot linderte. Die Fahrt ging weiter nach Norden, bis wir unter dem Eis des Nordpols einen gigantischen russischen Magneten entdeckten, der die Erdachse derart verschieben sollte, daß Sibirien fruchtbar würde – als die Russen das U-Boot unter dem Packeis orteten, schickten sie Torpedos, doch das Spezialmetall ließ die Explosionen wirkungslos verpuffen, und außerdem war der atomare Antrieb des U-Bootes so stark, daß es bei voller Geschwindigkeit den Torpedos entkam. Trotz dieser Aggression gingen wir nicht selbst mit Waffengewalt gegen den Magneten vor, sondern fuhren nach New York, um den Vorfall den Vereinten Nationen zu melden, die mit unserer Hilfe dann eine andere technische Lösung für die Probleme der Russen fanden. Ein andermal fuhren wir zum Mittelpunkt der Erde, es ging, in Bergsteigerkluft oder auf Rutschen, tief hinab, und schließlich standen wir vor Satan, der uns den Rückweg durch einen Geysir wies, uns jedoch eine Warnung mit auf den Weg gab: Laßt euch hier nicht noch einmal blicken. Zweimal verläßt man die Hölle nämlich nicht.

Mit Ausnahme einiger Drachen und außerirdischer Monster gab es nie Tote in den Erzählungen meines Vaters, die Bösen hielten Einkehr und besserten sich, Feinde versöhnten sich, die getrennt waren, wurden wieder zusammengeführt, die Tiere hatten nicht mehr zu leiden, die Armen wurden aus Unterdrückung erlöst, die Reichen wandelten sich, Ängste wurden bezwungen, wo Unverständnis geherrscht hatte, wurde in geduldigem Gespräch Aufklärung geschaffen, und Arglist wurde durch Humor und gesunden Menschenverstand bezwungen.

Im Wäldchen hinter der Siedlung, dort wo eine Böschung steil ins Tal hinunter abfiel, faßte er mich bei der Hand und befahl mir: Augen zu!

Dies war ein Spiel, das ich über alles liebte und das darin bestand, daß mein Vater mich blind über Stock und Stein durchs Unterholz führte. Mein Vater hielt mich an der Hand, wies mich an, die Füße zu heben, besonders große oder winzige Schritte zu machen. Blind, geführt, konnte ich mir alles vorstellen, und manchmal kommentierte mein Vater den Weg, warnte vor klaffenden Abgründen, die übersprungen werden mußten, worauf ich geschlossener Augen und mit einer Gänsehaut im Nacken einen Riesensatz übers Gras machte, oder sprach von der Besteigung einer Felswand, hieß mich die Füße heben und dann die Augen öffnen, und taumelnd fand ich mich auf einem Baumstumpf stehen, direkt über der 10 Meter tief abfallenden Böschung, im sicheren trockenen, rettenden Griff der Hand meines Vaters.

Zunächst mußte ich mich stets an meine Blindheit gewöhnen und setzte unsicher die Füße voran. Danach aber verfiel ich immer in traumgleiche Euphorie und stürmte an der Hand meines Vaters vorwärts, wie ich im Traum auf Luft gehen konnte, in der selben absoluten Sicherheit, daß nichts mir je würde geschehen können, und das Laub, das manchmal mein Gesicht streifte, waren Vogelschwingen, die mich im Flug berührten, und die Hand meines Vaters lag warm und fest in meiner.

So lebte ich im traumsicheren Serail unserer Gewiß-
heiten bis zu jenem Sommer, in dem der Sprungturm des
städtischen Freibades plötzlich der Mittelpunkt der
Stadt wurde. Es war ein besonders heißer Sommer, und
gerade in diesem Jahr sprangen alle, wie auf geheime
Verabredung, zum ersten Mal vom Zehner.

Nach der ersten heißen Woche, als das Freibad öffnete, sagte Stoppelfeld in der Pause laut: Heute nachmittag am Zehner. Und der Klassensprecher springt als erster. Das war eine Herausforderung. Ich wußte es, und
alle sahen mich an.

Ich entstieg dem Schulbus eine Station zu früh und
ging die Straße entlang. Die ganze Siedlung lag gelähmt
in der Sommerhitze. Es war eine moderne Siedlung, auf
halbem Weg nach Hölzlingen, sie hieß: Der Süße Grund.
Ich ging die leicht ansteigende Straße entlang, zu deren
Linker drei- und vierstöckige Wohnblocks standen, zu
deren Rechter Einfamilienhäuser sich in grünen Gärten
räkelten. Ich kam zum Mittelpunkt, dem flachen Bau mit
dem REWE-Markt, dem evangelischen Gemeindesaal
und dem Frisör. Dahinter gabelte die Straße sich zu einer
Schleife, in deren Innerem sieben achtstöckige Hochhäu-
ser gruppiert waren. Außenherum schmiegten Bunga-
lows sich gegen den Wald. Ich nahm einen der abschüssigen Wege in den Wald und hörte von weither das
trockene Getrommel des Maschinengewehrfeuers vom
amerikanischen Schießstand. Dann gelangte ich an eine
Abzweigung. Links führte der Weg durch den Wald am
Schullandheim vorbei in die Stadt, rechts ging ein Pfad
zur amerikanischen Kaserne. Ich schlug mich durchs Unterholz und umging die Siedlung, bis ich auf der anderen
Seite auf den Wanderweg traf, der nach Hölzlingen
führte. Die Siedlung war ausgestorben, die Hitze hielt
den Benzingeruch dicht über dem Asphalt, nur aus den

Hecken der Einfamilienhäuser drang Kinderlärm aus aufblasbaren Planschbecken; die Kinder aus den großen Häusern waren im Freibad, nur Sonntag nachmittags schloß man sie zu Hause ein. Dies war die erste Herausforderung meines Lebens, das erste Mal, daß die anderen mir ihre Existenz demonstrierten. Zum ersten Mal wollte jemand Beweise von mir für etwas, was noch nie in Zweifel gezogen worden war. Ich war ich, ich war Hagen Seelhorst. Man wußte und akzeptierte es. Darüber bestand kein Zweifel. Und nun forderte man von mir, vom Zehner zu springen. Mir war kalt in der Sommerhitze. Nach dem Mittagessen legte ich mich ins Bett. Meine Mutter kam und fühlte mir die Stirn und fragte mich, was mir fehle.

Ich weiß nicht. Ich bin krank.

Wo tut es denn weh?

Hier, sagte ich und deutete auf meinen Kopf und meinen Bauch.

Das ist die Hitze. Bleib ein wenig liegen. Versuch zu schlafen.

Ich lag auf meinem Bett und blickte auf die gelben Stores, die das helle Sonnenlicht filterten. Ich sah einen Ausschnitt des tiefblauen Himmels. Ich hörte das Kindergeschrei auf dem Hof. Gegen drei Uhr nachmittags wurde es still. Die Kleinen hielten Mittagsschlaf, alle anderen waren im Freibad. Am Abend, als meine Mutter mich zum Abendessen rief, fühlte ich mich wirklich schlecht, und als ich aufstand, mußte ich mich erbrechen. An diesem Abend flüchtete ich früh in den Schlaf, nachdem meine Mutter mir versprochen hatte, daß sie mich am nächsten Tag nicht zur Schule schicken würde. Aber am nächsten Morgen war ich ebenso früh wach wie immer, und das Glücksgefühl eines schulfreien Tages wollte sich nicht einstellen. Ich blieb im Bett liegen und spürte, wie die Morgenwärme aufstieg. Ich hatte auf einen Regentag gehofft, aber am Himmel stand keine Wolke.

Wenn man alleine auf der Welt ist, sind Anonymität und Ruhm ein- und dasselbe, und die Frage nach Beweisen für unsere Einzigartigkeit stellt sich nicht. Ich hatte nie geahnt, daß die Welt sich mir eines Tages dadurch bemerkbar machen könnte, daß sie mich prüfen, mir eine Aufgabe stellen würde. Davon hatten meine Eltern mir nie gesprochen. Alle Mitglieder unserer Welt waren einzigartig, waren bewundert: Napoleon, der, wie meine Mutter mir sagte, sich selbst gemacht hatte, Mowgli, ein Gott im Dschungel, der Meister Baghiras, Balus und Kaas, der alte Wate von Stürmen, dessen Schwert niemand widerstand, Odysseus, der einzige, der den Trojanischen Krieg überstand, mein Großvater, der Eisenstangen mit der Hand umbiegen konnte.

Als Stoppelfeld mit den Hausaufgaben kam, fragte er mich, wann ich wieder zur Schule käme. Ich wußte, was das hieß. Man erwartete mich am Zehner.

Der Zehner

Im Freibad bannte der menschenstarrende Sprungturm meinen Blick. Es schien ein irrsinniges Vergnügen zu sein, die glitschige Leiter dort in schwindelnde Höhe hinaufzusteigen und sich dann ins Bodenlose fallen zu lassen. Trockenen Mundes starrte ich hinüber, meine Freunde auszumachen, die auch schon anstanden, um leichten Herzens den Todessprung zu wagen. Alles in mir revoltierte gegen die offenbare Notwendigkeit, es ihnen gleichzutun. Ich hatte mich mit Stoppelfelds Hilfe dazu überwunden, vom Dreimeterbrett zu springen, aber vom Dreimeterbrett sprangen schon die Sechsjährigen.

Beim Eisholen kam mir plötzlich eine Idee. Der Kiosk war direkt neben dem Ausgang. Anstatt mich in die Schlange zu stellen, ging ich durch die Drehtür hinaus und war frei. Es war ganz einfach gewesen. Ich blickte in den Himmel hinauf, der fast schwarz war. Ich setzte mich auf mein Rad und fuhr pfeifend davon. Dann holte die Erinnerung mich ein. Was würde ich ihnen sagen am nächsten Tag? Ich konnte nicht wieder krank werden. Ich war zu schnell wieder gesund geworden. Langsam jetzt. Es gab immer etwas zu sagen, das die anderen überzeugte und das sie glaubten. Ich könnte vom Rad fallen und mir den Knöchel verstauchen oder brechen. Ich hielt vor einer Böschung an und blickte hinunter.

Dann stieg ich wieder auf und fuhr weiter. Immer hatte ich gewußt, was die anderen sagen und tun würden, und immer, wenn die anderen nichts sagten, wußte ich, was zu sagen war. Dieser Sommer änderte alles. In diesem Sommer wurde der Zehner entdeckt. Vielleicht, weil sie alle älter wurden. Seit jeher war ich, waren meine Worte den andern über. Sie kamen schneller, ich verfügte ohne Anstrengung über sie, sie waren eine natürliche Gabe; ich redete, wie ein Vogel flog, ich entwarf das Szenario eines Spiels, dem alle sich fügten, ich antwortete in der Klasse, wenn die anderen grübelten oder sich nicht trauten zu sprechen. Das Leben, dessen Meister ich war, bestand aus Worten. Die anderen begannen, den Zehner zu entdecken. Sie entdeckten, daß man, um zu springen, nicht artikulieren zu können brauchte. Sie entdeckten, daß, um die Leiter des Sprungturms zu erklimmen, keine Sprache nötig war und keine Phantasie. Im Gegenteil, hätte doch jeder in Worte gefaßte Gedanke ihnen Angst einjagen müssen. Statt dessen entdeckten sie den Rausch der Tat. Sie entdeckten, daß sie einen Körper besaßen, dessen Fähigkeiten ihre Sprachlosigkeit kompensierte. Sie entdeckten die Realität der Körper, die nichts mit Sprache zu tun hat und lang vor ihr da war.

Mein Blick aus gegen die Sonne zusammengekniffenen Augen fraß den Sprungturm. Mein Herz sandte Stöße in die Kehle. Warum gab es Sprungtürme? Warum vermochte ich mich dieser ungeheuren, in der Sommerhitze knisternden Herausforderung nicht zu entziehen? Warum brachte ich es nicht über mich zu springen, einfach so, wie die anderen? Zu springen, anstatt zu denken. Auf meiner Wolldecke, die das schmierige, von tausend gelben Füßen zertretene Gras abdeckte, kauerte ich und fror bei der Vorstellung, wie hart die Steinfliesen waren, die den Sprungturm umgaben. Ich wußte, wie es sich anfühlen mußte, auf der Leiter auszurutschen und mit dem Hinterkopf auf diesem Stein aufzuschlagen. Warum kümmerte diese Gefahr niemanden außer mir? Von unten betrachtet war die Höhe des Zehners noch menschlich. Es ist nur gerade so hoch wie zwei Fords der Länge nach übereinander, sagte ich mir immer wieder. Aber als Stoppelfeld mich nach oben getrieben hatte und ich hinabsah auf die hellblaue flimmernde Platte: Niemals! Niemals! Einen nach dem andern sah ich springen, mit flatternden Armen manche, knapp zwei Sekunden zählte ich jedes Mal, dann die Fontäne und dann der dunkle Haarschopf, der regelmäßig emportauchte. Manchmal legte sich ehrfürchtige Stille sekundenlang über das ganze Bad, den jungen Göttern zu Ehren, die von dort oben den Kopfsprung wagten, danach rauschte stets Beifall auf. Die selbst sprangen, klatschten freundlich bewundernd, ich rührte die Hände nicht. Denn dort oben, voller Grazie und Kaltblütigkeit zwischen Leben und Tod balancierend, das hätte ich sein müssen. Und erstarrt fragte ich mich, was ungeheuerlicher, unglaublicher sei: daß ich nicht dort oben war oder daß andere, ohne mich zu fragen, meine Position einnahmen und an meiner Statt beklatscht und bewundert wurden.

Meine Mutter nahm meinen Vater beiseite und sagte ihm leise, aber doch so laut, daß ich es hören konnte: Das Büro hat angerufen. Dr. Fetzer. Du mußt sofort hin.

Kann ich mit dir kommen? fragte ich.

Mein Vater schüttelte den Kopf: Du bleibst hier und hilfst Mama beim Mittagessen. Ich werd nicht lange bleiben.

Sag's ihnen, sagte meine Mutter.

Natürlich, sagte mein Vater.

Sag's ihnen wirklich, sagte meine Mutter. Besteh drauf.

Ist gut.

Und immer am Wochenende, sagte meine Mutter.

Mein Vater zuckte die Achseln.

Zeig ihnen um Himmels willen ein bißchen Festigkeit, Friedrich, sagte meine Mutter.

Herrgott noch mal, ja.

Meinst du, daß der Herr Hahnenfuß auch da ist?

Das sollte mich wundern, sagte mein Vater.

Der läßt sich am Wochenende nicht stören, sagte meine Mutter.

Der hat es auch nicht nötig, sagte mein Vater.

Sag es ihnen klar und deutlich! sagte meine Mutter.

Mein Vater sagte nichts und gab ihr einen Kuß.

Und laß dich nicht von dem Dr. Fetzer dummschwätzen! rief meine Mutter hinterher. Aber mein Vater war schon zur Tür hinaus.

Was ist? fragte ich.

Nichts, sagte meine Mutter.

Aber mein Vater kam nicht zum Mittagessen, er rief kurz an, daß man nicht auf ihn warte, es werde noch eine Stunde dauern. Doch er kam auch nicht nach einer Stunde, er blieb den ganzen Nachmittag fort.

Im Frühjahr noch hatte Stoppelfeld, um einen zu beeindrucken, gesagt: Hagen hat fünf Einsen, und der hatte mich mit großen Augen angesehen. Und jetzt: Was zählten fünf Einsen gegen einen Sprung vom Zehnmeterturm? Hundert Einsen wogen keinen Kopfsprung auf. Tausend Worte konnten niemanden überzeugen, warum man nicht den Sprungturm bestieg. Mit einem Mal war meine Sprache durchsichtig geworden, fadenscheinig, mit einem Mal wurde allen deutlich, was sie kaschiert hatte, daß sie ungedeckt war, wie ich selbst, und niemand ließ sich die Genugtuung entgehen, die Probe aufs Exempel zu machen: Wo bist du denn gestern so plötzlich hin, Hagen?

Heim, Hausaufgaben machen.

Wir haben am Sprungturm auf dich gewartet, sagte Stoppelfeld.

Ich sagte nichts.

Warum springst du nicht, Hagen?

Keine Lust.

Du hast Angst, hm?

Nein.

Also warum springst du dann nicht?

Weil ich es blöd finde zu springen.

Das kann jeder sagen.

Ich hab's gar nicht nötig, dir zu beweisen, daß ich vom Zehner springen kann.

Sei bloß nicht so eingebildet, du Feigling.

Wenn ich so dumm wäre wie du, müßte ich auch springen, um zu zeigen, wer ich bin.

Ha, du hältst dich für was besseres, aber du bist zu feige, vom Zehner zu springen.

Alle, die gesprungen waren, plapperten über ihr Erlebnis und sahen zu mir hin. Feigling, Feigling! Alle, die ich nicht hatte abschreiben lassen, nickten voller Genugtuung: Feigling. Die Kinder vom Hof, die bei den gemeinsamen Spielen unter meiner Leitung zu früh gestorben waren, betrachteten mich wie Auferstandene einen Verdammten: Du Feigling! Die Blicke der Mädchen durchbohrten mich gleichgültig: ein Feigling. Und Stoppelfeld, der immer auf eine untergeordnete Rolle bestanden hatte, der ewige Sergeant, wenn ich Major war, Stoppelfeld suchte sich stillschweigend einen neuen Führer.

Aber ich konnte ja noch immer springen. Noch war der Sommer lange nicht vorüber. Doch jeden Tag, den ich nicht sprang, wurde es schlimmer, und zum ersten Mal schauderte mich abends bei dem Gedanken, am nächsten Morgen zur Schule zu gehen, schauderte mich vor den glühendheißen, endlosen Nachmittagen des Freibads, schauderte mich vor der Begegnung mit den anderen. Und doch war ich jeden Nachmittag im Freibad. Schlimmer als der Spott, schlimmer als der Blick auf den Zehner, schlimmer als die Scham wäre Flucht. Und jeder Tag konnte der Tag sein, an dem ich doch springen würde. Aber ich sprang nicht. Ich begriff zum ersten Mal, daß ich ohne die anderen nicht sein konnte. Das war das Schlimmste: Die Erniedrigungen in ihrer Gesellschaft waren erträglicher, als alleine in meinem Zimmer zu sitzen. Ich hatte es versucht. Ich starrte die Eschenmöbel an, ich hörte die Waschmaschine rumpeln, hinter den Stores blendete der strahlend blaue Himmel die Augen. Die Leere brummte in den Ohren. Ich konnte mich zu keiner Tätigkeit durchringen. Ich hatte Angst, meine Mutter würde in mein Zimmer treten und etwas sagen. Ich dachte nur immer an die anderen.

Zwei Tage später eröffnete mein Vater seiner Frau, daß er den Dr. Fetzer zum Abendessen geladen habe.

Ist das wirklich nötig?

Das weißt du so gut wie ich.

Daß du ihn siehst, wohl. Aber hier bei uns!

Ich will etwas von ihm, nicht er von mir.

Ich weiß nicht, worüber ich mit seiner Frau reden soll.

Aber ich muß mit ihm reden. Ob er die Dreißigtausend oder Vierzigtausend hat oder aufbringen will oder nicht.

Was für Vierzigtausend? fragte ich.

Sei still.

Was für Vierzigtausend? beharrte ich.

Geh in dein Zimmer! keifte meine Mutter. Wenn du uns nicht in Ruhe nachdenken läßt, geschieht ein Unglück. Dann müssen wir umziehen, dich von der Schule nehmen, was weiß ich. Also sei still.

Mein lieber Seelhorst, keine Panik, sagte Dr. Fetzer, als er am Tisch saß, und wischte sich mit der Serviette über die Lippen. Er war ein großer, fetter, glatzköpfiger Mann, er besaß eine Wirtschaftstreuhand und war es gewohnt, zu Abendessen geladen zu werden.

Wenn wir das Kapital erhöhen wollen, um die Firma zu retten, brauche ich von irgendwoher schnellstens Dreißigtausend Mark, sagte mein Vater.

Dr. Fetzer starrte auf sein Weinglas.

Die Firma läuft gut, wir haben Perspektiven, es wäre der helle Wahnsinn, Konkurs anzumelden, es ist nicht nötig!

Lieber Seelhorst, wem sagen Sie das, ich kann mir einen Konkurs gar nicht leisten, mein guter Name und der der Treuhand würden Schaden tragen. Es ist höchst ärgerlich.

Hat Ihnen Herr Hahnenfuß gesagt, was er vorhat?

Oh, der Hahnenfuß sagt mir so wenig wie Ihnen. Der macht immer alles nach seinem Kopf.

Die Aussichten sind so vielversprechend, sagte mein Vater. Wir müssen nur dieses Kap passieren.

Wenn Sie mir das sagen, Seelhorst. Sie sind viel tiefer als ich in der täglichen Arbeit.

Es wäre doch Wahnsinn, das Kapital zu verlieren!

Wem sagen Sie das. Fünfzehntausend Mark, nicht wahr? Das ist kein Pappenstiel.

Zwanzigtausend, sagte mein Vater.

Oder Zwanzigtausend. Es wäre ärgerlich. Aber wenn die Aussichten so gut sind, wie Sie sagen, wäre es auch ärgerlich, weitere Dreißigtausend verfeuern zu müssen.

Ich sehe keine andere Möglichkeit, sagte mein Vater.

So? Sie sehen keine. Und haben Sie die Dreißigtausend?

Mein Vater blickte auf das Tischtuch und wischte sich die Hände an seiner Serviette ab.

Sie kümmern sich doch um den täglichen Ablauf. Warum haben Sie den Hahnenfuß denn diese Maschine kaufen lassen?

Herr Dr. Fetzer, wir sind alle drei gleichberechtigte Geschäftsführer.

Dr. Fetzer zuckte die Achseln und hob sein leeres Glas ein wenig an.

Meine Mutter sprang auf.

Den ganzen Abend war sie aufgesprungen, in die Küche gelaufen, hatte serviert, war zurück in die Küche geflüchtet, wenn sie die Arroganz Fetzers oder die Tatenlosigkeit ihres Mannes nicht länger ertragen zu können glaubte. Dabei mußte sie höflich und freundlich bleiben, die perfekte Hausfrau und die souveräne Gastgeberin mimen, sich keine Sauberkeits- und Effizienzblößen geben (den Gefallen tu ich DENEN nicht) und entspannt wirken. Reden, reden (was hab ich mit DENEN zu reden), aber worüber? Was mich interessiert, kann ich DENEN nicht sagen, alles über die Bühne bekommen und Bewunderung ernten, Bewunderung des Haushaltes, Friedrichs, des Kindes, nicht vergessen zu lächeln, aber nicht herablassend, aber wenn man – zum Teufel! – sich herabläßt? Laß es vorbeigehen, entspann dich, wohin mit deinen Gliedern, stehen, hinsetzen, aufspringen, in die Küche, hin und her.

Das ließ ihre Gesichtszüge entgleisen, lähmte und schüttelte den Körper zur gleichen Zeit, die Schmerzen in den Wangen: die zu einem Lächeln verkrampften Muskeln, die die Lippen hochziehen, den Mund aber nicht öffnen; was schmerzt, das sind die gewaltsam aufeinandergedrückten Kiefer, die Schultern, wohin mit ihren Schultern, auch die Knie gegeneinander gepreßt und im Auf und Ab, im verkniffenen Gesicht, im Vom-Eßtisch-zum-Kaffeetisch, In-die-Küche-und-Zurück, sammelt sich alles in einem einzigen letzten Wort, einem Kirschkern gleich ausgespuckt, zwischen den gespitzten Lippen hindurchgeschossen in Notwehr, flachgedrückt von den geschlossenen Zahnreihen, in einer Eruption erbrochen, trillernd, spuckend, zischend; ein Wort, das ihrem prekären Zustand Laut gibt, das hinausgeschossen wie ein Reflex all ihre verkrampften Emotionen bündelt, eine Antwort auf alles und alle, gekoppelt an eine kurze Grimasse, ein spasmisches Zusammenzucken aller Gesichtsmuskeln, das sie für ein Lächeln hält, für letztmögliches Zugeständnis: Spitzi! Ein Moment wie ein geworfenes Messer, aber ein Gummimesser: Spitzi! Beim Auf- und Niederfahren, beim Zusammenzucken, wenn die Gäste sich bewegen, aufstehen, sich hinsetzen, nach einer Gabel, einem Löffel, der Zuckerdose, der Toilette fragen: Ich-bitt-Sie, Spitzi, Spitzi!!!

Vielleicht hat Hahnenfuß ja eine Lösung, sagte Dr. Fetzer.

Und meine Zwanzigtausend Mark Kapital! rief mein Vater.

Ihre Zwanzigtausend, Ihre Zwanzigtausend zahl ich Ihnen aus der Westentasche; alles was ich will, ist eine saubere Lösung, ich pfeif auf die Zwanzigtausend.

Dr. Fetzer, ich will doch nur sagen, daß ich bereit bin, eine Kapitalerhöhung mitzutragen und irgendwie Dreißigtausend Mark aufzutreiben. Ich GLAUBE an die Firma.

Aber sicher, Seelhorst, wir glauben alle daran. Ich will mir ja auch keinen Konkurs aufhalsen.

Sind wir uns also einig?

Dr. Fetzer hob seine fetten Finger und lächelte: Wir haben dieselben Interessen, Seelhorst. Das ist beinahe das gleiche. Melden Sie sich bei mir, sobald Sie das Geld haben, dann sehen wir weiter.

An einem Sonntagnachmittag kam ich mit meinen Eltern von einer Ausfahrt zurück, und wir fuhren durch ein Dorf mit einem Freibad. Ich bat meine Eltern, anzuhalten und eine halbe Stunde dortzubleiben.

Nur einmal ins Wasser springen. Es ist so heiß. Mein Vater, auf dessen Nacken Schweißperlen standen, willigte ein. Wir breiteten unsere Wolldecke im Halbschatten eines Gebüsches aus. Meine Mutter ging zu den Umkleidekabinen.

Ganz schön hoch, der Sprungturm, sagte ich zu meinem Vater.

Der nickte schläfrig.

Ich würde gerne springen, sagte ich.

Geh ruhig. Aber paß gut auf.

Bist du schon mal vom Zehner gesprungen?

Nicht mehr seit meiner Mittelohrentzündung. Du weißt doch, daß ich ein Loch im Trommelfell habe. Damit kann ich nicht springen. Aber als Kinder sind wir oben vom Eisernen Steg gesprungen, Wilhelm und ich.

Und wie hoch war das? Höher als der Zehner?

Mein Vater schlug die Augen auf und blinzelte: Hah! rief er geringschätzig, viel höher!

Du kannst ja mit mir hochklettern, um zu sehen, ob es wirklich höher war. Ich glaub's nicht.

Mein Vater sah mich an. Meine Mutter kam zurück, im Badeanzug, eine weiße Badekappe auf dem Haar, die ihren Kopf klein wirken ließ im Vergleich mit der Breite ihrer Schultern. Sie ging wie auf Glassplittern. Sie ekelte sich vor Freibädern.

Was redet ihr? fragte sie.

Vom Turmspringen.

Du willst doch nicht etwa von da oben runterspringen, Hagen? Bist du denn von allen guten Geistern verlassen? Da kannst du dir wer weiß was brechen! Das ist viel zu gefährlich.

112

Die andern springen auch.

Na und ist das etwa ein Grund für dich, es zu tun. Seit wann machst du die Dummheiten der anderen nach?

Ja, komm lieber eine Runde schwimmen, sagte mein Vater und stand seufzend auf und rückte sich die Badehose im Schritt zurecht. Ich ging hinter ihm her, und wir ließen uns vom Beckenrand aus ins Wasser gleiten.

Aber ich konnte ja noch immer springen. Doch sprang ich nicht. Ich starrte auf den Zehner, und ich zitterte vor Angst. Ich begriff diese Angst nicht. Woher kam sie? Warum war gerade ich ihr Opfer? Warum war ich nicht fähig zu springen? Alle sprangen. Die Kinder vom Hof sprangen, und viele waren zwei, drei Jahre jünger als ich. Die ganze Klasse sprang, Jungen wie Mädchen.

Neue Helden wurden entdeckt. Ein Dummkopf wie Harald war plötzlich kein Dummkopf mehr, sondern ein Heroe, denn er sprang mit dem Kopf voran. Warum Harald? Warum nicht ich? Jeder wollte plötzlich neben ihm sitzen. Und er wurde laut. Und er stieß mich zur Seite. Ich stieß zurück. Die anderen sammelten sich um uns.

Harald hatte das Kinn vorgeschoben und stotterte drohend: W-w-was w-willst du?

W-w-w-w-was w-w-w-willst d-d-d-du? äffte ich ihn nach.

Harald begann zu grinsen: K-komm d-doch heut nachmittag a-auf den Z-zehner und m-machen wirs da ab.

Kannst du mir das nochmal sagen, ohne zu stottern, dann komm ich vielleicht. Und da mischten sich die anderen ein: Blas dich mal nicht so auf. Schwätzen kann jeder. Schön reden kostet nichts. Ach, der Feigling.

Und man ließ mich stehen und klopfte Harald auf die Schulter, und sie zogen lachend ab. Ich war Hagen Seelhorst gewesen, ich war derjenige, der zu feige war, vom

Zehner zu springen, und als diese Tatsache keine Neuigkeit mehr war, wurde ich einfach vergessen. Ich war anonym. Nichts hatte sich wirklich verändert, ich war nicht anders, als ich je gewesen war, aber ich versank in der Masse.

Am Montag fuhr ich nach der Schule nicht nach Hause, sondern ging den Hügel hinter der Schule hinab in die Stadt. Der Himmel war wolkenlos, die Sonne brannte, die Schattenlinien waren mit dem Lineal gezogen, und es herrschte eine seltsame Stille in der Straße, wie man sie nur an Sommertagen zur Mittagsstunde erlebt.

Ich setzte mich auf eine Bank, zog die Schuhe aus, steckte sie in meinen Ranzen und ging barfuß weiter. Ich wußte nicht, warum ich das tat. Die Passanten starrten mich an. Trotz der Hitze ging niemand barfuß. Im Freibad natürlich. Aber nicht in der Stadt. Das Barfußgehen machte ein Gefühl von Schwäche im Bauch. Meine Füße spürten den heißen körnigen Asphalt, nahmen jede Unebenheit wahr, die Schattenzonen kühlten meine brennenden Sohlen. Ich ließ meine Hand an Häusermauern entlangstreifen, ich befühlte das Metall eines Lichtmastes. Ich wartete an einer Ampel und sah die Autos sich hintereinanderreihen, nahm den Lärm der Motoren wahr, als die Ampel auf Grün schaltete und die Autos hintereinander anfuhren. Manche heftig. Andere zögernd. Ich betrachtete einen Fensterputzer, der mit einem Gummiwischer die Winkel der Fenster eines Bürogebäudes säuberte. Ich schaute mir die Aluminiumplakette an der Eingangstür mit den Namen der Ärzte an. Ich kniff die Augen zusammen und blickte auf die Häuser, die zwischen meinem Daumen und Zeigefinger lagen. Ich sah eine alte Frau, deren Arme von zwei Plastiktüten hinabgezogen wurden. Auf einem Gerüst beim neuen Einkaufszentrum hockten zwei Maurer oder Maler, ließen die Beine baumeln und vesperten. Sie trugen weiße Schirmmützen. Die Bretter, auf denen sie saßen, waren einfach auf das Stahlgerüst gelegt. Ich überlegte, ob ich Hunger hätte. Ich konnte mich plötzlich nicht mehr entsinnen, wie Hunger sich anfühlte. Auf der Kreuzung roch es nach Benzin. Ich überquerte die Kreuzung und trat auf einen schmierigen Ölfleck. Links und rechts stauten sich Autos an den Ampeln. Ich starrte die Autos an und fragte mich, warum sie aussahen, wie sie aussahen. Vor mir lag das Einkaufszentrum. Ein großer Quader. Ich wußte nicht mehr, warum man Häuser in Quaderform baute. Ich stand auf der Rolltreppe, glitt hinauf und fühlte die geriffelte Kühle unter meinen Füßen. Die Ladenpassage war mit grauen quadratischen Terrakottaplatten belegt. Nach dem heißen Asphalt war es seltsam, auf dem spiegelglatten, kalten Untergrund zu gehen. Zwischen den Platten waren Fugen von grauem Zement, in denen sich Staub, Steinchen und Zigarettenkippen sammelten. Vor dem Eingang der Geschäfte lagen Fußabstreifer. Ich setzte mich auf eine Bank. Es waren nur Frauen hier, die eilig vorüberhuschten, oder trippelten, oder wogten, oder marschierten, oder tänzelten, oder trampelten. Manchmal das Poltern von Rollschuhen über den Zementfugen. Ich wußte nicht mehr. Sie hatten alle recht. Ich wußte nicht mehr. Ich bekam Angst. Ich holte meine Schuhe aus dem Ranzen und zog sie an. Da erinnerte ich mich. Ich blickte an mir herab. Ich war wie zuvor. Ich sah auf die Standuhr. Es war spät. Ich mußte nach Hause.

Im Bus las ich in der Schülerzeitung. Es war ein Bericht über ein Konzert, das in der Sporthalle stattgefunden hatte. Die Gruppe hieß »Canned Heat«. Ein Satz berührte mich eigentümlich: »Über den Stuhlreihen

schwebte den ganzen Abend der süßliche, uns wohlbe-
kannte Duft, moderner Weihrauch, und die Atmosphäre,
die er dem Konzert für uns gab, wird jeder Eingeweihte
sich vorstellen können. Während zweier Stunden hatten
wir nichts mehr mit Euch anderen zu tun, lebten in einer
Welt, zu der Ihr keinen Eingang findet und die Ihr doch
nicht verleugnen könnt: sie existiert, denn wir haben sie
entdeckt, und nie mehr werdet Ihr so tun können, als
seien Eure Werte die einzigen, die es gibt. Es geht immer
leidenschaftlich zu, wenn man sich die Freiheit heraus-
nimmt, davon zu kosten, was Ihr Gift nennt, obwohl –
oder weil – man weiß, daß es Gift ist.«

Der Artikel war signiert von »Sigi Heidenreich,
Prima«. Am nächsten Tag begegnete ich ihm, ein langer
spindeldürrer Kerl mit Milchhaut, weiblich geschwunge-
nen Lippen, einer Nickelbrille und langen, fettigen Haaren, die er zum Gespött der Jungen in einem Pferdeschwanz trug wie ein Mädchen. Er legte in der Pause
Zettel in den Klassen aus. Ich war allein im Klassenzim-
mer geblieben und nahm einen Zettel. Der evangelische
Religionslehrer, Pastor Krämer, ein junger Mann mit
Seemannsbart, der schwarze oder dunkelgrüne Rollkragenpullover aus Diolen zu einem grauen Jackett trug,
würde in der Aula einen Vortrag über Amnesty Interna-
tional halten. Kommst du? fragte Heidenreich mich. Es
wäre gut, wenn auch die Jüngeren mit dabei sind. Ich
nickte. Aber die Versammlung war eine Enttäuschung.
Die stockend abgelesene Rede des Pastors langweilte die
wenigen Anwesenden zu Tode; die einzige, die hellhörig
jedes Wort aufnahm, war Frl. Stiefel, die Großinquisitorin des Gymnasiums, von der Schulleitung als Aufpasse-
rin entsandt. Sie schrieb mit, obwohl ihr Amnestie ein
ebensolches Fremdwort war, wie ihr, der Mathematik-
und Physiklehrerin, der ganze, durch kein logisches Ge-

setz zu erhärtende Sermon des Pastors frivol erscheinen mußte.

Ich blieb nicht bis zum Ende. Ich wußte plötzlich nicht mehr, was ich hier sollte. Ohnehin war niemand aus meiner Klasse zugegen. Sie waren alle bereits im Freibad, und hatten sie denn nicht recht? Was suchte ich hier? Was für ein Wahnsinn. Und draußen plötzlich, auf dem leeren Innenhof, wo die Mittagshitze sich staute, fiel mir ein, daß ich auch nicht mehr zu den andern gehörte.

Aber ich sollte bald wieder von Sigi Heidenreich hören. In den letzten Wochen vor den Ferien lief eines Morgens das Gerücht durch die vollverglasten, auf den amphitheatrisch geformten Innenhof gehenden Korridore der Schule, daß Heidenreich geflogen sei. Er hatte zusammen mit einigen anderen die Einrichtung einer Schülermitverwaltung gefordert und sich, als man darauf nicht einging, im Physiksaal verbarrikadiert. Der Konrektor war als Emissär der Schulleitung bis zu ihm vorgedrungen und hatte ihm gut zugeredet, er als Primus solle sich doch die Monate bis zu seinem zweifelsohne glänzenden Abitur nicht durch solche Dummheiten verderben, man sei bereit, ihm goldene Brücken zu bauen, und würde, wolle er nur Vernunft annehmen, den ganzen Zwischenfall schnellstens vergessen. Heidenreich schien nun, da kein Gesichtsverlust zu befürchten stand, schwankend zu werden, woraufhin der Lehrer den Fehler beging, ihm in vertraulichem Ton zu verstehen zu geben, er verrenne sich ohnehin als Einzelkämpfer in eine Sackgasse, da gar nicht die Rede davon sein könne, daß andere Schüler seinen Appell unterstützten. Das mußte Heidenreich derart herausgefordert haben, daß er umgehend per Flugblatt zu einem Schülerstreik aufforderte. An heilige Regeln der Diplomatie nicht gewohnt, hatte er auf dem Flugblatt wortwörtlich die Sätze des Konrektors wiedergegeben und sich damit einen unversöhnlichen Feind geschaffen. Die Auswirkungen des Streiks reichten zwar nicht bis in die Quinta, aber offenbar wurde dem Aufruf doch so zahlreich Folge geleistet, daß er seinem Initiator drei Tage Schulverweis einbrachte. Damit hätte der Zwischenfall ein Ende nehmen können, jedoch auch am vierten Tag tauchte Heidenreich nicht mehr auf; er war verschwunden. Statt dessen besuchten seine verstörten Eltern den ebenso ratlosen Rektor. Nach einer Woche hörte man, daß Sigi Heidenreich wieder da sei – er wäre bei der Gewerkschaft gewesen und hätte gar im Staatsarchiv und im Kultusministerium Untersuchungen über die Vergangenheit des Rektors anstellen lassen –, aber hier, fanden nun selbst seine Mitschüler, war er zu weit gegangen, übertrieb er, handelte er unsportlich, die Vergangenheit war ein alter Hut, und schließlich: Was um alles in der Welt hatte die Gewerkschaft mit uns zu tun?! Innerhalb einer Minute wurde Heidenreich zum Ballast für seine Kameraden, begann seine Aktivität ihnen unheimlich zu werden.

Das war nun der bewußte Tag, und die Reaktion der Schulleitung kam unvorhergesehen schnell und konsequent. Heidenreich, der Flugblätter verteilen wollte, wurde von zwei Polizisten am Betreten des Schulgebäudes gehindert, man nahm ihm seine Schriften ab, zur selben Stunde noch beschloß die Lehrerkonferenz bei einer Enthaltung von Pastor Krämer seinen Ausschluß, während seinen Klassenkameraden die Konsequenzen etwaiger Solidaritätsaktionen unmißverständlich klargemacht wurden.

Die ganze Schule stand Spalier, als Heidenreich den Schulhof betreten wollte. Er versuchte, in der Menge ein Augenpaar zu fixieren, irgendeines. Sein Blick perlte an der glatten Mauer der Gesichter ab. Wißt ihr, was Solidarität ist! rief er. Sagt niemand etwas dagegen, daß ich ausgestoßen werde? rief er. Die Menge zerstreute sich, und ich ließ mich in ihr treiben.

Es war die zweite Ferienwoche, ich hockte alleine im Freibad auf meinem Handtuch und starrte auf den Sprungturm und auf die Schlange der Anstehenden, da ließ sich eine Gruppe Älterer einige Meter entfernt nieder. Ich sah nicht hin. Ich kniff mir in den Bauch, bis es schmerzte. Wie mich stets schauderte, wenn die anderen den Schorf, den sie an Ellbogen oder Knien hatten, abkratzten, so daß die rotglänzende neue Haut zum Vorschein kam, die, wie meine Mutter sagte, schlecht vernarben würde. Es schien die anderen nicht zu kümmern, Narben zu haben, sie machten nie Aufhebens davon.

Kommt, wir gehen springen. Los, hoch mit dir.

Ich bleib hier, sagte eine Stimme, die ich kannte. Ich drehte mich um. Es war Sigi Heidenreich, der mich natürlich nicht erkannte. Plötzlich saßen wir einander alleine gegenüber. Ich starrte ihn an. Heidenreich lächelte herüber und sagte: Ach, wenigstens noch einer, der Schiß hat. Machts dir auch keinen Spaß, die bekloppte Springerei?

Ich drehte mich, ohne zu antworten, nach der anderen Seite und nahm ein Buch. Mein Rücken, der den Blick des anderen spürte, wurde eisig.

Die letzten zwei Ferienwochen verbrachten wir am Bodensee. Die Schulferien lagen spät in diesem Jahr, es war schon September, aber der Sommer schien nicht enden zu wollen. Die Luft stand still, und morgens lag der See in flimmerndem Glanz, der die Augen blendete und aus dem plötzlich die Schwäne und Bläßhühner auftauchten. Die schwammen bis dicht ans Ufer und schnäbelten an den Algen, die auf dem rostroten Stein der Mauer wuchsen. Dann brach die Sonne durch, und der

Himmel nahm Farbe an, er wurde nicht mehr so blau wie im Hochsommer, er war schon ein wenig verblaßt, aber die Luft über dem See war klar, und drüben am andern Ufer erhoben sich die Alpen, und der höchste schneebedeckte Gipfel, der direkt am Schweizer Ufer emporzuwachsen schien, war der Säntis. Nur abends wurde es frisch, die Illusion war nicht ganz bis zum Sonnenuntergang aufrechtzuerhalten. Gegen sieben Uhr kam vom See her ein Wind auf, der so kühl war, daß man nach dem Pullover griff; in dieser Stunde packte mich stets Panik. Noch nicht, noch nicht! rief ich meinen Eltern zu, die sich ankleideten und das Strandbad verlassen wollten, und ich lief noch einmal zum Wasser, aber das Wasser war kalt plötzlich, und die Bäume warfen riesige Schatten, und ein Windstoß fegte ein Blatt von einem Baum, das schaukelnd zu Boden segelte, das erste von vielen, und die Zeit drehte sich plötzlich schnell, mechanisch und drohend, immer schneller, wieviele Tage noch, vier? fünf? Und der Sommer wäre vorüber, und wir mußten zurück.

Am letzten Abend wartete ich am Strand, schon angezogen, auf meine Eltern, die in der Umkleidekabine waren. Es war kühl geworden, und ich war der letzte am Ufer. Eine flackernde Linie teilte den See in eine Licht- und eine Schattenzone. Die Schattenlinie glitt stetig voran. Vor meinen Füßen machte das Wasser, das in kleinsten Wellen auslief, nicht den leisesten Laut. Tief unter der Wasseroberfläche schwammen weiße Wolken. Da erblickte ich in einiger Entfernung einen einsamen Schwimmer. Mit Ausnahme der Enten und Schwäne war er das einzige Lebewesen auf dem See. Er schwamm mit ruhigen Zügen vorwärts, offenbar hatte er vor, die Bucht zu überqueren, bis zu dem Pappelhain, dessen Spitzen noch in der Sonne glänzten. Ich beobachtete ihn schweigend. Er war jemand, der dort, in diesem Moment, jenseits von allem sich befand. Er kümmerte sich um niemandes Meinung, war von niemandem abhängig, niemand wartete auf ihn. Vielleicht hatte er sich mittags gesagt: Ich möchte über den See schwimmen heute. Er teilte es niemandem mit, er fragte keinen um Erlaubnis, er bat um keine Gesellschaft. Er war jenseits. Jenseits aller Abhängigkeit von einer Meinung, jenseits allen Zwangs, sein Tun auf seine Zuschauer abzustimmen. Die Perspektive seines Handelns waren nicht die Menschen. Schwimmend, zwischen Licht und Schatten, das Ufer noch weit, war er sich selbst genug. Er schwamm, und er hätte auch Lust gehabt zu schwimmen, wäre er der letzte Mensch auf Erden gewesen.

Ich beobachtete den Schwimmer, ich war vielleicht der einzige, der ihn sah, und der Anblick zog mir die Kehle zusammen. Was würde von dieser Geste übrigbleiben? Nichts, die Menschen würden nie von ihr erfahren. Sie würde ausgelöscht sein, wie die Spur des Schwimmers selbst vom See geglättet wurde. Wenn es nun auch mir so ginge. Wenn die Menschen nie von mir erführen, meine Spur ebenso verwehte, wie die des einsamen Schwimmers. Es wäre mir nicht möglich, so zu leben, ich würde selbst nicht mehr an die Realität meiner Existenz glauben, wenn sie nicht Wellen schlug über meine Zeit und Generation hinaus.

Die Welt erwartete Beweise von mir. Es war unmöglich zu existieren, wenn die anderen mich nicht für mehr hielten als sich selbst. Wenn nicht mein ganzes Leben hier und jetzt enden sollte, wenn ich tatsächlich dieser Hagen Seelhorst war, der ich zu sein geglaubt hatte, der auserwählte Liebling der Götter, dann mußte ich es von nun an beweisen, in allem, was ich tat, in jeder Minute, einem jeden gegenüber. Meine Existenz hing ab vom Ur-

teil der anderen, von ihrer Bewunderung, ihrer Unter-
werfung. Mein Leben hatte einen Wert oder keinen, je
nachdem, ob die Menschheit mich bemerkte oder nicht.
Die Möglichkeit, Erfüllung und Anonymität zu verein-
baren, gab es nicht.

So endete dieser Sommer, der Sommer des Zehnmeter-
Sprungturms, der Sommer des Jahres 1968.

Rrrechtschaffen

Ein Sportler und ein Kamerad zu sein, das verlangte die modernste Stadt der Welt von ihrer männlichen Jugend. Ich hatte bewiesen, daß ich weder das eine noch das andere war. Im Herbst nach dem Sommer des Zehners wurden die Klassen neu aufgeteilt, und bei der Klassensprecherwahl erhielt ich nur mehr eine Stimme, meine eigene. Als die Tische verteilt wurden, mußte ich mir einen Tischnachbarn suchen, und als ich durch die Reihen ging, flossen die Blicke durch mich hindurch. Schließlich willigte einer ein, der auch nicht gefragt worden war. Es war Herrmann Sachs. Es war keine begeisterte Wahl, es bestand auch keine Seelenverwandtschaft, es war eher eine Form der Selbstbestrafung: Soweit ist es mit mir gekommen, dieser da, den verdiene ich. Ein Langsamer. Denn langsam zu sein in allem, zumal im Begreifen und Replizieren, war Herrmanns hervorstechende Eigenschaft.

Und doch war er es, den die Natur nicht dafür ausersehen hatte, Rekorde zu brechen, noch den anderen vorangehend, Vertrauen einzuflößen, der mehr als alle Naturtalente den Gesetzen der Stadt Rechnung tragen sollte. Denn Herrmann Sachs beschloß eines Tages, ein Sportler und Kamerad zu werden. Natürlich dachte er das nicht in diesen Worten, aber vielleicht spürte er, was in der Luft lag, fühlte unterschwellig, was gefordert war, und da er nichts mehr wünschte, als im Einklang mit der Welt zu leben, begann er eine für unsere Stadt repräsentative Karriere. Und dieser Herrmann Sachs wurde von meinem Tischnachbarn zu meinem einzigen Freund.

Doch spielten wir beide keine große Rolle. Der Platz, den ich noch vor einem Jahr unbestritten innegehabt hatte, wurde von drei Neuen eingenommen: Da war zunächst Matthias Schmelzle, ein schwäbischer Gelehrter mit Schweißfüßen, dem der Ruf vorauseilte, ein Genie zu sein. Aber ich sah mich getäuscht, wenn ich geglaubt hatte, in Schmelzle einen Bruder im Geiste zu finden. Der war ein ruhiger Geselle, der sich nicht das mindeste auf seine Intelligenz einbildete und nur manchmal die Augen von seinen Heften hob, was sein Kindergesicht mit der Himmelfahrtsnase ins Pfiffige zog, und eine Beiläufigkeit, eine strohtrockene Bemerkung fallen ließ, die die Umstehenden laut auflachen machte; Sokrates nannten sie ihn. Seine träumerischen blauen Augen wurden steinern, wenn er über einer Mathematikarbeit saß. Die Sportler vergötterten ihn, sie, die normalerweise die höchste Kaste bildeten, erkannten Schmelzle reihum als ein höheres Wesen an, denn einerseits ließ er sie ohne das geringste Aufheben abschreiben, zum andern war er ein wackerer Fußballer und beherrschte den Reckunterschwung. Er war »2« in Sport, »1« in allen anderen Fächern, außer in Betragen, wo er auch »2« war und manchmal zum Entzücken der Kameraden gar nur »3«. Die Sportler woben an seiner Legende, er selbst tat gar nichts dazu, ein stilles Wasser, nie suchte er das Gespräch mit mir, ich begann, ihn zu hassen.

Beeindruckend und beunruhigend war Ulrike Widerhold, Inkarnation von Freiheit. Sie erschien eines Tages von außerhalb, kam nicht aus unserer Stadt, sie spaltete die Gemüter, an ihr schieden sich die Geister, es war kein

Vorbeikommen an Ulrike Widerhold. Man war für sie oder gegen sie. Sie ließ niemanden kalt, und sie wußte das sehr genau. Sie brachte Krieg und war stolz darauf. Sie wählte. Sie entschied. Sie setzte Maßstäbe. Nur zwei fielen nicht durch ihr Sieb. Germania Schöneich und Schmelzle, den sie stillschweigend als ebenbürtig anerkannte. Ulrike Widerhold war emanzipiert. Sie war emanzipiert, bevor das Wort selbst noch bekannt wurde. Sie war die Verkörperung barfüßiger Freiheit, sie war fleischgewordene Revolte.

Jede Kleinstadt besitzt eine solche Rebellin von 15 Jahren, die provozierend barfüßig durch die Straßen schlendert mit schwarz oder metallblau lackierten Finger- und Fußnägeln. Es war verboten, ohne Schuhe zur Schule zu kommen, Ulrike kümmerte sich nicht um solche Verbote. Sie ermutigte Nachahmer. Als der Direktor sie warnte, daß die ganze Klasse mitzuleiden haben würde, wenn sie sich nicht fügte, erschien sie am nächsten Tag mit Riemensandalen. Sie war Klassensprecherin, und Solidarität ging ihr noch vor ihren aristokratischen Individualismus. Es war die Solidarität mit offensichtlich Schwächeren, die mich rasend machte, weil ich zu den Schwächeren gehörte.

Verließ Ulrike Widerhold in der Pause den Schulhof, um zu rauchen, schleuderte sie, kaum hatte sie das Schulgelände verlassen, ihre Sandalen in ein Gebüsch, um bei der Rückkehr wieder hineinzuschlüpfen. Die jüngeren Schüler deuteten ins Gebüsch und flüsterten: Das sind die Sandalen von Ulrike Widerhold.

Nur einem war auch Ulrike Widerhold nicht gewachsen: der Stadt selbst. Die modernste Stadt der Welt wußte noch, eine Ulrike Widerhold zu verdauen. Man war ja klüger geworden und nicht nur klüger. Unsere Stadt war ihrer selbst sicher, daher konnte sie tolerant sein und ihrer Klugheit mehr zutrauen als aller Repression. So wartet auf eine Ulrike Widerhold eben ein Mediziner, so fängt man eine solche Störquelle über ihre Schwachpunkte; ihre Eitelkeit, ihren Stolz, man absorbiert sie, indem man sie gewähren läßt. Mit der erschreckenden Sicherheit, daß Elite sich doch irgendwann, früher oder später, zu Elite gesellt. Auf andere wartet der Tod aus der Nadel im buntbemalten Klo des Jugendhauses oder der Motorradunfall, jemand von der Klasse einer Widerhold fängt sich in seinem eigenen Netz. Direktor und Kollegium setzten ihr soviel Widerstand entgegen, wie sie brauchte, und alle ihre Attacken machten sie nur zum Aushängeschild; je mehr sie kämpfte, desto mehr waren die, die sie bekämpfte, stolz auf sie, und irgendwann in solchem Fall schlagen die Qualitäten um, und man kämpft auf der gleichen Seite. Ihre Revolution war so idealistisch und ehrbar, ihre Marotten, wie das Barfußgehen, hatten etwas so urchristlich Assisihaftes, daß sie gegen ihren Willen ihren Willen bekam. Viel Feind, viel Ehr, wer eine Ulrike Widerhold gegen sich hatte, mußte selbst ein Großer sein. Und am Ende der Zielgeraden wartet die glanzvolle akademische Laufbahn, wartet der Mediziner, wartet die große Vergangenheit. Das wußte die Stadt und verstand es zu warten, und das war es, was sie unbesiegbar machte.

Germania Schöneich aber war etwas anderes. Sie wurde die erste reale Masturbiervorlage einer ganzen Generation Vierzehnjähriger. Sie war die erste, die sich schminkte, deren Mund sich rot anbot, deren Augen schwarzumrandet lockten, das also, oh Gott, bedeuteten Frauenaugen und ein Frauenmund! Sie hatte, so hörte man, einen älteren Freund, das hieß womöglich, das konnte meinen, das besagte zweifellos, daß sie bereits gefickt hatte! Sie war unerreichbar. Dabei konnte man sich mit ihr amüsieren und gar flirten. Man konnte sie auf den Oberarm boxen, danebenzielen und so ihre runde, volle Brust berühren. Freche Sau! schrie sie dann. Sie war von dieser Welt. Sie lachte gern; wer sie zum Lachen bringen konnte, war ein König, sie war schlau, ohne intellektuell zu wirken, rebellisch, ohne revolutionär zu sein, vulgär und kokett, sie war eine großartige Sportlerin und ein Kerl, ihr Vater war Bademeister.

Frl. Stiefel, die Großinquisitorin des Gymnasiums, der Schrecken aller Schüler bis hinauf in die Prima, stand in ihrem nie abgelegten, fleckigen weißen Kittel, die Otternaugen hinter einem Kassengestell lauernd, das Haar von der Farbe und Konsistenz einer in eine Ölpest geratenen Möwenschwinge, unten hinter dem weißen Pult, das gleichzeitig als Experimentiertisch diente, und behandelte die Aggregatzustände.

Ich versuchte, mit einem unstet ins Leere schweifenden Blick mich unsichtbar zu machen, und erwartete doch voller Entsetzen die schneidend-spöttische Stimme der Physik- und Mathematiklehrerin: Seelhorscht! Erklär mir jetzt nochmal, waas i da grad g'sagt hen! Im dritten Rang des wie ein Kinosaal nach hinten ansteigenden Physikraumes starrte ich auf mein Heft, denn ich fühlte in der plötzlichen Stille den Gorgonenblick Frl. Stiefels auf der Suche nach einem Opfer, mein Herz begann, schneller zu schlagen, und je länger die Stille andauerte, desto gewisser spürte ich das Schwert sich über meinem Kopfe einpendeln.

Seelhorscht! Hen i di aufg'weckt? Des tut mir aber leid! Kannsch' du mir zufällig – denn ein Zufall wär's ja wohl – sagen, wie des hier an der Tafel jetzt weitergehen muß?

Die unter mir Sitzenden drehten die Köpfe und grinsten hämisch und erleichtert herauf, ich konnte an der

Tafel nur flimmernde weiße Zeichen ausmachen, und je länger mein Schweigen andauerte, desto mehr schnippende Finger schnellten in die Höhe, und mein Herz begann, den Takt des Schnippens anzunehmen.

Ich starrte blöde in die Gesichter unter mir, und plötzlich schälte sich eines aus der Menge, das nur mich ansah, mir in die Augen blickte, mit spöttisch verzogenen Lippen, und mir wurde eiskalt, im nächsten Moment begannen Ströme von Schweiß meinen Rücken hinabzulaufen, und ich ließ einen unhörbaren Angstfurz fahren, aber das war nicht mehr die Furcht vor Frl. Stiefel. Halb hörte ich, wie ein anderer für mich antwortete, alle Köpfe bis auf diesen einen hatten sich schon längst wieder nach vorn gedreht, und dieser eine, der mir noch einen Moment lang zugewandt blieb, das war der Kopf Germania Schöneichs, und die Erkenntnis ihrer unglaublichen Schönheit überrollte und überwältigte mich, ließ mich fast das Bewußtsein verlieren, aber ich hielt ihrem Blick stand, und ich bohrte den meinen in ihren Nacken und ihr Haar, als sie sich wieder umgedreht hatte, und schwor ihr und mir lautlos: Dich will ich haben, und dich werde ich kriegen!

Das war nun so eine Art von Schwur, und nüchtern betrachtet war die Lage natürlich hoffnungslos.

Denn wer war ich, und wer war Germania Schöneich! Germania Schöneich war ein Engel, der sich unter die Sterblichen gemischt hatte, aus Freude am Leben selbst sterblich geworden war, Germania Schöneich besaß von Natur, wonach der unglückliche Herrmann Sachs so sehnsüchtig strebte: Sie rollte im Einklang mit dem Ozean der Stadt, als dessen schönste schaumgekrönte Welle. Ihr Vater war Hüter des Sprungturmes im städtischen Freibad und bewohnte mit seiner Familie eine Dreizimmerwohnung im unteren ärmeren Teil des Süßen

Grundes. Sie war, das stand nie zur Diskussion, die Nr. 1 der Ranglisten aller Halbwüchsigen zwischen Süßem Grund, Tannenberg, Schlachthof und Hulb; man mochte in andere Mädchen verliebt sein, mit anderen Mädchen gehen, aber Germania Schöneich war das Maß schlechthin. Und sie war keine Vision, denn sie war mitten unter uns, und jeder Tag prüfte sie, wog sie, und sie bestand alle Proben. Ein jeder Junge fühlte, daß sie die ideale Gefährtin eines Abenteurers sein mußte, denn sie hatte die Gabe, jeden Spießbürger als Abenteurer sich fühlen zu lassen. Sie war jemand, mit dem man zum Weißen Nil aufbrechen konnte, der aber auch, wenn man wieder nach Hause kam, in der Lage war, ein ordentliches Mittagessen zuzubereiten. Man fühlte, daß derjenige, der ihr genügen würde, ein für allemal das ewige Mißtrauen den Frauen gegenüber ablegen konnte, denn sie war weder der Typ, der heimlich Kleider kauft, noch es einem Mann verübelt, wenn er abends mit den Kameraden ein paar über den Durst trinkt. Und wenn man sah, wie sie sich bewegte, wußte man, daß das Ficken mit ihr nie langweilig würde. Aber! War man denn der Mann für sie? Denn es war doch ganz deutlich, sie war nicht für einen einzigen geschaffen, wer sollte es mit ihr schon aufnehmen, und gerade das ließ natürlich jeden Jungen davon träumen, derjenige zu sein oder doch zu werden, der die Regel außer Kraft setzen und Germania Schöneich bezwingen und besitzen werde.

Was Germania so populär machte, das war die Tatsache, daß nichts an ihr, im Gegensatz zu jemand wie Ulrike Widerhold, unheimlich oder irgendwie pervers war. Gewiß war sie eine Frau, all der Ränke und Ranküne, der Listen und Überraschungseffekte dieses Geschlechts fähig, aber in nichts überschritt sie die Grenzen des natürlichen Lebens unserer Stadt. Sie beging keinen verhängnisvollen Fehler, der sie in ein zwielichtiges Abseits gerückt hätte: Niemals würde sie jemanden verpetzen, sie würde nie einem Mann, den sie blies, den Penis abschneiden, sie war zu nichts Ungesundem, Bücherhaftem in der Lage – wenn man von Ulrike Widerhold murmelte, sie sei eine Lesbe, ohne sich darunter Genaues vorzustellen – die Präferenzen Germania Schöneichs waren klar und gesund. Eine wie sie – aber es gab ihrer keine zweite – würde nie und nimmer ihr Geld für verrückte Kleider und Kosmetika aus dem Fenster werfen, sie würde zwei Freunde nicht gegeneinander ausspielen, niemals würde sie unserer Stadt untreu werden. Sie weckte tiefverborgene Wünsche, aber keine Urängste, sie fiel niemals aus dem Rahmen, aber innerhalb dieses Rahmens war sie vollkommen auf jede nur denkbare Weise.

Gegen ihren Körper hätten Mathematiker und Griechen einwenden können, daß er nicht vollkommen strukturiert sei. In der Tat waren ihre Beine eher kurz, aber das wog nicht schwer, denn sie war ohnehin nicht groß, ihre Füße zu breit, was ihr jedoch bodenständigen Charme verlieh, ihre Arme zu sehnig, um damenhaft zu sein, aber das kam daher, daß sie eine Sportskanone war, ihr Hals zu kurz, um schwanenhaft genannt zu werden, doch wäre der Hals länger gewesen, hätte ihr Kopf anders geformt sein müssen, und die Schultern hätten nicht mehr gepaßt. Und überhaupt! So wie sie war, war es gut, wer hätte an ihrem Körper herummäkeln wollen!

Ihre Walkürenbrüste blickten herrisch geradeaus, ihr Arsch hätte das Kreuz eines Streitrosses gebrochen, ihre Formen waren so generös und fruchtbar wie die unsere Stadt umgebende Landschaft, sie war ein Paket, Germania, sie paßte in die Armbeuge eines Mannes, aber der Mann, sie darunter zu halten, der mußte noch geboren werden!

Sie liebte die Geschwindigkeit, nichts konnte sie mehr in Ekstase versetzen, als barhaupt auf ihrem Rennrad oder einem Pferderücken oder einem Motorradsattel durch den Wind zu fliegen; sie war keine Stubenhockerin, sie schwamm und tauchte aus dem Wasser wie ein Otter, sie war Kapitän der Volleyballmannschaft, ein As im Geräteturnen, sie trank Bier wie die Jungen, sie verkehrte auf freundschaftlichem Fuß mit den Sportlern, aber sie »ging« nie mit einem vom Gymnasium, ihre Freunde, wenn sie denn feste besaß, kannte niemand, und im Unterricht blieb sie, wenn auch mit einigen Schwierigkeiten und trotz mancher Rückschläge, die Nr. 3 hinter Schmelzle und Widerhold. Man fürchtete um sie, als sie sich mit Ulrike befreundete, aber bald wurde zur allgemeinen Erleichterung festgestellt, daß diese Beziehung sie nicht veränderte; worüber die beiden zuzeiten ernsten Gesichtes sprachen, wußte man ja nicht.

Und ich hatte Herrmann Sachs, der mir die Freuden der Mittelmäßigkeit, des Mittelmaßes vorlebte. Und sie besaß unleugbar etwas Verführerisches, diese Mittelmäßigkeit; müde von ehrlicher Arbeit in sein Heim zurückkehren, das man mit eigenen Händen erbaut hat, ein kühles Bier und die Rechtfertigung seines Lebens im Fernsehprogramm. Es war ein Leben, das kein schlechtes Gewissen kannte. Es hatte etwas Bezwingendes, Herrmann Sachs nach der Schule ein Stück auf dem Heimweg zu begleiten und ihn zu betrachten, wie er mit weitausgreifenden Schritten die abschüssige Straße hinabstiefelte, voller Lust seine Schultasche schwingen ließ und brüllte: Rrrechtschaffen! Rrrechtschaffen!

Die Lehrer mochten hart mit ihm umgegangen sein, die Mädchen mochten hinter seinem Rücken gekichert haben, aber zu Hause in der frisch renovierten Hälfte des Doppelhauses wartete ein Hühnerbein mit Pommfritz auf ihn, grub der Vater den Garten um, lüftete die Mutter die Federbetten am offenen Fenster, am Nachmittag würde man gemeinsam hinaus zu Cash & Carry fahren, um fürs Wochenende einzukaufen, so mochte das ein Leben lang fortgehen, und das war keine Horrorvision für Herrmann, sondern Hoffnungsglück und erster eigener Traditionsboden.

Herrmann war ein bodenständiger Mensch und ein Lokalpatriot. Er war stolz darauf, im Waldkrankenhaus der Stadt zur Welt gekommen und stolz darauf, ein Schwabe zu sein.

Aber deine Eltern, mit ihrem komischen Akzent, die sind nicht von hier, hm?

Wir sind Donauschwaben, sagte Herrmann dann.

Und was soll das sein?

Das sind Schwaben, die vor 300 Jahren nach Rumänien ausgewandert sind.

Deine Eltern sind Rumänen?

Herrgottzack, nein! Deutsche sind's. Schwaben. Die sind dort immer unter sich geblieben und haben immer die Tradition gepflegt. Die sind deutscher als du!

Rumäniendeutsche, was es nicht gibt.

Und nicht nur Deutsche, Schwaben! Und in den Fünfzigern sind sie beide hierher zurückgekommen, kaum daß sie verheiratet waren, um hier zu arbeiten. Schwaben wie du und ich.

Na, wenn du meinst.

Herrmann reagierte sehr empfindlich, wenn jemand das Schwabentum seiner Familie anzweifelte. Sein Vater war Elektriker beim Daimler und fuhr jeden Morgen mit seinem Dieseljahreswagen hinüber ins Werk. »Der Daimler«, »Kantine«, »Gartenarbeit« und »Ministrieren« waren Worte, die Herrmann fast ebenso liebte wie »Rechtschaffen«. Es waren gerade und ehrliche Worte für gerade und ehrliche Dinge, die im Leben das Tor zur Gemeinschaft aufstießen. Und dort wollte Herrmann seinen Platz haben. Keinen Ehrenplatz, aber auch keinen am Katzentisch. Wenn im Sportunterricht Hahnenkampf befohlen wurde, wollte er stets Träger sein, nie Kämpfer auf den Schultern. Ich steh da unten wie eine Eiche, sagte er mir, mach du nur da oben deine Arbeit. Ein biderber Germane, ein langsamer schwäbischer Recke, sein Mangel an Ehrgeiz machte mich zunächst wütend, dann stutzig, und schließlich begann ich, ihn zu beneiden und kapitulierte vor der rechtschaffenen Antiindividualisation Herrmanns. Denn Herrmanns Streben war genau dies: Er wollte nicht zu einer Persönlichkeit werden, sondern sich zu einem unpersönlichen Materie- und Energiepartikel innerhalb eines Universums zurückbilden, das er freudig als das ihm gemäße anerkannte. Er wollte nichts sein als ein Schwabe aus einer schwäbischen Familientradition, geöltes Rädchen in der Maschinerie der Stadt, unscheinbare Silikonplatte, auf der der komplette Funktionscode gespeichert war. So setzte er alle seine Redlichkeit daran, zu einer ewigen Gestalt im Kosmos unserer Stadt zu werden, so daß sein Name schließlich nicht mehr an seiner Person haften würde, sondern durch die Generationen bliebe als Erkennungszeichen für das Maß, das in der modernsten Stadt der Welt angelegt wurde. Er wollte nicht der Herrmann sein, sondern just ein Herrmannsachs.

Dazu mußte man Einheimischer sein, gesund im Sinne von nicht-interessant und nicht-morbide, Sportler, katholisch, musikalisch und Kamerad. Herrmann erfüllte alle Bedingungen außer zweien: Er war nicht sportlich und nicht musisch veranlagt, und so machte er sich ruhig und zielstrebig daran, die Lücken auszufüllen, ganz so, wie sein Vater die Löcher in Mauerwerk und Dachbelag ihrer Doppelhaushälfte ausgebessert und unsichtbar ge-

macht hatte. Er schrieb sich in die Leichtathletikabteilung des Sportvereins ein und trainierte zunächst zweimal, dann dreimal und bald viermal die Woche.

Aber vielleicht war Herrmanns Streben zu heftig, denn
bald sollten mit ihm und um ihn erhebliche Veränderungen eintreten. Vielleicht auch übertrieb er, gerade weil er
kein Naturtalent war und somit zuviel des Guten tun
mußte, jedenfalls strengte er sich auf dem Weg, das
rechte Maß zu erreichen, so sehr an, daß er weit übers
Ziel hinausschoß, und das sollte ihm denn auch zum
Verhängnis werden.

Herrmann begann auf den Kurzstrecken, 100 und 200
Meter. Er reagierte derart langsam auf das Startkom-
mando, daß die Konkurrenz schon entschwunden war,
als er aus den Blöcken kam. Aber sein Ziel war ja, wie die
andern zu sein, also möglichst zur gleichen Zeit wie sie ins
Ziel zu kommen. Doch der Realisierung solcher Träume
stand der quälend zähflüssige Nervenstrom in seinem Innern entgegen, dem nicht beizukommen war. So fügte es
sich, daß er mehr trainierte als die Kameraden. Er erschien eine Viertelstunde früher zur Gymnastik und zum
Warmmachen und drehte noch seine Runden um den
Platz, wenn die anderen längst unter der Dusche standen.
Wir werden für dich hier noch eine Stechuhr installieren,
spöttelte der Trainer zu Anfang, aber Herrmann schob
sein Kinn vor, schwang die Sporttasche und antwortete
zwischen den Zähnen nichts als: Rrrechtschaffen.

Nach einigen Monaten hatte er tatsächlich erreicht,
was er sich vorgenommen hatte: Erklang der Startschuß,
war es immer noch, als erwache er aus tiefem Schlaf, aber
am Zielband, wo der Trainer mit der Stoppuhr stand,
kam er zeitgleich mit den Konkurrenten – nein, noch waren es Kameraden – an und immer öfter sogar einige
Zehntelsekunden früher. Dem Trainer blieb diese Lei-

stungssteigerung nicht verborgen, und eines Tages nahm er Herrmann beiseite und sagte zu ihm: Herrmann, i hen da eine Idee. Woisch waas? Mir schicke' di' aufd Mittelstreck'. Du wirsch die 400 Meter laufe. I glaub, des liegt dir besser. Was meinsch? Herrmann streckte das Kinn vor und nickte. Der Trainer hob warnend den Zeigefinger. Des isch aber die mörderischste Streck' überhaupt! Wenn du da was werre willsch, musch Blut spucke! Blut spukken, wiederholte Herrmann und nickte mit vorgestrecktem Kinn und geschürzten Lippen.

Seinen ersten 400-Meter-Lauf auf Zeit ging Herrmann, die Kurzstrecke gewöhnt, viel zu schnell an, starb auf der Zielgeraden, mehr taumelnd als laufend, während die Gegner einer nach dem andern an ihm vorbeizogen, mehrere Tode und brach im Ziel zusammen. Der Trainer stürzte auf ihn zu und drehte ihn auf den Rükken. Herrmann japste, rang nach Luft, hustete und deutete auf die rötlichen Speichelfäden, die an seinen Mundwinkeln klebten. Da, siehsch! Henn ich's gut g'macht? So wurde er zum 400-Meter-Läufer.

Bald gab es im Verein nur noch zwei, und die waren drei Jahre älter, die Herrmann Sachs über 400 Meter besiegen konnten. Die Wahl, auf die Mittelstrecke zu wechseln, hatte sich als Geniestreich erwiesen, denn hier spielte seine somnambule Reaktionszeit keine entscheidende Rolle mehr. Im Verein nannte man ihn den »Diesel«, ein Spitzname, der bald einem anderen und ehrenvolleren Platz machen sollte.

Und es schien, als sei Herrmann auf dem richtigen Weg. Auf den dünnen Knabenarmen begannen die Adern hervorzutreten, ein kugeliger Bizeps formte sich, und gleich ihm schwoll auch Herrmanns Selbstvertrauen an. Er war weder klüger, noch – was seine Gehirnströme betraf – schneller geworden, aber etwas hatte sich geändert, und die Kameraden, die Lehrer und selbst die Mädchen begannen es zu bemerken, zunächst im Sportunterricht. Herrmann hatte dank der Schinderei im Leichtathletiktraining seinen Körper kennengelernt, hatte Vertrauen in ihn gefaßt und die Angst vor Schmerzen abgelegt, er war mit Hilfe der neuen Freundschaft zu seinem Körper in ein Leben in Präsens und Gegenwart eingetreten.

Herrmann fürchtete den Salto über den Bock nicht mehr, was bewirkte, daß sich ihm die Türen zur Kaste der Sportler öffneten und Schulterschläge seinen Eintritt in die Gemeinschaft der Kameraden prasselnd verkündeten, aber auch die Lehrer faßten Sympathie zu ihm; sie konnten ihn natürlich nicht zu einer Leuchte in Latein oder Physik machen, aber wie stets in solchen Fällen begannen sie, die Bedeutung ihres eigenen Faches zu relativieren. Was brauchte ein ganzer Kerl, wie dieser auf dem Weg war, einer zu werden, was benötigte er mehr als das vitale Minimum an Latein oder Physik? Herrmann wurde vielleicht nicht geradezu bevorzugt, aber er würde nicht mehr bloßgestellt werden.

Und dann wandelte er sich für die Mädchen in der anderen Hälfte der Turnhalle zu einem angenehmen Anblick. An den Ringen hängend, glich er nicht mehr einem Schweinskadaver, sondern die Kraft, die er plötzlich in seinen Armen spürte, schenkte ihm selbst von hinten, dort wo die Mädchen immer häufiger herübersahen, eine neue Ausstrahlung. Und wenn er einmal krachend aufs Parkett fiel, dann war das nicht peinlich und erniedrigend, da rief keiner: Platsch, Fettfleck!, sondern die Kameraden waren sofort bei ihm, und weiter hinten im Saal standen die Walküren Schlange, ihn nach Walhall zu entführen.

Herrmann war perfekter in Einklang mit der Welt als je zuvor, und selbst, wenn er des Guten manchmal zuviel tat und Geschmack daran fand, seinen Bizeps befühlend, einen jeden zum Armdrücken herauszufordern, war er ansonsten doch der rechtschaffene Alte geblieben. Noch immer schüttelte er den Unterlegenen die Hand und machte seinen Diener, kuschte mit krummem Rücken in Ehrfurcht vor den intelligenzsprühenden Augen Schmelzles und wünschte nichts anderes, als ein Herrmannsachs zu sein, ein schwäbischer Kamerad, dem man auf die Schulter klopfen konnte. Noch immer ließ er mich für sich antworten. Aber das war meine letzte Domäne, ein letzter Abglanz meines früheren Lebens.

Ich redete noch für Herrmann, aber der bestimmte das Thema. Im Laufe der Zeit wurde ich zu Herrmanns Anhängsel. Setzte Herrmann sich im Physiksaal nach hinten, um ungestörter zu sein, stand ich unter den spöttischen Blicken der andern auf und ging ihm nach. Wenn im Sportunterricht die Handball-Mannschaften gewählt wurden, kam ich als billiger Zuschlag zu jenen, die Herrmann als Rammbock eingekauft hatten.

Ich begann, meinen Freund zu beneiden, um seine Doppelhaushälfte, um seine roten Cash-&-Carry-Hemden, um seine Zufriedenheit. Ich folgte ihm sogar in den Verein, aber dort war kein Raum für Freundschaftsbezeugungen: das Training war ernst. Die Verbitterung, die ich darüber empfand, während ich mich mit stechender Lunge über die Bahn quälte, ließ mich begreifen, was sich geändert hatte: Ich war es, der Herrmann brauchte, nicht mehr umgekehrt.

Herrmann selbst bekam von alldem nichts mit. Er blieb, der er war. Er war vom »Langsamen« zum »Diesel« geworden, und neuerdings nannte man ihn im Verein spöttisch-respektvoll den »Schwabenpfeil«, doch außerhalb der Aschenbahn war er noch stets der langsame Herrmann Sachs.

Doch einmal in Bewegung geraten, waren die Dinge nicht mehr so einfach aufzuhalten. Der Qualitätensprung in jeglicher Hinsicht war das Werk eines Mannes, der jetzt auf dem Plan erschien: Dr. Hans-Jörg Käsmayr, Internist seines Zeichens am Waldkrankenhaus, Besitzer einer Villa am Tannenberg, Fördermitglied des Sportvereins und Gründer der Stiftung »Württemberg 2000«, eines als gemeinnützig anerkannten Vereins zur Förderung der geistigen, körperlichen und moralischen Vervollkommnung junger Bürger im Zeichen der besonderen Rolle Schwabens im modernen Europa der Vaterländer.

Dieser Dr. Käsmayr nahm Herrmann unter seine Fittiche, als Arzt wie auch als Förderer des Sportvereines, nachdem der Schwabenpfeil mit einem zweiten Platz bei den Süddeutschen Jugendmeisterschaften bewiesen hatte, daß er diese Zuwendung wert war. Zunächst beschaffte seine Stiftung die Mittel zur Installierung einer Kunststoffbahn, der zweiten im ganzen Bundesland, und wenn es vielleicht auch übertrieben ist zu behaupten, Käsmayr habe den Tartanbelag für Herrmann Sachs gekauft, so war doch dessen Erfolg, der der Leichtathletikabteilung neue Mitglieder zuführte, so daß ihrer bald mehr waren im Verein als Fußballer, sicherlich mitentscheidend bei der Investition. Aber Dr. Käsmayr hatte nicht nur Geld, er war auch Arzt, und als solcher gedachte er, Herrmann noch wesentlich effizienter zu fördern, als es mit allem steuerfreien Stiftungsvermögen machbar gewesen wäre. So füllte sich Herrmanns Terminkalender mehr und mehr, denn von nun an hatte er dreimal die Woche auch eine Verabredung im Waldkrankenhaus, wo Dr. Käsmayr ihm Diät- und Trainingsprogramme aufstellte, seine Ernährung neu regelte, modernste amerikanische Erfolgspsychologie lehrte und sich nicht zuletzt seines Körpers annahm.

Herrmann mußte sich nackt ausziehen und wurde von Dr. Käsmayr begutachtet und über die zu leistende Arbeit aufgeklärt: Was du sicher nicht weißt, ist, daß du da in deinem hübschen Corpus 20 Muskeln hast, auf die es uns ankommt, und die im Moment von ihrem Glück noch gar keine Vorstellung haben. Die Namen der meisten kennst du nicht, darum sage ich sie dir, so kannst du sie bei Bedarf selbst mal ansprechen und ihnen Zunder geben, wenn sie nicht so wollen wie wir. Hier haben wir den Trapezmuskel, den Deltamuskel, den zweiköpfigen und den dreiköpfigen Oberarmmuskel, die du vielleicht unter ihrer populären Bezeichnung Bizeps und Trizeps kennst, hier unten den Armspeichenmuskel und den radialen Handstrecker. Hier, wo bei dir noch gar nichts ist, aber dem werden wir schon abhelfen, nicht wahr, hier muß dir der große Brustmuskel schwellen und der Sägemuskel. Und da, da sitzen, spann an: der schiefe und der gerade Bauchmuskel. Und auf dem Rücken, na hör mal, du bist zwar nicht geradezu ein Schwachmathikus wie die meisten Burschen heutzutage, aber bitte, nichts als Rippen, völlig unausgebildet, da gehört der breite Rückenmuskel hin, den mußt du zucken lassen können, daß man glaubt, da schlägt ein Männerherz drunter! Hoch das Bein. Hier sitzt das Zentrum deiner Kraft – als Läufer! Oder wird es sitzen: Schenkelstrecker, gerader Kopf, äußerer Kopf, innerer Kopf, wichtig: Schneidermuskel, und auf der Rückseite, der große Gesäßmuskel, na immerhin – spann mal an, na, das ist doch schon recht ordentlich entwickelt, aber warte nur ab, wir werden dir ein Popöchen züchten, daß die Mädels Stielaugen nach dir machen, und nicht nur die Mädels. Da der zweiköpfige Oberschenkelmuskel, daraus werden wir dir eine dorische Säule meißeln, wenn du nicht verstehst, was ich da erzähle, tu dir keinen Zwang an, dumm in die Gegend zu schauen, ich bins gewöhnt, daß man mir nicht folgt, und schließlich hier unten Zwillingswadenmuskel, Schollenmuskel und vorderer Schienbeinmuskel. Das ist deine Ausstattung, dein Kapital, mehr als du dachtest, nicht wahr?

Drei Möglichkeiten haben wir, dieses Kapital zu erhöhen und eine schöne Rendite rauszuholen: Eisen, Strom und Medikament. Und glaub mir, wir werden alle nutzen. Versteh mich richtig, warum treibst du Sport, warum fördere ich den Sport? Warum bist du hier? Nicht, weil ich unbedingt gerade aus dir einen Olympiasieger machen wollte, nein, darauf kommts gar nicht an. Der Sport ist nicht dazu da, einen einzelnen stark, gesund und kühn zu machen, er soll uns alle abhärten und lehren, die Unbilden und Probleme, die die moderne Welt bereithält, zu ertragen und zu meistern. Es ist mir nicht darum zu tun, dich zu einem Sonderfall zu machen, versteh mich richtig, nur Beispiel und Maß für die Allgemeinheit sollst du sein. Was hältst du davon?

Herrmann schob das Kinn vor und nickte.

Dr. Käsmayr war zufrieden. Wir verstehn uns. Weißt du, auch wenn du später im Beruf stehst, was willst du eigentlich werden, Ingenieur, ja, das ist anständig, kämpfen mußt du immer, Kräftemessen ist Leben, und wer leben will, verstehst du, LEBEN in Großbuchstaben, der muß auch kämpfen können, und wenn dir an meiner ganz persönlichen Meinung etwas liegt, dann hör sie dir an: Ein Schmoller, ein Deserteur des Lebens, einer, der nicht mitspielen will, der wartet, bis die Welt sich seinem Schlappheitsideal nähert, der hat auf ihr nichts verloren. So, da weißt du's. Denk drüber, wie du willst, aber ich glaub, insgeheim sind wir uns schon einig, gell, sonst wärst du ja auch wohl kaum hier.

Also, da hast du dein Programm: Ernährung, Eisen,

Strom und ein paar Pillen, um dem Ganzen auf die Sprünge zu helfen, tja, nicht nur Kranke schlucken Pillen, mein Lieber. Und was da drin ist, in diesen Pillen, fragst du? Ich nenn sie Adonispillen, sie sind dazu da, den ganzen Trainingseffekten ein wenig Raum zu schaffen in deinem Corpus, verstehst du, das Eisen bringt die Kraft rein, aber drinnen muß auch Platz sein, sie aufzunehmen; ein kleiner Muskel kann soviel schaffen wie er will, das stößt schnell an seine Grenzen, also aktivieren wir mit diesen Pillen deine Körpersäfte ein bißchen, blasen den Balg ein wenig auf mit ihnen, so daß die Kraft auch ihren Platz findet. Na stellt dich das zufrieden als Erklärung? Dacht ich mir's doch, du wirst uns unter der Hand noch zu einem kleinen Mediziner mit deinen Fragen, so, und nun troll dich, und mit den Gewichten beginn sofort. Du wirst sehen, aus dem Eisen strömt eine ungeahnte Freude in dich, das wird Kräfte in dir entfesseln, Naturkräfte, wie sie sonst nur Erde und Sonne geben. Und jetzt genug für heute. Gib mir die Hand!

Und Herrmanns Körper begann sich zu verändern. Ich bemerkte es zum ersten Mal eines Samstag abends, als ich bei meinem Freund übernachtete. Herrmann zog sich aus, um in seinen pfirsichfarbenen Frotteepyjama zu schlüpfen, und da sah ich, daß er keinen Kinder-, keinen Knabenkörper mehr hatte. Bei allen Streck-, Beuge- und Dehnbewegungen, um aus den Kleidern in den Schlafanzug zu gelangen, rollten, spannten und kugelten runde, flache, harte Muskeln und Sehnen unter der weißen straffen Haut, selbst im Ruhezustand verliefen schwellende Adern wie blaue Kabel unter der Haut seiner Arme, sogar sein Geruch schien sich verändert zu haben, und ich zog mich beschämt unter der Decke aus und warf versteckte Blicke auf ihn.

Triumph des Willens

Als ich eines Novembermorgens aus der Schule zurückkam, saß meine Mutter am Eßtisch, und ihr Kopf in ihren Armen ruhte auf der Tischplatte. Etwas Schreckli-
ches mußte passiert sein. Dieses Schwein, dieses
Schwein, dieses Schwein, flüsterte meine Mutter, und der
Haß und die ohnmächtige Verzweiflung in ihrer Stimme
waren so unerträglich, daß es nur eine Reaktion gab: der
ganzen Welt den Krieg zu erklären.

Wer? fragte ich angstvoll.

Der Hahnenfuß. Dieses Schwein. Er hat Papa betrogen.
Er hat uns alle reingelegt. Er hat uns alles kaputtgemacht.

Ich dachte an Herrn Hahnenfuß. Ich mochte ihn.
Mein Vater hatte ihn auch gemocht. Meine Mutter weniger, aber wen mochte sie schließlich? Herr Hahnenfuß
war ein großer lustiger Mann mit Geheimratsecken. Er
hatte uns einmal auf sein Kajütboot auf dem Bodensee
eingeladen. Meine Mutter war nicht mitgekommen.
Wenn man vom Boot ins Wasser sprang, war es hell, klar
und durchsichtig bis tief hinunter. Er hatte immer Geschenke für mich mitgebracht, wenn er kam. Er klopfte
auf seinen Schenkel, und ich setzte mich auf seinen
Schoß, und Herr Hahnenfuß kramte in der Tasche und
zog ein Geschenk hervor und zwinkerte mir zu. Ich verstand mich gut mit Herrn Hahnenfuß.

Es klingelte, und ich sprang auf, um zu öffnen. An der Tür stand mein Vater. Etwas war anders mit ihm. Dann bemerkte ich, was es war: Er sah mir nicht in die Augen.

Meine Mutter nahm ihm den Mantel ab und fragte: Was ist denn nun wirklich passiert?

Was ich dir schon am Telefon gesagt hab'.

Ja, aber daraus konnte kein Mensch schlau werden.

Der Hahnenfuß ist heute morgen mit dem Dr. Fetzer ins Büro gekommen.

Hör doch auf, immer DOKTOR Fetzer zu sagen! schrie meine Mutter.

Er ist aber nun mal Doktor.

Ein Schwein ist er! schrie meine Mutter.

Man kann Schwein sein und Doktor.

Ich versteh' dich nicht. Die Schweine bringen dich um dein Geld, und du nennst ihn immer noch brav Herr Doktor.

Ich weiß nicht, ob es die Schuld vom Dr. Fetzer ist, sagte mein Vater. Wahrscheinlich ist es meine eigene.

Also was ist passiert?

Der Hahnenfuß hatte eine Bankbürgschaft über 400 000 Mark in der Tasche. Und unser Bankier hat gesagt, daß er in Zukunft Hahnenfuß als seinen Ansprechpartner betrachtet und mit ihm und nur mit ihm weiterarbeitet.

Woher hat das Schwein 400 000 Mark?

Er hat sie nicht unbedingt. Aber er hat eine Bürgschaft.

Von seiner Frau, stimmt's? sagte meine Mutter.

Mein Vater zuckte die Achseln: Was weiß ich. Von seiner Frau, über seinen Schwiegervater, vom lieben Gott. Jedenfalls hatte er sie, und ich habe sie nicht.

Und was hat er gesagt, das Schwein?

Ganz einfach. Er hat uns vor die Wahl gestellt. Entweder Konkurs, oder wir überschreiben ihm unsere Anteile zum symbolischen Preis von einer Mark. Da der Dr. Fetzer seine Treuhand an keiner Konkursfirma beteiligt sehen will, hat er auf der Stelle überschrieben, also hatte ich keine Wahl mehr.

Diese Schweine, diese Schweine, schluchzte meine Mutter.

Beruhige dich. Vielleicht ist noch nicht alles verloren, sagte mein Vater. Ich sehe ihn heute nachmittags.

Wen? Hahnenfuß?

Mein Vater nickte.

Und warum?

Ich will ein bißchen vernünftig mit ihm reden. Ihn fragen, was er mit der Firma vorhat. Vielleicht behält er mich ja.

Meine Mutter sah auf. Das meinst du nicht im Ernst.

Mein Vater, der eben noch ein wenig gelächelt hatte, explodierte: Was soll ich denn sonst tun, hä? Das wäre doch besser, als auf der Straße zu stehen, hä? Außerdem weiß der Hahnenfuß auch, daß ich der beste Mann für die tägliche Arbeit bin. Warum sollte er sich das nicht zweimal überlegen? Und daß ich kein Unternehmenschef bin, das ist jetzt ja wohl klar. Ich hab kein Kapital, und ich hab das Zeug nicht dazu, ich bin zu blauäugig.

Hör auf! schrie seine Frau.

Mein Vater hatte sich beruhigt. Er lächelte mir zu. Ich sah zu Boden.

Bleiben wir doch auf dem Teppich. Es ist das einzig Vernünftige, was ich tun kann. Fragen kostet ja nichts. Und der Hahnenfuß ist vielleicht ein Gauner, aber nicht dumm.

Das einzig Vernünftige! Das einzig Vernünftige. Merkst du nicht, wo uns deine Vernunft hinführt? Hast du kein bißchen Stolz im Leibe?

Bislang war sie dir gut genug, meine Vernunft.

Johanna Seelhorst starrte ihren Mann an. Ihr Blick wanderte über sein Gesicht und dann an ihm hinab. Dann sah sie auf die Tischplatte.

Verprügel ihn wenigstens, sagte ich.

Wortlos schlug mein Vater mich auf den Mund. Ich blieb sitzen und sah ihn an.

Meine Mutter schüttelte den Kopf: Schande, Schande, murmelte sie und sagte dann: Wie kannst du dich nur so erniedrigen?

Das kann ich! brüllte mein Vater, wenn wir dadurch weiterhin ein Dach über dem Kopf und etwas zu beißen haben.

Johanna Seelhorst wandte sich ab. Sie stand auf und ging hinaus. Sie hielt sich sehr gerade und sah nicht zurück.

Der Zug, mit dem sie gefahren war, aufs Geratewohl vorwärts, war entgleist, und sprachlos starrte sie die umgestürzte Lokomotive an – große Dinge oder Tiere, die hilflos geschlagen und umgekippt am Boden liegen, haben immer etwas Lächerliches, und daß ihr dieser Anblick zugemutet wurde, vergaß sie ihrem Mann nie. Natürlich würde sie ihm auch weiterhin folgen, aber nie mehr vertrauensselig, immer skeptisch, immer den nächsten Schlag erwartend, halb begierig, halb ängstlich davon überzeugt, ihr Mann werde keinem von ihnen mehr standhalten können.

Kommst du mit mir? fragte mein Vater mich.

Wohin?

Zum Waldschlößchen. Der Nikolaus hat die Bäume gezuckert.

Mein Vater fuhr schweigend und sah auf die Straße. Ich starrte aus dem Fenster auf die silbern von Reif glitzernden Fichten und wußte, daß bald Weihnachten käme. Mein Vater fuhr schnell und hatte beide Hände am Lenkrad. Von Zeit zu Zeit schüttelte er den Kopf.

Es war doch nicht nötig, flüsterte er. Gott, es wäre doch nicht nötig gewesen, es lief doch gut für uns alle. Warum denn nur? Warum? Warum muß der Hahnenfuß denn alles wollen?

Als wir auf den Kiesparkplatz einbogen, sah ich den grünen Porsche schon von weitem. Herr Hahnenfuß lehnte gegen den Wagen und rauchte. Mein Vater brachte seinen Ford daneben zum Stehen. Der Kies knirschte. Wir stiegen aus.

Seelhorst, hallo, sagte Herr Hahnenfuß. Ich hoffe, Sie haben sich diese Ecke nicht ausgesucht, um mich zu erschießen.

Mein Vater lachte. Ich sah ihn aus den Augenwinkeln an.

Grüß dich, Junior, sagte Herr Hahnenfuß.

Ich antwortete nicht.

Benimm dich, sagte mein Vater.

Ha ha, ich tippe auf Indoktrination seitens der Frau Mama.

Mein Vater lächelte entschuldigend und zuckte die Achseln.

Herr Hahnenfuß griff in seine Westentasche und entnahm ihr ein kleines Paket. Er hielt es mir hin. No hard feelings, sagte er. Da, nimm schon, das ist für dich.

Ich nahm das Päckchen, befühlte es unmerklich und ließ es auf den Kies fallen.

Hahnenfuß sah mich an. Ich starrte zurück. Da traf mich die Ohrfeige meines Vaters: Heb's auf.

Ich bewegte mich nicht.

Mein Vater packte mich am Hals und drückte meinen Kopf hinab: Heb's auf.

Ich griff das Päckchen und steckte es in die Tasche.

Herr Hahnenfuß sah zu. Sein Ton hatte sich geändert, als er jetzt sagte: So, und nun zu uns. Was ist das für ein Vorschlag, den Sie mir machen wollten?

Ich hörte nicht mehr hin. Ich starrte auf den Kies. Die beiden Männer drehten einen Halbkreis. Dann kamen sie zurück.

Nichts für ungut, sagte Herr Hahnenfuß. Ich weiß, was Sie wert sind, Seelhorst. Aber ich habe was völlig Neues vor. Und dann, wissen Sie, die Bürgschaft – und er zwinkerte –, ich bin nicht der alleinige Herr meiner Entscheidungen.

Es war auch nur eine Idee, sagte mein Vater. Ich wäre dumm gewesen, Ihnen nicht die Frage zu stellen.

Natürlich. Fragen kostet nichts, antwortete Hahnenfuß.

Mein Vater wandte sich an mich: Wie ist's? Fahren wir heim, Abendessen?

Ich schwieg.

Ich fahre in dieselbe Richtung wie Sie, Seelhorst. Soll ich den Bub mitnehmen? Fährt er wenigstens mal Porsche.

Hörst du, Hagen, sagte mein Vater. Du wolltest doch schon immer mal in einem Porsche fahren.

Ich sagte nichts.

Ich geb Ihnen den Jungen an der Ampel vor der Kreuzung wieder, sagte Hahnenfuß.

Mein Vater nickte, ging zu unserem Auto, stieg ein und winkte mir zu, bei Herrn Hahnenfuß einzusteigen. Dann startete er und fuhr los. Alleine. Ich blickte dem Wagen nach.

Herr Hahnenfuß öffnete von innen die Beifahrertür.

Na, komm rein. So 'nen Schlitten kennst du noch nicht.

Drinnen roch es interessant. Nach Zigarettenrauch.

Mein Opa war vom Rauchen gestorben. Krepps. Ich blickte verstohlen auf Herrn Hahnenfuß. Die Polster waren schwarz, das Auto war sehr niedrig.

Wir fuhren auf der Schnellstraße durch den Wald. Bald hatten wir den roten Ford eingeholt.

Herr Hahnenfuß grinste. Er trug Handschuhe, die über den Fingerknöcheln offen waren, seine rechte Hand ruhte auf dem Schaltknüppel.

Jetzt werden wir deinen Papa mal richtig abhängen.

Herr Hahnenfuß gab Gas und überholte den roten Ford. Mein Vater winkte uns zu. Herr Hahnenfuß lachte und hupte. Wir schossen richtig an ihm vorbei. Ich starrte zurück. Jetzt mußte er hinterherkommen und aufholen. Aber er holte nicht auf. Er wurde immer kleiner. Er fuhr überhaupt nicht schneller. Kein bißchen. Ich starrte durch die Heckscheibe. Er versuchte gar nicht aufzuholen. Dann verschwand er hinter einer Kurve. Als er auf der Geraden auftauchte, war er kaum mehr zu erkennen. Dann kamen mehrere Kurven, und er war ganz verschwunden. Ich spähte durch die Scheibe, aber er war nicht mehr zu sehen. Herr Hahnenfuß fuhr mit ausgestreckten Armen und pfiff. Ich begann zu weinen, aber ich blickte zur Seite, aus dem Fenster, damit Herr Hahnenfuß es nicht sehe. Dann hörte ich auf zu weinen.

An der Ampel vor der Stadt ließ Hahnenfuß mich aussteigen, hupte zweimal und nahm die Abzweigung. Ich blickte auf die Straße und wartete auf meinen Vater. Dann blickte ich nach vorne ins Tal, wo die Stadt lag. Ich stellte meinen Fuß auf einen Baumstumpf. Es begann zu schneien. Ich versuchte, die Flocken mit der Zunge zu fassen. Von hier aus kannte ich drei Wege, die in die Stadt führten.

Ich hatte aber auch einen Schleichweg gefunden, der mich aus der Stadt hinausbrachte. Es genügte, die Augen zu schließen an dunklen, langen Herbstnachmittagen in meinem Zimmer, den Dämmer überhandnehmen und mich auf seinen Nebelschwaden übers Land treiben zu lassen, hinweg von der modernsten Stadt der Welt. Ich trieb nach Süden, in fremde Landschaft, bis zu einer weißen hochaufragenden Hafenstadt, in deren Stimmgewirr und Menschengetümmel ich mich verlor. Dort war ich niemand, einer der Vagabunden aus den salzig-feuchten Treppengassen der Oberstadt, die Zeit stand still unter hoher Sonne. Aber früher oder später kam ich immer wieder zu mir, voller Schuldbewußtsein, geplagt von schlechtem Gewissen.

Über Weihnachten besuchten uns Onkel Wilhelm und Tante Magda und brachten meine Großmutter mit. Onkel Wilhelm zog als ein König bei uns ein, die helfenden Hände, die ihm den Mantel abnahmen, ihm ein Whiskyglas reichten, waren ihm selbstverständlich, er roch am Whisky, blickte durch das Glas auf die goldene Flüssigkeit und sagte: Friedrich! Ein Tip: Du mußt »pure Malt« kaufen, das nächste Mal. Pure Malt, sag ich dir, das ist das Beste vom Besten.

Er sah darauf, daß seine Mutter das bequemste Bett bekam, verschwand mit meines Vaters noch nicht gelesener Tageszeitung auf der Toilette, kam nach einer halben Stunde zurück und war bereit, Audienzen zu geben.

Hagen, komm her zu mir. Wie geht das Leben? Erinnerst du dich noch an alles, was ich dir so erzählt habe?

Gewiß.

Bist du noch Primus?

Ich lächelte: Nicht mehr ganz . . .

Ah, und warum?

Ich bin immer noch bei den Besten in vielen Fächern . . . Bei den Besten? Wo ist denn dein Ehrgeiz geblieben? Ich hab zehn Jahre lang zehn Stunden am Tag gearbeitet und abends Ingenieur gelernt, und zwar nach dem Sport, und hab mit Auszeichnung bestanden. Alles eine Willenssache. Oder WILLST du nicht mehr?

Doch, natürlich.

Und treibst du Sport? – Im Moment nicht.

Warum ruderst du nicht, wie dein Vater und ich?

Weil es hier keinen Fluß gibt! sagte ich. Sonst würde ich schon. – Rugby würde dir auch guttun. Du weißt, daß ich in der Rugby-Oberliga gespielt habe, zehn Jahre lang.

Natürlich.

Um Teamwork zu lernen, gibt's nichts Besseres. – Ich nickte.

Er sah mich an und begann zu grinsen: Du hast wohl eine kleine Freundin?

Ich lächelte vielsagend.

Paß aber auf. Die Mädels saugen uns alle Energie aus und verdrehen dir den Kopf, wenn du sie nicht in der Hand hast. Am besten gibst du der derzeitigen einfach den Laufpaß. Eine hygienische Maßnahme. Versuch's mal. Du wirst verstehen, was ich meine.

Hagen! rief Tante Magda. Laß dich nicht dummschwätzen. Wenn du eine nette Freundin hast, dann bleib bei ihr.

Ich nickte beiden zu, stand auf und ging in mein Zimmer.

Am frühen Nachmittag verschwanden meine Eltern mit Wilhelm und Magda, um letzte Einkäufe zu machen. Ich blieb mit meiner Großmutter zurück in der Wohnung. Wir saßen einander gegenüber am Eßtisch in der Diele und lasen, ich in einem Comicheft, und meine Großmutter hatte ihre Brille aufgesetzt und blätterte in einer Frauenzeitschrift. Von Zeit zu Zeit beobachtete ich sie und bemerkte, daß sie, von der Reise noch erschöpft, die Zeitschrift sinken ließ und zum Fenster hinaus auf den verschneiten Wald blickte. Die Illustrierte lag auf ihrem Schoß, ihre Hände hielten sie zu beiden Seiten fest, ihr Kopf fiel auf ihre Brust und sie rührte sich nicht mehr. Ich sah sie an und wandte mich wieder meiner Lektüre zu.

Dann hörte ich den Schlüssel in der Tür und die anderen kamen zurück, lachend und laut und wurden sofort leiser, als sie sahen, daß Herta Seelhorst schlief. Wilhelm ging auf sie zu und flüsterte: Mutti, aufwachen, es gibt Kaffee und Kuchen! Die anderen legten ihre Tüten ab oder trugen sie in die Küche, ich stand auf und ging ihnen nach. Da hörten wir plötzlich den Schrei meines Onkels, einen Schrei, der entsetzlicher war, als alles, was noch nachfolgen sollte: Mutti!!!

Mein Vater zerquetschte fast meine Mutter im Türrahmen, so schnell reagierte er: es war gar nicht so sehr das tatsächliche Geschehen, das mir diese Momente entsetzlich und unvergeßlich machte, es waren die völlig neuen, unheimlichen Reaktionen von Menschen, die ich zu kennen glaubte. Dann standen wir in der Diele, wo Onkel Wilhelm vor dem Stuhl meiner Großmutter kniete; er hielt sie mit den Armen umfaßt und horchte an ihrem Körper, sein Blick ging stracks durch uns hindurch, wir starrten ihn an, bewegungslos, unfähig zu sprechen, warteten auf seine Reaktion. Plötzlich verzog sich sein Gesicht, alle seine Züge entgleisten, das Gesicht eines Kindes, das anhebt zu weinen: zwei Sekunden lang zerfließen die üblichen Maße, die Augen petzen sich zusammen, der Mund öffnet sich, klafft einen Moment lang lautlos, und dann kamen die Töne, nicht die Schluchzer eines Kleinkindes, es war viel schlimmer, ein heiseres Gewimmer, als habe er den Verstand verloren, die Klage eines Tiers, es war das panische Trompeten eines Elefanten, der entdeckt, daß seine Familie erschossen ist, Wilhelm wimmerte heiser, wimmerte auf einem einzigen Ton, ahhhhhh, ahhhhhh, ahhhhhh, als sei er übergeschnappt, dann trat mein Vater vor und hielt seinen Kopf an den seiner Mutter, richtete sich auf, legte ihr die Hand auf die Stirn, auf den noch immer fast schwarzen Haaransatz und blickte aus dem Fenster. Ich sah ihn nur von hinten, seine Schultern begannen zu zucken, dann stand Wilhelm plötzlich auf und stakste steifbeinig an uns vorbei ins Wohnzimmer und schloß die Tür. Mein Vater weinte anders als er, er weinte wie ein Bub, der sich schämt, er drehte uns den Rücken zu, sah aus dem Fenster und biß sich in die Hand, um die Schluchzer zu unterdrücken. Er heulte Rotz und Wasser. Meine Mutter nahm ihn in den Arm. Tante Magda schlich ins Badezimmer und schloß sich ein.

Ich sah meine Großmutter an, die soeben offenbar unter meinen Augen gestorben war, ohne daß ich es bemerkt hatte. Der Tod war ins Zimmer geschlichen, hatte sich ein Opfer gesucht, es stand 50:50, und ich war davongekommen; einen Moment lang durchfloß mich ungeheure Erleichterung. Dann packte mich ein dumpfes Gefühl – ob sie auch um mich so geweint hätten? Welche Befriedigung es für meine Großmutter gewesen wäre, Zeuge der Emotionen zu sein, die ihr Tod hervorrief. Das konnte ein Leben rechtfertigen, die Tränen der anderen. Wenn man nur wüßte, daß man diese Tränen noch spürt.

Nach einer Weile öffnete sich die Tür des Wohnzimmers und Wilhelm, der sich beruhigt hatte, kam zurück. Mein Vater schluchzte immer noch.

Wir müssen einen Arzt rufen, sagte meine Mutter.

Wilhelm räusperte sich: Nichts da. Wir rufen keinen Arzt.

Aber . . .

Aber gar nichts. Wir sind hierhergekommen, um Weihnachten zu feiern, das Fest des Lichts, die Mutti, ich und Magda, um mit euch Weihnachten zu feiern, und das werden wir auch tun.

Mein Vater drehte sich um und schneuzte sich.

Aber . . . sagte meine Mutter.

Nichts aber. Wir feiern Weihnachten, wie wir es vorgehabt haben.

Wilhelm, sagte mein Vater leise, die Mutti ist tot.

So! Ist sie das? brüllte Wilhelm mit ohrenbetäubender Wucht. Und ich sage: Nichts hat sich geändert. Alles ist, wie es war. Wir feiern Weihnachten zusammen mit der Mutti in ihrem Sessel.

Aber sie ist tot! kreischte Magda.

Das werden wir erst noch sehen, sagte Wilhelm ganz ruhig. Das werden wir noch sehen.

Sie ist tot, Wilhelm, das Herz schlägt nicht mehr, sie atmet nicht mehr.

Wilhelm richtete sich zu voller Größe auf: Und ich sage, ich will nicht, daß sie tot ist. Ich will es nicht. Wir sind alle zusammen hierhergekommen, um Weihnachten zu feiern, und das werden wir tun.

Wilhelm, sagte mein Vater, wir sollten doch einen Arzt holen.

Mein Onkel kam um den Tisch herum, packte meinen Vater bei den Schultern, und indem er seine Augen in die meines Vaters bohrte, sagte er, immer lauter werdend: Was willst du mit einem Arzt hier. Und was redet ihr mir von tot? Tot heißt, daß einer nicht mehr da ist. Und Mutti ist da, da sitzt sie, ihr könnt sie alle sehen. Da sitzt sie in ihrem Sessel. Und wir werden Weihnachten mit ihr zusammen feiern.

Ja, aber Wilhelm . . .

Nichts da Wilhelm. Friedrich, hilf mir, wir tragen sie ins Wohnzimmer, auf den Sessel, wo sie am liebsten sitzt, vor dem Christbaum.

Wilhelm, du bist übergeschnappt, zischte seine Frau.

Wilhelm lächelte, es war das Lächeln eines normalen Menschen: Wir werden sehen. Der Tag wird kommen, aber noch ist's nicht soweit.

Und so feierten wir alle zusammen Weihnachten. Meine Großmutter saß in ihrem Sessel, und als die Kerzen angezündet waren, legte mein Vater eine Platte mit Weihnachtsliedern auf. Es war dunkel, die Kerzen leuchteten, die Regensburger Domspatzen sangen Stille Nacht, und der Schauer aller Weihnachtsabende lief mir den Rücken entlang. Mein Vater und mein Onkel standen hinter dem Sessel meiner Großmutter und blickten den Baum an, die beiden Frauen saßen auf der Couch, mit zusammengepreßten Lippen.

Dann wurden die Geschenke geöffnet, ich hatte eine Strickweste für meine Großmutter gekauft, die ich für sie auspackte und ihr, unter dem aufmunternden Lächeln meines Onkels auf den Schoß legte. Sie selbst hatte mir ein Mikroskop geschenkt; und ich nickte ihr dankend zu. Onkel Wilhelm machte eine Geste, also stand ich auf und küßte sie auf die Wange. Für Wilhelm hatte sie Autofahrerhandschuhe gewählt, solche, wie sie Herr Hahnenfuß getragen hatte, und Wilhelm gab ihr einen schmatzenden Kuß auf den Mund und sagte laut: Danke Mutti. Seine Aufmerksamkeit ließ erst nach, als jeder meiner Großmutter gebührend für sein Geschenk gedankt hatte. Dann gab es Sekt, und während ich auf dem Teppich saß und meine Geschenke betrachtete, dann meine Großmutter, dann wieder meine Geschenke, hielt Wilhelm die Konversation in Gang: Weißt du noch, Friedrich, wie die Mutti zum Hamstern gefahren ist und mit einem Zentner Kartoffeln zurückkam, den wir in einer Woche aufgegessen haben? Weißt du noch, wie wir auf dem Güterwagen die Kohlen gefringst haben? Wie die Mutti mich mit dem Besen unters Bett getrieben hat, obwohl ich schon 95 austrainierte Kilo wog? Oder das Silvester, als wir zu viert in der Küche in der Werftstraße gefeiert haben, und dann kam auch der Opa Degenhardt und wollte wissen, bei wem seine Tochter da steckt, und hat Cognac mitgebracht, echten französischen Cognac?

Als ich am nächsten Morgen aufstand, saß meine Großmutter nach wie vor auf dem Sessel. Sie sah unverändert aus, sie schien noch immer zu schlummern. Zum Mittagessen bugsierten wir sie wieder in die Eßdiele und an den Tisch, Wilhelm duldete keinerlei Widerspruch, und nach dem Essen schlug mein Vater vor, mit mir ins Kino zu gehen. Die anderen blieben zu Hause.

Wir sahen einen Film, den ich seither nie vergessen habe, ich weiß nicht, ob ich mich so genau an ihn erinnere, weil er mich so faszinierte, oder ob es an den Ereignissen jenes Weihnachtsfestes lag, mit denen er verbunden bleibt.

Es war die Geschichte eines Soldaten, eines Einzelgängers, der wenig Freunde hat, weder besonders attraktiv ist, noch übermenschliche Kräfte besitzt. Aber er hatte eine Gabe: seinen Willen. Er ließ ein Streichholz in seiner Hand abbrennen, ohne eine Miene zu verziehen. Sein Kamerad wollte das Kunststück erstaunt nachmachen, er glaubte, es handle sich um einen Trick, und schrie vor Schmerz auf, als die Flamme seine Haut erreichte. Vorwurfsvoll sagte er: Aber das tut ja weh! Und der andere antwortete: Natürlich tut es weh. Der Trick ist, sich nichts daraus zu machen, daß es weh tut. Er ritt in die Wüste, um einen Verschollenen zu bergen. Selbst die

Wüstenbewohner versuchten, ihn zurückzuhalten, er hatte keine Chance, jemanden zu finden, er ging stracks in den eigenen Tod: Aber er, er wollte den anderen zurückbringen, und im überwältigendsten Moment des Films sah ich einen winzigen glitzernden Punkt aus der unmenschlichen Ewigkeit auftauchen, der kam näher und wurde größer, und indem er größer wurde, sah ich: es waren zwei! Er hatte die Realität, die Gesetze des Lebens überwinden wollen, und für jemanden, der wollte, in unmenschlichem, übermenschlichem Maße wollte, für den galten keine Naturgesetze mehr, der war zu allem fähig, der war unsterblich, und was immer er tat, die anderen, die Sterblichen konnten es nicht mehr kontrollieren und nicht mehr richten. Was reizt Sie eigentlich persönlich an der Wüste? Sie ist sauber.

Und er packte seinen Freund am Kragen und bohrte ihm seine hellblauen Augen ins Herz, die Augen eines Erzengels: Denkst du denn, ich wäre nur irgend jemand? Denkst du das?

Es ist ein fettes Land mit fetten Menschen. Du bist nicht fett.

Nein, ich bin anders.

Nach der Vorstellung gingen wir schweigend, fast so wie früher, durch das violette Nachmittagslicht des Weihnachtstages.

Zu Hause wurde das Abendbrot bereitet. Meine Mutter staubsaugte im Wohnzimmer, und man hatte den Sessel mit meiner Großmutter darin verschoben, so daß er nun fast unter dem Baum stand und einer der mit Glöckchen und Kugeln geschmückten Zweige direkt vor ihrer Nase hing. Die Diskussion um diesen Zustand war von neuem entbrannt zwischen Magda und ihrem Mann.

Wilhelm, du kannst uns das nicht zumuten. Vor allem nicht Friedrich und Johanna. So ein Wahnsinn. Und wir sind schließlich nur Gäste hier. Die Mutti ist tot, das müssen wir anerkennen und entsprechend handeln.

Wann die Mutti tot ist, das entscheide ich! donnerte Wilhelm. Und ich sage, sie ist nicht tot. Wir feiern hier Weihnachten zusammen, und solange Weihnachten ist, bleiben wir zusammen und feiern. Tot oder nicht tot, und zum letzten Mal, zum allerletzten Mal: Wenn du mir noch einmal das Wort »tot« in den Mund nimmst, geschieht ein Unglück! Ich will nicht, daß hier jemand stirbt, solange wir zusammen sind, ich will nicht, ich will nicht und ich will nicht! Und solange ich selbst noch atme, lasse ich es nicht zu, daß irgend jemand von uns für tot erklärt wird. Niemand, nicht Mutti, nicht du, nicht Friedrich, niemand, hörst du das? Ein für allemal. Niemand ist tot hier! Und alles weitere wird sich finden.

Wilhelm atmete tief aus und schwieg. Keiner sprach ein Wort. Es war so still, daß ich mich nicht traute zu atmen. Eine wirkliche, absolute Stille besteht aus vielen verschiedenen Geräuschen, und so nahm ich das leise Klingeln des Glöckchens zunächst für einen Bestandteil der Stille. Den andern ging es offenbar genauso, denn niemand horchte auf. Es war aber doch deutlich. Ein leises kaum vernehmbares Läuten: kling-ling – Stille – kling-ling – Stille – kling-ling. Es war wie das Läuten vor der Bescherung, aber die Bescherung hatte gestern stattgefunden. Ich sagte: Wer läutet denn da mit einem Glöckchen?

Die anderen starrten mich an. Die Augen Wilhelms quollen plötzlich aus seinem Kopf, ich zuckte zurück, ich dachte, er würde sich auf mich stürzen, tatsächlich sprang er auf, stürmte aber an mir vorbei und ins Wohnzimmer: Kommt her! brüllte er, kommt her!

Wir liefen ihm nach, er stand hinter dem Sessel, auf dem meine Großmutter saß, und deutete auf den Tannenzweig vor ihrer Nase: In rhythmischen Abständen, alle drei Sekunden bewegte er sich, und das Glöckchen, das an ihm befestigt war, klingelte leise. Wir verfolgten die unsichtbare Linie dieser Bewegung zu ihrem Ursprung zurück und sahen das Unglaubliche. Die Brust meiner Großmutter hob und senkte sich regelmäßig, und als spürte sie unsere Blicke, schlug sie plötzlich die Augen auf, blinzelte, gähnte herzhaft und murmelte: Sagt mir nicht, daß ich die Bescherung verschlafen habe! Ich habe doch nicht etwa die Bescherung verschlafen? Was starrt ihr mich so an? Ich hab nie einen so guten Mittagsschlaf gehabt. Aber ich fürchte, ich habe alles verschlafen. Habt ihr schon gegessen? Was ist los? Was starrt ihr mich denn so an?

Wilhelm fand als erster seine Worte: Die Bescherung hast du in der Tat verschlafen, du hast so schön gedöst, daß wir dich nicht wecken wollten. Aber das Abendessen ist fertig. Und dazu wollten wir dich dann doch dabei haben. Riechst du, was es gibt?

Schweinebraten? fragte meine Großmutter schnüffelnd.

Schweinebraten! schrie mein Onkel und stürzte sich auf seine Mutter und bedeckte sie mit feuchten Küssen.

Wilhelm war ein Fels, und den ganzen Abend wanderten ungläubige Blicke zwischen ihm und Herta Seelhorst hin und her. Das einzige Problem stellte sich erst am nächsten und übernächsten Tag und bestand darin, meiner Großmutter zu vertuschen oder zu erklären, daß es ein Tag später war, als sie dachte. Am Abend des Weihnachtstages aber machte mein Onkel mit mir noch einen Verdauungsspaziergang. Wir gingen lange schweigend und starrten unseren Atemwölkchen nach. Als wir wieder vor unserem Haus ankamen, fragte mein Onkel mich: Und du, Hagen, weißt du schon, was du möchtest im neuen Jahr? Hast du einen Plan, einen Ehrgeiz, ein Ziel?

Ich zuckte die Achseln und murmelte irgend etwas Unbestimmtes. Doch ich log. Denn auf einmal wußte ich, was ich wollte. Seit wann wußte ich es? Gleichviel, es war da. Es hatte nichts mehr mit den üblichen Zielen und Vorsätzen zu tun, es galt, eine größere Herausforderung anzunehmen, eine Eroberung zu planen, die nicht menschenmöglich war, die keinerlei Aussicht auf Erfolg besaß, der kein Sterblicher gewachsen war und die niemand sich zutraute. Ein Abenteuer, das mehr forderte, als ein Mensch, Held oder Kamerad von schönem Antlitz und geschwollenen Muskeln durchzustehen vermochte, eine Fahrt, auf die nur gehen konnte, wer einen Willen besaß, anzukommen, der allen Gesetzen der Schwerkraft, der Logik, der Statistik trotzte: Die Erstürmung der modernsten Stadt der Welt war es, was ich mir zum Ziel setzte, was alle Welt von mir erwartete nach den unerwarteten Rückschlägen, die ich hatte einstecken müssen, die Eroberung Germania Schöneichs.

Vulgivaga Mamilla Germania

Ich WILL sie, sagte ich mir wochen- und monatelang, ich WILL sie, und das war auch alles, was vorerst geschah; jedes Mal, wenn Anias Blick meinen streifte, schossen meine Augen eine Salve »Ich WILL dich« ab, als könne und müsse sie sich einem solchen Wollen geschlagen geben. Aber das tat sie keineswegs.

Doch einmal mußte ich mit ihr reden! All das Geblinzel war gut und schön, aber ein wirklicher Kontakt mußte hergestellt werden. Gerade zu dieser Zeit hatte Dr. Winkelmann, der Musiklehrer und Chorleiter, ein ehrgeiziger Mann mit großen Plänen, vor, Mozarts Requiem einzustudieren, und führte zwecks Vergrößerung des Chores in allen Klassen Eignungstests durch. Herrmann, dessen Vater im Kirchenchor sang, wollte seine Entwicklung zum typischen Kameraden unserer Stadt abrunden und meldete sich zum Vorsingen. Hinterher erzählte er mir mit geschwellter Brust, daß Winkelmann ihn sofort akzeptiert habe.

Ich wußte gar nicht, daß ich so gut singen kann.

Was mußtest du denn vorsingen?

Ein freies Stück und danach vom Blatt. Er hat mir gesagt, ich hätte das absolute Gehör.

Sehr gut, rief ich. Du wirst mich trainieren. Ich will auch in den Chor.

Und wo soll ich dich trainieren. Wir haben doch kein Klavier.

Aber deine Kirche hat eine Orgel! sagte ich.

Während zweier Wochen trafen wir uns jeden Tag heimlich in der Kirche, und Herrmann schlug gerunzelter Stirn mit dem Zeigefinger Töne auf der Orgel an, sang sie mir vor, und ich sang sie nach. Ich zitterte dem Treffen mit Winkelmann entgegen, aber ich mußte angenommen werden, denn Germania mit ihrer wundervollen Altstimme war natürlich seit langem Mitglied des Chores, und nur im Rahmen des Chores sah ich eine Gelegenheit, endlich in meiner Eroberung voranzukommen.

Tja, sagte Winkelmann nach der Audition. Wir brauchen noch einen Tenor. Versuchen wir's halt mit dir.

Die Proben fanden täglich nach dem Unterricht in der Aula statt, und Dr. Winkelmann schliff seine Rekruten mit eiserner Hand, führte sie mit jener Mischung aus Unbarmherzigkeit, Zynismus und sentimentaler Beschwörung der Gemeinschaft, die eine Kompanie für ihren Hauptmann ins Sperrfeuer marschieren läßt.

Winkelmann drohte mit dem Taktstock und zischte: *Quando judexx esst venturusss, cunc-ta s-tricte disskuss suruss,* schwätzt Deutsch, Kinder, Bomben und Granaten! Beim ersten Einsatz rieselten mir sonderbare Schauer den Rücken hinab, es war ergreifend, zu hören, wie zunächst die Bässe begannen, dann die Altstimmen folgten und zum Schluß Tenor und Sopran einfielen.

Dies irae, dies illa, solvet saeclum, in favilla, teste David cum Sybilla, sangen wir nun beide nach der Chorprobe auf dem Nachhauseweg, und Herrmann schwang seine Schultasche und brüllte zufrieden: Rrrechtschaffen!

Die schwerste Geburt war das »Lacrimosa«, es forderte vier Wochen Schweiß und Tränen, und Dr. Winkelmann war nahe daran, an seinen Schützlingen zu verzweifeln. Heiligs Blechle, waas isch mit eich los? Hennt ihr denn älle s' Singe verlernt? Glaubt ihr denn, i mach mich mit so einem Gießkannechor lächerlich? Ihr kommt hier net naus, bevor des Lacrimosa net stäht!

Es war halb zwei, als Winkelmann seinem Chor die Leviten las, um drei tupfte er sich den Schweiß von der Stirn: Wißt ihr, mit wem ihr aufträte sollt? Mit'm Orcheschter der Württabergische Schtaatsoper! Was glaubt ihr denn, was die machet, wenn die eich höret? Die pakket ihre Koffer, aber auf der Stell'.

Um vier Uhr setzte er unvermittelt den Taktstock ab, stieg die Ränge hinauf und sagte von weit oben mit flacher Stimme: Nochmal. Er gab nur den Anfang und verschränkte dann die Arme und wartete. Nach vier Takten winkte er herab: Nochmal.

Der Chor intonierte das Lacrimosa mit aller Verhaltenheit des Schmerzes, die der Dirigent beschwörend gefordert hatte, und langsam stieg Winkelmann herunter, und als er unten angekommen war, blickte er seinen Chor an, und es war etwas wie der Anflug eines Schmunzelns um seine Lippen: Vielleicht isch ja noch net älles verlore. Haut ab! Mir sähn uns morge wieder.

Ich beneidete Herrmann Sachs, dessen übermenschliche Anstrengungen ihn Schritt für Schritt aus der Anonymität eines Durchschnittsdaseins heraushoben. Aber tief in mir verachtete ich ihn auch ein wenig. Eines Tages, nach einem Tausendmeterlauf ging ich wortlos von der Aschenbahn, ausgehöhlt vor Anstrengung, vor Kälte schlotternd und mit brennenden Lungen. Nein, dachte ich, das ist es nicht wert. Zu rennen wie ein Verrückter, um anerkannt zu werden, oder vom Zehner zu springen, das kam aufs gleiche hinaus. Daran konnte wahre Anerkennung, wahre Größe nicht hängen. Wie lächerlich Taten waren, alle Taten, im Gegensatz zum Sein. Ich wollte anerkannt werden, ich wollte verehrt werden, weil ich war. Weil es mich gab, weil ich Hagen Seelhorst war. Und zum Teufel, sie ließen sich nicht überzeugen. Sie wollten, daß ich vom Zehner springe. Und würde ich es tun, dann vom Zwanziger, oder von einem fahrenden Zug oder von einem Hochhaus, immer so fort und dergleichen Dummheiten mehr. Mein Gott, warum wollte ich von Idioten bewundert werden, deren Kriterien so banal waren. Die Welt retten, das ja, aber niemand forderte mich dazu auf, mich ans Kreuz nageln lassen, nur zu gerne, doch ich hatte nicht einmal einen Judas, vierzig Tage fasten, um dem Teufel zu imponieren, aber tagtäglich gab man mir zu fressen; man sah einfach nicht, wozu ich bereit war; Scylla und Charybdis zu umfahren, aber kein Trojanischer Krieg rief mich zu den Waffen.

Germania Schöneich durch Taten zu gewinnen war unmöglich und obendrein banal, ich wollte, daß sie sich mir ergebe, weil ich Hagen Seelhorst war und nicht weil ich wie ein Affe in der Turnhalle Kapriolen schlug. Aber da sie nicht wußte, wer ich war, mußte ich es ihr sagen.

Wie erklärt man sich jemandem? Da war so viel, was es über mich zu sagen gab, aber sie mußte mir auch zuhören. Niemand hörte niemandem zu, aber niemand hatte auch etwas zu sagen. Sie sprangen, sie rannten, sie grölten, sie hieben auf Schultern und in Mägen, sie zeigten die Fäuste, sie wischten sich über die Nase, sie rümpften sie, sie verzogen den Mund, sie zogen die Schultern ein, sie liefen davon, ein jeder seinem Bau zu, sie redeten nicht miteinander. Reden war suspekt. Mir blieb nichts anderes. Ich mußte Germania zeigen, daß ich existierte. Ich mußte mich ihr offenbaren, ohne sie zu brüskieren, ich mußte sie erobern, ohne daß sie es bemerkte, meine Worte mußten ihr unter die Haut gehen wie eine Spritze, ich mußte Besitz von ihr ergreifen wie ein Inkubus. Ich mußte ihr ein Theater vorspielen, das nach und nach das falsche Stück, Realität genannt, für sie ersetzte, die ganze Stadt mußte ich neu erschaffen in meinen Worten, damit es die meine werde, so wie ich sie wollte, für jedes Ding, jeden Schritt, jede Fassade, jede Erinnerung mußte ich ihr ein neues Wort erfinden, meines; durch meine Augen mußte sie die Welt sehen, die modernste Stadt der Welt, Hagen Seelhorsts Stadt.

Wie abweisend sie zuerst war, wie scheu, daß da einer mit ihr spreche, das gehörte sich nicht, daß da einer die Schleier hob, die Nervenzentren, die Innenseite ihrer Haut mit seiner Sprache betaste, sie errötete wie von einer schmutzigen Berührung, aber fühlte doch meine Hände nicht. Sie war laut zuerst und grob, was hatte sie mit mir zu schaffen, ich gewöhnte sie an meine Augen, an meine Stimme, in den Pausen, in aufblitzenden Momenten, wenn wir dasselbe erblickten, im Bus auf der Heimfahrt, ich zwang ihre Ohren, meinem Geräusch zu lauschen. Ich verzweifelte an der Aufgabe, die unlösbar war, ich verachtete mich, denn ich gab meine Worte fort wie eine Hure ihren Körper; sie weiß, wie klein sein Wert ist, sie weiß, wie dreckig die Rückseite der Mysterien ist, und doch ist es jedesmal ein Stück unseres Lebens, das wir abhacken. War jemand das wert, daß ich mich ihm schenkte mit meinen Worten, die keine Deckung hatten in dieser Stadt, die keine akzeptierte Währung waren? Ich verachtete auch Germania, die so lange brauchte, um die Gabe zu würdigen.

Nach den Chorproben, wenn die Poren ihrer Seele noch offen waren von der Musik Mozarts, senkte ich meinen Stachel hinein und redete in Tönen und Harmonien. Was wußte ich von Musik? Nichts, gleichviel!

Wenn ich auch von keinem Zehner der Welt sprang, so machte es mir doch nichts aus, kopfüber ins Gewoge der Sprache zu tauchen und ihr Perlen heraufzubringen, die sie anstarrte wie ein Affenweibchen. Sei's drum, niemand redete zu ihr von Musik. Was ich sagte? Ich weiß es nicht, ich könnte mich an kein einzelnes Wort, keinen zusammenhängenden Satz erinnern, aber ich redete, und wenn dann in ihren Augen, in ihren schönen klugen Augen, ein Schimmer von Interesse, von Verständnis, von Überraschung auftauchte, wandte ich mich mit einem Schwung meines Mantels ab und ging meiner Wege. Sie liebte die Tiere: Ich sprach weiches Fell und Blick aus tausendjährigen Augen und Treue und hechelnde Zunge und Galopp über herbstliches Feld und Verständnis jenseits von Sprache. Sie spielte leidenschaftlich Volleyball: Ich redete Anspannung und Explosion und Fingerspitzen und Gewirr von Beinen und Atemstöße und Dehnung und Konzentration und Abschlag. Sie liebte Motorräder: Ich sprach Leder zwischen gespreizten Beinen und Summen Grollen Brüllen, das die Nackenhärchen kräuselt und Taumel der Kurvenlage und Beschleunigung im Rückenmark und Tausend Meilen Highway. Sie war gutgelaunt: Ich spannte sie ins Joch, um den ewigen Stein den Berg hinaufzuwälzen, bis sich Schweiß und Tränen auf ihren Wangen vermischten. Sie war traurig: Ich spannte ein Seil zwischen Saturn und Mond und schlug im Harlekinskostüm Purzelbäume darauf und streckte ihr die Zunge heraus, bis sie in Lachen ausbrach. Sie hatte Angst vor der Mathematikarbeit: Ich türmte das Alter der Welt vor ihr auf und rollte das endlose sonnige Tal der Zukunft vor ihr ab. Ich log, ich fabulierte, ich entwarf, ziselierte, feilte, zerstörte, flog, glitt, nistete, kletterte, ich schlug die Steigeisen meiner Sprache in sie, beredete die Wunden, und schließlich war ich auf dem Gipfel: Ich war Germanias Vertrauter geworden, ihr Freund, ihr Alter ego, wann immer sie etwas sah, fühlte und dachte, blickte sie automatisch zu mir herüber, und ich morste Empfang. Ich hatte sie aus der Welt herausgeschält, die sie repräsentierte. Nun galt es nur noch, den Handel zu konkretisieren.

Wir saßen auf einer Wiese am Rand der Graspiste des Flugplatzes, rauchten und Germania erzählte, wie schon oft, träumerisch von den großen Plänen, die sie für ihre Zukunft hegte. Sie wollte Tierärztin werden. Sie mußte sich ihren Lebensweg bereits sehr genau ausgemalt haben, denn wenn sie von ihren Projekten sprach, vergaß sie kein Detail, alles war da, war vorhanden und mußte nur noch gelebt werden. Sie würde in Tübingen oder Konstanz studieren, staatliche Unterstützung und ein Monatswechsel ihres Vaters, der seit Jahren für diesen Zweck Geld auf ein Sperrkonto überwies, würden ihr erlauben, sich ganz auf ihre Studien zu konzentrieren. Danach würde sie ins Ausland gehen, bevorzugt nach Kanada oder in die Vereinigten Staaten, um dort Erfahrungen zu sammeln, und danach wollte sie, wie sie sich ausdrückte, »in die Forschung«.

Weißt du, Hagen, ich will Mittel finden für die Tiere, so wie man sie für die Menschen sucht. Man gibt Milliarden an Geld und Energie aus, um den Menschen zu helfen, weniger zu leiden, aber wer kümmert sich um die Tiere? Ich will, daß ihre Leiden auch aufhören, und ich will den Menschen Achtung vor den Tieren beibringen. Wer ein Tier nicht achtet, der ist auch nicht fähig, einen Menschen zu achten.

Ich sah sie an. Ich bewunderte und liebte sie. Konnte man denn anders, als sie bewundern und lieben, da sie nicht nur schön war, sondern auch noch hochherzig? Und nur diese hochherzigen Ziele bewahrte ich im Gedächtnis, Gipfel einer Sehnsucht nach Höherem, der aus dem Wolkenmeer aufragte, klar und rein in die Sonne ragte, auch wenn Germania regelmäßig wieder hinabzusteigen gezwungen war und von ihrem Ideal, den Menschen Achtung vor den Tieren beizubringen, auf Pferde im besonderen zu sprechen kam, auf den Spaß, den es machte, sie zu striegeln, auf die kräftigen Gerüche im Reitstall, auf die den Reithof umgebenden Weiden, wo man nach dem Heuen die Heugarben aufbockte, und wie man sich darunter verstecken konnte und wie die Jungen, die sie zuzeiten vom Reiten abholten, darauf bestanden, mit ihr ins Heu zu gehen, und was sie ihr dort antaten und daß sie sich dabei zwei Fingernägel abgebrochen habe, was sie daran erinnerte, Feile und Nagellack kaufen zu müssen, Nagellack, der zu ihrem Diskothekenkleid paßte, denn neuerdings führte man sie Samstag abends ins Seestudio aus, sie liebte es nämlich zu tanzen, sich beim Tanzen lachend vergessen zu können, wenn sie nur mit ihrem Körper lebte und sich den balzenden Tanzbewegungen des jeweiligen Partners anpaßte, dessen Zucken und Wippen in roher Direktheit das unvermeidlich Nachfolgende antizipierte und so weiter und so fort.

Es bereitete Germania Mühe, ein Gespräch lange in den reinen Höhen ihrer Zukunftspläne zu halten, früher oder später stieg sie stets hinab, um bei ein und demselben Thema anzulangen. Ich tat mein Bestes und gab jede Hilfestellung, um möglichst lange in jener schönen Klarheit, der sauberen Luft ihrer Phantasien von der Beglückung der Menschen- und Tierwelt zu verharren, aber ich konnte ja verstehen, daß selbst eine Germania nicht ihr ganzes Leben nur mit hohen Träumen verbringen mochte.

Langsam begannen die Veränderungen, die mit Herrmanns Körper vor sich gingen, erschreckend zu werden. Das heißt, es kommt darauf an, aus welcher Perspektive, mit welcher Erwartung oder von welchen Erinnerungsbildern voreingenommen man diese Veränderungen betrachtete. So sprach Dr. Käsmayr von der Kraftschönheit, die Herrmann zu eignen beginne, wogegen ich eher sagen würde: Er entwickelte sich zum Monstrum, zum Popanz. Wie eine Insel anachronistisch gewordener Vergangenheit hatte sich nur sein Gesicht nicht gewandelt: es war noch immer so glatt und jungenhaft wie ehedem, und in diesem Gesicht waren es hauptsächlich die Augen, verständnisschwere, gute langsame Kuhaugen, die die Erkenntnis seiner Körperrevolution noch nicht wiedergekäut hatten. Ansonsten begannen Training, Askese und Käsmayrsche Behandlung die Rundungen wegzumeißeln und damit – und vielleicht war das ja sogar in Herrmanns Sinn – alles individuell Überzählige in seinen Zügen zu beseitigen zugunsten einer Modellmaske, die zum Maß stählerner Kampfkraft werden sollte. Herrmanns Hals war zur Säule gewuchert, die in einem muskulösen Trapez wurzelte, unter der Haut garantierten geschmeidige Kabelstränge die Beweglichkeit, seine Brust teilte sich in zwei harte Halbkugeln, und wenn er ein- und ausatmete, glitten die Warzen wie angenähte Knöpfe über den Muskeln auf und ab. Seine Arme waren gewaltig und erinnerten an die hydraulischen eines Baggers, seine Schenkel, die die Nähte jeder Hose zu sprengen drohten, waren auf einen Umfang angewachsen, für den kein Lauftraining und kein Gewichtestemmen allein verantwortlich sein konnte. Wenn er lief, erwartete man, daß es donnere, mit solcher Wucht schob er die hilflos sich zusammenballende Luft vor sich her; er war allen Kleidermaßen in die Breite und Tiefe entwachsen und nicht nur ihnen, sein Körper schien in seiner Ausdehnung jedes Maß sprengen zu wollen, das war ein hemmungsloses obszönes Anschwellen und Auftürmen rund um dieses rudimentäre Zentrum seines Gesichtes, seiner Augen, die noch stets die Augen des rechtschaffen-langsamen Herrmann Sachs waren. Aber rundherum entwuchs es jeglicher Kontrolle, jeglicher Vorsehung und Planung, war nicht mehr menschlich, aber auf eine ungesunde und peinliche Art war es imponierend.

Er begann, unheimlich zu werden, alles verzwergte neben ihm, Schulbänke und Stühle, aus denen er emporragte wie ein Gorilla, der sich in eine Pinscherdressur verirrt hat, Mitschüler und Lehrer, selbst in den großzügig konstruierten Korridoren wurde es eng, wenn er auf einen zukam; nur wenn er redete, schwäbelte, wenn er Schmelzle vergötterte oder einen lateinischen Text übersetzen sollte, brach der Bann, und man durfte sich fragen, ob da nicht irgend etwas entsetzlich fehlgelaufen sei, warum dieser imposante, erschreckende, übermenschliche Körper nicht zusammenging mit einem irgendwie parallel sich entwickelnden Geist, einem Entstehen von Esprit; man erwartete automatisch, daß auch die Gehirnzellen des armen Herrmann sich weiteten, daß die Explosivität seiner Muskeln Hand in Hand gehe mit einer Eruption bis dahin schlummernder intellektueller Fähigkeiten oder zumindest mit einem Sprung seines Selbstbewußtseins, aber nein, er blieb, der er war, schwitzend, verengter Augen, runden Mundes suchte er die irgendwo im Nichts schwebende Lösung der Mathematikaufgabe, die an der Tafel stand, zu erhaschen, sein riesiger Körper arbeitete, pumpte, aber er pumpte nichts ins Hirn, da weitete sich nichts, da wurde keine Kette gesprengt, keine Grenze überschritten.

Immerhin, Ulrike Widerhold wurde nachsichtiger gegen ihn, aber die meisten Mädchen waren nicht so scharf auf Herrmann, wie das angesichts seines Athletenkörpers zu erwarten gewesen wäre. Auf der Laufbahn jedoch wirkte Herrmanns Kraftschönheit – oder seine Monstrosität, wenn man will – Wunder, und für viele war das alles, was im Moment zählte. Er war 15 und lief die 400 Meter im Frühjahrstraining inoffiziell, aber deutlich unter 48 Sekunden. Unsere Stadt, mit einer Tartanbahn ausgestattet, hatte sich die Austragung der Deutschen Jugendmeisterschaften gesichert, auf welchen Herrmann Sachs, der Schwabenpfeil, im Sommer Furore machen sollte.

Doch vor diesem Saisonhöhepunkt lag noch ein anderer, die Aufführung des Mozartschen Requiems in der Marienkirche mit dem Chor des städtischen Gymnasiums und dem Orchester und Solisten der Württembergischen Staatsoper in der vollen, raunenden, dann in gebannter Stille lauschenden, feierlich beherrschten Marienkirche, deren Dämmerung von überirdischen stäubchenflirrenden Lichtbrücken gebrochen wurde, die durch die weit oben angeordneten Luken einfielen.

Es wurde ein Rausch träumerischen Gelingens, den niemand so sehr wahrnahm wie wir. Ein Publikum mag gepackt sein, begeistert, beseelt, transportiert, aber das tatsächliche Geheimnis offenbart sich doch nur den Schöpfenden, Teilnehmenden, Ausführenden selbst, denen, die wissen und tun. Welchen Zuhörer könnte das »Requiem aeternam« so auf die Knie seiner Seele niedersinken lassen, das »Dies irae, dies illa« in einen apokalyptischen Reiter verwandeln, das »Lacrimosa« in ein feines Tränengespinst der Trauer verstricken, wie den, der es selbst singt, dem es aus der Brust kommt der sich hört inmitten anderer unter demselben Bann agierender Sänger? Wer im Helldunkel der Kirche hätte so gleichzeitig den eben ausgestoßenen Ton in der Gesamtheit dessen, was gesungen war, dessen, was noch folgen sollte, der Übergänge, des Schweigens, der Stille, des Aufbrausens, Jubilierens, Klagens, Betens und Hoffens erfahren können wie der Sänger in gemeinschaftlicher Mitte, die die Grenzen dessen, was ich war und schon nicht mehr ich, aufhob, und das eigene Fühlen getreu auf den Gesichtern der Nahestehenden widerspiegelte. Minuten, in denen Technik, Exaktheit, Genauigkeit, Rücksicht und Liebe eine seltene Harmonie eingingen. Liebe zu Mozart und seiner Schöpfung, zu Winkelmann, der gespannt-versunken den Taktstock führte, denn seiner Hartnäckigkeit verdankte man es, hier zu stehen. Liebe schließlich zu den Umstehenden, die dieselben Gefühle lebten, denn plötzlich schien es einfach, für die Dauer der Aufführung die zu lieben, die eigenes Erleben ermöglichten und teilten. Liebe also, aber das sollte vorübergehen.

Nachher begann das große Besäufnis, denn Dr. Winkelmann hatte für seinen Chor, der es verdiente zu feiern, mehrere Kästen Bier und Limonade besorgt, mehr Bier als Limonade, sie türmten sich im leergeräumten Gemeindesaal, in den nun die erregten und vom Erfolg beschwipsten Sängerinnen und Sänger einbrachen, um sich selbst hochleben zu lassen. Das war eine allgemeine Verbrüderung, ein seliges Schwelgen, ein Schulterklopfen und Umarmen, im hochtosenden Geplapper, der sofort begonnenen Legendenbildung, des: Erinnerst du dich, wie . . . ; und dabei war es noch keine 20 Minuten her und doch schon umgeben von einer goldenen Aura des Scheins, des Nichtmöglichen, Irrealen, Träumerischen und lange Vergangenen. Und immer wieder brandeten Teile des Requiems hoch, fanden sich Gruppen und Grüppchen zusammen, die das »Exaudi, exaudi« zur aber- und abermaligen Glorie neu anstimmten, noch schneller und lauter, bald nicht mehr ganz rein, bald nur noch lärmend, bierselig.

Es war dies auch der Moment, sich den Mädchen zu nähern, gestärkt und ermutigt durch mehrere Biere, nie war der Augenblick günstiger gewesen, denn auch die Mädchen, sanft und offen gestimmt von der gemeinsamen Kommunion, mußten mehr als je bereit sein, fünf gerade sein zu lassen.

Es ist entscheidend für unsere moderne Gesellschaft, hatte Dr. Käsmayr einmal zu Herrmann gesagt, daß die Kultur an der rechten Stelle beginnt. Die rechte Stelle ist der Leib. Und tatsächlich schien es, als würde Herrmann an diesem Nachmittag zum ersten Mal bewußt, daß sein Leib sich nicht auf die für die Leichtathletik nützlichen Glieder beschränkte. Er war, wie man so sagt, keusch gewesen, aus naiver Interesselosigkeit, aber jetzt, nach dem Requiem, nach einem runden Liter Bier, wurde er erstmals der glitzernden Augen gewahr, der weiblichen Rundungen, die dort, empfänglich gestimmt, der Annäherungsversuche harrten.

Hagen, gib mir mal a bißle Schützenhilfe bei der kleinen Doris da drüben, sagte Herrmann mit schwerer Zunge und deutete auf eine der Altstimmen. Du kennsch dich besser aus mit den Weibern.

Die mit der krummen Nase, die hier die ganze Zeit schon rüberschielt?

Ja, ich glaube, die will was von mir.

Meinst du? Und warum gehst du nicht selbst hin und fragst?

Weil ich halt net weiß, was schwätzen und wohin mit meinen Händen . . .

Ich seh mal, was ich tun kann, sagte ich, erhob mich und ging durch den Raum. Auf halbem Weg sah ich Germania aus den Augenwinkeln. Sie beobachtete mich, und mir kam eine Idee.

Entschuldige, sagte ich zu Doris, aber ich soll dir ausrichten, daß der Herrmann da drüben sich gern mit dir unterhalten würde.

Kann der denn drei zusammenhängende Sätze reden? fragte Doris und prustete, die Hand vor dem Mund, los. Ich mußte mitlachen, antwortete aber doch: Ich weiß, man traut's ihm nicht zu, aber wenn du nicht zu hohe Anforderungen stellst . . .

Doris wurde ernst: Du stehst hier, um mir zu sagen, daß ein anderer mit mir reden will?

Was tut man nicht alles für einen Freund?

Richt ihm aus, daß ich nicht mit ihm reden will.

Verzeihung, es war blöd von mir zu fragen. Weißt du, daß ich dich beim Singen beobachtet habe?

Ehrlich? Setz dich halt, anstatt hier rumzustehen.

Wohin, es ist kein Platz mehr frei.

Ich steh auf und du setzt dich und ich setz mich auf deinen Schoß, sagte sie und kicherte ihrer Freundin zu. Sie war nicht mehr ganz nüchtern. Ich nahm sie auf den Schoß und blickte verstohlen in die andere Richtung. Germania sah noch immer her.

Schaust du die Mädle immer so an? fragte Doris.

Ich sagte nichts und verstärkte den Blick. Dann gingen wir nach draußen. Wir waren nicht die einzigen, die sich draußen in den Hecken an der weißen Kirchenmauer küssen wollten. Doris schmeckte nach Coca Cola. Als ich wieder hereinkam, sah ich Herrmann in einer Traube von Jungen; sie schwadronierten und tranken Bier um die Wette, und der große Herrmann war am lautesten und am betrunkensten. Ich ging hinüber und zuckte entschuldigend mit den Achseln.

Ach, Weiber! brüllte Herrmann und machte eine wegwerfende Handbewegung. Komm, sauf mit uns!

Ich schüttelte den Kopf.

Ich bin bei sechs Halben! Wer kann noch mit?

Später sah ich, wie Herrmann gefährlich schwankend sein Fahrrad bestieg und in Schlangenlinien alleine davonfuhr.

Auf dem Rückweg schwieg Germania lange. Dann sagte sie: Was willst du denn von der Doris, um Himmels willen?

Gar nichts, sagte ich. Germania nahm die Arme von meiner Taille, hielt sie in die Luft und rief: Ich habe die Augen zu! Es ist, als würden wir fliegen.

Am Montag erschien Herrmann Sachs nicht zum Unterricht. Keiner hatte ihn am Sonntag gesehen. Ich machte mir weiter keine Gedanken, aber später, zu Hause am Nachmittag, fiel plötzlich ein Gedanke in mein Bewußtsein wie der erste Tropfen eines herannahenden Unwetters. Beunruhigt nahm ich das Telefon und rief Herrmann an. Eine verweinte Stimme flüsterte: Ja, hallo.

Herrmann Sachs war beim Nachhausefahren von der Kirche von einem Auto erfaßt worden, als er ein Stoppschild mißachtete. Er war mitten auf der Fahrbahn gerollt, und mehr als zehn Meter weit geschleudert worden. Im Laufe der Operation, die noch am selben Samstagabend im Waldkrankenhaus stattfand, entschied man sich dagegen, das Bein abzunehmen, das mit dem übrigen Körper nur noch durch einige Sehnen verbunden war. Außer dem mehrfachen Trümmerbruch des Beines und dem damit verbundenen erheblichen Blutverlust hatte Herrmann auch einige weitere, harmlosere Frakturen und ein Schädeltrauma erlitten. Es bestand aber keine akute Lebensgefahr mehr. Allerdings würde er Monate im Streckverband und weitere Monate in Gips verbringen müssen, und es würde mehr als ein Jahr dauern, bis er daran denken könne, wieder laufen zu lernen.

Ich hängte ein. So war das Kapitel Herrmann Sachs zu

einem schrecklichen, wenn auch irgendwie abgerunde-
ten Ende gekommen. Ich besuchte ihn einmal im Krankenhaus. Die deutschen Jugendmeisterschaften fanden
ohne ihn statt, dennoch verzeichnete der Veranstalter einige bejubelte und für die Zukunft hoffnungsfroh stim-
mende Erfolge. Das Leben ging weiter. Die Stadt hakte
Herrmann Sachs ab und vergaß ihn relativ schnell. Ich
tat es ihr gleich.

Herrmann war nicht der einzige Ausfall: Ganz andere
als er, Zehnerspringer, Sportler, Helden unserer Stadt fielen in die Anonymität zurück, sobald der Winter gekommen war. Offensichtlich war der Winter nicht die Zeit der
Sportler, nicht die Zeit der befreiten Körper. Aus Turm-
springern wurden wieder Stotterer, Sitzenbleiber, Nägel-
kauer. Die Stadt ging über alles hinweg, als sei es nichts,
und es war auch nichts. Niemand war geschützt vor ihrem Spott, niemand vor dem Vergessen gefeit, Taten waren kurzlebig, Körper unzuverlässig. Der Krebs brach aus
ihnen, und man schloß sie ein, und wenn sie verfault waren, begrub man sie in aller Stille. Aus anderen Körpern
quälten sich Neugeborene ans Licht, alles glich sich aus.
Der Schmerz mochte beides bedeuten: Krebs wie Schwangerschaft. Bagger weideten die Stadt hinter den Fassaden
der Bahnhofsstraße aus, und das Geräusch von Betonmi-
schern ließ die Häusermauern erbeben. Schnellstraßen
wurden gezogen und Brachland eingezäunt, und im Klo
des Jugendhauses entdeckte man die erste Heroinleiche.
Die Sparkasse zog ihr neues Gebäude aus Sichtbeton gegenüber dem alten Einkaufszentrum hoch, und vier Jugendliche wurden zermalmt, als ihr Kadett in einer Kurve
auf die Gegenspur und unter einen Lastwagen geriet. Auf
der Tartanbahn nahmen andere den Platz von Herrmann
Sachs ein und spuckten Blut, und auf den Rängen saßen
noch stets dieselben Zuschauer, blickten auf die Stoppuhr

und rümpften die Nase. Nicht schnell genug, nicht weit genug. Und wehe, wer sich auf sie einließ, ohne die Mittel zu besitzen, um zu reüssieren. Ich erinnerte mich an Herrn Hahnenfuß, und ich sah meinen Vater vor mir. Mein Vater, der es desto trotziger recht zu machen versuchte, je hoffnungsloser sein Standort wurde. Aber die Arbeit bis zum Abend ohne die Gewißheit, nicht doch wieder entlassen zu werden, die neuen Fords, die entsetzliche Rechnerei des Monatsendes, jeder Rückschlag aktivierte ihn noch mehr. Er war ein Mann in einem Sumpf, den seine rettungsuchenden Bewegungen nur noch tiefer einsinken lassen. Und genau dies war die Freiheit unserer Stadt: Niemals würde mein Vater von der fixen Idee lassen, er sei Herr seines Schicksals, nie kam ihm der Gedanke, an den Drähten des Urteils der anderen zu hängen. Die Freiheit der Bewohner der modernsten Stadt der Welt bestand darin, ihr Scheitern auf die eigene Kappe zu nehmen. Sie wühlten und gruben und schafften und waren schon bis zum Hals versunken, doch freudig schrien sie heraus, das sei ihre eigene Schuld, und aus eigenem Antrieb seien sie in den Sumpf geraten, und aus eigenem würden sie sich auch wieder aus ihm befreien. Aber natürlich befreite sich niemand aus ihm, bis auf die vier Zermalmten im Kadett und die tote Uschi Engelberger neben dem verschissenen Klobecken im Jugendhaus.

Als der Frühling kam und die Becken des Freibades gefüllt wurden und es nur noch wenige Tage bis zur Öffnung waren, nahm Germania mich beiseite und flüsterte mir zu, sie heimlich nach Sonnenuntergang am Sprungturm zu treffen. Das ganze nächtliche Bad für uns, ich erwarte dich um zehn Uhr. Da wußte ich, daß ich gewonnen hatte. Ich zitterte dem Abend entgegen, wurde wieder unsicher. Was würde ich tun müssen? Und würde ich der Aufgabe gewachsen sein?

Ich überkletterte den Zaun an der Waldseite und tastete mich zwischen Bäumen und Büschen hindurch bis auf die Liegewiese. Die Anspannung hatte meinen Magen zu einem schmerzenden Klumpen zusammengezogen. Mit aller Verachtung setzte ich meine Schritte auf den verhaßten Boden, der meine Schande gesehen hatte und nun Zeuge meines Triumphes werden würde. Dann sah ich den immensen Galgen des Sprungturmes vor mir, und im Augenblick darauf entdeckte ich die Gestalt, die auf den Fliesen lag, am Fuß der Leiter: Das Mondlicht und der Schimmer der Stadtbeleuchtung bildeten mit den Schatten ein unglaubliches Relief. Gold und Schwarz, Kurven, Rundungen, Abgründe, das schillernde nackte Fleisch, die irrsinnige Wölbung der Brüste mit den steil hochaufgestellten rotfunkelnden Spitzen, die mir direkt in den Mund wuchsen, der Empedokleskrater, mehr zu ahnen, als zu sehen, das schwarze Haar in einem Kranz ausgebreitet, da lag sie zu meinen Füßen, alleine, der einzige Mensch, lag sie und wartete auf mich, zählte nicht Stunden noch Tage, das einzige, was zählte, war die Gewißheit, daß ich komme, war die Erwartung, und in einem aufwallenden Brausen rollte die ganze Stadt in der Brandung zu meinen Füßen aus, leckte mir die Sohlen, von der Hulb zum Tannenberg, der Stein, das Mauerwerk zerbröselte vor mir, mit einem Faustschütteln brachte ich die Mauern zum Einsturz, gibst du es zu? Gibst du es endlich zu? Und war es denn überhaupt noch nötig, den Hügel hinabzuschreiten und mich zu zeigen? Hatte ich es nötig, den Tribut einzufordern, den sie mir zu Füßen legte? Mußte ich tatsächlich in die schlammige Höhle eintreten, mich gleichmachen? Hatte ich nicht genug getan, mehr als genug? Und ich tat da etwas, es geschah mir etwas, das, fühlte ich, noch kein Sterblicher vor mir getan hatte, was noch keinem Menschen vor mir widerfahren war. Nein, nicht so, nicht wie jetzt, nicht wie in diesem Moment und im nächsten und in diesem und im allerletzten, verlängerten, nicht endenden und doch enden müssenden Moment, der noch immer nicht vorbei war, nie vorübergehen würde und erst jetzt, jetzt gerade, jetzt wie eine Flutwelle über mich hinwegging, und ich tauchte auf, und der Wasserspiegel war glatt und sonnenbeschienen. Ich hatte Germania Schöneich erobert, ich besaß die modernste Stadt der Welt. Plötzlich wurde mir bewußt, was ich getan hatte, was ich erreicht hatte, und ich schrie es hinaus, kannte keine Haltung mehr, vergaß alle Beherrschung, schrie es der ganzen Stadt entgegen: Ich bin ein Gott! brüllte ich. Ich bin ein Gott, ich bin ein Gott! Ich bin ein Gott!

Und am nächsten Tag, war es der nächste, eröffneten meine Eltern mir, daß wir umziehen würden am Ende des Schuljahres. Sieh mal, sagte meine Mutter, du wirst doch sofort wieder neue Freunde um dich sammeln. Es ist doch etwas Neues, eine neue Herausforderung. Und Hamburg ist eine große Stadt, eine echte Großstadt, sagte mein Vater. Das Nest hier hat doch nicht dein Format, sagte meine Mutter. Und ich werde einen guten Posten haben dort oben, sagte mein Vater. Wir werden uns sogar ein Häuschen kaufen können. Aber ich wußte, warum sie fort wollten. Die modernste Stadt der Welt hatte sie besiegt. Frl. Stiefels Otternblick fixierte mich: So, so, umziehe tusch du. Na, irgendwie warsch du ja sowieso nie so recht von hier. Und meine Eltern, die die modernste Stadt der Welt flohen, brachten mich um die Früchte meines Triumphes.

Der diskrete Charme der Bourgeoisie

Zwischen Türmen aus Backstein und Kupfer friert im Fuchspelz die Wintersonne. Zwischen Friedhofsimmergrün und bleiernem Wasserspiegel schimmern kristallene Geldspeicher. Abenteurersehnsucht treibt auf den Wellen des Stroms in Richtung Meer. Quartzimpulse pumpen Waltran durch die Adern. Wo die Welt mit Brettern vernagelt ist, werden weiße Titten feilgeboten, sie liegen auf Fensterbänken aus zwischen Grünkohl und Birnen, korallenrote Mösen auf Eis zwischen Lachs und Kabeljau, Ärsche am Spieß drehen sich beim Gyros-Griechen. Traumgleiche blonde Östrogen-Mädchen öffnen weißgoldene Tore im Westen und besteigen ihre Lodencabrios, um auf dem Centercourt den südlichen Schweiß braungebrannter Sportler zu lecken. Der Wind spielt Schifferklavier in den Gassen, und 32 Sorten Regen sind in der Kunsthalle ausgestellt, tröpfelnder Nebel, fieselnder Niesel, rauschender Schauer, gähnender Landregen, pladdernder Platzregen, wotanischer Wolkenbruch; es pitscht, es klatscht, es gießt, es hat sich eingeregnet, Regenschnüre schillern in allen Farben am Eingang der Topless-Bars, es regnet Geld, es schüttet Sterntaler, es schifft. Währenddessen ißt man gut und fett zu Mittag, nichts bleibt übrig, was verschenkt werden müßte. Hammonia atmet Import ein, atmet Export aus, riecht nach geröstetem Kaffee, Fisch und Biermaische, die Börse die Lunge, die Banken das Herz, die Versicherungen das Hirn, der Freihafen die Augen, die Druckereien der Mund, die Makler die Füße, die Türken die Hände, und wer immer dieser Stadt ein Augenzucken abringen wollte, ihr einen Furz abpressen, der wurde ohne Aufhebens ausgeschieden. Hamburgs Stuhlgang funktionierte.

Hamburg, soviel zivilisierter als jene Kleinstadt im Süden: Hamburg mit seiner calvinistisch-republikanischen Tradition, seiner heuchlerischen Liberalität, seinen sozialdemokratischen Bankiers und seiner deutschnationalen Arbeiterbewegung; eine Weltstadt ohne Tischmanieren, ein Händlervolk mit einem Wucherergott; mit seinem Überseeclub und den verregneten Terrassen seiner schicken italienischen Restaurants, Stadt der Kontakthöfe, und nur in jenen der Reeperbahn kommen ehrliche Deals zustande, mit den roten und grünen Lichtern drüben im Petroleumhafen hinter Finkenwerder, mit dem heiligen Elfenbeinfriedhof von Blankenese, Hamburg mit seinen Industriekapitänen und seinen milchigen Austern, seinen stinkigen romantischen Fleeten, seiner biertrunkenen torfköpfigen blindzuschlagenden Aggressivität, dem Dünkel seiner strohtrockenen Fotzen, seinen portugiesischen Hafenkneipen, der lächerlichen Weltmännischkeit seines akzentfreien Hochdeutschs, seiner entwaffnenden Gleichgültigkeit gegenüber brotloser Kunst, Hamburg mit seiner Seemannsmission und seinen Övelgönner Kapitänswitwenhäusern, mit seinen Weimarer-Republik-Gedenkvierteln in rotem Backstein, mit seiner gesunden Abneigung allen Extremen gegenüber, mit seinen Zuhältern, die wie Bankiers redeten, und seinen Fußballern, die sich wie Zuhälter kleideten, mit seinem common sense und seinem laissez faire, seinen kapitalistischen Gewerkschaften, seiner korrupten

Polizei, seinen beschränkten Studenten, seinen paranoiden Linken, seinen herablassenden Bonzen, seiner Verachtung alles Welschen, seinem Philanthropismus, seiner Bootsausstellung und seinen goldenen Gründerzeitvillen. Hamburg mit seinen englischen Stilmöbeln und seiner teatime und den schwarzbehaarten Schienbeinen der Frauen und ihren zu großen Füßen und ihren hängenden Schultern und ihren gebärfreudigen Becken und ihren kalbfleischgedüngten Hintern und ihrer Zellulitis, mit den kleinen Originalgenies seiner Elitegymnasien, die alle Journalist werden wollten; Hamburg mit seiner Gretchenfrage, ob die Sonne am Rothenbaum scheinen werde für die Meisterschaften und seinem trotzigen Rekordverkauf an Cabriolets. Mit seinem Stil und seinem Understatement und seiner vornehmen Zurückhaltung und seinem tongue in cheek, mit den wunderschönen Holzschnittpanoramen seiner Hochbahn, mit der ehrgeizlosen Selbstzufriedenheit seiner Händlersöhne und Händlertöchter, mit seiner Händlerinzucht und seinem Brunch bei Bobby Reich mit Diamantbrosche unter dem Ölzeug. Käufliche Stadt, in der jeder bezahlt, was er konsumiert und keinen Pfennig mehr, aber auch keinen weniger. Hamburg mit seinem Hedonismus der zweiten Generation, seinen kleinbürgerlichen Wohngemeinschaften und der Operettenbohème in den Salons der Reedersgattinnen.

Hamburg, das war zunächst das stille grüne alte Alleenviertel im Nordosten, wo unser Haus stand und nach und nach immer mehr, die trostlosen Wandsbeker Durchgangsstraßen, der winklige Lauf der Alster, die Parks, größer als die ganze Stadt meiner Kindheit. Ich war überwältigt, Hamburg hatte keine Grenzen, hier mochte alles zu finden sein, alles hatte etwas zu bedeuten, alles versteckte etwas, jeder Ausblick entzündete

Zukunftsträume wie Feuerwerksraketen, der Fluß, die Nähe des Meeres, der Abenteuergeruch des Hafens, die Schönheit der selbstbewußten Bürgerstöchter. Ich rieche noch stets das Parfum, das Hamburg trug und von dem ich mich fangen ließ, der offene Horizont, die endlosen Straßen und Häuser, und hinter jedem Fenster wurde ein unbekanntes Leben gelebt, wartete vielleicht jemand auf mich, und die Passanten auf der Straße, jeder ein ungelöstes Rätsel. Graumelierte Herren ohne Zeit, Damen in Wildleder mit zuviel davon, die Jungen meines Alters und die ernsten kleinen Mädchen in marineblauen Kniestrümpfen, jeder besaß Charme, und ich fühlte ihn, verfiel ihm, aber noch wußte ich nicht zu sagen, worin er eigentlich bestand.

Ohne ein Wort zu sagen, hatte ich, seit der Entscheidung, nach Hamburg zu ziehen, mit meinen Eltern gebrochen. Ich befand mich in einem Wartestand. Ich lebte bei ihnen, aber ich lebte nicht mehr mit ihnen. Ich fühlte mich wie ein Angestellter, der jederzeit kündigen konnte.

Mein Vater hatte ein Haus erworben, das das ehemalige Pförtnerhaus einer großen Villa war, die einem Bankier gehörte. Samstags vibrierten die Wände, wenn die Limousinen der Wochenendgäste vorbeirollten, es war wie im Märchen von den drei Schweinen und dem Wolf.

Ich sah aus dem Fenster über den Rasen zwischen den Bäumen hindurch bis zu der backsteinroten Villa hinüber.

Der größte Teil des Anwesens ist hinter dem Haus, sagte mein Vater. Der Teil, der zu unserem Haus gehört, geht bis zu dem Baum dort.

Er deutete auf einen Baum, der direkt vor dem Fenster stand.

Wir werden aber doch einen Zaun ziehen, nicht wahr? sagte meine Mutter.

Frau Höhne hat mich gebeten, das nicht zu tun. Sie hat gesagt, das stört das Gleichgewicht des Parks.

Was kümmert mich, was die Frau sagt, sagte meine Mutter. Haben wir das Grundstück gekauft oder nicht?

Gewiß haben wir's gekauft. Aber warum den Menschen den Gefallen verweigern?

Meine Mutter sagte nichts und wandte sich vom Fenster ab.

Hier ist dein Zimmer, sagte mein Vater, nachdem wir die steile Treppe hinaufgestiegen waren. Gefällt's dir?

Ja, sagte ich. Das Zimmer ging auf den Park, und zwischen den Bäumen war die Villa zu sehen.

Als wir das Haus besichtigt hatten, rieb mein Vater sich die Hände und sagte: Klein, aber mein. Es ist hübsch, nicht wahr?

Meine Mutter öffnete die Haustür und sah auf die Straße. Auf der Seite müßte es aber gestrichen werden.

Daran denken wir, wenn wir mal wieder Geld haben, sagte mein Vater.

Er setzte sich in einen Sessel und begann zu singen: Oh könnt' das nicht schöön sein, ein Häuschen mit Gaaaaarten.

Meine Mutter sagte: Neben deinem Zimmer werden wir ein Bad einrichten, dann ist es ein unabhängiges kleines Apartment ganz für dich allein.

Ja, sagte ich.

Die Höhnes haben einen Sohn in deinem Alter, sagte mein Vater. Du kannst ja mal nach ihm fragen.

Ja, sagte ich.

Aber paß auf. Sie haben einen großen Hund, der fürchterlich bellt.

Ja, sagte ich.

Der erste Mensch, den ich kennenlernte, als das Schuljahr begann, das Empfangskomitee, das mich auf Verwendbarkeit prüfte, war ein blendend aussehender, lässig, aber elegant gekleideter Junge. Es war Rosencrantz. Eigentlich hieß er Philipp, aber ich nenne ihn Rosencrantz, da er über Jahre hinweg versuchen sollte, mich zu seinem Güldenstern zu machen, während ich stets überzeugt war, sein Hamlet zu sein. Rosencrantz löste sich aus einer Gruppe, deren Mittelpunkt er gewesen war, kam auf mich zu und musterte mich unverhohlen.

Du bist neu?

Ich nickte.

Du Ärmster, du weißt nicht, in was für einen Scheißladen du hier reingerutscht bist.

Schlimmer als die Scheiße, aus der ich komme, kanns schwerlich sein.

Wo kommt ihr her?

Stuttgart.

IBM? fragte er. Er sprach es Ei-Bi-Em aus.

Ich schüttelte den Kopf.

Gibts dort denn noch was anderes? Wir haben mal kurz da gewohnt, weil mein Vater ein hohes Tier bei der IBM ist. Wir haben dort gewohnt, in München, in Paris und in Mailand. Und jetzt sind wir wieder glücklich zurück in Hamburg. Ich weiß, was umziehen heißt.

Es ist nicht schlecht. Du kannst einen Haufen Dinge erzählen, die kein Mensch kontrollieren kann.

Wir werden gut aufpassen, was du uns erzählst.

Und ich erst, sagte ich.

Er grinste. Und wo wohnt ihr?

Zehn Minuten von hier. Auf dem Grundstück von irgendwelchen Höhnes.

Bei Jan!? rief er, und seine Stimme überschlug sich fast. Er sprach stets ruhig oder schneidend oder, wenn er jemanden wirklich verletzen wollte, in einem sehr beiläufigen Ton, aber seine Stimme wurde nie laut und verlor nie die Fassung, außer in den seltenen Momenten, da er sich einer Situation oder einem Menschen gegenüberfand, den er nicht kontrollierte.

Was ist denn mit diesem Jan? fragte ich.

Du wirst ihn ja kennenlernen. Er ist ein Verrückter. In seiner Stimme hielten sich jetzt Abneigung und Anerkennung die Waage.

Und was macht dein Vater? fragte er.

Nichts.

Er sah mich an.

Er versucht, Geld zu verdienen, denke ich.

Hast du Probleme mit deinen Eltern?

Nicht daß ich wüßte.

Er sah mich an und lächelte. Er wußte nicht recht, wo er mich einordnen sollte, und entschied sich, den Fall weiterzuverfolgen.

Ich war erstaunt, daß er so freundlich zu mir war, bis ich bemerkte, daß die Freundlichkeit nichts mit Freundschaft zu tun hatte. Ich wurde getestet, und bevor ich nicht für gut befunden war, würde keine Tür sich mir öffnen. In der Zwischenzeit versuchte Rosencrantz, mir die Grundlagen eines Benehmens beizubringen: eine Zigarette trocken zu rauchen, so daß ein anderer sie ohne Ekel in den Mund nehmen konnte, mir meinen lächerlichen Dialekt abzugewöhnen, der mich brandmarkte unter jungen Leuten, die blütenreines Hochdeutsch sprachen, und gab mir Tips, wo in Hamburg ich Markenjeans und annehmbare Hemden finden könne.

Wenn ich auch nirgendwohin eingeladen wurde, so lernte ich doch nach und nach Rosencrantz' Freundeskreis kennen. Ich redete mit allen, und jeder von ihnen redete gern und gut. Es machte ihnen nichts aus, mit mir zu reden, und alle waren ebenso freundlich und interessiert wie Rosencrantz. Es war eine Stadt der Söhne und

Töchter; da gab es den zukünftigen Musiker, den zukünftigen Bankier, die zukünftige Chefärztin, den zukünftigen Starreporter, Kinder von Schallplattenfirmen-Direktoren, von Bankiers, Ärzten und Chefredakteuren. Keiner von ihnen mußte sich anstrengen, etwas zu beweisen, das war eine Generation zuvor geschehen. Ein Zehnmeterturm war für niemanden eine Herausforderung, denn niemand wäre auf den Gedanken gekommen, sich in öffentlichen Bädern unter die Proletarier zu mischen, man fuhr an nahegelegene Seen. Es gab keine Generationskonflikte, man war stolz auf seine Eltern, im großen und ganzen wollte man nicht anders werden als sie – und warum auch, sie hatten schließlich Erfolg! Man war zu intelligent hier für Revolutionen.

Einen Herrmann Sachs hätte ich vergeblich gesucht, hier gab es niemanden, der nicht größten Wert darauf legte, aus der Masse zu stechen, so daß es eigentlich gar keine Masse mehr gab. Es gab nur Typen, ein jeder stolz vertraut mit seinen Eigenheiten, die es zu pflegen galt, mit seinem ganz eigentümlichen Auftreten und Aussehen, so eigentümlich, daß sie alle sich doch wieder auf sonderbare Art ähnelten. Sie ruhten in sich selbst, sie hatten einen ruhigen Schlaf, die Welt stand ihnen offen, das war kein Geheimnis, so vieles konnten sie tun, daß die schiere Auswahl sie apathisch machte.

Wie hatte ich mich jemals zufriedengeben wollen mit einer Doppelhaushälfte nahe der Marienkirche, wie hatte ich mir Erfüllung versprechen können von der Eroberung einer Germania Schöneich, deren Vater Bademeister war.

Während ich im Haus meiner Eltern saß, spielten sie Tennis oder fuhren nach Sylt oder in die Innenstadt, um einem von ihnen, der Geburtstag hatte, ein teures, schönes Geschenk zu kaufen. Am nächsten Tag sprachen sie davon und bezogen mich sehr freundlich in ihre Gespräche ein. Niemand hatte etwas zu beweisen in Hamburg, sie redeten nur die ganze Zeit, und ich war überglücklich, mit ihnen zu reden und nichts beweisen zu müssen. Sie stellten einander keine unmenschlichen Erwartungen. Die einzige, unausgesprochene Erwartung an einen Freund war die, mitmachen zu können. Doch dazu brauchte man Geld.

Ich hatte mir zuvor nie Gedanken über Geld gemacht. Geld spielte keine Rolle in der modernsten Stadt der Welt, berührte nichts, was im Leben entscheidend war. Die modernste Stadt der Welt hatte physische Beweise gefordert. Hamburg verlangte keinen einzigen Beweis für nichts, aber nichts war hier möglich ohne Geld. Ich lernte Geld kennen als einen Mangel, einen Verrat, eine Lebenstatsache, die meine Eltern mir verschwiegen hatten, so als erführe ich erst an meinem 17. Geburtstag, daß ich sterblich sei.

Alles war Geld in Hamburg, Glück und Unglück, Erfolg, Liebe, Vergangenheit, Zukunft und vor allem Gegenwart. Hamburg bestand aus nichts als Geld, das seine molekulare Struktur millionenfach gewandelt hatte und in jeder nur möglichen Erscheinungsform existierte. Alles war Geld in Hamburg, die Hotels an der Alster, die weißen Ozeandampfern glichen, die grünen Parks, die Häuser tief in den Grundstücken hinter einer Pappelallee, die glatte Haut der jungfräulichen Bürgerstöchter, ihr Hymen glänzte wie Golddukaten; die Nutten in der Herbertstraße und im Eroscenter, die Weihnachtsbeleuchtung am Neuen Wall, die geparkten Autos der Jurastudenten vor dem Rechtshaus, die flanierenden Paare auf dem Jungfernstieg, die Träume waren Geld, die Zukunftspläne und vor allem die Erinnerungen.

Ich ließ Rosencrantz nicht aus den Augen. Ich bewunderte heimlich die lässige Eleganz, mit der er sich kleidete, den goldenen undurchdringlichen Schild seines Selbstbewußtseins. Vor allem war ich geschmeichelt, daß er mich als seinesgleichen behandelte. Das waren also Bürger, sie schillerten und dufteten wie fleischfressende Pflanzen, und ich war eine neugierige Fliege, sie leuchteten hell, und ich war eine Motte. Sie drehten sich um sich selbst, und ich geriet in ihre Anziehung und wurde zum Satelliten. Ich wartete, daß sie mich zu sich einließen. Draußen wiegte der Wind die Alleebäume, es war ein Rascheln von Millionen feiner Geldscheine und eine Melodie wie tausend klingende Silbermünzen, Glöckchen läuteten, die den Börsenschluß anzeigten, rien ne va plus.

Ich brauchte Geld, von irgendwoher, schnell, um jeden Preis. Ich mußte so reich werden wie sie, jedes Mittel war recht, Lotto spielen, an der Börse spekulieren, meinetwegen eine reiche Witwe heiraten. Ich fiel in schwarze Verzweiflung und haßte meine Eltern.

Geld, Geld, Geld, Geld, Geld, jetzt! Nicht warten müssen, alles geschieht jetzt, alles entscheidet sich jetzt. Oh, daß sie verrecken, mich hierherzubringen und kein Geld. Nicht warten müssen, allen hinterher, lächerlich vor allen. Aber es kam nicht. Ich wartete. Tagelang. Wochenlang.

Die Tischdecke ist schmutzig, sagte ich.

Und wer wäscht sie? sagte meine Mutter.

Ich brauche 70 Mark, um mir Jeans zu kaufen, sagte ich.

Wenn du Hosen brauchst, kaufen wir sie dir schon, sagte mein Vater. 70 Mark, du hältst uns wohl für Millionäre.

Draußen rollten die Limousinen von Höhnes Dinergästen vorbei, und die Gläser in der Schrankwand klirrten leise.

188

Seht euch nur mal an, rief ich. Wir sind nicht mehr bei den Schwaben und nicht in Frankfurt. Könnt ihr nicht wenigstens versuchen, hochdeutsch zu reden? Und dieser Kohlgestank! Und die Knaatsch-Kartoffeln und der ewige Fernseher! Kein Wunder, wenn hier niemand reinkommen will! Und diese gelben Vorhänge. Und dieser widerliche Geiz. Über 70 Mark, da REDET man überhaupt nicht!

Pfui Teufel, was bist du ppöse, spuckte meine Mutter aus.

Ich wäre lieber tot, als mit euch in Verbindung gebracht zu werden.

Der Kopf meines Vaters war rot geworden, und als er jetzt aufsprang, wußte ich, was käme. Er hieb blindwütig auf mich ein. Ich blieb starr sitzen, bis die Schmerzen zuviel wurden, dann stand ich auf, trat zurück, zielte und schlug ihm mit der Faust ins Gesicht, so stark ich konnte. Er stolperte rückwärts, fiel auf einen Stuhl und starrte mich an. Der Schlag hatte ihn ernüchtert. Seine Lippe war aufgesprungen, er wischte sich mit dem Handrücken darüber und starrte ungläubig auf das Blut. Die hysterischen Schluchzer meiner Mutter gingen mir an die Nerven, und ich stand auf und schloß mich in meinem Zimmer ein.

Später klopfte es an der Tür. Ich schloß auf. Es war mein Vater.

Darf ich reinkommen?

Sicher.

Wir müssen diese Streits vermeiden. Deine Mutter hat sich fürchterlich aufgeregt. Mir kannst du ruhig bewußt weh tun, aber schone wenigstens deine Mutter.

An mir solls nicht liegen.

Hör mal. Du mußt unsere Lage auch verstehen. Wir hams nicht so dicke im Moment. Die Hypothekenzinsen sind gestiegen, ich hab die Gehaltserhöhung nicht bekommen, mit der ich fest gerechnet hatte, es ist wie verhext. Als hätte sich alles gegen uns verschworen. Und gestern habe ich plötzlich noch eine Forderung nach Grundsteuernachzahlung bekommen, 3000 Mark.

Bitte verschone mich mit deinen Rechnereien.

Es hat keinen Sinn, den Kopf in den Sand zu stecken und die Realitäten nicht zu sehn und dann Geld und immer mehr Geld zu verlangen. Wie's jetzt aussieht, ist's nicht mal sicher, daß wir das Haus behalten können.

Das Haus war nicht meine Idee.

Für wen glaubst du denn, haben wir's gekauft? Für dich doch. Du kannst hier wohnen, solange du willst, wenn das Bad fertig ist, stört dich keiner mehr, und irgendwann bist du der Hausherr und kannst deine alten Eltern sogar rausschmeißen, wenn du willst.

Und wann genau wird das sein?

Mein Vater lächelte. Ich weiß schon, in deinem Alter kennt man solche Sorgen nicht. Ich wünsch dir, daß es so bleibt. Es hängt jedenfalls nur an dir. Wir haben dir wenigstens den Weg geebnet. Du bist auf der höhern Schul und du wirst studieren.

Amen, sagte ich.

Hier, das ist alles, was ich habe.

Er drückte mir einen 50-Mark-Schein in die Hand und verließ das Zimmer. Ich sah den Geldschein an und mußte mich beherrschen, nicht laut loszuschreien. Ich wollte den Schein zerreißen, aber ich brachte es nicht übers Herz. Ich nickte grimmig. Die Wrangler-Jeans, die Rosencrantz mir empfohlen hatte, kosteten 70 Mark.

Um die monatlichen Belastungen tragen zu können, mußte meine Mutter zum ersten Mal seit ihrer Zeit bei den Amerikanern wieder arbeiten. Mein Vater bemühte sich erfolglos, einen Posten in seiner Firma zu finden.

Meine Mutter, doppelt erniedrigt, zeigte ihren verbittertsten schmallippigen Mund. Jeden Samstagabend starrte sie ihren Mann feindselig an, wenn die Mercedesse zu eleganten Abendgesellschaften an unserem Haus vorbeidonnerten; sie begann, die Familie Höhne zu hassen.

Am Wochenende kam mein Vater mit Frau Höhne ins Gespräch und erzählte ihr in seiner arglosen Art, daß seine Frau Arbeit suche, worauf Frau Höhne, die ihren Gärtner beaufsichtigte, mildtätig lächelnd antwortete, daß ihr von Zeit zu Zeit eine Reinmachefrau abgehe.

Beim Abendessen sagte er zu meiner Mutter: Ich glaube, ich habe etwas für dich gefunden.

Und was soll das sein?

Unsre Nachbarin, ich hab ihr erzählt, daß wir Arbeit für dich suchen, und sie hat mir gesagt, daß sie eine Reinmachefrau braucht, zweimal die Woche.

Die Augen meiner Mutter weiteten sich.

Es ist natürlich für eine Übergangszeit, bis wir was anderes finden. – Meine Mutter sagte nichts.

Und ich hab sie ein bißchen hochgehandelt.

Meine Mutter schwieg.

Na, was hältst du davon?

Der Körper meiner Mutter begann zu zucken, ihr Kopf wurde rot, und dann schossen die Tränen aus ihren Augen.

Mein Vater, den seine Erziehung gelehrt hatte, daß Sauberkeit nichts Erniedrigendes besaß, schüttelte den Kopf.

Ich genoß es, meine Mutter heulen zu sehen, und blieb sitzen, ohne mich zu rühren.

Da schrie meine Mutter los: Putzfrau? Ich eine Putzfrau! Und dann noch bei diesen . . . diesen Menschen. Wie kannst du dir denen gegenüber nur eine solche Blöße geben? Wie kannst du uns nur so erniedrigen?

Hast du denn jedes Restchen Stolz verloren. Hagen hat schon recht, wenn er sich für uns schämt! Kapierst du denn nicht, welch ein Triumph das für die ist? Kapierst du nicht, daß man denen nicht mehr ins Angesicht sehen kann?

Ich stand auf und ging hinaus.

Als der Herbst kam, fand ich mich damit ab, keinen Zugang zu den anderen zu finden. Das einzige, was sie von mir erwarteten, war, daß ich finanziell mit ihnen und ihrem Leben mithalten konnte, daß ich an alles dächte, doch nicht an Geld. Und das vermochte ich nicht, und diesmal war es nicht einmal meine Schuld. Es war nicht meine Schuld, aber ich konnte auch nichts daran ändern. Ich zog mich zurück, wie ich mich von meinen Eltern zurückgezogen hatte, und konzentrierte mich auf mich selbst. Ich hatte viel Zeit für die Schule, und bald war ich wieder Primus, vor Rosencrantz, ohne mich besonders anstrengen zu müssen. Aber ich war ein anderer Primus als früher in der modernsten Stadt der Welt. Ich nahm die Lehrer nicht ernst, ich war freundlich zu meinen Mitschülern. Nachmittags machte ich lange Spaziergänge in Hamburg, betrachtete die backsteinroten Fassaden im Regen, die gelben Heimatlichter in den Fenstern, den naßschwarzen Asphalt, die vorbeihuschenden, gegen den Regen gekrümmten Gestalten; so verbrachte ich den Herbst.

Ohne mich dessen zu versehen, wurde ich plötzlich für die anderen interessant. Ich überlebte alleine. Ich war unabhängig. Keiner der anderen war unabhängig. Sie lebten in ihrem Kreise und brauchten einander. Daß ich sie nicht brauchte, schien ihnen zu imponieren und rief Rosencrantz auf den Plan. In der Schule hatten wir einander seit jeher gut verstanden, aber was er außerhalb der Schule tat, wußte ich nicht. Als das Wetter im Oktober noch einmal schön wurde, nahm er mich beiseite und sagte: Warum kommst du heute nachmittag nicht mit zu mir nach Hause? Wir können quatschen und Musik hören, und du bleibst zum Abendessen?

Auf dem Nachhauseweg sprachen wir über alles und nichts, überhaupt vermag ich mich an kein Wort, keinen Satz, kein Thema dieses Tages zu erinnern. Was ihn zu einem unvergeßlichen und exquisiten Erlebnis machte, lag jenseits aller Inhalte. Es war eine Lektion in Form und Struktur, ich wurde Zeuge eines Lebensstils. Am ehesten ist jener Tag mit dem Spaziergang in einem französischen Park zu vergleichen: So wie dort die Natur beschnitten und menschlichem Geist unterworfen ist, war in Philipps Welt das Leben kupiert und in bürgerliches Ebenmaß gebracht. An Worte entsinne ich mich nicht, aber dafür an Gesten, an ein Lächeln, vor dessen freundlicher Sicherheit ich kapitulierte, an einen Rhythmus, Philipps Gang, der weiße Tüllhauch der Gründerzeitvilla, die Handbewegungen, mit denen seine Mutter, eine famose jugendliche Frau, eine Haarsträhne bändigte, die unter weißem Band hervor auf ihre Stirn fiel.

Sie verstanden es, einen Tag zu durchleben, und nie war ich von Erwachsenen so begrüßt worden wie von Philipps Mutter. Sie kam wie zufällig herein, küßte ihren Sohn und begrüßte mich, wie sich Passagiere der ersten Klasse auf dem Sonnendeck eines Dampfers begrüßen müssen, Passagiere, die am selben Tisch speisen, bereits einige gemeinsame Bridgepartien hinter sich haben und sich, einmal zurück, gewiß nicht mehr aus den Augen verlieren werden.

Man konnte atmen in diesem Haus, und Philipp warf sich auf sein Bett, legte die Arme hinter dem Kopf zusammen und ließ mich reden, und ich blickte hinaus auf die Bäume, sein Zimmer war ein ehemaliger Wintergarten. Menschen lebten hier, gingen ein und aus, viele Menschen mußten hier zu Gast gewesen sein, in den rostroten Ledersesseln, alles war gewachsen, die Holzschnitte und Drucke, die Gläser, das Kupfer und Porzellan, alles atmete Dauer, alles war entspannt, selbst ein Kissen in einer Zimmerecke, das dort bestimmt nicht hingehörte, lag so beiläufig, daß ich dachte, es müsse ewig an dieser Stelle bleiben. Womit verbrachten wir den Nachmittag? Wir plauderten, wir tranken, wir lachten zweifellos, ich fühlte die Zeit nicht vergehen, nichts drängte, die Stunden perlten wie Sonaten von Scarlatti, und mit derselben Grazie hielt Rosencrantz mich zu Gast, umgarnte mich mit freundlich-freundschaftlicher Leichtigkeit, schenkte mir das Gefühl, ein Privilegierter zu sein, einem Zirkel Eingeweihter anzugehören, wo jeder jedem Gutes wollte und keiner den anderen über Gebühr beanspruchte. Dieses ruhige Interesse aus entspannten Augen, das er mir widmete, machte, daß ich mich wichtig und geborgen fühlte, und die Gewißheit, daß er es mit jedermann so hielt, tat keinen Abbruch.

Bei unserem Abschied führte er mich durch den Park bis zu einem rostigen Gittertor, das die Grundstücksgrenze markierte, hinter der der Wald jedoch als öffentlicher Park weiterging. Er hatte den Arm behutsam um meine Schulter gelegt und zeigte mir eine überwucherte Laube, wo er zum ersten Mal ein Mädchen geküßt hatte, eine Kusine, da war er zwölf gewesen, streichelte mit der Hand einen jungen Buchenstamm und erzählte, wie sein Vater und er diesen Baum gepflanzt hatten, Philipp war noch sehr klein gewesen und erinnerte sich doch an die Erde an seinen Händen, er wies auf eine Eiche, in der er sein Baumhaus gebaut hatte, und in der Nähe des rostigen Tores deutete er auf die Erde und erklärte mir, wobei er den Arm auf meine Schulter stützte, hier liege sein

194

Hund begraben, der erste und liebste Spielkamerad, ein Retriever mit Namen Strolch.

Strolch hat mich erzogen und mir alles gezeigt, sagte er lachend, mehr als meine Eltern.

Das ist der einzige Satz jenes Tages, an den ich mich erinnere. Auf dem Rückweg im dunklen Park verstand ich plötzlich. Es hatte keinen Sinn, Geld zu wollen. Es war nicht ihr Geld, was sie ausmachte. Ich versuchte zu erschnüffeln, was dieses verführerische Parfum war, das sie alle ausstrahlten. Es hieß Sicherheit. Alles war hier Stil, und der Stil war eine Funktion des Wohlstands, und die Erinnerung an den Wohlstand pumpte Sicherheit in ihre Adern wie Adrenalin. Es war nicht Geld, es war Erinnerung. Es war nicht Geld, es war die Erinnerung an die grünen lichtüberfluteten Gärten der Kindheit. Es war die Erinnerung an Sicherheit, die Sicherheit in den Genen. Es war nicht Geld, es war das Gen der grünen Gartenerinnerung.

Und als ich das verstanden hatte, wußte ich, daß es sinnlos war für mich, reich werden zu wollen. Ich hätte ihnen allen gegenüber eine Generation aufholen müssen. Ich war in der Lage ihrer Väter. Die Erinnerung an die Gärten der Jugend, die ihnen Grazie gab, wäre erst für meine Kinder. Aber ich wollte keine Kinder. Ich wollte nicht meine Kinder beneiden, noch mich in meinen Kindern verwirklichen.

Plötzlich fühlte ich mich federleicht. Ich besaß nicht das Gen der Gartenerinnerung, ich brauchte nicht reich zu werden, das hätte nichts geändert. Diese Last, diese Verantwortung war mir von den Schultern genommen. Ich konnte mich darauf konzentrieren, nach Größerem Ausschau zu halten, nach mir Gemäßerem, nach dem, was man wirklich von mir erwartete. So stieß ich auf Jan Höhne.

Jan in the box

Er hatte eine Axt über der Schulter, schmutzige Hände und trug zerrissene Jeans und ein großkariertes Baumwollhemd, in dessen Brusttasche eine angebrochene Packung Marlboro steckte, so daß ich ihn für einen Gartenarbeiter hielt. Ich nickte ihm zu, und als er sich vorstellte, mit leiser, schüchterner Stimme, freute er sich diebisch über meinen Gesichtsausdruck.

Ich hatte ihm nicht begegnen wollen, denn ich sah in ihm den Sohn der Herrschaften, bei denen meine Mutter als Putzfrau arbeitete, und das schien mir keine gute Basis für eine Bekanntschaft. Aber ich hatte viel von ihm gehört. Im Kreise der Söhne und Töchter galt er als Extremfall. Er besuchte eine Privatschule in Flottbek, ein Institut für hoffnungslose Fälle aus betuchtem Hause. Während die anderen Tennis spielten, segelte er, seine Eltern hatten ihm ein Segelboot geschenkt. Rosencrantz hatte ihn einen »Kommunisten, einen Anarchisten, einen Spinner eben« genannt. Alle sagten, er sei intelligent, aber faul und zynisch und zu keinem ernsten Gespräch zu gebrauchen. Dies mußte kein Makel sein, wenn man wußte, worin die ernsten Gespräche der meisten bestanden.

Ich hab gehört, daß du am Samstag eine Radtour nach Mölln gemacht hast, anstatt zu dem Gartenfest zu kommen.

Ich nickte.

Du hast nichts versäumt. Ich hätte auch nicht kommen sollen. Wie war die Tour?

Schön.

Mit wem bist du gefahren?

Alleine natürlich.

Er sah mich an, und sein Gesicht, das verschlossen gewesen war, öffnete sich mit dem Ausdruck eines Galeerensträflings, dem man die Eisen abnimmt. Natürlich, echote er. Sehr gut. Hast du was darüber aufgeschrieben?

Ich sah ihn verständnislos an.

Ich schreibe immer Tagebuch, wenn ich alleine unterwegs bin, oder sammle Blätter oder Steine oder was weiß ich. Es gibt so viel Interessantes zu sehen.

Gute Idee.

Warum kommst du nachher nicht bei mir vorbei, und ich zeig dir meine Hefte?

Ich zögerte.

Komm schon, sag ja. Ich kenn keinen Menschen, mit dem ich vernünftig reden kann.

Ich versprach zu kommen.

Später verstand ich, daß auch Jan mich geprüft hatte, ganz wie Rosencrantz, nur daß seine Kriterien nicht dieselben waren. Wenn dieser mich mochte, dann weil ich in seinen Augen gesellschaftlich verwendbares Material war: Ich verstand seine Scherze und Anspielungen schnell genug und war ein ebenbürtiger Partner in dem beliebten Gesellschaftsspiel, mit Worten und Andeutungen zu tändeln und zu fechten. Was Rosencrantz suchte, war, vor Überraschungen gefeit zu sein, auf bekanntem, heimischem Terrain zu spielen. Jan, der aus demselben Milieu stammte, suchte die Überraschung, suchte die Unsicherheit, lechzte danach, daß einer die Leine kappe. Ich war nicht einer der altbekannten Trabanten ihres

Universums, das war ihr gemeinsamer Anlaß, sich für mich zu interessieren.

Jans Zimmer war das Zimmer eines Jungen, der früh die »Schatzinsel« und »Robinson Crusoe« gelesen hat, ein Reliquienschrein ungelebter Abenteuer, ein Schnürboden ungezähmter Phantasien. Es schien, als habe mein Kommen die Nähte eines übervollen Sackes aufgetrennt: Jan hantierte an fünfzehn Dingen zugleich, legte Schallplatten auf, zog Bücher aus dem Regal und begann zu reden.

Rock'n Roll, ja die Wahrheit! Das hat noch Bezug zum Leben. Alles, was danach kommt, ist vermittelt, ist falsch, Lüge. Das Ursprüngliche! Warum bist du gerade hierhergekommen. Fang bloß nicht an, den Reigen hier mitzutanzen. Inzucht. Dummheit, Beziehungskisten, Bäumchen-wechsel-dich-Spiele, Eltern, Geld und eine geregelte Zukunft. Eine Scheinexistenz. Und sie sind glücklich dabei. Was sage ich, sie. Ich bin nicht besser. Mache alles mit. Und sie lassen dich nicht raus. Daß es Arbeiter gibt und Unterdrückung, daß das alles hier zum Himmel stinkt, das riechen sie nicht. Riechst dus? Siehst du, man riecht es hier nämlich nicht. Und da, wo mans riecht, da geht keiner hin. Jerry Lee Lewis im Starclub! Warst du schon auf St. Pauli? Das letzte Refugium Hamburgs, ein Reservat des echten Lebens. Alles andere ist tot, Geld, Parties, Langeweile, hier sind alle tot. Ich bin tot. Reif für den Zusammenbruch. Was man tun müßte, ist rauszukommen aus dem Sumpf. Aber das verlangt eiserne Disziplin, geistige wie körperliche. Eine universelle Weltlehre müßte man noch machen können. Und durchstoßen zu den Wahrheiten. Was sind überhaupt noch Wahrheiten? Und wo sind sie? Wenn ich einen Baum fälle im Garten, dann ist das Wahrheit, eine klare Tat, es gibt Dinge zu beachten und zu tun, und alles, was du machst, hat klare Konsequenzen. Aber Bäumefällen ist nicht das Leben. Ich bin trotz allem ein Bourgeois, ein Privilegierter, ich bin auch zu bequem. Mir fehlt der Antrieb, mich aus all dem hier zu befreien. Irgendwann werde ich ohnehin nach Kanada auswandern. Weißt du, ich hab vor, mich den Holzfällertrupps anzuschließen während der Saison und ansonsten als freier Mitarbeiter für Zeitungen zu schreiben.

So fuhr Jan fort, sich selbst zu beschuldigen und die Welt, in der er lebte, schwärmte vom Arbeiterdasein, von ehrlichen, natürlichen Verhältnissen zwischen den Menschen, fragte sich sogleich aber, wo sie wohl zu finden seien. Er legte Platten auf und sah mich forschend an, er zog Bücher aus dem Regal, das Kommunistische Manifest, Staatlichkeit und Anarchie, und wollte wissen, was ich von ihnen halte. Er schwärmte vom Segeln und redete von Mädchen und kam dann auf Buñuel zu sprechen: Kennst du Buñuel? Wir leben hier nämlich in einem Buñuel-Film. Ich will einen Film drehen, eine perverse Geschichte mit Geschwisterliebe und Mord und Blut hinter diesen noblen Fassaden. Ich hab mir Notizen zu einem Drehbuch gemacht, aber immer kommt mir etwas dazwischen. Kannst du Gitarre spielen? Ich würde es gerne lernen. Wirkliche Dinge, mein Gott! Eine Maschine bedienen, ein Instrument, einen klaren Satz sagen, ernst machen mit unserem theoretischen Wissen. Das ist es! Wir wissen genau, wie wir sein sollten, aber wir sind zu schwach, zu lasch, zu feige, zu mau. Und dabei starrte er mich an, ob ich derjenige sei, der ihn aus dieser Schwachheit emporreißen könne und ins wahre Leben treiben.

Jan Höhne war das Nesthäkchen und das Sorgenkind seiner Familie. Jan Höhne, eine Muse, eine Mätresse, ein Perpetuum mobile, ein mechanischer Vulkan, der unaufhörlich Ideen, Einfälle, Luftschlösser, universelle Welter-

klärungen, antithetische Lebenskonzeptionen ausspie.
Er war die hemmungsloseste Verwirklichung des Hamburger Söhneprinzips, der eleganteste Wellenreiter auf
den schaumigen Gipfeln der Möglichkeiten, die er für
sich offen wußte. Jan Höhne war der charmanteste Im-
posteur der Welt, die ihm gehörte, und im Gegensatz zu
all den andern war er der einzige, der sich nicht seriös
gab. Ihm fehlten nur ein kongeniales Publikum und ein
Spiegel, ein Partner. Er war der freieste Mensch der Erde,
denn die Leine, an der er hing, war unabsehbar lang. Er
machte kein Hehl aus seiner Gleichgültigkeit, was aus
ihm werden würde; in jedem Falle konnte ihm nicht viel
passieren – alle Übel dieser Welt, die seriöser und ernster
waren als affektive Probleme, begannen mit Geldman-
gel, und hier hatte Jan nichts zu fürchten; er lebte in einer
tödlichen, atemnehmenden Sicherheit, in zehrender Langeweile, in gähnender Beliebigkeit, er mochte sich aufführen, wie er wollte, er mochte toll werden, die irrsin-
nigsten Sprünge vollführen, er würde nie durch die
Maschen fallen.

Jan benötigte ein Brennglas, und das war mein Wille,
alles in die Tat umzusetzen, in Form zu bringen, in Eisen
zu gießen, was er als flirtender Schmetterling umflatterte.
Ich brauchte eine Waffe gegen Rosencrantz' Welt der
grünen Gartenerinnerung, ich brauchte den größten der
Hamburger Söhne als Freund und Partner. So paßten wir
zusammen wie Nut und Feder, ein Leben im Konditio-
nal, eines im Imperativ, das mußte fruchtbar sein für
beide Seiten.

Ich schlief noch im Haus meiner Eltern, aber ansonsten hatte ich mich losgesagt. Das Heim, das ich adop-
tiert hatte, lag direkt nebenan. Das Höhnesche Haus!
Ein Wunderhaus, in dem Literatur und Musik entdeckt
werden konnten – es war nicht einmal eine klassische

Villa, es war, in überdimensionalem Maßstab, Robinsons Hütte: Hier war ein Seitenflügel drangeklebt, dort war eine Schwimmhalle mit Sauna angebaut, es gab Durchbrüche, Geheim- und Tapetentüren, es war ein Haus wie ein Mensch – es lebte, es hatte ein Alter, Narben, Runzeln.

Herr August William Höhne war ein beeindruckender Mensch. Ich habe nie gerne bewundert, aber William Höhne war jemand, der von allen bewundert wurde. Er war Inhaber eines Bankhauses am Neuen Wall, einer renommierten Privatbank, er hatte als Frontsoldat einen Arm gelassen und war überzeugter Sozialdemokrat. Er hatte etwas vom »elder statesman« an sich. Er war ruhig und beherrscht, so ruhig, daß, wer ihm übelwollte, ihn hätte apathisch nennen können, aber niemand wollte ihm übel.

Im Höhneschen Hause war es Frau Höhne, die die Hosen anhatte, sie war nicht ruhig, noch beherrscht, eine bürgerliche Hysterikerin in der Menopause, sie schrie, sie kreischte, sie meckerte, sie intrigierte, sie plante, sie zupfte, sie verfiel in Weinkrämpfe, sie verzweifelte, sie befahl. Vielleicht war es tatsächlich ein Zeichen von Weisheit, daß Höhne zu Hause Ohren und Mund verschloß, um, soweit es möglich war, Ruhe vor seiner Frau zu haben. Später vertraute Jan mir an, daß sein Vater ein stiller Trinker sei.

Das wirklich Faszinierende an ihm war aber, daß er so gänzlich unprätentiös wirkte. Sein Geld hatte sich auf dezenteste und verführerischste Weise verwandelt, es wurde in Wein und guten Büchern angelegt und zog interessante Menschen ins Haus, es hatte Schamgefühl, und Höhne hatte Stil: Mit welcher Finesse er seine Bediensteten behandelte, den Chauffeur, den Gärtner, den Alten, der den Hund ausführte, mit der Pfeife im Mund von gleich zu gleich, es war nicht sein Geld, was ihnen Respekt einflößte.

Jans Flickenteppich revolutionärer Bildung und mein Wille, alle Theorie in die Tat umzusetzen, hatten sich vorerst gegenüber unserer Umwelt in Abstand und zynischen Reden geäußert, so daß wir in einem Atemzug als Exzentriker bezeichnet wurden. Jan verachtete die Gesellschaft, der er die sterile Sicherheit seiner Jugend vorwarf, ich verachtete mein Elternhaus und seine Fernseh-Mediokrität, von der ich fürchtete, sie möchte zu sehr auf mich abgefärbt haben. Was uns fehlte, war Wissen, war Praxis.

Aber wo anfangen. Vor allem, was kann man tun, das der Erkenntnis standhält, daß man kurz darauf schon wieder stirbt.

Du redest, als wärst du der einzige, der sterben muß, und würdest dich lächerlich machen damit vor den andern, sagte Jan. Aber die sterben auch. Niemand verlangt so viel von dir.

Ich verlange etwas, das den Aufwand wert ist.

Es gibt nur zwei Möglichkeiten. Entweder du lernst die Welt kennen, um einen Logenplatz in ihr zu erkämpfen. Oder aber du vergißt dein kleines Ich ein für allemal und stellst es in den Dienst der anderen.

Ich weiß nicht, sagte ich. Was ist schon ernst und würdig genug, ein Leben lang betrieben zu werden? Nichts hält stand, nichts rechtfertigt eine lange Lehrzeit, nichts ist wichtig genug, alles macht seinen fanatischen Anhänger lächerlich, früher oder später, alles rostet unter der Hand weg, nichts hält einen forschenden Blick aus für lange Zeit, alles gibt nach, alles dreht viel zu schnell seine weiche eklige Unterseite nach oben, nichts ist fest genug für einen Menschen, und wer wäre fest genug für die Welt?

Wir begannen damit, den kategorischen Imperativ zur Maxime unseres zukünftigen Lebens zu machen. Wir entschlossen uns, Geist und Körper zu disziplinieren, denn beispielhaft zu handeln, wenn man einen Kater hatte oder sich nicht kalt duschte, grenzte an Unmöglichkeit. Wir begannen, Gepäckmärsche zu machen, um unsere Lungen zu reinigen und unsere Muskeln abzuhärten. In Ringkämpfen testeten wir Reaktionsschnelligkeit, aber auch Fairneß und Ritterlichkeit. Wir lasen einander nächtelang vor, versuchten, die Politeia zu verstehen, verbohrten uns ins Kapital und schwitzten über Sein und Zeit. In diesen Momenten konnte es geschehen, daß wir aus unserer Lektüre aufblickten und uns ansahen, dann grinsten wir uns zu, mit einer Mischung aus Glück und schlechtem Gewissen sah jeder des anderen konzentrierte Augen im Lampenschein, und es war so etwas wie Größe um uns.

Doch nie hatte ich den Eindruck, genug zu tun. Ich wollte mehr und mehr. Wirkliche Konsequenz angesichts des Lebens stellte Aufgaben, deren Tragweite wir uns trockenen Mundes bewußt wurden. Frau Höhne sah mich von Tag zu Tag mit mißtrauischeren, böseren Augen an. Aber ich fühlte, daß meine Anstrengungen noch stets nicht ausreichten, denn in der Realität änderte sich nicht viel. Ich wollte fasten, ich wollte meinen Körper opfern. Nicht lügen, großmütig sein, lieben. Doch dann ertappte ich mich des Betrugs im Kleinen:

Man sieht dich überhaupt nicht mehr, sagte meine Mutter. Du bist ja wohl der zweite Sohn von Höhnes geworden.

Wie ist es denn bei denen? fragte mein Vater.

Sie haben keinen Fernseher im Wohnzimmer, sagte ich. Ansonsten genauso wie bei uns.

Siehst du, daß es doch ganz sympathische Menschen

sind. Und in dem Jan hast du ja wohl einen echten Freund gefunden.

Ja, sagte ich.

Und wie ist das Haus so von innen?

Frag Mama. Die kennt die Zimmer besser als ich.

Ich hatte meinen Eltern weh getan, beinahe aus Gewohnheit heraus. Solange ich hier lebte, war an wirkliche Taten, wirkliche Veränderung nicht zu denken. Diesseits unserer Disziplin, unserer Träume waren wir noch immer zwei Schulknaben, die bei den Eltern lebten.

Das Gefühl, eine Wahrheit am Wickel zu haben, ohne sie leben zu können, die ungeheure Komplexität der Zusammenhänge, die in keinem Moment ein einheitliches Bild ergeben wollten, die Traurigkeit der gesellschaftlichen Realitäten, in denen man wie in Treibsand versank, ballten sich zusammen zu einer drohenden Wolke, die sich zwischen mich und die Erfüllung meines Lebens schob. Deutschland nannte ich sie mangels eines besseren Wortes.

Theorie war unbefriedigend, Praxis war beliebig. Wir wußten nicht mehr, was wir noch versuchen sollten: Botanik? Astronomie? Kartenlegen? Kabbalistik? Kernphysik? Psychologie? Rockmusik? Traumdeutung? Handlesen? Wir fühlten uns trocken vor Theorie, häßlich und schwerfällig. Wir vernachlässigen unseren Leib, sagte Jan. Wo ist unsere Grazie, wo unsere Leichtigkeit. Was sind wir gegen eine Negerin, die einen Krug auf dem Kopf balanciert? Wir brauchen ein Laboratorium, ein praktisches Versuchsfeld, wo das Leben selbst in reinster und echtester Form stattfindet und überprüft werden kann.

Und wo willst du so etwas finden? fragte ich.

Nicht weit von hier. Auf St. Pauli.

St. Pauli war die Welt, die archaische unschuldige Welt, ganz aus dem Spielbaukasten für Jugendliche. Alles was das WIRKLICHE Leben und die WIRKLICHE Existenz ausmachte, hier konnte man es sehen, greifen, kennenlernen, in kruder, fleischlicher Form, im Rohzustand. Auf St. Pauli aß man, um Kraft in den Bizeps und in die Lenden zu bekommen, man trank, um zu vergessen, sich Mut zu machen, etwas zu feiern und seine Ängste zu ersäufen. Man tanzte, um das Blut aus dem Hirn zu vertreiben und um seinen Tanzpartner zu einem Fick zu überreden. Man zockte, um Geld zu verdienen und für den Kitzel, dem Gegner und dem Glück ein Schnippchen zu schlagen, man schlug sich, um seine Stellung zu behaupten, seine Ehre zu retten, sein Terrain oder seine Haut zu behalten, um Machtverhältnisse klarzustellen, um zu rauben. Man tötete manchmal, um reinen Tisch zu machen und den perversen Peripetien der Justiz die abschließende Logik des kalten Schnitts entgegenzuhalten. Man versuchte zu betrügen, um Geld zu sparen, und wurde an allen Ecken um Geld betrogen. Man lernte die simplen Grundlagen des Warentausches. Voyeure konnten masturbierend beobachten, Alte und Ausländer ohne Scham und große Mittel ficken. Feiglinge mochten sich in den Kontakthöfen betatschen lassen, man konnte auf verschiedene Arten und zu unterschiedlichen, aber nicht inflationären Preisen einen Orgasmus haben. Alle Rechnungen gingen auf. Es war keine Kreditwelt, kein dickes Ende stand zu befürchten. St. Pauli ging sich jeden Morgen mit dem Waschlappen über die Schamteile, und damit war der Vorabend erledigt. Alles war, was es war: die Nähe des Stroms, die Melodie der Schiffshörner, die erregten Menschenmassen auf der Reeperbahn, die neonnackte Leere schlechtgehender Bars, die Geschichten messerscharfer Vergangenheit, das Angebot des Vergessens, der unbarmherzige Sonnenaufgang, für den niemand verantwortlich gemacht werden konnte.

Aber St. Pauli war auch mythisches Land. Wer jemals an Götter und Helden geglaubt hatte, hier wurde er in seinem Glauben bestätigt, es war eine Zeitenklave, die sich in die Leere unserer Welt herübergerettet hatte, hier konnte man noch richtig leben und richtig sterben, ein trojanisches Pferd rollte den Pinnasberg herauf, barbrüstige Göttinnen erwarteten unsere Wahl, Helden fochten ihre Ehre mit dem Messer aus, in weihrauchgeschwängerten Tempeln horchten wir den Orakeln unserer Zukunft, applaudierten der Schändung der Vestalinnen, wir zogen aus in die Große Freiheit, um Frauen zu erobern, denen wir nichts vorlügen mußten, jeder glaubte hier, es war ein gläubiges Land, Reservat aller Nostalgiker einer höheren Ordnung, aus dem Olymp der Davidswache steuerten maliziöse Götter unser Schicksal, jedermann übertrieb bis zum Exzeß, die Prostituierte mit dem Goldhelm aus toupiertem Haar, mit den mörderischen Pfennigabsätzen, mit dem weißen Fleisch ihrer nackten Beine unter den Netzstrümpfen, spreizbereit, mit dem Ledermini, dessen Nähte ein generöser Arsch in jedem Moment in einer vorzeitlichen Explosion zu sprengen drohte, mit der wogenden Brust einer Galionsfigur, ihr Gesicht geschminkt wie ein indianisches Totem, mit ihrer Büchse der Pandora, rot lackiert und nach Honig und Korallen duftend; wer war sie anderes als Juno, die ihr Reich durchmaß, als Athene, die städtegründend und einen sterblichen Helden sich suchend durch unsere niedere Welt wandelte, wer anderes als Artemis auf der Jagd nach dem weißen Hirsch, wer schließlich als Aphrodite, Liebe suchend, Liebe bringend, und in jedem Moment mochte sie sich zu uns umdrehen, uns erwählen, unsterblich machen, ich mach euch beide bei mir auf dem Zimmer, blasen tu ich euch schon für 50, weil ihr jung und knackig seid, keine alten Schweine und keine Gastis, und neben uns auf die Teddyfelldecke hüpft ihr sabbernder Spaniel, kratzt sich und schaut uns aus seinen traurigen klugen alten Augen an, und wir knieten nieder und baten sie um ihren Segen; fliegen wir gemeinsam über den Hafen hinweg, hoch über die Lichter des Petroleumhafens, das goldene Vlies suchen. Danach stärkten wir uns an Souvlaki und Retsina in der kleinen schmuddligen Kneipe in der Davidstraße, Odysseus hatte auf seine alten Tage ein Restaurant eröffnet, servierte und blickte melancholisch durch die Stores hinüber zu den Kykladen und dachte an Circe und Nausikaa, während Penelope, Silberfäden im Haar, mit ihren schmutzigen Fingernägeln das Fleisch auf dem Gartengrill wendete und Telemach am Hamburger Berg seine Mädchen weidete. Im Albers-Eck am Hans-Albers-Platz trösteten wir die heulende, von ihrem Freund durchgeprügelte Nutte, und da sie zuviel Angst hatte, alleine auf die Straße zu gehen, fuhren wir sie nach Hause, und sie erbrach sich auf die Polster. Bei Onkel Max, im Abbruchhaus neben den Treppen, die zum Autostrich hinunterführten, würfelten wir mit zwei gutgelaunten Zuhältern im sauren Geruch aus altem Rauch, Bierflecken und Pisse aus der verstopften Toilette. Auf St. Pauli gab es Tapetentüren, die hinausgingen direkt in die eisige schwarze sternenleuchtende Reinheit des Kosmos.

Aber dann ernüchterte auch St. Pauli uns. Es war in einer Animierbar, wir waren der Einladung einer schwankenden Kapitänsuniform durch den schweren filzigen roten Vorhang gefolgt. Zwei Mädchen hatten sich zu uns gesetzt, und wir betrachteten zu viert die Gymnastik auf flimmernder Leinwand. Sie machten uns Komplimente, wir waren schöner als das übliche Publikum, wir machten ihnen Komplimente, sie seien verführerischer als die Bürgerstöchter. Wir tranken Bier, sie schlürften

Piccolo, erzählten vom Schullandheim ihrer Kindheit und von Gran Canaria. Wir hörten nicht zu und streichelten ihre Brüste. Dann kam die Rechnung. Wir hatten kein Geld. Ich hatte nie welches, aber diesmal hatte auch Jan nicht genug. Normalerweise war es Jans Geld, das uns St. Pauli kaufte. Als ich ihm sagte, daß ich auch kein Geld habe, sah er mich an. Wir lächelten noch stets, die Mädchen nicht mehr. Waren wir nicht schön? Was quatscht ihr da, wo ist die Kohle? Waren wir nicht charmant? Dreckige kleine Aufschneider seid ihr! Setzten wir nicht die Marktgesetze außer Kraft, wir, die jugendlichen Erlöser des verwunschenen Landes? Her mit dem Portemonnaie, sehn, was da wirklich drin ist. Die Börse geleert, verschwanden die Mädchen wie ein Spuk, wir hörten sie noch meckern, ja wo gibt's denn so was, was glauben die denn, daß wir unsere Zeit gestohlen haben? Die Gymnastik auf flimmernder Leinwand verursachte plötzlich Brechreiz. Zwei Schmierenschauspieler, standen wir langsam auf und gingen hüftrollend auf die Tür zu. Wir kommen bald wieder und bringen auch Geld mit, nichts für ungut.

Aber wir kamen nicht mehr wieder. St. Pauli war wahrhaftig und klar, aber wir waren es nicht. Jede Realisierung machte das potentiell Große trivial. Zu allem disponiert und disponibel zu sein war erhaben. Die Erfüllung aller Träume war nichts als ein Absinken.

Einige Monate nach meinem Abitur, zu Anfang des Herbstes, saß ich im Zimmer Jans. Die Radiomusik, die unsere Unterhaltung begleitet hatte, wurde unterbrochen, und ein Sprecher meldete die Entführung des Arbeitgeberpräsidenten, woran sich mit bebender Stimme vorgetragene Politikerkommentare schlossen. Wir hörten eine Weile zu, dann erhob sich Jan und wollte einen

Sender mit Musik suchen, aber das Programm war überall geändert. Schließlich gab er es achselzuckend auf und stellte das Radio ab.

Natürlich sollte jeder Mächtige einmal so entführt werden, ganz einfach zu seinem eigenen Seelenheil, sollte entführt werden und sich entrüsten und kreischen: Aber ich bin doch der Präsident! Und man antwortet ihm einfach: Na und.

Ich lachte.

Weißt du, entführt werden, erniedrigt werden, ermordet werden, das ist das Schicksal aller Menschen, nur im Schnellverfahren; als Purifikation für die Mächtigen scheint mir das die einzige Lösung, wer einmal durchs Nadelöhr kommen will, für den ist das die letzte Rettung, schließlich sind sie ja alle gute Christen . . .

Die RAF als unfreiwillige Missionare und Wiedertäufer? sagte ich. Nicht schlecht.

Vielleicht nicht gar so unfreiwillig. Aber was geht es uns an? Der Nationalterrorismus ist genauso obsolet wie der Nationalstaat. Er ist sein Abziehbild, er hat ebensowenig Humor. Ein deutscher Terrorist unterscheidet sich nur in der Uniform von einem deutschen Feldwebel. Na, ich fürchte, man kann sich seinen Terrorismus nicht aussuchen, aber wir bekommen wohl, was uns gebührt. Überdies ist mir ihr Bedürfnis zuwider, wie das diplomatische Korps eines Feindstaates behandelt zu werden. Alles schriftlich, und Diskussionen, und recht haben wollen sie auch noch. Herrgott, dafür tötet man doch, weil man nicht recht bekommt.

Im Herbst beging meine ehemalige Schule ihr 40jähriges Jubiläum. Die Feierlichkeiten begannen am Morgen in der Turnhalle mit einer Ansprache des Direktors und einer musikalischen Darbietung: Das Schulorchester intonierte »Also sprach Zarathustra«, und dicht gedrängt in der übervollen Halle lauschten Lehrer, Eltern, Schüler und Ehemalige. Ich saß neben Rosencrantz, als auf dem Podium plötzlich Bewegung entstand: Ein Lehrer, der in sonderbarer Eile auf den Direktor zugelaufen war, hatte ihm etwas ins Ohr geflüstert, nun stieg der Direktor die drei Stufen hinab, klopfte dem dirigierenden Musiklehrer ungeduldig auf die Schulter und rief: Ruhe! in die Klänge des Zarathustra, Ruhe bitte! Meine Damen und Herren! Ruhe bitte!

Trötend und scheppernd kam das Orchester zum Stehen, der Direktor tupfte sich den Schweiß von der Stirn und rief: Meine Damen und Herren! Entschuldigen Sie die Unterbrechung! Aber ich habe eine Mitteilung zu machen, eine Mitteilung, die die Unterbrechung unserer schönen Feier rechtfertigt – er räusperte sich – entschuldigen Sie, aber hören Sie nur! Meine Damen und Herren, liebe Kollegen, liebe Schüler, ach was sage ich: Liebe Freunde! Soeben habe ich erfahren, daß es Einheiten des Bundesgrenzschutzes heute Nacht gelungen ist, die Maschine in Mogadischu zu stürmen und alle Geiseln, ich wiederhole: ALLE, zu befreien! Das Geraune im Saal schwoll an. Mit sich überschlagender Stimme forderte der Direktor noch einmal Gehör. Ruhe bitte! Ruhe, liebe Freunde! Das ist noch nicht alles! Warten Sie doch bitte, halten Sie ein, noch eine Sekunde, es kommt noch besser: Ich habe auch erfahren und bestätigt bekommen, daß in eben dieser Nacht und vermutlich als Reaktion auf ihre Niederlage in Mogadischu die drei Terroristen in Stammheim sich das Leben genommen haben! Baader! Ensslin! Und! Und – –! Ein Lehrer sprang ihm bei und flüsterte ihm den dritten Namen ins Ohr – Und Raspe! Sie haben sich erhängt! Liebe Freunde! schrie er nun schon, denn die Bewegung im Saal ward immer stärker: Ein Sieg für unsere Demokratie! Ein! Freudentag! – Es lebe -! – – und der Rest ging in der allgemeinen Begeisterung unter, auf die der Musiklehrer einen Tusch nach dem andern setzte.

Wildfremde Menschen umarmten einander, schlugen sich auf die Schenkel, ballten die Fäuste und schüttelten sie mit triumphaler Gebärde. Rosencrantz hieb mir auf die Schulter: Das hat ihnen das Genick gebrochen, daß die deutschen Bullen EINMAL funktionieren nach den peinlichen Debakeln in München und Stockholm!

Der förmliche Teil der Feier konnte nicht mehr aufgenommen werden, das Ziel, die Gäste in feierliche Stimmung zu versetzen, war ja auch so erreicht, und die Partyatmosphäre, die man sich erst für den Abend erhofft hatte, schwappte nun schon um zehn Uhr morgens über – jedermann drängte sich schwatzend und schwadronierend zum Sektbüffet, der Sieg machte hungrig und durstig – auch die belegten Brötchen konnten kaum so schnell nachgeliefert werden, wie sie verzehrt wurden; Stolz auf die Grenzschutzeinheit und auf den stahlhart agierenden Kanzler mischte sich unterderhand mit dem Stolz auf die Schule, ihr vierzigjähriges Bestehen, auf sich selbst; es war, als hätte ein Firmenchef soeben all seinen Beschäftigten eine saftige Prämie angekündigt, um einen Rekordgewinn zu feiern, und Fließbandarbeiter umarmten dumm vor Glück und Stolz ihre Prokuristen – das Gymnasium selbst, seine Lehrer, seine Schüler, seine Eltern schienen dort in Arabien dem Terrorismus den Garaus gemacht zu haben, nur einige Tertianer und Sekundaner in Palästinensertüchern schmollten und wollten keinen Anlaß zu Hochstimmung erkennen, aber sie gingen in der allgemeinen Heiterkeit und perlenden Sektstimmung unter. Einen großen Tag fühlten Menschen, die nichts miteinander zu tun hatten, die nichts voneinander wußten, sich als Mannschaft, und mehr als das – es gab vielleicht keinen, der nicht Kraft schöpfte aus diesem Morgen; einen hohen Augenblick lang durfte man glauben, daß alle gemeinsam an einem Strang zogen, einen Moment lang verspürte man den Glanz eines Sinns, der über den eigenen Problemen und Interessen lag, und selbst den Stolzesten und Erfolgreichsten bereitete es insgeheim Genuß, eine Sekunde lang das Knie zu beugen, den Kopf zu senken und sich einzureihen ...

Ich irrte durch die Menschenmenge, lächelte links, lächelte rechts und vermochte mir meiner Gefühle nicht klarzuwerden. Gegen meinen Willen verspürte ich eine Art von Stolz, aber auch Abscheu vor der Art der Freude; es war ein Gefühl, wie es mancher Deutsche im Frühjahr '33 gekannt haben muß: die ängstlich umherblickende Ahnung, vielleicht einem historischen Moment beizuwohnen, Zeuge zu sein und vielleicht ihn nicht genug zu würdigen, eine ethische Schwerelosigkeit, die nach dem Rettungsring grabscht. Aber dann dachte ich an meine Lektüre und meine Diskussionen mit Jan und schüttelte mich frei: dieses Land bloßzustellen in seiner Ungeheuerlichkeit, die einzelnen Menschen zu retten vor seinem nach wie vor geschmiert laufenden Getriebe, das war mein Teil in der Geschichte.

Der Direktor erkämpfte sich noch einmal einen Beifallssturm, als er ankündigte, ein Glückwunschtelegramm an den Bundeskanzler aufgesetzt zu haben, und alle Anwesenden zur Unterschrift bat; und der Musiklehrer klopfte sein in Auflösung befindliches Orchester hoch und intonierte die Nationalhymne, deren dritte Strophe vom ganzen Saal mitgesungen wurde; selbst die meisten Schüler nahmen teil, blickten einander aus den Augenwinkeln an, verlegen um Entschuldigung heischend, summten die meisten Zeilen, deren Text sie nicht kannten, und hatten doch, ob es ihnen gefiel oder nicht, eine Gänsehaut auf Armen und Schultern.

Patria libre o morir

Als ich zum ersten Mal auf dem winddurchfegten Campus stand – die Studenten trieben in Gruppen und einzeln, eilig, lachend, ernst, zielstrebig, bummelnd, zu Fuß, auf Fahrrädern an mir vorbei, bildeten ein Muster ohne Sinn und Verstand, das mir den Magen umdrehte –, wußte ich, daß ich hier nichts verloren hatte. Ich wollte nicht studieren, kein Fach interessierte mich, der Ernst der andern und ihr Gefühl, etwas Vernünftiges zu tun, waren mir fremd. Es blieb sich völlig gleich, wohin ich mich wandte, nie würde ich hier Wurzeln fassen. Ich zog eine Münze aus meinem Portemonnaie, wählte Kopf für nach links und Zahl für nach rechts und warf. Die Münze fiel, ich hob sie auf, sie zeigte Zahl. So ging ich nach rechts und fand meine Fakultät.

Es war die der Politischen Wissenschaften, und ich hatte nicht schlecht gewählt, denn das Politologiestudium galt allgemein als Schleppnetz für unentschiedenes Strandgut. Hier fanden sich alle, deren Selbst- und Weltbewußtsein Risse und Klüfte hatte, die Juristen und Wirtschaftswissenschaftler nicht kannten, und die kein klares persönliches Ziel besaßen, wie die Mediziner. Alle die von Gesellschaftsveränderung träumten, ohnmächtig und hoffnungslos, und sich mißtrauisch und von vornherein geschlagen zu kleinen Kollektiven zusammenschlossen, die, wenn sie schon keine Wärme gaben, immerhin die Einsicht in die gemeinsame Geworfenheit ertragen halfen.

Es gibt wohl kein anderes Volk, das seinen Politikerworten weniger traut und zugleich höhere moralische Erwartungen an seine Regierenden stellt, als unseres. Die Politikstudenten lebten diesen Zwiespalt am schmerzhaftesten, und zwischen dem Realen, das sie täglich mitschrieben, und dem Wünschenswerten, von dem sie lasen, war die Kluft so tief, daß sie sich in das Studium verbarrikadierten wie in eine Zitadelle.

Alles was in dem Abbruchgebäude am äußersten Rand des Campus geschah, hatte das STUDIUM zum Mittelpunkt; von hier gingen die Studentenstreiks aus, hier wurden Wandzeitungen gepinselt, hier gab es keine Vorlesungen mehr, nur mehr Seminare, hier wurden die Professoren geduzt und keine Noten vergeben, hier war das Zentrum der Koordination des gemeinsamen Kampfes von Studenten, Gewerkschaften und Arbeitern, in Abwesenheit der beiden letzteren; das Lehrprogramm selbst, die Politischen Wissenschaften, wandelte sich hier vom Zweck zum Mittel zur Erklärung und Verbesserung der studentischen Existenz, was kein Zufall war, konnte man sich doch nicht einmal darüber einigen, ob die Politische Wissenschaft eine Wissenschaft sei und wenn ja, wozu sie diene, und, wenn nein, wo ihre Grenzen und Möglichkeiten lagen, in wessen Interesse sie existiere und was ihr eigenes Interesse war und was, wie auch immer, eigentlich ihre Inhalte und Ziele sein dürften und konnten.

In den düsteren und verrotteten Sälen und Korridoren herrschte eine Atmosphäre wie im Hauptquartier der Geheimpolizei einer belagerten Stadt, schwelte eine Stimmung von Verschwörertum, Missionarsdünkel und

Paranoia. Mit grimmiger Entschlossenheit begegnete man der von überall tönenden Warnung, ein Politologiestudent finde keine Arbeit, denn es gebe keinen Bedarf an Politologen; so schien ein Teil der rastlosen Aktivitäten aus dem Wunsch zu rühren, das Studium zu perpetuieren bis zum Pensionsalter; man richtete sich ein wie in einem Amt.

Eine Ausnahme existierte. Ein Seminar, hörte ich, in dem alles anders sei. Ein Fremdkörper, ein Unruheherd, ein magnetischer Störfaktor. Dies war das interdisziplinäre Seminar über Strategie und Sicherheitspolitik des Generals a. D. Graf Schlegel, genannt Graf Bum-Bum, ein Spitzname, für den es, wie ich später erfuhr, drei mögliche Erklärungen gab: Er mochte, so sagten manche, herrühren von den Kanonenkugeln, die ihm um die Ohren geflogen waren, als er vor El-Alamein in Rommels Stab saß. Andere, die bereits seinen legendären Einladungen gefolgt waren, führten das Bum-Bum auf knallende Champagnerpfropfen zurück, und dritte, die alles besser wußten, behaupteten, der Titel des Grafen sei eine Allusion auf seine Galanterie dem weiblichen Geschlecht gegenüber.

Das Seminar des Grafen Schlegel nahm tatsächlich eine besondere Stellung ein. Es ward auch von den übrigen Professoren des Fachbereichs ungern gesehen, denn zum einen war der Graf doppelt so alt wie sie, war Stabsoffizier Rommels gewesen, hatte zu den äußeren Zirkeln der Gruppe des 14. Juli gehört, war in der Bundeswehr zum Vier-Sterne-General aufgerückt, zu einer Art Goodwill-Botschafter der neuen demokratischen Armee geworden – kurz, er war ein Praktiker; nicht nur leitete er draußen in Blankenese ein staatlich gefördertes, komfortables Institut und dozierte, geradeso wie an der Universität, auch an der Führungsakademie der Bundeswehr; nein, was sie vor allem störte, war die aristokratische Zeitenthobenheit des Grafen, der sich nicht im geringsten um Universitätspolitik scherte, der kein Bücherwurm war, er veröffentlichte zwar Bücher, genau wie sie, aber die seinen wurden gelesen, sie waren unwissenschaftlicher, belletristischer, lebensnäher, denn er hatte seine Freunde in Washington und Moskau, in Paris und Tokyo, und wo sie versuchten, logische Schlüsse aus polithistorischen Strukturen zu ziehen, wo sie nach Erkenntnis und Interesse bohrten im Lampendämmer der Bibliotheken, da bestieg der Graf ein Flugzeug und fragte bei seinen amerikanischen und russischen Freunden nach, was tatsächlich anlag. In den wenig anheimelnden Hallen der Universität hielt Graf Bum-Bum sich so selten wie möglich auf, er bevorzugte die Blankeneser Gründerzeitvilla seines Institutes in ihrem grünen Park mit Blick auf den Strom; ein Stabsoffizier, der ihm halbjahresweise als wissenschaftlicher »Fellow« diente, chauffierte ihn auf den Campus, und der Graf stieg zum Seminarraum hinauf, während sein Adjutant einen Parkplatz suchte und dann mit der Aktentasche nachkam. Erst im Seminarraum angekommen, legte der Graf seine Handschuhe ab, ließ sich von einem Studenten aus dem Mantel helfen, klopfte mit dem Knöchel auf den Holztisch und sagte: Meine reizenden jungen Damen, verehrte junge Herren, können wir beginnen!

Es versteht sich von selbst, daß er böses Blut machte. Seine Kurse jedoch waren voll belegt, und er nahm sich die Freiheit, nur 20 Studenten zuzulassen, die vor Semesterbeginn persönlich in seinem Blankeneser Institut vorzusprechen hatten. Der Andrang war aus mehreren Gründen sehr groß. Da gab es den festen kleinen Kreis der Konrad-Adenauer-Stipendiaten, denen Schlegels Seminar eine heile Enklave in der feindseligen Umgebung des Politologengebäudes war, aber sie allein hätten den

Kurs nicht gefüllt. Die aktivsten und entschlossensten unter den linken Studenten und den feministischen Studentinnen wollten dabei sein, teils aus Trotz, um ihn zu desavouieren und lächerlich zu machen, teils um ihn zu zwingen, über demokratisches Studieren zu diskutieren, teils um als fünfte Kolonne im Herzen des Klassenfeindes dessen Geheimnisse zu erkunden und teils aus dem gleichen Bestreben, das einst die späteren Revolutionäre Afrikas nach Oxford und an die Sorbonne getrieben hatte, solange sie noch jung und kolonisiert waren. Dazu gesellten sich – denn es war ein interdisziplinäres Seminar – Gäste aus anderen Fachbereichen, die zum Grafen fanden, weil er der einzige Politologieprofessor war, bei dem über Politologie gesprochen wurde.

Im Jahr meines Studienbeginns kündigte das Vorlesungsprogramm Schlegels Seminar mit dem Titel: »Clausewitz und Machiavell – Individuelle und kollektive Strategiemodelle« an. Außer mir gab es noch drei andere Zuspätkommer, und wir stellten uns vor der Tür einander vor: Julius, ein Jurastudent, Christoph, ein Politologe wie ich, sowie Petra, eine Medizinstudentin mit russischen Vorfahren, der das Medizinstudium zu gesellschaftsfern geworden war und die sich Klarheit verschaffen wollte über »die wirklichen Interessen des Staates, sich Ärzte zu halten und sie zu privilegieren«.

Der Adjutant mit der Aktentasche betrat als erster den Raum und wies die bereits eingetroffenen Adenauer-Stipendiaten mit einem Kopfnicken an, die in Unordnung geratenen Tische in U-Form aufzustellen, packte auch selbst mit an und schleppte allein einen Tisch, während die Studenten zu zweit Hand anlegten. Dann trat er auf uns zu, deutete eine Verbeugung an, sagte, daß das Seminar geschlossen sei, und bat uns, den Raum bitte vor Eintreffen des Grafen zu verlassen.

V. Hollweg, Hauptmann im Stab des soundsovielten Infanterieregimentes, Führungsakademie der Bundeswehr, Fellow am Institut des Grafen Schlegel, sagte der Soldat würdig. Und wenn ich Sie jetzt bitten darf.

Christoph wurde sofort laut. Die beiden anderen begannen, mit dem Soldaten zu rechten. Darüber hatte sich der Raum gefüllt, und plötzlich wurde es still, denn der Graf trat ein, ging zielstrebig zu seinem Platz, ließ sich aus dem Mantel helfen, setzte sich und streifte die Handschuhe ab. Er blickte ungeduldig herüber, und ich sah ihn zum ersten Mal.

Graf Schlegel war eine eindrucksvolle Erscheinung, ungewöhnlich, unübersehbar, ehrfurchtgebietend. Er war von sehr altem Adel, hatte eine degenerierte fliehende Kinnpartie, die seinem Profil mit der hohen Stirn, dem inexistenten Hinterkopf und dem weißen seidigen, nicht mehr vollen, aber doch korrekt gescheitelten und die Kopfhaut regelmäßig bedeckenden Haar etwas Vorwärtsstrebendes verlieh. Die leicht gewölbte Nase, sehr schmal mit kaum betonten Flügeln, die von denselben Degenerationsmerkmalen gekerbt und angenagt war, zeugte von hoher Rasse. Hätte seine Haltung nicht so viel Achtung geboten, wäre man versucht gewesen, an einen alten Decadent des 18. Jahrhunderts zu denken: Casanova auf Schloß Dux, aber in seinem Gesicht wechselte das Todesnahe aufs Sonderbarste mit sybaritischer Lebendigkeit und soldatischer Präsenz – die himmelblauen zusammengekniffenen Augen in ihrem Netz aus Runzeln und hängender Haut spähten jung und aggressiv, Falkenaugen, die der gelbgrauen, von braunen Altersflecken bedeckten Gesichtshaut Hohn sprachen. Die schmalen Lippen bildeten einen farblosen Strich, dessen Zucken verriet, wie leicht es ihm fallen mußte, hämisch oder zynisch zu werden; eine Peitsche im Ruhezustand.

218

Wie er dasaß, gerade, straff, schien er ein Asket zu sein, aber ein kriegerischer, kein pazifistischer, er bewahrte Haltung in jeder Sekunde, nie ließ er seinem Körper die Demutsgebärde der Schlaffheit zu – er mußte die Augenweide der Casinos und mondänen Festlichkeiten gewesen sein –, und jetzt noch war alles an ihm Disziplin, durch deren Panzer momenteweise die Metamorphosen des alten Herrn schimmerten: zum Greis, zum Kavalier, zum Befehlshaber, zum Bonvivant.

Er trug einen grauen Maßanzug und um den Hals, den der Hemdkragen nicht mehr soldatisch steif und straff umschloß, eine rotgemusterte Fliege. Seine Hände, die, aus blütenweißen Manschetten mit jettschwarzen Manschettenknöpfen ragend, ruhig auf dem Holztisch lagen, hatten lange Finger mit feminin gewölbten Nägeln, Finger der 30. Generation von Grundbesitzern. Jetzt blickte er herüber, hob die Augenbrauen, und seine Falkenaugen fixierten die Szene um v. Hollweg, während er sich unmerklich die Lippen leckte – dies war kein Universitätsprofessor, er war ein Tatmensch und einer, der auf Menschen wirken wollte, nicht auf tote Materie.

Nun, was gibt es, Herr v. Hollweg? fragte er mit leicht näselnder Stimme.

Diese Damen und Herren möchten an Ihrem Seminar teilnehmen, Herr Graf, und ich habe versucht, ihnen zu erklären . . .

Graf Schlegel unterbrach ihn mit einer Handbewegung:

Messieurs, es ist Usus bei mir, sich vor Semesterbeginn einzutragen. Eine funktionierende Zusammenarbeit gebietet eine begrenzte Anzahl an Teilnehmenden.

Stimmen wir doch ab! rief Christoph, dem die Zeit zu lange wurde. Die übrigen Studenten begannen murrend ein Ende des Palavers zu fordern.

Es gibt Dinge, über die man abstimmen kann und andere, über die man nicht abstimmen kann, sagte der Graf bündig und wandte sich dann lächelnd Petra zu:

Ich sehe da aber eine Demoiselle in Ihrer Mitte, meine Herren, die bislang das Wort noch nicht ergriffen hat. Young Lady, Sie erblicken, wenn Sie sich umschauen, Ihr Geschlecht empörend unterrepräsentiert und dies in einem Fachbereich, der doch ansonsten der Fahnenträger Gleichberechtigung heischender Bewegungen ist. Darf ich Sie also fragen, was Sie zu mir führt, aber nehmen Sie bitte keine Rücksicht auf die Eitelkeit eines alten Mannes, der es lieber hören würde, wenn Sie um seinetwillen hier säßen.

Petra wurde rot und wußte keine Antwort. Plötzlich wurde sie gewahr, ein Männerhemd, Jeans und Motorradstiefel zu tragen, ungeschminkt zu sein, und stellte wütend fest, daß sie das als peinlich empfand. Sie war Mitglied in einer feministischen Studentenorganisation, sie wollte kämpfen und lernen und klarsehen; sie hatte Schlegels Seminar belegt, um sich über den militärisch-industriellen Komplex zu informieren, der die kapitalistisch-patriarchalischen Industriestaaten beherrschte, sie bewegte sich, seit sie ihr Elternhaus verlassen hatte, nicht mehr in einer Gesellschaft, wo zwischen Frauen und Männern irgendein Unterschied gemacht wurde, und sie verbat sich geschmacklose Anspielungen auf irgendeine Art von Besonderheit, die aus der Tatsache erwachsen wollte, daß sie eine Frau war – war dies so eine gewesen? War diese aristokratische Höflichkeit Spott, Aggression, männlicher Überlegenheitsdünkel? Sie wußte es nicht.

Ich bin hier des Themas wegen, Professor Schlegel, sagte sie schließlich.

Der Graf lächelte: Sehr gut, ma cher Demoiselle.

Nichts anderes wünschte der Professor zu hören. Hollweg, haben Sie nicht noch ein Referatchen übrig, das diese Herrschaften übernehmen können? Meine Liebe, ich bin von jeher schwach in Physiognomie gewesen, aber darf ich mir erlauben, darauf zu tippen, daß Ihre hohen Wangenknochen, ihr Rabenhaar und ihre nicht alltägliche Gesichtsbildung zumindest teilweise auf russische, womöglich tartarische Vorfahren schließen lassen?

Petra, die zu stolz auf ihre russische Herkunft war, um sich nicht zu freuen, wenn jemand sie erkannte, bejahte lachend, bevor sie nachdenken konnte, ob nicht womöglich diesmal eine Herabsetzung in des Grafen schöner Rede versteckt war.

Touché? Wunderbar! näselte der Graf. So wäre es mir ein Vergnügen, Ihnen und ihren sidemen das Referat über sowjetische Außenpolitik anzutragen, wenn Sie mir das nicht übelnehmen. Nein? Hollweg, regeln Sie das also bitte schön.

Sie werden wohl oder übel als Gruppe arbeiten müssen. Sind Sie damit einverstanden? Dann tragen Sie sich bitte nachher in die Liste ein, die Ihnen Herr v. Hollweg zeigen wird. Ich fühle mich geehrt, Ihre Bekanntschaft zu machen, Mademoiselle, Gentlemen. Allright. Können wir jetzt zur Sache kommen, mes chers?

Ich begriff bald, was die Faszination von Schlegels Seminar ausmachte, für mich wie für die anderen Studenten, wenn auch nicht aus denselben Gründen: Die vielfältigen Antriebe ließen sich in einem Wort zusammenfassen: Krieg.

Es war zum einen der Krieg als gelebte und überlebte Vergangenheit in der Person des Grafen; es war der Krieg, möglich, wahrscheinlich, unabwendbar als kollektive Zukunft; der Atomkrieg, der Klassenkrieg, der

Befreiungskrieg. Der Krieg als das große, permanent Unfaßbare, dessen Geheimnis man ergründen wollte, dessen Hitzekern man sich tastend zu nähern versuchte, als könne eine globale Erklärung, die keine Frage zu warum und wieso mehr offenließ, den Horror des Herannahenden dämpfen, als berge die Nähe des Professors, wenn doch keine Rettung, so immerhin eine Frühwarnmöglichkeit für die, die um ihn versammelt waren. Im Grunde war es Theologie, was wir bei Schlegel studierten, die letztmögliche Theologie, die des Atomkriegs und seiner Vorbereiter, und was die Studenten von ihrem Professor in verhaltener Hysterie hören wollten, war die Theodizee der Apokalypse.

Eines Abends, den ich bei Jan verbrachte, war ein Freund der Familie zugegen, ein bekannter Automobilrennfahrer. Ich beobachtete, wie Jan an seinen Lippen hing, und hörte von dem ungeheuer bequemen Leben des Mannes, in dem alles außer der Bewältigung seiner ganz präzisen Aufgabe ihm abgenommen wurde. Daß man ihn benötigte, um die Aufgabe zu lösen, erfüllte ihn mit Stolz, und seine unleugbare Würde resultierte aus dem echten und ernsten Professionalismus, den er an den Tag legte, um sich zu vervollkommnen und sein Bestes zu geben. Lehnte man sich zurück und sah seine Welt detachiert, wurde er lächerlich, ließ man sich darauf ein, seine Spielregeln zu akzeptieren, wurde er bewundernswert.

Ich nahm mir ein Herz und fragte den Mann unter den indignierten Blicken von Jans Mutter: Sehen Sie das Ganze nicht manchmal von außen und kommen sich dabei dumm vor?

Der andere schüttelte den Kopf und sagte: Es gibt immer und überall ein Draußen, von wo aus der Lauf der

Welt lächerlich erscheint und zweifelsohne sinnlos ist. Das Erstrebenswerte, mein Lieber, ist aber eben das Drinnensein! Nur wenn du drinnen bist, so wie ich im Rennsport, kannst du die Ausschließlichkeit und Ernsthaftigkeit aufbringen, die nötig ist, damit dein Leben dich befriedigt. Gewiß würde ich denken, das, was ich tue, sei lächerlich, betrachtete ich mich von einem distanzierten Standpunkt. Aber wozu sollte das gut sein? Wem wäre damit geholfen? Ich lebe mein einziges Leben so intensiv wie möglich, und ich schade dabei noch nicht einmal jemandem; im Gegenteil, ich bringe einigen Leuten Geld, anderen Erkenntnisse und dritte unterhalte ich gut. Käme dir nicht auch ein Arzt lächerlich vor, wenn du ihn vom Mond aus betrachtest, wo all die Millionen zu sehen sind, die trotzdem sterben?

Später saß ich mit Jan zusammen, der schweigsam war.

Er wirkte glücklich, der Typ, sagte ich.

Ich glaube, sagte Jan, daß da eine direkte Verbindung besteht zwischen seiner Ausgelassenheit und der Ernsthaftigkeit seiner Arbeit. Jedenfalls hat er eine Wahl getroffen.

Woher kennen deine Eltern ihn?

Meine Eltern kennen so viele Leute.

Wir saßen stumm da, und Jan kaute auf einem Streichholz.

Einige Tage später lud Jan mich auf sein Boot ein, und während wir die Dove-Elbe hinaufsegelten, in schwerem Ölzeug gegen Wind und Regen, eröffnete er mir seinen Revolutionsplan: Er würde das Studium fahrenlassen, die Erwartungen seiner Eltern in den Wind schießen und nach der Privatschule eine Handwerkslehre als Tischler beginnen.

In einem seltsamen Gefühlszwiespalt, Bewunderung,

Neid, Wut, Liebe und Schreck stiegen gleichzeitig in mir auf und ließen meine körperliche Reaktion, die sich nicht zwischen Umarmung und Tränen entscheiden konnte, versteinern, versprach ich Jan alle Hilfe und Unterstützung, die er brauchen würde, um sich gegen die Welt und seine eigenen Zweifel durchzusetzen; versprach ihm Halt und Freundschaft, ohne doch insgeheim ein Gelingen seines Ausbruches enthusiastisch zu wünschen. Aber das mochte momentane Spannung sein und vorübergehen.

Abends spähte ich aus meinem dunklen Zimmer hinüber zwischen den Bäumen hindurch auf den warmen Schein gelben Lichts, der aus dem Fenster des Dachzimmers fiel, das Jan bewohnte und in dem er sich jetzt aufhielt, aber nicht alleine.

Jan hatte eine Freundin, eine Arzttochter aus dem Bekanntenkreis, er hatte am vergangenen Wochenende zum ersten Mal mit ihr geschlafen – nun kam sie jeden zweiten Abend zu ihm, Abende, die Jan nicht mehr mit mir verbrachte. Ich stellte mir vor, wie sie dort zusammen waren und wie sie danach, den Kopf leer wie der Himmel nach einem Gewitter, gemeinsam unter der Decke eine Zigarette rauchten, während das Kerzengeflacker die barbarischen Masken, die Jan von Reisen mitgebracht worden waren, die Knotengebilde, die Buddelships, die von der Decke baumelnden Marionetten seiner Kindheit erhellte.

Ich war nicht eifersüchtig, ich hatte einfach nichts Besseres zu tun, als hier am Fenster zu stehen. Ich konnte verstehen, daß Jan Truppen sammelte – der Abend, da er seinen Eltern seinen Entschluß mitgeteilt hatte, Handwerker zu werden, hatte in einem Eklat geendet, worauf Jan mit zwei Flaschen Bordeaux aus seines Vaters Keller zu mir kam. Er legte schweigend eine Platte auf, und wir saßen hinter einem Wasserfall von Lärm und blickten einander an.

Was soll ich tun? fragte Jan. Wenn meine Alte einen großen Haufen Scheiße sabbelt, ist das eins, aber wenn mein Vater mir sagt, er sei enttäuscht von mir, ist das schon was anderes . . .

Du bist sicher, daß du Tischler werden willst? Und daß du's jetzt werden willst? Es ist keine Spielerei diesmal, kein Buñuelfilm, keine Inszenierung, keine Palastrevolution, keine Schmierenkomödie?

Jan sah mich an.

Ich bin mir sicher.

Dann mußt du's tun. Du MUSST!

Wenn das mal so einfach wäre.

Wie lange trägst du den Entschluß eigentlich schon mir dir rum?

Lange. Sehr lange undeutlich, aber auch schon recht lange klar.

Du hast mir nie etwas davon gesagt.

Jan lächelte: Nein, ich hatte Angst, daß du zu streng bist, zu wenig Mitgefühl für mich aufbringen würdest, um mich dabei unterstützen zu können. Ich wollte nicht gerade von dir entmutigt werden.

Ich schwieg.

Sei mir nicht böse. Aber indirekt haben wir doch oft davon gesprochen, nicht wahr? Über die Notwendigkeit, Kopf und Körper gemeinsam zu fordern. Darüber, daß man das Besondere tun muß, um aus unserer Käseglocke zu kommen.

Und jetzt tust du's.

Jan sah mich an. Ich versuche es zumindest.

Worum es jetzt geht, ist, deine Eltern zu überzeugen.

Ja, oder sie vor vollendete Tatsachen zu stellen.

Hör zu, Jan, ich weiß nicht, was ich tun kann, außer

dir zu sagen, daß du immer, zu jeder Tages- oder Nachtstunde zu mir kommen kannst. Was meint übrigens Barbara dazu?

Ist natürlich Feuer und Flamme. Gibt mir ja auch eine besondere Aura, das Ganze, nicht wahr.

Das Beste ist, du marschierst los und findest selbst eine Lehrstelle und beweist deinen Eltern deinen Ernst auf diese Weise.

Jan nickte. Ich glaube, wenn ich das externe Abi auf dem Institut korrekt hinbekomme, wird die Sache schon rosiger aussehen.

Ich sah Jan Höhne an: Wie bist du nur auf die Idee gekommen? Was hat dich bloß getrieben, es tatsächlich zu wagen?

Jan sah mich verdutzt an, zuckte die Achseln und lachte.

Nächtelang wälzte ich mich schlaflos im Bett. Natürlich, bei Licht betrachtet: War Jan nicht dazu geboren, ein lesender Handwerker zu werden, ein großbürgerlicher Tischler, ein ausgefüllter Schaffender? Gewiß, und was blieb für mich? Was sollte ich tun, wenn Jan mich jetzt verließ? Du bist der Praktiker von uns beiden, hatte er gesagt. Welche Ironie! Welch ein Verrat! Was sollte er denken von mir? Jetzt war es an mir zu reagieren, nun blieb keine Wahl mehr, wollte ich nicht lächerlich werden, nicht hoffnungslos zurückfallen. Wenn Jan seine Familiengesetze umwarf, um Tischler zu werden, was wurde dann erst von mir erwartet? Jan liebte Holz. Aber ich? Automechaniker und Jurist? Dachdecker und Mediziner? Holzfäller und Informatiker? Matrose und Ökonom? Gärtner und Pharmazeut? Zimmermann und Soziologe? Alles schön und gut, und alles interessierte mich gleich wenig.

In diesem Zwiespalt kam mir der Gedanke an den

Krieg und die Ungeheuerlichkeit der Tatsache, daß Deutschland wieder im Zentrum zukünftiger Konflikte stand und keine Schande dabei verspürte. Alle lamentierten und klagten darüber oder diskutierten oder gingen wie Christoph ins Niendorfer Gehege, um halluzinogene Pilze zu sammeln, oder übten sich wie Petra in ihrer Frauengruppe beim rebirthing. Niemand war da, der den Staat zur Ordnung rief, niemand, der gegen ihn vorging, niemand, der stellvertretend für die ängstliche, ihr Heil zwischen Buddhismus und Benjamin suchende Jugend aufbrach, der Hydra die Köpfe abzuschlagen. Niemand. Außer mir. Aber auch ich wußte noch nicht, was ich tun sollte. Ich wußte nicht einmal, wo mir eine Maschinenpistole besorgen, abgesehen davon, daß es nicht die mit den Maschinenpistolen waren, die das Volk hinter sich hatten.

Es waren Petra aus dem Seminar des Grafen Bum-Bum und ein Zeitungsartikel, den ich eines Morgens bei ihr las, die mich auf den Weg brachten. In Mittelamerika bereitete eine Revolution sich vor, war ein Befreiungskampf im Gange, und jemand, der bereits dort gewesen war, schrieb: Es war, als ob unsere lächelnden Ideale lebendig unter uns säßen, uns berührten. Eine unwillkürliche Freundschaft bestimmte uns alle. Nachts schrie der Commandante: Gruppe acht, antreten! Drei Minuten!, und das bedeutete, daß diese Gruppe an die Front ging. Sie stürzten hastig aus den Zelten, stellten sich in Reihe auf und schrien: Patria libre o morir! Freies Vaterland oder sterben! Diese furchtbare Entscheidung, deren Bedeutung in Mitteleuropa so schwer zu begreifen ist.

Oh wie gut ich sie begriff! Und diese Revolution schien rein zu sein, klar, ehrlich und hochherzig. Kein Marionettentheater, keine großangelegte Schiebung. Dort konnte ich mich auf das Kommende vorbereiten und das Vergangene abbüßen. Dort fand die Revolution statt, die Deutschland nie gekannt hatte, und indem ich an ihr teilnahm, würde ich ein Zeichen setzen, anstatt mich wie Jan nur zum Schein auf die Seite des arbeitenden Volkes zu schlagen.

Ja, dort konnte ich finden, was ich suchte, die Grenzen des Lebens, ein Zentimeter zu weit, und man war tot! Dort erwartete mich eine wirkliche Aufgabe, etwas, das die Existenz rechtfertigte, etwas, das die Franzosen »la gloire« nennen. Das war kein Brotberuf und kein Söhnedasein, es war ernst und ernsthaft, es war meiner würdig. Mein Entschluß stand fest.

Petra kannte eine Frau, die im örtlichen Hilfskomitee mitarbeitete, und gab mir ihre Telefonnummer. Ich verabredete mich mit ihr, sie hieß Hella und studierte Ethnologie im 24. Semester. Sie versprach, einen Termin beim Vorsitzenden des Hamburger Solidaritätskomitees einzuholen, einem in Winterhude praktizierenden Anwalt namens Joe Teutsch.

Ich hatte vorsichtshalber ein Verhältnis mit ihr begonnen, und im Bett in ihrem Zimmer über den S-Bahn-Gleisen mit dem Blick auf die Schienenlandschaft vor dem Altonaer Bahnhof und die rauchenden Backsteinschlote der Holstenbrauerei, erzählte sie mir begeistert von Joe Teutsch: Er ist dabei seit der Stunde Null, seit der Springer-Demo in der Kaiser-Wilhelm-Straße. Ich kenne niemanden, der so viel Erfahrung in revolutionären Praxis gesammelt hätte. Nein, nein, immer hier in Hamburg, er mußte nebenbei ja auch sein Jurastudium fertig machen. Joe ist die absolute Inkarnation dessen, was Marcuse als intellektuelle Avantgarde bezeichnet hat. Er hat seine Nase im Wind, und er ist empfindsam wie ein Seismograph: Wer hat das Hamburger Vietnam-Solidaritätsbüro gegründet? Joe Teutsch! Wer hat als erster gegen Pinochet ein Chile-Komitee eröffnet? Joe. Wer hat sich um Angola gekümmert, wer um Südafrika, wer um Palästina? Joe Teutsch. Immer solidarisch, immer auf Achse, und nebenbei hat er auch noch seine Kanzlei hochgebracht. Natürlich macht er hauptsächlich arbeitsrechtliche Sachen, verteidigt auch viele Ausländer. Und Achtung, he! Bei ihm gibt's keine Ausbeutung, da ist Einheitslohn angesagt, alle verdienen das gleiche, von der Anwaltsgehilfin bis zu ihm selbst, es ist eine besondere juristische Konstruktion, sein Büro, ich blick auch nicht ganz durch, er selbst fährt nur auf dem Fahrrad von seiner Wohnung zur Kanzlei, er hat ein Haus an der Alster in Uhlenhorst, riesengroß, aber ganz schön verlottert, überhaupt nicht bourgeois oder spießig, wo er ständig politisch Verfolgte beherbergt; die Nachbarn haben sich schon beschwert über die vielen Feste im Garten, ich war ja noch nicht dort, aber ich kann mir denken: Die ganzen Südamerikaner, den Todesschwadronen entronnen, die haben Lust zu feiern manchmal, das kann man doch verstehen. Na, du wirst ihn ja kennenlernen.

Einige Wochen später trat ein verstörter und glückstrahlender Jan in mein Zimmer.

Weißt du, was passiert ist? Ich kann es selbst noch nicht richtig fassen. Mein Vater hat heute morgen mit mir gesprochen und gesagt, wenn ich das Abi gut bestehe, wolle er mir eine Lehrstelle vermitteln! Er kennt einen sehr guten Tischler, der für die Bank schreinert, noch ein echter Handwerker von altem Schrot und Korn, der arbeitet nicht mit Plastik und Fertigteilen, sondern mit HOLZ, und der sagt, er brauche einen Lehrling! Was hältst du davon?

Gratuliere.

Ein Tischler mitten im alten Handwerkerviertel von Eimsbüttel. Ich hab meinen Ohren nicht getraut!

Gratuliere.

Kannst du denn nichts anderes sagen?

Ich hätte es lieber gesehen, wenn du dir selbst einen Lehrherrn gefunden hättest.

Das geht aber nicht so schnell. Und dann kannst du mir glauben, daß ich keine Privilegien haben werde. Im Gegenteil.

Wie kommt's, daß dein Vater seine Meinung geändert hat?

Weiß der Himmel! Vielleicht wollte er Frieden. Jedenfalls gehe ich jetzt hin, mir den Laden anschauen. Kommst du mit?

Heute hab ich keine Zeit. Ich muß Reisevorbereitungen treffen.

Was für Reisevorbereitungen?

Ich gehe fort.

Jan sah mich an. Fort? Wohin?

Ich will einen wirklichen Schnitt machen. Ich werde runter nach Mittelamerika gehn. Da bereitet sich eine Revolution vor. Tausende Europäer wollen helfen. Ich auch.

Bist du denn von allen guten Geistern verlassen? schrie Jan. Willst du dich abschießen lassen? Du bist doch kein Soldat! Bist du lebensmüde?

Ich komm ganz gut zurecht, wenn ich auf mich selbst gestellt bin.

Das bestreite ich doch gar nicht. Aber warum willst du denn die Scheiße für die Leute da unten auslöffeln?

Er hielt inne und lächelte: Du meinst das nicht ernst?

Ich sah ihn starr an.

Du willst hier alles im Stich lassen. Du bist wahnsinnig. Aber du machst das nicht. So wahnsinnig bist du auch wieder nicht.

Wir werden ja sehen. Sprich aber mit niemandem darüber vorerst. Ich habe noch keine großen Ankündigungen gemacht und habe auch nicht vor, welche zu machen.

Jan sah mich an. Ich habe Angst gehabt, daß wir uns weniger sehn, aber nicht so.

Ich lächelte. Wie heißt deine Tischlerei denn?

Schöps. Tischlerei Haulk Schöps. Es scheint, der Alte läßt sich von nichts und niemandem beeindrucken, selbst von meinem Vater nicht. Er wird mich extra hart rannehmen, um mir die Wohlstandsflausen auszutreiben.

Die Tischlerei Schöps war ein Familienbetrieb im Tiefparterre einer Eimsbüttler Nebenstraße, die, von Bomben verschont, ihr Vorkriegsaussehen bis hin zu den alten Emailleschildern in den staubigen Fenstern der Eckkneipen bewahrt hatte. Das Haus, in dem die Tischlerei sich befand, war völlig mit Efeu zugewachsen, und die Werkstatt roch nach Holz und Leim, und unaufhörlich lärmte der Kompressor, der den Luftabzug über der großen Kreissäge betrieb.

Weit davon entfernt, Jan »hart ranzunehmen«, behandelte der alte Schöps ihn wie einen Sohn, der junge wie einen jüngeren Bruder. Der Geselle sah Jan ob solcher Privilegien schief an, und Jan versuchte, durch doppelte Anstrengung und Anstelligkeit sein Vertrauen und seine Achtung zu erringen. Wenn er zu spät kam, was in der ersten Zeit häufig geschah, entschuldigte er sich verlegen in die Stille hinein, denn niemand machte ihm Vorwürfe. Seiner Ausbildung aber tat sein Status gut, denn vom ersten Tag an wurde er nicht mit Ausfegen und Bierholen beschäftigt, sondern liebevoll und verantwortungsbewußt in den Beruf eingeweiht. Jan war enthusiastisch, aber er täuschte sich über den Stolz, den er in ihren Augen las. Es war nicht Stolz auf ihn, der sich als talentierter und arbeitsfreudiger Lehrling entpuppte, sie waren stolz auf sich selbst, eine Persönlichkeit zu kennen, den jungen Höhne, der sich für sie interessierte.

Immerhin, Jan hatte, wenn auch uneingestanden noch stets an der Leine seiner Eltern, den Schritt gewagt. Nun war es an mir, den meinen zu tun.

Als Soldat und brav

Zum ersten Mal seit langer Zeit gab Jan eine Party, auf die er sowohl seine alten wie auch seine neuen Freunde einlud. Es war ein lauer Nachsommerabend, die Glastür der Schwimmhalle war zum Garten hin geöffnet, im philodendrongrünen Entspannungsraum standen ein Büffet und die Flaschenbatterie, draußen auf dem Rasen rauchte ein Holzkohlengrill. Am Rande des Schwimmbeckens und auf den Chaiselongues und weißen Gartenmöbeln des Entspannungsraums räkelte sich die Söhnewelt, rauchte, nippte an Getränken und beobachtete neugierig zurückhaltend die Fauna der Lehrlinge, die draußen auf dem Rasen lümmelte. Jan Höhne hatte seine alten Freunde begrüßt wie stets, sich danach aber demonstrativ seinen neuen zugesellt, mit denen er lautstark schwadronierte und lachte, ohne die andern nur mehr eines Blickes zu würdigen. Deren Gespräche, wo sie auch begannen, fokussierten immer wieder rapide auf Jan, seine Arbeiterverkleidung, man musterte die Lehrlinge, amüsierte sich aus sicherem Abstand über sie, manch einer hätte ihnen wohl gerne Erdnüsse oder rohe Fleischstücke zugeworfen, andere brachen fingerdeutend genetisch-soziologische Gespräche vom Zaun. Keiner der Söhne und Töchter suchte Kontakt zu den anderen, doch ihre Anwesenheit ließ die üblichen Unterhaltungen versiegen. Die draußen waren sich selbst genug. Sie gaben sich größte Mühe, den Luxus der Umgebung auf möglichst selbstverständliche Weise zu genießen, zogen Jan freundschaftlich auf und kümmerten sich herzlich wenig um die Anwesenheit der anderen Gruppe.

Ich wechselte zwischen beiden Parteien hin und her, ohne bei einer auszuharren. Später saß ich mit Rosencrantz zusammen.

Was tut Jan eigentlich den lieben langen Tag?

Hängeschränke tischlern, glaub ich.

Ein verschwörerisches Grinsen breitete sich auf Rosencrantz' Gesicht aus wie ein Ölfilm auf glattem Wasserspiegel: Hängeschränke! Siehst du, er geht dir auch auf die Nerven! Du willst mir nicht erzählen, daß dich plötzlich Hängeschränke interessieren.

Hängeschränke vielleicht nicht, aber Jan interessiert mich.

Ach hör auf mit dem Zirkus! Du bist genauso enttäuscht von ihm wie wir alle. Wir zwei zum Beispiel, wir reden doch über weit mehr, unsre besten Gespräche kennen keine Grenzen, Jan dagegen ist ganz auf seine Tischlerei zusammengeschrumpft. Das gesunde erfüllte Leben, das Evangelium des Handwerkers. Bald wird er sich ein Kreuz schreinern und sich drannageln lassen. Er ist unerträglich geworden, und du weißt, daß ich die Wahrheit sage.

Ich lächelte. Rosencrantz hatte nicht völlig unrecht. Wir plauderten, und ich sah ihn an. Ich liebte seine Haltung, wo immer er stand oder saß, wirkte es, als sei er hier zu Hause. Jeder seiner Blicke, jede seiner Gesten war eine Einladung ins normale Leben. Keines meiner geheimen Vorbilder, kein Jesus, kein Odysseus, kein Herkules, hätte, neben Rosencrantz sitzend, nicht wie ein Fanatiker, ein Hysteriker, ein Irrgänger gewirkt. Wozu war es gut, sich derart zu schinden, sich den Kopf zu zerbrechen und die Seele zu versengen, wo es so eindeutig war, daß das Leben die Rosencrantze bevorzugte. Philipp war der schöne, entspannte Dämon des Materialismus. In seiner Gegenwart verlor ich allen Glauben an Metaphysik, an einen Himmel, an einen Sinn, an jegliches Darüberhinaus. Studium, Arbeit, Karriere, schöne Mädchen, Skifahren, Surfen, Golfen, Lachen mit Freunden, Autos, Musik, Spiele. Da es geschrieben stand, daß ein einzelner die Welt nicht aus den Angeln heben konnte, warum sich also nicht in ihr einrichten, wenn man die Mittel dazu besaß. Wäre ich ein Waisenknabe aus der Wüste Gobi gewesen, vielleicht hätte er mir meine Heftigkeit zugestanden, sie hätte sich aus äußeren Bedingungen erklärt, aber doch nicht so. Doch kein Bürger der Bundesrepublik, zukünftiger Akademiker, intelligent genug, einen bequemen Platz zu finden. Ich haßte Rosencrantz dafür, mich in seiner Gegenwart so anachronistisch zu fühlen, ich haßte ihn, weil er niemals sehen würde, wie arm sein Leben war, das meiner Sehnsüchte und Ziele ermangelte. Ich haßte ihn, weil er mich zweifeln machte. Ich haßte mich, weil ich nicht genug brannte, nicht heilig-verrückt genug war, ihn zu erschüttern.

Als es dunkelte, waren wir nur mehr drei, Jan, Barbara und ich selbst. Wir hatten Pullover angezogen und hockten um das Feuer eines Gartenkamins. Jan wollte unbedingt noch einmal schwimmen, wir blieben draußen und lächelten einander an, als wir ihn prustend ins Wasser tauchen hörten.

Graf Schlegel führte sein Seminar – das ist das zutreffende Wort. Er dirigierte nicht, beaufsichtigte nicht, moderierte nicht, divagierte nicht wie die anderen Professoren. Es ging in tollem Tempo voran, und immer wieder stieß der Graf raubvogelgleich herab und hakte ein, fragte nach, prüfte, und wer nicht auf der Hut war, hatte die hochgezogenen Augenbrauen zu gewärtigen, duckte sich unter der Peitsche seines Mundes.

Monsieur, näselte der Graf herablassend, nun, »SA-CEUR«, was ist das für Sie, nicht Sacré-Cœur, ich möchte Ihren religiösen Gefühlen nicht zu nahe treten, aber Sie sollten die Ministrantenstunde nicht mit meinem Seminar verwechseln.

Er selbst wußte alles oder hatte doch auf alles eine Antwort. Und selbst v. Hollweg, den wir abschätzig den Stiefelknecht nannten, schützte der undurchdringliche Panzer seines Wissensvorsprungs. Er war ein wandelndes Lexikon, er war unfehlbar, und alle kleinen Spitzen brachen wirkungslos ab – wollte man ihn bloßstellen, so mußte man mehr wissen als er. Und genau das war natürlich Schlegels Strategie. Einmal hatte er, sich verplaudernd, Rommel zitiert und dabei auch seine eigene Vorgehensweise offengelegt: Die Masse der kämpfenden Truppen unterliegt in der schnellen und strapaziösen Panzerschlacht immer bald einem gewissen Ruhebedürfnis. Keine Armee besteht nur aus Helden. Es wird dann einfach gemeldet, es gehe aus diesen oder jenen Gründen nicht mehr. Gegen diese natürlichen Ermüdungserscheinungen muß der Befehlshaber persönlich mit seiner Autorität ankämpfen und Soldaten und Offiziere aus ihrer Apathie reißen. Der Befehlshaber muß der Motor des Kampfes sein. Man muß auf dem Schlachtfeld, auch in der vordersten Linie, ständig mit seiner Kontrolle rechnen.

Strategie war das Thema seines Seminars, und es stellte sich bald heraus, daß dies Wort in Schlegels Mund seinen umfassendsten Sinn erhielt. Natürlich war von Strategien der Sicherheitspolitik und Kriegsverhütung die Rede, aber auch Kriegsführungsstrategie wurde behandelt, Machtgewinnungs- und Machterhaltungsstrategien – das spielte ins Philosophische und Psychologische, das bediente sich bei der Historie und beim Völkerrecht, das reichte bis zu Religion und Anthropologie. Und ständig konfrontierte Schlegel seine Studenten mit dem Problem von Individualität und Kollektivität. Hier galt es die schwierigsten Hürden zu überwinden, denn die Seminarteilnehmer hatten fast ausschließlich eine geistige Erziehung gekostet, die dem Einzelwesen sowohl mißtrauisch wie illusionslos gegenüberstand. Nicht nur, daß das Subjekt im Erkenntnisprozeß zum Objekt geworden war, daß das siebentorige Theben von einer Masse von Arbeitern erbaut worden war, daß es die einfachen Soldaten und Taxifahrer von Petersburg im Kollektiv gewesen, die die Revolution entfesselt hatten, nicht nur, daß einzelne Führerpersönlichkeiten für sie desavouiert waren, ging es um sie selbst als Individuen, gab es noch weniger Selbstbewußtsein: Woodstock hatte die bigotte Elternherrschaft gebrochen, nicht sie, das Studentenplenum setzte Verbesserungen durch in der Universität, nicht der einzelne Student, 150 000 vor Brokdorf ließen die Herrschenden aufhorchen, nicht ein verlorener Ostermarschierer, man selbst war Stimmvieh, wurde im Betrieb ausgebeutet, von den Parteien für dumm verkauft, vom Patriarchat in die Mutterrolle gedrängt, von den Multis als Schachfigur umhergerückt, vom militärisch-industriellen Komplex als Kanonenfutter vorprogrammiert; ein paar Agenten des Systems wie Schauspieler und Künstler wurden als Hofnarren geduldet und als Alibi der Selbstverwirklichung vorgeschoben.

Hier also attackierte Graf Bum-Bum, assistiert von seinem Stiefelknecht, dem Hauptmann v. Hollweg. Er griff in Zangentaktik an. Er spielte die Studenten gegeneinander aus. Des einen Erfolg wurde des nächsten Desaster. Vorträge konnten einen glänzen oder als Gespött des Seminars zurücklassen, das hing von Schlegels Gesichtsausdruck ab. Er säte Zwietracht, er installierte eine Hierarchie, die aber keineswegs festgeschrieben war. Jeder erhielt eine zweite Chance, sich zu bewähren, und jeder ergriff sie – zunächst gegen seinen Willen, aber von einem unbegreiflichen Sog gepackt. Schlegels Ziel war es, das romantisch-emotionale Schwanken zwischen Verachtung und Minderwertigkeitsgefühl, in dem die Studenten der Rolle des Einzelmenschen in den Strategieprozessen gegenüber verharrten, in rationales Geradestehen einzufrieren. Er verfocht ein Herrentum, das sich der Strukturen bemächtigte, anstatt sich in ihnen zu verwirren. Er predigte, den gordischen Knoten durchzuhauen, anstatt seine Energien damit zu vergeuden, ihn zu entwirren.

Messieurs, das Geheimnis besteht im freien Denken, das zu Überraschungen führt. Die Stärke des einzelnen gegenüber der Struktur ist das Überraschungsmoment. Man präsentiert Ihnen einen Knoten. Der Knoten wurde geknotet vom System. Das System erwartet Ihren logischen Schluß: Was verknotet ist, läßt sich auch wieder entknoten. Spielen Sie dieses Spiel mit, haben Sie schon verloren. Sie sind auf dem Terrain des Verknoters, des Verteidigers, und was sagt Clausewitz dazu? Keiner weiß es? Schade. Also bitte, Herr v. Hollweg:

Und der Stiefelknecht zitierte: Was ist der Zweck der Verteidigung? ERHALTEN. Erhalten ist leichter als Gewinnen, schon daraus folgt, daß die Verteidigung bei gleichen Mitteln leichter sei als der Angriff.

Thank you, antwortete der Graf. Sie sehen also, lassen Sie sich auf die Logik des Gegners ein, haben Sie keine

Chance. Hier liegt aber die Möglichkeit des Überraschungsmomentes. Walten Sie aus eigenem, nehmen Sie das Schwert und hauen den Knoten entzwei! Das, meine Herrschaften, nennt man einen Befreiungsschlag, und wenn ich von Befreiung rede, meine ich Freiheit in jedem nur imaginierbaren Sinne.

Nun werden Sie mir antworten, nicht jeder sei ein Alexander, und gewiß wolle auch nicht jeder ein Alexander sein. Halten Sie einen Moment inne in Ihrem Mißtrauen gegen große Namen und fragen sich nur einmal, was denn eigentlich einen Alexander ausgemacht hat. Es war nämlich gar nicht viel, ein kleiner Unterschied nur: eine Überzeugung. Und vor einer Überzeugung wird alle Logik zunichte. Aber auch die großen Überzeugten begeisterten und begeisteten erst, als sie selbst durch einen Glauben begeistert waren.

Glauben erwecken, das ist die besondere Rolle des großen Menschen. Von allen Kräften, die der Menschheit je zur Verfügung gestanden und sie bewegt haben, war der Glaube seit jeher eine der bedeutendsten. Dem Menschen einen Glauben schenken heißt seine Kraft verzehnfachen. Es waren nicht die Skeptiker, die das Gesicht der Welt verändert haben, es waren die Beseelten, denn in der Menschenseele herrscht nicht das Bedürfnis nach revoltierender, schweifender Freiheit, sondern der Diensteifer. Denken Sie darüber nach bis zum nächsten Mal, Mesdames, Messieurs. Good afternoon.

Dies war die eine Hälfte seiner Zangentaktik, die andere, scheinbar widersinnige, war die absolute Suprematie des Grafen selbst. Einmal gab er ihrem geduckten Ego Zucker, einmal zeigte er ihm seine Grenzen. Sie mochten hochkommen, darüber thronte immer noch er, der mehr wußte, der weiter sah, der besser sprach, der entschied. Solange sie in seinem Seminar waren, ging das Wachstum ihrer sorgsam begossenen Persönlichkeit nur bis zur Decke des Gewächshauses, und diese Decke war er, der Graf Bum-Bum. Daraus entwickelte sich unterderhand eine Art Corps-Geist, und tatsächlich fühlten und benahmen sich Schlegels Studenten bald als Elite der Politologen. Das war neu und wurde nicht gern gesehen, denn erstens sprach man seit mehr als zehn Jahren nicht mehr davon, »jemandes Student« zu sein, und zweitens war allein das Wort »Elite« in den verkommenen düsteren Korridoren des Politologengebäudes eine Häresie sondergleichen.

Graf Schlegels Seminar über Strategie ging seinen Gang, ohne Störung, ohne Unterbrechung. Anfänglichen Provokationen begegnete der Graf, wie ein Torero dem Stier begegnet – mit einer solchen Eleganz, daß die Zuschauer applaudierten. Wer ihn herausfordern wollte, fand in Schlegels Gegenwart wundersamerweise Seriosität gefordert und Klasse; einem Menschen wie diesem mit Waffen zu begegnen, die unter seiner Würde waren, hatte nichts Heldenhaftes an sich gehabt. Wer mit ihm über demokratisches Studieren diskutieren wollte, verlor im Laufe der Wochen und Monate all seine innere Standfestigkeit – denn wenn es auch kein demokratisches Studieren war, was der Graf veranstaltete, so war es doch Studium im besten Sinne, und da war niemand, der nicht, wenn es auch gegen seinen Willen geschah, von der Klarheit und Festigkeit, dem sinnspendenden Korsett der Schlegelschen Seminarorganisation in Bann geschlagen und gestärkt wurde. Ob sie es wollten oder nicht, sie formten sich zu einer Mannschaft, und nie gekannte Gefühle ergriffen Besitz von ihnen – der süße, nicht eingestehbare Wunsch, einen Befehl, eine Bitte des Grafen in blindem Gehorsam zu erfüllen, den Denkpanzer, die Reflexionsketten, die Eisenkugeln politischen

Mißtrauens abzuwerfen und auf einen Satz hin zu springen und nach geleistetem Auftrag den anerkennenden Blick auf sich ruhen zu fühlen.

Der Raum, in dem Joe Teutsch mich empfing, hätte schwerlich asketischer eingerichtet sein können. Die Decken waren vergilbt von jahrelangem Zigarettenrauch, die Wände mit verschrammten Ziehharmonikaschränken bestückt. Joe Teutsch saß mir gegenüber, eingerahmt von zwei anderen Männern, ein Intellektueller mit Vollbart, Ende 30 oder Anfang 40, in Jeans und Finkenwerderhemd. Alle drei sahen mich mißtrauisch und durchdringend an. Ich erklärte, ich wolle dort hinunter, um am Befreiungskampf teilzunehmen. Der Mann, der rechts von Teutsch saß, sagte: Wir organisieren hier Solidaritätsaktionen, an denen du gerne teilnehmen kannst, vorausgesetzt, eine gewisse Prüfung ergibt die Aufrichtigkeit deines Wunsches.

Und was sind das für Aktionen?

Oh, es gibt viel zu tun. Spenden sammeln, selbst spenden, Papierarbeit, Flugblätter kopieren und verteilen. Es gibt viel zu tun.

Ich dachte an etwas anderes. Ich will nicht nur hier helfen. Ich möchte mitkämpfen dort unten. Ich möchte nach Costa Rica und mich dort den kämpfenden Truppen anschließen.

Ja, glaubst du denn, wir sind hier ein Reisebüro, das dir überdies noch kostenlose Flugtickets verschafft? schrie der Mann.

Teutsch legte ihm die Hand auf den Unterarm und sah mich an.

Wer bist du denn eigentlich. Wir kennen dich ja überhaupt nicht.

Ich sprach von der Bringschuld, der jeder junge Deutsche der Revolution gegenüber oblag und von meiner brennenden Überzeugung, der Krieg, dem unser Land entgegenschlittere, könne nur von Menschen aufgehalten werden, die ihre Feuertaufe bereits hinter sich hatten.

Aber man erklärte mir, es liege überhaupt nicht im Bereich des Möglichen, Reisen zu den Basen des Aufstandes zu vermitteln, ihre Aufgabe sei es vielmehr, von hier aus den Freiheitskampf zu unterstützen. Ich übersetzte seine Schilderungen von der Arbeit des Solidaritätskomitees Wort für Wort in meine Sprache: Die nicht parteigebundenen Idealisten spendeten Geld und leisteten die Drecksarbeit. Die Bonzen hatten nach einer gewissen Pflichtzeit der Papierarbeit in Hamburg das Recht, in organisierten Reisen hinüberzufliegen und sich dort vor Ort über den Stand der Revolution zu informieren. Das alles erstaunte oder erzürnte mich nicht weiter. Aber ich war davon ausgegangen, daß es mehr Freiwillige für den Papierkram als für die Revolution geben müsse und man wahrscheinlich dankbar sei, wenn jemand auftauchte, der sich tatsächlich opfern wollte.

Ich habe viel gelesen über die Situation dort unten, sagte ich, und mir ein Bild gemacht. Ich glaube, der Kampf dort ist es wert, daß man sich engagiert. Ich habe mich entschieden, dort mitzuhelfen, zu tun, was immer diese Revolution von mir verlangt. Ich weiß, daß Hilfe aller Art gebraucht wird, aber am notwendigsten ist doch aktive Hilfe.

Joe Teutsch blickte mich an und sagte langsam:

Du, ganz ehrlich, dieses Insistieren von dir, dorthin zu wollen und zu kämpfen, finde ich sowohl verdächtig als wenig seriös. Du kommst hierher und behauptest, dir liege etwas an der Revolution. Schön. Aber alles, was du möchtest, ist kämpfen, die Sau rauslassen, nicht wahr, wenn du ehrlich bist. Ich nehme an, du hast wenig Erfahrung im Kämpfen, dazu bist du zu jung, glaub mir, denn ich war schon dort, Kämpfer, Abenteurer, Draufgänger, Verrückte auf beiden Seiten gibt es dort genug. Und der Befreiungskampf gegen den US-Imperialismus setzt moralisch das Beste in allen frei. Was ihnen jedoch fehlt, ist Unterstützung von außen, ist Logistik. Womit wolltest du denen denn helfen? Kannst du schießen?

Er hielt inne. Hm, kannst du schießen?

Das wird man uns schon beibringen.

Hast du militärische Erfahrung? Hast du Disziplin, POLITISCHE Disziplin vor allem, verfügst du über Mittel, oder bist du Journalist oder Künstler? Kannst du die Revolution propagieren, kannst du ihr deinen Namen leihen? Nein? Nichts von alledem. Wer weiß, wer dich geschickt hat. Sei mir nicht böse, aber wir müssen vorsichtig sein. Ich glaube nicht, daß du ein agent provocateur bist, aber ich halte dich nicht für politisch gefestigt genug, daß man dich nicht überreden könnte, einer zu werden. Wir alle hier arbeiten im Schatten, unser einziger Lohn wird der Sieg sein, wir werden auf keiner Titelseite der Zeitung stehen. Hier gibt es Arbeit. Das ist alles, was ich dir zu sagen habe. Wenn du ein Kämpfer wärst, in der Lage, eine Einheit zu führen, wenn du ein Repräsentant wärst, der das Gewicht seines Namens in die Waagschale wirft, dann könnte man dich dort brauchen. Wenn dir am Sieg der Revolution mehr gelegen wäre als am persönlichen Abenteuer. So. Wenn du bei uns hier mitmachen willst, dann füll bitte diesen Fragebogen ernsthaft und korrekt aus, und erstaun dich nicht über die Fragen. Sie haben ihren Sinn und dienen unserer Sicherheit. Ich muß mich von dir verabschieden. Die Pflicht ruft.

Nachdem Joe Teutsch den Raum verlassen hatte, stand auch ich auf, den Fragebogen ließ ich auf dem

Tisch liegen. Beim Hinausgehen fielen mir die vielen jungen hübschen Mädchen auf, die, Photokopien oder Ordner in der Hand, durch die Korridore liefen und sehr konzentriert und ernst wirkten.

Das Gespräch hatte mich ein für allemal über die Idee kollektiver Aktion ernüchtert, konnte meinen Entschluß aber nur festigen. Ohnehin gab es, da ich Jan davon gesprochen hatte, kein Zurück mehr. Was ich zu tun hatte, mußte ich alleine tun. Ich mußte direkt dort hinunterkommen und mit der Revolution in Kontakt treten. Doch dazu brauchte es gründliche Vorbereitung. Teutsch hatte recht gehabt insofern, als ich nicht als Tourist ankommen konnte. Wollte ich überleben und mehr, wollte ich dem Ganzen meinen Stempel aufdrücken, dann brauchte ich eine Ausbildung. Es gab nur einen, der sie mir verschaffen konnte.

Die Augen des Stiefelknechts sahen mich voller Zuneigung an, aber Graf Schlegel fragte: Und Ihr Studium? Ihre Zukunft?

Werde ich natürlich weiterführen. Es ist ja nur eine begrenzte Zeit. Ich glaube, es wird nicht länger als sechs Monate dauern.

Hoffentlich, sagte der Graf. So wollen Sie also Praxis. Wie ich Sie verstehen kann, mon Cher.

Aber so wie er ist, können wir ihn nicht dort runterlassen, Herr Graf, sagte der Stiefelknecht.

Das weiß ich so gut wie Sie, v. Hollweg. Wir werden versuchen, unserem Mister Seelhorst das Nötige im Schnellverfahren anzueignen, damit er dort brillieren kann.

Jeden Nachmittag um 16 Uhr fand ich mich im Büro des Grafen ein, er führte mich in einen Raum voller Karten und mit einer großen Tafel. Ich setzte mich und schrieb mit, und er sprach über Strategie, ging die großen Schlachten der Weltgeschichte mit mir durch, erklärte mir die Unterschiede zwischen Infanterie- und Panzerkrieg, und dozierte über die Besonderheiten des Guerillakampfes. Anhand der Karten klärte er mich über die Art und Weise auf, wie man Terrain erkannte und benutzte, und sprach zum Schluß über Menschenführung und Disziplin.

Nach der Stunde mit dem Grafen erwartete der Stiefelknecht mich vor der Tür. Er trug einen Jogginganzug und trieb mich hinunter ans Falkensteiner Elbufer, von wo aus wir Dauerläufe bis nach Wedel und zurück unternahmen. Dann unterwies er mich im Benutzen, Reinigen, Auseinander- und Zusammenbauen des G3. Obwohl ich glaube, sagte er, daß die Kommunisten dort unten Uzis oder Kalaschnikows benutzen. Da muß ich mich mal schlau machen bis zum nächsten Mal. Er war sehr professionell und ersparte mir alle Phrasen vom Gewehr, der Braut des Soldaten und ähnliches. Es war eine ernsthafte Ausbildung, und er sprach kein Wort zuviel.

Vor meinen Sitzungen mit dem Grafen arbeitete ich in der Kartei des Institutes, um Geld für die Reise zu verdienen.

Damals, zum Ende des Semesters hin, war unter den Studenten eine ungeheure Lust auf Praxis entstanden, und während jeder Stunde löcherten wir den Grafen, ein Planspiel mit uns zu veranstalten, so wie er es, wovon er uns berichtet hatte, mit den jungen Offizieren der Führungsakademie tat. Schlegel willigte schließlich ein und bestellte uns auf einen Nachmittag ins Institut. Wir befanden uns in fieberhafter, beschwipster Aufbruchsstimmung, eine Unternehmungslust hatte uns gepackt, die in sonderbarem Gegensatz stand zu dem ernsten Thema, das ansonsten die Stirnen furchte und den Widerstandsgeist gegen den Staat mobilisierte – immerhin ging es darum, einen Konflikt zu simulieren, der den 3. Weltkrieg zur Folge haben konnte. Aber Schlegels Studenten befanden sich, als sie in der weißen Villa des Instituts anlangten, in einer Stimmung, als gehe es auf einen Wochenendausflug ins Grüne. Schlegel erklärte maliziös, daß sein Seminar von der Führungsakademie bereits im Nebenraum warte, er selbst wolle den Spielleiter und Ansager geben, wobei Herr v. Hollweg ihm assistiere.

Der Raum, in dem wir uns befanden, war imposant. Eine Wand wurde von einem enormen Videoschirm eingenommen, der die Weltkarte zeigte. Unzählige Lichtpunkte leuchteten rhythmisch auf. Mit einem Fadenkreuz konnte jeder beliebige Ort angepeilt und vergrößert werden. Vor dem Schirm stand eine leise summende Zentraleinheit und davor sechs große farbige Terminals mit Tastaturen, Joysticks und Schiebern.

Voilà, mes chers, sagte der Graf: Your theatre of operations: die Welt!

Zwei Telefone verbanden uns mit dem Nebenraum, in dem der Feind von der Führungsakademie vor ähnlichem Instrumentarium sitzen mußte. Einer der Terminals war ganz den Waffen vorbehalten. Wir studierten die Tastaturen und versuchten herauszufinden, was wie funktionierte.

Für die konkreten, taktischen Operationen, sagte der Graf, haben wir im Keller einen Nebenschauplatz eingerichtet, den ich Ihnen, wenn der Zeitpunkt gekommen ist, zeigen werde. Ich habe Ihnen, was Sie sicher rühren wird, die Rolle Deutschlands zugedacht. Unsere Freunde nebenan inkarnieren die Sowjetunion. Sind sie bereit? Alors commençons!

Zunächst betrachteten wir fasziniert den Videoschirm, auf dem plötzlich grün phosphoreszierende Strahlen auftauchten, die sich rasant über die Weltkarte hinwegbewegten und an ihrem Ziel grelle rote Lämpchen erglühen ließen. Das Geräusch der Laserdrucker, die die ersten Positionsgewinne und Verlustmeldungen ausdruckten, und das Summen unserer Terminals rüttelte uns wach und organisierte uns. Der Krieg hatte begonnen, es war ein leiser Krieg, die einzigen Geräusche waren unser Atmen und Flüstern, das Klacken der Tastaturen, das Summen der Zentraleinheit, das Rattern des Druckers, das Alarmquäken auf unseren Bildschirmen.

Wir forderten Informationen an, vergrößerten die Planausschnitte, ließen den Bedarf an Logistik errechnen, riefen Höhenlinien eines Terrains und geographische und meteorologische Koordinaten ab und zählten auf dem Bildschirm die Kolonnen der Divisionen, die wir nach vorn schicken wollten. Es klickte und ratterte, und die Verlustzahlen auf dem Kontrollterminal kletterten so schnell, daß man die Zehnerstellen nicht mit bloßem Auge erkennen konnte. Der Himmel des großen Schirms war voll von den grünen Strahlen, die gekontert oder abgefangen wurden oder ihr Ziel trafen, sie kamen von links und von rechts, und der Drucker druckte die Verlustmeldungen auf knarzendem Endlospapier aus. Die Augen schmerzten vom Blick auf die vorbeihuschenden Informationen und Grafiken der Terminals, die Aschenbecher füllten sich, Kopfschmerz setzte ein. Dann pochte der Graf mit seinem Zeigestock gegen einen Tisch und forderte Aufmerksamkeit.

Wir haben hier ein konkretes Problem. Kämpfe in Berlin, die zu detailliert sind, um sie auf der Anlage zu lösen. Darf ich Sie bitten, mir nach unten in den Keller zu folgen?

Es stellte sich heraus, daß wir dabei waren, Berlin zu nehmen, und der Straßenkampf mußte konkret simuliert werden. Der Kellersaal war riesengroß, düster und mit Holzwänden und Sandsäcken ausgestattet.

Dort am anderen Ende, sehen Sie, hat der Feind seine Fahne. Ihre Aufgabe ist es, sie ihm abzujagen. Jeder von Ihnen erhält eine Maske und eine Farbpistole, die vier Meter weit reicht. Sobald einer von der Farbe getroffen wird, ist er ausgeschieden. Bitte, ziehen Sie diese Overalls über, um sich nicht zu beschmutzen. Seelhorst, möchten Sie das Kommando übernehmen?

Ich gruppierte meine Leute und gab Anweisungen. Zuerst geriet ich in Panik, dann erinnerte ich mich all dessen, was der Graf mir erzählt hatte, und begann, den Raum zu studieren. Dann kamen die ersten Farbschüsse. Der Kampf dauerte keine 15 Minuten, es war ein Hin und Her, gerufene Kommandos, Flüche, Umgehungen, Finten, Sturmangriffe, Erwartung, Lauern, Adrenalinstöße und vorwärts. Der Graf stand am Rande und rief: Kühlen Kopf! Gardez la tête froide, for heaven's sake! Petra neben mir bewegte sich, als hätte sie ihr Leben im Untergrund verbracht. Ihre Augen glänzten durch die Maske.

Schließlich hatten wir die Fahne, Petra und ich, alle anderen unserer Leute und alle Gegner waren ausgeschieden.

Wir stiegen noch dreimal hinab zu Straßenschlachten, und wir gewannen alle. Gegen Ende des Nachmittags beendete der Graf das Spiel. Wir hatten verloren. Es gab kein Deutschland mehr. Ernüchtert traten wir auf den Korridor, wo wir den rotäugigen Offizieren der Führungsakademie begegneten.

Der Graf nahm mich beiseite.

Seelhorst. Sie sind ein geborener Truppenführer.

Mag sein. Und was machen Sie mit den 15 Millionen Toten?

Abbuchen, sagte der Graf.

Im Frühjahr hatte ich genügend Geld beisammen, um

die Reise zu ermöglichen, von der ich zu niemandem gesprochen hatte. Ich wollte mich einfach in Luft auflösen, die Rückkehr mochte vielleicht desto beachteter sein. Ich buchte einen Flug für Anfang Juni, als das Ungeahnte, das Idiotische passierte, das alle meine Pläne über den Haufen warf:

Eines Morgens erhielt ich einen eingeschriebenen Brief, der mich für den 17. Juli zur Verhandlung über meine Verwendung zu Wehr- oder Ersatzdienst vorlud. Ich hatte mich zurückstellen lassen und die Sache einfach vergessen wollen. Nun hatte sie mich eingeholt. Man hatte mich entdeckt, und ich mußte wohl oder übel die Komödie der Verhandlung mitspielen, so daß sich meine Abreise um mehr als einen Monat verzögern würde.

Ich sprach mit dem Grafen von meinem Problem, und er besaß die Klasse, zu abstrahieren zwischen den Plänen, die mich in seinem Park die Benutzung diverser Waffen hatten erlernen lassen, und dem stupiden Verlust von anderthalb Jahren meines Lebens, dem Gefängnis, in das man mich jetzt stecken wollte.

Es ist völlig klar, sagte er. Wenn man Sie akzeptiert, gibt Ihnen das vor allem Zeit. Den Ersatzdienst können Sie ja später immer noch machen oder auch bleiben lassen.

So faßte er mir mit all seiner Generals-Autorität eine Zeugenaussage ab, die bei der Wehrkommission ihre Wirkung nicht verfehlen konnte.

80 % meines Erfolges am 17. Juli waren ursächlich dem Schreiben des Grafen zu verdanken, der unter seinem imposanten Briefkopf mit unerwarteter Phantasie Dichtung und Wahrheit vermengte, von meinen intellektuellen Fähigkeiten sprach, die an eine beinahe pathologisch zu nennende Sensibilität gekoppelt seien, die es schon erschwere, selbst nur Bücher, die von bewaffneter

Auseinandersetzung sprachen, von mir referieren zu lassen; er schrieb, meine seelische Konstitution lasse Kurzschlußhandlungen befürchten, wenn man mich nicht mit Glacéhandschuhen anfasse, und eben diese Konstitution sei im akademischen Betrieb ebenso wertvoll und gut aufgehoben, wie sie im Wehrdienst katastrophal sich auswirken müsse. Es war ein schöner Brief, aber ich glaube doch, daß es vor allem der Briefkopf war, der den Ausschlag gab.

Ich feierte eine Nacht lang und ging erst am nächsten Mittag mit verkatertem Kopf auf die Straße. Dort traf mich der Schlag, als ich in der Auslage eines Kiosks die Schlagzeilen der gesamten Morgenpresse sah: Der Diktator war mitsamt seiner Familie nach Miami geflüchtet, die Guardia Nacional hatte sich bedingungslos ergeben, der Krieg war vorüber, die Revolution hatte gesiegt. Das Vaterland war frei, es verlangte keine Toten mehr und keine Helden.

Ein Offizier und Gentleman

Eines Morgens erwachte ich und stellte fest, daß ich in Barbara verliebt war.

Wir hatten uns gut unterhalten, wir hatten gelacht und waren ernst gewesen miteinander. Die Tatsache, daß wir beide Jan liebhatten, gab uns eine Gemeinsamkeit, als wären wir alte Kameraden. Sie war hübsch. Sie rauchte eine Zigarette nach der andern und spielte mit ihren langen Fingern nervös an einem Goldkettchen, das sie um das Handgelenk trug. Ich glaube, es war diese Geste, die mich verliebt machte. Natürlich war da ein großes Problem.

Jan war mit seinen Eltern zum Segeln verreist, und da er uns beiden fehlte, trafen wir einander, um über ihn zu reden. Bewundernd sprachen wir über seine Revolution, seinen Willen, den er gegen alles durchgesetzt hatte, stets gegen alles und jeden durchsetzen würde. Wir diskutierten darüber, ob seine privilegierte Herkunft ihm helfe oder ihn behindere. Wir erinnerten uns, liebevoll spottend, mancher seiner Eigenarten. Wir versuchten, seine Verschlossenheit zu enträtseln. Was steckte unter der zynischen Schale? Gefühl, sagte ich und gähnte.

Barbara, die getrunken hatte, kicherte: Manchmal frage ich mich, ob wirklich etwas daruntersteckt.

Eins ist jedenfalls sicher, sagte ich, und das mußt du

mir glauben: Jan ist der einzige Mensch, den ich jemals meinen Freund genannt habe.

Wir redeten über die verschiedenen Paare des Bekanntenkreises und lachten viel. Wir sprachen über Sex. Jan, sagte Barbara, könne zwar nicht genug bekommen, aber er denke dabei ein wenig zuviel an sich selbst, wenn ich verstehe, was sie meine. Ich nickte. War es an diesem Punkt des Gesprächs oder an einem anderen, daß wir einander zum ersten Male küßten? Wir küßten uns wie verlassene Kinder. Wir sangen zur Gitarre die Lieder, die ich sonst mit Jan sang. Wir tranken Wein. Wir sprachen über Erotik. Wir sprachen über Bücher. Wir sprachen über Kunst. Wir sprachen über Wein. Wir sprachen über Städte. Wir wurden schläfrig. Uns wurde heiß. Wir küßten einander wieder, um der Wärme unserer Lippen willen. Es war ein heißer Sommer. Wir hatten soviel über Zukunft gesprochen, daß wir Lust bekamen, die Zukunft zu verändern. Wir tranken Wein. Es war ein heißer Sommer. Uns wurde immer wärmer. Schließlich und endlich, wem waren wir Rechenschaft schuldig?

Es war ein süßes Gefühl, ein Geheimnis vor Jan zu haben, ein Geheimnis noch dazu, das ihn so direkt betraf.

Barbara wurde ungeduldig. Sie wollte Klarheit. Mir war alles klar genug. Mir war es recht, ein Geheimnis zu haben. Aber Geheimnisse haben ihre Eigendynamik. Es drängt sie an den Tag. Und Liebesverhältnisse verdorren, wenn nicht zumindest ein Lichtstrahl Öffentlichkeit auf sie fällt und sie erglänzen läßt. Barbara erschreckte mich mit dem Geständnis, sie sei in mich verliebt und wolle nun klare Fronten schaffen. Sie habe Jan nach wie vor sehr gern und wolle ihm nicht auf Dauer Gefühle vorlügen müssen, die nicht mehr existierten. Wir diskutierten darüber, wie er es wohl aufnehmen werde, wenn er davon erfuhr. Wir waren einer

Meinung darüber, daß es ihm kaum das Herz brechen werde. Wir täuschten uns.

Barbara hatte entschieden, einen Schlußstrich unter ihre Freundschaft zu Jan zu ziehen. Ich stand an meinem Fenster, nachdem sie mein Zimmer verlassen hatte und blickte hinüber auf das Licht in Jans Dachfenster. Es blieb lange erleuchtet. Ich blieb lange wach. Dann ging das Licht aus, und ich erwartete Barbaras Rückkehr. Aber sie kam nicht. Es war nach Mitternacht. Jans Dachfenster blieb dunkel. Als Barbara kam, war es drei Uhr morgens. Ich sah sie an. Sie hatte rotgeweinte Augen.

Sag mir nicht, daß du dich noch mal hast ficken lassen!

Barbara schluchzte auf.

Wenn er dich noch mal gefickt hat, dann kannst du gleich wieder verschwinden!

Barbara wimmerte, die vom Weinen geschwollenen Lider geschlossen.

Also? fragte ich.

Barbara schnappte nach Luft. Nein – er – hat – mich – nicht angerührt . . .

Was machst du da also bis drei Uhr?

Du hast ihn nicht gesehn, wimmerte sie zwischen den Schluchzern. Du hast ihn ja nicht gesehn.

Was hab ich nicht gesehn?

Es war scheußlich. Nie hätte ich gedacht, daß es so werden würde.

Jetzt hatte sie den Schluckauf, und ich holte ihr ein Glas Wasser aus dem Bad.

Er hat geweint. Hagen, er hat geweint. Er hat mir nicht geglaubt. Er hat geweint.

Ich setzte mich. Meine Wut war vergangen.

Er hat mir nicht geglaubt, daß es deinetwegen ist. Er

hat gelacht zuerst. Er hat gelacht und hat gesagt: Nicht Hagen. Nicht Hagen, hat er gesagt. Und er hat geweint.

Ich trank das Glas, das ich Barbara geholt hatte, leer.

Er ist auf den Knien herumgerutscht, Hagen, er ist auf Knien gekrochen.

Ich sah weg. Ich wollte nichts mehr hören.

Er ist vor mir auf den Knien gekrochen und hat geweint und gesagt, laß mich nicht, laß mich nicht und sag, daß es nicht Hagen ist. Sag, daß es nicht Hagen ist.

Als sie schlief, ging ich aus dem Zimmer. Ich versuchte, mir klarzumachen, daß sie jetzt meine Freundin sei, aber ich hätte sie lieber nach Hause geschickt und wäre alleine geblieben. Ich wollte darüber nachdenken, was sie mir von Jan gesagt hatte. Ich wollte sie gerne loswerden, aber sie schlief in meinem Bett. Sie war meine Freundin. Ich mußte das unwillkürliche Bedürfnis niederkämpfen, über diese neue Situation mit Jan zu sprechen.

Zwei Tage später rief Jan an, als ich zu Hause war, aber ich ließ mich verleugnen.

Jan Höhne verließ, wie ich später hörte, sein Bett und sein Zimmer während zweier Wochen nicht, niemand bekam ihn zu Gesicht in dieser Zeit. Ich sah ihn nicht wieder, aber ich hörte, er habe sich verändert. In den zwei Wochen nach jenem Abend starrte ich noch manchmal nachts von meinem Zimmerfenster hinüber zu Jans, beobachtete, wie das Licht an- und ausging, und versuchte vergeblich, diese Lichtsignale zu entziffern. Jan Höhne kehrte nicht in die Tischlerei zurück. Er blieb bei seinen Eltern wohnen. Seine Eltern bauten ihm einen Flügel des Hauses aus, mit separatem Eingang. Meine Eltern erzählten mir, daß er an den Wochenenden viel mit dem Hund spazierenging. Natürlich hörte meine Mutter auf, bei Höhnes zu arbeiten.

Kurze Zeit später fuhren wir nach Frankfurt. Onkel Wilhelm hatte die Familie zu seinem Geburtstag eingeladen. Barbara begleitete mich. Als wir eintrafen, nahm mein Onkel uns beiseite und sagte: Ich muß euch was erzählen, ich habe vier ereignisreiche Wochen hinter mir. Ich habe nämlich unsre kleine Schwester aus der Scheiße gezogen, in die sie sich bis über beide Ohren gewühlt hatte.

Er schüttelte den Kopf. Friedrich, ich weiß nicht, wie klardenkende Menschen wie wir zwei zu einer solchen Schwester kommen. Na, jedenfalls habe ich sie mehr oder weniger gerettet, du wirst ja sehn, daß sie ein bißchen stiller geworden ist, und außerdem ist sie alleine. Schmittchen gibt's nicht mehr. Sagt ihr aber nicht, daß ich es euch erzählt habe, sie schämt sich sowieso schon genug. Na, sie hat auch allen Grund. Wenn ich nicht wirklich alle Register gezogen hätte, weißt du, wo sie jetzt säße? Friedrich, ich frage dich, wie wir an so eine Schwester kommen. Sie hat nie rechnen können, sie hat nie denken wollen. Das ist das schlimmste, Hagen, Leute, die nicht denken WOLLEN!

Ach Gott, ihr hättet sie sehn sollen. Das ging hin und her, und das Geld und die Banken und ihr Boß und Schmittchen, der mit 'ner andern vögelt und hier und da. Kein vernünftiges Wort. Ich hab drei Tage gebraucht, bis ich erst mal die Fakten aus ihr raushatte. Aber als sie mir's sagte, da hättet ihr mich sehn sollen: Ich hab ein Geschäftsessen abgesagt und sie noch am selben Nachmittag getroffen. Die Familie ist schließlich die Familie, auch wenn man sie sich nicht aussuchen kann.

Dann hab ich sie mal ernsthaft in die Mangel genommen, zwölf Seiten mit allen Krediten, Ausgaben, Verträgen, Rückzahlungsverpflichtungen und den mageren Einkünften. Und sie flennt und flennt und schwört, daß das jetzt auch wirklich alles ist. Friedrich, so einen Saustall hast du dein Lebtag noch nicht gesehen. Und dann ging die Post ab: Ich nehme mir zwei Wochen Zeit und regel das. Ich red mit den Gläubigern, ich red mit den Banken, ich red mit Freyas Arbeitgeber, ich garantier mit meinem guten Namen und mit meinem Geld, ich mach Rückzahlungspläne, erreiche Stundungen, ringe Erlässe ab. Die Scheidung von Schmittchen hab ich gleich in einem Aufwaschen miterledigt, dachte zuerst, wunderbar, wenn er weg ist, halbiert das die Schulden, aber du ahnst ja nicht, die haben alles gemeinsam unterschrieben, na, da habe ich den Schmittchen gleich mit aus dem Dreck gezogen, darf er mir auch dankbar für sein. Jedenfalls, nach vierzehn Arbeitstagen hab ich die Situation unter Kontrolle, souverän, und unsre kleine Schwester steht daneben und heult und macht solche Augen und weiß nicht, wie ihr geschieht, das hat sie noch nicht gesehn, wie man so was macht. Na, ich hab ihr dann noch ein Apartment gefunden zum guten Schluß, aber den Rest ihres Lebens wird sie vernünftig sein müssen. Ich hab sie angeschnauzt und ihr die Hölle beschworen, wenn sie ihre regelmäßigen Rückzahlungen nicht leistet und noch einmal irgendwelche Dummheiten macht, ist alles aus, sag ich ihr, dann kannst du gleich Gift nehmen, dann hol nicht mal mehr ich dich da raus, ich glaub, sie hat's kapiert, jedenfalls war sie so klein mit Hut. Aber was soll's, schließlich ist sie unsere Schwester, und da kann man schon mal zwei Wochen opfern.

Es hatte lange gedauert, aber jetzt endlich waren Freyas Flügel gestutzt, sie ergab sich in das Schicksal, das ihr von Anfang an zugedacht war, sie war wieder unten und abhängig und dankbar, so war das vorgesehen. Denn wie schon meine Großmutter gesagt hatte: In der Familie Seelhorst sind es die Männer, die zu Höherem berufen sind.

Barbara war sehr beeindruckt von meinem Onkel und sagte mir, ich ähnele ihm viel mehr als meinem Vater.

Den Höhepunkt und Abschluß des Semesters bildete die Einladung beim Grafen, der mit seiner Gattin den zweiten Stock der Villa bewohnte, in der auch das Institut untergebracht war. Es war ein heißer Sommernachmittag, und auf einem Rasenstück war ein Zeltdach gespannt, in dessen Schatten Erfrischungen gereicht wurden. Außer seinen jeweiligen Studenten lud der Graf auch eine Auswahl von Bekannten ein, so sah man hohe Militärs, Fernsehkorrespondenten, staatlich angestellte Wissenschaftler, Künstler sowie den einen oder anderen Wirtschaftskapitän im Gespräch mit ihresgleichen oder den Studentinnen und Studenten durch den Park schlendern, auf dem Tennisplatz einen Satz im gemischten Doppel spielen oder sich auf der abschüssigen Wiese, die sich zur Elbe hinabsenkte, im Tontaubenschießen versuchen.

Schlegels Seminar hatte seine Spuren hinterlassen. Die trotzkistischen Studenten trugen Nadelstreifen, die Anhängerinnen der Unisex-Mode hatten sich geschminkt und raschelten in bunten, die Waden umspielenden Sommerkleidern durch den Park wie auf einem impressionistischen Gemälde; Christoph trug einen kirschblütenfarbenen Leinenanzug. Die größte Überraschung war Petra, die sich in einen nicht tiefer als an die äußerste Grenze des Anstandes reichenden schwarzen Lederminirock gezwängt hatte, zu dem sie eine weiße Crêpe-Bluse und um den Hals ein schwarzes Samtband trug. Kichernd und gut gelaunt flüsterte sie mir zu: Fünf Jahre hab ich gebraucht, um die Haare auf meinen Schienbeinen zu akzeptieren, und in einem Moment, wo ich dieses Selbstbewußtsein vor dem richtigen Publikum demonstrieren könnte, packt mich, ich weiß nicht welcher Teufel, und

ich bringe den ganzen Vormittag damit zu, mich zu ent-
haaren. Hier, glatt wie ein Babyarsch! Was sagst du
dazu? Korrumpiert, was?

Ich schluckte und schüttelte den Kopf.

Ich hatte mich vor dem Grafen geschämt, seit meine
Ausfahrt durch die Weltereignisse unmöglich geworden
war. Ich hatte noch nicht wieder mit ihm darüber gesprochen und fürchtete, er möchte von mir enttäuscht sein.
Immerhin hatte ich währenddessen das Handwerkszeug
bekommen, das mich befähigen würde, hier im eigenen
Land endlich aus der Anonymität zu treten und meiner
Stimme Gehör zu verschaffen. Es fehlte nur mehr ein Anlaß. Denn soviel war klar: Die Heiterkeit, die Hochstimmung hier beim Grafen war gewiß nicht repräsentativ
für die Stimmung im Lande und unter den Kommilitonen, die ganze Ausgelassenheit hatte etwas von Tanz auf
dem Pulverfaß, und mir war, als müsse gerade ich Nüch-
ternheit und Wachsamkeit behalten, als könne die Laune
jeden Moment in heulendes Elend und Zähneklappern
umschlagen, und dann läge Rettung nur bei mir.

Und doch hätte ich mich wohler gefühlt hier mit der
Erfahrung der südamerikanischen Revolution im Rükken, auch hätte, dessen war ich sicher, in diesem Falle
die allgemeine Aufmerksamkeit, die eines Mittelpunktes
ermangelte, sich auf mich konzentriert; ich haßte es, in
Menschenmengen zu sein, die nichts von mir wußten,
mich nicht beachteten. Doch der Graf begrüßte mich
ohne ein Wimpernzucken sogar besonders herzlich und
stellte mich seiner Frau vor, einer reifen Dame mit der
Brust einer Wagner-Walküre, die in ein bodenlanges
Kleid aus grasgrünem Atlas gehüllt war, und der Stiefelknecht, Hauptmann v. Hollweg in Galauniform mit
spiegelnden Lackschuhen, winkte mir kameradschaft-
lich zu.

Krönung der lockeren Nachmittagsunterhaltung bildete wie in jedem Jahr das »Chicken Game«, zu dem der Graf jetzt händeklatschend Zuschauer und Freiwillige bat. Das Chicken Game ist ein strategisches Spiel, das Psychologie auf eine Schlegel teure Weise in einer Praxissituation anwendet, und besteht darin, daß zwei Gegner eine Konflikteskalation und gleichzeitig -lösung simulieren müssen, bei der es darum geht, dem jeweils anderen vor Augen zu führen, daß nur ein Nachgeben seinerseits eine Katastrophe vermeiden kann. Angesichts der praktischen Durchführung des Spiels ist nun allerdings Simulation ein recht beschönigendes Wort, bestand das Chikken Game doch in einem höchst realen und gefährlichen Auto-Duell.

Die Widersacher hatten jeder einen dem Institut gehörenden Wagen zu besteigen und damit auf der Straße, die zur Villa hinabführte, aufeinanderloszurasen. Der psychologische Lerneffekt bestand darin, dem andern das Gefühl zu vermitteln, ER müsse nachgeben und ausweichen, um ein Unglück zu verhindern. In den vergangenen Jahren war das Spiel, das der Graf gerne als die mündliche Prüfung seines Seminars bezeichnete, stets relativ gut ausgegangen, es hatte keinen Toten und nur wenige Schwerverletzte gegeben; um Beulen an den Autos mußte man sich keine Gedanken machen, sie wurden zu nichts anderem benutzt. Überdies sah der Graf darauf, daß sich unter seinen Gästen ein Arzt befand, der im Notfall erste Hilfe leisten konnte, es war jedoch stillschweigende Ehrensache, daß über solche kleineren Un- und Zwischenfälle nie etwas nach draußen sickerte.

Die Zuschauer bezogen Posten entlang der Strecke, die Champagnergläser vor der Brust, die von Livrierten, die sich ihren Weg bahnten, nachgefüllt wurden. Die nicht teilnehmenden Studenten scherzten, die Augen der

Frauen leuchteten, die der Industriellen spähten fachmännisch begutachtend den Circuit entlang. Der Graf ließ sich einen Sonnenschirm und einen Klapptisch an der Mitte der Strecke aufstellen, am theoretischen Ort des Zusammenpralls, lud Petra und eine andere Studentin ein, bei ihm Platz zu nehmen, und wies einen der Bediensteten an, Sherry zu servieren.

Die Opponenten wurden unter den Freiwilligen ausgelost. Ich würde nicht teilnehmen. Ich hatte die halbe Nacht an das Chicken Game gedacht und mir die ganze Zeit beruhigend eingeredet, daß es ja nicht nötig sei, daß gerade ich daran teilnehme. Ich konnte mir nicht vorstellen, wie es ablaufen würde. Es schien träumerisch-unglaublich, daß man Freiwillige zwingen würde, sich in Lebensgefahr zu begeben. Ich konnte mir nicht vorstellen, wer sich für so etwas freiwillig melden sollte. Ich ging dennoch hinüber, mir die Auslosung der Freiwilligen anzusehen. Obwohl ich nicht teilnehmen würde und in Sicherheit war, zog mein Magen sich zusammen und meine Beine waren bleiern. Es war idiotisch, in zwei Autos aufeinanderzuzurasen. Ich fragte mich, wie die Teilnehmer sich fühlen mußten. Ich schwitzte, obwohl ich nicht teilnehmen würde. Mein Kopf brummte, und ich blickte niemanden an. Ich konnte mir nur zu gut vorstellen, wie der Aufprall war, die Schmerzen, es war wahnsinnig.

Als ich eintraf, hatte sich nur ein Freiwilliger gefunden. Der Offizier, der die Zeremonie kontrollierte, blickte ratlos auf seinen Zettel und hob dann die Augen und sah ins Rund. Was ich befürchtet hatte, war eingetreten. Die Anforderungen griffen auf die Zuschauer über. Hatte ich es nicht geahnt? War ich nicht eben deshalb gekommen? Aber warum war mir nun, als hätte ich mich gerade auf diesen Augenblick mit Schrecken gefreut? Ich sah mich um. Der Mann neben mir stand vollkommen gelassen und unbeteiligt da und blickte mit offener und neugieriger Miene im Kreis herum. Der Offizier blickte auf mich, blickten nicht alle auf mich? Rückten nicht alle ein wenig von mir ab, weil sie wußten, daß ich es war, von dem die Teilnahme erwartet wurde. Und hatte ich es nicht selbst gewußt? Mein Herz schlug bis zum Hals, ich sah und hörte nichts mehr, und so, blind und mit einem brausenden Ozean in den Ohren, trat ich, wie von einem Magneten gezogen, in den Kreis.

Mein Gegner war der Stiefelknecht, Hauptmann v. Hollweg. Ich überlegte fieberhaft, während mir das Blut im Hals pulsierte: Nie und nimmer konnte der Soldat das Risiko eingehen, jemanden zu verletzen, schon aus didaktischen Gründen mußte er nachgeben. Bereits im Auto sitzend, kamen mir plötzlich Bedenken. Vielleicht war der Kerl nur im Stab, weil er ein Eisenfresser war, bekannt dafür, über Leichen zu gehen, und wenn wirklich etwas passierte, konnte ich mir nicht erlauben, ihn anzuzeigen, auch waren genügend hohe Tiere anwesend, die alles vertuschen würden. . . .

Zuerst bekam ich den Wagen nicht in Gang, hörte spottende Worte, rollte dann los, sah v. Hollweg entgegenkommen und schloß einfach die Augen. So bemerkte ich nicht, daß der Hauptmann, der das Spiel natürlich gut kannte, eine ganz eigene Variante gewählt hatte. Er erreichte als erster die Hälfte der Strecke und blieb dort ganz einfach stehen, mitten auf der Fahrbahn und schaltete den Motor ab.

Ich rollte mit geschlossenen Augen vorwärts, hörte nur das Blut in meinen Ohren pochen, gab Gas und wartete auf den Windzug, mit dem der andere an mir vorbeiführe. Mit geschlossenen Augen war es nur ein Traum, und ich fiel und fiel. Und dann gab es ein fürchterliches Krachen, Glas splitterte, ich wurde nach vorn- und zurückgerissen – und stand. Ich öffnete die Augen und sah, daß mein Wagen sich in den meines Gegners gebohrt hatte. Zitternd stieg ich aus, meine Beine gaben ein wenig nach, der Schaden war nicht weiter tragisch, ich hörte von weither frenetischen Beifall, und dann sah ich den blutüberströmten Kopf v. Hollwegs.

Ja, haben Sie mich denn nicht gesehen, zum Teufel? brüllte der. Sie sind wohl w-wahnsinnig? Sie s-sind wohl l-lebensmüde!

Er tupfte sich seine aufgerissene Augenbraue zitternd mit einem Taschentuch ab, und ich lehnte gegen den Wagen und sah ihn an. Ich konnte nicht sprechen. Aber er faßte sich schnell, und dann geschah etwas Seltsames: Er kam auf mich zu, kam immer näher, packte mich bei den Schultern und drückte seine Stirn gegen die meine, und ich spürte das warme Blut des andern, spürte es klebrig auf meiner Stirn, spürte, wie es meine Schläfen hinabrann. Dann griff der Hauptmann nach meiner Faust, riß sie hoch, schrie Bravo!! und Vivat! und verneigte sich mit mir in den aufbrandenden Applaus.

Der Graf trat hinzu, blitzte mich aus seinen Falkenaugen anerkennend an und klopfte seinem Stiefelknecht schmunzelnd auf die Schulter: Da ist nichts zu machen, mein lieber v. Hollweg. Gegen einen Kamikaze hilft keine Psychologie. Und was Sie betrifft, Monsieur, meine Anerkennung, schneidig, schneidig. Ich konstatiere, daß die Enttäuschung, nicht dort aktiv werden zu können, wo Sie wollten, ihnen nicht das Mark aus den Knochen gesogen hat, die notwendige Klasse ist da, doch darunter schimmert die Bestialität des Tatmenschen. Sehr schön, mon cher, und was konservative Geister betrifft: Damn the torpedoes, nicht wahr und full speed ahead. Sie haben die Essenz meines Seminars verstanden. Schauen Sie sich um, all die jungen Damen, die Sie bewundern, die Karriere, die auf Sie wartet. Ich zähle auf junge Männer wie Sie.

Das Diner wurde auf der riesigen Terrasse gereicht, die die Elbe überblickte. Graf Bum-Bum, der darauf gesehen hatte, daß Petra und eine andere, hochelegante Studentin zu seiner Rechten und Linken plaziert wurden, hielt eine vielbeklatschte Rede und bat dann seine Studenten, die Sektflaschen höchstselbst zu öffnen. Das Semester hatte seine Früchte getragen: Die Magnumflaschen wurden meisterhaft entkorkt, unter Beifall, wie überhaupt die Stimmung an einen Punkt geraten war, wo einfach alles beklatscht wurde, ein Bonmot, eine elegante Geste, eine gelungene Anekdote; Haltung, Tischmanieren und Konversation der Politologen waren tadellos. Jedermann war bemüht, sich von seiner spritzigsten Seite zu zeigen, Komplimente flogen einander wie Tischtennisbälle zu, Wortwechsel hatten die präzise Schönheit eines Florettduells, jeder zeigte, was er konnte. Mancher wählte die ironische Selbstdarstellung, um bei den Damen zu reüssieren, andere bewiesen dem Grafen, als die Tafel aufgehoben war, ihre männliche Trinkfestigkeit, dritte imponierten den anwesenden Herren aus der Wirtschaft mit ihrer Fähigkeit, komplexe Probleme zu analysieren und schlagende Lösungen zu finden. Petra genoß in selbstvergessener Frivolität die auf eine ihr unbekannte Weise flirtenden Worte des Grafen, der in entwickeltster Kunstfertigkeit die Scheinfestung mit Komplimenten, Anspielungen, väterlicher Ironie, altersweiser Zartheit und kavalleristenhafter Flamboyanz berannte.

Ich wurde von allen Seiten mit größter Anerkennung und Achtung behandelt, ein Sieger in der Blüte seines jugendlich unbezwingbaren Gleichgewichtes zwischen Kraft und Selbstsicherheit. Und war es nicht eben das, was alle Welt von mir erwartete, ein Herr zu werden, ein Eroberer, so charmant wie rücksichtslos, jemand, der die Berge, die unbesteigbar waren, einfach in die Luft sprengte.

Einmal nahm Petra mich beiseite, das war, als Christoph die Gräfin, die in ihrer Jugend eine hervorragende Sängerin gewesen war, nach dem Cognac auf dem Bechstein-Flügel zu Schubert-Liedern begleitete – und flüsterte mir zu: Du hast mich heute wirklich überrascht. Daß du dem Stiefelknecht einfach ins Auto fährst! Weißt du, bislang war ich ein wenig mißtrauisch dir gegenüber. Deine politische Haltung ist mir nicht eindeutig genug, genausowenig wie dein Verhältnis zur Frauenbefreiung. Das ist eines, das andere aber ist, ich weiß nicht, wie ich's begründen soll, denn es läßt sich nicht logisch begründen, es ist vielleicht der Abend, oder, ich weiß es nicht. Jedenfalls möchte ich gerne mit Dir schlafen.

Der Graf hatte Vorsorge getroffen für jene, die nicht mehr mit dem Auto nach Hause fahren wollten, und im Dach der Villa sieben Zimmer für die Nacht herrichten lassen, es waren Zimmer mit französischen Betten, denn er wußte aus Erfahrung, welche sozialen Folgen seine Feste zeitigten, und während er selbst, ein eiserner, unerschütterlicher Trinker, unten im Salon den letzten Standhaften zuprostete, strich ich über die glatten Schienbeine Petras, die neben mir leise atmete.

Es begann über Nacht. Eines Morgens, als ich an Petras Tür klingelte, dauerte es ungewöhnlich lange, bis sie kam und öffnete. Unsere Affäre hatte sich nach dem Abend beim Grafen glücklich entwickelt, das heißt, ohne Besitzansprüche ihrerseits und ohne meine offizielle Beziehung zu Barbara zu beeinträchtigen oder zu gefährden. Ich mochte Barbara deswegen nicht weniger, im Gegenteil: meine Nebenwege taten unserer Liebe gut, denn sie entspannten mich und verhinderten Eifersucht.

Sie war bleich und sah mich an, als sähe sie mich zum ersten Mal. Ich dachte zunächst an einen gewöhnlichen Kater, doch die Unordnung im Wohnzimmer war schlimmer denn je, Kleider, Höschen, Strümpfe, volle Aschenbecher, Plattenhüllen, Cassetten, Bücher und Zeitungen bedeckten das Parkett; das Bügelbrett, der Motorradhelm und ein Wäschetrockner versperrten den Durchgang. An der Wand prangte zwischen den asiatischen Weisheitsformeln ein Zeitungsausschnitt: eine Reportage mit dem Titel: »Rätsel um einen hessischen Berg.«

Was ist denn hier passiert?

Lies das, sagte Petra, und deutete auf den Zeitungsausschnitt. Das ist ein Signal.

Ich überflog den Artikel, in dem von Munkeleien über einen Berg die Rede war, in dem es nach Ansicht von Einheimischen umging. Zwischen Spuk und Atomraketensilo wurde alles Mögliche vermutet, für alles gab es Indizien; Geräusche, Bilder, Phänomene. Offiziell gab es auf diesem Berg nur eine amerikanische Radarstation, aber die Amerikaner, schien es, versagten der Presse den Eintritt in das Sperrgebiet und gaben damit nur immer heftigeren Spekulationen Vorschub.

Eine Räuberpistole, sagte ich. Sauregurkenzeit.

Du irrst dich. Das ist anderes. Etwas geht vor, und das ist nur ein Anzeichen von vielen. Wer Ohren hat zu hören, der höre. Sie sind versteckt, müssen ja versteckt sein, aber es braut sich etwas zusammen.

Ich winkte ab. Petra ging mir auf die Nerven.

Einige Tage später hatte die Situation sich verschlimmert. Die Wände waren nun voll von Zeitungsausschnitten. Weitere Zeitungen stapelten sich auf dem Boden, die noch nicht studiert und ausgewertet waren. Schere und Tesa lagen daneben. Der Fernseher lief den ganzen Tag über. Petra schaltete hin und her, um keine Nachrichtensendung zu verpassen. Sie packte mich am Arm, wenn Politiker oder Militärs interviewt wurden, und rief immer wieder: Da! Da hast du's! Da hörst du's doch! Aber ich hörte nichts anderes als die üblichen Phrasen. Petra sah Gespenster.

Im Laufe der Tage verschob sich das Grundthema ihres Zettelkastens fort von Realistischem: Die Berichte über Atomanlagen und Abschußbasen, die Interviews mit Ministern, Offizieren, Magnaten und amerikanischen Rüstungsfachleuten wichen Ausschnitten aus der Kabbala, den Untergangsprophezeiungen aus dem Alten Testament, Astrologisch-Esoterischem und Nostradamus. Petra kniete mit dem Zirkel in der Hand auf dem Teppichboden vor einem weißen Blatt und notierte Konstellationen.

Stör mich nicht, zischte sie. Du glaubst doch, ich spinne. Ihr seid ja alle blind. Das Ganze ist mehr als platte Kriegsvorbereitung. Das gehört in einen höheren Kontext. Die Parallelen sind überall, sie springen ins Auge. Und ihr Kindsköpfe seht nichts oder wollt nichts sehen. Kennst du jemanden vom Fernsehen? Ich muß mit alldem ins Fernsehen. Man muß es den Leuten doch sagen!

Was willst du ihnen sagen, Petra?

Daß die Zeit gekommen ist. Daß Opfer gefordert werden, Opfer gebracht werden müssen. Die Raketen überall, die Munitionslager, das ist nur das Sichtbare, das Materielle, das Mittel des Untergangs. Der Zweck, der Plan dahinter, das muß ich ihnen zeigen. Und die Wege, uns zu retten.

Ich mache Kaffee, Petra.

Der Kaffee beruhigte sie etwas, und wir wechselten das Thema. Aber schon am nächsten Tag ging es von vorn los.

Dieser verfluchte Berg ist das Symbol. Da drinnen wird etwas ausgekocht. Direkt bei uns, uns zum Hohne.

Ein anderes Mal murmelte sie: Die Gerechten! Wenn es Gerechte gibt, ist vielleicht noch etwas zu tun. Du weißt, daß um die Bitte der Gerechten willen so manches Unheil noch abgewendet wurde.

Und was sollen sie tun, die Gerechten? fragte ich.

Was sollen sie tun? Ich weiß es nicht. Wir wissen nichts mehr von solchen Dingen. Du redest auch nur von Amerikanern und Raketen und von Neutralität und Strategien. Mit solchem Vokabular kommst du der Sache nicht bei. Es ist eine Frage von Schmutz und Reinheit. Eine Frage von Schuld und Sühne. Und dabei sind doch so viele Unschuldige unter uns. Ich weiß, was du sagen willst, aber ich bestehe darauf: Sie sind unschuldig. Wir fressen, saufen und huren alle, aber es ist Verzweiflung, es ist die wirre Suche nach dem Licht.

Ich versuchte, ihre Unruhe zu verstehen, ohne sie doch nachfühlen zu können. Zum Glück war da noch Barbara, weniger zur Hysterie neigend. Aber der hessische Berg beschäftigte nicht nur Petra. In der Universität war die Meinung einhellig, daß die Amerikaner in diesem Berg Armageddon vorbereiteten. Die Studenten sammelten sich auf dem Campus zu Demonstrationen und Schweigeminuten. Die Gesichter verdüsterten sich; die Kaufwut der Hamburger Passanten gar schien sich zu dämpfen, die evangelischen Kirchen füllten sich, und bärtige Pastoren beschworen die Bergpredigt. Die Regierung verlor allen Kredit, sie mußte entweder wissen, was gespielt wurde, oder, was noch schlimmer wäre, sie ließ sich im eigenen Land von den Amerikanern zum Kriege treiben. Im Seminar wurden Stimmen laut, die Kontakte und Bittbriefe zur DDR-Regierung forderten. Die Parties wurden hysterischer, und plötzlich kippte die Stimmung, und ein Schweigen breitete sich aus, als säße man in einem Bunker und erwarte den Bombenfall.

Als es dann auch Barbara erwischte und ich plötzlich in erotischer Hinsicht von einem Tag zum andern auf dem Trockenen saß, begann ich die Zeichen zu verstehen. Barbaras Vater rief mich an, seine arme Tochter sei übergeschnappt, angesichts der Kriegsgefahr wolle sie nicht mehr studieren noch vernünftig essen und rede sogar davon, in eine dieser Sekten einzutreten, die den Weltuntergang hinwegbeten wollten. Er war ratlos und fragte mich, ob ich mir erklären könne, was in sie gefahren sei. Ich versuchte ihm von dem Berg zu sprechen, gab es aber schnell wieder auf, als er dröhnte: Ja Gott sei dank, daß die Amerikaner hier sitzen mit ihren Raketen! Genau deswegen kann man doch ruhig schlafen!

Es gab kein Verstehen mehr zwischen den Menschen, was die einen in blöder Ruhe wiegte, brachte die anderen um ihren Verstand. Ich sah davon ab, Barbaras Vater zu schildern, was in jenen Sekten außer dem Beten noch geschah, und ich zitterte bei der Vorstellung, daß dies Leben meine Freundin reizen könnte. Wichtiger aber war, daß die Dinge sich jetzt endlich geklärt hatten. Alles, was passiert war, war nur Vorbereitung gewesen, nur Erwartung. Der Anlaß, den ich gesucht hatte, war da. Mit dem Rätsel des Berges hatte meine Stunde geschlagen. In Demonstrationen mitzumarschieren, Teilchen einer Masse zu sein, war nicht meine Art, und ich glaubte nicht an die Effizienz solcher Lemmingszüge. Aber einer allein, ausgerüstet mit einem unerbittlichen Willen, berufen von höherer Stelle, stellvertretend für die Masse, so einer mochte vielleicht Licht ins Dunkel bringen, mochte Aufklärung schaffen und sich zum Führer jener betrogenen Jugend, eines ganzen um seine Zukunft betrogenen Landes aufschwingen.

Der aufklappbare Berg
oder Seelhorst gegen Deutschland

Ich entschloß mich, zu Fuß zu gehen, es erschien mir angemessener, dem mir gegenüberstehenden technologischen Apparat in aller Reinheit entgegenzutreten, um die Konfrontation auf eine andere Ebene zu heben.

So rüstete ich mich mit einem Rucksack und einem Wanderstab aus und schlug den Weg nach Süden ein. Der Frühling begann, und die regennassen Backsteinfassaden glänzten in der Sonne, und die Elbe war grau und schnellfließend. Einmal auf dem Land, schritt ich kräftig aus und sang sogar von Zeit zu Zeit im Takt meiner Schritte. Ich war guten Mutes und voller Tatendurst. Ich durchwanderte die Lüneburger Heide, überquerte die Aller, passierte das Steinhuder Meer und folgte dem Lauf der Weser aufwärts bis Münden, von wo ab ich an den Ufern der Fulda marschierte, bis ich nach acht Tagen in dem Dorf ankam, das zu Füßen des ominösen Berges lag.

Eine asketische Aura entstand um mich während meiner Wanderung. Ich rasierte mich nicht, man erkannte, daß ich kein Sonntagsausflügler war. Niemand lachte über meinen Aufzug, im Gegenteil, die Menschen, die ich traf, waren freundlich, hilfsbereit und großzügig, mehr als einmal übernachtete ich kostenlos, mehr als einmal drückte mir einer sein Vesper in die Hand; vielleicht hielt man mich für einen fahrenden Gesellen, aber ich trug keine Zunftinsignien, vielleicht, so gefiel es mir zu denken, spürte man, daß ich mit einem Ziel unterwegs war, daß ich Aufklärung bringen wollte oder gar Befreiung.

Ich rastete unter blühenden Linden, in Wiesen, wie ich sie seit meiner Kindheit nicht mehr gesehen hatte, duftende Wiesen mit kniehohem Gras und Feldblumen. Die Nächte verbrachte ich in Heuschobern. Am Morgen sah ich die Lerchen in den blauen Himmel steigen. Ich rastete auf Anhöhen, setzte mich rauchend auf einen sonnenwarmen Stein und blickte in die sanften Täler.

Das Dorf am Fuß des Berges, in dem ich schließlich ankam, war jedoch so herausfordernd normal, so wie jedes deutsche Dorf, mit moderner Reihenhaussiedlung am Rand, kleinem Busbahnhof und Kläranlage und einer engen Durchgangsstraße mit Fachwerkhäusern, durch die der Fernverkehr brauste, da die Umgehungsstraße noch im Bau war, die am Ort vorbei durch die Feuchtwiesen schnitt, so normal, daß ich plötzlich begann zu GLAUBEN, der Berg bewahre ein Geheimnis.

Es war früher Morgen, und ich betrat das Wirtshaus gegenüber der Kirche, um zu frühstücken. Einige Männer warteten, Skat klopfend, Stumpen rauchend, beim Apfelwein auf die Glocken und auf ihre Frauen. Man blickte kurz auf, um zu sehen, wer eintrat, dann wandten die Köpfe sich wieder ab. Ich setzte mich an einen Tisch, bestellte eine Tasse Kaffee und ein Butterbrot und zündete mir eine Zigarette an.

Sie kommen hierher wegen dem aufklappbaren Berg, was? fragte der Wirt, als er den Kaffee brachte.

Wieso aufklappbar?

Also hab ich recht? Wegen dem Berg sind Sie hier.

Ja, ich habe davon gehört und wollte ihn mir mal ansehen.

Da gibts nichts zu sehen, das haben andere schon wollen.

Aber was heißt aufklappbar?

Aufklappbar, das ist doch klar, nein? Die ganze Kuppe kann hochgeklappt werden oder abgesprengt oder was weiß ich!

Ja und? Und dann?

Und dann, und dann! Dann kommen die Atome raus, die da drin sind.

Die Atome? Was für Atome?

Die amerikanischen Atome. Sobald der Russe angreift, geht der Berg auf, und die Atome werden abgeschossen, um der Weltpest den Garaus zu machen!

Der Weltpest?

Na dem Kommunismus. Der ganze Berg ist voll von Atomen. Die Jungen in der Gegend fangen schon an, verrückt zu spielen.

Aber woher wissen Sie das denn?

Wissen, wissen. Ich weiß gar nichts. Aber man hört ja was und sieht was. Man hat ja Augen und Ohren.

Und haben Sie keine Angst?

Ja wovor denn? Die Atome sind doch im Berg, und wenn der Berg aufgeklappt wird, dann werden sie nach Rußland geschossen. Und dann ist ohnehin Krieg. Ich kenn den Krieg. Ich war in Rußland bis 54. Und da redet ihr von Angst!

Ich habe gar nicht von Angst geredet, sagte ich.

Sind Sie auch so ein Journalist?

Nein, sagte ich.

Schade, sagte eine Stimme.

Alles drehte sich um. Eine Gruppe junger Leute war in den Schankraum getreten. Sie waren in meinem Alter, aber sie sahen nicht wirklich jung aus. Veteranengesichter, die Schultern niedergedrückt vom Gewicht der Welt.

Gesundheitsschuhe, Selbstgestricktes, Ringe um die Augen und ein feines schmerzlich-überlegenes Lächeln.

Wir brauchen noch mehr Publicity in unserem Kampf gegen die Atomraketen, die da oben im Berg stecken, sagte der Sprecher, ein Hagerer mit großen braunen Augen und auffallend kleinen Ohren, der beim Reden den Kopf etwas schräg legte.

Was hat es denn nun genau auf sich mit dem Berg? fragte ich.

In den Berg sind Silos eingelassen, eine riesige Anlage voller missiles. Der ganze Berg kann im Ernstfall aufgeklappt werden.

Nein, nicht richtig aufgeklappt, das sind Metallschächte, sagte ein anderer. Blödsinn, unterbrach der dritte. Der ganze Berg ist voll mit Kram, das ist die Wolfsschanze der NATO, der ist ausgehöhlt, innen stählern, und die Kuppe kann abgesprengt werden, dann haben sie freie Bahn.

Das Mädchen, das mit ihnen war, rief: Unfug, der Berg hat zwei große Scharniere an der Rückseite, an denen er aufgeklappt werden kann. Sie begann zu lachen, ich lachte mit. Die anderen sahen sie böse an. Der Kleinohrige sagte streng: Weißt du, Claudia, solche Dinge mit Humor zu nehmen ist der erste Schritt, sie zu akzeptieren.

Dann wandte er sich wieder an mich: Egal, wie er geöffnet wird. Jedenfalls ist der ganze Berg voller Waffen, tödlicher Waffen. Die Kreis- und Landesverwaltungen wissen das natürlich, haben akzeptiert, lassen sich ihr Schweigen was kosten und investieren ihre 30 Silberlinge für Supermärkte und Rathäuser wie in Amerika. Überall, wo du in armen Dörfern große Rathäuser siehst – daher kommt das Geld! Ich war schon mal da oben auf halber Höhe, aber wenn mich die Patrouillen erwischt hätten, hätten sie kurzen Prozeß gemacht.

Was! Du hast dort Patrouillen gesehen?

Natürlich nicht! Sonst wär ich jetzt nicht mehr hier. Das sind Besatzer, die Amis, das habt ihr wohl schon vergessen!

Schön und gut, aber der Berg ist doch kein Sperrgebiet, da darf man doch wandern.

Vielleicht, aber ich war mit dem Geigerzähler da oben. Und wenn man mich damit erwischt hätte ... Die verstehen sich ja auch zu tarnen. Wir sind zu wenige. So ist das zu gefährlich. Von uns geht da keiner rauf. Sonst holt man uns eines Nachts ab, oder beim Trampen hält ein besonders freundlicher Wagen an und dann ... Mit dem Geigerzähler war ich dort, was glaubst du wohl, woher die vielen Debilen im Dorf kommen, hm? Man sollte mal im Bach nachsehen nach verkorksten Kinderleichen!

Nun übertreibst du aber, sagte Claudia. Nein, das schlimmste ist: Sie stehlen uns unsere Zukunft. Es ist unsere Zukunft, die dort festsitzt in dem Berg.

Ich hol sie dir raus, sagte ich. Dafür bin ich hier.

Die jungen Leute starrten mich an, als bemerkten sie erst jetzt, daß ich ein Fremder war.

Mach keine Dummheiten, sagte der Kleinohrige, der Knut hieß. Ich kenn dich nicht, aber einer allein kann hier gar nichts ausrichten. Wir müssen uns absichern und viele sein.

Ich erzählte ihnen, wer ich sei, schmückte meine akademische Karriere, meine Erfahrungen und meine Beziehungen ein wenig aus und erklärte, ich sei gekommen, um Aufklärung zu fordern, und falls sie mir verweigert würde, mir selbst zu beschaffen. Ich fragte, ob sie mich auf den Berg begleiten wollten, und sie sahen einander an, baten mich um einen Moment Bedenkzeit, tuschelten miteinander, dann trat Knut vor und willigte ein. Zunächst jedoch wollten sie den Gottesdienst besuchen.

Die Kirchenglocken läuteten, und die Männer erhoben sich seufzend, leerten ihre Gläser, drückten ihre Stumpen aus.

Als wir alle saßen und der Pastor eingetreten war, öffnete die Kirchentür sich noch einmal, und der Dorftrottel schlurfte und scharrte herein, ein kleiner junger Mann, schäbig gekleidet. Er hatte O-Beine und zog das eine beim Gehen nach, bewegte sich aber mit erstaunlicher Geschwindigkeit. Wer ihm den Rücken kehrte, dem klopfte er mit seiner Klaue ungeduldig auf die Schulter. Er starrte jedem ins Gesicht und streckte die Hand aus. Sein gespitzter Mund, aus dem Speichel troff, der in den Winkeln schäumte, hatte etwas Pfiffiges, aber seine wasserblauen Augen waren flach und leer und irrten auf den Gesichtern der anderen umher, bis sie deren Blick fanden, um ihn nicht mehr freizugeben. Es drangen nur unartikulierte Laute aus seinem Mund, doch klang es jedesmal wie: Hast du schon vergessen? Er trat an die Menschen heran mit selbstverständlicher, zwingender Demut, als seien sie Götter, die dem wahrhaft Glaubenden nichts abschlagen, und die meisten konnten nicht umhin, sich entsprechend zu verhalten: Sie drückten 10 oder 50 Pfennige in die heiße klebrige Handfläche und stießen ihn dann nach vorn, bis er endlich hilflos in der ersten Reihe stand, ins Blickfeld des Pfarrers geriet, schluckte und kurz versuchte zu singen. Dann stolperte er zum Altar und hielt die Hand auf. Der Pastor lächelte und kramte unter seiner Soutane. Dann drückte er ihm eine Münze in die Hand, strich ihm über die Stirn, atmete geräuschvoll durch die Nase und mähte die Gemeinde mit seinem Blick. Der Dorftrottel machte kehrt, aber jetzt hatte er die Orientierung verloren und wankte ziellos zwischen Altar und Bänken hin und her, stieg im Versuch mitzusingen klagende Tierlaute aus, ein gestrandeter Wal. Da niemand sich bewegte, stand ich auf und bugsierte den armen Teufel unter den stummen Blicken der Gemeinde zur Tür hinaus.

Der Pastor handelte vom Widerstandsrecht gegen die Tyrannis und segnete uns nach dem Gottesdienst. Sie haben Mut, sagte er mir mit seinem Pastorenblick und: »Im Namen unseres Herrn Jesus Christus – venceremos.«

Später brachte Knut ein Transparent herbei. Zwei Pärchen aus der Siedlung folgten uns, als wir loszogen, hielten aber die von Knut vorgegebene straffe Marschordnung in Zweierreihen nicht ein, sie genierten sich, sie befürchteten, von jemandem, der sie kannte, entdeckt zu werden. Ein Ehepaar mit einem Kinderwagen kam uns entgegen, und der Vater schob den Wagen in eine Toreinfahrt, nahm seine Frau am Arm und wartete, bis wir vorbei waren. Kurz bevor wir das Dorf verließen, humpelte uns aus einer Seitengasse der Dorftrottel entgegen und stellte sich, ein Zollbeamter, dem Zug in den Weg. Jeder von uns ließ ein paar Münzen in seine Hand fallen, und als ob er witterte, daß es hier noch mehr zu holen gab, ließ der Irre uns passieren und schloß sich dem Zug hinten an. Er knickte mit den krummen Beinen bei jedem Schritt tief ein, hielt aber das Tempo und zupfte die beiden Pärchen am Ärmel, die den Schluß der Prozession bildeten und Hand in Hand hinterdreinschlenderten, als gehörten sie nicht dazu.

Außerhalb des Ortes gingen wir ein Stück an der Festwiese vorbei, nahmen dann die Straße Richtung Oosheim und marschierten unter dem grünen Dach der Chausseebäume am Fuß des Hanges entlang. Nach etwa einem Kilometer zweigte rechts von der Straße der Fußweg in den Wald ab. Durch das Gitter aus Ästen und Laub leuchtete rotweiß unser schwankendes Transparent. Der Pfad durch den lichten Laubwald führte in einem sanft ansteigenden Halbkreis den Berg hinauf. Dann kamen wir auf die asphaltierte Straße, die zur Radarstation hinaufführte. Der Anstieg war recht steil, und die Marschordnung hatte sich gelockert.

Knuts Freund gesellte sich zu den vieren aus der Siedlung. Er fürchtete, ungeschult wie sie waren, würden sie abspringen, bevor das Ziel, das amerikanische Sperrgebiet, erreicht war. Er erzählte ihnen die ganze Geschichte der Waffenstationierung in Deutschland seit den Pariser Verträgen, sprach von dem langsam sich formierenden Widerstand und machte ihnen die Zusammenhänge zwischen Militärpolitik und kapitalistischem System klar. Er sprach vom Gegensatz zwischen Stadt und Land und von der Wahl zwischen Kampf und Tod, wobei Kampf nicht unbedingt bewaffneter Kampf mit Granaten und Pistolen sein müsse und Tod nicht unbedingt der leibliche Tod, der zwar auch, wenn ein Krieg ausbreche, und der bräche aus, unvermeidbar sei, sondern daß auch Knechtschaft Tod bedeuten könne, stummes Mitmarschieren und das Dulden jeglicher Lage und jeglichen Unrechts.

Die zwei Pärchen aus der Siedlung gestanden, daß ihnen besonders die 68er imponierten, wie die da lebten, frei nämlich, und die Ideen, Solidarität, also verläßliche Freundschaft, Kameradschaft, die waren gut.

Der Berg läßt sich nicht verschieben. Revolution, oder das Gefühl von ihr, ist immer Ekstase, danach kommt die Tyrannei, auch die der Langeweile. Die versperrte Sicht nach vorn. Dienst nach Vorschrift, hier wie dort. Wir kennen alles. Warten auf den letzten Kick, den schärfsten. Die Erinnerung schrumpft zur Anekdote. Dabeigewesen. Abgeheftet im Photoalbum zwischen Äppelklauen und Feuerzangenbowle. Immerhin: Man stand zu seiner Zeit an der richtigen Front.

Wir waren nicht mehr weit vom Gipfel entfernt und

nur noch vierhundert Meter Fußweg vom Eingang der Radarstation, deren Stacheldrahtumzäunung im Wald den Berg umkreiste. Unterhalb der Wiese, auf der wir uns sammelten, begann hinter Brombeerhecken wieder der Wald, und am Fuß des Berges war das Dorf zu sehen und die Festwiese mit Zelt und Kettenkarussell.

Knut beschloß eine Rast, um unser weiteres Vorgehen zu diskutieren. Ich wußte nicht, was es da zu diskutieren gab, ich wollte vorwärts, ohnehin begann ich zu bereuen, nicht alleine unterwegs zu sein. Aber Knut wollte diskutieren. Also setzten wir uns. Knut zog einen würfelgroßen, in Alufolie verpackten Klumpen aus der Tasche und ließ sich von seinem Freund Zigarettenpapier und Tabak geben. Zum Schluß schloß er die Tüte vorn mit einem Schwänzchen zusammengedrehten Papiers, zündete den Joint an, ließ das Schwänzchen abbrennen, bis er vorn offen war und tupfte dann noch mit dem angefeuchteten Finger daran herum. Schließlich nahm er den ersten Zug; die Faust um den Mund geschlossen, atmete und atmete er ein, zog auch die austretenden Wolken noch mehrmals nach und stieß endlich die Luft in einem Hustenanfall wieder aus. Er reichte mir die Zigarette weiter, schöpfte rasselnd Atem und flüsterte: Guut. Oh ja, das kommt, das zieht rein.

Bis auf den Dorftrottel rauchten wir alle, und dann drehte Knut einen zweiten Joint, und wir rauchten noch einmal. Die Sonne schien, und Knut lehnte sich zurück und blinzelte in den Himmel.

Ich wollte, ich wäre jetzt unten in der Provence, sagte er. Meine Alten haben eine Wohnung in Grasse. Da hab ich zum letzten Mal wirklich gut gekifft. Da unten verstehen sie zu leben . . .

Ja, sagte sein Freund, leben mit einfachen Leuten, die nicht alles so vermittelt sehen. Und wenn's zu ruhig wird, steigst du ins Flugzeug und gehst für ein halbes Jahr Babylon tanken. New York, ein Loft an der Lower East Side, Hektik, Junkfood, Ti-Vi . . .

Die vier aus der Siedlung, die den ersten Joint noch mitgeraucht hatten, saßen abseits und warteten ungeduldig darauf, daß die Aktion endlich beginne. Doch davon waren wir weiter entfernt als je zuvor. Irgendwann wechselte die Stimmung von der faulen Melancholie, in der Knut und seine Freunde, einen Grashalm im Mund, die Landschaft betrachtet hatten, zu einer höchst reizbaren Lachempfindlichkeit. Endlich rafften sie sich auf und stapften mit dem Transparent zu dem vergitterten Tor, schweratmend, von immer neuen Lachanfällen gepeinigt. Die schwarzen Posten tippten sich an die Stirn und riefen irgend etwas herüber, Knut und Uli lachten nur noch mehr.

Die vier aus der Siedlung hatten bald begriffen, daß sich nichts mehr ereignen würde. Sie maulten über den vertanen Nachmittag und warteten vor dem Tor, bis ein LKW herauskam, hielten die Daumen empor und wurden nach unten ins Dorf mitgenommen.

Es war hohe Zeit, daß unsere Wege sich trennten. Was immer ich zu tun hatte, konnte ich nur allein tun. Ich verachtete diesen Knut und seine Freunde ein wenig, und vor allem hatte ich nicht vor, was immer ich finden und entdecken würde, mit ihnen zu teilen. Ich ging zurück in den Wald und stieg weiter den Berg hinauf.

Was eigentlich suchte ich? Was eigentlich glaubte ich, verberge der Berg? Eine atomare Abschußrampe? Einen Kommandobunker, ein Atomwaffenlager, eine verheimlichte Atommülldeponie? Oder ganz anderes, Unausdenkliches, etwas Un- und Übermenschliches? Oder gar nichts außer einer Ader von magnetischem Eisenerz? Und wenn er etwas verbarg, wie sollte ich es finden, und vor allem, wenn ich es fand, was sollte ich tun? Ich konnte schwerlich einen NATO-Bunker erobern. Ich konnte bestenfalls eindringen, sehen – und dann?

Ich ging kreuz und quer, zeichnete ein sonderbares Muster durch den Wald, die Sonne schien, die Erde summte. Wie da alles untereinander und miteinander verbunden war. Die alten, von vielen Füßen glattpolierten Pflastersteine, mit Sonne vollgesogen, und das Schattenkringeln des Laubes kitzelt ihren Leib. Mit welcher Ruhe sie den immerwährenden Wechsel von Tag zu Nacht zu Tag betrachten, von Regen zu Trockenheit, sie haben die längste Zeit, und Geduld und Wissen haben den Baßton geschliffen, in dem sie behaglich summen. Die dürren sonnenbleichen Gräser abseits des Weges, die die Käfer und Grillen bevölkern, der Wind, der die Äste und Blätter über ihnen bewegt, sie in Licht und Schatten taucht, mit flirrenden Mustern bemalt. Es gibt keine Erklärungen, nur Verweise, es ist alles ganz deutlich, weil es eben da ist; da spricht ein Baum: Es waren Wolken, Winde, Schnee und Regen und Menschen, wie auch jetzt; dort wo der Wind Zwischenräume aussart, füllen die Grillen sie, ihr Zirpen bewegt die Halme, die lassen es sich gefallen. Die bräunlichen und weißen Türme, Berge, Wagenzüge der Wolken finden alle hier unten ihr Gegenstück in den wiegenden Kuppeln der Baumkronen, im Flackern der Blätter, im hingegeben graziösen Zurücklehnen der Weidengerten im Wind, im gänsehäutigen Zittern der Birkenzweige, im kleinen, eng beisammenstehenden tuschelnden Völkchen der Sternmieren, in den dornig verknüpften Himbeernestern, im Lispeln des eben ans Licht gekommenen Buchenblatts, das sich seiner braunen Hülle entledigt hat. Und zwischen Erde und Himmel ziehen zu unserem Verständnis die Vögel ihre schwarzen Linien und Pfeile, daß alles zueinandergehört, jeder ist, was er kann, hier und jetzt, wir auch. Jede Tat pflanzt sich fort, über unsichtbare Flaschenzüge wird ihr Gehalt weitergeführt, bis er wieder bei mir anlangt.

Plötzlich fand ich mich auf einer Lichtung wieder, auf der ich einen grauen Betonquader erblickte, ein Transformatoren- oder Generatorhäuschen oder ein Luftschacht – oder ein Eingang. Von dem Gebäude ging ein seltsames Summen aus, eine Stahltüre war natürlich verschlossen.

Ich berührte sie und sagte leise: Öffne dich. Geh auf. Öffne dich.

Plötzlich schien mein ganzes Leben nur auf diesen einen Moment zugesteuert zu haben und hinfällig werden zu müssen, wenn nicht geschah, was geschehen mußte.

Aber nichts geschah.

Ich wußte, es würde geschehen, und ich wartete. Dann begann ich, an der Tür zu rütteln, mit aller Kraft, bis mir vor Anstrengung schwarz vor Augen wurde. Diese Tür bewahrte das Geheimnis Deutschlands, hinter ihr wartete die Offenbarung auf mich.

Plötzlich öffnete die Tür sich mit Leichtigkeit, und ich taumelte auf eine Art von Rutschbahn und glitt nach unten, immer schneller, und es wurde immer heißer. Ich glaubte, einen weiten Bogen zu beschreiben, bis meine Augen sich an das Dämmerlicht gewöhnt hatten und ich erkennen konnte, daß ich in einer riesigen Spirale an den metallschimmernden Wänden des ausgehöhlten Berges in die Tiefe glitt, immer tiefer, tief unter Gottes Gehör, und mir war, als hörte ich Schreie, zeitlose Schreie, deren Echo nicht entfliehen konnte, und ich bekam es mit der Angst zu tun und verfluchte meinen Mangel an Vorsicht, der mich in eine Situation getrieben hatte, die schlecht ausgehen mochte für mich, dabei hatte niemand mich etwas gefragt, niemand etwas von mir verlangt. Schließlich war ich am Boden des Berges angelangt und versuchte, mich in dem fahlen Licht zu orientieren. Meine Schritte hallten in der gespenstischen Leere wie in einem Dom. Dann hörte ich Stimmen:

Ich konnte nun etwas besser sehen und erblickte eine unwirkliche Szenerie vor mir: In der Mitte des Saales stand eine Krippe mit dem Jesuskind darin, das mich freundlich anblickte. An der hinteren Wand lehnte rauchend ein Mann im grünen Jägerkostüm. Er musterte mich abschätzig. Ein alter Lumpensammler wühlte in den Kleidern auf seinem Karren und sah kurz auf. Auf einem Stuhl saß eine stattliche Dame, die ich sofort als Athene erkannte. Dann sah ich, daß noch jemand im Raume war, den ich zuvor aufgrund seiner schwarzen Rüstung nicht wahrgenommen hatte. Er hockte auf einem Dreifuß, hielt ein glänzendes Schwert zwischen den Beinen und stierte schweigend zu Boden.

Helfen Sie mir, sagte ich zu Athene. Sie sind nicht von einer Mutter geboren worden. Sie werden kinderlos bleiben. Sie verstehen mich. Sie sind die einzige!

Ich bedaure, kam die Antwort. Ich habe meine Protegés gewählt, und du gehörst nicht dazu. Ich weiß auch gar nicht, was ich hier soll . . .

Das Jesuskind sah mich mit einem Ausdruck des Bedauerns in den Augen an und sagte: Hagen, was suchst du denn hier?

Ich will hinein in diesen Berg, ich will Aufklärung bringen, ich will helfen, ich will die dunklen Machenschaften aufdecken, für die die Menschen geopfert werden.

Du willst sie vernichten, sagte mit dumpfer Stimme der Ritter.

Ich schielte nach dem Jesuskind. Nun ja . . .

Glänzen will er und weiß nicht wie, lachte meckernd der Grüne. Die Zeiten sind auch vorbei.

Weißt du, es gibt genügend Möglichkeiten, Gutes zu tun, ohne dabei aufzufallen, sagte das Kind in der Krippe. Du kannst in Altersheimen arbeiten, im Krankenhaus, du kannst dem Sozialamt bei der Betreuung von Zigeunern behilflich sein und noch vieles mehr, und es wird mir nicht entgehen.

Und Franz von Assisi und Paulus, die hast du auch nicht in ein Altersheim geschickt, warum mich! Ich bin bereit, mehr zu opfern als meine Zeit. Ich biete mein Leben an, verdammt noch mal!

Und ich will nur deine Zeit und nicht dein Leben, antwortete das Jesuskind.

Anstatt zu diskutieren, räche dich, grollte der Ritter. Räche dich für all die Erniedrigungen! Weißt du schon nicht mehr, bei wem du alles eine Rechnung offen hast? Vergiß keine davon. Das ist ein Antrieb. Räche dich. Zahl ihnen alles heim.

Ich blickte verwirrt um mich. Das Jesuskind hatte die Augen geschlossen, Athene und der Grüne würfelten in einer Ecke des Raumes.

Ich denke, er paßt gerade so auf meinen Karren, sagte der Lumpensammler, der zu wühlen aufgehört hatte.

Was soll das heißen?

Daß ich solche wie dich zu Hunderten sammle. Du paßt gerade auf meinen Karren mit dem übrigen verschlissenen, noch brauchbaren Zeug. Bist kein Fall, um den man lang debattiert.

Noch brauchbar, sagen Sie?

Sicherlich, von irgendwem, der weiß, was er daran hat.

Das weiß keiner besser als ich selbst!

Du weißt nicht einmal, wer du selbst bist. Schau dir

doch die heteroklite Versammlung an, die du hier eingeladen hast.

Erschlag ihn, sagte der Ritter dumpf. Bleib deinen
Idealen treu. Erschlag jeden, der sich dir in den Weg
stellt. Willst du mein Schwert?

Ist denn hier keiner, der mir helfen will? fragte ich.
Keiner, der sich ernsthaft mit mir beschäftigen möchte?
Wenn man der Meinung ist, ich habe bislang nicht genug
getan, dann hätte man mir das doch sagen können. Jeder
hat wohl das Recht auf eine Warnung.

Ich dachte, du wüßtest, daß ich da bin, sagte das Jesuskind müde.

Ich winkte ab. Natürlich, aber trotzdem. Es ist nicht
immer so einfach, ganz alleine . . .

Du bist nicht alleine, sagte das Jesuskind und löste
sich in Licht auf, das nur langsam verdämmerte.

Ich fühlte mich ein wenig freier, zu sprechen, wie mir
der Schnabel gewachsen war, und sagte: Da Sie nun aber
alle hier sind, geben Sie doch wenigstens zu, daß Sie meinetwegen da sind und daß das nicht jedem so passiert.

Ich bin hier nicht zuständig, sagte Athene. Ich gehe.

Halt! Und warum die andern? Und warum nicht ich?
Hä, warum nicht ich? Warum halten Sie Ihren schützen-
den Arm nicht über mich. Warum gewähren Sie Ihre ironische Freundschaft nicht mir?

Weil es mich nicht gibt, du Dummkopf, dröhnte
Athene und verschwand durch die Wand.

Räche dich, grollte dumpf der Ritter.

Können Sie vielleicht die Luft anhalten mit Ihren Ra-
chephantasien? schrie ich ihn an. Ich habe nicht die geringste Lust, bei meinem Rachenehmen so elendiglich
zugrunde zu gehen wie Sie. Ich will leben!

Leben?! Er spuckte das Wort aus. Dann habe ich mich
wirklich in dir getäuscht. Dann ist mein Platz nicht hier.

Der Lumpensammler lächelte geduldig in sich hinein, ein Pokerspieler, der sein todsicheres Blatt betrachtete. Für oben ist er zu dick, und für unten wiegt er zu leicht. Ich sage doch, der ist mein Kunde.

Ich wurde langsam unruhig. Aber da war auch noch der Grüne.

Hören Sie zu, sagte ich. Alles, was ich brauche, ist ein bißchen Zeit. Vielleicht stimmt es, vielleicht bin ich nicht der Schnellste. Aber ich strenge mich wenigstens redlich an. Ich bin auf der richtigen Spur. Ich brauche nichts als ein bißchen Zeit.

Du bist ein Verschwender, sagte der Grüne abweisend.

Ich tat, als habe ich nicht gehört: Ja Zeit, können Sie mir nicht ein wenig Zeit zuschanzen?

Für wen hältst du dich denn? Bescheidenheit ist wirklich nicht deine Stärke! Liest wohl auch zuviel. Ja glaubst du denn, dir wollte jemand Zeit geben? Noch mehr Zeit? Wofür denn? Was wolltest du denn anfangen damit? Was hast du denn schon groß im Gegenzug anzubieten? Zeit zuschanzen, das darf ja wohl nicht wahr sein! Für wie exklusiv hältst du dich denn?

Andere waren gut genug für Sie, sagte ich schmollend.

Der Grüne trat näher: Verstehst du denn immer noch nicht? Da ist nichts! Sieh dich doch nur einmal hier um! Da ist nichts, hörst du das? Da ist niemand. Es gibt niemand. Nur draußen. Du und die anderen. Da ist sonst nichts. Da ist Leere! Da ist Luft. Da ist niemand. Hörst du mich? Verstehst du mich. Da ist niemand. Da ist keiner. Da ist Nichts. Nichts ist da. Absolut nichts. Du bist alleine. Da ist keine Transzendenz. Da ist nichts. Nichts. Nichts.

Die Stimme wurde lauter in meinem Kopf. Todesbienensummen, Klimaanlagenhauchen, Computerzirpen, der ganze Berg vibrierte vor unmenschlichem maschinellem Lachen über mich, und mir wurde schwarz vor Augen. Als ich sie öffnete, stand ich noch immer vor dem Häuschen, die Hand um die Klinke der Stahltür geschlossen. Mein Kopf schmerzte, und mein Mund war ausgetrocknet. Das verdammte Kraut, dachte ich. Ich war den Stoff nicht gewohnt, und das hatte ich nun davon.

Zurück auf der Straße, traf ich niemanden mehr an, und als ich hinunter ins Dorf kam, war es dunkel geworden, vom Ortsrand drang Licht und Lärm herüber, ein Schützenfest war im Gang, die Kerb. Ich lenkte meine Schritte zum erleuchteten Festplatz.

Um den Hau-den-Lukas drängten sich die Menschen. Man brüllte und schrie, drängelte und stieß, und dem dumpfen Aufprall des Hammers folgte lautes Hohnlachen oder noch lautere Anerkennung. Es waren Arbeiter aus der Umgebung und die Jungen aus der Siedlung mit Zigarettenstummeln im Mundwinkel, die sich aus der Umklammerung ihrer Freundinnen befreiten und in die Hände spuckten. Die Hammerschläge wurden immer härter, die Bewegungen der Männer immer ausholender, die Augen der Betrachter glitzerten, und wenn der Schlag kam, schrie alles auf. Die Masse wankte kreischend hin und her, jeder wollte den nächsten Schlag sehen und hoffte, daß einer den ganzen Amboß zertrümmern und das Blei in den Himmel hinaufjagen würde.

Nebenan am Kettenkarussell lehnte rauchend der Alte, der die Maschinen schaltete und die Musikkassetten wechselte. Die Hälfte der Sitze drehte sich leer im Kreis, ein paar Ehepaare, die sich an die Zeit erinnerten, da sie sich kennengelernt hatten, juchzten in den Ketten, einige stumme Kinder kauften Billetts. Die wenigen Zuschauer waren meist ältere Männer, sie spähten steifnackig nach oben unter fliegende Röcke.

Gegenüber drehte sich das doppelstöckige Märchen-karussell zu scheppernder Popmusik, und die Pferde, Kamele und Kutschen ruckten auf und nieder. Väter und Mütter standen herum und lächelten jedesmal erleichtert, wenn ihr Kind winkend vorbeigeritten kam. Vor jeder neuen Fahrt setzte ein wüster hitziger Sturm auf die Plätze ein, die Kinder rissen einander an Haaren und Kleidern, schlugen in fremde Gesichter und traten nach Fingern, wenn sie bereits den Platz auf einem der Tiere erkämpft hatten und ein anderer sie wieder hinunterreißen wollte. Die Kinder aus der Siedlung, elternlos, die Taschen voller Fahrchips, kamen besser weg. Sie schlugen kräftiger, brüllten lauter und kratzten schärfer, und ständig liefen heulende Kinder zur Mutter und schluchzten, gegen ihren Bauch gedrückt, gedemütigt. Einige Väter halfen dann ihren Kleinen, schnauzten die anderen Kinder an, bugsierten ihre auf die Einhörner, doch dafür hatten die so Begünstigten sofort zu büßen, wenn niemand hinsah; ohnehin war es vielen peinlich, nur mit Hilfe des Vaters aufs Karussell gekommen zu sein. Nach diesen Kämpfen fuhren mehr Weinende als Glückliche; trotzig blickte jeder während der ersten Runden herab, mißtrauisch, ob ihm nicht doch noch einer den Platz streitig machen würde, und erst in den letzten Sekunden entspannten sich ihre Gesichter.

Am Querbalken der Brüstung des Autoscooters lehnten dicht an dicht die Mädchen in engen Jeans, rauchten, warteten, standen unter den Lautsprechern, wo die Luft zitterte vor Lärm. Die Wägelchen krachten dumpf zusammen, oben am Gitter schlugen Funken aus dem Draht, einer jagte den andern, verstellte ihm den Weg, prallte ihm in die Seite, Köpfe flogen vor und zurück, Körper wurden durchgeschüttelt, jeder Wagen suchte, den Verfolgern zu entkommen, andere gegen die Bande

zu drängen, das Krachen und Schreien ging unter im
Lärm der Musik. Dann rollten die Wagen aus, und für einen Moment saßen alle stumm und dumm. Dann ent-
brannte der Kampf um Plätze für die nächste Runde.
Manche irrten von Wagen zu Wagen über die ganze Pi-
ste, jedesmal war ein anderer schneller, und fanden sich
beim Ertönen der Sirene zwischen dicken Gummiwül-
sten und aggressiven Grills eingekeilt. Sofort wurde die
Jagd eröffnet, und sie entkamen nur in letzter Not durch
einen Sprung auf die Umfassung. Die jungen Männer
rotteten sich unter einem anderen Lautsprecher zusammen und starrten zu den Mädchen hinüber. Die wenigen
glücklichen Pärchen, die Arm in Arm fuhren, wurden
gnadenlos gehetzt, keiner ließ es sich entgehen, sie zu
rammen, mit grünen Gesichtern taumelten sie davon.

An der Kassenbox hing ein Schild mit der Aufschrift:
junger Mann zum Mitreisen gesucht. Ab und zu blieb einer der allein herumstreifenden Jungen lange davor stehen, rieb sich das Kinn und dachte an die Helfer, die kühn
auf die fahrenden Wagen sprangen, sich mit einer Hand
festhielten und mit der andern den Mädchen Feuer gaben.

Ich betrat das Festzelt. Sofort schlug mir der Lärm der
Kapelle entgegen. Auf den Brettern des Tanzbodens trampelten stampfend alte Frauen mit alten Frauen, drehten
sich kleine Mädchen mit kleinen Mädchen, Rauchschwa-
den hingen wie Nebel, wie dünne Wolken über den Ti-
schen, krachend schlugen Bierhumpen auf Holz, klirrend
stieß Glas gegen Glas, Schlangen und Reihen dicker Körper und verschwitzter Gesichter wiegten sich im häm-
mernden Takt hin und her, Fäuste umklammerten fett-
triefende Hühnerbeine, Zähne schlugen sich ins Fleisch,
rote Köpfe, bleckende Gebisse, aufgerissene Schlünde,
eine wabernde Masse Mensch, Fäuste, Berührungen,
blutunterlaufene Augen, Händeklatschen, ich zuckte zu-

sammen, dröhnendes Lachen, spitze quiekende Schreie, wenn losgelassene Männerhände durch Kleider in Fleisch zwickten, drückten und stocherten; das Becken schepperte, dumpf die Pauke, die Trompeten quengelten, Fröhlichkeit rauschte aus blutigen Gesichtern, Leiber langgestreckt auf dem Holz, feiste rote Hälse platzten aus engen Kragen, Frauen hoben mit den Händen ihre Brüste empor, Kinder unter den Bänken zu Füßen der Eltern, Kinder, die den Qualm einatmeten, die geschlagen wurden und hinausgeschickt, die Taschen voller Markstücke, verschüttetes Bier im Sägemehl auf dem Boden bildete dunkle Flecke. Ich stürzte wieder hinaus.

Am nächsten Morgen wurde ich von Autolärm geweckt. Ich stand auf und zog die Vorhänge meines Zimmers zur Seite. Draußen auf der Straße ergossen sich aus Bussen Hunderte junger Menschen mit Transparenten, Schildern und Megaphonen. Ich konnte die Namen einiger Gruppen entziffern: Buntspecht, Kulturinitiative, Sozialistischer Studentenbund Marburg, Christen gegen Atomtod, Frieden schaffen ohne Waffen und dergleichen mehr. Kommandos, Aufrufe, Marschordnungen wurden durchs Megaphon gebrüllt, dann formierte sich der Demonstrationszug und setzte sich in Bewegung, auf den Berg zu. Sie waren so zahlreich, daß die Letzten noch immer auf dem Dorfplatz standen, als die Spitze des Zuges schon den Waldrand erreichte.

Ich konnte mir Zeit lassen. Da war nichts mehr zu tun für mich. Sie waren so viele, die da ausschwärmten, daß ich ihnen nichts mehr berichten mußte. Sie waren so viele, daß sie dieses und jedes Geheimnis aufdecken würden, was immer es für ein Geheimnis sein mochte, auf ihre Weise, gemeinsam, kollektiv, mit der Macht der großen Zahl. Welches Geheimnis hatte eine Chance gegen so viele Aufklärer.

Walpurgisnacht

Ich hatte mich als Zuhälter verkleidet und stand weitab vom blinkenden Helldunkel der Lichtorgel unter der Wendeltreppe im Haus von Barbaras Eltern, die zu der Faschingsfeier geladen hatte, und drückte mich um meine Verpflichtungen als Freund der Gastgeberin herum. Da erblickte ich zwei nackte Füße auf der obersten Stufe. Die Füße stiegen herab, berührten behutsam und leicht die Stufen mit den Zehen, dann sah ich einen roten, wadenlangen Rock, dann ein schwarzes Mieder, dann das Gesicht. An den Ohren der Zigeunerin baumelten große goldene Ringe, um ihren Hals, ihre Handgelenke, ihre Fesseln trug sie goldene Ketten, der Kopf war von einem roten Tuch bedeckt, aber über die Stirn fiel eine Strähne hellen Haars.

Ein Zuhälter und eine Zigeunerin, aber ihr Gesicht war nicht das einer Zigeunerin, es war schmal und bleich, aber mit den großen Augen eines erschrockenen Kindes, aber ihr Mund war nicht der eines Kindes, die blutrot bemalten Lippen glänzten wie eine überreife aufgeplatzte Frucht, aber sie bewegten sich, als führten sie ein Eigenleben, als sei der Mund ein kleines Tier, erschreckend, aber anziehend, das mit dem Gesicht in Symbiose lebte, aber seinen Bewegungen nicht immer folgte; der Mund war furchteinflößend, aber als die Zigeunerin am Fuß der Treppe angelangt war, sah ich, daß sie klein war, klein und knabenhaft und mager, aber sie setzte ihre Füße so behutsam und leicht voreinander, als wolle sie im nächsten Moment entfliehen, fortfliegen, aber ihre Augen, die eben die Augen eines furchtsamen Tieres gewesen waren, blickten nun suchend, prüfend, fordernd, aber ihr Blick fiel auf mich, aber die Haarsträhne, die unter dem Tuch hervorkam, hatte die Farbe von Honig oder halbtrockenem Sherry, aber ihre Augen belasteten mich, aber ihr Blick war kühl, aber ihre Lippen formten ein Rund, als wolle sie sprechen.

Sie blieb einen Moment länger vor mir stehen, als nötig gewesen wäre, und ihr Blick brannte ein Loch in den Boden unter meinen Füßen und ich fiel. Ich fiel, ohne anzukommen, ich fiel und fiel. Ich fiel durch alle Siebe, ich schmetterte durch alle Zwischenböden, es entriß mich jedem Halt, voller Scham spürte ich meine Kleider in Fetzen gehen, fühlte mich nackt werden, ich verlor meine Sprache, mein Kiefer und mein Gaumen froren fest, lösten sich dann und begannen zu schlottern, meine Glieder krampften sich zusammen und erschlafften dann vollkommen, meine Erinnerung implodierte, meine Synapsen schalteten ab, der Schleim, der die Poren meines Herzens, meines Hirns verstopft hatte, quoll aus der Haut und wurde von einem Eisregen abgewaschen, ich erbrach meinen Haß, meinen Ehrgeiz, meine Überzeugungen, Ruß- und Aschekästen meiner Seele leerten sich bitter durch meinen Mund, Feuer verbrannte meine Augen, ich entleerte mich und beschmutzte mich hilflos wie ein Kleinkind, ich gab meine Würde weg und meinen Stolz, ich ergab mich dem Gelächter, das mich schüttelte wie eine Gliederpuppe, ich fiel und fiel, ich verlor im Fluge alles Menschliche, alle Schlacke, zuletzt verlor ich den Willen, irgend etwas zu halten oder zu bewahren, meine Poren öffneten sich so weit, bis der Wind durch mein blankes Skelett heulte und es klappern machte, ich wurde zu Lehm, ich wurde zu Sand, ich wurde zu Staub, ich verwehte in alle Richtungen, ich war nicht mehr, es gab mich nicht mehr, und da, im Moment meines Aufschlagens, fing sie mich in ihren Armen auf, barg mich in ihrem Blick, nahm mich in ihre Geborgenheit zurück, und dann trafen mich ihre Augen, die mit uralter, unerbittlicher Zärtlichkeit mir zuflüsterten, daß nun alles von vorn beginne, alles wieder neu anfange, und kaum konnte ich den Kopf schütteln und mich an ihr festkrallen und mich in ihren kühlen Schoß verkriechen, da hatte sie mich schon von sich gestoßen, hielt mich auf Armeslänge entfernt und gab mich frei, und voller Furcht, voller Müdigkeit, aber auch erfüllt von einer aufkeimenden aufbrausenden morgendlichen Freude, spürte ich, daß meine zitternden Beine mich trugen.

Möchtest du mit mir tanzen, Hagen? fragte sie.

Ich nahm sie in den Arm, und wir tanzten dort, wo wir einander gegenübergestanden hatten, unter der Treppe im weitentfernten Echo der Musik.

–, sagte sie.

Ich hatte sie nicht gehört, ich sah und hörte nichts.

–, flüsterte sie.

Ich sah sie dicht vor mir.

Was sagst du? fragte ich heiser.

Ich heiße Anna.

Woher kennst du meinen Namen?

Von Barbara, sagte sie. Wir sind in einer Klasse.

Ich zitterte in ihren Armen, ich konnte nichts dagegen tun. Sie war klein und leicht, aber mir war, als zögen Zentner mich nach unten. Rosencrantz kam vorbei und sah mich an, aber ich nahm ihn nicht wahr, es war, als hafte sein Blick auf einer alten Haut, die ich soeben abgestreift hatte. Enthäutet und nackt drückte ich mein bloßes Fleisch gegen das Mädchen, ihre Hände in meinem Nacken brannten wie glühende Kohlen, ihre Hüftknochen stießen spitz in mein Innerstes, sie jonglierte leichthändig und lächelnd mit den Teilen, in die ich zerfallen war, ich fühlte mich einmal oben, einmal unten, haltlos steigend und fallend in der Luft, dann aufgenommen im warmen Griff ihrer Hand und schon wieder fortgeworfen, ich wog nicht schwerer als ihre Lust, und voller Angst dachte ich, sie möchte, des Spiels müde geworden, die nutzlosen Bälle in die Ecke feuern und vergessen. Sie hieß Anna.

Sie hatte honigfarbenes Haar und grüne Augen.

Sie hatte ein schmales Gesicht.

Ihre Nase war zu groß und nicht gerade.

Ihr Mund, dieses freie Tier, war leicht gespitzt und geöffnet, als stünde sie am Meer.

Ihre Haut war weiß, auf dem Sattel der Nase saßen Sommersprossen.

Ihre Schultern waren knochig und mager, ihre Finger waren lang und schmal, mit runden Kuppen und kurz geschnittenen Nägeln.

Ihre Hüften waren gerade wie die eines Knaben.

Ihre Füße waren sehnig und beweglich wie die barfußgehender Völker.

Ihre Augen waren weit geöffnet, ihre Augäpfel bewegten sich wie Radarschirme, tasteten mein Gesicht ab, in fluchtbereiter Neugierde.

Ihre Augen trafen sich mit meinen, und wir fragten einander, was da geschehen war.

Was war geschehen?

Alles war bereits geschehen in wenigen Augenblicken, in zwei Berührungen, in drei Sätzen. Das war das Unerklärliche. Unsere Vergangenheit, unsere Gegenwart, un-

sere Zukunft war geschehen, war erschienen in einer Sekunde, hatte sich entschieden, nichts konnte mehr passieren, nichts war mehr nötig, wir hatten einander
erkannt, wir hätten uns trennen können, wir hätten uns
nie wieder sehen brauchen, wir hätten sterben sollen,
aber wer vermag das.

Alles, was wir noch tun konnten, war ein menschen-
haftes Ausmalen des Bildes, dessen Struktur doch schon
abgeschlossen vor uns stand. Alles, was Menschen tun,
wenn sie sich kennenlernen, sich voneinander erzählen,
sich preisgeben, die Körper erobern, in Lust ertrinken,
sich verletzen, sich verlassen, sich wiederfinden, sich berühren, sich weh tun, sich ändern wollen, einander ändern wollen, entfliehen, verschwinden, neuentdecken,
sich niederlassen, Leben zeugen, altern, sich enttäu-
schen, sich töten, sich zum Leben erwecken; all das war
bereits geschehen, all das hatten wir bereits getan, unsere
Erinnerung verband uns über Jahrhunderte, nur eines
war unmöglich: uns aneinander zu gewöhnen.

Wir sahen einander an: Was sollten wir jetzt tun. Die
Entscheidung ließ sich nicht aufschieben. Ich wußte, daß
die einzige Konsequenz dieser Begegnung sein konnte,
ihr zu sagen: Komm! und mit ihr fortzugehen, denn von
nun an hatte zwangsläufig ein anderes Leben begonnen.

So mußte eine Bekehrung sein, so also ging ein Da-
maskuserlebnis vor sich: in solch freudiger Übergabe,
solch wehmutslosem Ballastabwerfen. Eine glasklare
Synthese – wer es nie erlebt hatte, der konnte nur Probleme ahnen, lastende Entscheidungen, Gewicht auf den
Schultern, dabei war alles von kinderleichter Evidenz: Ja
sagen mußte ich, Komm! mußte ich sagen und einfach
hinaus- und fortgehen mit ihr, und alles weitere würde
sich finden.

Und wenn sie Nein sagte? Wenn sie glaubte, sich erst

von Freunden verabschieden zu müssen, wenn sie erst noch ihren Mantel aus der Garderobe holen wollte, wenn sie erst noch Vater und Mutter Auf Wiedersehn sagen wollte? Oder wenn sie mitkam und dann nicht weiterwußte? Oder wenn sie mich morgen stehenließ und dem Gespött preisgab – wie ein Schlafwandler mit offenem Maul, wie ein Ochse an seinem Nasenring hatte ich mich ziehen lassen. Wenn sie guten Willens war, aber schwach? Wenn sie mich vor unserem gemeinsamen Tod verließ? Wenn ich nicht mithielt? Ihr Tempo nicht gehen konnte und ihr lästig wurde? Übertrieb sie nicht? Wer war sie überhaupt? Und wenn ich nicht der einzige war, wenn sie auch nur ein Gran weniger vom Schlag gerührt war als ich selbst?

Dann erblickte ich aus den Augenwinkeln Barbara, die durchs Gedränge kam. Ich löste mich von Anna, und der Moment war verpaßt.

Habt ihr euch schon kennengelernt? fragte Barbara.

Anna sah mich an.

Ja, sagte ich. Ihr geht in dieselbe Klasse, nicht wahr.

Anna sah mich an.

Hast du genug zu trinken? Gefällt dir die Musik? fragte Barbara Anna.

Anna sah mich an.

Ich lächelte ihr freundlich zu.

Dann sagte Anna zu Barbara: Die Musik gefällt mir nicht, und ich kann nicht mehr hierbleiben. Danke dir für die Einladung und gute Nacht.

Sie drehte sich um und stieg wortlos die Treppe hinauf.

Barbara sah mich fragend an.

Ich drehte einen Finger vor der Stirn.

Barbara küßte mich kurz und ging ins Gedränge zurück. Sie war die Gastgeberin und hatte Verpflichtungen.

Mein Herz schlug bis zum Hals, und ich blickte mich um, stieg nach oben und trat aus der Tür. Als ich auf der Straße stand, sah ich die Silhouette im Schein der Straßenbeleuchtung eilig die Allee hinuntergehen. Es schien mir, daß sie noch immer barfuß sei. Ich stieg in den Wagen und fuhr langsam hinterher, immer genügend Abstand haltend, damit sie mich nicht bemerke.

Schließlich trat sie in ein Grundstück, ging auf das Haus zu, öffnete die Tür und verschwand. Sie hatte ihren Mantel auf dem Arm getragen. Ich blieb gegenüber im Auto sitzen und behielt den Hauseingang im Auge. Die Nacht war kalt, und die Scheibe beschlug von meinem Atem, ich mußte sie andauernd mit dem Ärmel abwischen.

Plötzlich kam mir die Idee, daß es vielleicht gar nicht ihr Zuhause war. Der Gedanke war unerträglich, und ich startete den Wagen und fuhr zurück zum Haus von Barbaras Eltern. Niemand hatte mein Verschwinden bemerkt. Ich suchte Barbara, und als sie mich sah, ging ein Lächeln über ihr Gesicht, das mir den Magen zusammenzog.

Oh, du bist kalt, sagte sie. Warst du draußen.

Ja, ich habe ein bißchen Luft geschnappt. Sag mal, wer ist diese Verrückte denn?

Anna? Ich mag sie gerne. Aber sie ist sehr launenhaft. Ich kenne sie noch nicht lange. Ich glaube, sie ist einfach ein bißchen unreif.

Ich sah Barbara an.

Sie blickte erstaunt zurück: Was hast du? Du schaust mich an, als wolltest du mich erschlagen.

Ich lächelte und räusperte mich. Wie sagst du, heißt sie?

Anna.

Nein, ich meine den Nachnamen.

Sie nannte ihn mir. Und? sagte sie.

Ich zuckte die Achseln.

Ich wartete einen passenden Moment ab und verließ das Haus. Ich stieg ins Auto und fuhr zurück. Ich parkte den Wagen ein wenig oberhalb des Hauses, stieg aus, ging auf das Tor zu, blickte vor und zurück, öffnete das Tor lautlos und schlich bis zum Haus. Ich sah auf den Klingelknopf, las den Namen und atmete tief aus. Dann ging ich zurück zum Auto und setzte mich hinein. Es war kalt. Zum Glück trug ich einen Anorak. Die Nachtkühle hatte mich sehr nüchtern und klar gemacht. Ich blickte zu dem Haus hinüber und wartete. Ich war hellwach. Ich fühlte mich neu und anders.

Das Klopfen am Fenster weckte mich. Ich schlug die Augen auf und wußte nicht, wo ich war. Dann sah ich, daß es dämmrig war und daß ich noch stets im Auto saß. Alle Glieder taten mir weh. Es klopfte nochmals ans Fenster. Da sah ich Anna. Ich riß die Tür auf und umarmte sie. Wir küßten uns. Ihre Finger waren kalt auf meinem Nacken. Meine Beine wurden schwach. Ich sah Anna an, deren Mund leicht geöffnet war, ich blickte auf ihre gemaserten Lippen, ihre Augäpfel bewegten sich wie Radarschirme über mein Gesicht. Sie sagte nichts. Ich sagte: Ich liebe dich.

Was soll das denn heißen, antwortete sie scharf. Das Wort sagt gar nichts. Wie oft und für wen und wofür hast du es schon benutzt. Nur, sagen wir, in den letzten zwei Monaten. Denk mal nach. Ich hasse Worte, die leer sind.

Ich schwieg, und als ich nicht weiterwußte, küßte ich sie nochmals. Sie ließ sich küssen. Ich war verwirrt. Sie trug einen roten gefütterten Mantel und Stiefel.

Heute nacht bist du barfuß nach Hause gelaufen, sagte ich.

Ja, ich war wütend und verletzt und habe die Kälte nicht gespürt.

Wo willst du denn hin, jetzt? Wie spät ist es überhaupt.

Es ist noch früh. Ich gehe gerne früh spazieren Sonntag morgens, wenn noch kein Mensch auf der Straße ist.

Darf ich mit dir kommen? fragte ich. Ich redete stokkend, weil ich vor jedem Satz überlegte, ob er nicht zu abgetragen sei. Es war mir noch nie passiert, daß jemand meine Sprache kritisierte, und im Bemühen, nur Worte zu benutzen, die tatsächlich etwas aussagten, wurde ich unsicher und stumm.

Du hast recht, Liebe ist ein verschliffenes Wort, schmutzig von zu vielem, unehrlichem Gebrauch.

Anna antwortete nicht. Wir gingen nebeneinander her und sahen unseren Atemwölkchen nach.

Es ist grau hier, sagte Anna. Ich warte auf den Frühling.

Was wirst du machen im Frühling?

Ich werde barfuß durchs Gras gehen und die warme Erde fühlen.

Gehst du gerne barfuß?

Sie nickte. Wir gingen schweigend weiter. Ich blickte auf die Häuser.

Du hast mich sehr verletzt gestern abend, und ich bekam Angst, weil ich so verletzt war.

Verletzt?

Du hast mich enttäuscht. Ich hatte etwas erwartet, und es kam nicht.

Ich schwieg. Ich suchte nach einem Satz, der »ich liebe dich« mit anderen Worten ausdrücken konnte.

Sie sah mich an. Ich bin restlos ausgeliefert, aber ich bin stolz und zufrieden, nicht betreten und nicht befremdet. Ich bin ein unvollkommenes Gefäß für das, was in mir schwingt.

Ich lächelte.

Wie kommt es, daß so viele Menschen sich mit einem so schweren Deckel verschließen? Ist es Angst vor dem, was wir nicht verstehen? Sie bauen Dämme und sind stolz auf jedes bißchen Sicherheit, daß sie sich erarbeiten. Aber was heißt: sie? Was tue ich denn? Und was tust du? Hast du Angst?

Ja, sagte ich.

Glaubst du, wir sind unfähig, funktionierende Dämme zu bauen?

Ich antwortete nicht.

Erzähl mir von dir und von Barbara, sagte Anna.

Da gibt's nichts zu erzählen, sagte ich.

Ich dachte nach. Nichts von Interesse. Nichts von Bedeutung, verglichen mit – verglichen mit uns.

Schläfst du gern mit ihr?

Ich wand mich in meinen Kleidern und zuckte die Achseln.

Ich schlafe mit vielen Männern, sagte Anna. Weil ich zuviel trinke, und dann kontrolliere ich mich nicht mehr.

Macht dir das Spaß?

Währenddessen ja, vorher nicht, nachher nicht.

Mangel an Selbstbeherrschung, sagte ich.

Ja, sagte Anna.

Hast du Barbara schon betrogen?

Ich zuckte die Achseln.

Um jemanden zu betrügen, muß man ihm zuvor etwas versprochen haben. Das ist nicht der Fall. Ich verspreche nie etwas.

Gut so, wenn man seine Versprechen nicht halten kann, sagte Anna.

Oder nicht halten will.

Das Gespräch langweilt mich, sagte Anna.

Ich werde nächste Woche für ein paar Tage fortfahren,

sagte ich. Ich weiß nicht, wann genau mir die Idee gekommen war, hinunter in die modernste Stadt der Welt
zu fahren und zu sehen, was aus all denen geworden
war, die ich zurückgelassen hatte. Vielleicht war es Nostalgie. Was immer auch sich mir heute an Schwierigkeiten
und Desillusionierungen in den Weg stellte, die modernste Stadt der Welt hatte ich bezwungen. Mich dort zu zeigen, detachiert, und doch noch mit allen alten Rechten
ausgestattet, mich meinem Volk zu zeigen, würde mir
guttun.

Ach ja? ich auch, antwortete sie.

Das war allerdings nicht vorgesehen, und zögernd,
spitz fragte ich: Und wohin?

Nach Italien. Mit Bernhard.

Wer ist Bernhard?

Mein bester Freund.

Was für eine Art von Freund?

Niemand, der dich eifersüchtig machen müßte, wenn
irgend etwas auf Erden dich eifersüchtig machen müßte.
Er ist mir wie ein Bruder. Wir kennen uns schon so lange.

So, sagte ich.

Seine Eltern haben ein Haus am Lago Maggiore. Er
will sie besuchen, denn offenbar haben die beiden
Schwierigkeiten miteinander. Seine Mutter sagte am Telefon, sie wolle sich von ihrem Mann trennen. Bernhard
will versuchen zu flicken, was zu flicken ist, und er hat
mich eingeladen mitzukommen.

Ah.

Ist das nicht wunderbar? Sag was! Zwei Wochen Italien: Da unten, sagt Bernhard, ist schon Frühling. Und
ich hab die Kälte und Dunkelheit hier so satt.

Ja, sagte ich.

Und ich war noch nie am Lago Maggiore.

Ich auch nicht. Dann: Und wie kommt ihr dort runter?

300

Wir trampen! rief Anna. Der Satz klang wie der gellende Ruf Freiheit!, mit dem Revolutionen losbrechen, das schmeckte wie Jasmin nach einem Gewitter, und mein Wiedersehn mit meiner Kindheitsstadt roch dagegen nach Muff und Mottenkugeln. Aber entschieden war entschieden. Da kam mir eine Idee:

Ich kann euch bis Stuttgart mitnehmen. Ich fahre in die Gegend. Bis Stuttgart? sagte Anna. Wunderbar. Bernhard hat irgendwelche Verwandte dort. Das sollte ohnehin unsere erste Etappe sein. Ich werde den italienischen Boden küssen für dich.

Du wirst barfuß gehen können dort unten.

Ja, sagte Anna.

Also abgemacht. Wann wollt ihr los? Montag? Treffen wir uns Montag um neun am Berliner Tor.

Um acht.

Um acht? Auch gut. Ich beneide dich. Ich liebe – verzeih, ich ich – Was zum Teufel soll ich dir denn sagen?

Sie zögerte nur einen Moment. Dann war ihre Stimme sehr sanft: Erfinde eine neue Sprache für uns.

Am Nachmittag fuhr ich zu Barbara. Ich hatte ein schlechtes Gewissen, und zugleich dachte ich: Hoffentlich macht sie mir Vorwürfe. Hoffentlich. Wenn sie mir dumm kommt, schicke ich sie zum Teufel. Ich malte mir aus, wie wir uns streiten würden und wie ich ihr den Laufpaß gab. Aber wir stritten uns nicht. Es war wie nach Hause kommen. Sie strahlte, als sie mich an der Tür begrüßte, umarmte und küßte mich zärtlich und sagte: Ich liebe dich, mein Hase. Ich liebe dich über alles, mein großer Hase. Liebst du mich auch ein bißchen?

Ich liebe dich bis zum Umfallen, sagte ich.

Wohin bist du denn gestern verschwunden?

Mir war schlecht von der Sangria, und ich bin ins Bett, weil sich alles gedreht hat.

Mein armer lieber großer Hase. Sag, daß du nicht aufhörst, mich liebzuhaben.

Ich werde nie aufhören, dich liebzuhaben.

Ich will nichts von dir, als daß du mich liebhast und mich nie alleine läßt.

Ich laß dich nicht alleine.

Sie schmiegte sich an mich, und es stimmte, sie erwartete nichts von mir, außer daß ich sie liebhabe, und genau das war nicht mehr der Fall. Aber nie würde ich fähig sein, ihr weh zu tun. Sie würde sich umbringen, wenn ich ihr sagte, ich wolle sie verlassen. Alles war sehr kompliziert.

Styx

Wie seltsam, wie vorahnungsschwer diese Reise nach Süden war. Wie die Landmarken, die Städtenamen, die Bilder vom winterlich erstarrten Deutschland, das unter einer schwarzen, rußigen Schneedecke ruhte, das Blei des tiefen Himmels einatmete, wie jedes Wort, bevor es noch seine Entsprechung in der Realität erfuhr, schon Vergangenheit geworden war, wie ich mich schon erinnerte an Aussichten, die ich noch gar nicht erblickt hatte. Bernsteinwelt. Salzsäulen. Die Sünde der Erinnerung. Mit jedem Kilometer vergrößerte sich der Abstand zwischen mir, der aus jeder Sekunde dieser Reise eine Ikone prägen und sie am Wegrand aufstellen wollte, und Anna, die ein Ziel hatte, einen Süden, die nach Italien strebte, während es mich nach Niefelheim zog.

Stillhorn, Allertal, Hildesheim, Seesen im Harz, Göttingen, Hannoversch Münden, Bad Hersfeld, die neue Rhönautobahn.

Am Morgen der Schock. Von weitem schon erblickte ich den honigfarbenen Schopf unter der S-Bahn-Brücke, erkannte den Mantel, sah dann die Gestalt daneben, lang, dünn, blond, doch irgend etwas stimmte nicht mit ihr. Als ich ausrollte und in der Haltebucht stoppte, sah ich, was es war: Bernhard war ein Contergan-Kind. Seine schlaffen, dünnen Ärmchen endeten in Höhe des Nabels. Groß, einen Kopf größer als ich, weizenblondes Haar, der klapperdürre Körper infolge zu schnellen Wachstums in Fragezeichenform, schmale Schultern, ein grobes, aknegezeichnetes Gesicht mit dicker Nase und wulstigen Lippen. Ich sah zu, wie er mit bizarren, unnatürlichen Körperbewegungen den Rucksack abzustreifen suchte, um ihn in den Kofferraum zu legen, und ich wußte nicht, ob ich helfen oder zusehen solle. Anna setzte sich nach hinten zu ihm. Die Rollen waren verteilt, nur anders, als ich gedacht hatte – es war nicht unsere Reise mit der Jammergestalt als Zugabe, es war ihre Reise, und ich war nur der Fahrer. Ein Bekannter wohl, aber nicht in ihrem Spiel. Auch stellten sie mir keine Fragen, wohin ich wolle, was ich vorhabe, sie waren erfüllt von ihrem Weg. So würde ich sie denn fahren und mich in meine Bernsteinikone einsiegeln.

Es war noch dämmrig, als wir die Elbbrücken überquerten. Ich fuhr und entspannte mich in fröstelnder Einsamkeit. Das Ritsch-Ratsch des Zigarettenstopfers hinter mir kräuselte meine Nackenhaare, und der Rauch duftete nach Morgenferne und neuen Ländern. Anna und Bernhard plauderten leise, und ich verstand nicht, worüber sie sprachen. Es herrschte eine friedliche, zuvorkommende Stimmung zwischen den beiden. Sie kannten einander lange, sie wollten sich Gutes, sie lasen einander die Gedanken, sie forderten nichts Unmögliches voneinander, sie stützten sich. Zwei Arme um ihre Freundschaft. Ein lächerlich kleiner Preis. Aber ich wollte nicht Annas Freundschaft.

Was wußte ich von ihr? Sie hatte eine jüngere Schwester, einen jüngeren Bruder. Wie sahen sie aus? Könnte ich mich nur mit jedem von ihnen lange über sie unterhalten. Wußten sie überhaupt, wen sie da im Haus hatten? Sie haßte Autofahren und Autos. Sie wollte nicht den Führerschein machen. Sie hatte ein paar Tage in einem Kloster verbracht, wobei? Hatte sie gebeichtet, meditiert? Meine christliche Periode habe ich glücklich hinter mir, hatte sie gesagt. Was sollte das heißen. Sie haßte Sport. Sie rauchte viel. Sie besaß einen kleinen rotschwarzen Plastikapparat, mit dem sie Zigaretten stopfte. Sie benötigte eine große Tasche für die Pappschachtel mit den Zigarettenhülsen. Wenn sie Zigaretten stopfte, blieben manchmal Tabakkrümel auf ihren Fingerspitzen haften. Sie trank sauren Rotwein, »La Pinte« aus dem Supermarkt. Ihr Parfüm war Dior-Dior. Ihr Bruder spielte Fußball. Sie fuhr Rad. Sie trug Jeans und Männerhemden oder weite Röcke.

Aber im Moment, auf der Fahrt durchs moosgrüne, erdbraune und rußschwarze Deutschland, waren da nur Gegensätze, unüberbrückbar. Ich fuhr in die Vergangenheit, sie fuhr nach Italien. Ich lauschte gern dem Radio-Blabla, sie bevorzugte Stille. Ich schwafelte von Liebe, sie schwieg, wo Sprache nicht hinreichte. Ich versuchte ständig festzuhalten, sie gab ständig Leine, ich verteidigte dauernd Positionen, sie war längst weitergezogen. Ich spießte meine Erinnerungen auf wie Schmetterlinge, sie ließ sie frei wie Papageno seine Vögel. Ich schnitt Grimassen, sie litt, ich stimmte eins-zwei-drei ins allgemeine Gelächter ein, sie löste sich auf. Ich wollte, sie wollte nicht, ich mußte, sie brauchte nicht. Ich dachte, aber unzureichend, sie fühlte im Übermaß. Dachte jedoch sie, dachte sie tiefer als ich, und versuchte ich zu fühlen, hob es mich auf eine Bühne.

Sie war meilenweit voraus, jeder Kilometer Reise entfernte sie mehr von mir, sie war nicht einzuholen, ich fuhr, aber mir stand nur ein Auto zur Verfügung, mich fortzubewegen, sie dagegen lebte nach vorn, und Bernhard war mit ihr. Ich war ein autofahrender Tölpel, der seinen Besitzstand wahren wollte, ein Kind, das mit ausgestreckten Armen durch die Gegend rennt und Brrrm, brrrm macht; ein Konservativer war ich im Grunde meiner Seele, mein Gott, ja, wenn ich etwas lernte auf dieser Reise, dann das: Ich wußte nicht, was Freiheit ist.

Fulda, Bad Brückenau, Würzburg, Tauberbischofsheim. An der Raststätte Jagsttal begann der Süden. Der Himmel hob sich, das Grün der Weiden und Äcker war lebendiges Frühlingsgrün, kein Leichentuch mehr, die Erde begann zu atmen, und Hölderlinscher Sonnenglast fiel auf Mörikesche Niederungsnebel. Es war, als schütte ein Arm, der über die Alpen griff, eine Handvoll Hoffnung auf das gefrorene Deutschland, und Anna und Bernhard standen auf dem Parkplatz, schnupperten die Südluft und blickten die sanft niedersinkenden Täler hinab. Es war ein Abschied, obwohl wir noch 70 km miteinander fahren würden. Die beiden gehörten zusammen, und sie waren schon fort. Die schwere deutsche Erde klebte an meinen Stiefeln, Hagen, eine tausendjährige deutsche Eiche, mich friert nach der Sonne. Leicht wie Luft waren die andern, leicht wie Gas, frei waren sie, frei, während ich bis zu den Hüften in meinem eigenen Grab stand, Lehmgeruch ausstrahlend.

Wer flüsterte mir die rettende Idee zu, verschaffte dem Rad, das knirschend anzuhalten drohte, neuen Schwung? Wir redeten über Briefe, und Anna, die, so nah am Ziel, jetzt heiter war und freundlich auch zu mir, erklärte, sie liebe es, Briefe zu bekommen, mehr noch, als selbst zu schreiben.

Möchtest du, daß ich dir einen schicke? sagte ich und sah sie durch den Rückspiegel an, vermied aber ihren Blick.

Ja. Aber einen langen Brief. Ich hasse Postkarten!

Ich werde sehn, was sich tun läßt. Schreibst du mir eure Adresse auf?

Ich starrte geradeaus auf die Autobahn, ich hörte Anna nach Schreibzeug kramen. Bernhard sah aus dem Fenster. Dann reichte sie mir einen Umschlag aus grauem Umweltpapier nach vorn, den ich unbesehen ins Handschuhfach steckte. Ich setzte sie an der Bundesstraße ab. Dort standen sie, Bernhard mit seinen kurzen Tierärmchen, ein Grottenolm, den großen Rucksack auf dem runden Rücken, Anna den Riemen ihrer Tasche über der Schulter, ihr Haar im Spätnachmittagslicht. Sahen sich nicht um, winkten nicht, Herolde der Freiheit, flügelbeschuht, leichter als Erinnerung, schneller als Vergangenheit.

So hätte alles enden können, eine Lektion statt eines Abenteuers. Aber die modernste Stadt der Welt war dank einem grauen Briefumschlag von der Erinnerungsreuse zur Durchgangsstation geworden. Als ich gedreht hatte und auf die Autobahn zurückfuhr, sah ich sie ein letztes Mal im Rückspiegel. Annas Haar, der lange Rücken Bernhards im weißen schottischen Pullover. Ich öffnete das Handschuhfach und betrachtete ihre Schrift, die schlanken, langen nach oben rechts geneigten Pfeile, die Bögen, ausgeworfenen Lassos gleich, in deren Schlinge ich geraten war, die I-Punkte mit Kometenschweif: Casa Beatrice, Vicolo Garibaldi, Ghiffa, Italia.

Die modernste Stadt der Welt vollzog das letzte Stadium ihrer Verwandlung in ein unvergängliches Technokonstrukt. Frankensteinstadt des 21. Jahrhunderts. Immer voraus. Das Menschliche, Verfallende, sich Zersetzende überwunden. Durch Amerikanisches ersetzt, kurzlebig, kalt, austauschbar, potentiell unzerstörbar, immer kürzere Halbwertzeiten, immer frenetischere Produktion, immer hysterischerer Konsum, immer rascherer Verschleiß. Der Körper von immer mehr Bypässen durchzogen, rund um die Uhr Ersatz vergänglicher Teile

durch neue Materialien: Titan, Carbonfaser, Schwing-
metall; Straßenbeläge, Häuserskelette, Nieren, Herz-
kranzgefäße, Seelen, Werkzeugmaschinen. Die höchste
Potenz individuellen Fortschritts ist die absolute, die un-
umgehbare Uniformität. Absterben des Nichtkonformen
durch Selbstmord oder Verschimmeln ist vorprogrammiert. Erinnerungen sind menschlich, Erinnerungen sind
nonkonform. Als ich bremste, weil ein Polizist mit kugel-
sicherer Weste mir mit der Kelle zuwinkte, roch ich den
Geruch der Stadt: Schimmel. Sauberglänzende Stahl-
klammern umschlossen meinen Brustkorb, als die Maschinenpistole der Erinnerungspolizei zum Fenster her-
einsah und mit ihrem kleinen leeren Auge mein Gesicht,
meinen Körper, mein Hirn abtastete. Ihre Papiere bitte.
Aus dem rechten Wagenfenster blickend: hinter Mauern
und Zäunen der graue Galgen des Sprungturms. Duschen. Highways. Technoparks. Lichtdome. Hydrokul-
turen. Lügendetektoren. Affenschaukeln. Graphologie-
tests.

Sind Sie geschäftlich hier?

Nein, privat.

Ah? Das schwarze Schlangenauge war erstaunt.

Ja, alte Freunde wiedersehen. Ich war seit Jahren nicht
mehr hier.

Da werden Sie kaum mehr jemanden treffen.

Warum?

Zu lange. Die Leute kommen, die Leute gehen.

Die ich suche, sind Alteingesessene.

Werden's ja sehn.

Die Papiere wurden zum Fenster hereingereicht. Das
leere Schlangenauge schwieg.

Eine Frage noch. Hier ist alles so verändert. All die
neuen Schnellstraßen und Autobahnen. Können Sie mir
sagen, wie ich zum Süßen Grund komme?

Nichts leichter als das. Zunächst geradeaus bis zur City. Aber Sie können's gar nicht verfehlen. Alles ist ausgeschildert. Gute Fahrt.

Der Süße Grund war Bannmeile, erstickte in schwarzem Schimmel. Blattern auf den Fassaden, abblätternder Putz, Stockungsflecke, verbeultes Blech, wehende Plastiktüten, Coladosen und McDonalds-geformter Preßschaum in dürrem Dorngebüsch. Pestklingeln, Vermummte sahen auf, wer da käme, Veränderung, Wandlung, fremde Gesichter, nur fremde Gesichter. Hagen, der Archäologe auf der Suche nach den Farben von früher, Hagen, der Anthropologe auf der Suche nach bekannten Gesichtern, Hagen, der Zeitenwanderer auf der Suche nach den silbrigen Schneckenspuren seiner Kindheit. Aber da war nur der schwarze Pilzbefall, an den Häusermauern klebte er, über die Fenster zog er sich, selbst den Himmel verdunkelte er; einen freien Menschen gab es nur mehr – Anna jenseits der Alpen. Ich bahnte mir meinen Weg durch den wuchernden Schimmel der zurückgebliebenen Zeit hinab zu Germania Schöneichs Haus.

Niemand antwortete auf mein Klingeln. Dann öffnete sich eine andere Tür auf dem Korridor, und ein schwarzhaariges Mädchen sah heraus:

Schöneichs sind nicht zu Hause. Aber, warten Sie, kenn ich Sie nicht? Hagen?! Hagen Seelhorscht, stimmts?

Ich nickte. Ich kannte das Mädchen nicht.

Ich bin die Dagmar. Dagmar Gewiss. Wir waren in der gleichen Klasse! Erinnerst du dich?

Ich trat in die niedrige Dreizimmerwohnung und wurde in Dagmars Mädchenzimmer geführt. Ich habe Glück, sie anzutreffen, ihr Semester sei zu Ende, ja, sie studiere, lach nicht, ich will Lehrerin werden, ob ich mich denn nicht erinnere, daß sie alle Lehrer gehaßt habe? Doch, natürlich. Was mich denn treibe, hierher zu kommen nach so langer Zeit? Ob ich denn nicht studieren oder arbeiten müsse, solche Muße wolle sie auch einmal haben, eine Reise in die Vergangenheit zu unternehmen, komische Idee, aber da müsse sie nicht weit reisen, denn sie habe ja immer hier gelebt, in Tübingen studiere sie jetzt, ob ich Kaffee wolle oder Tee oder Limonade oder ein Bier, ihr Vater habe immer Bier im Kühlschrank.

Germania Schöneich.

Plötzlich war Schweigen. Dagmar holte Atem, als brauche sie Luft für ihre Antwort.

Natürlich, du weißt ja nichts davon. Das war ja, als du schon fort warst.

Was? fragte ich.

Der Unfall. Der entsetzliche Unfall.

Du willst doch nicht etwa sagen –

Nein, sie lebt. Aber vielleicht wär's anders besser gewesen.

Ich sah sie flehend an: Klarheit, kein Gerede.

Es ist ein halbes Jahr vor dem Abitur passiert. Da warst du schon weg, was? Erinnerst du dich noch, daß sie eine Schwäche für Motorräder hatte?

Ich nickte.

Sie hat sich sofort nach ihrem 18. Geburtstag eine 750er Honda gekauft. Ein Wahnsinn. Viel zu schwer für sie.

Ich nickte.

An jeder Ampel ist sie fast umgefallen beim Anhalten. Sie hat mich mal mitgenommen. Ich hab Blut und Wasser geschwitzt. Du erinnerst dich, wie klein und leicht sie war?

Ja.

Und die Honda wiegt fünf Zentner. Fünf Zentner!

Weiter, sagte ich.

Wie's dann passiert ist, das war aber nicht ihre Schuld. Aber das Risiko, das Risiko war die ganze Zeit da.

Was ist passiert?

Sie ist bei Nacht in ein unbeleuchtetes Baufahrzeug gerast. Ohne Helm natürlich. Sie hat ja nie einen Helm tragen wollen. Mit Helm wär's vielleicht anders gekommen. Obwohl man's nicht mit Sicherheit sagen kann. Aber du lieber Gott, es ist müßig, heute darüber nachzudenken, nicht wahr?

Was ist passiert?

Mein Gott, sagte Dagmar. Darf ich mir eine Zigarette nehmen? Danke. Ich rauche jetzt auch. Seit ich studiere. Lang ist das alles her.

Was ist passiert!

Sie hat noch gelebt. Aber in welchem Zustand! Der Kopf! Das Gesicht! Welches Gesicht, nicht wahr? Da war ja kein Gesicht mehr. Zu schweigen von den andern Knochenbrüchen.

Was ist mit ihrem Gesicht?

Das ist das Schlimme gewesen: Daß sie hübsch war, vorher. Du fandest sie doch auch hübsch, wenn ich mich recht erinnere. Gell, du fandest sie hübsch?

Was ist mit ihrem Gesicht?

Natürlich Schädelbruch. Mehrfacher Schädelbruch. Aber vor allem eben das Gesicht. Heute kann man sie wieder ansehen, ohne zu erschrecken. Aber was will das heißen für jemand, der hübsch war.

Herrgott, schön war sie! sagte ich laut.

Ich hab ein Photo von ihr, von letztem Jahr. Man kann sie wieder ansehen, ohne zu erschrecken. Über die Arbeit von dem Schönheitschirurgen kann sie sich nicht beklagen. Aber was will das heißen? Gell. Du würdest sie nicht wiedererkennen. Es ist ein Gesicht, wie soll ich sagen, natürlich sieht man, daß es geflickt ist, es ist ein anderes Gesicht. Ein anderes Gesicht. Es ist nicht mehr ihr Gesicht, wie es war, wie du es kanntest.

Hast du das Photo hier?

Ein anderes Gesicht. Keine Ähnlichkeit mehr. Und nicht mehr hübsch. Das nicht mehr. Aber gute Arbeit, nach alldem. Ich hab sie im Krankenhaus besucht. Nur Binden. Ich hatte ihr altes Gesicht gekannt, und vier Monate später sah ich ihr erstes neues. Ich sag, ihr erstes, weil bei dem ist es nicht geblieben. Gott sei Dank. Sie haben insgesamt, glaub ich, sieben oder acht Mal operiert, der Rest war schon wieder ganz heile. Aber verstehst du, sie hat keinen Knochen mehr gehabt im Gesicht, nur noch Späne, nur noch Mus. Sie haben die Knöchelchen von wer weiß wo transplantiert. Stirnbein, Jochbein, Nasenbein, Kiefer. Ihr Jochbein, das hat sie mir gesagt, ihr Jochbein war in 126 Teile zersplittert. 126 Teile, kannst du dir das vorstellen?

Zeig mir das Photo.

Lieber nicht. Sie lächelte. Du würdest Alpträume kriegen. Nein, ich übertreibe. Aber wozu? Ehrlich, es ist besser, du behältst sie in Erinnerung, wie sie war.

Ich schüttelte den Kopf.

Ein Auge haben sie immerhin gerettet. Das andere ist ein künstliches heute. Und natürlich auch ein künstliches Gebiß. Mein Gott, man kann ihr nichts vorwerfen.

Was kann man ihr nicht vorwerfen?

Wie sie geworden ist. Zuerst war sie bewundernswert. Ist nach sechs Monaten zurück in die Schule gekommen und hat das Abitur gemacht und glänzend bestanden. Aber danach. Vielleicht war sie enttäuscht, als sie erkannt hat, daß trotz all den Operationen sie nie wieder würde, wie sie war. Aber zunächst, alle Achtung, das war bewundernswert.

Und dann?

Und dann. Dann ist sie ausgehakt. Frißt wie eine Sau. Ganze Pizza aus der Hand. Ich weiß nicht, wieviel sie heute wiegt. 80 Kilo bestimmt. Und dann, stell dir vor: Die Versicherung hat ihr ja eine Entschädigung bezahlt. Und von dem Versicherungsgeld hat sie sich einen Porsche gekauft und ihn drei Wochen später zu Klump gefahren. Sicher, sie studiert. Was man so studieren nennt. Was? Tiermedizin. Aber glaub mir, sie studiert nicht viel. Nein, um dir die Wahrheit zu sagen, ich seh sie nicht mehr. Sie ist eine fette, vulgäre Sau geworden, hinterfotzig, Netzstrümpfe und der Porsche und die Fresserei. Weißt du, ich glaub, sie will nicht mehr leben. Was man einerseits verstehen kann. Andererseits ... Wahrscheinlich ist sie verzweifelt. Aber man kann nicht mehr reden mit ihr.

Ist sie manchmal hier?

Fast nie. Sie hat ja eine Wohnung in Konstanz, wo sie studiert. Es ist schon schlimm. Jetzt, wo ich dir's erzähle, wird mir's auch wieder bewußt. Aber sonst, weißt du, es ist lange her. Eine alte Geschichte. Mein Gott, die arme Germania. Aber das Leben geht weiter.

Das Leben geht weiter, echote ich.

Aber apropos Konstanz. Entsinnst du dich noch an die Ulrike Widerhold? Das ist wenigstens mal eine Erfolgsstory.

Widerhold, Widerhold, mühsam, sagte ich.

Sie studiert auch in Konstanz. Medizin. Das heißt, sie ist fast fertig. Macht jetzt ihr Praktikum. Die hat ein Stipendium, was glaubst du, vom Max-Planck-Institut. Da wird sie wohl auch arbeiten. Sie war unheimlich aktiv in der Uni- und Frauenpolitik während des Studiums.

Das stand geschrieben, daß aus Ulrike Widerhold was werden würde.

Und letztes Jahr hat sie geheiratet. Einen Atomphysiker, glaub ich.

Ich mußte lachen. Und die andere Intelligenzbestie, wie hieß er? Schmelzle, was ist aus dem geworden?

Dagmar sah mich an.

Ach, das weißt du ja auch nicht! Woher auch. Der arme Matthias.

Was ist mit ihm?

Tot ist er. Leukämie. Da schaust du. Das ist ganz schnell gegangen. Keiner wußte was. Das hat kaum sechs Monate gedauert. Warte, wie lang ist das jetzt her? Du bohrst ganz schön in meinem Gedächtnis rum. Leider kann ich dir nichts Angenehmeres erzählen. Siehst du, solche Reisen haben gar keinen Sinn. Die Leute sind nicht mehr, die sie waren, oder sie sind nicht mehr da, so oder so. Ich hab's auch nur gehört. Es ist hier nichts mehr, wie's war. Vielleicht hattest du gar nicht so unrecht fortzugehen.

Wir schwiegen und nippten am Jasmintee in den Tontassen.

Willst du mir nicht das Photo von Ania zeigen?

Dagmar zog eine Grimasse. Was hast du überhaupt vor? Wo bleibst du heute Nacht?

Ich zuckte die Achseln.

Dagmar sah mir in die Augen. Wenn du willst, kannst du hier bei uns übernachten.

Ein kalter Schauer überlief mich. Die schwarzen Augen, das schwarze Haar des Mädchens, ihre schwarzen Krallen, die sie nach mir ausstreckte, Krallen voller Erde und Leichengift, ein Böcklinscher Todesengel. Unfall, Leukämie, ein zerschmettertes Gesicht, das wäre auch mein Schicksal geworden, hätte ein Engel mich nicht nach Hamburg entführt; das war ihnen allen geschehen, weil ich nicht mehr da war, weil ich es so gewollt hatte,

es würde mir nicht besser ergehen, wenn ich nicht fort-
kam; schon griff das Wurzelwerk nach mir, schon legte
sich der schwarze Schimmel über mich.

Ich sprang auf: Dank dir, aber ich muß los.

Aber es ist schon dunkel. Wo willst du denn jetzt noch
hin?

Ich zuckte die Achseln. Sie insistierte. Schließlich gab
ich nach und blieb. Ich hatte Angst, plötzlich. Die Nacht
mit der schwarzen Priesterin des Verfalls war eine Erfahrung in Nekrophilie. Sie streifte mir mit eisigen Händen
ein Präservativ über, während ich die Puppen und Stoff-
tiere auf dem Bord über ihrem Bett betrachtete. Ich
fühlte mich feige und schwach und Annas unwürdig,
und in mir flüsterte ein Dämon der Laschheit begütigend: Laß nur, was du hast, hast du. Und das hast du,
auch wenn's mit Anna nichts wird.

Den nächsten Tag verbrachten wir hauptsächlich in
Stuttgart und kamen erst abends zurück. Als wir an der
Marienkirche vorbeifuhren, fragte ich nach Herrmann.

Welcher Herrmann?

Herrmann Sachs.

Herrmann Sachs? An den erinnerst du dich auch
noch?

Sicher.

Gott, da gibt's nicht viel zu berichten. Er ist verheiratet, arbeitet beim Daimler. Ach ja, erinnerst du dich, daß
sie in einer Doppelhaushälfte gewohnt haben? Ja? Na, er
lebt jetzt in der andern Hälfte. Ich glaube, er wollte Elek-
trotechnik studieren an der TU in Stuttgart, aber er hat's
nicht geschafft. Zu schwer, zu viele Prüfungen. Da ist er
zum Daimler gegangen, wie sein Vater.

Rechtschaffen, sagte ich leise.

Was sagst du?

Ach nichts. Laut gedacht.

Am nächsten Morgen hatte ich einen Entschluß gefaßt. Ich räumte mein Auto leer, steckte den kleinen grauen Umschlag in meine Hosentasche und fuhr dann den Highway hinaus im anbrechenden Morgen, bog ab und hielt bei einem Schrotthändler abseits des morgendlichen Getöses der Autobahn, im Schatten der riesigen Daimlerschlote, aus denen watteweißer Rauch quoll. Der Händler besah sich den Wagen und bot 400 Mark. Ich hätte jede Summe akzeptiert. Ich unterschrieb, griff meine Reisetasche und stapfte über die harte Erde, in der die Traktorenspuren festgefroren waren, zum Autobahnzubringer, ohne noch einmal zurückzublicken. Ich trug nur mehr mein eigenes Gewicht und fühlte mich merkwürdig leicht. Meine Vergangenheit hatte mich enterbt. Ich war frei.

Wahrlich, ich sage dir, heute abend noch werde ich mit dir im Paradies sein. Jahrelang ritt Parzival durch die Lande, immer allein, oft zu Gast bei freundlichen Menschen, zuweilen an Königshöfen und auf den Burgen von Edelleuten. Er half allen, die er in Not fand, er verschenkte, was er in ritterlichem Kampfe gewann, denn nichts machte ihm Freude: Er suchte den Gral. Parzival kümmerte sich nicht um Tag und Stunde. Kam der Abend, dann legte er sich unter einen Baum zur Ruhe oder fand Aufnahme auf einer Burg. Wenn der Wind kalt über die Berge pfiff, schlug er sich den Mantel fester um die Rüstung, fiel der Schnee, dann war ihm das nur recht: Wie der Schnee alles gleichmäßig mit Kälte und Weiß bedeckte, so hatte sich sein Kummer über alles gelegt, was sonst sein Gemüt erhellt hatte. Und wenn dann die ersten Blumen aus dem Gras leuchteten, seufzte er nur: Ein neuer Frühling? Und ich suche noch immer Munsalvaesche.

Der Tunnel schied die Welten, trennte Norden von Süden. Airolo war eine andere Welt. Airolo war nicht mehr die Schweiz. Die Leventina gehörte zu Italien. Der Himmel war noch immer grau, aber es war ein Grau, das Sonne verbarg, nicht Schnee. Die ersten ockerfarbenen Kirchtürme würde ich nie vergessen. Ich hatte Lust, auszusteigen und die Erde zu küssen, ich hatte Lust, den Mann neben mir, der mich in Luzern mitgenommen hatte, zu umarmen. In Locarno schüttelten wir einander lange die Hand.

Palmenpromenade, Seebleihoffnung, eine Fronleichnamsprozession gaukelnder Masten, die Sonne wärmte das Wachstuch des Himmels. Hier roch es nach Frühling, auch wenn die alten ocker- und rosafarbenen Hotel-Palazzi noch die Läden geschlossen hielten. Die Automotoren klangen kerniger und nervöser, Vespas flogen durch die Gassen, Eiskrem tropfte auf braune Arme, Wanderer in Bergsteigerkluft strömten aus dem Bahnhof. Ich sah auf den See und hörte das Wasser an den Rümpfen der Yachten glucksen, ich war ein Pilger am Ziel seiner Wallfahrt, ein Ritter nach siegreichem Turnier. Alles funktionierte jetzt wie im Traum. Braungebrannte Italiener in mitternachtsblauen Alfa Romeos hielten an, ich durchraste Ascona, ich flog zwischen den Bougainvilleen der Uferstraße hindurch, in Brissago endete die Schweiz mit einem Stadttor, dahinter zerriß das Wachstuch, und milde Frühlingssonne glitzerte auf dem stahlgrauen See, den Villen säumten, selbst der Reichtum war versöhnlich hier, und mit jedem Kilometer wurde die Luft süßer, Cannobio, Cannero, in einem Park am Ufer versank die Sonne in einem Marmorbekken, in bronzener Schale, ich fuhr in einem Cabriolet, und der Wind schlang Seidentücher um meine Wangen und Schultern. Dann hielt der Wagen an, und der Fahrer gestikulierte, deutete auf meinen Umschlag und auf das Dorf oben am Hügel. Ich bedankte mich und stieg die schmale Straße hinauf, die in Serpentinen vom Ufer nach Ghiffa führte. Es ging steil bergan, und ich begann zu schwitzen. Es war sieben Uhr. Auf dem Dorfplatz angelangt, teilte ich die Perlschnüre einer Fleischerei und zeigte meinen Umschlag. Ein Kunde trat mit mir auf die Straße und deutete die Richtung an. Es war das letzte Haus in einer Sackgasse hoch über dem Meer: Casa Beatrice. Auf dem Nebengrundstück bellte ein Hund, als ich klingelte. Aber niemand öffnete. Ich hockte mich vor den Zaun und blickte auf den See hinunter. Der Hund steckte seine Schnauze durch die Gitter und bellte. Ich betrachtete ihn stumm. Eine Frau sah über die Mauer. Non ci sono! Non ci sono, i Richter!

Ich hob die Arme.

Ah, Sie sind Deutscher. Sind Sie ein Freund von Richters?

Ja, sagte ich.

Sie sind nicht da, aber sie müssen bald zurückkommen. Sie sind heut morgen nach Milano gefahren.

Alle drei? fragte ich.

Alle drei und ein Mädchen. Die Freundin von Bernhard, glaube ich.

Das Wort versetzte mir einen Schlag. Wer weiß, ob ich nicht zu spät gekommen war. Aber das konnte nicht sein. Lieber Gott, betete ich, befreie mich von meinem Mißtrauen.

Ja, sie sind nach Mailand gefahren. Wußten sie denn nicht, daß Sie kommen?

Nicht direkt. Es ist mehr ein Überraschungsbesuch.

Die Frau sah mich an.

Haben Sie Hunger? Wir essen gerade zu Abend. Kommen Sie doch herüber. Es gibt nur ein brodo, aber es wird bald kühl werden, und Sie können ja bei uns warten. Oder mögen Sie kein brodo?

Doch, sehr gern!

Also kommen Sie schon. Wenn Richters eintreffen, hören wir's auf jeden Fall.

Sie sind Deutsche?

Ja, aber ich leb seit 30 Jahren hier. Mio marito, mein Mann ist Italiener.

So wartete ich bei den Nachbarn, schlürfte meine Brühe, brockte meinen Zwieback hinein und lauschte auf die Geräusche von draußen, die durchs offene Fenster hereindrangen.

Nach dem Essen führte der Mann mich auf die Terrasse, stellte mich dem Hund vor und wies hinab auf den dunstigen graublauen See.

Morgen wird schön werden, sagte er dann mit einem Blick auf den Himmel.

Reise nach Kythera

Dann war das Motorengeräusch zu hören. Die Nachbarn schalteten die Außenbeleuchtung ein, und wir sahen einander im selben Moment. Sie kam auf mich zu, und ich konnte in ihren Augen lesen: Ich hatte es gut gemacht.

Hagen, sagte sie.

Ich war zu faul zum Schreiben, sagte ich leichthin.

Hagen, sagte Anna noch einmal, und ich erinnerte mich: Keine Spielerei, kein Gerede. Ich nickte und atmete tief ein und aus.

Bernhard bewahrte Haltung und stellte mich korrekt seinen Eltern vor. Er kann doch hier schlafen heute nacht? Selbstverständlich. Vielen Dank. Sehr freundlich von Ihnen. Vielleicht war dieser Bernhard mächtiger, als ich angenommen hatte. Oder war er ein Masochist? Oder war er souverän? Er ist entsetzlich moralisch, hatte Anna gesagt. Und was hält dich bei ihm? Er gibt mir Sicherheit. Das mochte nun so eine Art von Sicherheit sein, die alles guthieß, was Anna tat, weil ohnehin nichts dagegen zu unternehmen war, und die sie nach allen Eskapaden immer wieder bereitwillig aufnahm – aus Schwäche. Aber im Moment war mir Bernhard egal, mochte er im Bild bleiben, bis die Reihe an ihn kam. Im Moment wiegte ein schläfriges Glück mich, und alles war mir recht, was nun noch geschehen sollte oder nicht.

Ihr werdet euch ja wohl noch ein wenig amüsieren wollen in der Diskothek in Intra, sagte Bernhards Mutter, eine Mittvierzigerin, die Emanzipationsliteratur las und die junge Generation verstand. Ich gebe dir die Wagenschlüssel.

Gehen wir also, sagte Bernhard.

Fährst DU? fragte ich.

Gewiß.

Er fährt sehr gut, sagte Anna.

Die Diskothek war so, wie Diskotheken überall sind, in einem modernen flachen Gebäude auf der Mitte des Parkplatzes untergebracht, mit einer Bar, roten Schaumgummisesseln, die ganze Einrichtung war von amerikanischen Science-Fiction-Filmen der 50er Jahre inspiriert. Geschniegelte, das Haar pomadegebändigte italienische Knaben lauerten auf die wenigen tanzbereiten Mädchen, die Musik hämmerte, die Reflexkugel in der Mitte des Saales rotierte, und die Lichtpunkte auf der schwarzlackierten Decke umkreisten sie, regelmäßig wie Trabanten. Anna schickte Bernhard zum Getränkeholen und tanzte allein. Dann kam Bernhard zurück, und wir beobachteten Anna schweigend. Dann tanzte Bernhard mit ihr. Die Italiener starrten ihn an.

Als Anna zurückkam, atmete sie tief durch:

Was für ein Genuß, nach diesem Tag heute – und gestern. Diese bittere Regelmäßigkeit deiner Eltern, Bernhard, die schnürt mir den Atem ab. Die Ehe ist verrottet und wird nur noch durch die Konventionen der Höflichkeit, des guten Benehmens und eines geregelten Tagesablaufs aufrechterhalten.

Sie schnappte nach Luft: Und dieses Leben zum Abhaken auf dem Terminplan, das hat mich erstickt. Warum läßt sich deine Mutter nicht scheiden, Bernhard?

Bernhard seufzte auf und hob die schmalen Schultern.

Ihre Gegenwart ist unerträglich. Wie unerträglich muß sie erst für sie selbst sein.

Ich hätte dir das nicht zumuten dürfen, sagte Bernhard mit tiefem Knabenernst.

Anna legte ihre Hand auf seine: Verzeih mir, aber ich brauche Atemluft um mich. Und ich kann dir nicht helfen. Deine Mutter ist sehr sympathisch, aber dein Vater – völlig vereist, völlig versteinert.

Ich weiß, sagte Bernhard.

Ist es so schlimm, fragte ich, aber niemand antwortete.

Bernhard begann, leise zu weinen. Seine schmalen Schultern zuckten.

Ich setzte mich auf und beobachtete ihn, dann Anna.

Hör auf, sagte Anna freundlich, aber streng.

Bernhard schluchzte leise.

Hör auf. Wir haben uns lange darüber unterhalten. Du weißt, was du mir versprochen hast. Und du erinnerst dich, was ich dir gesagt habe.

Bernhard nickte schniefend und versuchte, das Schulterzucken unter Kontrolle zu bringen.

Mir wird die Luft hier zu dick. Ich werde ein wenig spazierengehen.

Warte, ich komme mit dir, sagte Anna, ohne aufzusehen. Bernhard, ich habe Lust, mit Hagen spazierenzugehen. Stört es dich?

Bernhard schüttelte den Kopf.

Möchtest du mit uns kommen?

Bernhard schüttelte den Kopf.

Wo treffen wir uns wieder? Hier?

Nein, sagte Bernhard. In der Bar, der Mole gegenüber. Entsinnst du dich?

Anna nickte.

Wann? fragte Bernhard.

Anna lächelte und zuckte die Achseln.

Bernhard nickte demütig: Bis nachher.

Ich winkte ihm zu, als wir aufstanden und gingen.

Die Nacht ist eine Kelter, und Mondlicht tropft duftend wie Traubensaft auf die Promenade. Ich beschwöre euch, ihr Töchter Jerusalems, daß ihr die Liebe nicht aufweckt und nicht stört, bis es ihr selbst gefällt.

Verliebte weideten die Nacht zwischen den Bäumen im Laternenlicht, und das Glück schien so nah wie die Platanen am Ortsausgang. Von den beiden offenen Bars auf der anderen Straßenseite kam Musik herüber, der See war glatt wie der Rücken eines Rappen. An der schmutzigen Mauer eines Pissoirs lehnte ein Trinker, fauchende Alfas rasten mit ihren gelben Augen vorüber, im Nachtbus schlummerte der Fahrer, die Mütze über den Augen, und die Gasse hinauf schlug es elfmal von der Kirche. Wir schwiegen.

Siehe meine Freundin, du bist schön. Dein Haar ist wie eine Herde Ziegen, die hinabsteigen vom Gebirge Gilead.

Auf einer Muschel stehend taucht sie empor, das Honighaar triefend, ihr Körper so weiß wie die Mondscheibe und streckt mir die Hände entgegen.

Ich beschwöre euch, ihr Töchter Jerusalems, bei den Gazellen oder bei den Hinden auf dem Felde, daß ihr die Liebe nicht aufweckt und nicht stört, bis es ihr selbst gefällt.

Wir standen ans Geländer gelehnt über dem See und sahen einander an.

Wie sol daz geschehen, daz ich die maget edele mit ougen müge sehen? Die ich von herzen minne und lange han getan, diu ist mir noch vil vremde: das muoz ich trürec gestan.

Plötzlich tauchte ein Licht aus der Nacht des Sees auf,

viele Lichter, sie glitzerten und wurden größer, ein Cherubim, der übers Wasser geritten kommt, stumm, groß, weiß, befreite sich eine Fähre aus der Dunkelheit, schälte sich aus der Nacht, lautlos glitt sie über den See, direkt auf uns zu, nahm Form an, erhellte das schwarze Wasser mit weißen, mit silbernen Lichtspuren, noch immer Stille, noch immer steuerte das Schiff stracks auf uns zu, die gebannt in die Helligkeit starrten, dann löste das Horn den Bann, die Fähre passierte die Mole, und wir faßten einander bei der Hand und liefen zum Anleger.

Hatten wir gesprochen, oder bestiegen wir die Fähre wortlos? Als das Horn zum zweiten Mal ertönte, begann das Wasser im Hafenbecken zu brodeln, der eiserne Boden vibrierte bis in unseren Körper, und der nächtliche Fahrtwind umspülte unser Gesicht. Ich ging auf den Mann zu, der von den drei Autos zurückkam, und verlangte zwei Fahrscheine.

Hast du Angst, erwischt zu werden? fragte Anna.

Wohin fahren wir eigentlich.

Anna zuckte die Achseln.

Wir blickten auf die Landzunge von Intra und auf die Lichter der Promenade, die kleiner wurden, und den Kirchturm auf halber Höhe und die Lichtpunkte der Villen am Hang, dann gingen wir zum Bug und spähten über den See. Glühwürmchen zitterten in der Nacht, die Lichter des anderen Ufers. Unter dem Eisen stampfte der Diesel und zwang unserem Herztakt den seinen auf. In der Außenbeleuchtung des Schiffes warfen wir einen einzigen Schatten.

Wie schön du bist. Die Rundung deiner Hüfte ist wie ein Halsgeschmeide, das des Meisters Hand gemacht hat. Dein Schoß ist wie eine runde Schale, der nimmer Getränk mangelt. Dein Leib ist wie eine Weizengarbe, umkränzt mit Lilien. Deine beiden Brüste sind wie junge Gazellen-Zwillinge.

In so hohe swebender Wunne so gestuont min herze an fröuden nie. Ich var alse ich fliegen kunne mit gedanken iemer umbe sie.

Wir legten in einer kleinen Bucht an, die von einem Felsen beherrscht wurde, auf den, über der Stadt, über dem Hafen, eine Kirche gebaut war, die wie Mondstein schimmerte.

Dort liefen wir hinauf, sprachlos noch immer, bergauf durch nachtfeuchte Gassen, bis wir außer Atem auf dem Kirchplatz ankamen, hoch über dem See. Vor uns war eine niedrige, breite Mauer, hinter uns die Kirche, in deren Schatten zwei Bäume, steinerne Wächter, den See überblickten. Dann sahen wir, wie die Fähre wieder ablegte und aus dem Hafen glitt. Ihre Hecksee verwandelte das Mondlicht in einen Quecksilberteppich. Zuerst verlor das Schiff seine weiße Farbe, dann verblaßten die Lichter, schließlich breitete die Nacht Schleier um Schleier darüber, bis der See wieder in undurchdringlicher Schwärze lag.

Etwas geschah, etwas wandelte sich. Etwas ergriff uns, etwas öffnete sich und gab einen Blick frei, eine Sehnsucht, der wir nicht gewachsen waren, der wir nicht anders begegnen konnten als mit unserem Körper. Unendliche Energie der Sehnsucht. Es war die kühle, feuchte, moosige, schartige Mauer und die Kälte der Mauer und fort und die Kälte der Mauer und fort und Nägel auf Rücken und Schultern, blutiges Muster und das Summen der Nacht und die atmenden Poren der Mauer und die Süße und die Lichtblitze und die Zisternen der Augen und der balsamische Nachtwind und die Erosion und die Lawine und die sausende Fahrt nach unten und der Ritt auf dem Wellenkamm, Regenbogen,

Kometen und die sich in eine Schlange verwandelnde Wirbelsäule und Eruption, Aufplatzen, Ergießen, Fülle, Leere, Filmriß.

Und geschieht das allen Menschen so, ein paarmal oder auch nur einmal? Und ist es schön oder entsetzlich? Genießt man es? Oder vergeht man vor Furcht? Lege mich wie ein Siegel auf dein Herz, wie ein Siegel auf deinen Arm. Denn Liebe ist stark wie der Tod und Leidenschaft unwiderstehlich wie das Totenreich. Ihre Glut ist feurig und eine Flamme des Herrn, so daß auch viele Wasser die Liebe nicht auslöschen und Ströme sie nicht ertränken können.

Auf flog der Vogel und trug uns auf schwarzen Schwingen durch die dünne Nachtluft, leichter als Worte, leicht wie Musik. Vielleicht kämpften wir. Vielleicht ergaben wir uns. Vielleicht verwandelten wir uns. Vielleicht büßten wir das vergossene Blut. Vielleicht trauerten wir um den dornigen Rückweg. Vielleicht sahen wir Schönheit. Vielleicht fürchteten wir die Kommunion. Wer läßt sich schon freiwillig ausschöpfen, und sei die Kelle noch so golden und der Duft noch so betäubend.

Und warum ließen wir auf einmal die Stricke fahren, die Dämme brechen, gaben hin, was wir eben noch um jeden Preis festhalten wollten? Zu schrumpfen vielleicht wie ein Planet, der zu einem schwarzen Loch wird, doch seine Energie behält, so konzentriert, daß kein Zwischenraum mehr ist zwischen den Atomen, so schwer, daß wir Himmel, Erde und Hölle durchschlagen auf unserem freien Fall.

Ich bin gekommen, meine Schwester, liebe Braut, in meinen Garten. Ich habe meine Myrrhe samt meinen Gewürzen gepflückt, ich habe meine Wabe samt meinem Honig gegessen; ich habe meinen Wein samt meiner

Milch getrunken. Eßt, meine Freunde und trinkt und werdet trunken vor Liebe!

Immer noch an der Mauer, im Schatten der Kirche, kamen wir zu uns und sahen einander erstaunt an. Ich blickte auf den See hinaus:

Da kommt keine Fähre mehr.

Wußten wir das? fragte Anna.

Wir stiegen hinab und betraten die letzte offene Bar. Der Barmann betrachtete uns voller Zuneigung und sortierte die gespülten Gläser in die Regale. Anna lächelte ihm zu: E una bella notte.

Una notte dolce, dolcissima, Signorina.

Anna stopfte drei Zigaretten, eine für sich, eine für mich, eine für den Barmann, wir tranken Camparisoda, dann wies der Barmann uns den Weg zu einem billigen Hotel.

Das Hotel lag in einer Seitenstraße, ein zweistöckiges Gebäude mit abblätternden rosa Fensterläden. Ein gähnendes Mädchen im Rollkragenpullover zeigte uns das Zimmer. Ich stieg noch einmal hinab und verlangte Wein. Sie verschwand und kam wieder mit einem Tablett, auf dem eine entkorkte Flasche Barolo und zwei Gläser standen. Das Licht war ausgeschaltet, aber das Zimmer war nicht dunkel, sondern lag in grünem und orangefarbenem Dämmer, der von der Leuchtschrift vor dem Fenster durch die Vorhänge fiel.

Es ist wunderbar hier, sagte Anna. Und still.

Ich hab uns Wein geholt. Hältst du die Gläser.

Warte. Stell sie dort hin. Zieh dich aus und leg dich aufs Bett. Wie weiß du bist. Weiß wie eine Lilie. Du bist schön.

Mein Freund ist weiß und rot, auserkoren unter vielen Tausenden. Sein Haupt ist das feinste Gold.

Anna nahm die Flasche und goß ein Rinnsal Wein auf

mein Gesicht, meinen Hals, meine Brust, meinen Bauch, mein Geschlecht, meine Schenkel, meine Schienbeine und Füße.

Ich will dich mit dem Wein trinken, und du wirst das gleiche mit mir tun. Ich will dich sauber lecken wie eine Mutter ihr Jungen. Ich will jede deiner Zellen spüren, die Revolution in jeder von ihnen, wenn ich sie mit meiner Zungenspitze berühre.

Seine Locken sind kraus, schwarz wie ein Rabe. Seine Augen sind wie Tauben an den Wasserbächen, sie baden in Milch und sitzen an reichen Wassern. Seine Wangen sind wie Balsambeete, in denen Gewürzkräuter wachsen. Seine Lippen sind wie Lilien, die von fließender Myrrhe triefen. Seine Finger sind wie goldene Stäbe, voller Türkise. Sein Leib ist wie reines Elfenbein, mit Saphir geschmückt. Seine Beine sind wie Marmorsäulen, gegründet auf goldenen Füßen.

Später hielt sie sich mit Händen, deren Knöchel weiß wurden, am Messinggestänge des Kopfendes fest, und wir begannen, die Drehung der Erde zu spüren, die bockte und uns abwerfen wollte, verbrannten in ihren roten Flüssen und purpurnen Wolken, kühlten uns an ihren Quellen. Wir bäumten uns auf, wir schrieen und schwiegen, fielen in den Rhythmus der Erde, atmeten im Rhythmus des Meeres, ertranken, erstickten, erblindeten, bekämpften einander, Schreie wie Vogelgeflatter im Käfig, zerdrücke mich, zerbrich mich, blute, weiße Haut; dann kippten wir rückwärts hinab, fielen, gingen ineinander über, Stück für Stück; der Tanz der Atomkerne bildete neue Muster, Kaleidoskop, ein Hagen-Neutron geriet in Annas Quadrille, und wir wurden ein vieldimensionales, perspektivreiches Wesen, und dieser Schmerz und jener Lustausbruch, begann er an meinem Bein, meinem Geschlecht, meinem Nacken, wird er von Annas

Hand, ihrem Mund, ihrem Schenkel herrühren? Ich sehe sie unter mir gleiten, ich sah sie über mir schweben, jetzt war sie vierfach vorhanden, und dunkel und drohend kam sie auf mich hernieder, jetzt trug ich sie klein wie einen Talismann unter der Haut, und ihr Duft wird mich in ein Maiglöckchenmeer tauchen. Die Atome hielten Hochzeit, und es war ein rauschendes Fest, ekstatisch und erschreckend, ich konnte nicht mehr unterscheiden zwischen ihr und mir, aus wem drang dieser Ton, wessen Hand berührte wessen Körper, wir kreisten als Musik um die Erde, jeder Sonnenstrahl, der uns traf, traf unsere gemeinsame Haut, durchdrang unseren gemeinsamen Körper, jeder Regentropfen perlte auf unsere gemeinsame Stirn, jeder Akkord flutete in unser gemeinsames Ohr, jeder Schrei entfloh unserem gemeinsamen Mund; unsere Schönheit rührte die Gestirne.

Spät, die Leuchtschrift hinter dem Vorhang verblaßte schon im Morgennebel, schliefen wir ein. Ein Krieg war geschlagen, ein Volk erstanden und versunken, die Erde hatte sich einmal um die Sonne gedreht, eine Kultur war erglänzt und verloschen, ein Traum flackerte im Tageslicht, eine Weltsekunde war verticktt, ein Äon vergangen, ein Gramm Sand durchs Stundenglas gerieselt, eine Seite war umgeschlagen, eine Fremdheit zu Asche verbrannt.

Es klopfte, und ein morgendlicher Engel, das Mädchen mit dem Rollkragenpullover, trat mit einem Tablett ins Zimmer und zog die Vorhänge auf. Sie stellte das Tablett mit zwei Kaffeetassen und zwei Hörnchen auf den Nachttisch und wünschte einen guten Morgen. Die ganze Welt bestand aus Komplizen unserer Liebe. Wohlwollendes Zwinkern. Willkommen bei den Menschen.

Anna rieb sich die Augen und sog den Duft des Kaffees ein.

Du bist wunderbar schön, meine Freundin, und kein Makel ist an dir.

Auf der Rückfahrt riß der Morgenhimmel auf, und Garben von Sonnenlicht fielen auf den See, ein Wasserfall aus Goldfäden, und Anna sagte: Dein Haar ist so dunkel wie der See, aber mit Lichtern darin.

Ich mußte an meine Reisetasche im Haus von Bernhards Eltern denken, und sah, wie sie sie rachedurstig einschlossen oder gar als Beweisstück zur Polizei brachten. Als Beweisstück wofür? Und was war darin, was ich nicht hätte entbehren können?

Ich habe ein schlechtes Gewissen, sagte ich.

Anna sah mich erstaunt an.

Meinst du nicht, daß Bernhard wütend ist? Daß seine Eltern uns hinauswerfen? Wird deine Freundschaft zu ihm zerstört sein?

Anna schüttelte den Kopf: Wir haben unsere Ziele und unsere Herkunft vergessen. Wir haben unsere Angst vergessen. Stimmt das? Unsere Angst voreinander wenigstens.

Heute Nacht hatte ich in manchen Augenblicken Angst vor dir.

Anna sah mich an: Wozu brauchst du mich eigentlich?

Ich wußte nicht, was ich antworten sollte. Ich blickte auf den See.

Ich bin da, sagte Anna. Hier bin ich. Wenn du mich nur nehmen wolltest.

Ich war völlig hilflos. Ich sah sie an.

Anna lächelte: Ich danke dir für meine Freiheit.

Freiheit, was heißt das. Es gibt keine Freiheit. Ich will keine Freiheit. Ich weiß nicht einmal, was das ist.

Was wir jetzt leben, in dieser Sekunde, ist Freiheit. Wir haben einander gewählt für diese Sekunde, wir stehen uns gegenüber, ungebunden und doch voller Zuneigung,

330

wir haben den Mut, ehrlich miteinander zu sein, in dieser Sekunde. Ich weiß nicht viel darüber. Ich weiß nur, sie ist anstrengend, die Freiheit, denn hältst du sie nicht gespannt, ist sie sofort verloren.

Und du, wozu brauchst du mich? fragte ich.

Ich brauche dich überhaupt nicht. Du bist mir wie eine Blume, die ich gepflückt habe. Die schönste Blume auf der Wiese. Du machst mich glücklich.

Es begann der Tag unserer Unsterblichkeit. Wir spürten es zuerst in dem klapprigen Bus, dessen Diesel an den Steigungen die Plastikpolster vibrieren und die hölzernen Fensterrahmen summen ließ und der in den Gefällen beinahe abhob. Wir schwebten über dem Abgrund, wir rasten durch die Landschaft, nichts konnte uns widerfahren, nichts konnte verlorengehen, alles war präsent. Wir waren so reich, daß selbst ich jedem Gesicht, das ich erblickte, ein Lächeln zu schenken vermochte.

Die Casa Beatrice schlief noch, als wir ankamen. Bernhard lag auf dem Bett und las. Er blickte auf, als wir eintraten und legte seinen Kafka beiseite. Wie spät ist es? Es war halb neun. Anna setzte sich auf die Bettkante und lächelte ihn an. Ich ging ins Bad. Bernhard hatte seinen Eltern nichts gesagt, er hatte bis ein Uhr im Intra gewartet und danach zu Hause gewacht. Seine Eltern hatten vor, ins Aosta-Tal zu fahren. Er fragte Anna, ob sie mitkommen wolle. Er habe seine Eltern überredet zu dem Ausflug, der ihnen vielleicht guttue. Anna schüttelte den Kopf. Verzeih, aber ich habe Wichtigeres vor. Wichtiger für mich.

Ich hatte plötzlich Angst, eines Tages auch ein Hindernis für ihren unwiderstehlich vorgebrachten Freiheitswunsch sein zu können. Sie entschied in jeder Sekunde neu über ihr Leben. Sie hatte mich erwählt. Sie erwartete

alles von mir. Zum ersten Mal wurde alles von mir erwartet. Alles und noch mehr. Und wenn ich nicht genügte, war es um mich geschehen.

Als die Familie Richter aufstand und frühstückte, verließen wir das Haus und gingen hinunter ins Dorf. Da
entdecken wir das Paradies: Es lag unterhalb des Dorf-
platzes, in der Armbeuge einer Serpentine, gegen den
Hang hin begrenzt von einer zehn Meter hohen Felswand, flankiert gegen die abfallende Straße von einem
Mäuerchen aus Feldsteinen. Der Eingang unten war ein
lächerlich hohes schmiedeeisernes Tor, das sich knar-
rend öffnete. Der Garten war klein, nicht größer als 30
auf 30 Meter, an den Mauern wucherten Hortensien,
und in der Mitte der Wiese stand eine Magnolie in voller
Blüte, wie eine Wolke von Schmetterlingen zitterten die
Blüten im Morgenwind. Wenn man gegen den Stamm
lehnte und in die Krone blickte, sah man den Himmel
wie durch die Flügel eines Falters. Die nestbauenden Vögel, an Eindringlinge zu dieser Stunde nicht gewöhnt,
zwitscherten warnend.

Gerade so habe ich mir als Kind das Paradies vorgestellt, ein kleiner Garten oder Park mit einem blühenden
Baum in der Mitte und einer grünen Bank davor.

Zieh mich aus, sagte Anna, und liebe mich hier.

Hast du die Bibel nicht gelesen? Willst du den gleichen
Fehler zum zweiten Mal begehen?

Natürlich, sagte Anna. Zum zweiten und dritten und
hundertsten und tausendsten Mal. Und jeder darf es sehen. Glaubst du nicht, daß wir schön sind?

Und so geben wir die Chancen der Menschheit hin für
eine kleine Sünde, sagte ich.

Jedermann konnte uns sehen, der auf dem Dorfplatz
stand und sich über die Mauer lehnte, jeder, der die
Straße hinauf- oder hinabfuhr oder ging, jeder, der das

Paradies selbst betreten hätte. Unsere Stimmen spalteten die Steine, schlugen Wasser aus der Felswand, die Lerchen bauten Nester in unserem Haar, die Zitronenfalter ließen sich auf unserer Haut nieder und sogen unseren Schweiß, die Magnolie senkte ihre Äste über uns, das Gras umwucherte unsere Körper, und oben auf der Mauer versammelten sich die Dorfbewohner und betrachteten schweigend und traurig und glücklich zugleich das Spiel der beiden weißen Körper; niemandem kam der Gedanke an Protest, an Geschrei, keiner brüllte Skandal, keiner schämte sich, kein einziger blickte weg; junge Männer und Mädchen schauten zärtlich staunend, alte Männer stolz und wehmütig, alte Frauen ernst, aber gelassen, und als die beiden weißen Körper sich trennten, voneinander ließen, als die Seufzer, die Schreie, die geflüsterten Worte verstummt waren, zogen die Menschen sich leise zurück, blickten einander nicht an, jeder ging still seiner Wege und beeilte sich, die Zeit einzuholen, der Morgen war schon weit.

Auf der Uferstraße hielt ein winziger Fiat-Lieferwagen an, und wir quetschten uns zwischen Tür und Schalthebel, die Füße auf dem Reserverad. Der Fahrer sah, daß wir saßen, und raste los. Er schaltete das unsynchronisierte Getriebe mit Zwischengas hoch und runter, seine rechte Hand ruhte auf dem Schaltknüppel, die Linke lag, die Zigarette zwischen Zeige- und Mittelfinger geklemmt, auf dem Lenkrad, der Ellbogen lehnte aus dem Fenster. In einer als Vase zu benutzenden Plastikmadonna unter der Windschutzscheibe steckten vertrocknete Blumen. Er fuhr, wie nur jemand fahren kann, der das Autofahren liebt und der glücklich ist, er überholte alles und jeden und an jedem Punkt der schmalen unübersichtlichen Uferstraße. Wußte er, daß es ihm immer gelingen würde, oder hielt er die Straße für breit genug, oder glaubte er an sein Glück? Er strahlte eine Aura von Unsterblichkeit aus, die Unsterblichkeit der Glücklichen.

Er fährt wie ein Gott! sagte ich.

Hast du Angst? fragte sie.

Nein. Heute nicht. Heute nie mehr.

Ich sah den Asphalt durch ein Rostloch neben dem Bremspedal unter uns hindurchsausen und schloß die Augen vor Vergnügen und lauschte der italienischen Musik aus Dreiklanghörnern, Zweitaktbrüllen und gepfiffenem Nabucco. Annas Haar wehte vor die Augen des Fahrers, und er lachte und atmete tief ein und schaltete einen Gang tiefer und setzte zum Überholen an, und Anna streifte ihre roten Ballerinas ab und hielt sie aus dem Fenster und ließ sie los, und wir hörten ein Hupen und lachten.

An der Promenade von Stresa stiegen wir aus. Wir gingen Hand in Hand und rochen den See und blinzelten auf die Diamantsplitter, die die Sonne auf seiner bleiernen Oberfläche erglühen ließ. Wir lagen im Jasminduft, und die Hummeln summten um uns. Wir fuhren hinüber auf eine der Inseln und gingen durch die Straßen und rochen den frischen Fisch und den Geruch frischgebackenen Brotes und den pfeffrigen Geruch von Mortadella und Salami und den Geruch von eingelegten Zwiebeln aus den Geschäften. Wir blickten auf das grüne Ufer gegenüber und auf das blaue Ufer weit den See hinab. Wir gingen bis zu einer Kapelle, die wir am Horizont gesehen hatten, wo ihr Turm am Ufer im Sonnenglast schimmerte. Aber die Kapelle war verschlossen, so legten wir uns ins Ufergras und starrten in die Sonne und den schwarzen Himmel und betrachteten die Muster der Schwalben. Ich sah auf die roten und dunklen Flecke auf Annas Hals und ihren Schultern, und sie bemerkte es und sagte: Mein einziger Schmuck. Wir waren leer und voll und traurig und frei.

Mit dem Abend kam der Hunger. Wir aßen in einer Trattoria hoch über dem See mit dunkelgebeizten Holztischen, die mit weißem Leinen bedeckt waren. Auf jedem Tisch stand ein Strauß Frühlingsblumen. Es gab Kristallvasen, blaue Porzellanvasen, umfunktionierte Sektkübel und Flöten aus farbigem venezianischem Rauchglas. Im Duft der Speisen war der ganze, sich dem Ende zuneigende Tag gespeichert, der Geruch des Sees, das südliche Licht über den Borromäischen Inseln, der kalte Wind in den Fichten des Monte Zeda, die rosenfarbenen Glockentürme über dem Seeblei, der Duft von Annas honigfarbenem Haar.

Das Leben verwöhnt uns heute, sagte Anna, und ich klopfte von unten gegen die Tischplatte.

Als wir auf die Straße traten, war es Nacht geworden. Der Tag unserer Unsterblichkeit neigte sich dem Ende entgegen. Wir gingen zu Fuß über den Hügelkamm zurück, durch stille Straßen.

Deine Lippen, die sich vom Seewind streicheln lassen, und dein Gang, das Kinn gereckt, der Pferdeschwanz baumelnd, barfuß über die Promenade.

Dein schwarzes Haar voller Lichter vor dem See und das Spiel der Sehnen unter der Haut deiner Hände.

Und morgen würde ich zurückkreisen. Die Nacht wollten wir wieder auf der anderen Seeseite verbringen.

Aber ich möchte, daß du dich von Bernhard und seinen Eltern verabschiedest, sagte Anna.

Ich war überrascht. Natürlich, sagte ich.

Die Casa Beatrice lag im Dunkeln. Der Wagen war fort. Wir traten ein, nirgendwo Licht, kein Geräusch, die Familie Richter schien noch nicht wieder zurück zu sein. Als eine Tür zuschlug, ertönte aus dem ersten Stock plötzlich eine Stimme: Anna, seid ihr das?

Die Stimme, es war die von Bernhards Mutter, fuhr

mir in die Glieder. Ich hatte die Frau kaum gesehen, ich hatte bislang nicht über Bernhard nachgedacht, noch über seine Eltern, und ich tat es auch jetzt nicht. Dafür war kein Raum. Vielleicht irgendwann, als Erinnerungs-Ausstattung. Nicht jetzt. Jetzt existierten sie nicht. Und darum schockierte mich die Stimme der Mutter, seltsam schwächlich, als fehle ihr der Atem, resigniert, als wisse sie nicht mehr, wozu Atem holen, eine ängstliche Stimme, voll unbestimmter Furcht, eine nächste, plötzlich auftauchende Hürde nicht mehr nehmen zu können, einem nächsten Ansturm – wovon? – nicht mehr gewachsen zu sein. Ich schüttelte wild den Kopf, als Anna mir bedeutete hinaufzugehen. Aber sie sah mich an, so stieg ich ihr hinterher.

Ich blieb im Türrahmen stehen und konnte doch gut die Frau erkennen, die unter einer zerwühlten Bettdecke lag, die sie wie einen Stein auf der Brust trug, im fahlen Licht der Nachttischlampe. Sie hatte gelesen.

Guten Abend Anna, sagte sie schwach. Guten Abend Hagen.

Ich fuhr zusammen. Woher kennt sie meinen Namen.

Hagen geht und wollte auf Wiedersehn sagen.

Ich nickte ihr zu. Ich fühlte mich fehl am Platze und trat von einem Bein aufs andere. Was suchte ich im Schlafzimmer dieser Fremden? Anna zögerte noch, die Tür wieder zu schließen, und sah Frau Richter an.

Es scheint ja, sagte die lächelnd und versuchte, sich zu einem Ton zuversichtlichen Humors zu zwingen, daß bei euch auch nicht alles so läuft. Bernhard hat geweint heute morgen, und wir selbst, mein Mann und ich, aber das wißt ihr ja wohl – sie stockte und flüsterte dann: Probleme, Probleme.

Ich fürchtete eine Konfession und zupfte Anna am Ärmel. Ich wollte fort von hier.

Es sind mehr als nur Probleme, sagte Anna. Sie sind sehr unglücklich, nicht wahr? Ich schloß die Augen.

Die Frau sah auf: Ja. Sehr unglücklich. Ja. Mein Gott, ich werde mich scheiden lassen, Anna, verzeihen Sie mir, wenn ich Ihnen das erzähle. Ich muß. Aber ich habe solche Angst.

Ich wollte Ihnen eigentlich schreiben, sagte Anna, weil ich nicht glaubte, daß wir hier die Gelegenheit finden würden zu sprechen. Und ich wollte fort, denn ich ersticke an Ihrer Gegenwart. Die entsetzlichen Regeln, um den Tag einzuteilen, die Höflichkeit, die den Haß übertüncht oder den Überdruß oder die Müdigkeit.

Jetzt geht sie zu weit. Das kann man doch niemandem erzählen, den man nicht kennt, noch dazu in seinem Schlafzimmer. Jetzt wird die Frau uns rauswerfen. Wollte sie's doch nur tun.

Ja. Müdigkeit mehr noch als Haß, sagte die Frau. Anna. Ich muß mich trennen von ihm. Mein eigenes Leben. Aber der arme Bernhard. Sie sind doch seine Freundin, Sie mögen ihn doch gerne. Wollen Sie nicht –.

Aber Anna schüttelte den Kopf und legte den Zeigefinger auf die Lippen.

Verzeihen Sie, Anna, fuhr die Frau fort mit ihrer leisen Stimme. Mein eigenes Leben, was ist das. Glauben Sie, daß ich eines habe?

Nein, sagte Anna. Sie haben keines.

Die Frau starrte Anna an. Ich stand auf dem Sprung.

Sie haben keines, aber Sie werden vielleicht wieder eines erkämpfen.

Kämpfen? Mein Gott, wo ich zu müde zum Aufstehen bin. Sie deutete auf das Buch auf dem Nachttisch: Ich weiß nicht, ob ich nur von der da beeinflußt bin . . . Ich weiß gar nichts mehr. Ich kann nicht mehr. Ich bin zu alleine. Aber ich muß . . .

Und da kamen ihr die Tränen. Ich trat zurück. Ich wollte das nicht mit ansehen. Was für ein Mißklang. Und daß Anna es so in die Länge ziehen mußte. Und da geschah das Ungeheuerliche: Anna ließ mich stehen und legte rasch, aber ohne Eile, die fünf Schritte zurück bis zum Bett der weinenden Frau. Sie blickte hinab auf sie. Sie setzte sich aufs Bett. Sie sah die fremde Frau an. Sie öffnete die Arme. Sie umarmte den sich ihr anvertrauenden Körper der weinenden Frau. Sie barg den Kopf der fremden Frau an ihrer Schulter. Sie wiegte sie leise. Ihr Haar war ein Schleier vor dem schluchzenden Gesicht der Frau. Sie schluchzte so heftig, daß es auch Annas mageren Körper schüttelte. Ich konnte ihr Gesicht nicht sehen. Es war zur Wand gedreht, ihre Wange ruhte auf dem Haar der weinenden Frau. Etwas zerriß in mir. Ich stürzte davon, der Anblick der weinenden fremden Frau in den Armen der tröstenden fremden Frau hatte sich in mein Hirn gestanzt, ich glaubte, verrückt zu werden, ich mußte schreien, oder weinen, oder hysterisch lachen, der Teufel ist traurig, ich lief durch den Korridor, ich lief aus dem Haus, der Teufel ist traurig, ich rannte die Straße entlang, den Vicolo Garibaldi. Ich flüsterte: Nein, nein, nein, nein, dann blieb ich stehen. Ich stand da, ein heulender, irrer junger Mann mit Schluckauf, mitten in der Nacht, allein, auf einer Dorfstraße über dem Lago Maggiore, ein komischer Anblick. Ich war betrogen, ich hatte mich selbst betrogen, nein, ich hatte mich nur abgrundtief geirrt, und Aphrodite war fort, Aphrodite war nicht, was sie vorgegeben hatte, war keine Göttin, Aphrodite hatte sich als Sozialtherapeutin entpuppt.

Die Mauersegler von Albalonga

Italien also. Das ist vielleicht kein originelles Fluchtziel für einen Deutschen, der aus Deutschland weg will, aber wo sonst, frage ich, soll der Deutsche denn wohl geheilt werden von sich selbst. Kein Ausländer wird jemals ermessen können, was dem Deutschen sein italienischer Traum bedeutet. Italien ist die natürliche untere Hälfte, der fehlende Unterleib der Deutschen, der Süden eines Landes, das keinen eigenen Süden hat. Die Alpen zu passieren ist ein magischer Akt der Verwandlung, der Krüppel kann plötzlich wieder seine Beine benutzen, im tauben Geschlecht zirkuliert plötzlich wieder Blut, der Nacken entkrampft sich, und pochender Schläfen glaubt der Deutsche, hier endlich den verlorenen Teil seiner Seele wiederzufinden; Explosion der Freiheit, der Liebe, der Erotik. Beim Eintritt nach Italien ist der Deutsche gewiß, sich endlich in einen Menschen zu verwandeln. Selbst wenn die Wahrheit ihn bald wieder einholt, bleibt doch ein Abglanz zurück, den unsere Sehnsucht unzerstörbar hält.

Ich war nicht nach Deutschland zurückgekehrt, ich war nach Süden geflüchtet, bis in die Tiefen meines Wesens erschüttert von dem, was ich an dem Abend in Richters Haus erlebt hatte. Eine egoistische Liebe hatte ich gesucht, glaubte ich gefunden zu haben und war bereit gewesen, alles für sie zu tun, alles über den Haufen zu werfen.

Ich begriff schon, was ich falsch gemacht hatte: Ich hatte nach wie vor zuviel an mich gedacht. Damit mußte es jetzt ein Ende haben. Was Anna erwartete, war Selbstlosigkeit, war die Fähigkeit, das persönliche Schicksal abtun zu können und sich den größeren Problemen zuzuwenden. Nicht nur wir brauchten Liebe, die Menschheit brauchte sie. Aber Hilfe ohne persönlichen Einsatz, ohne daß man das eigene Leben in die Waagschale wirft, ist Philanthropie; etwas Niedrigeres gibt es nicht. Was mußte ich ihr jung und selbstsüchtig vorgekommen sein. Schließlich hatten wir unser Scheffel Liebe bekommen, schließlich gehörten wir nicht zu denen, denen es an Hoffnung mangelte. Was mir zu tun blieb, war fortzugehen an einen Ort, wo die Kraft meiner Liebe und meiner Hoffnung anderen helfen konnte, die weniger gut dran waren als wir.

So war ich voller Scham, voller Schuldbewußtsein blind nach Süden geflohen und hatte mir geschworen, ein anderes Leben zu beginnen. Bis nach Rom war ich gekommen, Tag und Nacht unterwegs, die letzten Kilometer war ich marschiert, ziellos, gedankenlos. Schließlich war ich auf einem Berg oberhalb Roms angelangt, über einem Dorf und hatte, todmüde und erschöpft, Obdach in einer leerstehenden, verfallenden Villa am Ende eines Waldweges gefunden. Die Wasserleitung funktionierte noch, zu essen gab es zwar nichts, aber ich war dick und verwöhnt genug, schien mir, um ein wenig fasten zu können. So würde ich denn hier bleiben und sehen, was geschah. Es geschah nichts. Kein Mensch war zu sehen, wenn auch der Wind ab und zu Geräusche von Kinderschreien und Automotoren bis zu meiner Einsiedelei trieb. Ich hatte alle Muße, über mich und mein Leben nachzudenken, doch fiel es mir in der leeren Stille schwer, mich zu konzentrieren.

Ich war ohne Geld, ohne Tasche, ohne Stab, ohne Schuhe, ohne zweites Hemd, aber ich hatte Vertrauen. So wartete ich. Ich machte die Erfahrung, daß man sich vor sich selbst schämen kann, als mir die Idee kam zu beten. Ich kniete mich vor eine Wand, aber indem ich grübelte, fühlte ich mich lächerlicher und lächerlicher. Ich blickte mich verstohlen um, ob nicht hinter den Fensterhöhlen kichernde Zuschauer hocken mochten, die den Finger vor der Stirn drehten. Doch es genügte schon, daß ich selbst mich sah, wie ich da hockte, um den Kopf über mich zu schütteln. Ich war mir peinlich. Schließlich überwand ich mich und versuchte, mich in eine Ekstase zu beten, die jedes Gefühl von Lächerlichkeit, die jede Angst vor Beobachtung vergessen machte. Aber die Ekstase mochte nicht kommen, ich blieb steif, und meine Bewegungen eckig, ich dachte an alles mögliche, aber nicht ans Gebet. Dann wieder lauschte ich meinen eigenen Worten, suchte nach brillanten Formulierungen, erfand noch brillantere für die Antworten Gottes, lakonische Aphorismen, die man hätte aufschreiben müssen; dann erwachte ich aus meinem Taumel und bemerkte, daß ich mich selbst interviewte, der Himmel jedoch stumm geblieben war.

Die Einsamkeit, die Reklusion, ist kein Zuckerschlecken für jemand, der so mit sich beschäftigt ist, der sich bei jeder Bewegung und jeder Geste kritisch und mißbilligend über die eigene Schulter sieht. Erbauungsbücher erzählen immer nur die Hälfte: Was tun die Heiligen einen endlosen Tag lang, den Gott mit Schweigen verbringt. Ein Tag ist lang, ist eine Ewigkeit, wenn ein Dämon flüstert, daß eine halbe Stunde Fußweg entfernt ein Dorf liegt, in dem man um Geld für die Rückreise telegrafieren kann. Was macht der Heilige ohne Klopapier, ohne Dusche, was macht der Heilige, wenn seine Nägel wachsen. Was macht er gegen das zunehmende Magenknurren, das jeden guten Vorsatz aushöhlte und ebenso relativierte wie das Lächeln von Rosencrantz. Beten und Warten, Warten und Beten. Das Schweigen ertragen. Wofür schinde ich mich so? Wer verlangt all das von mir. Ein Zeichen, eines nur. Aber kein Zeichen kam. Vielleicht war ich einfach nicht sündig und nicht verrückt genug gewesen, um jetzt ins Gegenteil umschlagen zu können. Gott spuckt auf die Launen.

Elf Tage hielt ich Schmutz, Zweifel und Hunger aus. Elf kurze, elf endlose Tage lang. Am Abend des elften verließ ich meine Klause und stapfte hinunter ins Dorf. Vielleicht, so sagte ich mir, würde es ja genügen, die Menschen von meiner Gegenwart dort oben zu informieren, und sie würden kommen, mit Proviantkörben, würden mich fragen, würden mir zuhören, würden mich erkennen und sich um mich scharen. Vielleicht hing alles daran, daß ich ihnen sagte, daß ich da sei.

Albalonga thronte über Rom, eine halbe Stunde von der Stadtgrenze gelegen. Hier oben wehte ein eisiger Wind. An der nördlichen Längsseite des Platzes verlief eine steinerne Balustrade, von hier ging der Blick hinunter ins Tal, wo in der Nacht die Millionen Lichter Roms schwammen. In der Mitte stand ein Brunnen, parkten Autos, gegenüber eine Häuserfront mit dem Hotel Europa, der Bar Europa sowie der Post und dem Banco di Santo Spirito. Die untere Schmalseite des Platzes wurde von einem kleinen platanenbestandenen Park gebildet, die obere von der Bar Bellina, hinter der das Dorf anstieg. Links von der Bar Bellina führte der gepflasterte Corso bergan, rechts davon eine zweite, schmalere Straße. Die Bellina war noch erleuchtet, das Hotel Europa und seine Bar sowie die Tankstelle daneben und der Zeitungskiosk waren geschlossen. Ich hörte das Kreischen der Vespas zwischen den Mauern des Corso hallen und stieg die drei Stufen der Terrasse der Bar Bellina hinauf und wandte mich zum Tresen. Es waren ausschließlich junge Männer und Halbwüchsige, die mich unverhohlen anstarrten. Ein junges Mädchen in schleppenden Holzsandalen, die auf den Fliesen vorwurfsvoll klapperten, hörte auf zu fegen und kam hinter den Tresen. Ich fragte radebrechend nach einer Unterkunft, nach etwas zu essen und machte die Geste der Mittellosigkeit.

Das Mädchen zog eine Grimasse, rief dann Freedo!, und ein grauhaariger Mann trat aus dem Hinterzimmer und sah mich fragend an. Die Burschen, die neben mir standen, grinsten einander an. Keiner sagte ein Wort. Die Geräusche von Holz auf Holz im Hinterzimmer verstummten, und vier junge Männer mit Billardqueues traten in den Saal und musterten mich mit einem Ausdruck von Ekel und Verachtung.

Die Tür öffnete sich, und ein ordentlich gekleideter, zierlicher junger Mann trat ein, sehr verschieden von den Burschen gleichen Alters, die am Tresen lungerten. Er hatte einen Messerhaarschnitt und trug einen marineblauen Wollmantel. Massimo! rief der Barbesitzer ihm erleichtert zu und überschüttete ihn mit einem Wortschwall, wobei er ab und zu auf mich deutete und die Augen in den Himmel hob.

Massimo sah mich an, lächelte, reichte mir eine feine Hand mit schmalen langen Fingern und fragte: Inglese? Ich schüttelte den Kopf.

Tedesco? Ich nickte.

Vie' co'me. Vie' co'me. Er bedeutete mir mitzukommen, und die anderen nickten mir aufmunternd zu. Massimo hielt mir die Tür auf und sagte irgend etwas von parocco und parocchia. Ich war zu müde, um Widerstand zu leisten oder um zu versuchen, noch irgend etwas zu verstehen, und folgte ihm, der mit weit ausholenden Schritten den steilen Corso hinaufstieg, einen Seitenweg einschlug und schließlich auf einem winzigen gepflasterten Platz stehenblieb, wo er eine Türglocke anschlug. Eine bucklige Alte öffnete und winkte uns herein. Wir standen in einem kühlen gefliesten Korridor, es roch gut hier, und wenn die Heiligenbilder an den Wänden mir noch nicht zu denken gaben, so verstand ich, wo ich war, als plötzlich ein Priester vor mir stand. Er war aus der Küche getreten, gehüllt in einen Duft von Minestrone und frisch geraspeltem Parmesan. Der Priester war ein mittelgroßer, kräftig gebauter Mann mit vollem grauem, über den Schläfen am Ansatz noch dunklem Haar, das im Nacken rasiert war. Sein Kinn war herrisch, seine Augen stahlgrau und von einem feinen Geäst von Lachfältchen umgeben. Er hatte eine große gerade römische Nase, die spitz zulief und sein Gesicht in fast exakt gleiche Hälften teilte. Er hielt den Kopf ein klein wenig schräg, aber sein Händedruck war fest wie ein Schraubstock. Seine Hand, die die meine noch nicht losgelassen hatte, dirigierte mich in die Küche. Dort saßen zwei weitere Männer tief über ihre Suppenteller gebeugt, die sofort aufstanden und mir die Hand entgegenstreckten. So lernte ich schon am ersten Abend alle Bewohner des Pfarrhauses kennen, mit denen ich von nun an leben sollte. Mein Begleiter Massimo, ein Findelkind, wollte nach dem Militärdienst, den er in Kürze abzuleisten hatte, Theologie studieren; er war im Pfarrhaus aufgewachsen. Der Pfarrer mit dem Röntgenblick aus grauen Augen war der Erzpriester von Albalonga, Arciprete Don Ambrogio Bonangelo. Die beiden anderen Männer waren Don Girolamo Sciamplicotti, der zweite Priester am Ort, sowie Pasquale, der Religionslehrer der örtlichen Schule. Die bucklige Nonne, die den Haushalt führte, hieß Chiara.

A fame di lupo, ordnete Don Ambrogio an, Massimo hatte einen zusätzlichen Stuhl aufgetrieben, und Don Girolamo schöpfte meinen Teller voll Suppe, während Pasquale mir eine dicke Scheibe Brot abschnitt. Don Ambrogio öffnete einen grob getischlerten Hängeschrank und entnahm ihm ein Glas und schenkte es voll Wein. Ich sah die vier Männer dankbar an, Don Ambrogio stand noch am anderen Ende des Tisches, als überlege er, und ich wollte anfangen zu essen, da legte mir Pasquale, der rechts neben mir saß, beiläufig seine riesige Hand auf den Unterarm und machte eine kaum merkliche Kopfbewegung zum Priester: Ich verstand. Don Ambrogio murmelte sein Gebet, seine schmalen Lippen bewegten sich bei geschlossenem Mund, dann sagte er laut Amen und setzte sich. Pasquale nahm seine Hand fort und zwinkerte mir zu. Ich durfte essen.

Es ist spät, sagte Don Ambrogio nach dem Abendessen, über alles andere können wir morgen sprechen.

Pasquale begleitete mich auf mein Zimmer. Es lag im zweiten Stock, ein großer eiskalter, fast leerer Raum, in dem nur ein Bett stand mit einem Nachttisch und einer Lampe darauf, ein Kleiderschrank, ein kleiner Tisch mit einem Stuhl vor dem Fenster, ein Waschbecken mit Rasierspiegel darüber. Das Bett war frisch bezogen. Pasquale zeigte mir die Tür zur Toilette und Dusche auf dem Flur und wünschte mir eine Gute Nacht. Ich stand alleine in dem großen Zimmer, barfuß auf den kalten Fliesen, ich öffnete das Fenster und stellte fest, daß es auf eine Terrasse hinausging. Tief unter mir lag der kleine gepflasterte Platz, von einer Leuchte über der Tür des Pfarrhauses erhellt, darüber der Flickenteppich der Dächer von Albalonga, dahinter im nächtlichen Meer, tief tief unten, die Lichter Roms. Plötzlich schlugen die Kirchenglocken so laut, daß ich herumfuhr und sah, daß das Pfarrhaus direkt an den rückwärtigen Giebel der Kirche geklebt war. Die Glocken verklangen, und ich blickte wieder auf den erleuchteten Vorplatz hinab. Zwei Mauersegler pfeilten geräuschlos über den Platz, ihre Flugbahnen überkreuzten einander, ihr Nest war in einem Mauerloch unter der Terrasse. Ich sah ihre Köpfe unter meinen Füßen hervorschauen, dann ließen sie sich fallen wie Trapezartisten, stiegen steil hinauf, dreimal mit den Flügeln schlagend, zeichneten Muster in die von Häusern eingerahmte Luft, zeichneten unsichtbare Muster, nur für mich, ihren einzigen Betrachter, um mich zu begrüßen, und je länger ich sie beobachtete, desto stärker war ich überzeugt, es stecke eine Logik in ihren Mustern, und ich nahm mir vor, Albalonga nicht eher zu verlassen, als ich die Muster der Mauersegler entziffert hätte.

Am nächsten Morgen wachte ich früh auf und trat hinaus auf die Terrasse. Die Sonne war gerade aufgegangen, und die Sicht war ungeheuer klar. Unter den roten und gelben Dächern Albalongas senkten sich bewaldete Hänge hinab in die Ebene der Campagna. Rom lag greifbar nahe. Die Kuppel des Petersdoms leuchtete in der Sonne. Im Westen lag falb das Meer, nur einen Sprung weit. Und im Südwesten, sehr viel näher, nur einen Hügelkamm von Albalonga entfernt, ein tintenblauer Kratersee und hoch darüber ein goldglitzerndes Palastdach mit einem Observatorium; der Albaner See und Castel Gandolfo. Es war ein kalter Morgen, und die Fliesen unter meinen Fußsohlen waren eisig, aber die Sonne schien, und zum ersten Mal spürte ich das Gewicht der Zeit, die unsichtbare Kuppel von Ewigkeit, die sich hoch über

Rom und seine Umgebung wölbte und ein eigentümliches Arom von Freiheit ausstrahlte: das beruhigende, besänftigende Gefühl meiner absoluten Bedeutungslosigkeit. Ich war weder ein Anfang, noch ein Ende, ich war nichts als ein Gast.

Ich ging in die Dusche und duschte kalt. Es gab kein warmes Wasser hier oben, es war so eisig, daß mein Körper erstarrte und die Schläfen mir zerspringen wollten. Aber ich wusch mich rein. Der harte Wasserstrahl brannte wie Feuer. Zitternd vor Kälte seifte ich mich ein, und der zweite Guß war schon erträglicher als der erste. Die Kälte drang in mich ein, ich stand erstarrt in dem flachen Zementquadrat, in dem schmalen, hohen, leeren Badezimmer, der eisige Wasserschwall stach mir mit tausend Nadeln in die Haut und entfachte einen inneren Ofen, ich häutete mich, ich reinigte mich, ich wurde getauft. Als ich in mein Zimmer zurückkam, war es wunderbar warm. Ich zog mich an und stieg die steinerne Treppe hinab ins Erdgeschoß. Es roch nach Kaffee. Pasquale hockte am Tisch, beide Hände um seine Tasse geschlossen und kippte den dampfenden Espresso. Chiara goß mir aus der gußeisernen Espressomaschine eine Tasse voll. Es war halb acht Uhr morgens. Zeit für die Messe.

Die Hauptkirche Albalongas, Santissima Maria Assunta in Cielo, auf halber Höhe des Kegels gelegen, am oberen Ende des Corso, gegenüber der Bar dello Sport, an einem gepflasterten Platz, der eigentlich nur eine kleine Kreuzung war, war viel zu groß für das Dorf. Es war eine prachtvolle Barockkirche, hoch, hell, weihrauch- und wachsduftend, geweißt, mit vergoldeten Friesen und strahlenden Gemälden in den Heiligennischen sowie hinter dem Altar. Ich verstand nichts von dem, was gesprochen wurde, lauschte dem morgendlichen Gesang Hunderter von Menschen; Pasquale neben mir hatte einen schönen Bariton, und Don Ambrogio sang, wie sich das für einen Priester gehört, aus voller Brust. Hier wollte ich wirken.

Nach dem Gottesdienst stieg ich mit Pasquale den Corso hinab, er stellte mich Pepe, dem Bäcker vor, der vor seinem winzigen Lebensmittelladen stand, zum ersten Mal sah ich Carlo, in seiner beigen Windbluse, die dunkelblaue Schirmmütze auf dem Kopf, die dunkle Sonnenbrille auf der Nase, der, ich wußte es noch nicht, gerade zum Fahnenwechsel der Schweizergarde aufmarschiert war und uns zugrinste; ich wurde dem Gemüsemann vorgestellt, der Friseuse und dem Barbier, und dann waren wir unten auf dem sonntäglichen Platz, wo die Männer im Stehen diskutierten, umkreist wie von einem Wespenschwarm von den Motorrollern der Jugendlichen, die zu Kaffee oder Cola auf die Terrasse der Bar Bellina oder der Bar Europa kamen. Pasquale führte mich herum, stellte mir einen Lehrerkollegen vor, den Briefträger, den Maresciallo, den Ortspolizisten in blendend weißer, goldbetreßter Galauniform, und vom Monte Albano, von der Radarstation, deren Antennen vom Dorfplatz zu sehen waren, kam ein Mannschaftswagen herunter, und die Einjährigen, die Käppis unter die Gürtel ihrer Ausgehuniform geschoben, schwärmten zu Billard und Flipper in den hinteren Saal der Bellina aus. Zum ersten Mal sah ich auch die drei Grazien, die meine besten Freundinnen werden sollten: Gina, Lina und Pina. Sie saßen unter den Platanen auf der Terrasse des Kiosks zwischen der Tankstelle und der Bushaltestelle, dort wo die Via dei Laghi begann, die nach Castel Gandolfo hinüberführte. Pasquale stellte sie mir vor, sehr höflich und förmlich, und die drei, obwohl schon jenseits der Zwanzig, begrüßten mich mit einem Knicks.

Die drei Grazien waren immer zusammen und stets guter
Laune oder zumindest nie unfreundlich, obwohl sie genug Grund gehabt hätten, am Leben zu verzweifeln.
Gina, mit spanischem Blut und schwarzen Locken, war
23 und hatte sich damit abgefunden, als alte Jungfer zu
enden. Mit 18 war sie verlobt gewesen, aber ihr Freund
hatte sie sitzenlassen, und niemand aus Albalonga würde
sich für abgelegtes Fleisch interessieren, zumindest nicht
dafür, es zu heiraten. Sie mußte, wie alle drei, abends um
acht zu Hause sein, sie war die Tochter des Gemüsemann-
nes, dessen Hauptgeschäft es nach diesem Schlag war,
wenigstens Ginas kleine Schwester unter die Haube zu
bringen. Vor Gina lag ein Leben als ältliche Tante und
Helferin im Gemüseladen. Lina war die Schönste der
drei, sie hatte ein symmetrisches Gesicht mit feinge-
schwungenen Lippen und großen dunkelbraunen sehnsuchtsvollen Augen, in die man sich hätte verlieben müssen. Leider hatte sie in ihrer Kindheit unter Polio
gelitten, ihr eines Bein war verkrüppelt und in eine
Schiene geschnallt, und sie ging hinkend an einem Stock.
Niemand, es sei denn ein verrückter Städter aus Mitleid,
würde sie je heiraten. Pina war noch unschuldig, eine
Romantikerin mit Damenbart, die auf den Märchen-
prinzen wartete, aber ihn nie würde angesprochen haben
– ihre Eltern drohten ihr tagtäglich mit dem Kloster. Sie
war etwas jünger als die beiden anderen und aß zuviel
und zu gern, wobei sie verdeckte Blicke nach den jungen
Männern warf. Natürlich waren alle drei arbeitslos.

Danach führte Pasquale mich in seine Stammbar, die
Bar Europa, und stellte mich Marcello vor, dem Inhaber,
einem großen schlaksigen grauhaarigen Mann mit ge-
drechseltem Schnurrbart und maliziös glitzernden Augen. Sein Bruder war der Besitzer des Hotels Europa;
Marcello, der sich ungern überanstrengte, hatte bei der

Erbteilung die Bar vorgezogen, die weniger Arbeit machte. Wenn er nicht mit Freunden auf dem Rennrad unterwegs war, saß er auf seiner Terrasse und kommandierte einen weißgekleideten jungen Kellner herum. Zum Mittagessen ging er hinüber ins Hotel, zu seinem Bruder und seiner Schwägerin. Er war ein Hagestolz, er sagte, er brauche keine Ehefrau. Die wenigen Annehmlichkeiten, die eine solche biete, könne er dank seiner Schwägerin mitnutzen, den zahlreichen Nachteilen entging er, indem er sich ins Nebenhaus zurückflüchtete. Aber er lehnte nicht nur das Sakrament der Ehe ab, er ward auch nie in der Kirche gesehen, er war Atheist und antiklerikal, aber nicht auf aggressive Weise, es wäre viel zu anstrengend gewesen, andere von seiner Meinung zu überzeugen, und er war ein toleranter Mensch. Als solcher verstand er sich auch bestens mit Don Ambrogio, der zwar ein Kleriker, aber doch vor allem ein Mann von Esprit war. Die Attraktion der Bar Europa, so wie der Billardraum die der Bellina, war die Eismaschine, an die Marcello niemanden heranließ. Er schloß abends früher als die Bellina, er trank einen Sambitter, spielte mit seinem Terrier, ließ Gott einen guten Mann sein, zwirbelte seinen Schnurrbart und fuhr nach Frascati oder Rom, um einen angenehmen Abend in weiblicher Gesellschaft zu verbringen.

Nach dem Mittagessen entschuldigte Pasquale sich, und ich war mir selbst überlassen. Ich schickte einen Brief an meine Eltern, in welchem ich meine Reise als ausgedehnte Ferienfahrt darstellte, ärgerlich über mich selbst, daß ich nicht den Mut fand, ihnen die Wahrheit ins Gesicht zu schleudern. Draußen roch es nach Frühling, und ich wollte den Ort erkunden. Ich stieg den Corso hinauf, überquerte den Vorplatz der Kirche und gelangte auf den Marktplatz, der oberhalb lag und auf

seiner offenen Seite einen wunderbaren Blick über Albalonga und Rom gewährte. Je höher ich kam, desto rei-
cher wurde die Aussicht. Ich durchquerte Gassen, stieg
Treppen bergan, bis ich schließlich oben auf der Kuppe
stand, vor den zerfallenen Mauern eines alten Kastells.
Ich legte mich ins Gras, berührte den moosigen Stein mit
den Händen, und der frische Wind pfiff mir in die Ohren
und wehte mir den Geruch wilder Kamille in die Nase.

Am Abend im Pfarrhaus begegnete ich dem zweiten
Priester, Don Girolamo Sciamplicotti, mit dem ich bis
dahin noch kaum gesprochen hatte. Er fragte mich, ob
ich ihn auf einen Spaziergang begleiten wolle, und ich
willigte ein. Don Giro' war das genaue Gegenteil Don
Ambrogios. Klein, hager, von brauner Haut, mit schwarzem, schütterem Haar und einer dunklen Hornbrille, im
Gegensatz zu der Brille mit dem schmalen silbernen
Rand, die Don Ambrogio zum Lesen benutzte. Sehnig,
mit nervösen Bewegungen, Sizilianer, Franziskaner, Ar-
beiterpriester. Er sprach ein wenig Englisch und erzählte
mir auf unserem Weg durch den Ort, daß er von Montag
bis Freitag in einer Gummifabrik in der Vorstadt Roms
an einer Preßmaschine arbeite und nur am Wochenende
die Messe lese, in der kleinen Wallfahrtskirche Santa
Maria del Tufo, oberhalb von Albalonga, an der waldi-
gen Flanke des Monte Albano, eine knappe halbe Stunde
zu Fuß vom Ort entfernt. Don Giro war ein Intellektueller und ein verschlossener Mensch, nie würde er so populär sein wie Don Ambrogio, seine Stimme war zu leise, er
sang nicht gut genug, er zweifelte. Ich bewundere Don
Ambrogio von Herzen, sagte er zu mir. Er badet in seinem Glauben wie eine Frau im Schaumbad. Er ist wie der
Erzengel Michael. Er ist gewiß, und es ist eine so freudige
Gewißheit, daß sie sich auf die Menschen überträgt.
Hast du das nicht auch schon bemerkt?

Gewiß, sagte ich. Und Sie, Don Giro'? Sie glauben doch mit der gleichen Inbrunst?

Ja, das schon. Aber ich will versuchen, dir den Unterschied zu erklären. Ich glaube in Schmerzen, er glaubt in Freude. Mich macht die Liebe zu Gott angesichts der Welt unglücklich. Don Ambrogio glaubt so blind wie keiner der Apostel. Jesus Christus hätte seine Freude an ihm gehabt – und hat sie zweifellos. Wenn ein Kind geboren wird: Welch ein Glück, ein Wunder hat sich ereignet. Stirbt ein Alter: Welche Freude für ihn, er gewinnt das ewige Leben. Heiratet ein Paar, so ereignet sich ein Sakrament, wird eine Frau verlassen, so belohnt Gott sie mit seiner persönlichen Bürde. Aber versteh mich richtig. Er ist kein Schönfärber. Er ist demütig, das heißt, er maßt sich nicht an, all das Schreckliche zu erklären, das er durchaus sieht. Don Ambrogio ist ein Liebeswerkzeug Gottes. Er läßt keinen ungetröstet. Sein Glaube hat eine erotische Intensität. Wenn ich dagegen einen Bruder leiden sehe, so kann ich nichts für ihn tun, als mit ihm zu leiden. Das ist meine Grenze. Ich leide ebensosehr wie er selbst. Das ist Gottes Geschenk an mich. Ich fühle fremden Schmerz so stark, als sei es mein eigener, besser gesagt, es wird mein eigener, und ich hoffe nur, daß nach den Gesetzen der Physik die Summe des Schmerzes gleichbleibt und der wirklich Leidtragende einen Teil des Gewichtes verliert.

Wir schwiegen eine Weile und stiegen bergan. Don Giro' bot mir eine Zigarette an.

Warum bist du hierhergekommen? fragte er.

Daß ich gerade hier bin, ist Zufall. Aber ich bin nach Italien gekommen, um zu helfen. Um Gutes zu tun.

Das ist schön, sagte Don Giro'. Aber warum Italien? Gab es in Deutschland nichts Gutes zu tun?

Nein, sagte ich.

Am nächsten Morgen begegnete ich in der Küche dem Erzpriester, der mir einen guten Morgen wünschte.

Don Ambrogio, sagte ich, ich wollte mich noch einmal für die Einladung bedanken und fragen, ob ich wohl noch ein, zwei Tage bleiben könnte?

Er starrte mich an. Ein, zwei Tage? Und dann? Was willst du danach tun?

Ich zuckte die Achseln und machte eine unbestimmte Geste in die Ferne.

Gefällt es dir nicht bei uns?

Aber natürlich!

Warum willst du also fort?

Ich kann doch nicht ewig hier bei Ihnen bleiben.

So? Und warum nicht? Massimo ist seit 18 Jahren hier.

Ja, aber ich . . .

Hast du ein Reiseziel?

Nein, ich . . .

Möchtest du in Italien herumreisen?

Nicht unbedingt, ich . . .

Möchtest du zurück nach Deutschland?

Gewiß nicht.

Nun also. Du fühlst dich wohl hier, du willst nicht woanders hin, was redest du also?

Ja, aber ich hab nicht einmal Geld.

Wir sind kein Hotel! Wer hier Gast ist, ist ein Gast Gottes, und Gott verlangt keine Miete.

Ich spreche ja nicht einmal Italienisch.

Das ist allerdings ein Problem, über das ich aber schon nachgedacht habe. Frau Dr. Russo ist Lehrerin hier am Ort, und sie sucht einen Nachhilfelehrer für ihre Tochter. Sie hat mir gesagt, daß sie dir kostenlos Unterricht gibt, wenn du dafür mit ihrer Tochter Deutsch paukst.

Das ist wunderbar, stotterte ich.

Also abgemacht, gut.

Aber . . .

Aber was?

Ich weiß nicht, wie ich mich ausdrücken soll. Sie sind so freundlich. Ich habe das wirklich nicht verdient, ich . . .

Ah, mein armer Junge! Ich werde dir eine ganze christliche Kultur beibringen müssen! Natürlich hast du nichts verdient. Aber wer fragt denn nach Verdienst? Niemand von uns hat etwas verdient. Kennst du nicht die Geschichte vom verlorenen Sohn, von den Lilien auf dem Felde, von den Arbeitern im Weinberg? Dio mio, unsere langen Winterabende werden ausgefüllt sein.

Kann ich nicht wenigstens auch etwas tun, mich nützlich machen?

Aah, endlich eine intelligente Frage! In der Tat, das kannst du. Es gibt seit einiger Zeit eine Kooperative hier in Albalonga, wo all die jungen Arbeitslosen in eigener Regie produzieren und verkaufen. Übrigens wird das ganze von einem Deutschen geleitet, einem scrittore tedesco. Dort könntest du mithelfen, wenn du möchtest, und vor allem jemanden einführen, den ich dort gerne sehen würde, weil er mir viel Kopfzerbrechen bereitet, solange er frei herumläuft. Aber darüber reden wir später.

Don Ambrogio sprang auf, nickte mir zu und stieg in den Keller hinab, wo sein Büro lag.

Ich ging hinunter auf die Piazza und setzte mich auf die Terrasse der Bar Bellina. Das Mädchen mit den schlappenden Sandalen rollte eine Musicbox heraus und kam zu mir, um meine Bestellung aufzunehmen. Irgend jemand warf eine Münze in den Schlitz, und der Apparat quäkte los. Ich wartete auf meinen Kaffee und blinzelte in die Frühlingssonne. Gina, Lina und Pina kamen vor-

bei und winkten mir zu. Einer der blauen Busse fuhr mit
heiserem Dieselgrollen an. Er war vollbesetzt und rollte
hinab, Richtung Rom. Ich schüttelte den Kopf und
mußte lachen. Die andern sahen sich nach mir um. Ein
verrückter Fremder, der bei Nacht und Nebel auftauchte
und im Pfarrhaus Aufnahme fand. Niemand würde mir
glauben, und so war es ganz gut, daß es niemanden gab,
dem ich davon hätte berichten können.

Einige Zeit später erhielt ich zwei Briefe. Meine Mutter bemühte sich in rührend munterem Stil, mir zu sagen,
welche Sorgen sie sich gemacht habe, ohne dabei in einen vorwurfsvollen Ton zu verfallen. Der zweite Brief,
den Chiara mir eines Morgens in die Hand drückte, kam
überraschender: Er war von Rosencrantz, der mir
schrieb, wie man an jemanden schreibt, der verlängerte
Ferien macht. Die Sportergebnisse, die neuesten Mädchengeschichten, seine Studienerfolge, seine Luxuskäufe
sowie die Empfehlung, nicht zu viel zu onanieren und
möglichst bald mit einem Sack voll lustiger Geschichten
zurückzukehren.

Carlo Rizzi carissimo
povero vecchietto

Die Wohnung von Professor Russo, einer fülligen Frau
mit blondiertem Haar, lag in einer feuchten Gasse unterhalb der Kirche. Von montags bis freitags erschien ich
um 10 Uhr in ihrer Wohnung, übte bis 12 Uhr Italienisch, wurde zum Mittagessen geladen und paukte von
13 bis 14 Uhr 30 Deutsch mit Angelica, der ältesten
Tochter. Nach den ersten zwei Stunden ließ die Mutter
mich mit Angelica alleine.

Ich sah sie an, ein 17jähriges Mädchen mit schweren
kastanienbraunen Locken, einem runden Gesicht, in einem geblümten leichten Sommerkleid, unter dem pralles
Fleisch schimmerte, das mich verwirrte; das Mädchen
interessierte mich nicht, aber ich begehrte ihr Fleisch, die
milchweiße Haut der Oberarme, die Rundungen des
Brustansatzes, die nackten Schenkel, deren Fortsetzung
unter dem dünnen Stoff sich andeutete, das knisternde
Geräusch des Kleides, wenn das Fleisch darunter sich bewegte, die nackten Füße, in kindlicher Geste um die
Stuhlbeine geschlungen, dies alles jugendfest und doch
schon beinahe zu weit, und dieser Blick dazu; das Mädchen entjungfern, die Mischung von Babypuder und
Schweiß kosten, dieses Fleisch betasten, drücken, quet-
schen, wie man eine reife Traube zerquetscht, und der
Saft spritzt aus der geplatzten Haut, dieses Fleisch von

innen und von außen fühlen, aber mein Gott! Ich wollte keine Mädchengeschichten, ich hatte mir Askese geschworen, es gab nur eine Frau in meinem Leben, und das war Anna. Carne carne! dachte ich und fühlte mein Geschlecht hart und groß werden, der fleischige Arm Angelicas auf dem Tisch und die Rundung ihres Brustansatzes unter den drei offenen Knöpfen, und da waren noch drei weitere geschlossene Knöpfe, und ich schüttelte mich und sagte: Was weißt du von Grammatik?

Don Ambrogio bat mich in sein Büro, in dem ein junger Mann stand. Er war um die 30, gerade einssiebzig groß, mit einem kugelrunden Gesicht, starkem Bartwuchs, kurzem schwarzem Haar, das am Hinterkopf licht wurde, in weißem Hemd, mit marineblauem, ärmellosem Pullover, in ebenso blauen, etwas zu kurzen Hosen, die bloßen Füße in schwarzen Schuhen.

Das ist Carlo, sagte der Priester, und ich lächelte dem jungen Mann zu, auf dessen Gesicht ein breites, weiße Zähne entblößendes Lächeln oder Grinsen erschien, ich vermochte nicht zu entscheiden, ob es herzlich oder hämisch war, und, die Arme ausgebreitet, kam er auf mich zu, packte meine Hand, schüttelte sie lange und fest, ohne sie danach loszulassen; es war ein ergriffenes Händeschütteln, als handle es sich um ein Wiedersehn nach langer Zeit, eine Gratulation oder Kondolenz, und mit einem unterdrückten Kichern, das seinen Kopf ein wenig zwischen die Schultern drückte, sagte der junge Mann auf Deutsch:

Guten Tag-e, serre angenehm-me!

Das meckernde Kichern, das irgendwo in seinem Bauch zu entstehen schien, sammelte sich, war nicht mehr zurückzuhalten und brach in einer Eruption, die ihn in den Hüften bog und seinen Oberkörper verdrehte, ohne daß er dabei meine Hand losließ, aus ihm heraus:

Gne-he- gne he he he he he hee! Carlo Rizzi, carissimo povero vecchietto!

Er wischte sich mit der Faust die Lachtränen aus den Augenwinkeln. Derre Ring-ge derre Nibbe-lun-gen!

Er hob mahnend den Finger, plötzlich sehr ernst und sagte mit leiernder Kinderstimme: Sono ragazzo serio, devo comportarmi bene! Und mit einem Seitenblick auf Don Ambrogio, wobei durch ein Zucken seines Körpers schon die nächste Lacheruption sich ankündigte, flüsterte er und ließ mich los, um seine beiden Hände demonstrativ übereinander zu legen und vor den Bauch zu halten: Mai delle porcherie! Altrimento le manette! Subito ti mettono in galera! Dies letzte mit der tiefen Autoritätsstimme eines Polizisten gesprochen, worauf sein Körper wieder in einem meckernden Lachanfall explodierte.

Warum geht Ihr nicht ein wenig spazieren, um einander kennenzulernen? sagte der Don. Mir war die Situation unangenehm, ich verstand und sprach noch nicht genug Italienisch, um Konversation machen zu können, und es wunderte mich, daß der Priester uns einfach so fortschickte.

Als wir auf der Straße standen, fragte ich Carlo, wohin er gehen wolle.

Carlo verbiß sich das Lachen und sagte dann ernst, wobei er lauschend mit dem Finger in die Ferne deutete: Ho visto il papa!

Was machen Sie beruflich? versuchte ich eine Konversation zu beginnen. Ich nahm an, auch Carlo habe irgend etwas mit der Kirche zu tun.

Sono pilota inglese, 24 ore da Londra a Roma.

Wir waren auf dem Corso, als uns der Dorfpolizist in seiner weißen Uniform entgegenkam, Carlo blieb stehen und salutierte, bog sich dann vor unterdrücktem Lachen

und rief mit seiner weichen Stimme: Buon pomeriggio,
Signor Maresciallo!

Der Polizist winkte ab und setzte seinen Weg kopfschüttelnd fort. Carlo rief ihm hinterher: Sempre tranquillo! Mai con violenza! Dann blickte er mich an, ein
ernstes Kind, und sagte erklärend: Sono ragazzo serio,
devo comportarmi bene. Altrimento: le manette!

Er zog mich zur Bar Europa und bestellte latte macchiato, heiße Milch mit einem Tropfen Kaffee. Er schüttelte Marcellos Hand, als sehe er ihn zum ersten Mal und
rief, sein meckerndes Lachen unterdrückend, daß sein
Oberkörper sich bog wie ein Baum im Sturm: Carlo
Rizzi, herzallerliebstes armes Alterchen!

Ein Alterchen mit Dachschaden bist du, sagte Marcello und drehte, mir zugewandt, den Finger vor der
Stirn, was einen Heiterkeitsausbruch Carlos zur Folge
hatte. Wie um sich selbst zur Ordnung zu rufen, beta-
stete er dann seinen Bauch und sagte ernst: Sono dimagrito, sto meglio.

Marcello, der nichts zu tun hatte, setzte sich zu uns an
den Tisch und schnippte um einen Kaffee nach dem
weißgekleideten Jungen.

Ich wollte für Carlo und mich bezahlen, aber Marcello
winkte ab.

Don Ambrogio macht einmal im Monat die Runde,
bei mir, bei der Trattoria oben am Marktplatz, überall
dort, wo Carlo konsumiert, und kommt bezahlen.

Ich flüsterte: Ist Carlo . . . ?

Und wie, lachte Marcello. Nicht wahr, Carlo, wer bist
du?

Carlo Rizzi, Schweizergardist.

Er stand auf und begann auf dem Bürgersteig auf und
ab zu paradieren, die Hände vor der Brust, um eine ima-
ginäre Fahnenstange zu halten.

Und die Anstalt, in der Carlo lebt, ist Albalonga. Sieh dich hier um. Hier sind alle verrückt. Und diese Anstalt läßt sich angemessen honorieren.

Ich sah ihn fragend an.

Ja, was glaubst du denn, wer laut Testament das Vermögen des alten Rizzi verwaltet? Der Don natürlich. Und was glaubst du vielleicht, was das für ein Vermögen ist? Allein aus den Zinsen könnte Carlo die gesamte süditalienische Milchproduktion in latte macchiato trinken.

Und was passiert mit all dem Geld?

Eh! Che saccio? Es wird angelegt sein, beim Banco Ambrosiano oder beim Santo Spirito vermutlich.

Und die Zinsen?

Ho, ich führe nicht die Kontobücher von Don Ambrogio. Immerhin hat die Kirche das neue Waisenhaus unten in Richtung Frascati erbaut. Wer weiß, vielleicht hat das Testament sogar so etwas vorgesehen?

Und was hat das mit dem Schweizergardisten auf sich?

Er hat so eine Papst-Fixierung. Der arme Junge, man kann ihm ja nicht übelwollen. Sein Vater war fast 60, als er geboren wurde, und seine Mutter eine Betschwester. Einmal ist er mit dem Wagen nach Castel Gandolfo gefahren, frag mich immer noch, wie er das geschafft hat, und wollte den Papst besuchen.

Er hat einen Wagen? fragte ich.

Nicht mehr. Der blaue 126, den Don Ambrogio fährt. Natürlich hat man ihn nicht eingelassen, er hat wohl mit den Schweizergardisten diskutiert. Hast du ihn schon mal beim Fahnenwechsel gesehen? Jeden Tag um vier Uhr nachmittags stellt er sich vors Haus, salutiert sich selbst, und na ja, die Kinder und die streunenden Katzen lassen sich's nicht entgehen. Jedenfalls, natürlich hat man ihn nicht eingelassen. Und da ist er wohl wild geworden. Er kann nämlich sehr jähzornig werden, und dann braucht es drei ausgewachsene Männer, um ihn zurückzuhalten. Vor einem Jahr hat er Pepe, den Bäcker angegriffen, der immerhin Meister von Latium im Weltergewicht war und mußte sechs Wochen unter Sedative gestellt werden. Er steigt also ins Auto, brüllt: Zur Seite!, überfährt einen der Schweizergardisten und rammt das Tor . . . Es hat alle Überredungskunst von Don Ambrogio gekostet, um ihn vor der Geschlossenen zu bewahren, aber das Auto, nachdem es repariert war, hat er natürlich einbehalten.

Don Ambrogio hat also immerhin zu ihm gehalten.

Ja, vor allem, um Problemen mit der Erbverwaltung zu entgehen. Weißt du, nicht ihre Menschenliebe, sondern die Ohnmacht ihrer Menschenliebe hindert die Christen von heute, uns zu verbrennen.

Zurück in Don Ambrogios Büro, grinste Carlo wie ein Honigkuchenpferd, deutete auf seinen Pullover und sagte: Mi sono cambiato – ich habe mich umgezogen.

Gewiß Carlo. Warte bitte einen Moment draußen auf uns.

Carlo nickte lächelnd, ging zur Tür und legte eine Hand auf die Klinke: Apro?

Don Ambrogio nickte. Carlo ging hinaus, zog die Tür hinter sich zu und rief von draußen: Chiudo?

Don Ambrogio seufzte: So geht das nun, seit seine Eltern vor zwei Jahren den Autounfall hatten. Ich wollte, daß du dir selbst ein Bild machst. Carlos Vater war ein berühmter Mann. Ruggero Rizzi, ein großer, ein sehr großer Musiker, der Lehrer von Gigli, Kraus und Gobbi, der Freund von Wieland Wagner. Er hat unserer Stadt die Ehre erwiesen, sie als Ruhesitz zu wählen.

Was hat er? fragte ich.

Er ist etwas seltsam, sagte der Erzpriester. Vor allem seit dem Unfall. Ein Spätgeborener. Und sein Vater war 30 Jahre älter als seine Mutter. Seine Mutter war eine

Trinca hier aus Albalonga. Ein sehr frommes Mädchen. Ihretwegen und um in der Nähe Roms zu sein, sind sie auch hierher gezogen.

Was war er von Beruf?

Gesangslehrer. Solorepetitor. Er hat auch dirigiert. Und ein großer Pianist.

Und Carlo?

Nun ja. Carlo arbeitet nicht. Er spielt. Er hat etwas von einem Kind behalten. Seit dem Tod seiner Eltern kümmert sich die Gemeinde um ihn. Er wohnt aber nach wie vor in der Wohnung seiner Eltern. Ich möchte, daß du ein wenig auf ihn achthast. Mit ihm spazierengehst, ihn besuchst. Vielleicht darauf siehst, daß er sich von Zeit zu Zeit wäscht und seine Wäsche wechselt. Ihn, wie soll ich sagen, ein wenig in der Welt hältst. Vielleicht kannst du ja auch eine Beschäftigung für ihn in dieser Kooperative finden. Möchtest du das tun? Carlo spricht sogar ein wenig deutsch. Und er ist künstlerisch natürlich erblich belastet. Sein Vater hat ihn oft nach Bayreuth oder Salzburg mitgenommen.

Natürlich möchte ich das. Nichts lieber als das.

Die Kooperative war in einer verrotteten Wellblechhalle untergebracht, oben in den Campi d'Annibale, der Arbeitersiedlung am Fuße des Monte Albano. Innen gab es nichts als drei Töpferscheiben und einen hydraulischen Wagenheber und Werkzeug für Autoreparaturen. Bei den Töpferscheiben hockten rauchend einige Mädchen, an der Rolltür war ein ständiges Kommen und Gehen, Vespakreischen, junge Männer sahen herein, man rief sich Verabredungen zu, verkaufte ein wenig Shit, jemand feilte an einem Motorblock herum, der Staub lag zentimeterdick auf dem Boden, die Fenster waren blind vor Schmutz.

Ich entdeckte die drei Grazien und ging zu ihnen hinüber.

Sie fragten mich über mein Leben in den Städten, keine von ihnen hatte jemals eine andere Großstadt gesehen als Rom. Ich fragte sie, was in der Kooperative passierte. Nichts, sagten sie. Es mangele an allem, an Organisation, an gutem Willen, vor allem aber an Geld. Der Deutsche, der die Kooperative leite, habe in der ersten Zeit alles Mögliche versucht, aber nichts erreicht und verliere langsam das Interesse.

Ich fragte, wo er sei, und sie antworteten mir, er sei in Deutschland, aber komme bald wieder zurück.

Sie deuteten auf die Töpferscheiben: Hier siehst du, was unsere Lage ist. Eines Tages waren die Töpferscheiben da, aber keine Anleitung, kein Lehrer, kein Ofen. Wir haben uns ein Buch gekauft, um zu lernen. Aber als wir ans Brennen gehen wollten, hat man so viel Geld von uns verlangt, daß wir alles, was wir hatten, dafür ausgeben mußten. Als wir die Töpfe dann verkaufen wollten, waren sie zu teuer, und niemand wollte sie, und die Stadt, die uns die Scheiben zur Verfügung gestellt hatte, hatte keine Verwendung dafür, und zum Schluß kam ein Lastwagen und hat alle Töpfe, die wir gemacht hatten, eingesammelt und zum Müll transportiert.

Und so ist es mit allem. Für die Reparaturwerkstatt fehlt es an Werkzeug, und all die anderen Dinge, die wir gerne machen würden, können wir nicht machen, weil wir keine Lehrer und keine Anleitung haben. Wir haben schon mit der Verwaltung gesprochen: Nichts. Ausreden, Versprechungen, Schweigen, Warten. Und hier waren so viele enthusiastisch, und nun – sieh dich um.

Das also war meine Aufgabe. Das erste, was es zu tun gab, war, diesen Saustall aufzuräumen. In dieser Atmosphäre von Schmutz und Lethargie würde nie etwas gedeihen. Ich fragte nach Besen, Müllcontainern, Schlauch und Wasseranschluß und ging ans Werk. Die drei Grazien drehten das Kofferradio auf, lachten und begannen, mir zu helfen. Die Burschen verdrückten sich. Diejenigen, die später vorbeikamen, blickten erstaunt zu uns herüber, setzten aber den Fuß nicht über die Schwelle. Um halb acht war ich alleine. Die Grazien mußten zu Hause sein. Ich kehrte und schrubbte weiter, den Boden, die Fenster, die wenigen Möbel, das Werkzeug, die Spinde. Um zwei Uhr nachts fiel ich in mein Bett.

Don Giro' überließ mir seine alte Schreibmaschine, Dr. Russo versprach, bei einem Onkel oder Cousin einen Pizzaofen zu organisieren, der zum Steingutbrennen benutzbar wäre. Angelica erklärte sich bereit, Kurse im Maschineschreiben zu geben. Die Frau des Barbiers, der mich jeden Morgen rasierte, willigte ein, einmal in der Woche eine Stunde zu opfern, um die Kooperativ-Mädchen im Haareschneiden zu unterweisen. Als einer der Vespa-Burschen nachmittags mit einem Waschbecken auf dem Gepäckträger ankam und ein anderer es an die Wasserleitung des Hangars anschloß, wußte ich, daß ich auf dem richtigen Weg war.

Die Mitglieder der Kooperative kamen regelmäßiger, die Musik dröhnte, die Halle war belebt. Aber ich wußte, daß der Enthusiasmus nur so lange währen würde, wie ich ihn anfachen konnte. Noch war nichts gewonnen. Wir begannen zwar, Dinge zu lernen, Dinge zu produzieren, aber sie mußten auch ihren Abnehmer finden. Mehr als alles brauchten wir Geld, und das hatte ich nicht.

Ich verbrachte sechzehn Stunden am Tag in der Kooperative. Ich sah darauf, nicht zu kommandieren noch zu delegieren, sondern ständig zu arbeiten. Das war nicht zu schwer, es gab genug zu tun. Dennoch wurde

364

ich Beichtvater und Animator des Ganzen, und als ich einen Vormittag mit Pasquale in einem Kloster über dem Lago Albano verbrachte, wo er mich einem deutschen Mönch vorstellte, und am Nachmittag in die Kooperative zurückkam, war kein Mensch dort, und alles lag herum, unaufgeräumt, und der Schmutz nahm schon wieder überhand.

Verzweifelt versuchte ich, ihnen den schrankenlosen Zukunftsglauben zu vermitteln, von dem ich selbst beseelt war. Was wollt ihr? fragte ich. Was wollt ihr wirklich? Und sah sie an, als sei es tatsächlich nur eine Frage des Willens, das Erträumte dann auch zu realisieren.

Pina blieb stumm, kaute die Nägel, zuckte die Achseln und sah in die Ferne. Gina antwortete, sie sehne sich nach einer Familie, aber sie wolle nicht ausschließlich Hausfrau sein, eine Arbeit als Sekretärin und ein Mann, der ihr gestatten würde zu arbeiten, seien ihr Traum, aber es sei kein realistischer Traum. Lina wies meine Frage als unlogisch zurück. In der gegebenen Situation, der ökonomischen, der patriarchalischen, könne sie sich nichts wünschen. Was sie wünsche, sei eine andere Welt, in der solche Probleme nicht mehr existierten.

Am Sonntagmorgen saß ich auf der Terrasse des Kiosks unter den Platanen zwischen der Tankstelle und der Bushaltestelle, die vor der verfallenen Bergstation der früheren Bergbahn lag. Durch die verrosteten Gitter konnte man die alte blaue Kabine der Zahnradbahn sehen, die der Steigung angepaßt gebaut war, und ihre Trasse, die unter der Straße hindurch und dann hinab ins Tal führte. Dort unten existierte keine Station mehr, und niemand wußte, wozu die Bahn gedient hatte: der Funiculare, der war schon immer verfallen. Von meinem Stuhl aus konnte ich auf den See und Castel Gandolfo blicken.

Auf dem Platz betätigte sich einer der Rekruten von der Radarstation als Handleser, und die Kunden standen Schlange. Ich ging hinüber und fand Gina in Tränen aufgelöst auf einem Mäuerchen, der Wahrsager hatte ihr bestätigt, was sie befürchtete. Auf Pinas Augen lag ein Schleier von Betäubung und Hoffnung, und es war unklar, ob er von der Prophezeiung des Soldaten rührte oder von der Berührung seiner Hände, seiner Linken, die fest ihr Handgelenk umschlossen hielt, oder den Fingern seiner Rechten, die die Linien ihres Handtellers nachfuhren. Lina erlag dem Blick des Wahrsagers nicht, starrte ihn vielmehr mit ihren schönen Augen solange unverwandt an, bis seine Vorhersagen sich von unentschiedener Indifferenz zu hoffnungsfrohem Optimismus verschoben. Ich hockte mich neben Gina, suchte nach einer zärtlichen Geste, fürchtete aber, sie vor aller Augen zu berühren, ich wußte mittlerweile, daß Ginas Würde darin bestand, kein Stück abgelegtes Fleisch zu sein, das jeder betatschen konnte. Ich fühlte mich hilflos und zugleich erfüllt von grenzenlosem Selbstvertrauen.

St. Peter leuchtete im Dunst und Smog-Glast, der aus den Poren der Campagna aufstieg; eine unablässig hupende Autoschlange kroch den Berg herauf und umkreiste den Platz, und das Hotel Europa öffnete seine Türen, und ein gähnender Junge strich in erregender Langsamkeit während dreier Tage die Fensterläden neu, die Musicbox auf der Terrasse der Bar Bellina setzte keinen Moment lang aus, und drinnen knatterten die Punktezähler der Flipper, und Marcello hatte seine chromglänzende Eisbar ins Café gerollt, und im Hinterzimmer dröhnte die Eismaschine. Sommerduft stieg aus der erwärmten Erde, und die Mauersegler, erregt von Frühling, kreuzten wie entfesselt ihre Bahnen über den Dächern und zwischen den Antennen.

Ich stand auf und ging den Corso hinauf zu Carlos Wohnung, die im zweiten Stock über Pepes Bäckerei lag.

Öffne ich? fragte Carlo hinter der Tür, und ich bejahte. Die Tür ging auf, und ich trat in eine dämmrige Eingangshalle.

Entschuldigen Sie bitte, sagte Carlo förmlich. Treten Sie näher.

Er legte den Finger auf die Lippen: Mio padre non si sente tanto bene e poi non può più dare lezioni.

Durch geschlossene Fensterläden fiel staubiges Licht und schraffierte die glasierten Fliesen. Die Wände hingen voller Photos, die den alten Rizzi mit Berühmtheiten der Musikwelt zeigten. Ein großes Porträt mit Furtwängler, den der Italiener um Haupteslänge überragte. Auf einer anderen Aufnahme verneigte er sich tief vor Richard Strauß, der zusammengesunken in einem Sessel hockte. Dazwischen Marienbilder, Photos der letzten vier Päpste, aufgehängte Geigen, Heiligenporträts, ein echter De Chirico aus der surrealistischen Periode, Madonnenstatuetten und Pilgerwimpelchen aus Rom. Musik und Christentum konkurrierten, Duell zwischen der Glorie des Vaters und der Gläubigkeit der Mutter. Schwere dunkle Vorhänge, massive gotische Möbel aus schwarzem Holz, ein großes schwarzes Kruzifix an der Stirnseite. Das Schlafzimmer lag unberührt, eine schwere purpurne Überdecke breitete sich über das Ehebett, eine dicke Staubschicht bedeckte die Nachttische.

Der Salon wurde von einem riesigen Bechstein-Flügel beherrscht, auf dem ein achtarmiger Leuchter stand, die Wände waren voller Bücherregale und Aktenordner. Carlo setzte sich an den Flügel und bot an, Mozart zu spielen. Er schlug den Klavierdeckel auf, setzte Notenpapier auf den Ständer, ließ die Knöchel knacken und begann zu spielen. Aber es war nicht Mozart, was er spielte. Er spielte Tonleitern. Zweihändige, gegenläufige Tonleitern, einmal die gesamte Dur-Skala hinauf und die Moll-Reihe zurück.

Carlo, ist das schon Mozart, oder spielst du dich ein?

Si si, Mozart, Don Giovanni, gne he, gne hehehehe.

Sein Lachen hallte gespenstisch in dem riesigen dämmrigen Raum, die von der Decke bis zum Boden reichenden Vorhänge, die aus dem Stoff von Kardinalsmänteln gewirkt schienen, blähten sich leise, und Carlo, den Blick träumerisch in die Ferne gerichtet, spielte Tonleitern.

Ich fragte nach Schubert.

Carlo nickte eifrig, verstaute die Partitur, nahm eine neue zur Hand und schlug an. Es waren dieselben Tonleitern, und Carlo grinste vom Flügel herüber. Ich wollte die Vorhänge öffnen, da stand Carlo plötzlich neben mir und schrie mit hochrotem Kopf, die Stirn gefurcht, auf der die Adern vortraten, die Brauen zusammengezogen: Die Vorhänge bleiben geschlossen! Mein Vater verträgt das Licht nicht! Drohend versperrte er den Weg.

Ich trat erschrocken vom Fenster weg. Sofort wurde Carlos Stimme wieder weich: Scusi, scusi! Sempre tranquillo, mai con violenza.

Wirklich nie?

Ein neuer Lachanfall schüttelte Carlo: Oh Carlo Rizzi! Oh Disgraziato! Du großes Ferkel! Der Herr Jesus wird dich strafen! Gne he, gne hehehehe!

Die Tonleitern kamen immerhin sicher und präzise. Und Tonleitern waren ein Anfang. Jedermann mußte zuerst Tonleitern üben.

Carlo, würde es dir Freude machen, Musik zu lehren?

Mi piace la musica leggera. Es gefällt mir die flatterhaft Musik. La musica lirica non mi piace affatto. Die lyrische Musik nicht es gefällt mir durchaus.

Carlo, möchtest du mit mir in die Kooperative kommen und den anderen flatterhafte Musik beibringen?

Angelica Russo besaß eine kleine Heimorgel und versprach mir, sie zu Lehrzwecken mit in die Kooperative zu bringen. So überließ das Kofferradio seinen Platz im Hangar Carlo, der unter den Augen seiner Schüler seine morgendlichen Tonleitern auf dem kleinen Yamaha-Gerät spielte und beteuerte, es handle sich um Mozart, Schubert oder Beethoven.

Dennoch brauchten wir Geld. Ich mußte betteln gehen. Das machte mir nichts aus, aber ich wollte doch, wenn schon, gleich an der richtigen Adresse anklopfen. Die Gelegenheit bot sich bei dem Festmahl, das nach dem Pfingstgottesdienst in der Villa des Grafen Cavour stattfand, des größten Steuerzahlers der Gemeinde Albalonga, dessen Anwesen am Hang des Monte Albano lag und von einer Horde Mastiffs bewacht wurde. Pfingsten war die Gelegenheit der Dorfhonoratioren, hier einmal Zugang zu finden und die Zeit eines ausgedehnten Mittagessens an einem Tisch mit Mitgliedern der römischen Großbourgeoisie zu verbringen. Don Ambrogio hatte mich eingeladen, Don Giro’ war nicht zugegen. Aber es gab ein Verlegerehepaar, einen Präfekten, Juristen, Fernsehjournalisten, ein wenig Adel und jüdisches Geld.

Die Signora Elvira Levi-Morante, eine ungeheuer elegante Vierzigerin in einem Designerkostüm, wandte sich zu mir:

Vor allem müssen Sie wissen, daß es überhaupt kein Italien gibt. Garibaldi war ein Kasper, ein fanatischer Hanswurst, der nichts begriffen hat. Wir leben sechs Monate im Jahr in Genua, gezwungenermaßen, und dort bin ich im Ausland – hören Sie: im Ausland! Der Norden hat nichts mit Rom zu tun, und Rom hat nichts mit dem

Süden zu tun. Und der Norden und der Süden, ich bitte Sie, schweigen wir davon! Italien! So ein Witz.

Alle unsere Schwierigkeiten rühren daher, sagte ein Herr, das wir keine Nation sind.

Und von schlechter Verwaltung, sagte ein anderer.

Und von falschverstandener Demokratie, ein dritter.

Es ist wahr, wir haben Mussolini noch immer nicht verdaut. Sie in Deutschland sind realistischer als wir.

Wie das? fragte ich.

Was zum Beispiel den Terrorismus betrifft, Signorino, sagte Signora Elvira und legte ihre brillantfunkelnde Hand auf mein Handgelenk.

Natürlich ist Deutschland eine Demokratie – aber eben eine, die funktioniert und die weiß, was sie will. Sie fangen diese drei Terroristen, sperren sie ein, erkennen die Gefahr der Situation, ermorden sie und behaupten, es sei Selbstmord gewesen!

Eh! Was willst du? rief der Graf Cavour. Das ist Effizienz!

Halt, einen Moment! protestierte ich. Das war kein Selbstmord!

Aber natürlich nicht! Signora Elvira lachte schallend und girrend. Einige andere stimmten ein.

Nein, nein, Sie verstehen nicht, ereiferte ich mich. Jedermann in Deutschland, links wie rechts, ist überzeugt, daß es Selbstmord war. Niemand stellt das ernsthaft in Frage. Niemand außer einigen Extremisten. Wenn Sie so etwas bei uns behaupten, kommen Sie ins Gefängnis!

Mein Gott, Sie übertreiben, lachte Signora Elvira. Dabei ist es so eindeutig. Du lieber Himmel, wer wird sich denn im Gefängnis umbringen, wenn er glaubt, eine Mission zu haben. Ganz Italien weiß, daß es Mord war, von Pertini bis zum letzten Gassenjungen, was sage ich, ganz Europa weiß das.

Spielen Sie nicht den Naiven, sagte ein Journalist.

Der Graf lenkte ein. Wir sagen das nicht, um Sie zu kritisieren, im Gegenteil. Ich bitte Sie. Wir sprechen von der Effizienz, die jede demokratische Regierung im Umgang mit Staatsfeinden zeigen muß, Herr Schmidt besitzt sie selbstverständlich, unsere Regierung besitzt sie eben leider nicht, das ist alles.

Ah, rief einer, stellen Sie sich den Skandal bei uns vor! Hier kann doch niemand das Maul halten. Stellen Sie sich die Rede von Panella am nächsten Tag vor!

Ja, das ist eben, was uns fehlt. Deshalb sage ich ja, wir haben Mussolini nicht verdaut. Die Deutschen hatten Hitler, der sehr viel größer und schlimmer war, sie haben eine Demokratie aufgebaut, aber sie können heute differenzieren.

Craxi ist ein symphatischer Mann, sagte Signora Elvira. Er hat Charme. Und vor allem ist er ein Mann. Er hat seinen Apparat im Griff.

Ich hielt den Moment für gekommen, von der Kooperative zu sprechen, und brachte mit flammenden Argumenten meine Bitte vor.

Zuerst herrschte Schweigen. Dann wurde gelächelt. Dann lachte man. Der Verleger beugte sich vor und sagte, es sei gar nicht wünschenswert, hier und da am sozialen Netz herumzuflicken. Man müsse das Geschwür ausbluten lassen, so oder ähnlich drückte er sich aus, und ganz auf die Intelligenz des freien Marktes vertrauen. Signora Elvira strich mir übers Haar: Was für ein romantischer Bub du bist ...

Das Gespräch drehte sich weiter, und ich beobachtete die feine, weiße bewegliche Hand der Signora Elvira, mit dem goldenen Reif, der um ihr Handgelenk spielte, mit den langen schlanken Fingern, die sich um Gabel, Weinglas, Zigarette schlossen, mit den zwei Brillantringen, mit den in sehr, sehr dunklem Rot perfekt lackierten Nägeln, erotische Hände, täglich gepflegt, maniküurt, lebendige Hände, die alles, was sie umschlossen, zum Aufblühen bringen mußten, nervöse Hände, die nicht stillhielten, und während das Gespräch sich anderen Themen zuwandte und während des Essens leiser wurde, beobachtete ich das Spiel der Sehnen und die sanften blauen Adern der wunderbaren Hand der Signora Elvira.

Dann kam der Leiter der Kooperative zurück, der deutsche Schriftsteller, Matthieu Schreckenberger. Das erste, was mir an ihm auffiel, als er sich der Bar Europa näherte, waren seine weißen Schuhe. Warum trägt ein Mann weiße Schuhe? Um aufzufallen? Weil er eitel ist? Der Mann, der da auf die Terrasse zukam, hätte keiner weißen Schuhe bedurft, um aufzufallen. Er war etwas kleiner als ich, aber ungeheuer dick, rotes Haar stand wie nach einer inneren Explosion vom runden Schädel ab, seine rosigen Wangen waren, von einem rötlichen Flaum abgesehen, bartlos, seine Stirn hoch, die Lippen schmal. Er war häßlich. Häßlich und auffällig. Er trug einen pinkfarbenen Sweater und eine Art leopardengemusterte Jodhpurs und steckte barfuß in seinen weißen ausgetretenen Mokassins. Als er näherkam, bemerkte ich, daß er nicht den Gang eines fetten Mannes hatte, nichts Schweres, Schnaufendes lag in seinem Schritt, er tänzelte vielmehr, soweit das bei einem Gewicht von 100 Kilo möglich ist, er schob seinen enormen Bauch mit Grazie und Leichtigkeit vor sich her, es schien, als sei er mit seinem Körper in perfekter Harmonie, als beherrsche er das schwabbelnde Fett nicht nur bis in seine Extremitäten, sondern bade in ihm wie ein Fisch im Wasser, und das übliche Gefühl ausatmender Selbstzufriedenheit, das uns beim Anblick eines Menschen überkommt, der häßlicher ist als wir selbst, wollte sich nicht einstellen.

Marcello stellte uns einander vor, und Matthieu drehte sich um zu mir und lächelte mir schüchtern, verständnisvoll und komplicenhaft zu, und mit diesem Lächeln war es um mich geschehen.

Funiculare

Matthieu Schreckenberger beeindruckte mich. Es war sein Fleisch, seine leibliche Präsenz. Bevor Matthieu irgend etwas zu mir sagte, war es sein Körper, der sich vorstellte, und ich begriff, was so beeindruckend an ihm war: Es war ein Körper, der sich in und mit der Zeit bewegte, die Grazie seiner Bewegungen bestand darin, daß sie den Takt und Rhythmus der Zeit selbst angenommen hatten – Steifheit, Eckigkeit, Häßlichkeit unseres Auftretens in der Welt oder aber seine Harmonie haben nichts mit Sport oder Atemtechnik zu tun, sie hängen davon ab, ob wir uns gegen den Strom der Zeit werfen oder in ihm aufgehen: Matthieus Körper war im Einklang mit dem Zeitfluß, daher der Eindruck von Grazie, es war Fleisch, das zu nichts nein sagte, das sich der Strömung der Zeit überlassen und daher das Kap der Lächerlichkeit passiert hatte. Lächerlichkeit war kein Problem für ihn, denn die schmerzt nur den, der sich gegen die Zeit stemmt; es war ein vollkommen moderner Körper. Matthieu hatte Charisma, etwas, was sich nicht beschreiben läßt. Wo er eintrat, wandten die Blicke sich ihm zu, wo er verweilte, wurde er zum Mittelpunkt. Matthieu besaß, was mir fehlte, und er machte nichts daraus.

Du hast deine Odyssee auch noch vor dir, sagte er mit prophetischer Miene, als ich ein wenig von mir erzählt hatte, und das war, als verleihe er mir einen Orden, als verspreche er mir ein Dasein auf derselben einsamen Höhe wie das seine.

Ich zum Beispiel, ich bin überzeugt, mein italienischer Traum ist ausgeträumt. Die Suche nach einem postapokalyptischen Paradies, von wo man seinen verbalen Kampf mit Babylon, der großen Hure, aufnehmen kann. Ich dachte, hier sei Stoff zu finden, aber schau dir die Zombies an: Donne e calcio, calcio e donne. Und scoppare. Und apropos scoppare: Ich selbst habe, seit ich in Italien bin, noch kein einziges Mal gefickt. Dabei waren die Italienerinnen mein Traum. Und jetzt bin ich ein ganzes Jahr auf dem Trockenen.

Wenn du an diese Kooperativen-Geschichte glaubst, bitte sehr. Mir ist das nur recht, ich habe ohnehin nach einer Möglichkeit gesucht, mich dort abzuseilen. Wo wohnst du überhaupt? Bei Don Ambrogio? Warum ziehst du nicht zu mir? Ich habe die Wohnung unter der von Carlo gemietet, viel zu groß für mich alleine. Komm, ich zeig sie dir.

Vor dem Haus trafen wir Pepe. Er schmetterte Arien und hielt inne, als wir näher traten. Er erklärte mit Entschuldigung heischender Miene, daß seine Stimme seinen Ambitionen nicht gewachsen sei, denn obwohl er ein geborener Tenor war und 82 Arien von Bellini, Rossini, Puccini und Verdi auswendig kannte, hatte ein verdammenswerter Vorfall seiner Karriere einen Riegel vorgeschoben: Er besaß keine Kopfstimme mehr. Das Malheur hatte sich ereignet, als er seinen Titel im Weltergewicht zum dritten Mal verteidigte, ein Hieb, der zur Disqualifizierung seines Gegners führte, hatte ihn auf den Kehlkopf getroffen und seine Stimmbänder in Mitleidenschaft gezogen. Die nachfolgende Operation, mangels Geld ohne Betäubung ausgeführt – Pepe demonstrierte sie uns, den Kopf in den Nacken gelegt, mit weit offenem Rachen, die rechte Hand gestikulierend, die linke würgend um den Hals geschlossen –, hatte seiner Kopfstimme den Garaus gemacht.

Matthieu begann einen Monolog über die italienische Oper, dem ich kaum zu folgen vermochte, weder dem Inhalt noch dem perlenden Parlando, seine Stimme schwoll an, sein massiger Körper beherrschte den Raum – auch Pepe stand offenen Mundes dabei, er wußte von all diesen Dingen nichts, er konnte nur singen . . .

Als wir auf dem Balkon von Matthieus Wohnung saßen, fragte ich ihn nach seiner Schriftstellerei. Er zeigte mir vier riesige Aktenordner: Meine Manuskripte. Und nichts ist veröffentlicht. Drei Romane, zwei Novellen. Keiner versteht, was ich will, keiner will es drucken. Wahrscheinlich haben sie recht, und es ist Scheiße. Aber bitte: geniale Scheiße.

Das Feuilleton, lachte Matthieu bitter, oder wie mein Vater sagen würde: das Foiledohn. Es ist seine Schuld, wenn ich schreibe, und seine Schuld, wenn ich nichts veröffentliche. Ich habe nicht die Gabe, mich zu vermarkten. Ich weiß, daß ich auf meine Weise ein Genie bin, aber sobald mir jemand gegenübersteht, gebe ich keinen Pfifferling mehr auf diesen Matthieu Schreckenberger. Es ist mein Vater, dessen Verzichtsprogramm mir als harte Software implantiert ist. Mein Vater, der gescheiterte Künstler. Und ein gescheiterter Künstler, das ist ein erniedrigenderer Anblick als jedes andere Scheitern in dieser Welt. Du mußt ihn dir vorstellen: Nach dem Krieg hat er versucht, einen Fuß in die Tür der Gruppe 47 zu kriegen. War nichts. Ich frage mich heute noch, wieso, denn dort wurde doch wirklich JEDER angehört. Nun gut. Er hat Kurzgeschichten geschrieben. Hemingway in Fraktur, ein wenig wie Lenz, peinlich.

Hat sich natürlich nicht verkauft. Da hat er dann zum Journalismus gegriffen. Sicherheit über alles. Brot vor Kunst. Und einen panischen Haß gegen Künstlerbiographien entwickelt. Wenn andere Väter ihren Söhnen Antikommunismus gepredigt haben, meiner hat mich vor der Schriftstellerei gewarnt. Oh, er hat Bücher veröffentlicht, später. Willst du die Titel hören: NSU – Glanz und Elend einer großen Marke. Oder noch besser: Von der Sonne verwöhnt, von Frankreich verhöhnt – eine kleine Geschichte des badischen Weinbaus, im Verlag der Winzergenossenschaften in Freiburg, erschienen 1968 und momentan immerhin in der dritten Auflage. Schreiben, mein Gott, mir ist zu oft gesagt worden, daß das nicht geht. Und heute, heute kümmert er sich eben ums Foiledohn seiner Tübinger Zeitung. Er hat mich kastriert.

Ich zog zu ihm. Ein Künstler, lernte ich, das war jemand, der vor allen anderen Dingen eines brauchte: ein Publikum. Eine Nacht verbrachten wir in Rom, auf verzweifelter Suche nach einer jenseits von Mitternacht geöffneten Diskothek. Draußen auf der nächtlichen Straße ließ Matthieu sich in den Rinnstein fallen und wollte partout seinen Tod erwarten. Geh, mein Freund, laß mich hier sterben, sagte er. Die Welt ist krank. Ich habe mich entschieden, sie per Willensakt zu verlassen. Ich stehe nicht aus diesem Rinnstein auf, bevor ich nicht vom Leben erlöst bin. Ich setzte mich auf ein Auto, rauchte, wartete und hörte zu, wie er mir ein letztes Mal sein Leben resümierte. Er weinte ein wenig und sagte dann: Findest du es nicht auch schade um mich? Den Tag erwarteten wir in Trastevere auf der Piazza Santa Catarina. Der kleine Platz war von ockerfarbenen und lehmroten Häusern umgeben, und wir hockten auf der Umrandung des großen Brunnens, lauschten dem Plätschern und erwarteten die Straßenkehrer und den Sprengwagen mit dem Geruch von Morgen, von Wasser auf Sand, bevor die Glocken zur Frühmesse läuteten und die ersten Sonnenstrahlen die roten Mauern aufleuchten ließen. Im anbrechenden Tag, schon wurde es warm, schon war das Licht weiß, gingen wir am Tiberufer entlang. Der Fluß lag braun und träge und begann zu stinken, in der Hitze, die sich ausbreitete und auf die Stadt drückte.

Wir saßen auf der Schanze von Albalonga in der Sommersonne, rauchten Joints und phantasierten bis in die Abenddämmerung hinein. Matthieu erzählte von der hübschen Villa mit wildem Wein an den Hängen von Tübingen, mit dem Blick auf die Alma mater, in der er aufgewachsen war, in diesem toleranten, protestantischen, aufgeschlossenen, intellektuellen SPD-Kleinbürgertum, das Flugblätter für Brandt verteilte und mit dem Pastor über die Verirrungen der Baader-Meinhof-Kinder diskutierte und insgeheim darauf hoffte, Gudrun Ensslin werde für eine Nacht bei ihnen unterkriechen.

Wenn meine Mutter abends ausging, schüttete sie drei Tropfen ihres Parfüms auf meinen Teddybären, damit ich ruhig einschlafe.

Wir sind beide zu alt für den Ruhm, sagte er. Ruhm erwirbt man mit 20, denn um Ruhm zu erwerben, muß man an ihn glauben, und das kann nur ein Zwanzigjähriger. Wir stehen beide schon im Alter der Kritik, es gibt nichts Traurigeres. Wer kann uns vom Denken erlösen. Ich habe genug davon, der Nach-Auschwitz- und -Hiroshimawelt mit nichts als sachlicher Kritik und gemäßigter Empörung zu begegnen. Ich habe genug davon, aus Pietät vor dem Jahrhundert leise zu sprechen, Spielregel, an die sich ohnehin nur mehr die Kunst hält, dem Leben wie immer atemlos hinterherhechelnd.

Im anbrechenden Abend stiegen wir ins Dorf hinunter und verlängerten unseren Spaziergang bis auf den Platz.

Matthieu zog mich bis zur Bushaltestelle, bis zum verrosteten Gitter der Bergbahnstation. Dort standen wir eine ganze Weile und blickten hinunter ins Tal.

Möbel die Bergbahn wieder auf, sagte ich, und werde Schaffner. Zwanzig Jahre lang hoch und runter wird dich schon vom Denken kurieren.

Matthieu starrte mich an und verfiel in Schweigen. Minuten später nahm er plötzlich meinen Arm und sagte:

Ich habe eine Vision. Denk dir das Ganze in strahlendem Weiß. Eine blau funkelnde tanzende Leuchtschrift: Funiculare! Hier links die Kasse, dort die Bar, ein Zapfhahn Bier, einer für Strega, einer für Koks, die große Wartehalle wird zur Tanzfläche, und jetzt die Bergbahn selbst, entrostet, frisch gestrichen, verchromt, mit 18 Lautsprechern in jedem Abteil. Die Attraktion! Die erste Diskothek der Welt in einer Zahnradbahn. Das Ding fährt unaufhörlich hinunter und wieder herauf, und die Musik donnert dazu, Grace Jones, Public Image, die Diskothek Funiculare, bergauf, bergab, die Lichter, die Musik, die tanzende Masse, ein Wahnsinn, ein Taumel; man kann in der Halle tanzen und trinken und sich seine Trips aus den alten Kaugummiautomaten ziehen, oder man nimmt sein Glas und gleitet in die Nacht hinab, in die Hölle und wieder herauf ins Paradies. Hier, in tanzender blauer Leuchtschrift über deinem Kopf: Funiculare. Der Ort, an dem ihr aufhört zu denken, in mystischer Mitte zwischen Castel Gandolfo und dem Petersdom, das neue ökumenische Zentrum, Gottesdienst ohne Gott, die Ekstasen des Vergessens, hinauf und hinunter, hier, in blau, gold und Marmor, was sagst du dazu? Nein, sag nichts, du hältst mich für bekifft, für bekloppt, aber genau das ist's, mein Gott, der italienische Traum, die Zombies von Albalonga werden solche Stielaugen machen, ich mein es ernst, das muß doch zu machen sein, das Ding ist doch stillgelegt, was sagst du, willst du mir helfen? Ich bin stocknüchtern, mein Lieber, das wird nämlich nicht nur eine Sensation, das wird ein Geschäft, überleg doch mal, wo kann man sich denn hier schon amüsieren, die Trottel tanzen nur auf Hochzeiten und müssen im Cinquecento vögeln, wir machen fifty-fifty. Funiculare – die Himmel-und-Hölle-Diskothek – Schreckenberger und Seelhorst, oder Seelhorst und Schreckenberger, wenn das dein Preis ist. Hier, hör auf zu lachen, sieh mich an, bin ich besoffen, da, ich zeig dir, daß ich nüchtern bin!

Und er schloß die Augen und ging mit ausgebreiteten balancierenden Armen auf der weißen Fahrbahnmarkierung entlang, im Lampenschein, die massige Gestalt, ein rothaariger Geist in weißen Schuhen, ein Seiltänzer, vom Zeitwind getragen, ein Zeittänzer und auf dem Platz angekommen, drehte er sich zu mir um und winkte mir mit einer grandiosen Geste zu, die mich und die Welt mit einem Schwung umfaßte, die unendliches Vertrauen ausströmte, und gegen den Wind ankämpfend, der seinen riesigen Körper trug, schlug ich mich zu ihm durch.

Matthieu kam fast nie mehr in den Hangar auf den Campi d'Annibale. Die Organisation der Kooperative war völlig auf mich übergegangen. Aber es war absehbar, wann der Elan, den ich entfacht haben mochte, verflackern würde. Mehr als alles andere brauchte ich Geld. Ich nahm mir vor, bei Gelegenheit den Don auf Carlos Erbe anzusprechen. Schließlich war Carlo vollständiges Mitglied der Kooperative. Warum sollte der Priester uns also nicht einen Teil der bitter notwendigen Mittel vorstrecken können.

Matthieu, von der Last befreit, für andere zu arbeiten, erinnerte sich wieder daran, Künstler zu sein, und verbrachte die Tage auf Motiv- und Themensuche. Er schlug mir vor, die Messe regelmäßig mit mir zu besuchen, um die dortige Atmosphäre von Verrücktheit einfangen zu können. Sonntag morgens klingelten wir Carlo aus dem Bett und stiegen mit ihm den Corso bergan.

Die Kirche war besonders geschmückt, es war der Tag der Erstkommunion, und die vorderen drei Reihen waren von frischgewaschenen, schwarz und weiß gekleideten Jungen und Mädchen besetzt, die unruhig, die Kerzen in den Händen, hin- und herrutschten, zwischen den Bankreihen Fangen spielten und selbst von Chiara, die mit dem Stock drohte, nicht zur Ruhe gebracht werden konnten. Erst als Don Ambrogio aus der Sakristei trat, herrschte augenblicklich Stille.

Liebt ihr alle den Fußball? donnerte Don Ambrogio.

Ein hundertstimmiges Ja!!! scholl ihm entgegen.

Und wer wird Meister?

Roma!!!!!

Roma! Natürlich! Roma! Wer denn auch sonst? Aber warum?

Wegen Falcao! Weil wir die besten sind! Viva Falcao! Abasso Juve! Juve stronzi! Eine Kinderstimme schrie: Viva Lazio! wurde aber sofort zum Schweigen gebracht.

Der Don hob die Hände. Ja, aber wenn Falcao und die übrige Mannschaft gut spielen, dann ist das auch das Verdienst des Trainers. Erst ein guter Trainer macht aus guten Spielern eine Mannschaft, die gewinnt. Erst der Trainer gibt den Geist, der zum Siegen nötig ist. Ohne Plan, ohne Führung, ohne den Geist vermag man nichts. Selbst der beste Spieler kann nur in einem festen Rahmen erfolgreich sein. Wer sagt ihm, wer sein Gegenspieler ist? Der Trainer. Wer sagt ihm, ob er Linksaußen oder Mittelfeld spielt? Der Trainer. Wer entscheidet, wer die Elfmeter schießt? Alles der Trainer. Stimmt's?

Ja!! Viva l'allenatore!! Viva Liedholm!!

Ja, jede Mannschaft braucht einen Trainer. Und nicht nur im Fußball. Alle. Auch wir. Die Menschheit, das ist die größte Mannschaft der Welt. Und unser Trainer heißt Jesus Christus!

Die Kinder brüllten die Antworten zurück, ihre Eltern schrien ihnen zu, sich zu beruhigen. Don Ambrogio deutete mit drohendem Finger auf Störenfriede, nannte sie beim Namen, und sie schrumpften zusammen. Die Stimmung war auf dem Höhepunkt.

Das Schlimmste mit Carlo, hatte Don Ambrogio gesagt, ist die Verteilung der Hostie. Seit dem Tod seiner Eltern nimmt der Junge jeden Morgen das Abendmahl wie eine Brotzeit zu sich, ohne jemals zu beichten, ohne jemals eine Absolution zu erhalten. Und schlimmer noch, er begnügt sich nicht mit einer Hostie, er stellt sich sofort wieder hinten an und will eine zweite und eine dritte und so fort. Das untergräbt die Würde der heiligen Kirche. Früher, als der Alte noch lebte, war das anders. Es war ein Ereignis, wenn der große Rizzi, gefolgt von Frau und Kind, in die Kirche schritt. Er sang lauter und tiefer als die Orgel, ein apokalyptischer Reiter, auf so einen muß Gott aufmerksam werden. Und dann dieser Verkehrsunfall, ein 80jähriger, bei Nacht, auf nasser Straße.

Jetzt stand Carlo vor dem Erzpriester, die Hände mit der Kappe auf dem Rücken verschränkt und das breite grinsende Gesicht nach oben gerichtet, sperrte er den Mund weit auf, ein junger hungriger Vogel im Nest. Don Ambrogio starrte direkt auf die dicke, rosafarbene Zunge, die die Oblate erwartete. Kaum hatte er sie verschlungen, ging er eilig zurück, schloß sich hinten an und stand bald wieder vor dem Pfarrer.

Carlo, ich warne dich! donnerte Don Ambrogio. Das

ist das letzte Mal. Kein Abendmahl mehr ohne Beichte, und da Carlo stumm und verzweifelt verharrte, als habe er nicht gehört, mit Maulsperre, bekreuzigte Don Ambrogio sich schließlich, steckte ihm eine zweite Hostie in den hungrigen Mund und stieß ihn fort. Das letzte Mal! rief er ihm nach, und Carlo steckte den Finger ins Weihwasserbecken, deutete ein Kreuzzeichen an und ging elastischen Schrittes hinaus ans Tageslicht.

Die da? Das ist eine Hure, hatte die puritanische Gina geantwortet auf Matthieus Frage, wer die Zigeunerin sei, die Samstag mittags regelmäßig in Albalonga auftauchte, ihr Liedchen sang, um die Gläubigen anzulokken: Io sono zingarella, venuta da lontano; d'ognuno sulla mano, io leggo l'avvenir . . ., aus der Hand las und Shit verkaufte. Ich hätte es dabei bewenden lassen, aber Matthieus Phantasie war entzündet.

Nicht, daß er darauf aus gewesen wäre, sie zu verführen, es war der Ethnologe in ihm, der nach literarischem Material suchte, selbst das Marihuana schien unerheblich in diesem Moment. Er stürmte sofort los, sie anzusprechen, sie kennenzulernen, ihr Name begeisterte ihn, Fatimah, er machte Fatimah Morgana daraus, ein Blick genügte, und er hatte einen Traum von ihr. Ich weiß nicht, was ihn mehr erregte, die Erwartung neuer Kenntnisse oder die Begeisterung über einen Menschenfund, den er berühren, einatmen, sich einverleiben konnte. So waren die ersten Worte, die er an sie richtete, auf ihre Sprache bezogen, und auch in der Folgezeit versuchte Matthieu, voller Konzentration sein Quartheft mit Vokabeln und phonetischen Zeichen füllend, ihre Sprache zu lernen, und begnügte sich keineswegs mit ihrem Körper oder dem Stoff, den sie verkaufte, wenn er auch ein regelmäßiger Kunde wurde. Nach den ersten Sätzen lud er sie zum Abendessen. Ich hatte sofort eine Abneigung gegen das Mädchen gefaßt – sie war der Typ Mensch, dem ich instinktiv aus dem Weg ging, der Typ, der in fremden Häusern achtlos Asche auf den Perserteppich fallen läßt und den besorgten Hausherrn mit einem Blick mißt, der ihm seine Lebenskonzeption unter den Füßen wegzieht, so daß er insgeheim lieber den Perser und die Möbel verschenken würde, als der Beschmutzerin einen Vorwurf zu machen. Es gibt Leute, die durch ihre bloße Art, uns anzusehen, uns zu Spießern machen – halb hoffte ich, sie würde irgend etwas stehlen, so daß man ihr das Haus verbieten könne – aber dann: würde ich gewagt haben, ihr in Matthieus Gegenwart vorzuwerfen, sie habe silberne Löffel mitgehen lassen? Es gab keinerlei Rettung vor ihr als Flucht und Masturbation.

Ich war hin- und hergerissen zwischen meiner Bewunderung für Matthieu und meiner Aufgabe. Mich ihm anzuschließen, seinen abendlichen Angeboten Folge zu leisten, herüberzukommen in ihr Zimmer und zu zweit von den Reizen Fatimah Morganas zu profitieren – und Gott weiß, mit welchen Bildern von ihrem braunen, biegsamen Leib ich meine Nächte verbrachte – oder aber ihn zu vergessen, zu verbannen und mich ganz meiner heiligmäßigen Arbeit zu widmen. Um Klarheit zu erlangen, fuhr ich ans Meer hinaus.

Gegen Mittag gelangte ich an einen unabsehbar weiten Strand, ging auf Sandboden durch den Pinienhain, der ihn von der Uferstraße trennte. Es war heiß, aber die Sonne verbarg sich hinter einem Wachstuch, das Meer lag bleiern. Ein heftiger Wind mischte Sand und Salz zu nebligem Dunst über der Wasserlinie. Am Rande des Pinienhaines lagen die Reste einer Badeanstalt, eine langgezogene Reihe von Umkleidekabinen und Duschen, hellblau gebleichtes Holz, auf einem verwitterten Fundament von Betonfertigteilen. Die meisten Türen waren verrottet, aber einige Kabinen und wie durch ein Wunder auch die Brause waren noch benutzbar. Soweit ich blickte, war nur eine einzige Familie zu sehen: Ein orangener Sonnenschirm, der gegen den Wind in den Sand gestemmt war und im Salzdunst verschwamm, schützte eine dicke Frau in einem schwarzen einteiligen Badeanzug und drei kleine nackte Kinder, mit Eimern und Schaufeln bewaffnet.

Ich entkleidete mich in einer Kabine und legte mich auf den Sand, meine zusammengerollten Kleider als Kopfkissen benutzend. Das verhangene Licht verursachte Kopfschmerzen, und der Wind machte mich frösteln. Der wehende Sand stach in die Haut.

Es war spätabends, als ich in Albalonga ankam. Am nächsten Morgen ging ich zum Erzpriester, um ihn um Geld für die Kooperative zu bitten.

Don Ambrogio saß hinter seinem Schreibtisch im Untergeschoß des Pfarrhauses und lauschte mit leicht schräggelegtem Kopf, seine Hände ruhten auf der Tischplatte.

In der Tat sei es eine wunderschöne Idee, sagte Don Ambrogio ernst und legte seine Finger auf meine Stirn, wie um mich zu segnen. In der Tat sei es eine wunderbare Idee. Nur leider sei diese Idee nicht so leicht ins Werk zu setzen, wie ich vielleicht glaube.

Aber hänge es denn nicht nur an ihm, Don Ambrogio, ja zu sagen.

In der Tat trage er, Don Ambrogio, die Verantwortung für die Hinterlassenschaft des Ruggero Rizzi, eine moralische Verantwortung mehr noch als eine praktische, ganz abgesehen davon, daß er natürlich keineswegs als eine Bank fungiere und das Erbe im Prinzip ausschließlich für Carlo verwaltet werde.

Ich rückte ungeduldig auf meinem Stuhl hin und her: Gewiß, das sei schon klar, aber es gebe doch zweifellos Mittel und Wege, vor allem für ein Projekt, das wohl immerhin im Sinne des Verstorbenen sei, ein christliches Projekt . . .

Ob ich mir schon die Frage gestellt habe, wollte Don Ambrogio wissen, welche Konsequenzen mein Projekt zeitigen könne. Arbeitslose gebe es nämlich viele, in Albalonga wie anderswo, einige von ihnen, ja viele vielleicht sogar, besaßen, wie ich so herzerwärmend schildere, Talente, Interessen, Initiative. Aber man dürfe die Augen nicht davor verschließen, es gebe auch viele Schnorrer, Mitläufer, viel Ausschuß, viele Elemente, die das Leben einer Gemeinde erheblich stören könnten, wenn sie alle am selben Ort zusammenkämen.

Ich starrte Don Ambrogio an: Ob das seine Überzeugung sei?

Es sei die Überzeugung kompetenter Leute, der Stadtverwaltung nämlich, die nicht unbedingt ein Interesse daran haben könne, alles Gesindel der Umgegend in Albalonga zu konzentrieren.

Nun gut, aber die Stadtverwaltung habe ja nichts mit dem Erbe des alten Rizzi zu tun.

Das sei so nicht ganz korrekt, sagte Don Ambrogio, sichtlich verlegen.

Ich sah ihn fragend an.

Er beschwöre mich zu glauben, fuhr der Priester fort, daß trotz der Einschränkungen, die er gemacht habe, seine ganze Sympathie, seine innerste christliche Überzeugung auf meiner Seite stehe.

Wo denn dann um Himmels willen das Problem liege?

Darin, daß er nun einmal nicht alleiniger Herr seiner Entscheidungen sei. Er wolle mich nicht mit Details belästigen, mit gewissen Verflechtungen, gemeinsamen Interessen, gegenseitigen Verpflichtungen zwischen ihm und der Stadtverwaltung.

Um es dir geradeheraus zu gestehen, sagte er schließlich im Aufstehen und ging, die Hände im Rücken verschränkt, durch den Raum: Das Geld ist bereits vergeben. Und was heißt da auch »das Geld«. Als ob es sich um Millionen handelte. Aber das wenige, womit man ordentlich und von Rechts wegen und auch im besten Sinne des wahren Eigentümers arbeiten kann, kreditweise und zurückhaltend, ja das ist verplant und vergeben. Ich dachte wohl auch, daß du der erste wärst, der es schon längst wissen müßte.

Ich starrte ihn entgeistert an.

Ja nun, sagte Don Ambrogio und warf die Hände hilflos in die Höhe, um sie dann mechanisch an der schwarzen Soutane abzuwischen, das Geld wird deinem Freund zur Verfügung gestellt, deinem seltsamen Freund. Es ist deinem Freund zur Verfügung gestellt für den Bau oder die Eröffnung eines – eines Tanzsaales.

Sie geben Ihr Geld für die Funiculare-Diskothek? schrie ich.

Beruhige dich. Es ist nicht mein Geld. Ich verwalte es. Und ich verwalte es, wie ich dir sagte, nicht allein. Zu Carlos Bestem wollte ich es nicht allein verwalten. Wir haben Steuervorteile, wir haben kompetente Hilfe bei der Plazierung, ich habe auch Einfluß genommen mit dem Geld in christlichem Sinne, kurz, die Stadt hat mir geholfen, ich habe ihr geholfen, wir sind einander verpflichtet. Und dein Freund hat gut gesprochen. Das muß man sagen, er hat gut gesprochen. Er ist leidend seit langem, wie er sagt, auf seine Weise verlangt er so wenig für sich wie du. Er vermag zu überzeugen. Und die Wahl, die Wahl bestand wozwischen? Was denkst du denn? Wollen Sie den ganzen Auswurf der Albaner Berge bei uns konzentrieren? war noch das wenigste, was ich hörte. Eine Kooperative, das ist doch ein sozialistisches Modell, da steckt doch mehr dahinter als naive Philanthropie. Eine Diskothek dagegen, das bringt Touristen, das bringt Geld, das bringt Leben, das kurbelt die örtliche Konjunktur an. Wie dein Freund sagte: Es gibt keine einzige im Umkreis von 20 Kilometern. Albalonga kann zum Mittelpunkt der Albaner Berge werden. Leben, gib mir wenigstens zu, daß wir das hier brauchen. Kein Mitglied des Stadtrates konnte dagegen sein. Und die Gemeinde wird beteiligt an Kapital und Erlös und die Kirche ebenfalls. Mein Gott, man hätte, ich weiß nicht, was man getan hätte, wenn ich mich geweigert hätte. Verstehst du, Hagen, ich stehe für die Kirche. Ich kann es mir nicht leisten, eine ganze Stadt gegen mich aufzubringen, gegen die Kirche aufzubringen. Und finanziell, Herr im Himmel, finanziell ist das Projekt seriöser als – versteh mich richtig, deines ist edel und christlich, so wie du edel und christlich bist, das weiß ich und liebe dich dafür, und wenn es sich um Kirchenmittel handelte, würde ich keine Sekunde zögern. Aber die Kirche hat keine Mittel, es handelt sich um Rizzi-Geld, und das muß ich beisammenhalten und kann mir nicht leisten, es in Fehlspekulationen zu verlieren . . .

Ich verstehe, sagte ich. Ich verstehe. Nichts für ungut. Wann soll es denn losgehen mit der Renovierung?

Diese Woche noch, sagte Don Ambrogio. Die Eröffnung soll so bald wie möglich stattfinden.

Ich stand auf.

Hagen, du verstehst meine Situation.

Aber natürlich, sagte ich.

Ich danke dir, sagte der Don. Sie wird übrigens »Ruggero-Rizzi-Diskothek« heißen. Der Priester segnete mich im Hinausgehen und tupfte sich dann die Stirn ab.

Ich saß auf dem Balkon und grübelte, als es an der Tür klingelte. Es war Lina. Was für Risiken du eingehst, hier ohne Begleitung herzukommen, sagte ich ihr.

Sie lächelte mich an. Mach dich nicht lustig über mich.

Lina hinkte bis in den Salon, setzte sich auf einen der strohbespannten Stühle und fragte nach dem Ausgang des Gespräches.

Ich sagte es ihr, und sie sah mich mit einem seltsamen Blick zwischen Resignation und Zuversicht an: Du wirst schon etwas anderes finden.

Warum sagst du das? fragte ich, und meine Stimme zitterte ein wenig.

Ich weiß nicht. Ich habe Vertrauen . . .

Am Abend kniete ich in meinem Zimmer, und zum ersten Mal ließen mich die obszönen Geräusche aus dem Nebenraum kalt. Sie hatte Vertrauen, sie war sich sicher, daß ich, mit Hilfe des Himmels, eine Lösung finden würde. Ich sah mich im Spiegel an. Wie mußte ich auf die Menschen wirken, daß sie mir soviel zutrauten?

Am nächsten Morgen stand ich vor den Mitgliedern der Kooperative und erklärte unsere Situation. Die Gesichter waren mürrisch, fatalistisch, man hatte es ja immer schon gewußt, daß so etwas nicht lange gutgehen konnte.

Ich stellte mich auf die Werkbank und begann zu sprechen. Ich sprach davon, daß niemand eine Insel sei, daß ich selbst bei ihnen bliebe, bis die Kooperative funktioniere. Wir könnten uns durchsetzen, denn was wir wollten, war nicht Profit und Haß, sondern Gemeinschaft, und nun würde ich ihnen etwas vorschlagen, was wir nur als Gemeinschaft, nur mit der Teilnahme, der Solidarität und dem Glauben eines jeden von ihnen ins Werk setzen könnten. Wir werden ein Theaterstück schreiben und auf dem Dorfplatz aufführen, und zwar genau am

Abend der Eröffnung der Diskothek und als Benefizveranstaltung für die Kooperative. Ein Historienspiel. Szenen von der Christianisierung Roms. Das Ganze muß logischerweise mit Petrus beginnen. Neronisches Rom, Löwen (wo sollen wir Löwen herbekommen! fragte Lina lachend), Löwen also, Märtyrer, Gladiatoren, die Sammlungsbewegung, die Opfer, die tragische Heroik. Die zweite Szene wird sich unter Konstantin begeben und den Sieg der ausharrenden Christen zeigen, den Triumph dauernder Festigkeit im Glauben. Drittens, und da kann es so bunt, erotisch, lustig und laut zugehen, wie ihr wollt, Ausschnitte aus dem Leben des Augustinus mit dem Finale einer ersten Theoretik des Glaubens. Das muß natürlich alles noch verfeinert und durchdacht werden, Gott, das ist gerade eine erste Skizze, aber es hat etwas, das fühle und spüre ich genau, es hat etwas!

Ich hatte sie überzeugt, ich hatte sie gewonnen. Nun galt es, die technische Vorbereitung voranzutreiben. Die Jugend Albalongas mußte so breit wie möglich zum Mitspielen aufgefordert und gebracht werden, mit allen Mitteln, Rollen gab es schließlich genug, wenn auch vorauszusehen war, daß wir 50 Kandidaturen für Gladiatoren und Löwen haben würden und keine einzige für die Sprechrollen. Dann mußten wir der einer Diskothek abgeneigten Bevölkerung ein Spektakel bieten, das seinem Charakter nach gesünder und positiver als der Tanztempel war, seiner Form nach aber nicht minder faszinierend.

Was Materialkosten angehe, sagte Pasquale am nächsten Tag, sei vorgesorgt: Ein Schwager zweiten Grades, der ein Zimmerergeschäft betreibe, habe schon mündlich zugesagt, die Bühne herstellen zu wollen, und ein Arbeitskollege Don Giros aus Cinecittà habe versprochen, mit historischen Uniformen und Löwenkostümen

(Ecco! die Lösung, rief Lina) aufzuwarten. Nun müsse nur alles schnell gehen, die Teilnehmer mußten gewonnen werden, der Text festgelegt und vor allem gelernt, eine Begleitmusik galt es zu finden, die Proben mußten beginnen, es blieben ja kaum einige Wochen Zeit.

Und so begann ein seltsamer Wettlauf in Albalonga, ein Rennen gegen die Zeit, ein unsichtbarer und doch mit Hartnäckigkeit geführter Zweikampf, der das Dorf in zwei Lager spaltete und die Emotionen in der Sommerhitze zum Überkochen zu treiben drohte. Da waren die Renovierungsarbeiten an der Zahnradbahnstation, und das Geheul der Bohrer, Fräsen, das Gezisch der Schneidbrenner, das Kommen und Gehen der Starkstromelektriker, Innenarchitekten und Steinmetze, das Grollen der an- und abfahrenden Lastwagen, die den Dorfplatz versperrten, fand 50 Meter weiter sein Echo im allerdings vorzeitlich-handwerklich klingenden Gehämmer der Zimmerleute, die am unteren Ende des Platzes eine Bühne zusammennagelten, und dem Deklamieren, Lachen, Meckern, Fluchen, Schreien und Füßescharren aus dem nahegelegenen Turnsaal, wo unter der Aufsicht der in einen blauen Trainingsanzug gehüllten und mit einer Trillerpfeife um den Hals versehenen Signora Russo die Proben für die Christianisierung Roms stattfanden.

Ich sah mir beides mit gemischten Gefühlen an, ohne zu wissen, welchen Ausgang dieses Wettbewerbes ich mir wünschen solle. Zu meinem Geburtstag hatte Matthieu mich mit großer Geste zum Essen eingeladen und einen Tisch im teuersten Lokal Albalongas reserviert, auf der überdachten Terrasse am unteren Ende des Corso, mit Blick auf den Platz, den Sternenhimmel und sein Spiegelbild, das nächtlich lichterfunkelnde Tal. Matthieu orderte die Spezialität des Hauses, Steinpilze, und umarmte beim Anstoßen mit großer Geste die Zeit, die in duftenden Wellen anbrandete. Du hättest mir allerdings sagen können, daß Don Ambrogio dein Projekt akzeptiert hat, daß du es ihm überhaupt vorgelegt hast, sagte ich.

Was redest du da von »meinem« Projekt? Es ist unseres! Unsere Idee! Das Resultat unserer gemeinsamen Inspiration. Du bist doch nach wie vor dabei? Nicht wahr? Ohne dich könnte ich das überhaupt nicht realisieren. Ich dulde gar nichts anderes als dein Ja, es ist dein Traum wie der meine, und du hast gar nicht das Recht, dich davonzustehlen. Schlag mir ein, daß du dabei bist.

Und ich schlug ein.

Und die Kooperative? fragte Matthieu.

Dafür hat niemand Geld.

Wenn der Funiculare läuft, sagte Matthieu großartig, bezahlen wir die Kooperative aus den Gewinnen!

Jeden Tag nun folgte ich den Schritten der Buben Albalongas, der Zombies mit den Vespas, wie Matthieu sie nannte, die auf dem Weg in die Turnhalle, wo sie die Christianisierung Roms probten, zunächst voller Vorfreude und Enthusiasmus die Fortschritte prüften, die die Renovierung der Bergbahnstation machte. Der Bergbahnstation, die sich zu transformieren begann und jeden Tag ein wenig mehr nach der zukünftigen Diskothek Funiculare aussah oder besser, denn das würde schließlich ihr offizieller Name sein: nach der Discoteca Ruggero Rizzi.

Der Untergang des Abendlandes

Woran werden die Sterne sich erinnern in Jahrmillionen, wenn Sterne eine Erinnerung haben? Werden sie sich an das Chaos, an den blutigen Wirbel erinnern, der einige tausend Jahre lang auf der Erde herrschte? Werden sie sich an mich erinnern? Aber die Sterne sind ja ebensowenig ruhig wie unsereins, sie schwellen an, platzen auseinander, bewegen sich, wachsen, vergehen; wir sind ja keinesfalls die Erfinder der Unordnung, nicht einmal ihre Meister. Und diese penible Sehnsucht nach Struktur, nach Logik. Meinen wir, es ginge besser zu, wenn alles berechenbar sei? Heißt berechenbar doch nicht beherrschbar. Und was folgt denn aus Ordnung und Struktur: Tragödien oder Komödien. Unser Leben hängt dazwischen.

Es war der Morgen des bewußten Tages, des Tages der Eröffnung des Funiculare, des Tages der Aufführung der Christianisierung Roms. Alles war bereit. Alle Vorarbeiten waren abgeschlossen. Die Kirche war berstend voll zur Messe. Fatimah Morgana allerdings hatte abgewinkt, auch als Matthieu insistierte: Aber es ist ein SCHAUSPIEL! Es ist »comédie humaine« live, ich setze mich immer in die ersten Reihen, um zu SEHEN. Fatimah also fehlte, genau wie Marcello, der an seiner chromglänzenden Eismaschine stehen mochte. Alle anderen waren da. Ich saß in der zweiten Reihe zwischen Matthieu und Carlo in der unvermeidlichen Windbluse, die Schirmmütze auf den Knien. Pasquale, hochaufgerichtet, schwarzbärtig, den Blick ins Gesangbuch vertieft, schräg hinter uns. Gegenüber war Signora Russo auszumachen mit ihren Töchtern, Angelica züchtig gekleidet, die sonst ewig nackten Beine in weißen Kniestrümpfen. Weit hinten Pepe und seine Frau. Der Maresciallo in blendend weißer Uniform. Die drei Grazien mit ihren Eltern in den mittleren Reihen. Selbst einige der vespafahrenden Zombies, die tagsüber auf der Terrasse der Bellina lungerten und die ich nun als römische Soldaten, christliche Märtyrer, Gladiatoren und Löwen ein wenig näher kennengelernt hatte, waren anwesend, sichtlich verlegen im Sonntagsstaat, kichernd, picklig, unruhig.

Don Ambrogio, als er die Kirche unter den Klängen der kleinen Orgel betrat, war anders als gewöhnlich. Er wirkte nervös, erregt, irritabel; es fiel mir auf, aber ich konnte nicht wissen, was die Ursache dieses Eindrucks war; ich sollte sie zu spät erfahren. Er begann seine Handlungen mit mechanischer Verdrießlichkeit; und in gedrückter Stimmung, als fühle man, es sei heute nicht der Tag, ihn zu provozieren, folgte die Gemeinde seinen Anweisungen, hob und senkte sich, sang, betete. Alles geschah emotionslos, bis der Moment kam, in dem immer ein Gemeindemitglied aufgefordert wurde, nach vorn zum Altar zu kommen, um eine Bibelstelle zu lesen, über die der Priester nachher handeln würde. Es war die bucklige Chiara, regungslos an der Seite stehend, die mit vorschießendem gichtigem Finger den Erwählten aus der Menge spießte, und dieses Mal deutete sie in die zweite Reihe, deutete auf uns, deutete auf Matthieu, es war kein Irrtum möglich. Wir saßen zu weit vorne, waren zu exponiert, Matthieu drehte sich nach mir um, ich starrte zu

Boden, der Finger verharrte auf Matthieu, bis der sich ächzend erhob, sich an Knien vorbei aus der Bankreihe schob und schweren Schrittes zum Altar stapfte, wo auf einem, von einer Brokatdecke verhüllten Pult, eine riesige aufgeschlagene Bibel lag. Chiara war ihm gefolgt und stieß den Finger an den Anfang des Textes, der zu lesen war.

Ich fürchtete zunächst, Matthieu würde sich und mich durch stockendes Lesen oder fehlerhafte Aussprache lächerlich machen, aber da bestand keine Gefahr; in klarem akzentfreiem Italienisch sprach er, doch indem er in dem Text voranschritt, wurde die Qual eine andere, und ich krallte meine Finger in den Stoff meiner Hose und hörte:

Gott ist dennoch Israels Trost
für alle, die reinen Herzens sind.
Ich aber wäre fast gestrauchelt mit meinen Füßen;
mein Tritt wäre beinahe geglitten.
Denn ich ereiferte mich über die Ruhmredigen,
als ich sah, daß es den Gottlosen so gut ging.
Denn für sie gibt es keine Qualen,
gesund und feist ist ihr Leib.
Sie sind nicht in Mühsal wie sonst die Leute
und werden nicht wie andere Menschen geplagt.
Darum prangen sie in Hoffart
und hüllen sich in Frevel.
Sie brüsten sich wie ein fetter Wanst,
sie tun, was ihnen einfällt.
Sie achten alles für nichts und reden böse,
sie reden und lästern hoch her.
Was sie reden, das soll vom Himmel herab geredet
    sein;
was sie sagen, das soll gelten auf Erden.

Darum fällt ihnen der Pöbel zu
und läuft ihnen zu in Haufen wie Wasser.
Sie sprechen: Wie sollte Gott es wissen?
Wie sollte der Höchste etwas merken?
Siehe, das sind die Gottlosen;
die sind glücklich in der Welt und werden reich.
Soll es denn umsonst sein, daß ich mein Herz
     reinhielt
und meine Hände in Unschuld wasche?
Ich bin doch täglich geplagt,
und meine Züchtigung ist alle Morgen da.
Hätte ich gedacht: Ich will reden wie sie
siehe, dann hätte ich das Geschlecht deiner Kinder
     verleugnet.
So sann ich nach, ob ich's begreifen könnte,
aber es war mir zu schwer,
bis ich ging in das Heiligtum Gottes
und merkte auf ihr Ende.
Ja, du stellst sie auf schlüpfrigen Grund
und stürzest sie zu Boden.
Wie werden sie so plötzlich zunichte!
Sie gehen unter und nehmen ein Ende mit
     Schrecken.
Wie ein Traum verschmäht wird, wenn man
     erwacht,
so verschmähst du, Herr, ihr Bild, wenn du dich
     erhebst.
Als es mir wehe tat im Herzen,
und mich stach in meine Nieren,
da war ich ein Narr und wußte nichts,
ich war wie ein Tier vor dir.
Denn siehe, die von dir weichen, werden
     umkommen;
du bringst um alle, die dir die Treue brechen.

Matthieu blickte auf, schlug die Bibel zu (ich weiß nicht, ob das Usus war) und ging sehr gerade zurück in unsere Bankreihe. Neben mir atmete er geräuschvoll aus und zwinkerte: Na, wie war ich? Das ist Stoff für ein neues Kapitel!

Ich antwortete nicht. Es herrschte Stille.

Dinge, die man nicht weiß: Die Fahrigkeit Don Ambrogios, seine schlechte Laune, die niedergehaltene Erregung, mit der er durch den Gottesdienst eilte, hatten ihre Gründe in einem Gespräch, das er am Vorabend mit dem Bürgermeister geführt hatte. Dieser war ins Pfarrhaus gekommen, hatte den Erzpriester von der Fertigstellung der Diskothek informiert und war nach einigem Drumherumreden schließlich auf den Punkt gekommen: Kurz und ohne Umschweife, es sei seine Bitte, seine nachdrückliche Bitte, daß Don Ambrogio am Abend bei der feierlichen Eröffnung der Ruggero-Rizzi-Diskothek zugegen sei. Und warum, fragte der Don. Wollen Sie, daß ich tanze? Der Bürgermeister lächelte. Nein, wir möchten, daß Sie für gutes Gelingen sorgen. Ich bitte Sie, diese neue Einrichtung zu segnen. Der Don explodierte. Der Bürgermeister ließ die Proteste und Verwünschungen auf sich herabhageln und wiederholte seine Bitte. Je öfter er sie wiederholte, desto mehr wandelte sie sich, in freundlichstem Tonfall vorgetragen, von einer Bitte zu einer Anweisung. Der Bürgermeister, an Debatten gewohnt, verstand es, auszuharren, zu argumentieren, Druck zu machen, und schließlich und endlich stand man doch auf der gleichen Seite, nicht wahr. Don Ambrogio gab schließlich nach und sagte zu. Aber er war nicht glücklich über diesen Ausgang. Und noch am Morgen schämte er sich und war wütend. Dies erklärt, was dann folgte. Doch ich wußte nichts von alledem, sowenig wie alle anderen. Und was dann am Ende der Messe beim

Abendmahl geschah, kam genauso überraschend und schockierend für mich, wie für die ganze Gemeinde.

Es war der Moment, als Carlo, der sich sofort angestellt hatte, vor Don Ambrogio erschien. Die Hände mit der Schirmmütze im Rücken verschränkt, das runde grinsende Gesicht nach oben gerichtet, sagte er mit seiner weichen Stimme: Sto meglio. Sono dimagrito. Mai delle porcherie! Er sperrte seinen Mund auf wie ein junger hungriger Vogel im Nest, der Priester starrte direkt auf die dicke rosafarbene Zunge.

Dann donnerte seine Stimme: Carlo, ich habe dich gewarnt! Kein Abendmahl mehr ohne Beichte! Du spottest Gott! Und mit diesen Worten holte er aus und versetzte Carlo eine schallende Ohrfeige.

Es war, als halle das Klatschen nach, so still war es mit einem Mal in der Kirche. Niemand bewegte sich, die zwei Protagonisten selbst schienen versteinert. Ich sah, wie Carlos Gesicht sich dunkelrot verfärbte und sich zur Grimasse, zu einer erschreckenden Maske seines üblichen Honigkuchenpferdgrinsens verzog. Dann – alles das dauerte keine vier Sekunden – verengten sich seine Augen, sein Mund spitzte sich, um eine wüste, obszöne Verfluchung auszuspucken, seine Hände schossen nach vorn und legten sich um den Hals des Priesters.

Es brauchte drei von uns, ich war sofort bei Carlo, ihn von Don Ambrogio fortzureißen und seinen wildgewordenen Körper unter Kontrolle zu bringen. Ununterbrochen beruhigend auf ihn einplappernd, schleppten wir ihn durch das endlose Spalier der Blicke hinaus an die frische Luft.

L'ammazzo, l'ammazzo, prete cornuto, fauchte Carlo, noch stets mit hochrotem Kopf. Die Erregung hatte weiße Speichelkräusel aus seinen Mundwinkeln getrieben, und die Spucke lief ihm bei jedem jauchzenden

Atemzug über die Lippen. Man half mir, ihn bis zu seiner Wohnung zu begleiten, und ließ mich dann alleine mit ihm. Er wollte nicht, daß ich für ihn aufschließe, sagte apro?, und wir traten ein. Ich ging daran, die Vorhänge zu öffnen, dachte, ein wenig Licht und Luft könnten nichts schaden, er verstellte mir den Weg und sagte, sein Papa sei nicht wohl und vertrage kein grelles Sonnenlicht. Aber dein Papa ist tot, entgegnete ich, und er prustete in einem heftigen Lachanfall los. Er war nicht mehr aggressiv.

Carlo, fragte ich zur Probe, wer bist du?

Sono pilota inglese e guarda svizzero, 24 ore da Londra a Roma, kam die leiernde Antwort.

Wie fühlst du dich heute?

Oggi sto calmo, sagte er mit seiner weichen melodischen Stimme und dem Gesicht eines Engels. Sereno, felice, tranquillo.

Und Don Ambrogio?

'Sto cornuto! L'ammazzerò . . . grollte er, schloß aber an: sono ragazzo serio, devo comportarmi bene, um dann den Finger mahnend zu heben, während es im Unterbauch schon rumorte und das aufsteigende Gekicher sich ankündigte: Mai delle porcherie. Altrimento le manette (die Geste der überkreuzten Hände). Subito ti mettono in galera. Gne- he, gne hehehee.

Ich beschloß dennoch, ihn nicht aus den Augen zu lassen an diesem Tag.

Gegen Mittag standen wir in der brennenden Sonne vor dem Eingang des Funiculare. Matthieus Traum hatte Gestalt angenommen. Statt des verrosteten Gitters war da nun eine dunkelblau getönte Panoramascheibe, die um zwei Seiten der ehemaligen Bergbahnstation lief. Auf dem Dach tanzten die Buchstaben der Leuchtschrift »Funiculare«, und an der Eingangstür mit dem obligaten

Sichtfenster für die Gesichtskontrolle prangte eine kleine Messingplakette mit der Aufschrift »Discoteca Ruggero Rizzi«. Der Innenraum mußte auf die Italiener futuristisch wirken: Grau, schwarz, Aluminium, das Dekor erinnerte mehr an Metropolis als an die bunten Plüschorgien der nostalgischen Tanzsäle Roms. Geometrische Formen, viel Dreieckiges, ein bewußt synthetisch anmutendes Techno-Design, und die Attraktion natürlich, der hintere Saal, in dem glänzend die Kabinenbahn stand, mit Lautsprecherbatterien ausgerüstet, und darauf wartete, Tanz- und Trunkvergessene in die Hölle hinab und wieder zurück ins Paradies zu chauffieren.

Wir besichtigten die Räume zu dritt. Matthieu war ein wenig high, er hatte geraucht. Fatimah Morgana wich nicht von seiner Seite und beobachtete mich aus den Augenwinkeln, sie besaß etwas von einem Wachhund oder einer Leibgarde, ich hatte sie so noch nie gesehen. Matthieu hatte alle Leichtigkeit und Expressivität seines Gangs wiedergefunden, er beherrschte den Raum, er beherrschte die Zeit, dick, das rote Haar flammte um seinen Schädel, schwitzend, enthusiastisch, die weißen Schuhe in beständiger Levitation einige Zentimeter über dem Boden.

Es ist ein Traum, Hagen, sagte er. Nur, woran ich nicht gedacht habe, es ist mein Traum, den ich den anderen schenke. Der Ort, an dem das Denken aufhört. Funiculare, wo es mit deiner Ratio drunter und drüber geht. Nicht mehr denken, mein Gott. Keine Analyse mehr, keine Schlüsse, keine Thesen, Antithesen und Synthesen, keine Logik, keine Kausalität. Glaubst du, das geht?

Ich zuckte die Achseln.

Ich hänge mein ganzes Leben dazwischen. Je mehr ich fresse, je mehr ich mir einverleibe an Wissen, an Informationen, an Daten, an Zusammenhängen, desto übler wird der Hangover, desto mehr sehne ich mich nach einer black-box, einem Nirvana, einem perpetuierten Orgasmus, alles was nur immer die Denkmaschine abstellen kann. Und das hier, was ist das als der Triumph meiner Ratio. Ich habe bewiesen, ein gewitzter Geschäftsmann zu sein, ich, der ich ein Dichter sein wollte, ein Speleologe des Unbewußten, Amorphen. Mein Vater würde sich die Hände reiben. Ach, ich bin es leid, mich selbst zu verantworten. Der Funiculare ist eine Metapher. Verdammt teuer für eine Metapher. Aber um ehrlich zu sein, ich hab ihn nur für mich selbst gemacht. Die Zombies sind mir so wurscht wie dir. Ich bin es, der in der Bergbahn hoch- und runterfahren will, den Kopf voll Speed, ich bin es, der tanzen will und saufen und vergessen.

Warum hast du sie nicht Xanadu genannt, deine Diskothek?

Ich war nie ein großer Schlittenfahrer, antwortete Matthieu.

Wovon redet ihr? fragte Fatimah.

Kulturlizenzen. Eben das, was das Hirn verstopft. Letztendlich frage ich mich, ob die Odyssee wirklich mein Buch ist. Ob ich nicht vielmehr Proust vom Kopf auf die Füße stellen sollte: »A la recherche d'un moyen pour oublier le temps« oder »A la recherche de la mémoire inexistante«. Jeden Morgen leer beginnen. Eine Eintagsfliege sein.

Frag Carlo nach dem Rezept.

Die Eröffnung ist um sieben Uhr. Kannst du dein Theater unterbrechen, um dazusein? Ich wollte es nicht ohne dich machen.

Um sieben Uhr läuft der zweite Akt. Kaiser Konstantin. Ich hab nichts dabei zu tun. Sie brauchen mich erst wieder als Augustinus. Ich werde da sein.

Matthieu lachte: Da steht also meine Unsterblichkeit. Man wird an mich als den Erbauer des Funiculare denken und nicht wegen meiner Bücher. Weißt du, manchmal beneide ich euch andere.

Ich blickte ihn an. Er wollte mir den Arm um die Schulter legen, aber ich schüttelte ihn ab. Beim Heraustreten aus der dämmrigen Kühle der Diskothek traf die Hitze uns wie ein Beil. Die drei Grazien saßen auf der Terrasse des Kiosks und schlürften Eiskaffee. Sie vermieden jeden Blickkontakt mit Fatimah.

Gina blinzelte in den Himmel und sagte: Il sole spacca le pietre – Die Sonne spaltet den Stein.

In Carlos Wohnung war es düster wie in der Diskothek. Carlo spielte Tonleitern. Carlo Rizzi carissimo povero vecchietto. Derre Rin-ge derre Nibbelun-gen. L'Oro di Rheno. Il crepuscolo degli dei!

Wie fühlst du dich? fragte ich.

Sempre tranquillo – mai con violenza!

Carlo, du kommst heute abend mit, das Theaterstück ansehen. Wir werden zusammen hingehen.

Carlo nickte lächelnd und schlug weiter seine Tonleitern an: Il crepuscolo degli dei, erklärte er. Die Vögelchen in Bayreuth.

Dann deutete er auf die Lichtflecken, die durch einen Spalt der schweren Vorhänge auf das polierte Holz des Flügels fielen: Der Sonnenharfenfall jubiliert auf unserem Seelsarg. Oh, wir Unglückswürmer – oh disgraziati que siamo – und dabei grinste er breit, und sein Oberkörper bog sich vor unterdrücktem Lachen.

Albalonga summte und brummte von Menschen. Sie waren ein dicker schwarzer Knäuel auf dem Platz vor der hölzernen Bühne. Sie bevölkerten die dreifach vergrößerten Terrassen der Bellina, des Kiosks und der Europa. Sie standen erwartungsvoll Spalier vor dem Eingang der Diskothek. Geparkte Autos schlängelten sich die Straße nach Rom hinab bis aus dem Dorf hinaus. Die Musicbox auf der Terrasse der Bellina war auf äußerste Lautstärke gestellt, und die Vibrationen drohten den Kasten zu sprengen. Marcello hatte drei zusätzliche Weißlivrierte eingestellt. Eine andauernde Bewegung führte von dem Platz vor der Bühne zum Funiculare und retour. An- und abschwellendes Lachen, das Rauschen Hunderter und aber Hunderter in allen Tonhöhen plappernder Stimmen. Aufheulende Vespamotoren. Einmal ein klirrendes Brausen, ein apokalyptischer Lärm, der für Sekunden Stille schuf: Soundcheck der Diskothek, dann wanderten Blicke zur Bühne zurück, wo plötzlich ein Römer in Toga oder ein blutbeschmierter Christ unter kurz aufflackerndem Applaus sein Gesicht zeigte. Träger schoben sich mit riesigen Papptafeln durch die Menge, auf denen für die Produkte eines örtlichen Winzers oder Bauunternehmers geworben wurde. Sonntagsstaat kreuzte sich mit Sommerkleid, drei weißgekleidete Vestalinnen tranken Cola mit ihren Jeans-Freundinnen. Hinter der Bühne erreichte gackernde Aufregung ihren Paroxysmus. Ich saß auf einem Klappstuhl und rauchte, Carlo, dem ich eine latte macchiato von Marcello hatte holen lassen, stand neben mir und sprach mit seiner weichen Stimme alle vorbeihuschenden Mädchen an, wobei sein Gesicht schamrot anlief und er die Schirmmütze knetete: Posso darti un bacietto? Posso darti un bacietto? Carlo Rizzi carissimo povero vecchietto – und er bog seinen Oberkörper vor unterdrücktem Lachen. Er hob den Zeigefinger und rief: Die Vögelchen! Die Vögelchen!

Dann war Signora Russos Trillerpfeife zu hören. Jemand legte die Kassette mit der Begleitmusik ein, die krächzend aus den lächerlich kleinen Sperrholzlautspre-

chern schotterte. Das Spiel begann. Die Bewegung auf
dem Platz kam in Husten und Zischen zur Ruhe, und an
mir vorbei schritt würdig und stolz Petrus in sackleiner-
nem Kostüm – Pasquale, der mir zuzwinkerte, während
ich den Gladiatoren letzte choreographische Anweisungen mit auf den Weg gab.

Natürlich ging alles schief, und ebenso natürlich störte
das niemanden außer mir, wenn es überhaupt jemandem
auffiel. Die Einsätze kamen zu früh oder zu spät. Die
Christen wollten nicht freiwillig sterben, und zum größten Gaudium des Publikums jagte einer von ihnen, dem
ein römisches Schwert in der Hitze des Gefechts den
Daumen blaugeschlagen hatte, den Zenturio quer über
die Bühne. Zu früh Gestorbene erwachten wieder zum
Leben, um ihre korrekte Sterbeposition einzunehmen.
Vestalinnen, die regungslos beim Tempel stehen sollten,
warfen ihren Eltern oder kleinen Freunden in der Menge
Kußhände zu. Als Petrus die Bühne betrat, wurde er von
frenetisch-rhythmischen Pas-qua-le, Pas-qua-le-Chören
begleitet und grüßte huldvoll hinab wie ein Boxmeister.
Der Darsteller des Römers, der Pasquale zur Kreuzigung
führen sollte, war unglücklich gewählt, ein schmächtiger
Sechzehnjähriger, und als er den riesigen schwarzbärti-
gen Petrus packte, war es, als klammere sich ein Meer-
katzenjunges an seine Mutter. Pasquale, gib's ihm!
schrien die Zuschauer, San Pietro, zeig's ihm! und wirklich schien Pasquale einen Moment lang versucht, den
Lauf der Geschichte zu verändern, bevor er sich gebeug-
ten Haupts zur Hinrichtung führen ließ. Die meisten La-
cher gab es in der Arena, als ein wendiger Christ den ihn
verfolgenden Löwen beinahe zum Platzen brachte; denn
die beiden Jungen im Kostüm hatten genug davon, ihr
Opfer nicht fassen zu können, und versuchten es nun in
Zangentaktik, völlig uneingedenk, welchen Eindruck es

auf das Publikum machen mußte, einen Löwen plötzlich einem Krebs gleich seitlich vorwärtsmarschieren zu sehen und zu beobachten, wie sein Hinterteil nach dem Märtyrer schnappte.

Eine Katastrophe, es ist eine Katastrophe, murmelte ich und bedeckte das Gesicht mit den Händen.

Nicht doch, nicht doch, sagte eine vor Glück beschwipste Stimme neben mir. Es war Lina. Das Publikum ist begeistert. Ich weiß gar nicht, was du willst.

Vermutlich hast du recht. Ich vergesse manchmal, daß ich kein deutscher Armeegeneral bin. Man kann seine Ziele auch anders erreichen.

Apropos Ziel, sagte Lina und zog einen Sack hinter dem Rücken hervor und schwenkte ihn, wobei es verheißungsvoll klingelte und knisterte.

Plötzlich war auch Pasquale da, der sein Kreuz noch auf dem Rücken trug, und Signora Russo, alle standen vor mir, und alle sahen erhitzt, aber euphorisch aus. Ein warmer Glücksschauer überlief mich, ich hätte sie alle umarmen mögen. Auch Carlo stand dabei mit rotem Kopf, knetete seine Mütze und fragte die von der Bühne herabströmenden Mädchen verschämt: Posso darti un bacietto? Posso darti un bacietto?

Der erste Akt war zu Ende, man applaudierte.

Das bedeutete, daß es sieben Uhr war.

Das bedeutete, daß die Eröffnung des Funiculare jeden Moment beginnen mußte.

Das bedeutete, daß ich meinen Platz hinter der Bühne verlassen und hinübergehen mußte, dem Triumph Matthieus beizuwohnen. Ich lächelte in die Gesichter der Umstehenden, Pasquales, Signora Russos, Linas – Gina und Pina waren nun auch da im Vestalinnenkostüm – und Carlos.

Aber mußte ich denn tatsächlich dort hinüber?

Was hatte ich denn dort zu suchen? War es doch schließlich keineswegs meine Idee gewesen, mein Werk, sondern allein die Angelegenheit Matthieus. Und hatte ich denn Lust, Fatimah Morgana zu sehen und ihre sinistren Freunde, die vermutlich schon eine ordentliche erste Lieferung von was weiß ich mitgebracht hatten. Was zwang mich denn eigentlich dazu, die im Stich zu lassen, die hier an mich glaubten. Und warum wollte Matthieu mich unbedingt dabeihaben? Aus Freundschaft? Ich hatte Lust zu lachen. Und Matthieu wußte sehr gut, wessen Werk der Funiculare war. Er wollte mich dabeihaben, um mir seinen Triumph vorzuführen. Das war es. Es war die Entscheidungsschlacht. Es ging darum, ein für allemal die Hierarchie festzuschreiben zwischen uns. Und ich wäre fast so naiv gewesen hinzugehen, eingelullt in Phrasen von Geniefreundschaft, und im Schatten zu stehen, während man dem fetten Rothaarigen den Lorbeerkranz aufsetzte. Sollte er sich brüsten, vor wem er wollte in seinem Tempel des Vergessens. Ich war kein gutes Publikum an diesem Ort, ich vergaß nichts. Tempel des Vergessens, des Selbstvergessens. Was für ein Unfug! Aber natürlich! Da war jemand, den man zu der Eröffnung schicken konnte! Der Selbstvergessene im Tempel des Vergessens. Sollte Matthieu sich vor ihm aufspielen. Aber das wäre ein Kunststück, das selbst über seine Fähigkeiten ginge: Den Piloten, den Schweizergardisten, den Kenner der Bayreuther Vögelchen, den Mozartpianisten zu beeindrucken und neidisch zu machen und zu wer weiß welcher Anerkenntnis zu bringen. Das, lieber Matthieu, ist nämlich deine ständig beschworene Selbstvergessenheit; sie lacht über den Ruhm des Odysseus, sie ist blind für ihn. Wer weiß, vielleicht brachte er gar mit seinem »mai delle porcherie« ein wenig die Festreden durcheinander. Und schließlich: War es denn nicht das mindeste, daß er zugegen sei bei der Eröffnung eines Ortes, der nach seinem Vater benannt wurde.

Carlo, sagte ich. Carlo, möchtest du mich vertreten? Möchtest du hinüber zum Funiculare? Willst du an der Eröffnung teilnehmen?

Die anderen hatten sich entfernt. Ich war mit dem Verrückten alleine.

Ah nein, sagte Carlo freundlich mit seiner weichen Stimme, als lehne er ein Glas Alkoholisches ab. Sono troppo timido. Mi dispiace, ma non posso accettare. Mille ringraziamenti.

Aber Carlo, flüsterte ich. Du bist zu schüchtern. Ich möchte, daß du statt meiner gehst. Du richtest Matthieu meine Grüße aus. Du erinnerst dich doch an Matthieu? Es wird dort Musik gespielt, musica leggera . . .

Der-re Rin-ge derre Nibbe-lun-gen, sagte Carlo, und aufsteigendes Gekicher bog seinen Oberkörper. Il crepusculo degli dei.

Ja, ganz genau. Und viele Vögelchen werden da sein.

Ich bedaure. Aber ich muß früh schlafen gehen. Meine Mutter hat mir gesagt, früh schlafen zu gehen, sagte Carlo ernst.

Ich versuchte es anders: Möchtest du den Papst sehen? Du bist doch Schweizergardist, ja oder nein?

Carlos Augen leuchteten: Vedere il papa?

Genau. Er kommt heute abend, er . . . Ich spintisierte weiter und begann, mich schlecht dabei zu fühlen. Carlo lachte meckernd und krümmte sich. Er glaubte nicht im geringsten daran, daß der Papst komme. Er war vielleicht verrückt, aber nicht dumm. Sono ragazzo serio, sagte er mit tiefem Ernst und einem Anflug von Enttäuschung, als dürfe er als ein solcher auch ein Minimum an Seriosität meinerseits erwarten statt grober Schwindeleien.

Dann geh hin, um mir einen Gefallen zu tun, sagte ich.

Eine Fanfare ertönte vom anderen Ende des Platzes.

Geh los, geh, sagte ich eindringlich.

Oh Carlo Rizzi, Oh disgraziato! deklamierte Carlo, sagte dann aber: Vado?

Ich nickte und stieß ihn sanft vorwärts. Carlo verschwand in der Menge.

Ich war nicht dabei in jenen zwei, drei Minuten, aber ich könnte hundert Versionen dessen erzählen, was geschah. Im Entscheidenden aber glichen sich alle, und kurze Zeit später war ich selbst ohnehin am Ort des Geschehens, nur eben zu spät, eine Minute, ein Leben, ein Jahrhundert zu spät, um zu verhindern, was passierte. Wenn ich nur wüßte, ob ich es wirklich hätte verhindern wollen.

Was also geschah: Nach der Fanfare begannen die Bässe zu pumpen, die Lichter zu rotieren; ein riesiges Tier, nein, ein synthetisches Monstrum erwachte zum Leben, und in einem Spalier drängelnder Zuschauer, hauptsächlich junger, schritten Matthieu und der Bürgermeister auf den Eingang zu, und der Bürgermeister durchtrennte das fuchsiafarbene Band, das vor den Eingang gespannt war. Applaus brandete hoch und wurde erwürgt von der Lärmpresse der Musik, die auf unsichtbares Kommando explodierte. Hinter Matthieu und den Stadthonoratioren schritt mit steinernem Gesicht Don Ambrogio, flankiert von zwei Meßknaben mit schwingenden Weihrauchspendern und segnete Tür und Außenmauern mit wegwerfenden Bewegungen seines Weihwedels. Matthieu trat vor, gab Zeichen, die Musik zu dämpfen, und zeigte dem Bürgermeister die Räumlichkeiten, der Priester segnend hinterdrein. Die Gaffer blieben außen vor, zurückgedrängt von einem Ordnungsdienst aus zwei Ortspolizisten und zwei von Fatimah

Morganas zwielichtigen Freunden. Einen einzigen ließen sie passieren, warum? Ein Verrückter, da er verrückt ist, hält sich nicht an Ordnungsgebote wie Ruhig, Nicht Drängeln, Platz da oder Zurück, und dann war so viel von Ruggero Rizzi geredet worden im Moment der Eröffnung, daß die Polizisten, als sie Carlo erblickten, glauben mochten, es habe seine Richtigkeit mit dessen Erscheinen. Carlo trat also in den blaudämmrigen Saal. Suchten seine Augen Matthieu, den Papst oder überhaupt nichts Gewisses, betrat er die frühere Bergbahnstation als Carlo Rizzi oder als Schweizergardist, wer wüßte das? Die Ehrengäste hatten an der Bar haltgemacht, Don Ambrogio mit seinen beiden Meßknaben segnete zuletzt noch die Kabine des Funiculare. Carlo stand in all dem Aluminiumschimmer, und ich glaube, wenn es auch niemand bestätigt hat, daß in einer endlosen Sekunde dort plötzlich ein stummer Blickwechsel stattfand – Matthieu entdeckte Carlo und verstand gewiß sofort: wenn Carlo da war, so hieß das, er war statt meiner da, der Affront war klar, die Peinlichkeit unvermeidlich – Carlo entdeckte Don Ambrogio, der dasselbe Brokatgewand trug wie am Morgen, und vielleicht verging ein Moment, zog die Sekunde sich in die Länge, bis Carlo sich der Züchtigung erinnerte, aber da war er auch schon vorwärtsgesprungen – Don Ambrogio erblickte Carlo und Matthieu im selben Moment, auf gleicher Höhe, woran dachte er, an den Psalm, an seinen Wutausbruch, fühlte er Logik, einen Kreis sich schließen? – Gleichviel, er rührte sich nicht vom Fleck, Matthieu sprang auf, Carlo schon an ihm vorbei, riß einem der Meßknaben den schweren Weihrauchspender aus der Hand, schwang ihn an der Kette und schlug das Messing auf Don Ambrogios Kopf. Einmal, zweimal. Sank der Priester nach dem ersten, nach dem zweiten Schlag nieder, ich weiß es nicht. Jemand behauptete, ihn schon vor dem ersten Schlag auf den Knien gesehen zu haben. Hoch über Carlos Kopf aber schwang das schwere Messing und ging dreimal auf den Priester nieder, dann warf man sich auf den Verrückten. Ein erster Schrei war so markerschütternd, daß draußen Unruhe aufkam. Es sei Fatimah Morgana gewesen, die geschrien habe, hörte ich, aber erst, nachdem der Don blutend und bewegungslos am Boden lag. Carlo wehrte sich, ein Berserker, dem Tränen aus den Augen und über das runde rote Gesicht liefen, und im Eifer des Gefechts riß er einem seiner Gegner die Jacke auf, und der konnte sich bücken, so schnell er wollte, die Päckchen, aus denen weißer Puder rieselte, waren jedermann sichtbar, Matthieu und der Bürgermeister, beide regungslos, starrten darauf. Zuschauer drangen ein, sahen, ein Tumult entstand zwischen denen, die hereinwollten und wissen, und den andern, die hinausdrängten, die Nachricht zu verbreiten: Don Ambrogio ist tot! Don Ambrogio ermordet im Funiculare!

Das Geschrei kam in Wellen über den menschenstarrenden Platz, jemand sprang auf die Bühne, winkte hysterisch, das Spiel zu unterbrechen, und schrie es heraus: Don Ambrogio è morto! Ammazzato! Nel Funiculare! Hob dann dramatisch die Faust und kreischte: Maledetti! Maledetti! Maledetti!

Ich saß versteinert, und es drang auf mich ein wie Migränewellen, ich war nicht mehr Herr meiner Mimik, mein ganzes Gesicht vereist. Lina schrie auf, Pasquale erhob sich und sagte ruhig: L'ammazzerò, questo disgraziato.

Erst in diesem Augenblick verstand ich: Carlo. Alles fügte sich rasend schnell zusammen. Eine Sekunde später, Pasquale schon fort, begriff ich, daß seine Worte nicht Carlo galten, Carlo konnte man nicht umbringen wollen. Wer verwünscht und verflucht war, das war die Diskothek, das war ihr Erbauer.

Ich ließ mich, steif vor Vereisung, die Migränewellen brandeten gegen meinen Kopf, in der Menge über den Platz tragen bis vor die Diskothek. Eine Sirene war zu hören, ein Krankenwagen kam den Berg herauf und bahnte sich seinen Weg. Man trug im Eilschritt einen schlaffen Körper im Brokatgewand heraus, durch die Menge, und es wurde leise. Der Maresciallo selbst führte den mit Handschellen gefesselten Carlo vorüber, der wieder ganz ruhig war. Sein Blick streifte mich, ich sah zu Boden. Sto calmo, sto calmo, hörte ich seine weiche Stimme im Vorübergehen. Sono ragazzo serio, devo comportarmi bene, zu den Umstehenden gewandt. Er deutete mit den gefesselten Händen auf den Polizeiwagen: La macchina?

Poveraccio, murmelte einer – der arme Teufel.

Dann wurde es still, denn Matthieu trat vor die Tür, am Arm Fatimah Morganas. Das Schweigen wurde einen Moment lang total, allumfassend. Plötzlich ein Kreischen: Assassino! Und einer löste sich aus der Menge und hieb Matthieu auf den Rücken. Der fuhr herum und starrte irr auf die Masse. Als sei diese plötzliche Bewegung ein Weckzeichen gewesen, mehrten sich die Schreie und wurden zu sinistrem rhythmischem Chor: Assasino! Assassino! Ein römischer Soldat, einer der Zombies, sprang vor und hob sein Holzschwert. Er wollte es auf Matthieus Kopf zerschlagen, aber Fatimah Morgana war dazwischen, und das Holz traf sie an der Schläfe und riß die Haut auf. Assassino, Assassino, grölte es, und Fäuste schlugen blind aus der Menge nach dem vorwärtsdrängenden Matthieu. Er kam an mir vorbei, aber sah mich nicht. Sein Gang war unsicher. Ich sah, daß er seine weißen Schuhe trug. Fatimah, die an der Schläfe blutete, schirmte ihn ab. Dann traf ein Stein seinen Rükken, dann traf ein zweiter, von vorn geworfen und auf Matthieu gezielt, die Zigeunerin mitten ins Gesicht, und sie fiel zu Boden. Assassino, Assassino! brüllte heiser die Menge, und Matthieu begann zu laufen. Er hatte einen Moment gezögert, bei Fatimah zu bleiben, aber die Menge schloß sich wie Sumpf über ihr und hinter ihm – er begann zu laufen, durch das Spalier aus klaffenden Mäulern, Steine hagelten auf ihn herab, trafen seinen breiten Rücken oder gingen daneben, trafen Zuschauer, die vor Schmerz aufschrien, man wollte ihn am Hemd festhalten, aber er riß sich los, kam aus der Menge heraus und rannte keuchend über den Platz, rannte die Straße hinab in seinen weißen staubigen Schuhen, Steine schlugen links und rechts von ihm auf den Asphalt, und das Mörder-Mörder-Geschrei verfolgte ihn, er hetzte die Straße hinab, einige, die ihn verfolgten, gaben es fäusteschüttelnd an der zweiten Kurve auf und lachten ihm höhnisch hinterher, als hätten sie wer weiß wen in die Flucht geschlagen. Matthieu flüchtete, er lief die Straße hinab, er passierte das Ortsschild »Benvenuto ad Albalonga/Arrivederci Albalonga«, er rannte, er verschwand in der anbrechenden Nacht.

Melencolia

Wenn ich abends in den Wäldern um Albalonga spazierenging, hörte ich von fern die Musik und sah zwischen
den Bäumen die blau erleuchtete Kabinenbahn aufblin-
ken, die voller trunkener Tänzer in die Hölle hinab und
zurück ins Paradies glitt. Daß der Erbauer und Erfinder
fort war, hatte der Idee als solcher keinen Abbruch getan. Die Diskothek Ruggero Rizzi war in Betrieb, und an
den Wochenenden blockierten Autos aus der Umgegend
den Platz, und der Lärm des Funiculare ließ trotz aller
Isolation die Häusermauern vibrieren. Der Kiosk mit seiner Terrasse auf dem kleinen platanenbestandenen Rund
hatte geschlossen, sein Besitzer war zum Pächter der discoteca aufgestiegen. Marcello hatte in einem Aufwallen
zukunftsgläubiger Investitionslust die Bar Europa zur
Cocktailbar umfunktioniert, die erst nachmittags gegen
16 Uhr öffnete. Abends machte er mit den Nachtschwär-
mern großes Geschäft, aber man konnte nicht mehr
frühstücken dort. Es gab auch einen neuen Priester, einen jungen Mann mit glattem Gesicht, der aus Rom
kam, aber ich kann nicht viel über ihn sagen, denn ich
besuchte die Messe nicht mehr. Don Girolamo war noch
stets zweiter Priester und arbeitete nach wie vor. Irgend
jemand berichtete, er habe um seine Versetzung nachge-
sucht. Ich wohnte nach wie vor in Matthieus Wohnung,

und es war seltsam, alleine zu sein und morgens nicht mehr von den Tonleitern aus dem Obergeschoß geweckt zu werden.

Ich war nach den Ereignissen des Spätsommers in eine seltsame Rolle geraten. Es schien, als sei ich für viele der geistige Nachfolger Don Ambrogios geworden. Die Mitglieder der Kooperative kamen mit ihren kleinen und großen Problemen zu mir, man bat mich, Dispute zu schlichten, Mädchen erzählten mir ihren Liebeskummer, die Vespa-Zombies berichteten mir ihre Abenteuer. Die Kooperative gedieh, in der Halle auf den Campi d'Annibale arbeiteten jetzt regelmäßig mehr als zwanzig Personen in den verschiedensten Tätigkeiten. Ich hätte zufrieden sein müssen, aber ich trug schwer an meinen Erinnerungen und schämte mich für das Vertrauen und die Ehrerbietung, die mir entgegengebracht wurden. Zudem schienen mir die salomonischen Ratschläge, die ich gab, unehrlich oder nicht wirklich gefühlt – man weiß ja, was richtig und falsch ist im allgemeinen, aber ich gestand mir nicht das Recht zu, es als Lehre, als gelebte Überzeugung zu verkaufen. Lina war meine Vertraute, meine Stellvertreterin geworden, und wenn jemand wirklich aus dem Herzen heraus wußte, was gut war, dann war sie es, und oft riet ich den Leuten das, wovon ich wußte, daß auch Lina es gutheißen würde.

Man murmelte über meine Askese, und als Lina mich einmal direkt darauf ansprach, warum ich keine Freundin habe, erzählte ich ihr von Anna. Sie sah mir in die Augen, wie sie es immer tat, wenn sie etwas Wichtiges zu sagen hatte, und fragte mich, warum ich sie nicht einfach hole, damit sie hier mit uns lebe. Dieser Vorschlag löste einen Krampf, von dem ich selbst nichts geahnt hatte.

Das andere Leben, das durch unsere Begegnung notwendig geworden war, hatte ich es nicht hier gefunden?

Konnten wir nicht hier gemeinsam leben, arbeiten und helfen, in platonischer oder auch fleischlicher Gemeinschaft? Und, so flüsterte es in mir, war ich ihrer hier nicht auch sicherer, mochte sie nicht vielleicht in Albalonga ihren Drang zur Promiskuität verlieren? So bat ich um Urlaub und beschloß, nach Hamburg zurückzukehren, um Anna zu mir zu holen.

Es war Kastanienzeit in Hamburg. In diesem Jahr war der Herbst lang und lind, und erst spät im November begann der Regen und gemahnte an die Kälte, die folgen würde. Während zweier sonniger Monate konnte, wer die Muße dazu besaß, mitverfolgen, wie die Kastanien langsam starben. Es sah aus, als würde ihrem Laub langsam das Mark entzogen, als drehe jemand ihren Nährstoffhahn ab. Um die saftiggrünen gefiederten Blätter bildete sich zunächst, fast unsichtbar, ein haarfeiner brauner Rand von holztrockener Struktur. Gleichzeitig verblaßte das kräftige Grün vom Zentrum her, wo eines Tages ein gelber Fleck auftauchte und sich ausbreitete. Während die Tage, unmerklich vorerst noch, kürzer wurden, konnte der Beobachter mitverfolgen, wie die beiden Veränderungen, das gelbe Herz und der braune Rand, sich langsam einander näherten und der grüne Bereich kleiner wurde, ein Vorgang, der, in extremem Zeitraffer betrachtet, dem Ohnmächtigwerden eines Menschen gleichen mochte, wenn das Blut aus dem Gesicht weicht und Leichenblässe zurückläßt.

Die Blätter der Kastanien änderten aber nicht nur ihre Farbe, sondern auch ihre Konsistenz. In der zweiten Oktoberhälfte waren sie nicht mehr straff und frisch, sondern pergamenten wie die Haut eines Hundertjährigen und hingen trostlos an ihren Stielen; Windstöße entlockten ihnen nicht mehr das Meeresrauschen der Spätfrühlingsnächte, sondern zausten das trockene Laub in häßlich raspelndem Knistern. Mitte November, kurz bevor der Regen einsetzte, der die Stämme naßschwarz färbte, so daß sie im Dämmer erwachten Moorleichen glichen, war die Auszehrung vollendet, der braune Rand hatte sich in der Blattmitte mit dem gelben Körper getroffen, manchmal noch verlief dazwischen eine blaßgrüne Sichel, dann beutelten Wind und Regenschauer das verwelkte Laub, das sich nicht mehr halten konnte, in Mengen abfiel und sich an den Straßenrändern zu gelbbraunen Hügeln türmte.

Ich war kaum einige Tage in Hamburg, da rief uns ein Anruf Onkel Wilhelms ans Krankenbett meiner Großmutter. Ich hatte Rosencrantz getroffen, der mich zum Frühstück geladen hatte. Er hatte sich in Eppendorf eine eigene Wohnung gemietet, zusammen mit seiner Freundin. Die Freundin spielte Golf und studierte Jura. Er zeigte mir die Zimmer. Das Wohnzimmer mit einer riesigen HiFi-Anlage und einer verglasten Schrankwand, in der Glasnippes und Chromfiguren standen. Ein Teewagen mit Flaschen. Die Küche mit einer Spülmaschine. Das Schlafzimmer mit Fernseher, einer kleineren HiFi-Anlage, dem Telefon und dem Anrufbeantworter. Im Flur standen die Tennis- und Golf-Utensilien.

Wir haben Pläne gemacht, sagte Rosencrantz. Für nach dem Studium. Da werden Dinge passieren, aufgepaßt! Ich verrate dir noch nichts, aber wenn alles so läuft wie geplant, dann werden wir bald eine Putzfrau brauchen. Das wird sich finden. Ich habe auch schon drei Angebote als Trainee, aber Inges Vater sagt, da muß gepokert werden. Nach dem Studium bin ich 30 000 pa mehr wert. Das wissen die natürlich auch. Aber angenehm ist's schon, solche Angebote zu bekommen. Und du, falscher Bruder, machst Ferien in Italien. Hast du wenigstens was erlebt? Und die Italienerinnen? Mich hält Inge schwer auf Trab. Ich ficke kaum mehr nebenher, nur noch, was wirklich für die Gesundheit nötig ist.

Ich fand nicht den Mut, zu erzählen, was mir widerfahren war und was ich tun wollte. Rosencrantz hätte mich ausgelacht. Eine Kooperative, die drögen Geschichten der Zombies, Askese, ich mußte wahnsinnig sein, so zu leben, und ich hätte ein Narr sein müssen, ihm davon zu sprechen. So äußerte ich nur mein Erstaunen über all die Veränderungen in seinem Leben.

Ja, sagte er, du weißt vieles nicht, mein Lieber. Du vernachlässigst deinen besten Freund, und nachher wunderst du dich, wenn er ohne dich weiterlebt.

Ich hatte auch Barbara getroffen, die ich so mir nichts dir nichts verlassen hatte. Aber als sie mich gutgelaunt und freundlich empfing und mir keineswegs böse war, sondern mich im gleichen Ton wie Rosencrantz nach meinen Ferienerlebnissen fragte, brachte ich es nicht übers Herz, ihr die Wahrheit zu erzählen. Nichts von Anna, nichts von unserer Reise, nichts von den Monaten danach. Es traf sich, daß sie Lust hatte, mit mir zu schlafen und mir das deutlich zu verstehen gab, und ich hatte plötzlich all meine Beherrschung verloren und wehrte mich nicht. Sie war sehr zufrieden, schien mir, und rechnete offenbar damit, wieder dort anzuknüpfen, wo wir Monate zuvor aufgehört hatten. Vorderhand tat ich nichts, um sie eines Besseren zu belehren.

Der Zustand meiner Großmutter war hoffnungslos, Onkel Wilhelm hatte uns darauf vorbereitet, sie war zwar noch von Zeit zu Zeit bei Bewußtsein, aber die Flamme flackerte, und es war nur eine Frage von Tagen oder gar Stunden. Trotz alledem hatte ich die Absicht, das Schicksal zu zwingen. Nicht daß es mir inakzeptabel erschien, daß ein Mensch ihres Alters sterben müsse, aber ich wollte nicht, daß es meine Großmutter sei, und ich wollte nicht, daß es heute passiere. Ich entschloß mich, meinen Willen dagegenzuhalten. Vielleicht hatten die Bewohner Albalongas, die Hilfe und Wunder von mir erwarteten, sich doch nicht in mir getäuscht, und es war etwas an mir, das das Schicksal bezwingen konnte. Wenn du mich, dachte ich, an diesen Posten gestellt hast, dann gib mir auch die Kraft, ihn würdig zu bekleiden. Schließlich kann auch der Himmel nicht wünschen, daß ein Scharlatan für ihn arbeitet.

Aber einmal im Krankenzimmer, zwischen meinen Eltern und Onkel Wilhelm und seiner Frau, zwischen Freya und Tante Gertrud, brachte ich keinen Ton heraus. Ich hatte vorgehabt, zu sprechen, zu beschwören, zu brüllen, Himmel und Hölle zu zwingen, zu sagen: Ich will nicht, daß du stirbst. Ich erlaube es nicht. Aber in der Stille, der Resignation der anderen, selbst Onkel Wilhelm hielt den Kopf gesenkt, wagte ich nicht, den Mund zu öffnen. Einmal versuchte ich es und brachte nur ein Krächzen zustande, das die übrigen für ein Aufschluchzen halten mochten, aber der Ton meiner Stimme im Schweigen erschreckte mich derart, daß mir vor Scham der Schweiß aus den Poren trat, wenn ich an mein Vorhaben dachte. Ich war so sehr mit diesem Problem beschäftigt, daß ich nicht einmal Tränen hatte, und als ich meinen Vater und seinen Bruder beherrscht weinen sah, ging ich aus dem Raum. Ich hatte die Probe aufs Exempel nicht gewagt, und meine Großmutter starb ruhig im Schlaf und wurde auf dem Friedhof von Wilhelms Gemeinde beigesetzt.

Danach hielten wir den Leichenschmaus in dem zugigen, aus Betonfertigteilen rasch gebauten Gemeindehaus bei dünnem Kaffee und Rosinenbrot. Wilhelm präsidierte, aber es waren hauptsächlich die Frauen, die sprachen. Meine Mutter und Magda verteilten die Wohnungseinrichtung, und Freya stand auf und ging zu ihnen hinüber, nahm sich einen Stuhl und quetschte sich zwischen sie, als sie hörte, worum es ging.

Als ich Anna zum ersten Mal wiedersah, war es, als seien wir nur eine Stunde getrennt gewesen. Das Fieber, das Zittern, die Schwäche in den Beinen. Die Zeit war ausgesetzt, und ich fand meine Sprache wieder und erzählte ihr die ganze Nacht lang, ohne daß wir uns anders berührt hätten als von Zeit zu Zeit mit den Fingerspitzen, vorsichtig und zärtlich, wie man einen Schmetterling oder eine Erscheinung berührt. Von Norden nach Süden, vom Land zurück in die Stadt, die Türen offenhalten, auch wenn das Erwachen bitter schmeckt. Es genügte, die Menschen nur in gewissen bleichen Nachtstunden bereit zu finden, Marderpelz auf der Zunge, und schon droht der Tag. Den Flüchtlingshimmel kennen und seine Überlandleitungen und die Schwalbenheere der Morgendämmerung. Keine Aussagesätze mehr, wo es nichts auszusagen gibt. Ausatmesätze statt dessen und Einatmesätze. Du in einer Stadt, aus der man in alle Himmelsrichtungen davonfahren kann, denn sie liegt in der Mitte der Welt. Das einzige Licht, das dir vorausleuchtet, dein eigenes Leben, beidseitig entzündet, so daß es genug Helligkeit vorauswerfe ins Dunkel. Es ist das Leben auf der Straße, das Heilige aus uns macht. Mögen die Lügner und Heuchler, die Wohlmeinenden, Geraden, die Tagmenschen in ihren gutverschlossenen vier Wänden vergasen, gesegnet ist allein der Hoffnungslose, der hinausgeht und sein Unglück bei den andern sucht. Ein Krebs, der seine Schale verläßt und den Raubmöwen seine Blöße darbietet auf seiner Wanderschaft, das ist eine Revolution, aber seine Gewißheit, daß alle Attacken ihn nicht vom Wege abbringen, daß die herausgeschnit-

tenen Stücke nachwachsen und die Wunden sich schließen, das ist ein Wunder. Also hinaus und den weißen
Atemfähnchen nach, töte mich nicht, trinken wir lieber
ein Bier zusammen im Gedränge am Tresen und hinterher, weil uns beiden kalt ist vom Fahrtwind, gehen wir
ins Bett und trinken voneinander. Noch hat uns die Erinnerung nicht überholt, noch ist dieser Abend jünger und
verspricht mehr Funken, mehr Schaum, mehr Musik,
mehr Tanz und Bewegung, mehr Geschrei, mehr Lärm
und schnellere Fahrt, vor der Flutwelle der Erinnerung.
Eines Morgens werden wir aufwachen und uns erinnern,
jeder klappernde Fensterladen, jede abgeblätterte Ta-
pete, jeder Kilometer Straße, jeder schwarze Pfützenspie-
gel auf dem Asphalt wird uns erinnern an große schmer-
zende Zeiten, und in diesem Augenblick werden wir
wissen: Die Vergangenheit hat begonnen.

Wenn ich warten wolle bis zum Juni, sagte Anna, bis
sie die Schule beendet habe, dann wolle sie mit mir kommen und dort unten leben und arbeiten.

Es blieb ein halbes Jahr Wartezeit, sechs Monate, die
mit Alltag ausgefüllt werden mußten.

Schweißausbrüche, Schlaflosigkeit, Apathie, die Psy-
chopathologie der Liebe. Wir waren beide wieder in
Hamburg, und das hätte nie geschehen dürfen. Ich sah
auch Barbara weiterhin, ohne ihr von Anna zu erzählen,
sowenig, wie ich der von Barbara sprach. Ich hätte der Be-
freier sein müssen aus diesem Leben, aber ich vermochte
es nicht. Auch machte Anna mir keinen Vorwurf. Wir trafen einander, wie jedermann sich trifft. Wir besuchten jeder den anderen in seinem heimischen Universum; sie waren nicht kompatibel. Da wir nicht still und zufrieden zu
sein vermochten, stritten wir uns ohne Grund, nur um
einander zu verletzen. Wir rieben uns wund am Alltag.
Und ich fand keinen Ausweg aus dem Alltag. In Gesell-

schaft unserer jeweiligen Freunde begannen wir uns voneinander zu erholen. Jetzt gingen wir Eis essen, und unsere Gefühle erkalteten, jetzt gingen wir ins Kino und hatten nicht denselben Geschmack. Die andere Welt, in der wir zwei Tage verbracht hatten, war verschwunden. Wir zweifelten an der Schöpfung, wir zweifelten an unserer Reife, zuletzt zweifelte jeder von uns am anderen; Anna begann, sich von mir erdrückt zu fühlen, ich begann, sie für hysterisch und egoistisch zu halten. Und doch hätte ich lieber ein Leben lang jeden Tag eine Enttäuschung mit ihr erlitten, als einen Schnitt zu machen.

Unser einziges Gesprächsthema waren wir selbst, tausend Erklärungsversuche vor dem unbegreiflichen Ereignis unserer Begegnung, gefolgt von tausend Versuchen zu erklären, warum »es« in der Hamburger Realität nicht funktionierte. Da war unsere Sehnsucht nach einem normalen Zusammenleben, da war unsere Angst, enttäuscht zu werden, wenn die Realität der Intensität des ersten Augenblicks nicht standhalten würde. Wir hatten zu hoch begonnen, um einen Abstieg, eine Enttäuschung verkraften zu können.

Vielleicht besteht die Liebe, wie die Gesellschaft, aus einer Basis und einem Überbau. Vielleicht ist der Überbau Lust, Orgasmus, Schreie, das gemeinsame Ausgehen und Gesehenwerden, das Lachen, die Erlebnisse, die sogenannten unvergeßlichen Momente. Die Basis jedoch, das wären die Diskussionen um Haushaltsgeld, die Vorwürfe, man beteilige sich nicht genug an der Hausarbeit, der Anblick fettigen Haars und verklebter Augen nach einer Fiebernacht, oder der Geruch nach Alkohol, Mundfäule und Knoblauch an einem Katermorgen, und der Geruch der Fürze und der, den der andere auf der Toilette hinterlassen hat, und das schleichende Sich-Gehen-Lassen im Umgang mit dem Geliebten, das man sich zu Anfang nie gestattet hätte, und die Spuren von Eidotter im Bart nach dem Frühstück und die unvermeidliche berufliche Enttäuschung, das Versagen vor den Vorgesetzten und die kleinen banalen Geschichten vom Tage: das Kleid der Kollegin, die schlechte Laune des Chefs, die verrückte Alte im Bus, die Ohrringe und der zu teure Mantel im Schaufenster, der periodische Überdruß an der eigenen Lebensweise und die immergleiche Traumtretmühle vom anderen Leben, die Abende vor dem Fernseher bei einem mittelmäßigen Programm, und man weiß, jedes Gespräch wäre interessanter, aber man hat einander einfach nichts zu sagen, so verzweifelt man auch nach einem Ansatz sucht. Dies alles nicht nur zu ertragen, sondern es zu genießen, die Spuren von Honig aus der Banalität des Alltags zu saugen, sie zu suchen mit unverdrießlichem Gleichmut, die göttliche Spur in der menschlichen Mediokrität zu achten und das Echo goldener Trompetenstöße im Lärm des Sumpfchores nicht zu verpassen, das wäre die Basis der Liebe. Aber eben diese Basis vermochten wir nicht zu leben.

So würde ich niemals wissen, was Anna zum Frühstück bevorzugte, niemals ihren Kleiderschrank, niemals sie beim Wäschewaschen oder Geschirrspülen sehen. Niemals wüßte ich, wie es ist, mit ihr einzukaufen, mit ihr zu kochen, ich konnte mir nicht vorstellen, wie sie Zeitung las, noch wie sie mit ihrer Mutter sprach, noch wie sie aussah, wenn sie die Grippe hatte. In Wirklichkeit glaubte ich nicht tatsächlich daran, daß all das ihr jemals zustieß.

Rosencrantz hatte einen Heiratstermin festgesetzt und lud alle seine Bekannten zum Polterabend. Ich kam etwas spät und schob mich durch das Gedränge von mehr als hundert lachenden, plappernden Gästen. Zum ersten Mal seit langer Zeit entdeckte ich auch Jan Höhne. Er trug einen braunen Zweireiher und ein seidenes Halstuch und wirkte sehr ernst. Er wurde hin- und hergestoßen und schien nicht zu wissen, wohin er sich wenden solle. Er sah mich, und ich nickte ihm zu, um zu zeigen, daß auch ich ihn erblickt hatte. Anna und Barbara saßen zusammen und winkten mir gleichzeitig zu, als sie mich entdeckten. Anna hatte getrunken. Barbara stand auf und küßte mich. Anna sah mich an. Ich setzte mich zu ihnen. Barbara überschüttete mich mit einem Schwall banaler Worte. Anna beobachtete mich. In einem Moment des Schweigens begann sie zu sprechen. Sie wandte sich an Barbara. Ich wurde rot, der Schweiß brach mir aus. Sie erzählte alles, mit den etwas fahrigen Bewegungen der Betrunkenen. Ihre Worte paßten nicht in die Partyatmosphäre. Barbara runzelte die Stirn. Ich fühlte mich, als habe ich in einem fremden Haus die falsche Türe geöffnet. Wir haben Gott geschaut, hörte ich Annas Stimme. Wir haben einen Ruf gehört dort, und unser Leben hat sich geändert. Wir werden dort unten in einer Gemeinschaft leben und arbeiten, mit den anderen. Verzeih mir Barbara, aber dein Gerede von Frisuren und Feiern ist mir unerträglich geworden. Hagen und ich, wir werden von etwas zusammengehalten, wovon man nicht sprechen kann, was du nie verstehen wirst . . .

Ich sah aus den Augenwinkeln, wie die anderen am Tisch schmunzelten und sich Blicke zuwarfen, während Anna Tränen in die Augen traten. Es war hier nicht der Moment noch der Ort, von Gott und Vorsehung zu reden. Das Ganze war mir mehr als peinlich.

Hör auf mit diesem hysterischen Blödsinn! schrie Barbara.

Anna sah mich an. Rede ich Unsinn, Hagen?

Das ist ja lächerlich, schrie Barbara. Du bist übergeschnappt!

Hagen, sag es mir. Und sag es ihr.

Ich schwieg. Ich spürte den Schweiß an meinen Seiten hinabrinnen.

Barbara sah mich an. Mein Kopf brannte, ich stemmte mich gegen die Flut. Ich blickte zur Seite, Jan Höhne stand da. Die anderen hatten sich entfernt.

Ich faßte einen Entschluß.

Hagen, sag es mir.

Hör auf mit deinen widerlichen Lügen! schrie Barbara.

Anna sah mich an.

Ich schwieg.

Ohne auszuholen, mit einer kleinen schnellen Bewegung hatte Anna mir den Rotwein ins Gesicht geschüttet. Dann stand sie weinend auf und ging aus dem Zimmer.

Jetzt war alles in mir gespannt. Ich sah zur Tür, und ja, Jan Höhne stieß sich von der Wand ab, Jan Höhne ging Anna nach, legte seinen Arm um sie und begleitete sie nach draußen, ich hörte ihn leise reden, Jan Höhne hatte fast alles begriffen.

Meine Anspannung wich, ich fiel zurück auf die Kissen und schloß die Augen. Ich sah, daß Barbara weinte und etwas zu mir sagte, aber ich hörte nicht mehr was. Ich stand auf, ging blind hinaus, stieg in mein Auto und fuhr davon.

Ich sah keinen von ihnen mehr. Zu Barbara ging ich nicht, und wenn sie anrief, legte ich den Hörer auf. Sie rief nur rund zwei Wochen lang an.

Ich lebte alleine in Hamburg, mit den Fassaden und den nächtlich erleuchteten Fenstern, ein Gezeichneter, ein Wiedergänger, Orpheus war ich, der aus der Unterwelt zurückkommt und die oberen Regionen nur mehr stumm und kopfschüttelnd anstarren kann. Alles war sehr klein und bleich. Ich schwitzte, wenn ich mich hastig bewegte, und ich bewegte mich immer hastig, denn nirgendwo und bei keiner Beschäftigung hielt ich es lange aus. Ich hatte keinen Appetit, ich magerte ab. Magerkeit ließ mich an Anna denken. Ich hatte das Gefühl zu fiebern. Ich sah sehr viel fern. Auf der Straße passierte es mir, in unnennbarem Schrecken zusammenzuzucken, wenn ich eine schmale Frauengestalt mit honigfarbenem Haar von hinten oder von weitem sah oder ein Mädchen erblickte, das barfuß ging. Mein Herz schlug so hart, daß es schmerzte, und ich mußte mich irgendwo hinsetzen. Ich phantasierte vor mich hin – was mochte sie tun? Es konnte ihr nicht besser gehen als mir. Sie würde anrufen. Klingelte das Telephon, wußte ich, daß sie es wäre, aber sie war es nicht. Ich begann, an Zeichen zu glauben. Die Tonhöhe des Läutens differenzierte zuzeiten ein wenig. Ich wartete auf einen anderen Klang, der ihren Anruf ankündigte. Vor allem nachts erwartete ich ihren Anruf. Ich erwartete einen Brief von ihr. Ich erwartete morgens im Treppenhaus den Postboten. Ich betete. Ich versuchte, das Telephon zu beschwören. Ich überzeugte mich, daß, wenn ich beim Telephonklingeln sieben Schritte bis zum Abheben zurücklegen würde, Anna am Apparat wäre. Sah ich ein Photo an, erwartete ich, daß es sich zu ihrem Gesicht formte. Ich spielte mit dem Gedanken, in irgendeine fremde Stadt zu gehen und auf der Straße zu warten, bis sie kam. Ich wußte, sie würde mich überall finden, wenn sie mich finden wollte. Ich rief bei ihr an und legte auf, im Moment, da jemand den Hörer abnahm. Ich rief bei ihr an und ließ nur ein- oder zweimal klingeln. Ich wurde verrückt in meiner Wohnung, in der nichts an sie erinnerte. Ich ging in eine Parfümerie und kaufte einen großen Flacon Dior-Dior. Ich versprühte ihn auf mein Kopfkissen, mein Laken, auf meinen ganzen Körper, auf meinen Arm und befriedigte mich selbst, an meinem Arm ihren Duft riechend. Doch war ich nicht befriedigt. Ich trank billigen Rotwein. Billiger Rotwein ließ mich an Anna denken. Ich hörte über Kopfhörer die Musik, die mich an Anna denken ließ.

Im August trampte ich nach Süden, blieb aber in Zürich hängen. Abends ging ich ins AJZ, das vom Abriß bedroht war. Ich hockte barfuß auf dem warmen Eternitdach und zog gedankenlos an den Joints, die mir von links und rechts gereicht wurden, während unter mir räudige Schäferhunde an den Kothaufen schnüffelten, die die Kleinkinder hier tagsüber abgesetzt hatten. Aus Ghettoblastern dröhnte Clash oder Marley. Die rauchgeschwängerte Atmosphäre war friedfertig. Man tanzte oder war apathisch. Manche diskutierten, einige Betrunkene prügelten sich von Zeit zu Zeit. Hätte Troja über Marihuana verfügt, wäre sein Ende gelassener ertragen worden. Eines Tages schaute ich im Niederdorf einer fahrenden Theatertruppe zu. Ich war kurz davor, sie zu fragen, ob sie mich nicht aufnehmen würden. Aber ich konnte nichts. Sie konnten alle etwas: Akrobatisches, Musikinstrumente spielen; ich wagte es nicht. Nie war ich dem Selbstmord näher als in dem Moment, als ich sie ihre Sachen packen sah und scherzend über die nächste Etappe reden hörte. Sie waren drei Frauen und zwei Männer. Eines Morgens war das AJZ geräumt, da fuhr ich wieder nach Hause.

Einmal, als ich durchs Universitätsviertel streifte, ohne den Campus selbst zu betreten, stand ich plötzlich vor dem Schaufenster eines Art-Deco-Geschäftes, in dem Schmuck, Design und Nippes zu kaufen waren. Doch nicht das war es, was mich festhielt: Im Schaufenster stand eine Puppe aus den 50er Jahren, aus Zelluloid, und diese Puppe trug das Kleid Annas.

Nicht, daß Anna jemals ein solches Kleid besessen hätte, sie trug fast immer Jeans und Männerhemden oder lange Röcke, aber es war ihr Kleid. Es war eindeutig für sie gearbeitet worden, in Größe 36, mit schmalen Hüften, ich sah das Kleid und sah Anna darin, in diesem Kleid war sie geboren worden, in diesem Kleid gehörte sie zu mir, es war Aphrodites Brautkleid. Ganz aus pechschwarzem Crêpe, die Schultern breit und beinahe übertrieben gepolstert, ohne Ausschnitt rund den Halsansatz umschließend, von Schulter zu Schulter über die Brust mit Pailletten benäht, ebenfalls schwarz, die aber bei manchen Lichtreflexen dunkelrot und dunkelblau schimmerten. Die Taille wurde von einer Schärpe im Stoff des Kleides betont, und die Hüften waren schmal. Der Crêpe war hauchdünn wie ein Schleier, und um der Schicklichkeit willen gehörte zu dem Kleid eine schwarze körperanliegende Nylonhose, die wadenlang war. Der Gesamteindruck war der eines umgekehrten Trapezes: Von den Schultern abwärts wurde die Silhouette immer schmaler, auf Kniehöhe war das Kleid so eng, daß Anna keine großen Schritte machen konnte, ich sah ihr Hinterteil im Gehen sich knisternd in dem feinen Stoff bewegen, der das Tragen eines Slips verbot. Ihre Beine in den Nylonhosen würden unter dem Crêpe sichtbar sein, wenn sie ging, und ihr Schoß würde sich als Licht- und Schattenspiel unter dem Stoff abzeichnen, als sei er nur von schwarzem Tau bedeckt. Um den Hals trug die Schaufensterpuppe ein Collier aus trapezförmigen Korallen, auf dem Rücken verlief ein Reißverschluß bis zur Höhe der Nieren. Es war kein offenherziges Kleid, es verbarg, es verhieß weit mehr, als es zeigte. Es war von dunkler, melancholischer, gefährlicher, atemberaubender Eleganz. Es war für Anna geschneidert worden. Jede andere würde es entweihen, jede Frau würde es zerstören. Es war Annas Kleid, und doch stand es dort im Schaufenster, jedermann zum Kauf angeboten. Ich blieb eine halbe Stunde vor dem Geschäft stehen. Jedesmal wenn jemand eintrat, begann ich zu zittern. Aber die Menschen kamen mit kleinen Paketen aus dem Laden heraus und die meisten mit leeren Händen. Ich betrachtete das Kleid. Ich liebte es. Ähnelte nicht auch die Puppe Anna? Nein. Aber jetzt hatte sie Annas Gesicht. Das Kleid war meine letzte Hoffnung. Ich mußte es haben. Wenn ich in meiner leeren, entsetzlich leeren Wohnung überleben wollte, brauchte ich das Kleid.

Ich räumte eines meiner Zimmer aus und stellte die Puppe mit dem Kleid in die Mitte des Raumes. Von meinem letzten Hundertmarkschein kaufte ich mir noch eine Flasche Dior-Dior und entleerte sie über das Mannequin. Ich schloß die Fenster, um den Duft zu halten, zog die Vorhänge vor, zog mich nackt aus und kniete mich vor die Schaufensterpuppe und umfaßte das Kleid bei den schmalen Hüften. Anna, sagte ich. Ich umarmte das Kleid, preßte mich gegen es, rieb mich an ihm. Ich küßte den kalten glatten Mund der Puppe, ich streichelte ihren Rücken, das Kleid knisterte. Ich legte mich auf den Boden und küßte die kalten glatten Füße der Schaufensterpuppe. Ich fuhr mit der Hand zwischen ihren Beinen nach oben und suchte ihr Geschlecht. Ich roch an dem schwarzen Stoff des Kleides, roch das Maiglöckchenmeer. Tröste mich, sagte ich. Tröste mich, wie du Bernhards Mutter getröstet hast.

Anna hatte stets ein theatralisches Talent für gekonnte Auftritte und Abgänge besessen, ein untrügliches Gefühl für Timing. Sie wählte eine Nacht im Spätherbst, als ich alle Hoffnung aufgegeben hatte. Es mußte gegen zwei Uhr gehen, ich schreckte aus unruhigen Träumen, bevor ich begriff, das das Klingeln zur Realität gehörte, ich tastete nach meiner Uhr, als ich die Zeit ablas, wußte ich. Ich zitterte, die Zähne schlugen mir aufeinander, es gelang mir nicht so schnell, eine Abwehrmauer zu bauen, einen zynischen Ton zu finden. Als ich ihre Stimme hörte: Hagen . . . ? kamen mir die Tränen. Bist du allein? Natürlich, brachte ich in einer Art gekränkter Unschuld hervor.

Gut, flüsterte sie. Ich komme.

Ich sprang aus dem Bett, duschte kalt und versuchte, wach zu werden. Neiderfüllt und wütend dachte ich, sie müsse die ganze Zeit nachts gelebt haben, und das bedeutete: ohne Kontrolle, ausschweifend, trinkend, von einem Bett ins andere, Menschen und Geschichten konsumierend, schwarze, nächtliche, verzweifelte, das bedeutete Leben. Ich selbst war kaum je nach zehn Uhr aus dem Haus gegangen. Ein Grauen vor der Nacht mit ihren Fallen hatte mich vor den Fernseher genagelt. Unter der Dusche suchte ich nach einer Taktik, da klingelte es schon an der Haustür, und alle meine Kräfte, meine Wut, mein Selbstschutz vergurgelten im Ausguß. Plötzlich wollte ich ihr so gegenübertreten, wie ich war: nackt, abgemagert, hilflos ihr ausgeliefert. Ohne mich abzutrocknen, stieg ich aus der Dusche, lief zur Tür und öffnete. Da stand sie, kein bißchen fremd, als sei sie nur eben zum Zigarettenholen fortgewesen. Sie berührte mich, berührte meine Haut mit ihren kalten roten Fingerspitzen, um den Kontakt wiederherzustellen, und trat ein.

Ich habe versucht, dich zu vergessen, aber ich konnte nicht, sagte sie. Gib mir Wein. Ich trinke viel seither. Ich habe es mit allen Mitteln versucht, aber es gelingt nicht. Ich bin bei 40 Zigaretten pro Tag, und du?

Kaum weniger, log ich. Bei mir erstand aus Schmerz eher Askese, und ich rauchte und trank kaum noch, aber es schien mir ungehörig, ihr zu sagen, daß ich höchstens zehn Zigaretten rauchte. Auch würde sich in dieser Nacht der Konsum beträchtlich erhöhen. Ich spielte schon wieder Theater. Aber wenn Anna viel rauchte, mußte es richtig sein, viel zu rauchen, und ich war gerne bereit, mich in dieser Hinsicht zu bessern.

Erzähl mir nicht, was du gemacht hast, bat ich sie.

Leg dich aufs Bett, mein nackter Hagen, sagte Anna. Ich will dich streicheln und zudecken und trösten und bei dir wachen, deine Geliebte und deine Mama.

An die Minuten danach erinnere ich mich nicht, ich war tot oder schlief, aber da sie nicht meine Mama war, sprang ich schließlich aus dem Bett und zeigte ihr das Kleid.

Sie war nicht erstaunt und sagte: Mein Brautkleid.

Wortlos zog sie sich aus und zog das schwarze Kleid an, beugte den Nacken, damit ich ihr das Collier umhänge, und betrachtete sich dann im Spiegel. Sie drehte sich um, nahm meine Hand und küßte sie; eine pathetische Geste, aber dann war es eine pathetische Nacht und eine pathetische Situation überhaupt. Dann legte sie sich in dem Kleid auf den Boden, zog die schwarze Hose aus und schlug den schwarzen Schleier des Kleides über den Bauch zurück.

Aber es war uns nicht vergönnt, jetzt wie ein normales Liebespaar zu leben. Ich hätte es wissen können, daß unsere Beziehung an solchen Realitätsklippen zerschellen mußte. Ohnehin glich alles bis aufs Haar dem vorigen Male. Die Illusion, unsere Trennung habe irgend etwas geändert, wir seien fähig geworden, normal miteinander umzugehen, löste sich ebenso schnell auf wie zuvor. Diesmal dauerte es kaum zwei Wochen. Dann erhielt ich einen Brief von ihr, ein böses Zeichen. Ich öffnete und las:

Ich verstehe auf einmal, was du gemeint hast mit Zusammenleben, und dadurch bist du mir sicherlich etwas nähergekommen. Aber es ist nicht geschehen zwischen uns, ich weiß nicht, warum. Ich habe dich nun ganz verinnerlicht, das scheint mir ein zutreffendes Wort. Irgendwo bist du ein Teil von mir geworden, wohl schon immer gewesen. Du selbst gehst mich nun nichts mehr an, langweilst mich. Aber ich möchte dir alle Achtung erweisen und dich daher loslassen, mich nicht mehr nach dir sehnen, dich nicht rufen, denn es ist nicht diese Form von Zusammenleben, nach der ich mich sehne, die du dir aber wünschst und die dir gebührt. Ich wünsche dir, daß du sie findest, und ich werde dir stets folgen wie der Mond, fern als konkrete Masse, doch mit seinem Licht ein naher Begleiter. Ich wünsche dir, daß du mit ganzer Energie immer weiter suchst, durch den Tag, den ich nicht mit dir leben kann, und die Nacht und jede Bewegung.

Trotz allem hatte ich ein gewisses Maß an Stoizismus gewonnen – ich nickte, ergab mich in ihr Urteil, inklinierte mich vor ihrer Sicht der Dinge und schwor, wie sie es von mir erwartete, immer weiter zu suchen – nur wonach? Der Schmerz war so bohrend wie beim ersten Mal, suchte seinen Ausweg aber nicht mehr durch die Physis – ich war Hiob, und ich hatte mir eine dicke Haut zugelegt.

Als ein Mensch von Prinzipien war ich absolut bereit gewesen, die erste Trennung auf mich zu nehmen – jetzt bemerkte ich, daß ich auf eigenartige Weise von ihr enttäuscht war, einmal ja, einmal nein, natürlich hatte sie recht in allem, was sie tat, aber wenn sie so klug war, wozu dann dieses Hin und Her. Sie war zurückgekehrt. Dann war sie wieder fortgegangen. Natürlich hatte sie recht in allem, was sie tat, und ich begriff nur nicht.

Ein Störfall

Anna rief an, und ich hörte am Ton ihrer belegten, freudig zitternden Stimme, daß etwas geschehen sei: Hagen, ich bin schwanger, sagte sie. Ich war heute morgen beim Arzt: Ein gesunder Embryo. Weißt du, es ist in unserer Nacht passiert. Ich weiß, sagte ich, komm.

Es klingelte, und Anna stand in der Tür, blickte mich schüchtern an. Ich bat sie herein, sie legte ab, sah sich um, glich einem Kind in einem Museum, sie starrte in meiner Wohnung umher, als seien die Wände zwölf Meter hoch. Sie leuchtete aus sich heraus, eine stille, warme, gute Aura, die ich ihrer keimenden Mütterlichkeit zuschrieb; sie ruhte in sich selbst, ich sah durch ihre Kleider ihren weißen Leib, stellte mir den weißen Bauch über den Knabenhüften hochgeschwollen vor, sah ihre Hände diesen Bauch umfassen und berühren, den Kopf leicht zur Seite geneigt, so daß das Haar ganz zur einen Seite herabfiel, und ihre mageren Schultern umfloß, es war so natürlich, so folgerichtig, so schön, es erregte mich zutiefst, und ich küßte sie, hob den Pullover, küßte ihren flachen weißen Bauch. Sie war schweigsam und bewegte sich wie eine Priesterin, als sie das schwarze Kleid anzog und sich mir überließ; ich liebte sie, als liebkose ich bereits unser Kind. In dieser sanften Hingabe war ich endlich ganz auf einer Wellenlänge mit Anna, verstand sie;

das mochte nun dauern bis zu unserem gemeinsamen Ende.

Was meinst du, sagte sie. Es stand wohl geschrieben.

Und was machen wir nun? fragte ich.

Heiraten natürlich, sagte sie und brach in schallendes Lachen aus, ließ mich dabei jedoch nicht aus den Augen.

Aber sie war kaum aus dem Haus getreten, als meine Stimmung sich schlagartig änderte. Vielleicht hatte sie wirklich gescherzt mit der Heiratsidee, aber Heirat oder nicht, ein Kind würde zu ernähren und zu bezahlen sein. Und wenn wir nicht heirateten, kostete es mich Alimente. Was auch immer geschehen würde, würde mich zwingen zu arbeiten. Ich würde gezwungen sein, Geld zu verdienen, mich festnageln zu lassen, und mit meinem Leben wäre es vorbei. Ich würde leben wie meine Eltern oder wie Rosencrantz, mich einreihen, nur wegen eines Kindes, nach dem ich nicht gefragt hatte. Sie würde wollen, daß ich mich um das Kind kümmere, etwas aus ihm mache, aber was scherte mich ein Kind, aus mir selbst mußte ich etwas machen. Und es war nicht mit einem Kind am Hals, daß ich Ruhm erwerben würde. Ein Kind hieß Anonymität. Es hieß Resignation. Es hieß Aufgabe vor dem Ziel. Es war ein Betrug. Wer hätte damit rechnen können. Das war nicht vorgesehen. Hatte Jesus etwa Kinder? Er wußte schon, warum. Nun war ich vielleicht nicht Jesus, nicht für die anderen, noch nicht, aber das Problem blieb sich gleich. Mit Frau und Kind am Hals würde ich nie und nimmer meinen Weg verfolgen können. Daß Anna dazu fähig war! Schwanger zu werden wie jedes saublöde verführte Ladenmädchen. Das entfremdete sie mir mit einem Male. Wir zwei hatten zusammengehört, um Großes zu tun und zu erleben, aber gewiß nicht, um uns in einer Dreizimmer-Sozialwohnung mit einem scheißenden und kreischenden Balg herumzuschlagen. Und selbst wenn es ein göttliches Kind wäre, ich war noch nicht so resigniert, meine Sehnsüchte und meinen Ehrgeiz auf mein Kind abzuwälzen und mich zu bescheiden. War sie etwa dabei, mich zu betrügen, zu belügen, war sie wie alle, wollte sie mich zwingen, ein tödliches Normalleben zu führen. Aber dafür existierte ich nicht. Und Anna selbst. Was wollte sie denn mit einem Kind. Sie war viel zu jung. Vielleicht konnte man das Übel ja noch abstellen. Es genügte vielleicht, vernünftig mit ihr zu reden.

Ich rief sie noch am selben Abend an und bat sie vorbeizukommen. Ich sagte ihr, daß ich kein Kind wolle und daß sie, bei Lichte besehen, auch keines wollen könne. Als ich sie küssen wollte, wich sie zurück. Sie sah mich mit einer Bestürzung an, die ich nicht vorausgesehen hatte. Sie wurde steif wie ein Brett. Dann begann sie zu weinen. Ich verfluchte sie lautlos und machte mich daran, sie zu trösten. Spätabends entließ ich sie.

Am nächsten Morgen rief ich an, um zu hören, ob die Sache ausgestanden sei. Ich habe mich in dir getäuscht, Hagen, sagte sie lautlos. Und nicht zum ersten Mal. Aber diesmal habe ich verstanden. Ich habe mich so lange gefragt, worauf du wohl wartest, und ich bin immer wieder zurückgekommen. Aber gestern hast du mir bewiesen, daß du Lichtjahre entfernt bist von mir. Du hast mich nichts gefragt. Nicht einmal, warum ich mich freue, warum ich unser Kind will, obwohl ich weiß, das es nicht einfach sein wird. Jetzt habe ich verstanden, daß du nicht gut für mich bist, Hagen. Du bist mir gefährlich, du kannst mich zerstören. Und ich hätte mich auch von dir und für dich zerstören lassen, aber nun nicht mehr. Wir sind nicht mehr allein. Nach dem, was du gesagt hast, können wir nicht miteinander leben. Ich möchte das Kind aber austragen. Ich habe nachgedacht.

Meine guten Freunde werden mir helfen. Meine Mutter hat mir versprochen, sie wolle sich um das Baby kümmern. Ich werde auf einige Tage in die Wohnung von Bernhards Eltern im Harz fahren, um nachzudenken. Ich sage dir nicht Auf Wiedersehn, denn ich möchte dich nicht wiedersehen. Bitte ruf mich in der Zeit danach nicht an. Es hätte keinen Sinn und würde uns nur Schmerzen zufügen.

Sie legte auf, und das Klacken weckte mich plötzlich auf.

Sie will das Kind, aber nicht mich. Mein Kind, aber nicht mich. Sie hat dich für dumm verkauft. Die schlimmste Egoistin der Welt, und ich habe mich wie ein Schaf benommen. Ein Kind, das ich nicht will, das ich nicht sehen werde, das mich nicht kennen wird. Sie hat mit mir gespielt. Sie hat einen Hengst gebraucht. Irgendein Ficker wird bei ihr sein, wenn sie gebärt! Dazu darf's nicht kommen. Geld! Ich bin zahlungsverpflichtet! Ich muß zahlen und werde das Kind nie zu Gesicht bekommen! Ich will nicht Vater werden ohne Anna! Die egoistische verfluchte Fotze! Das darf nicht passieren, aber es wird passieren, es ist schon passiert! Etwas Unwiderrufliches ist geschehen. Es gibt nichts Unwiderrufliches! Etwas Nicht-wieder-Gutzumachendes ist passiert, etwas Unabänderliches! Ich muß es verhindern, da gibt's nichts mehr zu verhindern. Sie ist schwanger! Sie ist fort! Ich muß zahlen! Was habe ich nur für einen Unsinn gemacht, von Anfang an, hätte mich nie darauf einlassen sollen, von der ersten Sekunde an hätte ich's besser wissen können, hab's ja schließlich gesehen, gesehen hab ich's, links, rechts, was die Fotze mit den andern tut, warum mußte ich da reintappen, langsam langsam, zurückdrehen das Ganze, das Faschingsfest, also sie kommt die Treppe runter, und ich gehe weg, ich laß sie stehen, Gott sei Dank, aber eben das hab ich nicht gemacht, soll nie auf dieses Gefühl im Magen achten, gibt nie etwas Gutes, und mein Gott, ein Kind, was werd ich allen Leuten sagen, was werd ich den Eltern sagen, und wer wird zahlen, ich nicht, woher denn, langsam jetzt mal, nachdenken, also wo lag der Fehler, gleich am Anfang lag er, gleich am ersten Abend und danach, als sie mir sagt, du langweilst mich, tschüs denn, sag ich ihr, und ich bin draußen, aber eben das hab ich nicht gemacht, und ich bin nicht draußen, lieber Himmel, das Geld, woher, und was wird aus mir dabei, daran denkt kein Schwein, und ich selbst hab auch zu lange nicht dran gedacht. Wie kriegen wir den Kopf aus dieser Schlinge, es gibt nichts Unwiderrufliches, das dachtest du, andere bekommen Krebs und du ein Kind, aber es muß einen Ausweg geben, muß muß muß! Eine Göttin, ha! Eine Göttin wird nicht schwanger! Ich hab's nicht gewollt, das ist nicht vorgesehen für mich. Jetzt muß nur irgendwie ausgebessert werden. Jetzt muß nur dieses Problem gelöst werden. Die Zeit steht, Seelhorst, Sie haben 24 Stunden! Hör auf mit dem Blödsinn, das ist Realität, weißt du, was das ist, R – e – a – l – i – t – ä – t! Wie peinlich! Wie peinlich, mich so reinlegen zu lassen. Alle lachen sie! Jetzt hat er, was er verdient. Jetzt ist er wie unsereiner. Wie peinlich! Welch ein Idiot! Unser Kind, unser göttliches Kind! Hör auf. Ich will kein Kind! Zahlen, zahlen, Geld, Geld, Geld, Arbeit, ein geregeltes Leben. Vielleicht weiß ich nicht, was Freiheit ist, meine Liebe, aber was Unfreiheit ist, das weiß ich. Und dazu wirds nicht kommen. Große Töne. Es ist bereits dazu gekommen. Na, wir werden ja sehen. Jetzt werden wir ja sehen. Jetzt wollen wir mal sehn, wer der Stärkere ist von uns beiden. Es gibt nämlich nichts Unwiderrufliches, glaubst du, hm? Ihr täuscht euch, meine Lieben, alle täuscht ihr euch. Schön und gut, diese Dusche hat der Seelhorst gebraucht, aber jetzt ist er wach, und jetzt wollen wir mal sehn. Langsam, nachdenken, einen Plan, einen Ausweg. Es gibt nichts Unwiderrufliches. Das habt ihr euch so gedacht, aber ich hab anderes vor im Leben. Und keine kleine Drecksfotze, die sich ein Kind von mir anhängen läßt, wird mir mein Leben kaputtmachen. Anna! Genug jetzt. Sentimental war ich lange genug. Es gibt eine Zeit für Sentimentalität und eine andere fürs Handeln. Ruhig jetzt, stell das Zittern ab, beruhig dich, laß das Nägelkauen. Dann und wann wie ein Magnesiumblitz die Erkenntnis: Es ist kein Alptraum, es ist Wirklichkeit.

Reden. Ich mußte zu ihr. Reden, wie ich noch nie geredet hatte. Doch dazu bedurfte es einer unglaublichen Erniedrigung. Ich mußte Bernhard fragen, wo im Harz sich ihre Wohnung befand. Ich mußte ihn bitten, mir die Adresse rauszurücken. Was für eine Niederlage! Aber dies war nicht der Moment für Empfindlichkeiten. Ich rief an. Seine Mutter nahm ab.

Guten Abend. Hagen Seelhorst. Könnte ich bitte Bernhard sprechen?

WER ist dort?

Seelhorst. Hagen Seelhorst.

Ach ja.

Mit heimlicher Genugtuung, trotz der peinlichen Situation, registrierte ich, daß sie noch stets zu Hause lebte und ihre Stimme eine gewisse bürgerliche Festigkeit und Glätte wiedergewonnen hatte.

Ja. Dürfte ich wohl bitte mit Bernhard sprechen?

Einen Moment. Ich werde ihn fragen, ob er mit Ihnen sprechen möchte.

Kalt war die Stimme. Desto besser. Dann lange nichts. Rauschen. Ich rauchte. Mein Herz schlug. Plötzlich Bernhards Stimme.

Was willst DU denn?

Ich war versucht zu antworten: Kannst du dir's nicht denken?, sagte aber: Ich habe eine Bitte an dich.

Ich hörte Bernhards Atem.

Und was soll das für eine Bitte sein?

Ich suche Anna.

Hier ist sie nicht.

Ich weiß. Sie ist in eurem Haus im Harz.

So? Nicht, daß ich wüßte.

Bernhard, bitte. Ich weiß, daß sie dort ist, oder auf dem Weg dahin. Sie hats mir selbst gesagt.

Also hat sie dich doch noch gesehen! entschlüpfte es ihm. Ich war kurz davor, ihn anzubrüllen, nahm mich aber zusammen.

Ja, was willst du denn dann noch wissen? fragte Bernhard.

Wo genau euer Haus ist. Ich möchte sie sehen.

Tut mir leid. Sie hat mich gebeten, es niemandem zu sagen.

Es ist wichtig, Bernhard.

Machst du das immer so, den Leuten ihre Adresse abschwatzen und sie dann hinterrücks überfallen?

Nur wenn es nicht anders geht, sagte ich lächelnd.

Ich finde das wenig komisch. Und es ist schon eine ziemliche Unverfrorenheit, gerade mich zu fragen, meinst du nicht?

Ich muß sie sehen, Bernhard. Ich muß mit ihr reden.

Da gibt's nichts zu reden, sagte er.

Herrgott, Bernhard, was willst du? Daß ich auf Knien vor dir herumrutsche?

Daß du uns in Ruhe läßt. Nichts weiter.

Ich verspreche dir, ich werde euch in Ruhe lassen, wenn ich sie noch einmal gesehen habe.

Sie hat mich gebeten, dir auf keinen Fall die Adresse zu geben.

Bernhard, kannst du mich nicht verstehen? Kannst du nicht einmal über deinen Schatten springen?

Um deinetwillen? fragte er.

Um unseretwillen. Für Anna genauso wie für mich. Bitte!

Er schwieg.

Bitte! sagte ich, und meine Stimme begann zu zittern.

Weißt du, daß du ihr sehr wehgetan hast? fragte er, und ich fühlte, ich hatte das Kap passiert. Ja, sagte ich leise.

Meinst du, daß du verstanden hast, daß es vorbei ist für Anna?

Ja, sagte ich mühsam.

Und warum bestehst du dann darauf, sie nochmal zu sehen?

Bernhard, bitte!

Kann es denn nicht warten, bis sie wieder zurück ist?

Ich schüttelte den Kopf.

Hm? fragte er.

Nein, es kann nicht warten.

Und nicht nur, daß du ihr wehgetan hast, sagte er, jetzt verfolgst du uns auch noch. Das ist lächerlich. Das bringt nichts. Das haben schon ganz andere versucht. Du gehst uns auf die Nerven.

Ich weiß, daß es vorbei ist, ich weiß, daß ich keine Rolle mehr spiele, ich muß sie nur sehen, um mich zu entschuldigen, um mich zu verabschieden.

Du willst da hinfahren, um dich zu entschuldigen, bei ihr. Und wann willst du fahren?

Ich spitzte die Ohren. Morgen oder übermorgen, sagte ich.

Blumenweg 4 in Braunlage, Apartment 610, sagte er mit vor Verachtung bebender Stimme.

Blumenweg 4, Braunlage, Apartment 610, wiederholte ich.

Ist es damit jetzt genug? fragte er.

Danke, Bernhard.

Er legte auf ohne ein Wort.

Du blöder Hund! dachte ich, du verdammter Dreckskrüppel. Hab nur ein bißchen Geduld, du kommst auch noch dran. Aber ich hatte keine Zeit zu verlieren. Morgen früh würde er anrufen, um sie vorzuwarnen, und dann hätte ich keine Chance mehr. Ich mußte noch in der Nacht nach Braunlage kommen.

Um zwei Uhr war ich auf der Autobahn, um vier Uhr fuhr ich von der Ausfahrt Seesen ab, um halb fünf klingelte ich an Richters Wohnungstür im sechsten Stock eines modernen Apartmenthauses. Ich hörte ihre Stimme: Wer ist da?

Ich bin es, Hagen.

Die Stille danach dehnte sich über Jahre. Dann drehte sich ein Schlüssel, und sie öffnete: Was willst du? Ich trat ein und atmete ein paarmal tief durch. Aber noch war nichts gewonnen. Gar nichts.

Ich bat sie um etwas zu trinken. Sie brachte Wein. Ich bat sie um eine Zigarette. Sie stopfte zwei. Sie sagte, sie wisse nicht, was ich wolle, aber sie habe keine Lust zu reden, worüber auch immer. Es gebe nichts mehr zu reden zwischen uns.

Warum hast du mich dann eingelassen? Sie zuckte die Achseln. Ich hatte mir vorgenommen, nicht mit der Tür ins Haus zu fallen, doch als ich einmal saß, sagte ich: Ich will mit dir über das Kind reden, über die Schwangerschaft.

Ich möchte aber nicht mit dir darüber sprechen.

Glaubst du nicht, daß das Thema uns beide angeht?

Nein.

Aber es braucht zwei dafür.

Dein Anteil ist schon erbracht. Der Embryo ist in meinem Bauch.

Aber reden können wir doch darüber. Nur reden. Nur ein wenig sprechen.

Gut, rede also.

Entsinnst du dich an die Nacht?

Ja.

Waren es da nicht wir beide?

In jenem Moment vielleicht, ja.

Und nun nicht mehr? Nun gar nicht mehr?

Nein. Aber frag mich um Himmels willen nicht wieder warum. Überdies weißt du es selbst. Ich will nicht noch einmal darüber diskutieren.

Wir müssen nicht diskutieren. Ich möchte nicht, daß wir zusammenbleiben, wenn du es nicht willst. Aber wir haben eben noch eine gemeinsame unbeglichene Rechnung von vorher.

Nein. Die Schwangerschaft geht nur mich an.

Du bist egoistisch.

Worte. Deine Worte berühren mich nicht mehr, Hagen.

Aber die Tatsachen, Herrgott. Ich hab genausoviel Anteil an dem Kind wie du.

Nein. Es ist mein Bauch, meine Entscheidung, mein Leben. Und meine Entscheidung ist gefällt. Was willst du also noch von mir?

Wärst du fähig, ein Kind zu bekommen und ihm den Vater vorzuenthalten?

Wir werden sehen. Ich habe gemerkt, wieviele gute und wirkliche Freunde ich habe, während ich mich entschied. Ich hatte es vergessen, Hagen, weil wir uns von ihnen isoliert hatten. Von allen isoliert. Zum Glück haben sie auf mich gewartet. Ich bin nicht allein. Und meine Mutter hat es wider Erwarten gut aufgenommen.

Deine Mutter ja. Und wie ich es aufnehme, das ist dir egal.

Ich weiß wirklich nicht, was du von mir willst. Ich verlange nichts von dir. Du hast mir gesagt, du willst kein Kind, ich werde dich nicht mit ihm belasten. Du bist frei.

Frei nennst du das. Und alles vorher? Unser ganzes Leben?

War vielleicht ein Irrtum. Aber ich weiß nicht, was ich fühle, noch weniger, was ich will. Ich ändere mich dauernd. Es ist niemandes Schuld. Ich hab mich getäuscht, mehr in mir selbst noch als in dir.

Es war also ein Versehen.

Hagen, tu uns nicht weh mit Worten. Zerstöre nicht alles mit Worten.

Ich? Ich zerstöre mit Worten? Und du, was tust du? Zerstörst du nicht vielleicht meine ganze Zukunft?

Wie das? Ich will ja nichts von dir.

Du hast MEIN Kind in deinem Leib!

Es ist nicht dein Kind.

Unser Kind. UNSERES, hörst du? Aber warum um alles in der Welt, willst du's haben, wenn ich dir nichts mehr bedeute?

Ich habe mich entschlossen, nichts Lebendiges mehr zu zerstören.

Darauf kommst du früh! Kannst du dein Gewissen nicht anders beruhigen als auf meinem Rücken?

Ich habe immer zerstört. Zu oft. Sieh unsere Beziehung. Du bist unglücklich. Vielleicht ist auch das meine Schuld. Ich war immer destruktiv. Aus Angst. Ich bin immer davongelaufen. Ich hab mich nie reif gefühlt, zu nichts. Ich bin selbst ein Kind, ich bin selbst verloren. Jetzt hab ich eine Hoffnung. Jetzt hab ich etwas, dessen Ansprüchen ich mich nicht mehr entziehen kann. Jetzt hab ich etwas, von dem ich sicher bin, daß es mich nicht um meine Freiheit betrügt, indem es Anspruch auf mich erhebt. Denn es weiß gar nicht, was das ist, betrügen.

So ging es hin und her, immer weiter in die Nacht hinein. Ich mußte reden, das war meine einzige Rettung. Reden in Zungen, die ich nicht kannte, reden, um sie zu überzeugen, um ihr Mitleid zu heischen, reden, um ihr zu drohen, reden, wenn alles nicht mehr half, um sie anzuwidern. Anna saß mir gegenüber wie eine Puppe, bleich, apathisch, nicht zu erwärmen, nicht zu bekehren, neinsagend, taub, einsilbig. Wenn das so ist, dachte ich, muß sie einfach mürbe gemacht werden. Und ich begann von neuem. Fing wieder von vorn an, bis all die Worte, all das sorgfältig formulierte, artikulierte, der Sermon, die Bitten, die Erklärungen zu einer physischen Bestrafung wurden und Anna nur mehr meinen sich bewegenden Mund wahrnahm, den sich ohne Unterlaß bewegenden Mund, diese Kiefer und Kaumuskeln und Lippen in Bewegung, die Zähne, die Zunge, eine Grimasse, eine Maske, ein Ektoplasma, eine Fratze, eine Maschine, die sie erschreckte, ermattete, ekelte, so daß sie sich schließlich im Morgengrauen erbrechen mußte. Danach schlief sie erschöpft ein. Ich schnitt heimlich das Telephonkabel durch, ich durfte nicht gestört werden jetzt.

Als Anna gleichmäßig atmete, legte ich mich zu ihr aufs Bett, in ihren Rücken, und begann, in ihr Ohr zu sprechen: Erzähl mir Anna, was du getan hast, seit wir uns nicht mehr sehen. Sie murmelte und versuchte, sich wegzudrehen. Ich blieb an ihrem Ohr. Erzähl mir, Anna, was du getan hast. Ich ertrage die Lücken in deinem Leben nicht. Komm erzähle. Ich will alles wissen. Laß mich schlafen, sagte sie. Es ist nicht der Moment zu schlafen, jetzt, Anna. Erzähl mir. Erzähl mir alles. Sie setzte sich auf und rieb sich die Augen. Erzähl mir. Du hast mit andern Männern geschlafen seither? Gewiß hast du das. Nicht wahr? Erzähl. Ich will es hören. Es gehört zu dir, oh ja, gerade das, nicht wahr? Ich will dein ganzes Leben kennen. Dein ganzes Leben vor deiner großen ethischen Entscheidung. Weißt du, Anna, ich versteh dich nämlich immer noch nicht. Laß mich, antwortet sie. Ich will schlafen. Erzähl mir von deinen Liebhabern, sage ich. Von deinen Rammlern besser gesagt. Es macht mich nicht eifersüchtig, nicht mehr, denn wir haben uns ja verinnerlicht. Erzähl mir von ihren Hoden, die gegen deinen Hintern flappen, wenn sie dich sodomisieren. Erzähl, aber lüg mich nicht an. Was willst du von mir? flüstert sie. Gar nichts, sage ich. Es macht mir nichts, es zu hören, sage ich. Aber ich kann die weißen Flecken nicht ertragen und nicht die Lügen. Ich will alles wissen, jede Sekunde, jede Minute, jeden Tag. Nicht wahr, du hast mich immer belogen. Ich war nie der einzige deiner Liebhaber. Natürlich warst du der einzige, laß mich schlafen, bitte. Bitte bitte bitte. Es ist nicht der Moment zu schlafen, sage ich zärtlich. Erzähle mir. Nach Italien und davor, all die Jahre, die Jahreszeiten, die Orte, vor meiner Zeit, vor unserer Zeit. Du hast mit vielen Männern geschlafen, nicht wahr. Einfach so. Einfach so hingehalten. Nicht wahr? Wenn einer deine Fotze berührt, hast du sie ihm überlassen, stimmt's? Aus Verzweiflung, aus Langeweile, aus Opportunismus, aus Gewohnheit, stimmt's? Um nicht diskutieren zu müssen, nicht wahr? Aber auch aus Spaß, hm, weil es guttut, so auf die Hörner genommen zu werden, weil es kitzelt und weil es einem kommt und weil man dabei nicht denken muß und weil es zu nichts verpflichtet, nicht wahr? Weil ein Schwanz einen anderen wert ist, nicht wahr? Aus Spaß am Fick, ganz ohne Ethik, stimmt's? Ja, es stimmt, sagt sie. Sehr gut, das ist besser als Lügen. Siehst du, es macht mir nichts, es zu hören, ich bin nicht böse, ich will nur wissen, ich will nur die Ungewißheit aus deinem Leben wegbekommen. Sag mir die Namen. Selbst wenn ich sie nicht kenne, ich denke mir einfach etwas bei den Namen. Waren welche dabei, die ich kenne? Schlaf nicht ein, es ist nicht der Moment zu schlafen, wir unterhalten uns doch nur, ganz zärtlich, ganz leise, mein Mund an deinem Ohr, du bist im warmen Bett, niemand will diskutieren mit dir, sag mir die Namen. Warum willst du das wissen? Du hattest auch andere, während wir zusammenwaren. Nein. Lüg nicht. Auch während wir zusammen waren, stimmt's nicht? Ja, sagt sie, gut, wenn du willst. Auch während wir zusammen waren. Siehst du, es macht mir nichts. Ich wußte es. Ich wußte es immer. Einer kann dir nicht genügen, nicht mal einer zur Zeit. Kenne ich sie? Siehst du, daß es besser ist, als zu lügen? Nicht schlafen, sag mir die Namen. Ich will es nur wissen, wenn ich es weiß, ist alles gut, komm, erzähle mir. Es war nichts, ein Architekt, der mir auf der Straße begegnet ist. Es hat nur einen Augenkontakt gebraucht. Wann war das, frage ich. Sag genau. Ich weiß es nicht mehr, sagt sie. Im Mai, im Juni, im Juli, ich weiß es nicht. Und mit dem hast du geschlafen? Was geht in so einem Kopf vor, hm, was geht in so einer Fotze vor, es ist faszinierend, weißt du das, dieses Bedürfnis, es muß ein unwiderstehliches Bedürfnis sein, nicht wahr? Ja, ja, ja, schreit Anna. Wie ist es passiert? Er hat mich im Auto mitgenommen zu seiner Praxis, und im Treppenhaus hat er mich schon entkleidet und im Wartezimmer geliebt. Hart, wortlos, ich hab geschrien, erst vor Angst, dann vor Lust, danach bin ich geflüchtet, wir haben nicht geredet. So, genügt das? Nein, sage ich, das genügt nicht, das ist erst der Anfang, ihr seid faszinierend, weißt du das, geliebt, sagst du, es ist wie eine Krankheit, eine Art Fallsucht, eine hohe Krankheit und spottet jeder Ethik. Unsereins ist es, der von Ethik schwafelt, und ihr geht hin und macht die Beine breit, ohne jede Logik, ohne daß man's verstehen oder voraussehen könnte, unvorhersehbarer als das Wetter und spottet jeder Ethik, nein, ich will mehr hören, du siehst, ich ertrage es, ich bin nicht böse, ich wußte es, ich bin nicht eifersüchtig, ich wollte nur nicht, daß du lügst, wer noch? Jemand, den ich kenne? Aber natürlich, unser Freund Jan Höhne, unser gemeinsamer Freund Jan Höhne, alles wunderbar eingerichtet, um zu sehn, ob du mit ihm gehst, und natürlich gehst du mit ihm. Warum bist du mit ihm gegangen, hm, sag mir's, ich verstehe nichts davon, warum? Weil ich todtraurig war, darum, nein du verstehst wirklich nichts, weil ich sterben wollte, weil Nacht war, und da war ein Arm und eine Schulter und eine Wärme, und glaubst du vielleicht, ich hätte darauf geachtet, wer das war? Eine Schulter und eine Wärme, so so, herzzerreißend, und nachdem die Heulerei zu Ende war, was war da? Es hat gefunkt. Es hat gefunkt? Was hat gefunkt? Was soll da gefunkt haben? Er war sehr männlich. Und warm. Sehr sehr warm. Es war einfach, und es hat vier Wochen gedauert, und dann bin ich nicht mehr zu ihm gegangen. Vier Wochen? Und wie oft habt ihr es gemacht? Und woran hast du gedacht? Und wo war das? Bei seinen Eltern? So, warm war er und einfach war es, wie war er? Wie hat er dich genommen? Hagen, laß mich. Es ist doch nicht wichtig. Nicht wichtig! Wie hat das Bettzeug gerochen? Und in welche Löcher hat er dich gefickt? Und was habt ihr geredet? Was habt ihr um Himmels willen geredet. Hagen, das weiß ich doch nicht mehr. Du WEISST nicht mehr! Du weißt das nicht mehr? Aber ich will es wissen! Nicht nur, daß ihr fickt, ihr redet auch noch! Was hat er dir gesagt? Was hast du ihm gesagt? Wie sind die Sekunden und Minuten und Stunden gewesen. Ich will hören, was ihr in jeder Sekunde gesagt habt! Wie konntest du das tun? Wie konntest du . . . Jan Höhne . . .

Und da schlug ich zu.

Ich schlug ihr mit der flachen Hand aufs Gesicht, traf Nase und Oberlippe. Das Geräusch des Schlages setzte etwas frei. Ich ließ einen Hagel ungezielter Schläge auf ihr Gesicht niederprasseln. Sie war bewegungslos. Zwischen den Schlägen sah ich ihre Augen, die auf mir ruhten. Schließlich weinte sie, vor Schmerz.

Hör auf, hör auf! Es ist alles nicht wahr.

Was heißt das? fragte ich.

Du willst etwas von mir hören. Also erzähle ich dir etwas. Warum bringst du mich zum Lügen?

Also stimmt es nicht. Das mit Jan?

Das mit dem Architekt.

Aber mit Jan, das ist die Wahrheit, die sichtbare, die niemals mehr rückgängig zu machende Wahrheit.

Ja. Ja, ja, ja! schrie sie, spuckte mir ins Gesicht und fiel auf ihr Kissen zurück.

Ich mach uns Kaffee, sagte ich. Ist Kaffee in der Küche? Sie nickte. Es ging gegen Neun, aber draußen war es immer noch dunkel. Tiefe Wolken hingen über der Stadt. Es würde den ganzen Tag nicht hell werden. Wir tranken Kaffee, schwiegen. Danach begann von neuem das Mikadospiel. Ich redete, sie schwieg. Ich argumentierte, sie schüttelte den Kopf.

Die Schwangerschaft sei nicht, wie sie meine, ein Anfang. Sie sei vielmehr Zeichen für ein Ende, das Ende unserer gescheiterten Beziehung. Die Schwangerschaft sei als Warnung zu verstehen, für uns beide, in Zukunft ernsthafter zu werden, reifer. Eine Warnung, aber keine unwiderrufliche Falle. Sie sei ein Signal an uns, jeder für sich, bewußter zu werden. Klarer, ehrlicher, entschiedener, um in Zukunft, wenn nur erst der wirkliche Moment gekommen sei, ein Kind tatsächlich wollen zu können. Denn in Wahrheit wolle sie ja jetzt gar kein Kind.

Ihr wahres Problem sei der Zwiespalt von Freiheit und Bindung. Sie sei von einem Dämon getrieben, der sie an der fordernden Gegenwart eines Partners ersticken lasse und in eine Hoffnung von Freiheit fliehen, die sich aber als einsames Vakuum entpuppe, als Leere, wenn sie nicht mit der Hingabe an ein anderes Wesen ausgefüllt werden könne, was jedoch wiederum die Freiheit beende – ein Kind sei eine illusorische Möglichkeit, hingebende Freiheit und anspruchslose Bindung zu verquicken, eine Illusion!

Sie sei gerade 20 Jahre alt, sagte ich, sie dürste nach Begegnung, sie sehne sich nach Offenheit, sie wolle dem Leben disponibel sein, sie wolle die Welt ertasten. Aber wie solle das möglich sein mit der Verantwortung für ein Kind. Diese Schwangerschaft war ein Warnschuß, sagte ich. Geben wir einander eine Chance. Geben wir uns selbst eine Chance. Wir dürfen es. Es ist noch kein Richtspruch über uns gefällt, kein Urteil über uns verhängt. Wir sind noch frei, gerade noch, aber wir sind es. Es ist Sünde, mehr tragen zu wollen, als man tragen kann. Und, so geläutert, würden wir in Zukunft mit neuen, anderen Partnern vorsichtiger sein, ehrlicher, wahrhaftiger, freundlicher, tiefer und besser.

Meine Lippen waren trocken von dem Geschwätz, und mein Kopf schmerzte vor Übermüdung, Zigaretten und Konzentration. Ich glaubte selbst absolut an all das, was ich sagte, im Moment, in dem ich es sagte. Ich hätte jeden Menschen, jeden Gott, jedes Tier überzeugt, jede Pflanze, jeden, der Willens gewesen wäre, sich mit mir zu unterhalten, zu streiten, mit mir zu diskutieren, zu rechten. Aber das war nicht Annas Fall. Sie schien in Trance. Sie ergab sich meinem Redestrom wie einer Folter, sie war durchlässig, ich traf auf keinen Widerstand. Bleich und apathisch hockte sie auf dem Bett und schwieg. Sie ignorierte mich nicht, das nicht, sie sah mich an, aber sie sah mich an, als verstünde sie nicht, warum sie gequält, gezüchtigt werde. Aber sie protestierte auch nicht mehr. Sie ließ alles gleichmütig über sich ergehen, hatte sich auf einen Punkt in ihrem Innern zurückgezogen und wartete auf ein Ende. So oder so, irgendwann mußte der Alptraum enden. Irgendwann hielt ich inne, schwieg und starrte sie an. Ihre absolute Passivität war provozierend. Plötzlich geschah eine Verwandlung mit mir.

Bei instinktgebundenen gesunden Lebewesen bewirkt die Demutsgebärde das Ablassen vom Gegner. Selbst den Menschen bleibt davon etwas. Annas Passivität, ihre Erschöpfung, hätte mich dazu bringen müssen, sie in Frieden zu lassen. Doch war ihre Demutsgebärde nicht die eines Tiers, das sich geschlagen gab; ihren ausdruckslosen Augen entnahm ich, daß sie sich nur verschanzt hatte. Sie war noch lange nicht bereit zu akzeptieren. Ihre Gesten waren Täuschung. Und sie lösten eine andere Reaktion aus, als Anna vielleicht erwartet hatte. Vielleicht hatte sie das Opfer-Spielen überzogen. Ihre provokante Passivität bewirkte eine unvermittelt in mir aufsteigende zitternde Lust, AKTIV zu werden. Ein geborenes Opfer, sagt man ja, findet, automatisch und wie im Schlaf, seine Täter. Du spielst die Hilflose so unverschämt, dachte es in mir, dabei habe ich doch noch gar nichts getan außer geredet. Und ich begann, mich vor mir selbst zu schämen, ein Schwätzer war ich, dabei hatte ich sie tatsächlich in meiner Gewalt; ich fühlte, daß ich aus meinen menschlichen Verankerungen gelöst wurde, ich spürte den Kitzel des Gedankens, Macht zu haben, Macht über einen Menschen, ich war dabei, den Stacheldraht zu überwinden, der die Grenzen unseres normalen Verhaltens bildet. Ein Brausen und Rauschen in meinen Ohren: Ein ganzes Universum des Möglichen existierte dahinter. Es gibt einen warmen und einen kalten Freiheitsrausch, zum ersten Mal in meinem Leben wurde ich von dem kalten ergriffen, es war kein angenehmes Gefühl, Eisregen fuhr mit gefrorenen Nadeln in meine Haut, bis sie brannte, Stahlbänder preßten sich auf meine Schläfen – aber wie rein hier die Atemluft war! Hier erst wurden die wirklich unwiderruflichen Dinge begangen, unwiderruflich in diesem Leben. Das Stürmen und Rauschen ließ nach, und ich war ein anderer geworden.

Es braucht ein ganzes Hundeleben, um an einem Punkt angekommen zu sein, an dem man, ohne sich noch selbst darüber klarzusein, den Menschen und den Worten, die den Kitt zwischen ihnen bilden, fremd geworden ist. Irgendwann weiß man nicht mehr, was verschiedene Begriffe bedeuten, welchen Zusammenhang es zwischen ihnen und einem selbst gibt. Worte wie Liebe, Achtung, Ehrfurcht, man kann den Rest seiner Tage ohne sie leben, und es fällt einem gar nicht auf und macht keinen Unterschied. Manchmal aber geschieht es, daß einem solchen Fremdgewordenen ein Schlüssel in die Hand gedrückt wird; der Schlüssel zu einer Kammer, deren alleiniger Herr er ist.

Ich habe mich oft gefragt, welcher Impuls es sein mag, der uns Menschen zurückhält, außer dem Strafgesetzbuch, anderen Menschen beispielsweise ein Auge auszustechen, die Geschlechtsteile zu verstümmeln oder ähnliches – und welcher andere Impuls es ist, der denselben solcherart gehemmten Menschen zuzeiten zu eben diesen Taten befähigt. Jetzt glaubte ich zu verstehen. Es bedurfte zunächst einer jahrelang unsichtbar gewachsenen Fremdheit. Und dann einer Konfrontation: jemanden oder etwas, das uns sagt: Du darfst. Da du kannst, darfst du. Warum nicht? Und darauf hat man keine Antwort mehr. Ja, warum nicht?

Denn es gab irgendwo in uns das Bedürfnis, sich die Geheimnisse der Schöpfung auf negative, destruktive Weise anzueignen, sie zu beherrschen, da uns die konstruktive Methode verschlossen bleibt: das Anhalten der Maschine, die Zerstörung des Mechanismus, um zu sehen, was passiert, wenn wir das Lebendige kaputtmachen. Ein Akt von unwiderruflicher Konsequenz, näher kann ein Mensch der Göttlichkeit nicht kommen – wir können nicht in Bewegung bringen, aber wir können anhalten – und nichts wird mehr sein wie zuvor. Es ist ganz einfach, eine momentane Mutation, die Erkenntnis der Fremdheit, der Distanz, die Erlaubnis, die Kammer. Was für ein übermäßiger, was für ein tiefversteckter Traum. Äußerste Freiheit, äußerste Bindungslosigkeit.

Anna spürte, daß etwas geschehen war: Was ist, Hagen? Warum starrst du mich so an?

Ich antwortete nicht, ich stand auf, ich blickte im Zimmer umher, trat zum Fenster, schloß die Vorhänge, nahm das Küchenmesser aus seinem Versteck unter den Zeitungen und schnitt das Telephonkabel auch am Apparat durch. Mit der langen Schnur bewegte ich mich aufs Bett zu. Anna sprang auf und wich rückwärts von mir fort. Ich näherte mich ihr. Da griff sie nach dem Küchenmesser. Leg das weg, sagte ich. Ihre Stimme zitterte: Was hast du vor? Sie zog sich mit dem Messer in der Hand vor mir zurück, im Kreis. Ich machte einen schnellen Schritt auf sie zu. Sie reagierte anders, als ich erwartete: Sie begann, hysterisch zu schreien, und versuchte, sich mit dem Küchenmesser die Pulsadern aufzuschneiden. Na endlich eine Reaktion, sagte ich, war bei ihr, schlug ihr das Messer aus der Hand, das nur die Haut geritzt hatte, und versetzte ihr einen Stoß, der sie zu Boden warf. Ich steckte das Messer in die Tasche, riß Anna hoch und entkleidete sie mit Gewalt. Sie schluchzte hysterisch. Ich stieß sie vor mir her bis aufs Bett, fesselte ihre Hände und Füße mit dem Telefonkabel aneinander, schlang es einmal um ihren Hals und befestigte die Enden am Kopf- und Fußende des Bettes. Sie lag hilflos schluchzend auf dem Rükken, die Knie auf den Schultern, die Fußsohlen in der Luft, die Arme gestreckt, ohne Bewegungsfreiheit, den Kopf flach auf dem Laken, den sie nicht heben konnte, denn das Kabel zum Kopfende des Bettes war straff gezogen. Ihr weißer magerer Körper ruckte unter ihren Schluchzern in seinen Fesseln; sie sah erbarmungswürdig aus. Ich ging um das Bett herum, und vom Fußende aus konnte ich zwischen den an den Bauch gezogenen Beinen geradewegs auf ihre Scham blicken. Ihre Position, ihre Hilflosigkeit erregte mich stark. Ich sah auf sie herunter. Hör auf zu heulen, sagte ich. Warum heulst du? Hast du Angst? Es besteht gar kein Grund, Angst zu haben. Du Fotze. Du kleine Dreckshure.

Ich überschüttete sie mit Beleidigungen und obszönen Worten, ging um das Bett herum und erregte mich dabei immer mehr. Sie zitterte in ihren Fesseln, ihr Gesicht war so bleich, daß es grün schimmerte im Dämmer, ihre Züge so verzerrt, daß ich mich fragte, wie ich sie jemals hatte schön finden können. Ich stellte mich vor das Bett und befriedigte mich, die Augen auf ihr exponiertes Geschlecht geheftet. Als es soweit war, bewegte ich mich schnell um das Bett herum, kniete mich auf die Matratze neben ihren unbeweglichen Kopf und ergoß mich über ihr Gesicht. Ein unkontrollierter Riktus lief über ihre Wangen, und sie kniff die Augen zu.

Ich fuhr fort mit den Beleidigungen, die mich aber selbst bald langweilten. Da kam mir eine Idee. Ich ging in die Küche und ins Badezimmer und fand, was ich suchte. Ich kehrte mit einer Schere und einem Elektrorasierer zurück, kniete mich aufs Kopfende des Bettes und begann, Anna zu scheren. Sie hatte aufgehört zu schluchzen, lag, die Augen geöffnet, ins Nichts starrend, bewegungslos auf dem Bett. Diesmal war ihre Passivität nicht mehr gespielt. Ich schnitt ihr Haar mit der Schere in großen Büscheln ab, sie stöhnte von Zeit zu Zeit auf, wenn ich ihr Schmerzen zufügte. Dann stand ich auf und betrachtete sie: Sie war dabei, ihre Ähnlichkeit mit einem Menschen zu verlieren.

Ich schloß den Rasierapparat an und rasierte ihren Kopf, bis sie kahl war. Ich ging nicht sehr zärtlich zur Sache, sie trug einige Schrammen und kleine Schnitte auf der Kopfhaut davon, schließlich war die Arbeit beendet. Anna hatte eine Glatze. Anna war kein Mensch mehr. Ihr nackter Schädel war grotesk. Die Kopfhaut grau, leblos. Der Schädel selbst klein, mit einigen Unebenheiten auf der Schädeldecke. Ihre Ohren, bemerkte ich, standen ein wenig ab. Ihr Gesicht war hager, hohläugig. Sie hatte alle Proportionen verloren. Wie ein großer komischer Vogel mit gestutzten Flügeln. Die Augenhöhlen riesig, die Augen gebrochen, dunkel. Sie hatte nichts Menschliches mehr. Dieser nackte, graue, unebene Schädel, die Fledermausohren, das spitze Gesicht, der schmale Hals. Die runde knochige Struktur des Schädels. Das war nicht mehr Anna. Das war überhaupt nichts mehr.

Ich räumte auf. Brachte Schere und Rasierer zurück, sammelte das Haar ein und staubsaugte, brachte einen Spiegel aus dem Bad, den ich dem glatzköpfigen Wesen vorhielt. Danach machte ich einen Kaffee und schnitt die Fesseln durch und warf das Kabel in den Abfalleimer. Anna blieb bewegungslos liegen.

Ich nahm die Hausschlüssel an mich, trat aus der Tür, zog sie zu und stieg die Treppe hinab. Ich wollte irgendwo ein Telephonkabel kaufen. Ich warf den Müllsack mit Kaffeefiltern, Kabel und Haar in den Müllschlucker und ging auf die Straße, wo ein nieselnder Regen niederging. Die Straße war menschenleer, zwischen der Siedlung und dem Stadtkern lagen einige hundert Meter Landstraße, von nassen Äckern flankiert. Ich hörte das langgezogene erbarmungswürdige Heulen eines Hundes. Hinter einer Kuppe sah ich ihn. Ein zitternder Hund, angeleint an einen hölzernen Strommast, mit kurzer Leine. Sein ungepflegtes Fell glitzerte von Schneekristallen, seine Flanken zitterten vor Kälte. Er hatte die Leine um seinen Hals straff gespannt. Er sah mir in die Augen und bellte, hechelte, fiepte, zog an der Leine, bis er fast erstickte. Es war ein Schäferhundmischling. Er hatte haselnußfarbene Augen, die mich, so wollte mir scheinen, verzweifelt anblickten. Weit und breit war kein Mensch zu sehen. Der Hund zitterte vor Kälte und Nässe und keuchte, denn er erwürgte sich beinahe an seiner Leine. Ich trat näher und sah Spuren von verschorften Wunden auf seinem Rücken. Etwas kippte in mir. Als ich näherkam, wich der Hund, den Schwanz eingeklemmt, ängstlich zurück. Ich brach in Tränen aus: Warum hast du Angst vor mir, warum hast du denn Angst vor mir? Ich will doch nichts Böses von dir, ich will dir doch helfen, du blödes Vieh, siehst du mir das denn nicht an? Siehst du nicht, daß ich heule? Was muß ich denn für eine Fresse haben, daß du Angst hast vor mir? Ich löste den Knoten um den Strommast und beugte mich hinab, den Kopf des armen Tiers zu umfassen und zu streicheln. Mit einer blitzschnellen Bewegung schnappte er nach mir und biß in meine Hand. Ein stechender Schmerz. Ich sprang auf, der Hund sprang nach hinten und bewegte sich knurrend rückwärts. Meine Hand blutete heftig. Ich hatte kein Taschentuch. Ich mußte zurück in die Siedlung. Der Hund blieb einige Meter von mir hocken und setzte sich dann in entgegengesetzter Richtung über die

Felder hin in Trab. Ich hätte ihn zurückhalten wollen, denn offenbar wollte das dumme Tier trotz allem zurück zu den Menschen, die es ausgesetzt hatten, vielleicht glaubte es in seiner guten Tierseele an ein Mißverständnis oder eine zu harte Prüfung. Er kannte uns nicht gut, die Menschen.

Zurück in Richters Wohnung, schüttete ich Jod auf die brennende Wunde und verband sie mit der rechten Hand, so gut ich konnte. Anna lag noch stets auf dem Bett, wie ich sie verlassen hatte, bewegungslos. Aber sie schlief nicht. Der Anblick ihres rasierten nackten grotesken Kopfes versetzte mir einen Schock.

Wir wechselten keine Worte mehr. Das war vorbei. Ich fuhr zurück und gab den Wagen ab. Ich saß in meiner Wohnung. Eine Woche später erhielt ich einen Anruf von Annas Freundin. Es ist fort, sagte sie. Höre, ich –.

Aber ich hörte nicht. Ich legte auf. So endete das. Ich war frei. Ich saß auf einem Sessel in meiner Wohnung. Eiskalt. Ich fror. Ich war riesengroß. Zu groß für den Sessel, zu groß für die Wohnung. Meine Arme waren glashart und gefroren, die Härchen aufgestellt wie winzige Eiszapfen. Ich erfror von innen heraus. Ich weiß nicht, wie lange ich so dahockte.

Und dennoch, trotz allem. Ich wollte das nicht so. Ich weiß nicht, was mich gepackt, getrieben hat. Denn eigentlich, in meinem eigentlichen Wesen, bin ich gut. Ich bin nicht schlecht. Ich weiß es. Ich bin gut. Lachen Sie nicht. Schütteln Sie nicht den Kopf. Es ist wahr. Ich bin gut. Ich bin gut!

Ein Tintenfaß fehlt

Lange Zeit erwachte ich mit dem Gefühl eines Verlustes.
In den Sekunden zwischen Schlaf und Bewußtsein wußte
ich nicht, ob es sich um ein Traumgespinst handelte, das
im Verschwinden begriffen war, oder um die erste Realität des neuen Tages, die ich während der Nacht verbannt
hatte. Wenn ich horchte, schien nichts verändert, aber
dann erinnerte ich mich plötzlich an den Anblick eines
alten Ehepaars, das sich an der Hand hielt, oder die tiefe,
sonore Stimme eines Mannes, der gelebt hatte, oder spie-
lende Kinder, die ich beobachtet hatte, und spürte: Ich
war genauso verloren wie sie. Ich hatte mich immer begleitet gewußt, stets einen von Erwartung, aber auch Zuneigung schweren Blick auf mir gefühlt. Ich hatte mich
von Zeit zu Zeit in Worten einer unsichtbaren Gegenwart versichert, die mir die Gewißheit gab, daß es anders
um mich bestellt war als um andere. Ich hatte Zeit. Nun
erwachte ich manchmal in Schweiß gebadet, der Dialog
war abgerissen, und ich weiß nicht einmal, wer zuerst
verstummt war, vielleicht sogar ich selbst. Plötzlich war
alles möglich. In diesem Schweigen konnte alles geschehen. Ich war nicht mehr gefeit vor einem Autounfall, ich
mochte jeden Tag Krebs bekommen, Beulen konnten aus
meinem Leib brechen, die Haare mir ausfallen, vielleicht
war ich morgen schon blind.

Meine Eltern hatten, ohne mir davon zu sprechen, eine Reise in die DDR unternommen, und mein Vater rief mich an, als sie wieder zurück waren, und sagte mir, er plane eine große Sache, von der er mir sprechen müsse; er wolle unser Stammgut in der Mark Seelhorst zurückkaufen. Ich war nicht recht wach und verstand nur soviel, als daß es eine Idee von langer Hand sei und daß auch Wilhelm und Magda geladen wären. Ich war also der letzte, der davon erfuhr. Ich hatte Angst, den Kontakt zu alten Freunden zu suchen, nur um von ihnen zu erfahren, daß sie geheiratet hatten, eine Arbeit gefunden, womöglich ein Haus bauten, daß sie fähig waren zu leben, ohne daß ich in ihrem Leben existierte. In dieses Schweben vor dem Absturz trat rettend Rosencrantz, der mich anrief, und der alte vertrauliche Ton am Telefon trug mich sanft zur Erde nieder. Er lud mich zum Mittagessen in die Innenstadt ein.

Auch Hamburg hatte sich verändert. Hamburg hatte geerbt, sich selbst beerbt, die Enkel verpraßten hemmungslos, was die Ahnen angehäuft und eifersüchtig gehütet hatten, ihr Fett blähte nicht mehr den Bauch wie zu Zeiten der Kartoffelesser, es war sybaritisches Fett, am Hals, an den Schenkeln, aber das käme auch wieder runter, ruckzuck beim Squash, beim Tennis, beim Reiten, beim Golf, im Fitneß-Studio, in der Sauna, im Jacuzi; feiste muskulöse Schenkel wellenumspült. Die glasüberdachte Einkaufspassage rauschte vor Menschen, die Vitrinen der Luxusboutiquen quollen über vor Dingen, die gekauft werden wollten; ein schwacher ästhetischer Wille zu eleganter Schaufensterdekoration lag in hoffnungslosem Kampf mit der Eigendynamik der Waren, die alle nach vorn wollten, sich übereinandertürmten, aus dem Geschäft zu platzen, dem Passanten an den Hals zu springen drohten: Kostüme, Röcke, Daunenparka,

Seidenwäsche und Strumpfhosen in allen Regenbogen-
farben, Lederkoffer, lederne Reisetaschen, lederne Etuis
und Gürtel, farblich aufeinander abgestimmt, goldglän-
zende schwere Feuerzeuge, Seidenkrawatten und engli-
sche Hemden, italienische Schuhe, schweizer Uhren,
funkelnde Manschettenknöpfe, Lederstiefel, Halogen-
lampen, drehbar schwenkbar dehnbar, mattschwarz,
chromblitzend; und glitzernd leuchtend, blinkend, schön
anzusehen, nutzlos, verstaubend, sobald erworben:
Gadgets, Gänselampen, Kugelspiele, kristallene Aschenbecher, Mickymausuhren, Sektkübel mit Champagner-
namen, Setzkästen, Zinnsoldaten, abstrakte und figura-
tive Grafik in weißen Rahmen, Spiegel, viele Spiegel,
Jugendstil, Art Deco, Fin de Siècle, mit integrierter Be-
leuchtung, geschliffen, in Rauchglas, venezianisch und
doch immer nur das eine zeigend. Jeder verkaufte alles,
das Angebot sprengte die Vitrinen, und ein den Herzschlag fassender Rhythmus hämmerte: ja, ich, sieh mich,
nimm mich. Ein geschmiert rollendes computergesteuer-
tes Fließband, außer Kontrolle geraten, in irrwitziger
Stummfilmgeschwindigkeit laufend; das schaffte pau-
senlos Neues heran, und am Ende eine Frau, die mußte
alles abnehmen, damit der Rückstau sich nicht auf-
türmte und sie unter sich begrub, seidene Unterwäsche
und einen Leinenrock und eine Crêpebluse und ein Cou-
turekostüm und die fliederfarbenen Nylons mit Zwickel
und die Krokowesternstiefel und den Filzhut mit Fasa-
nenfeder und die Designerohrringe und die Ethno-
brosche und den Knautschlackgürtel und den Goretex-
mantel und die Vuittontasche in die Linke und den
Golfschläger in die Rechte und die gelbroten Rollerska-
tes unter die Füße und den französischen Champagner
unter den rechten Arm und die Mozarella unter den linken und die Kaviar- und Leberpastetendöschen unters

Kinn und das Flugticket zwischen die Lippen, den Par-
maschinken zwischen die Schenkel, die Weißwurstkette
um den Hals, das alles mit den Walkmanstöpseln in den
Ohren, und das Laufband läuft immer schneller, und die
Frau greift, grapscht, betrachtet, wirft weg, hortet, lä-
chelt, ergreift, drückt an sich, wirft weg, reißt an sich,
wirft weg und wird schließlich kreischend, Schaum vor
dem Mund, unter der anrollenden Welle begraben.

Wir saßen auf den falschen Thonetstühlen des Cafés
vor den falschen Marmortischen mit den falschen
schmiedeeisernen Füßen, und wer weiß, vielleicht war
alles auch echt, aber es sah falsch aus, und feist-musku-
löse Männer, deren Gymnastikclubschweiß mit italieni-
schem Rasierwasser konkurrierte, in hochgekrempelten
Hemdsärmeln, beendeten ihr Kalbsgeschnetzeltes und
ihr Bier und verlangten Irish Coffee zum Nachspülen,
und paketbewehrte Damen pickten am Croque Monsieur und nippten an ihrem Ballong La Pinte in ihren
Wehrmauern aus Einkaufstaschen und zahlten mit der
American Express Karte ihrer Gatten.

Rosencrantz saß mir gegenüber, entspannt, gutausse-
hend, die Haare kürzer, in einem eleganten Pullover aus
dunkelrotem Kaschmir mit Lederaufsätzen. Er trug
Wildlederschuhe. Ich erinnerte mich an unsere erste Begegnung. Der Charme operierte immer noch. In Philipps
Gegenwart schien es so eindeutig, wie das Leben gelebt
werden mußte. Er tat sich keine Gewalt an, und wenn
doch, dann drang nichts davon nach außen. Ich suchte
das gewisse Etwas einzukreisen. Er profitierte vom Leben. Er maß nicht alles an moralischen Ewigkeitswerten.
Ich hatte das Gefühl, er gehe nie schlafen mit einem Gewicht auf der Brust, von dem man nicht wußte, woher es
kam. Aber natürlich, mußte man sich in seiner Gegenwart sagen, aber natürlich, wie konnte ich mir nur so

viele unnütze Gedanken machen bisher; es ist doch alles so klar. Aber war es das wirklich? Er würde keine Spur in Jahrhunderten hinterlassen, und das war ihm egal. Genau das war es: Er war vom Gewicht der Zeit befreit. Das Gewicht der Welt, ihre Meinung von ihm in tausend Jahren kümmerte ihn nicht, er wußte nicht einmal davon: glücklicher Rosencrantz. Er lebte jetzt, und wie immer, wenn ich sein Leben so betrachtete, ergriff panische Angst mich, die wenige Zeit, die mir zustand, in nutzlosen Scheingefechten zu vertun, in laokoonschen Entfesselungen – aber wo waren die Fesseln, wo waren sie?

Rosencrantz sah mich an: Weißt du, ich glaube, daß ich einer der wenigen Menschen bin, die dein Innenleben etwas kennen ...

So?

Er lächelte: Ja, ich weiß, daß dir der Gedanke nicht gefällt. Keine Angst, du hast dich nicht verraten. Wann hast du jemals die Fassung verloren und deine Freunde um Hilfe gefragt? Als du nach Italien gegangen bist, hast du dich da gefragt, was denkt Philipp? Macht er sich vielleicht Sorgen um mich? Deine Eltern mußte ich fragen, ob sie wüßten, wo du steckst. Du bist ein seelischer Eremit.

Schönes Wort.

Mach dich nur lustig über mich. Einesteils bewundere ich dich auch, habe dich immer in manchem bewundert. Aber du gestehst dir nicht ein, wer du wirklich bist.

Und wer bin ich?

Du bist einer wie ich, der über dem Durchschnitt steht und ein überdurchschnittliches Leben führen will. Mit den Fähigkeiten, der Intelligenz, die du hast, könntest du glücklicher sein, als du bist. Hör nur auf, Unmögliches von dir zu verlangen. Verlange einmal das Mögliche!

Warum erzählst du mir das alles?

Weil du mein Freund bist, Herrgott. Hast du das immer noch nicht verstanden?

Ich lächelte.

Er zögerte einen Moment. Weißt du, was Werbung ist?

Nun, Dash wäscht weißer als weiß und so . . .

Und Kommunikation?

Ein Menschheitstraum, nicht zu verwirklichen.

Ich würde dir gern etwas vorschlagen. Den Gedanken trug ich schon im Hinterkopf, als ich dich einlud.

Nun, fragen kostet nichts.

Schön, das Unwichtigste zuerst, und ich ironisiere nicht. Ich möchte dir etwas vorschlagen, womit du Geld verdienen kannst. Mein Schwiegervater hat eine Werbeagentur, und da brauchen wir Leute wie dich. Werbung, das ist nämlich mehr als Dash. Werbung ist das älteste Gewerbe der Welt und Kommunikation ihr Mittel. Laß mich einen Moment biblisch werden. Adam und Eva im Paradies. Der Ist-Zustand. Und was war die erste Aktion, die diesen Zustand veränderte? Eine Werbeaktion. Die Schlange warb um die Menschenkinder. Und hatte Erfolg. Gott weiß, an dem Tage, da Ihr davon esset, werden Eure Augen aufgetan, und Ihr werdet sein wie Gott und wissen, was gut und böse ist.

Ich habe nie recht verstanden, was damit gemeint war.

Aber das ist doch einfach. Ich habe euer Bewußtsein erweckt, sagt die Schlange. Ich habe euch self-conscious gemacht. Ich habe euer Interesse an euch selbst geweckt. Den Stein der Weltgeschichte ins Rollen gebracht. Ich habe euch die erste Idee von Dialektik gegeben. Ich habe euch die Augen geöffnet darüber, daß eine Welt besteht.

Und wir, sagte ich, wir haben natürlich das Falsche gewählt.

Du bist kein Dialektiker, nicht wahr. Falsch und richtig, alles nur eine Frage des Standpunktes. Wir haben uns gewählt. Vorher war uns alles eins. Bäume, Früchte, Tiere, wir selbst, das war das gleiche, alles war eben da. Wir hatten keinen Willen. Wie soll bei einer solchen Einstellung sich denn die Welt entwickeln, frage ich dich?

Also verdanken wir deiner werbenden Schlange die Weltgeschichte.

Nicht doch. Sie hat uns nur eine Alternative gestellt, die uns zeigte, daß wir ein Ego besitzen, einen Willen, ein anderes Wort dafür wäre Freiheit.

Sophisterei!

Keineswegs. Willst du allen Ernstes in Frage stellen, daß sie uns aus einer Zwickmühle der Langeweile erlöst hat. Ich bitte dich. Schau dir die Welt an.

Allerdings, das tue ich.

Das Produkt unserer Faszination von uns selbst.

So sieht sie auch aus, sagte ich.

Spielverderber, Eckensteher! Du hättest den Apfel nicht angerührt, und das Universum wäre nichts als ein riesiges, zum Gähnen aufgerissenes Maul. Wie willst du jemals auch nur der Protagonist deines eigenen Lebens sein, wenn du nicht mit der Zeit gehst?

Und was verlangt sie, die Zeit?

Nichts weiter, als daß du nimmst, worauf du ein Recht hast. Du lieber Himmel, ein klein wenig Selbstbewußtsein, ein klein wenig gutes Gewissen. Wir sind die Protagonisten dieser Erde. Sie dreht sich um uns. Also sag nicht immer nein zu allem. Vorwärts geht es nur mit einem großen Ja!

Und was schlägst du also vor?

Einen Moment. Laß mich ganz erklären, was ich meine. Die Weltgeschichte ist eine andauernde Entwicklung der Selbstfaszination bis heute. Und bei jedem einzelnen wiederholt und erneuert sich der Prozeß Tag für Tag. Firmen, Politiker, Verbände. Ich werbe zunächst um sie, dann werbe ich für sie. Das heißt eigentlich nur, ich öffne ihnen die Augen über sich selbst. Ich interessiere mich für sie, ich befreie ihre Identität, und voll der Freude, daß sie eine solche besitzen und nunmehr zu ihrem Nutz und Frommen gebrauchen können, belohnen sie mich reichlich und haben darüber hinaus Erfolg, denn die Entdeckung ihrer Wichtigkeit läßt einen unwiderstehlichen Willen entstehen und strömen.

Mit anderen Worten, sagte ich rauh: Du bescheißt sie.

Nein nein. So einfach ist es denn doch nicht. Bescheißen würde ich sie, wenn sich hinterher nichts ändert bei ihnen. Aber das tut es wohl. Die Unternehmer verkaufen mehr, die Politiker werden gewählt, die Verbände fett. Nein, der Betrug, gäbe es ihn denn, läge woanders. Was du mir vorwerfen könntest, Hagen, das wäre nur, daß ich sie ein wenig egozentrischer, egoistischer mache, sie individualisiere, zu sich selbst hinführe. Siehst du, Hagen, Kommunikation, das ist Liebe. Das muß ich dir nicht erklären. Die werbende Schlange erwies Eva einen Liebesdienst, indem sie zu ihr sprach, von ihr sprach und von ihren Möglichkeiten. Meine Kunden sind naiv. Nicht etwa, was ihre technischen Fähigkeiten angeht. Ein Produkt oder eine Dienstleistung erfinden, herstellen, vertreiben, das können sie perfekt. Verhandeln, Geldverdienen, Kalkulieren, Rechnen. Darin sind sie Profis. Aber was sie selbst betrifft, ihren Lebensantrieb. Davon ahnen sie nichts. Das ist eine verschüttete Mine. Und ich grabe und zeige ihnen: Ihr habt Gold in euch. Ihr seid frei. Schämt euch nicht. Ihr seid ihr. Und damit bin ich bei dir, Hagen. Da meine Kunden naiv sind, dürfen meine Mitarbeiter es nicht sein.

Sie müssen verächtlich sein, warf ich ein.

Nein, keineswegs. Sie müssen nur Überblick haben. Während es im Kessel brodelt, müssen sie auf dem Rand

sitzen und sehen, was jenseits des Kessels ist. Deswegen
denke ich an dich. Meine ureigene Stärke ist die Adminis-
tration. Aber ich brauche jemanden von deinem Kali-
ber, jemanden, der etwas von der Welt gesehen hat, der
Faszination ausstrahlt, der über den Dingen steht. Jemanden, dem man seine Besonderheit glaubt. Jemanden,
der anders ist als man selbst und der einem hilft, über die
Stränge des eigenen Ichs schlagen zu können. Ich biete
dir nichts anderes, als das mit Bewußtheit zu tun, was du
aus Veranlagung schon immer getan hast. Auf Deutsch:
Behandle und betrachte die Leute wie ein Gott. Sag ihnen: Du bist, du warst, du wirst, du kannst, du darfst,
und lächle über ihren Enthusiasmus, ihre demokratische
Selbstfindung, ihre Dankbarkeit, ihre Liebe.

Ihre Eigenliebe, wenn ich recht verstehe.

Du wirst staunen oder vielleicht auch nur einfach bestätigt sehen, was du immer wußtest: Wie solche Kommunikation die Menschen erhöht und von der Wichtigkeit überzeugt, die sie besitzen.

Ich glaube aber weniger und weniger an diese Wichtigkeit.

Nicht an die der anderen, aber doch an deine eigne.
Und wenn du einmal den Spieß umdrehtest und sagtest:
Auch wenn es schwer zu tragen ist, ich bin weiter als ihr,
denn ich bin illusionslos, und anstatt darunter zu leiden,
profitiere ich nun einmal im Leben davon. Warum nicht
ein Kreuz in eine Gabe verwandeln: Menschen lenken.
Wenn du der zu sein akzeptierst, der du bist, wirst du
Materie transformieren wie ein Alchimist.

Ich betrachtete Rosencrantz schweigend. Bemühte er
sich nicht seit Jahren so um mich, versuchte er nicht, seit
wir einander kannten, mich auf seine Seite zu ziehen.
Und würde er mich jemals anerkennen, sich jemals vor
mir beugen, wenn ich ihm nicht auf seinem eigenen Ter-

rain meine Überlegenheit bewies? Die Menschen kümmerten sich einen Dreck darum, gerettet und erlöst zu werden. Sie brauchten niemanden, der vor ihnen herging und sich mit Tod und Teufel herumschlug. Sie besorgten alles selbst. Rosencrantz suchte keinen Meister, der der Hydra die Köpfe abschlug. Rosencrantz interessierte sich nicht für die Hydra noch für Gott. Keine Meduse, die ihm auf dem Fernsehschirm entgegenglotzte, vermochte ihm etwas anzuhaben. Aber wenn ich fähig war, Geld zu machen und mehr als er, das würde ihn auf die Knie zwingen. Nun gut, es war Zeit, mit der Zeit zu gehen. Geld. Goldmachen hieß also mein neues Ziel. Ich war Siegfried Seelhorst und Franziskus Seelhorst gewesen, nun würde ich Cagliostro sein. Mit derselben Exklusivität würde ich nach den Menschen den Mammon charmieren. Geld, eine Landpomeranze, aus der ich eine verhurte Städterin machen würde, die für mich anschaffen ging. Sie sollte mir verfallen, mich bewundern, fürchten und ausschließlich zu meinen Diensten sein. Ich wollte Geld nicht verdienen – man verdient sich Liebe und Ruhm –, ich wollte es haben. Und nicht irgendwann, sondern auf der Stelle. Ich wollte nichts investieren, noch sparen, sondern beweisen, daß ich Geld anziehen konnte. Es war eine Prinzipienfrage: Ich wollte es zwingen.

Warum denn eigentlich nicht, sagte ich.

Ein unwiderstehliches Lächeln breitete sich auf dem Gesicht meines Gegenüber aus, und er stand auf, kam zu mir und umarmte mich: Willkommen zu Hause.

Mein Vater behandelte mich anders, seit ich mit Philipp arbeitete und einen Anzug trug, er redete in einem anderen Ton mit mir. Mein Aussehen und mein neuer Stand machten mich würdig, von meinem Vater über die wirklich entscheidenden Dinge des Lebens ins Vertrauen gezogen zu werden: über Geld. Ich hatte die Familie ins Restaurant eingeladen, meine Eltern und Onkel Wilhelm mit seiner Frau, und als ich die Weinkarte studierte, sah ich den Blick meiner Mutter auf mir ruhen, der mir zum ersten Mal seit Jahren zufrieden schien. Meine Eltern waren beide gealtert, aber wenn die Züge meines Vaters nichts von seiner Bonhomie verloren hatten und nur der fehlende Glanz in den Augen die Kampfmüdigkeit verriet, so waren im Gesicht meiner Mutter die Verfallsmale der Natur soziale Zeichen. Jenseits der Fünfzig unterscheidet man wirklich Bürgerinnen von Frauen minderen Rangs, und was meine Mutter vergrämte, war nicht das Alter, sondern seine krude Art, das Scheitern eines lebenslangen Ehrgeizes bloßzustellen. In ihrem Blick spürte ich einen gefährlichen Transfer, gegen den ich mich nicht zu wehren vermochte. Und die Befriedigung, der Friede in ihren Augen, signalisierte mir, daß sie glaubte, ihre Hoffnungen in mich seien dabei, in Erfüllung zu gehen. Es mochte so scheinen in diesem Moment, rund um den Tisch des teuren Restaurants, die Ellenbogen auf der weißen Decke, den Luftzug der geschäftigen Kellner im Rücken, als seien wir wieder vereint, wir drei.

Onkel Wilhelm und Magda jedoch bekam das gemeinsame Altern weniger. Erratisch, zwei feindliche Generäle, die sich ihr Lebtag bekriegt haben und nun im selben Zimmer desselben Pflegeheims gefüttert werden, schienen sie in müdegewordener Feindseligkeit den Atem anzuhalten, da jeder Ausbruch, jede Bemerkung wie aus einem Spiegel auf sie selbst zurückfiele. Sie wußten, daß sie beide gleich viel Anteil an ihrem Zustand hatten. Wenigstens war genügend Geld vorhanden, die furchtbare Zeit zu polstern.

Wilhelm betrachtend, versuchte ich zu rekonstruieren, was mich einst so an ihm fasziniert haben mochte. Was besaß er noch, nun da er nicht mehr das Monopol für Eiswein hatte? Er war schwer geworden, und seine Bewegungen verrieten, wie sehr er seinem Körper zürnte. Seine Sätze hatten etwas von déjà vu, und er mußte das selbst spüren, denn wenn er den Mund öffnete, war es nur sein Bruder, dessen Blick sich noch automatisch zu ihm wandte. Magda war in einen undurchdringlichen Kokon der Gleichgültigkeit eingesponnen. Wer immer das Wort an sie richtete, versagte vor der bodenlosen Leere ihres Blicks. Der Draht zwischen mir und meinem Onkel war gerissen, die lang zurückliegende komplizenhafte Übereinstimmung existierte nicht mehr. Mit einem Hauch von Enttäuschung und Nostalgie konstatierte ich, daß mein Onkel sein Interesse an mir verloren hatte, da ich kein Kind mehr war und nur noch Konversation mit mir trieb, als sei all seine Lebensphilosophie nur fürs Heranwachsen bestimmt gewesen.

Ich lehnte mich zurück und rauchte und betrachtete die Gesellschaft in leisem Erstaunen, nicht enttäuschter zu sein, als ich es war. Mit einem Mal verstand ich, was Rosencrantz gemeint hatte: Ich hockte auf dem Kesselrand und sah, wie dephasiert mein Vater und mein Onkel in diesem schicken Restaurant der neuen Zeiten waren mit ihren durchgebratenen Rumpsteaks und ihrem zu lauten Schwadronieren und ihren Kommentaren über die lächerlich kleinen Portionen. Letztlich hatten sie die Werftstraße nie verlassen, und doch war ich, der im Hause des Grafen Schlegel und an der Tafel des Conte Cavour gespeist hatte und diesen Abend über mein Spesenkonto laufen ließ, geneigter, ihnen meine Sympathie entgegenzubringen als den tuschelnden, hochnäsigen und schlecht ausgebildeten Kellnern, die eher wie Gäste einer Vernissage am Rothenbaum wirkten als wie die Domestiken, die sie waren.

Dann ergriff mein Vater das Wort und begann, von seinem Plan zu sprechen. Wann ihm der Gedanke gekommen sei, in die Mark Seelhorst zu fahren, wisse er selbst nicht mehr, aber das Gut stehe noch, wenn auch in vermindertem Zustand, und es sei nicht einmal offiziell verstaatlicht. Mein Vater griff zum Glas zwischen den Sätzen, legte seine Hand auf die seiner Frau, als er von dem heruntergekommenen Zustand des Anwesens erzählte, in dem nur mehr eine alte Frau lebte, eine angeheiratete Seelhorst, und überall auf dem Besitz hatten die Bonzen, die die Produktionsgenossenschaft verwalteten, ohne Genehmigung ihre Datschen gebaut.

Die Stimme meines Vaters schwoll an und ab. Er hieb empört mit der Faust auf den Tisch. Aber sei es, daß die trübe Realität, von der er sprach, die Flammen seines Enthusiasmus löschte, bevor sie uns erwärmen konnten, sei es, daß die Idee an sich einfach nicht mehr die Brillanz der früheren Träume besaß, es wollte keine Kreuzzugsatmosphäre sich einstellen. Die Zeit war davor, sie waren nicht mehr dreißig Jahre alt, sie hatten bereits ein Haus, Autos, Urlaube. Ich saß da, mit kalten Händen, meinem Vater lauschend, und hoffte, der Funke möchte überspringen, aber ich hörte nur von Geld reden. Was einst, was in meiner Erinnerung ein Fest, eine zauberische Schatzsuche gewesen war, eine Aventiure voll Rosseschnauben und Waffengeklirr, das klang nur mehr papieren und knisterte trocken wie Banknoten und Zunder.

Aber mein Vater ließ nicht locker. Man pumpe seit Jahren Steuermittel in die DDr, damit sie überlebe, man predige die gute Nachbarschaft, nun, nichts anderes wolle er doch verwirklichen. Entweder man würde akzeptieren, daß er der rechtmäßige Erbe des Gutes sei, der

Träger der Tradition, oder aber, da er schließlich von der Familie sei, wolle er ein Vorkaufsrecht. Und dann sollten sie zufrieden sein, rief er, denn ich will das Ganze ja nicht zum Spaß, ich will es wieder hochbringen, wieder glänzen lassen, an der Landwirtschaft ist mir nichts gelegen, aber man könnte es ausbauen, eine Gedenkstätte errichten, ich erwarte Ideen von euch, ein historisches Museum, was weiß ich, das Leben einer deutschen Bauernfamilie durch die Jahrhunderte . . .

Wilhelm sah ihn unter schweren Lidern an: Wozu?

Dieses Wozu klang so steinern, so abschließend und hoffnungslos, daß mein Vater die Fassung verlor und seinen Bruder mit offenem Mund und vorspringenden Augen anstarrte, eine Maschine, die plötzlich ins Leere lief.

Magda schien wach zu werden und blinzelte zu meinem Vater herüber. Meine Mutter warf mir flehende Blicke zu.

Wozu? fragte mein Vater erstickt. Wenn du das nicht verstehst . . .

Aber ihr habt doch nicht vor, da drüben zu leben? fragte ich vorsichtig.

Ich will das Gut erwerben, sagte mein Vater. Es gehört uns von Rechts wegen, und wir gehören von Rechts wegen dorthin.

Er redete weiter, und mein Onkel antwortete ihm schließlich, und das war der einzige Moment des Abends, in dem ein Rest des alten Familienglanzes schimmerte, der alten Brüdersolidarität, er sei gerne bereit, wenn denn die rechtlichen Fragen geregelt seien, eine architektonische Expertise zu erstellen, die allein meinen Vater vor den gröbsten Irrtümern bewahren könne. Ich blickte vom einen zum anderen und las wie in den Linien eines gefällten Baumes die Lebensstruktur der Brüder, die vorspringenden Augen meines Vaters und

der schwergewordene Rumpf meines Onkels: Bergleute-
leben, Maulwurfsleben, sie gruben und gruben und
schaufelten und kamen nicht ans Licht. Sie vergaßen das
Licht, den Glanz, die Grazie des Leichten, den Applaus,
den Champagner, die Menschen, die ganze Menschheit
hatten sie vergessen bei ihrer lebenslangen Graberei, ihr
Lachen, ihre Feste, und niemand würde ihren Sarg begleiten, die Welt würde ihretwegen nicht den Atem anhalten. Dieses Abenteuer, dachte ich beim Bezahlen,
werdet ihr ohne mich bestehen. Aber wenn ich glaubte,
daß man nicht auf mich rechne, hatte ich mich getäuscht.

Das älteste Gewerbe der Welt

Während mein Vater Himmel und Hölle in Bewegung zu setzen versuchte, um sein Stammgut in die Hände zu bekommen, genoß ich mein neues Leben und hielt Abstand zu meinen Eltern. Er nahm sich einen Anwalt, der ihn durch das Gestrüpp des DDR-Rechts lotsen sollte, und diktierte seiner Frau Briefe an Ministerien, die SED, Bezirksverwaltungen und die LPG der Mark Seelhorst. Er trat in die CDU ein, um als Patriot moralische und politische Unterstützung für sein Vorhaben zu gewinnen. Auf gefährliche Weise begann die Obsession ihn vom Geldverdienen abzuhalten, er strich Urlaube, er strich Kleiderkäufe, er fühlte sich in seinem Recht, er war Deutscher, er war ein Seelhorst, dort war ein Gut, das seinen Namen trug, es konnte nicht angehen, daß man nichts von ihm wissen, nicht mit ihm sprechen wollte. Die reden doch auch Deutsch, sagte er. Er wurde zum Schrecken des innerdeutschen Ministeriums und zum regelmäßigen Benutzer der Transitautobahn. Ich verstand nicht, was er wollte, und er sagte mir beschwörend: Wenn das Gut hier im Westen stünde, wäre alles einfacher, aber vielleicht auch reizloser. Es ist gerade die Tatsache, daß etwas, das so intim zu uns gehört, so unerreichbar sein soll, was mich verrückt macht. Wir sind in einer Sonderstellung, wir können das Beispiel einer ganzen Nation werden. Wir? fragte ich. Natürlich. Wir, die Familie. Aber keine Angst, ich weiß ja, daß du arbeiten mußt. Im Moment kümmere ich mich schon um alles.

Er wurde in seinem Elan, sich von der Eigentümerin zum Universalerben einsetzen zu lassen, gebremst, als man ihm klarmachte, daß von Erbfolge keineswegs die Rede sein könne, das Gut vielmehr in Staatsbesitz überginge, sobald kein Bürger der DDR mehr erblichen Anspruch erhebe. Mein Vater trug sich kurze Zeit mit dem Gedanken, die DDR-Bürgerschaft zu beantragen, er war bereit, jedes Opfer zu bringen. Um so mehr, als er ja auch als DDR-Bürger die westdeutsche Staatsangehörigkeit behalten hätte. So sah man es von unserer Seite aus, von der dortigen dagegen absolut nicht. Aber ein Überläufer wollte mein Vater schließlich doch nicht sein. Es ging ihm ja nicht darum, die Freuden des sozialistischen Alltags kennenzulernen, sondern vielmehr darum, ein Stück gemeinsamer Vergangenheit aus den gegenwärtigen Verwirrnissen herauszubrechen und selbst eine Enklave zwischen den Systemen zu bilden. Einen dritten Weg wollte er finden, den Seelhorstweg, oder anders gesagt, denn darauf lief es schließlich hinaus: Er wollte ein drittes Deutschland gründen, kaufen oder geschenkt bekommen, Seelhorst-Land, so groß wie der Gutsbesitz, wenn es sein mußte, mitsamt den Bonzen-Datschen darauf und egal, wo es sich befand; wäre er ein amerikanischer Milliardär gewesen, er hätte versucht, das Stück Erde, mit allem, was darauf stand, auszugraben und an anderer Stelle wieder zu verpflanzen.

Ja, er wollte Seelhorst-Land, und als ich das verstand, begriff ich auch, was sein eigentlicher Antrieb für dieses Abenteuer war. Er fühlte sich nicht mehr wohl in der Welt. Aber er konnte es sich nicht eingestehen, daß er die einfachen Gesetze, nach denen er angetreten war, nicht ausreichend beherrschte. Nicht so gut wie sein Bruder. Besser als seine Schwester vielleicht, aber wer war seine Schwester. Und da er dem Möglichen nicht gewachsen war, nahm er sich das Unmögliche vor. Hätte er so viel Energie in seine tägliche Arbeit gesteckt wie in sein verrücktes Projekt, wer weiß. Aber das Haus war noch stets nicht abgezahlt, würde vielleicht wieder verkauft werden müssen, es mangelte nach wie vor überall. Vielleicht waren ihm auch all die Geschichten, die er mir als Kind erzählt hatte, zu Kopf gestiegen, hatten sich vermischt mit der Tageswelt, nun, da ich ihnen nicht mehr lauschte, vielleicht erzählte er sie sich selbst und begann daran zu glauben.

Ich glaubte an nichts. Ich schüttelte den Kopf und ging mit meinem Pepsi-Cola-Paar, das den Terminkalender verwaltete, aus unseren Büros, deren Einrichtung entfernt an die des Funiculare erinnerte, hinüber ins Hanseviertel essen. Mein Pepsi-Cola-Paar, das waren Dietrich und Anke, der Texter und die Junior-Art-Directorin unseres Hauses. Die beiden waren gern mit mir zusammen, denn es ergötzte sie, mich von dem Unsinn reden zu hören, den wir den lieben langen Tag machten. Sie glaubten fest daran, daß eine Arbeit, die ihnen 5000 netto im Monat brachte, nicht wirklich sinnlos sein konnte, aber es befreite die Atmosphäre und verschaffte ihnen ein kitzelndes Gefühl frivoler Freiheit, daß ich den Job nicht ernst nahm.

Für Anke und Dietrich war unsere Arbeit der Traum von einem Job schlechthin: Wenn auch die absolute Sinnlosigkeit all dessen, was wir taten, ihnen nicht bewußt war, da die Tage und Abende stets mit hektischer Betriebsamkeit ausgefüllt waren und fließend in Amüsiernächte, Aktivurlaube, sportliche Mittagspausen und Diskussionen um ökologische Weltrettung übergingen, besaßen sie doch eine klare Erkenntnis davon, privilegiert zu sein, aber so wie der Mensch gebaut ist, hält solche Bewußtheit eines Sonderstatus innerhalb der Gesellschaft nie lange an und macht bald der Überzeugung Platz, ein normales Leben zu führen, nur intelligenter als andere. Gewiß, seufzten sie dann und wann, wir sind Privilegierte, aber was das wirklich bedeutete, vor allem für jene, die es nicht waren, verlor sich sanft aus dem Gedächtnis, wich einem langsam, aber stetig anwachsenden Fundament aus gutem Gewissen, Stolz und Verachtung.

Anke war ein Nachtmensch, es war viel mehr sie als Dietrich, die mich durch die Lokale schleppte. Ich stand davon ab, sie zu vögeln, ich war überzeugt, sie würde danach Privates und Geschäftliches nicht mehr korrekt auseinanderhalten können, sie kam ohnehin zu spät, und ihre faszinierten Erzählungen von Trekkingurlauben in Nepal oder Parapentkursen brachten mich ins Schwitzen. Sie war zu gesund und sportlich für meinen Geschmack, auch hatte sie das Rauchen aufgegeben, und ich war nie ein Anhänger sportlicher, nach Gymnastikschweiß riechender Ficks gewesen.

Immerhin folgte ich ihr auf ihre nokturnen Peregrinationen durch die Neonbars mit ihrer schwarzgekleideten blassen Fauna. Ich trank Cocktails, grüßte links und rechts, trieb Konversation, tanzte, hörte Leuten zu, die ich nicht kannte, und vergaß auf der Stelle wieder, was sie gesagt hatten. Sie hielten es ebenso, und alle waren zufrieden. Oder ich kaufte ein, ich begann ein Faible für Leinen, Seide und Kaschmir auf meinem Körper zu entwickeln und liebte die Reverenz, das Scharwenzeln und die verlogenen Komplimente der Verkäufer. Der verbale Austausch war zu einem reinen und wunderbar leeren Code des Pläsiers geworden, wo die Worte versiegten, waren das Scheckheft und der Montblancfüller zur Hand, der die peinliche Stille mit seinem Kratzen beruhigend füllte.

Die Arbeit selbst unterschied sich von den abendlichen Konversationen nur im Ton, nicht im Inhalt, und es bereitete mir mehr und mehr Spaß, zu sehen, bis wohin man in Worten gehen konnte. So war ich eines Morgens im Studio, besah mir die Szene. Der strahlend grüne Rasenteppich, die apfelbehangene und doch blühende Magnolie, um deren Stamm die Schlange gewickelt war, das Rauschen eines Bergbaches, Adam und Eva, die auf der Erde hockten. Ein Gespräch riß mich aus meinen Gedanken.

He Eva, zeig dein Bärchen nicht so her, sonst bekommen wir Schwierigkeiten!

Kann sie eigentlich blasen, die Kleine?

Erst nach dem Sündenfall.

Scheiße, ich rede von dem Model.

Die kann gar nichts anderes. Wir sollten eine Privatversion des Spots machen.

Und Eva also erst nach dem Appel? Was haben die beiden eigentlich vorher getrieben?

Vorher lagen sie nebeneinander und haben jeder an sich rumgefummelt, genau wie Dings.

Die beiden winkten mir zu: Hagen, wie hieß dieses keusche Liebespaar, die nicht gefickt haben, so ein Parfümname?

Ihr meint Daphnis und Chloe, sagte ich.

Herr Seelhorst, die Pastorin möchte Sie sprechen wegen des Textes.

Ich komme.

Die Pastorin saß in einer Studioecke auf einem Klappstuhl, einen Pappbecher mit Kaffee und einen vollen Aschenbecher neben sich. Sie war nervös, sie kämpfte mit sich, ob sie Atmosphäre und Ton des Studios faszinierend oder widerlich finden sollte. Ich betrachtete nachdenklich ihre unrasierten Schienbeine, die mich an Petra aus Graf Schlegels Seminar erinnerten. Die Pastorin sah aus wie eine große traurige Gorillafrau im Zoo.

Was gibt's? fragte ich.

Es ist wegen dem Text. Ich frage mich, ob frau wirklich daraus schlau werden kann.

Ich starrte sie einen Moment an, bevor ich verstand. Gehen wir ihn eben nochmal durch. Und ich schloß an, um ihre Laune zu bessern: Hinterfragen wir ihn.

Es ist wichtig, daß der Film vor Ort verstanden wird. Daß sich die Basis darin wiedererkennt.

Die Basis, gewiß, antwortete ich. Also: Die Schlange sagt zu Eva: Gott weiß, an dem Tage, da Ihr davon esset, werden Eure Augen aufgetan, und Ihr werdet sein wie Gott und wissen, was gut und böse ist.

Könnten wir das nicht ein wenig umändern und sagen: »Die Gott weiß« und: »Ihr werdet sein wie die Gott«?

Die Zuschauer werden den Kopf schütteln, wenn Sie von »die Gott« sprechen. Und dann hat das Bibelzitat ja auch einen gewissen Kautionswert, das heißt, exakt zitiert, wirkt es vertrauensbildend durch den Wiedererkennungseffekt. Wenn wir das ändern, verliert die ganze Szene ihren Sinn.

Gut, sagte die Pastorin zögernd, das erübrigt dann wohl auch meine zweite Frage: von der Großen Mutter zu reden anstatt von Gott.

Ja, ich glaube, das erübrigt sich.

Denken Sie nicht, ich rede Unfug, sagte die Pastorin aggressiv, diese Dinge haben ihre theologisch-psychologische Fundierung, und es ist keinesfalls, um die Arbeit in die Länge zu ziehen, daß ich meine Fragen stelle.

Gewiß, sagte ich, ich versuche auch nur, von meiner Seite darauf zu antworten. Dann also der Text aus dem

Off: Gott wußte vor allem, an wen er sich zu wenden hatte, damit die Welt sich aus einem müßigen Garten in ein soziales Gefüge verwandeln könne. Die emanzipatorische Kraft von Frau zum Ungehorsam ist es, die die Erde zivilisiert. Vergessen wir das nicht. Beharren wir auf unseren Rechten!

Der Text ist ok, keine Frage, sagte die Pastorin. Was mich nur stört, irgendwie, ist eine gewisse theologische Unlogik. Ich weiß nicht, ob Sie mich verstehen werden . . .

Meinen Sie die Unlogik, die Erbsünde zu apologieren, oder die Unlogik, daß das soziale Gefüge, von dem der Text redet, unsere heutige Horrorwelt ist, die viel eher aufs Konto der Männer geht als auf das der Frauen?

Ach, das ist Ihnen aufgefallen?

Nur ganz zufällig. Aber unter uns, darüber ließe sich diskutieren. Ich bin sicher, im Grunde denken Sie von der Erbsündenlehre das gleiche wie ich, und was das andere betrifft, so ist es eine Frage des Standpunktes, des Blickwinkels, ob Positives oder Negatives, Männliches oder Weibliches überwiegt. Letztendlich werden weder Sie noch ich das entscheiden können, und sehr wahrscheinlich hat der recht, der seinen Standpunkt mit Erfolg vertritt. Unser Text hat den Vorteil, in sich kohärent zu sein. Er stellt sich nicht selbst in Frage. Also wirkt er automatisch überzeugender als ein unentschiedenes Hin und Her, sei es auch noch so ausgewogen. Oder anders gesagt: Er besitzt eine message, die vor Ort und an der Basis verstanden wird.

Die Pastorin lachte: Also ehrlich, ich weiß nicht, ob Sie besonders ernst oder besonders zynisch sind.

Beides.

Die lachende Pastorin hatte keine weiteren Einwände mehr. Es genügte, das Grundfalsche augenzwinkernd, aber mit Selbstbewußtsein auszusprechen, und schon vergaß man gerne, daß es das Falsche war. Alle haben sie Angst, gegen Realitäten zu protestieren. Die schlimmste Kalomnie, mit einem Lächeln und als Affirmation vorgebracht, überwältigt die schwache moralische Verteidigung, ganz als warteten die Leute nur darauf, sich überwältigen zu lassen, um frei zu werden von ihrem Ballast. Die Moral war so mürbe geworden, daß jeder frische Zynismus genügte, eine tödliche Bresche in sie zu schlagen. Einen Augenblick lang fühlte ich mich auf dem Wellenkamm der Zeit reiten: Ich herrschte, indem ich triumphierend sagte: So ist es. Und die Welt bot mir das überfällige Jungfernhäutchen ihrer Moral dar und jauchzte über das Blut der Befreiung, das da floß. Ich bin, ich darf, ich kann, ich will, ich ich ich.

Worte. Die Menschen wollten von sich sprechen hören, da war Geld zu machen. Worte. Ich wußte, was sie bewegen konnten. Ich wußte auch, wo ihre Grenzen lagen. Der Rest der Menschheit hatte das vergessen. Der wortlose Sprung vom Zehner, die neue, die andere Sprache, derer ich bedurft hätte, um mich Anna zu erklären, waren tiefe Vergangenheit. Das war ein anderes Zeitalter gewesen. Heute waren Worte Schecks, nur einfacher zu drucken. Was die Deckung betraf, durfte ich auf das kurze Gedächtnis der Menschheit zählen. Worte. Wie war Geld mit ihnen zu machen? Die Idee kam mir eines Abends, als ich mit Rosencrantz und Dietrich auf den unbequemen Stühlchen des Vienna hockte. Dietrich hatte ein wenig getrunken und gestattete es sich, laut zu philosophieren.

Am Anfang war das Wort, lästerte er, und es ist noch immer da, alles beherrschend, alles verwandelnd. Wir sollten alle stumm geboren werden. Meinen Sie nicht, Hagen, daß das, was die Welt vorangetrieben hat, das

Wort war? Keine Arme, keine Beine, das hätte nichts geändert: In Worten besäßen wir Wolkenkratzer und Atombombe trotzdem. Alles, was wir sind und besitzen, ist letztlich nur in Worten fixiert.

Worte definieren uns, sagte Rosencrantz, schöne Perspektive . . .

Aber die Worte, die wir benutzen, definieren gar nichts mehr! rief Dietrich. Nicht uns, kein Ding, kein Gefühl, keinen Gedanken. Wissen Sie, es gibt Grundworte, und es gibt Füllworte, unwichtige, leichte, zeitgebundene. Wir müßten zu einer Sprache von Grundworten zurück . . .

In meinem Kopf braute sich Phantastisches zusammen. Im Anfang war das Wort. Und der Unfug von den Grundworten, die uns definieren, das war absurd genug, um Mauern damit zu durchstoßen.

Und was willst du damit sagen, Dietrich?

Er zuckte die Achseln.

Ich selbst, sagte ich, habe nie viel Vertrauen in den Wert der Worte gehabt. Andererseits gibt es Worte, die ich gern benutze, die ich liebe ihres Klanges wegen und die ich mir so oft hintereinander wiederholen kann, bis nur mehr der reine Gesang bleibt.

Könnt ihr mir sagen, wovon ihr redet? fragte Rosencrantz.

Von Ethik, sagte Dietrich.

Vom Geldverdienen, sagte ich. Warum gefallen mir manche Worte und andere nicht?

Das ist ein Thema für eine schlaflose Nacht.

Nein, das ist das Mosaiksteinchen, das mir fehlt! Aber gewiß: Am Anfang war das Wort, Grundworte, die uns definieren, Worte, die uns gefallen, Worte, die uns mißfallen. Das ist ein Fadenkreuz! Das ist ein Koordinatensystem, in dem sich die ganze Welt aufhängen läßt. Sage mir, welche Worte du liebst und welche du haßt, und ich sage dir, wer du bist.

Und wie soll damit Geld zu verdienen sein?

Das sage ich dir morgen.

Ich beauftragte Dietrich, 300 Worte aus dem Alten und Neuen Testament herauszusuchen, Grundworte; wenn es irgendwo Grundworte gebe, deren Bedeutung für uns relativ gleichblieb, dann in der Bibel. Und ich beauftragte ein anderes Paar von Mitarbeitern, mir aus diesen 300 Grundworten und der Zustimmung oder Ablehnung, die sie hervorrufen konnten, eine Systematik zu basteln, mit der wir Identität und Standort jeder beliebigen Person festlegen konnten.

Kurze Zeit später konnte ich Rosencrantz das Ganze erklären:

Die Effizienz aller Kommunikation beruht auf der Kenntnis des Verhaltens der Menschen, welches in Worten definiert ist. Warum agiert ein Mensch oder eine Gruppe so und nicht anders? Welche Reaktion ruft ein Produkt, eine Marke, ein Medium, eine Institution in ihnen hervor? Mit welchen Worten, Zeichen oder Botschaften dringen wir in ihren inneren Kosmos ein, interessieren oder beeinflussen wir sie?

Gehen wir von der Tatsache aus, daß der Mensch inmitten eines Zeichenuniversums lebt, daß Orte, Dinge, Ereignisse, Ideen für jeden von uns irgendeine Bedeutung haben und daß diese Bedeutung in dem Wort verankert ist, das wir für sie besitzen. Wenn aber Worte die Dinge benennen, so transportieren sie auch die Emotionen, die wir ihnen gegenüber empfinden.

Um herauszubekommen, was die Leute von den Worten und damit von den Dingen denken, genügt es, sie jedem dieser Worte eine Note geben zu lassen. Auf diese Weise könnte man jedes Wort einer Sprache in seiner Distanz zu jedem anderen positionieren und auf diese Weise ein absolut individuelles oder absolut kollektives Bild der Identität eines ganzen, diese Sprache sprechenden Volkes zeichnen. Mit Hilfe von 300 Grundworten und ihrer Anordnung nach Gefallen und Ablehnung in einem Koordinatensystem können wir herausfinden, was die Leute uns nicht sagen würden oder könnten, wenn wir sie direkt fragen. Weißt du, was das heißt? Wir haben ihr Unbewußtes, ihre Sprache geknackt. Das ist, als würdest du plötzlich die Träume jedes einzelnen kennen. Es gibt keine Geheimnisse mehr, und der Benutzer unseres Systems muß nur mehr die richtigen, d. h. positiv besetzten Botschaften wählen, um seine potentiellen Ansprechpartner in die Seele zu treffen und von seiner Sache zu überzeugen.

Rosencrantz sah mich an. Meinst du das alles ernst?

Offengestanden, ich weiß nicht recht. Aber es hört sich faszinierend an.

Und du glaubst, daß jemand das kauft?

Es ist neu, und es ist unverständlich. Je kultivierter die Leute, desto schärfer sind sie auf Sachen, die sie nicht kapieren. Man wird sich draufstürzen wie Kritiker auf Experimentalliteratur.

Du bist schlimmer als ich. Und zu den anderen gewandt: Und nun geht hin und verkauft das.

Und sie gingen hin, und sie verkauften. Tests ergaben die verblüffendsten Ergebnisse. Jedermann war fasziniert. Ich selbst war am überraschtesten, war vielleicht der einzig Überraschte. Fast alle unsere Kunden kauften die Studie, konservative und fortschrittliche Parteien kauften sie und alle, die nicht mehr wußten, wie sie ihre Klientel ansprechen sollten, sprachen vor: die Bundeswehr, das Männerzentrum Göttingen, die evangelische Kirche. Niemand lachte, niemand deutete sich an die Stirn, niemand rief mich zur Ordnung.

Ein Fachblatt wollte uns interviewen nach dem Erfolg unserer Studie und hatte schon einen Titel bereit: Midas Seelhorst. Rosencrantz beorderte die Journalisten nach Sylt und sagte mir: Wenn schon, dann laß uns das Ganze auch richtig aufziehen und Spaß dabei haben. Er lieh einen Ferrari für das Wochenende, und wir fuhren nach Sylt, wo wir ein reetgedecktes Haus gemietet hatten. Vor der Photosession betrachtete ich mich im Spiegel. Ich trug einen weißen Leinenanzug und kalbslederne Schuhe und neue Ray-Ban-Gläser. Ich stellte mich vor den Spiegel, die Hände in den Hosentaschen, ich setzte mich in einen der Korbsessel, die Beine übergeschlagen, den Kopf etwas schräg, eine Zigarette zwischen Mittel- und Ringfinger. Ich lächelte. Ich kräuselte die Lippen. Ich blickte ironisch. Ich trat näher. Ich roch an mir, roch das teure After Shave. Ich schloß die Kamera an und stellte mich in Positur. Ich lächelte, ich verneigte mich, ich schlug die Augen nieder, ich winkte ab, ich grinste, ich ballte die Fäuste, ich hob die Arme, ich streichelte meinen Arm, ich atmete tief ein, ich schritt auf und ab, ich lauschte auf das Brausen, das aus meinen Ohren kam und immer lauter wurde, ich fixierte starr das Objektiv, mein Blick würde das Glas zersplittern lassen, und ich flöge hinein, in die winzige dunkle Luke, und im jetzt ohrenbetäubenden Brausen vereinigte ich mich mit meinem Bild.

Meine Erfindung der Studie, die unsere Kassen klingeln ließ, hatte Rosencrantz' Einstellung zu mir grundlegend gewandelt. Er hofierte mich, blickte mich von Zeit zu Zeit voller Respekt aus den Augenwinkeln an, und auch ich, der ich seit langem aufgegeben hatte, einem Menschen anderes zu sagen, als er hören wollte und verstehen konnte, amüsierte mich prächtig mit ihm bis zu dem Tag, als er mich unter dem Siegel der Verschwiegenheit zu einer morgendlichen Verabredung einlud, einem privaten kleinen Amüsement, wie er sagte, dem er von Zeit zu Zeit mit zwei Freunden und ehemaligen Kommilitonen fröne. Er tat sehr geheimnisvoll, und am nächsten Morgen holten sie mich früh von zu Hause ab, und ich stieg in die Limousine, die davonglitt, den grünen Außenbezirken zu.

Dann hielt der Fahrer, der Jochen hieß, an. Wir befanden uns in einer dunklen baumbestandenen Seitenstraße. Etwa hundert Meter weiter beleuchtete eine Straßenlaterne eine Kreuzung.

Unser Spielchen ist sehr einfach, aber der Gewinn verblüffend. Es ist, wenn Sie so wollen, ein Spiel zur Reinigung von Psyche und Physis für den höherstehenden Typus, sagte Jochen.

Es ist kathartisch und didaktisch, erklärte der dritte Mann dunkel.

Ich nenn's den besseren Kitzler, sagte Rosencrantz.

Es ist zugleich, schloß Jochen an, die Demonstration eines gewissen Vorrechts, das wir entschieden haben, uns herauszunehmen, ganz einfach weil wir überzeugt sind, daß gewisse Vorrechte uns zustehen.

In der Tat, sagte Rosencrantz: Didaktisch ist es für die andern. Nun spannt ihn nicht auf die Folter, sagte der dritte.

Sie werden sehen, Hagen, wie frisch und gereinigt Sie hinterher den Tag begehen werden.

Jochen schmunzelte: Unser Spielchen ist sehr einfach. Sehn Sie die Straße, die da vorne unsere kreuzt. Zu ihren Seiten verläuft ein Radweg, den morgens die Schulkinder benutzen, die dementsprechend auch diese Straße hier kreuzen müssen. Und Schulkinder, Sie wissen, wie Schulkinder sind, halten sich selten an Regeln wie schau links, schau rechts . . . Sie wissen, was ich meine.

Ich nickte, ohne zu verstehen.

Das ist eigentlich auch schon alles. Jetzt warten Sie nur ein wenig ab, und Sie werden alles verstehen. Sie haben heute morgen den Logenplatz. Sind Sie angeschnallt? Gut. Philipp, du kannst.

Wortlos stieg Rosencrantz aus dem Wagen, und ich sah, wie er bis zur Kreuzung schlenderte und dort stehenblieb.

Dann geschah nichts. Stille. Ich blickte zu Jochen, der sich entspannt zurücklehnte, die Hände am Lenkrad, der Motor summte leise im Leerlauf; zu Rosencrantz, der im Licht der Straßenlampe an einem Zaun lehnte und an seiner Pfeife hantierte, dort vorn, an der Kreuzung.

Niemand redete.

Dann ging alles sehr schnell.

Aus den Augenwinkeln sah ich, daß Philipp die Pfeife in den Mund steckte, im selben Moment heulte der Motor auf, der Wagen startete mit durchdrehenden Hinterrädern, sprang vorwärts und beschleunigte röhrend. Jochen, die Hände ausgestreckt am Lenkrad, Fußgelenk durchgedrückt, zweiter Gang, dritter Gang, auf die Kreuzung zu, unter dem verwischten Dach der Bäume, ich glaubte zu verstehen, eine Art Selbstmordkommando, russisches Roulett, blind über die Kreuzung, noch zwanzig Meter, noch zehn Meter, da kam von links etwas ins Gesichtsfeld: ein Fahrrad, ein Kind auf einem Fahrrad, das erblickte das heranrasende Auto, geblendet, die Hände vors Gesicht, taumelte, stürzte, das Rad, der Motorenlärm, das Kind, das größer wurde, das Kind auf der Erde, jetzt im Lichtkegel, ich krallte mich fest, der heulende Dauerton des Motors, die aufgerissenen Augen, der klaffende Mund, ich schrie unkontrolliert los und als sei ich mit dem Wagen verbunden: Bremsenquietschen, die betäubende Gegenbeschleunigung hinter den Augen, im Gurt nach vorn gerissen, Blindheit – wir standen, einen halben Meter vor dem Körper, die Speichen des gestürzten Rades drehten sich lautlos.

Das Kind, nach einem Moment der Leere, rappelte sich hoch, die gebrochenen Augen starrten ins Nichts, stellte sein Rad auf und schob es mit versagenden Knien ans andere Ufer, schuldgelähmt im Todesschreck, da man ihm vermutlich eingeschärft hatte, achtzugeben an Straßenkreuzungen – ich kehrte zurück, heftiges Schnaufen hörte ich, war es mein eigenes, nein, war in mein Ohr geblasen, kam von hinten. Ein Taschentuch wurde mir gereicht, und ich tupfte mir mechanisch die nasse Stirn ab. Dann klopfte es ans Fenster, das herabglitt. Philipps Kopf, ein breites Grinsen: Hagen, mach den Mund zu. Na? Hast du die Augen gesehen? Kaputt! Die Augen von dem Kind!

Er konnte sich nicht beruhigen, seine Worte stürzten auf mich ein: Na? Du hast auch gedacht, die ist hinüber, na und sie selbst erst, die Augen, kaputt, absolut kaputt!

Ich schüttelte den Kopf, kein Wort. Rosencrantz stieg ein. Wir rollten weiter, geradeaus, links, rechts, geradeaus, links, rechts, und hielten wieder an. Diesmal war es Jochen, der ausstieg und bis zur Kreuzung ging. Das Warten war dasselbe, aber diesmal wußte ich, was kommen würde, und das Adrenalin wurde ausgeschüttet, meine Handflächen bluteten Wasser, ein Taumel, ein Geflimmer von Angst und Erwartung, eine Lähmung, keine Sinnesmeldung kam über den Damm meines getrübten Bewußtseins, dann wieder die bestialische Beschleunigung, und ich starrte nach vorn, spürte Philipps Atem im Nacken, die leere Kreuzung und plötzlich ein Fahrrad, das erstarrte Gesicht, der Augenkontakt, und dies war der Moment, in dem alle Erregung aus meinen Poren barst, aber die Beschleunigung ließ nicht nach und diesmal, diesmal, näher, näher, das Kind am Boden, der gebannte Blick, die Todeserkenntnis und jetzt erst, erst jetzt Bremsenquietschen, mein Hirn drückte gegen die Schädelwand, der Ruck des Anhaltens, fast über dem Opfer, ein krächzendes Stöhnen von hinten. Rosencrantz. Mein Gott! Taschentuch! Mir ist alles in die Hose gegangen.

Das Fenster öffnete sich. Der breite Kopf Jochens. Na, Hagen? Wie gefällt's dir? Aber schaut euch das an! Seine Augen leuchten ja! Stimmt das? Laß dich ansehen! Ja, seine Augen leuchten!

Schulterklopfen, Lachen, Männeratem, erregtes Kindergebrabbel der drei Helden und plötzlich eine Hand auf meiner Hose und Philipps jubilierender Ruf: Jungs, er hat einen Steifen! Er hat einen Steifen! Er hat ein Rohr! Er ist einer von uns! Und noch mehr Lachen und Schulterklopfen: Willkommen im Club! Ich wußte, er gehört zu uns! Und einer: Es gibt nichts Heißeres! Seine Augen leuchten! Und einer: Und ich sage immer noch, unser Spiel hat was Pädagogisches für die Kleinen! Und Hagen hat ein Rohr, eine Latte! Es regt ihn auf! Und mir ist einer abgegangen, direkt in die Hose. Eberhard, du leihst mir Klamotten. Und der Blick! Habt ihr den Blick von der Zweiten gesehn. Hinüber. Hi-nü-ber! Perfektes Timing, übrigens, meine Anerkennung. Das ist ABS, mein Lieber, deswegen bevorzug ich auch meinen Wagen, die Präzision ist größer. Und Präzision ist die halbe Miete. Und die Blicke sind die andere Hälfte. Und ich sage immer noch, ich bin überzeugt, die lernen was draus für ihr Leben.

Ich verlor das Bewußtsein, aber man bemerkte es gar nicht. Der Morgen dämmerte. Der Regen hatte aufgehört. Wir fuhren, die Seitenscheiben geöffnet. Aus der nahen Schule drang das Läuten der Glocken, die den Unterrichtsbeginn ankündigten. Die weckten mich auf. Wir

stiegen vor unserem Büro aus, die anderen beiden verab-
schiedeten sich lachend, winkend, Freunde.

Ich stand auf dem Gehweg. Eilige Passanten stießen
mich an.

Wohin? Wohin? Der Tag begann.

Gegen Mittag verließ ich, noch wie betäubt, das Büro.
Ich ging blind zwischen den verchromten, dann den kalk-
weißen, dann den backsteinroten Fassaden entlang, bis
ich in der Eimsbüttler Straße von weitem eine weißgekleidete Frau auf dem Fahrrad sah. Der Schock lähmte mich
fast, und da sie um eine Ecke verschwunden war, begann
ich zu laufen. Sie hatte langes Haar gehabt und ein weißes
Band darin, honigfarbenes Haar, sie war barfuß radge-
fahren, dessen war ich fast sicher, ich keuchte, kam um
die Ecke, aber sah niemanden mehr. Ich war überzeugt,
daß SIE es gewesen war, und das Herz schlug mir bis zum
Hals. Ein Zeichen. Am Abend lag ich in meinem Bett,
ohne einschlafen zu können. Alles kehrte sich gegen mich,
jedes Lob verwandelte sich in Hohn, jede Bewunderung
in Verachtung; eine formlose, ziellose Frenesie ließ den
Schweiß aus meinen Poren treten, ich wälzte mich auf
dem Laken herum und versuchte, Fragen zu stellen, aber
mir fielen keine Fragen ein. So hätte Rosencrantz also
recht gehabt mit seiner leichtfertig skizzierten Einschät-
zung meines Wesens und meiner Fähigkeiten. So wäre
also der Zielbahnhof meiner Lebensspirale der Erfolg eines Geschäftsmannes. So wäre ich ein Triumphator des
Mediokren. So wäre das Feld, auf dem ich ein Held war,
die Mittelmäßigkeit, und in mir und durch mich triumphierte die Mediokrität. Ich war zum ersten Male anerkannt, und niemals hatte ich mich für weniger erachtet als
in diesem Augenblick. WAS um Himmels willen willst du?
fragte ich mich tausendmal, und tausendmal rauschte die
hilflos-sture Antwort in mir hoch: Nicht das.

Endsieg

Etwas änderte sich. Ich schlief nicht mehr nachts. Ich zitterte. Ich war unruhig. Was war? Ich hatte Angst. Ich spürte den Zugwind der Zeit. Sie war hinter mir her. Sie würde mich bestrafen. Aber wofür? Ich dachte ans Sterben. Nein, es war eine Angst, jetzt zu sterben, sofort, zu früh. Wenn ich jetzt stürbe, was bliebe dann? Nichts. Nichts bliebe. Ich dürfte nicht sterben, noch nicht. Aber ich spürte, daß man hinter mir her war, auf mich lauerte. Während ganzer Tage im Büro war ich unfähig zu arbeiten, weil die Angst mich lähmte. Warum hatte ich plötzlich Angst. Ging es mir nicht gerade heute so gut, daß ein runder Abschluß möglich war. Nein! schrie ich, nein! schrie ich in mich hinein, und ich begann, vorsichtig zu werden, vorsichtig im Straßenverkehr; ich ging zum Arzt und ließ mich untersuchen, ich dachte daran, mich in einem hermetischen Sauerstoffzelt einschließen zu lassen, um mich zu bewahren. Aber da war ein Risiko, dem ich nicht entgehen konnte. Und das waren unsere Flugreisen. Das war die Falle, in die ich gezwungen war zu treten. Mindestens einmal alle zwei Wochen war ich gezwungen, ein Flugzeug zu besteigen. Ich konnte dem nicht entkommen, ich konnte nichts sagen. Was waren die großen Schecks noch wert, wenn ich dafür sterben mußte? Ich versuchte, mich zu beruhigen, übte Atemtechniken nachts im Bett. Nichts half. Je öfter ich zu Geschäftsreisen ein Flugzeug besteigen mußte, desto größer wurde meine Angst. Früher war ich nie geflogen, aber der Gedanke ans Fliegen hatte mir keine Probleme bereitet. Nun war es anders. Eine Woche vor dem Abflugdatum konnte ich nicht mehr schlafen. Ich litt Höllenqualen im Flugzeug und den Wartehallen, und tagsüber war ich unfähig, klar zu denken, aus Angst vorm Rückflug. Ich wußte, daß ich sterben würde, ich sah es vor mir, ich sah den Absturz, ich spürte den Fall und den Aufschlag. Aber woher kam die Angst? In diesen Morgenmaschinen sitzen ja ausnahmslos Geschäftsleute, und meine Vision war gar nicht so sehr der unvermeidliche Absturz selbst als vielmehr die Meldung, die am Abend in den Nachrichten zu hören sein würde: 117 Tote, alles Geschäftsleute. Man würde mich im Tode für einen der ihren halten, einen Kaufmann, Messebesucher, Prokuristen, man würde reagieren wie ich selbst in vergleichbaren Fällen: Schlimm, aber nun gut, letztendlich hat es nur banale Existenzen getroffen, und da dem Anschein nach alles, was an meiner Leiche identifizierbar war, Anzug, Krawatte, Aktentasche, dafürsprach, würde nie jemand wissen, daß für mich das alles nichts als Verkleidung war, mit der ich selbst nichts zu tun hatte. 116 Geschäftsleute UND Hagen Seelhorst, da sähe die Sache schon anders aus, das hätte mich beruhigt. Aber wer war ich in den Augen der Welt, mich von jenen zu unterscheiden?

Solange ich an die Zukunft geglaubt hätte, solange ich in der Gegenwart nichts, aber alles in der Zukunft gewesen war, hatte ich nie ans Sterben gedacht, sondern war von meiner Unsterblichkeit überzeugt gewesen. Ich konnte nicht sterben, bevor ich das Große, das mir aufgetragen war, nicht verwirklicht hatte. Nun war ich auf das Präsens zusammengeschrumpft, ich hatte nichts

mehr vor, außer Tag für Tag gut zu leben, und das
konnte nicht lange gutgehen. Meine Konzentration ließ
nach, meine Arbeit ließ nach, die Akten türmten sich
vor mir. Aber was waren es denn schließlich für Akten,
und um welchen Unfug von Arbeit handelte es sich,
wenn in der anderen Waagschale Hagen Seelhorst lag,
ich selbst, mein Leben, meine Zukunft, mein Kampf mit
der Welt? Als Rosencrantz mich in sein Büro bat, ahnte
ich nichts.

Hagen, was ist mit dir los? Du läßt nach. Hast du
keine Lust mehr oder was?

Sicher habe ich Lust.

Entweder du nimmst die Arbeit nicht mehr ernst oder
dir fehlt irgendwas.

Mir fehlt gar nichts. Was sollte mir fehlen?

Dann reiß dich mal zusammen.

Wie redest du denn mit mir? Willst du mir plötzlich
den seriösen Prinzipal vorspielen?

Ich spiele gar nichts. Aber ich sehe, daß du nicht deine
Leistung bringst.

Meine Leistung? Träume ich? Ich tue mehr als genug,
wer hat denn diese idiotische Studie erfunden?

Zwei Geniestreiche pro Jahr reichen aber nicht, Hagen. Letzte Woche in Köln und vorgestern in München
warst du wie im Halbschlaf. Hast kein Wort gesagt. So
kriegen wir die Kunden nie.

Rutsch mir den Buckel runter, sagte ich. Es gibt Wichtigeres als die Kunden.

Ich wüßte nicht, was, sagte Rosencrantz.

Ich! sagte ich. Ich bin wichtiger.

Das Wichtigste im Moment ist dies hier, sagte Rosencrantz. Dr. Habermalz, ein 15-Millionen-Budget. Während er hier in Hamburg ist, muß alles für ihn getan werden, alles. Wenn wir uns eines nicht leisten können,

Hagen, dann diesen Mann zu verlieren. Sonst gute Nacht Erfolg, gute Nacht schönes Leben.

Habermalz wohnte mit seiner Frau im Atlantic. Beim Abendessen schwadronierte er völlig ungeniert über die Machenschaften zwischen der Partei, wo er ein hoher Funktionär war, und dem Konzern, dem er in einem Beraterposten diente. Wichtig waren ihm die kleinen Geschenke. Er wurde als »Hoffnungsträger« gehandelt. Er berichtete von einer Reise nach Jerusalem auf Landtagskosten, von seinen erhebenden Gefühlen, alle Schuld abgezahlt zu haben und ohne Komplexe zur Geburtsstelle der Christenheit pilgern zu können: Da fiel's mir wie Schuppen von den Augen, wurde wie ein Stein von meiner Brust gewälzt, das wir wieder groß denken können, groß sehen. Wir brauchen uns ja weiß Gott nicht mehr zu verstecken. Die Israelis ganz anerkennend, was uns betrifft, mit denen kann man Tacheles reden. Die verstehen, was Business heißt. Daß wir mit gebeugtem Hals antanzen müßten, kann man auch nur den Leuten erzählen, die nicht rauskommen aus dem Land. Dabei kaute er sein Filet, daß er durchgebraten haben wollte. Seine Frau schwieg und zeigte ihr Profil. Nach Paolino gingen wir hinüber ins Interconti, denn mein Kunde wollte ins Casino. Es gab einen peinlichen Moment, denn ich trug keine Krawatte. Seine Frau schlug vor, in der Bar im Erdgeschoß mit mir zu warten und bestellte Tequila-Cocktails. Er kam zurück, er hatte 2000 Mark verspielt und gab vor, es sehr ruhig zu nehmen. Dann aber handelte er mit dem Barmann und ließ sich eine Rechnung ausstellen.

Ich fuhr sie zurück zum Hotel, aber Habermalz blieb im Auto sitzen und sagte zu seiner Frau: Geh du nur schon schlafen. Ich hab noch Geschäftliches zu besprechen mit Herrn Seelhorst.

Ich lächelte ihm resigniert zu: Jetzt wollen Sie noch Business reden, Dr. Habermalz?

Er blinzelte mich aus roten Äuglein an und hauchte mir seinen Bieratem ins Gesicht. Wie man's nimmt, Seelhorst, wie man's nimmt. Ich will eine Frau.

Eine Frau, sagte ich. Und ... ? Ich deutete mit dem Kopf zurück zum Hotel.

Das lassen Sie mal meine Sorge sein.

Ich schlug den VIP-Hostessen-Service vor, dessen Telefonnummer ich für solche Fälle bei mir trug, oder den Satelliten.

Nichts da, etepetete, find ich auch bei mir. Eine ordinäre Nutte will ich.

Er hatte getrunken, war aber nicht besoffen. Was er wolle, sei was Animalisches, eine dreckige, vulgäre Nutte, dumm, geil, unverschämt, ein Loch mit zwei Beinen. Ich traute meinen Ohren nicht. Ich verstünde nichts, von Zeit zu Zeit müsse er einmal das ganze Korsett, den ganzen Anstrich loswerden, sich gehenlassen, einmal keine Rücksicht zeigen, sich frei fühlen, ob ich nie zu Nutten ginge. Ich blieb vage. Er erzähle mir das nur, weil er sich hier nicht auskenne, aber wo, wenn nicht Hamburg, wo, wenn nicht St. Pauli. Ob ich nicht kapiere, daß man zum seelischen und physischen Ausgleich sich mal zeigen müsse, wie man eben sei, ein Mann, ein Tier. Und Sport? Davon wollte er nichts hören. Wichtig sei ein menschliches Gegenüber. Schließlich schlug ich den Autostrich vor. Er war begeistert und befahl, bei der Erstbesten anzuhalten. Sie war mindestens 50, ein trauriger Anblick. Natürlich wollte er, woran ich nicht gedacht hatte, das Auto. Wir verabredeten uns in zwanzig Minuten in einer Kneipe. Nach 20 Minuten hupte es, er wartete draußen bei laufendem Motor, hielt mir die Tür auf und sagte tonlos: Achtung, verschmiern Sie sich die Ho-

sen nicht. Ist 'n bißchen blutig. Ich schrie: Was haben Sie
gemacht? Er winkte ab, beschwichtigte mich, war nüchtern, kühl, Herr der Lage: Machen Sie mal die Nachbarschaft nicht rebellisch. Ich fragte ihn, was er getan habe.
Nichts hab ich gemacht. Bißchen Spaß. Und die Dame
hat ordentlich kassiert. Ziehn Sie keinen Flunsch. Genug
jetzt. Ich will ins Bett. Ich lieferte ihn am Hotel ab, er lächelte mir zu: Gute Nacht. Ich fuhr zurück, ließ den Wagen vor dem Auktionshaus stehen und ging zu Fuß weiter. Ich sah die Nutte am Kai gegen eine Mauer gelehnt.
Sie atmete heftig. Sie deutete auf ihren Schoß: Meine Fo-
sche. Ihr Mund war blutig. Im Laternenschein sah ich
auf dem Asphalt ihr Gebiß liegen und überwand mich, es
aufzuheben. Sie hielt Tempos zwischen ihre Beine. Sie
setzte sich das Gebiß ein. Ich fuhr sie ins Hafenkranken-
haus hinauf. Bei der Nachtaufnahme waren sie ruhig
und präzise. Der Blutverlust war nicht tragisch. Ob sie
Anzeige erstatten wolle. Sie schüttelte den Kopf. Und
ich? Auch nicht. Sie ebenfalls nicht. Die Schwester schüttelte den Kopf. Mit der Rasierklinge an einer Frau rum-
schlitzen. Wahrscheinlich ein Ausländer.

Wer sagt ihnen, daß es ein Ausländer war? brüllte ich.
Sie zuckte die Achseln.

Ich ging die nächtliche Reeperbahn hinauf, um mich
zu beruhigen. Einige Frauen sprachen mich an. Ich
dachte an die Zeit, als ich mit Jan Höhne hiergewesen
war. Heute sprach man mich an, weil ich nach Geld
roch. Ein Bürger, der wollte vielleicht Perverses, aber er
würde auch dafür zahlen und war sauber. Damals hatten
sie uns angesprochen, weil wir jung und schön waren,
göttergleiche Jugend, mit der sie es auch umsonst getrieben hätten. Was war geschehen seither. Ich fühlte mich
alt und verschlissen. Wer glaubte denn noch an mich.
Wer wußte denn noch, wie es um mich bestellt war.

Um alter Zeiten willen trat ich ins Albers-Eck und verlangte ein Bier. Ein Mann, der an der Theke gestanden hatte, drehte sich um, kam auf mich zu und fragte, ob er sich setzen dürfe. Er paßte nicht hierher, war gepflegt und geschmackvoll und teuer gekleidet, und nur die roten Augen erklärten seine Präsenz in diesem Loch. Er sah mich an. Er wollte reden.

Darf ich Sie nach Ihrem Namen fragen? Hagen? Sehen Sie, Hagen, einer meiner größten Fehler ist, daß ich eitel bin.

Warum ist das ein Fehler?

Warum? Gute Frage. Es ist ein Fehler, weil es einen von den andern abstößt. Der wirklich eitle Mensch erträgt nur die eigene Gesellschaft.

Die zureichend sein kann, nein?

Das dachte ich auch, das dachte ich immer. Sehn Sie, Hagen, ich bin, was man einen Erfolgsmenschen nennt. Wenn man luzide ist und die anderen verachtet, kann man nur Erfolg haben.

Ich gratuliere, sagte ich.

Sie sagen das mit der exakten Dosis von Zynismus. Abitur, Studium, MA in Harvard per Stipendium, Doktor mit 26, Stabsabteilungsleiter mit 30, Heirat mit einem sehr schönen, sehr wohlhabenden Mädchen, erstes Kind mit 31, zweites mit 33, mit 35 bin ich Generaldirektor, dann mache ich mich selbständig, dann das dritte Kind, zwei Buben, ein Mädchen, eine glatte Erfolgsstory.

Offenbar zu glatt.

Ja, viel zu glatt. Meine Frau hat mich verlassen und die Scheidung eingereicht.

Sie wird ihre Gründe gehabt haben, sagte ich und sah aus dem Fenster.

Sie sagen das sehr hart, sehr hart. Aber Sie haben recht. Wissen Sie, was das für mich bedeutet, Ihnen zugeben zu können, daß Sie recht haben? Wissen Sie, wieviel seelische Überwindung, wieviel Arbeit dahintersteckt?

Haben Sie's ihr gesagt?

Noch nicht. Wir sehen uns nicht mehr. Sie will nur über den Anwalt mit mir verkehren.

Sie werden darüber hinwegkommen.

Sagen Sie das bitte nicht. Das ist es ja gerade. Ich WILL nicht darüber hinwegkommen.

Sie wollen geschlagen werden? Der ewigen Erfolgs-story müde?

Exakt. Sie analysieren genau. Ich will, daß diese Er-fahrung mich wandelt.

Wollen Sie nicht, daß die Frau zurückkommt?

Ich will, daß sie mich wieder aufnimmt, WEIL ich mich gewandelt habe.

Und was soll sich wandeln?

Alles wirklich Wichtige. Ich kann nicht bitten. Ich kann nicht kommunizieren. Befehlen ja, motivieren ja, korrigieren ja, verständlich machen ja. Aber nicht kom-munizieren.

Welche Augenfarbe hat ihre Frau?

Der Mann lachte: Grau! So kriegen Sie mich nicht. Ich kenn alle ihre Maße. Hab ihr seidene Dessous mitge-bracht von Reisen. Hat immer alles exakt gepaßt. Nein, nein, wenn ich was im Gedächtnis habe, bin ich unfehl-bar. Kenne die Marke ihres Lippenstifts, die Töne, die zu ihren Kleidern passen, ihr Sommer- und Winter-, ihr Morgen- und Abendparfüm, ihre Schuhgröße, ihre Prä-ferenz für Burgunder statt für Bordeaux. Nein, da liegt nicht der Punkt.

Wo liegt er denn?

Ich kann nicht von Schwäche sprechen. Ich bin nicht offen. Ich bin unverletzlich. Das ist schlimm. Ich habe immer für alles eine Lösung. Ich kann nicht mal was dafür, es gibt nun einmal immer Lösungen. Ich habe keinen Freund. In der Tat BRAUCHE ich keinen. Brauchte keinen bislang.

Sie haben gewiß einen Arzt und einen Anwalt, sagte ich.

Sie sind so zynisch, wie ich in Ihrem Alter war. Es stimmt, ich habe einen Arzt und einen Anwalt, aber ich spiele nicht mal Golf mit ihnen. Ich arbeite immer.

Ihre Geschichte ist wenig originell.

Ja, meinen Sie? Vermutlich haben Sie recht. Gewiß sogar. Noch etwas, was ich zu lernen habe. Ich bin kein Sonderfall.

Natürlich sind Sie ein Sonderfall. Jeder ist einer. Es gibt 100 Millionen Sonderfälle. Was ich sagen will, ist: Sie verdienen keine gesonderte Beachtung.

Der Mann pfiff durch die Zähne: Man könnte meinen, Sie sprächen im Auftrag von Elke. Elke ist meine Frau. Aber es ist gut so. Geben Sie mir noch ein paar mit auf den Weg. Ich fahre hinunter nach Italien. Ich habe ein Haus dort. Da will ich nachdenken. Vielleicht alles hinschmeißen. Wissen Sie, ich könnte was ganz anderes tun. Überleben werd ich immer. Ich könnte, was weiß ich, malen. Früher hab ich gern gemalt.

Gewiß, sagte ich. Malen ist eine Lösung.

Ich muß ganz einfach WERTE umstellen. Wissen Sie, etwas, das ich erst jetzt und nur langsam zu begreifen beginne: Es gibt eine Müdigkeit der Macht, des Erfolgs. Es ist uns nicht in die Wiege gelegt, immer nur gewinnen zu wollen. Ich glaube, der Mensch hat einen eingeborenen Drang nach Niederlage. Und in der Niederlage nach Hilfe. Das Ausloten des gesamten Kreises. Je erfolgreicher einer ist, glaube ich, desto tiefer wird sein heimlicher Drang nach rettungslosem Versinken. Und desto brennender sein Wunsch, Barmherzigkeit am eigenen Leibe zu spüren, Barmherzigkeit, über die er zuvor gelacht hat. Nehmen Sie Alexander, nehmen Sie Napoleon. Meine Theorie ist, daß es nicht das Kriegsglück war, das sich gewendet hat, noch die Krankheit als böse Überraschung, ich glaube, sie wollten versinken von einem bestimmten Moment ab. Selbst Hitler. Und das erklärt für mich die Ehe mit Eva Braun. Da unten im Bunker. Schluß, hat er gedacht, Decke übern Kopf ziehen, es gibt nur noch uns zwei, hat er gedacht. Ich hab natürlich nicht dieses Format. Aber manchmal denke ich, daß der Akt meiner Frau, mich zu verlassen, vielleicht nur eine Projektion meiner unterbewußten Sehnsucht nach Niederlage war.

Nichts gegen das Versinken, sagte ich. Aber was ist mit den Millionen, die Sie mitreißen?

Vor einem Jahr noch hätte ich Ihnen geantwortet: Wo gehobelt wird, da fallen Späne. Heute sage ich: SCHULD. Schuldbeladen. Wer uns richtet? Ich weiß es nicht. Aber, gerichtet werden wir.

Ich hoffe, Sie glauben nicht, sagte ich, daß Ihre derzeitige Melancholie schon die Sühne ist.

Ist sie nicht? Der Mann lachte. Toc, ertappt. Nein, ich glaube es nicht im Ernst. Er schneuzte sich die Nase, dann sah ich, daß er weinte.

Ich stand auf und ließ mir am Tresen eine Plastikschüssel, die für den Abwasch diente, voll warmen Wassers füllen und kehrte damit zum Tisch zurück. Ich stellte die Schüssel auf die Erde und kniete mich vor den Mann auf den schmutzigen Boden. Die Betrunkenen beachteten uns nicht weiter.

Was machen Sie da? fragte der Mann erschreckt, als ich vor ihm kniend seine Mokassins abstreifte und ihm die Strümpfe auszog.

Was zum Teufel machen Sie da? sagte er, aber er wehrte sich nicht.

Ich blickte auf. Nichts weiter. Ich versuche, Sie ein wenig zu entspannen.

Er sah mich mit einem irren, hilflosen Blick an, aber ließ doch alles mit sich geschehen, wie ein Kind, und ich hob seine Füße in die Schüssel und begann sie zu waschen.

Er kicherte und nannte mich verrückt und weinte und ließ sich die Füße waschen. Danach trug ich die Schüssel zurück und setzte mich wieder zu ihm. Wenn es noch mehr gibt, was ich für Sie tun kann, sagte ich und sah ihm in die Augen.

Warum haben Sie das getan? stotterte er. Ich zuckte die Achseln. Was meinen Sie mit »wenn es noch mehr gibt?« Ich sagte nichts.

Sind Sie ein . . .? Nein, das kann nicht sein. Oder doch?

Hören Sie. Wenn ich noch etwas für Sie tun kann, so oder so, Ihnen zu Diensten sein, Sie anhören. Bedienen Sie sich. Ich meine es ernst.

Er lachte auf: Ich kann mir vorstellen, daß Sie Besseres zu tun haben.

Nein, ich habe nichts Besseres zu tun.

Sie würden sich schnell langweilen.

Ich sagte nichts.

Sie wollen Geld?

Ich lächelte ihn an und schüttelte den Kopf.

Sind Sie homosexuell?

Herrgott, nein. Das heißt, wenn Sie einen Knaben wollen, ists mir auch recht. Ich glaube, daß Sie unglücklich sind, und ich will Ihnen helfen, das Päckchen zu tragen.

Ich brauche kein Mitleid!

Ich bemitleide Sie auch nicht. Ich rede nur mit ihnen. Wie Menschen miteinander reden.

Er blickte sich um und stand auf. Ich danke Ihnen, daß Sie sich mit mir unterhalten haben. Aber was Sie mir da anbieten, das bietet kein normaler Mensch einem andern an. Ich weiß nicht, was ich Ihnen sagen soll. Sie haben mich etwas verwirrt . . . Darf ich Ihnen wenigstens Ihr Bier bezahlen?

Ich machte eine Geste. Sie sind sicher, daß Sie nicht wünschen, daß ich Ihnen helfe, Ihre Gewichte loszuwerden. Sehen Sie, es gibt so etwas wie Übertragung. Sie kennen doch sicher das Prinzip des Sündenbocks. Nun, ich bin völlig leer, ich habe viel Platz. Überlegen Sie sich's ruhig.

Aber er nickte mir zu und flüchtete aus der schmutzigen Kneipe. Ich sah ihn durchs Fenster draußen vorbeihasten hinter meinem Spiegelbild.

Eine Woche danach ließ ich einen gewaltigen Kontrakt platzen, weil ich nicht am Flughafen erschien. Ich war aufgestanden und ins Auto gestiegen, aber dann fuhr ich einfach in eine andere Richtung. Ich öffnete das Wagenfenster und stellte das Radio an und fuhr durch die Gegend. Das Entlassungsschreiben kam, in einem eingeschriebenen Brief, drei Tage später.

Meine Eltern luden mich zum Essen, und nach Tisch bat mein Vater mich, mit ihm spazierenzugehen, er müsse mit mir sprechen.

Du weißt, daß wir sehr stolz auf dich sind, deine Mutter und ich, sagte er.

Und warum?

Na bitte, schau dich doch an. Du hast es in Null komma nichts zu etwas gebracht. Du verdienst mehr als dein Vater.

Und deswegen seid ihr stolz auf mich?

Vor allem, mein Lieber, beruhigt es uns. Und vielleicht, zwinkerte er, kommt ja nun auch bald der Rest.

Welcher Rest?

Nun, du könntest daran denken, mich zum Großvater zu machen.

Also bist du zufrieden mit mir.

Mein Vater strahlte mich an.

Also das war das Ziel, der Sinn des Ganzen, daß ich 120 000 Mark pro Jahr verdiene?

Von welchem Ziel redest du? Aber ich kenne weiß Gott Sinnloseres als 120 000 Mark.

Papa, 120 000 Mark oder 20 000 darum kann es doch nicht gehen.

Ich sehe, du hast dich schon dran gewöhnt. So kann nur einer reden, der's hat.

Bitte höre einmal zwei Minuten auf, von Geld zu sprechen, und sage mir: Das alles, unsere Familie, die Geschichten, die du mir erzählt hast, nein warte: In deinen kühnsten Träumen, was hofftest du da, daß aus mir werde?

Mein Vater lachte: Ich bin zufrieden mit dir, so wie du bist.

Ich winkte ab. Ich rede von deinen Träumen. Als ich klein war, was wolltest du mich einmal werden sehen?

Mein Vater zuckte die Achseln. Ich hatte an einen Juristen gedacht oder was weiß ich, irgendein Akademiker. Aber glaube mir, ich mache dir deswegen keinen Vorwurf. Ein Jurist verdient auch nicht mehr als du und muß vermutlich mehr schaffen.

Nun hör doch bitte auf, von Geld zu sprechen, wenn ich von Träumen rede, sagte ich etwas lauter als zuvor. Du wolltest nicht, du hofftest nicht, daß ich, was weiß ich, berühmt werde, ein großer Musiker zum Beispiel.

Ein Musiker? Aber dafür braucht man Genie. Und man muß üben.

Und warum hast du mich dann nicht gezwungen zu

üben? Oder meinetwegen ein Feldherr. Oder ein Missionar? Albert Schweitzer. Oder Gandhi?

Mein Vater sah mich mißtrauisch an.

Wozu habt ihr mir denn dann bitte schön den verfluchten Seelhorst-Kanon eingeimpft, wir sind wir und wir sind dies und das. Für nichts?

Für nichts? Damit ein anständiger Mensch aus dir wird.

Das ist alles?

Das ist schon eine ganze Menge. Was willst du denn mehr?

Jesus will ich sein, zum Beispiel! Habt ihr nicht gehofft, habt ihr nicht erwartet, daß ich wie Jesus werde.

Mein Gott, Sohn, wer wollte denn so etwas verlangen? Und Jesus . . . mir ist's offengestanden lieber, daß du bist, wie du bist.

Und was bin ich? Ein stinknormaler Geldverdiener!

Du bist nicht stinknormal, aber du bist auch nicht der einzige Mensch auf Erden!

Doch! donnerte ich. Ich bin der Einzige! Ich will nicht weniger sein, und ihr wolltet nicht, daß ich weniger bin!

Mein Vater schüttelte verwirrt den Kopf. Ich wollte über ganz anderes mit dir sprechen . . .

So, und worüber?

Ja siehst du, mein Projekt mit dem Gut. Unser Familienprojekt. Er sah mich an. Es besteht eine Möglichkeit des Ankaufs. Das habe ich offiziell.

Aber man verlangt Sicherheiten . . .

Ich wurde blaß.

Sicherheiten. Das ist ja schließlich auch ganz natürlich. Ein gewisses Kapital. Nun kann ich bis zu einem bestimmten Punkt Hypotheken auf unser Haus aufnehmen, aber es bleibt da noch ein Zwischenraum.

Ich starrte meinen Vater an.

Ja, ein Zwischenraum. Nun habe ich folgendes gedacht. Da du ja mehr als ordentlich verdienst und im Laufe der Zeit nicht weniger verdienen wirst, im Gegenteil, hoffe ich . . .

Ja, hast du denn gedacht, ich will diesen Schwachsinn mein Leben lang machen, brüllte ich.

Nun schrie auch mein Vater: Was willst du denn sonst tun? Dich arbeitslos melden, warten, daß das Geld vom Himmel fällt. Ich dachte, du hättest nun langsam begriffen, wie die Welt funktioniert.

Ich scheiße darauf, wie die Welt funktioniert!

Mein Vater atmete tief durch und sagte dann: Nun, jedenfalls, worum ich dich bitten möchte, ist folgendes. Einen Immobilienkredit von 200 000 Mark aufzunehmen und dich damit an unserem Projekt zu beteiligen. 200 000 Mark kannst du in zehn, fünfzehn Jahren bequem abstottern, mit dem, was du verdienst. Und dann –

Und dann was?

Und dann dachte ich, daß wir, deine Mutter und ich, in gewisser Hinsicht ein Recht auf deine Hilfe haben . . .

Plötzlich war ich sehr ruhig. Nun hör mir gut zu, sagte ich. Nie und nimmer werde ich einen Kredit oder irgend etwas anderes aufnehmen, was mich für zehn Jahre meines Lebens sinnlos festnagelt. Und nun hör noch besser zu: Diese Arbeit ist mir vollkommen egal. Ich habe anderes vor im Leben. Ich will die Welt verändern, der Welt meinen Stempel aufdrücken, ich will, daß sie mich im Gedächtnis behält und in gutem Gedächtnis, und du, du solltest das besser verstehen als jeder andere. Und darauf solltest du stolz sein, daß ich mich nicht begnüge, daß ich alles will, daß ich dieses ganze Leben beherrschen und unsterblich werden will.

Ja, wer glaubst du denn, um Himmels willen, bist du? fragte mein Vater mit zitternder Stimme.

Was wichtig ist, antwortete ich, ist, daß du daran glaubst.

Die Stimme meines Vaters war müde, als er jetzt sagte: Wir werden ein andermal über den Kredit sprechen. Ich sehe, daß du im Moment keinem vernünftigen Wort zugänglich bist.

Aber nun war es zu spät. Da wird es kein andermal geben, sagte ich triumphierend. Kein andermal und kein Geld. Ich bin nämlich entlassen!

Mein Vater verdrehte die Augen und sackte zu Boden. Ich zog ihn hoch und schleppte ihn zu einer Bank, auf die er kraftlos fiel. Die Augen in seinem grauen Gesicht waren leer, und er atmete schwer.

Ich nickte ihm zu. Wir waren nicht weit von zu Hause weg. Wenn er sich erholt hatte, würde er in fünf Minuten dort sein. Ich ließ ihn sitzen und ging meiner Wege.

Aber ich ertrug die Stille meiner Wohnung nicht lange und floh abends hinaus in die Kneipen. War man guter Stimmung, waren die Kneipen ein Spaß, jetzt aber war die Musik zu laut und die Stille zwischen dem Lärm zu still, das Parfüm der Frauen verursachte mir Kopfschmerzen, und überall waren Spiegel. Spiegel, die mir mein Bild vorhielten, Porträt, Halbporträt, Profil, die grüne Haut, die irren Augen. Existierte alles nicht, bevor ich verschwand nach Italien. Manchmal schien es mir, erst mein verändertes Wiederkommen habe all das entstehen lassen. All diese blasierte gelangweilte rücksichtslose Schlacht um ein Recht auf Individualität und Größe und Sieg: Alles unter meinen eigenen Flügeln gewachsen und nur ein Spiegel meiner selbst. Alles müßte mit einem Wimpernschlag vergehen. Die Macht haben, alles auszulöschen.

Gegen Mitternacht traf ich im Subito auf Anke. Ich war leicht angetrunken und ihrer überschwenglichen Be-

grüßung nicht gewachsen. Sie schlug vor, nach Travemünde zu fahren. Natürlich, sagte ich, fahren wir nach
Travemünde.

Wir traten ins Maritim, lachend, ausgelassen. Plötzlich ging sie zur Rezeption, verlangte ein Doppelzimmer
und sah mich an.

Wozu brauchst du ein Doppelzimmer, Anke?

Sie sah mich an.

Mein Mund war trocken.

Sie sagte: Ein Doppelzimmer bitte für die Nacht und
sah mich an.

Mit Bad oder Dusche?

Dusche, immer noch mich ansehend.

Einzelbetten oder Doppelbett?

Doppelbett, der Blick an mir auf- und abgleitend.

Mit Frühstück?

Sie zog die Brauen hoch, fragend.

Mit Frühstück, sagte ich.

Sie haben kein Gepäck? Zimmer 714, bitte.

Im Zimmer war sie mit einer Bewegung aus ihren
Jeans. Nackt, goldbraune Haut, ein Knabenkörper, ich
riß mir die Kleidung vom Leib, sie sprang mir in die
Arme, rutschte an mir runter, ließ sich aufspießen, ich
stützte sie gegen die gepolsterte Wand ab.

Hagen, sagte sie, Hagen, Hagen.

Ich schloß die Augen. Anna, sagte ich.

Sie lachte: Du verwechselst mich.

Ich schüttelte keuchend den Kopf. Nein, du bist Anna.

Affirmativ, ich bin NICHT Anna, sagte sie lachend. Ihr
Atem kam stoßweise.

Ich kniff die Augen zusammen und stieß sie gegen die
Wand: Du bist Anna, du bist Anna, ist das klar, sag: Ich
bin Anna, los sag's.

Ich – bin – Anna . . . stöhnte sie.

Ja, sag's noch mal, sag's noch mal, flüsterte ich mit geschlossenen Augen, ich spürte und roch sie . . .

Ich – bin – Anna . . . deine Anna. Los, fick mich, fick deine Anna, ja Anna, es kommt ihr, ich bin Anna, ja Hagen, ich bin Anna.

Meine Augen blieben geschlossen. Anna, rief ich, Anna.

Sie roch nach teurer Bodylotion und Schweiß. Dann Explosion.

Hinterher bei der Zigarette fragte sie: Was war das denn mit Anna?

Ich legte den Finger auf die Lippen.

Sie sagte: Weißt du, darauf habe ich seit zehn Monaten gewartet.

Ich auch, antwortete ich, an anderes denkend.

Sie schnarchte. Ich dachte daran, daß ich sie würde rauswerfen müssen. Die Situation war nicht haltbar. Dann fiel mir ein, daß ich entlassen war.

Als ich zurückkam, hörte ich das Telefon schon im Hausflur. Es hörte nicht auf zu klingeln. Ich trat in die Wohnung, legte ab und nahm den Hörer. Eine fremde Stimme sagte mir, mein Vater sei tot.

Er hatte einen Herzschlag erlitten vor Aufregung. Der Arzt sagte mir achselzuckend, das könne selbst gesunden Männern passieren. Streß, Übergewicht, ich wollte nichts hören. Die ersten zwei Tage war meine Mutter unter Valium. Danach hielt sie erstaunlich gut durch. Die Frankfurter Verwandtschaft kam, allen voran Onkel Wilhelm. Dann das Begräbnis, die anstürmende Leere, die Attacke der Stille, die Sturmangriffe der Vergangenheitsbilder, das rotierende Zeitgefühl, die Blitze von Schuld, die Sinnlosigkeitsanfälle, das hohle Geräusch all der Worte, die ich hörte, ihre erstaunlich kurze Verfallszeit; Worte halten nämlich nicht lange vor; ich vergaß alles, was gesagt wurde, auf der Stelle wieder.

Vieles Praktische blieb, wie immer in diesen Fällen, zu regeln. Das Komplizierteste war der Verkauf des Hauses und der Erwerb einer kleinen Eigentumswohnung für meine Mutter. Ich hatte sie gefragt, ob sie zurück in den Frankfurter Raum wolle, verstand aber, daß sie das undeutlich als Niederlage, als gebrochenes Heimkehren ins Kindliche empfunden hätte, ein Kleinbeigeben, das ihren Stolz zerbrechen würde. Und das war in einer Situation, wo alles andere zerbrochen war, gewiß nicht nötig. Ich fand ihr eine Wohnung außerhalb Hamburgs, und sie hielt sich besser, als ich befürchtet hatte. Was die sterblichen Reste meines Vaters betraf, so entschied ich, da kein Testament vorlag, auf Einäscherung und Überführung der Urne auf einen Frankfurter Friedhof. Es gab keinen Widerspruch, und ich hätte auch keinen geduldet. Vor den Vätern sterben die Söhne, dieser Satz hatte mir stets Angst gemacht. Nun war es nicht dazu gekommen, und bei aller Trauer spürte ich einen Bodensatz von Erleichterung, daß eine natürliche Ordnung solcherart immerhin respektiert blieb.

Der Scheiterhaufen

Es ist genug. Ein Mensch sagt: Es ist genug. Er will nicht mehr weiter. Er bricht die Brücken, kappt die Taue, schifft sich ein auf die Insel der Abgeschiedenheit. Dort, ein letztes Mal Luft holend, wird er sich vorbereiten auf die Konfrontation mit dem Unausweichlichen, mit dem konsequent Herannahenden. Treffen am Kreuzweg, auf die Wegweiser gestützt, müde, nicht mehr bereit zu kämpfen.

Die Zeit, die ich noch vor mir hatte, war überschaubar.

Ich dachte an Carlo und seinen Hunger, seinen Appetit auf Gott, der ihm Magenknurren verursachte. Wer aber so hungrig nach dem Absoluten ist, dessen Magen verweigert sich weltlicher Speise. Die Konsequenzen sind klar und müssen ins Auge gefaßt werden.

An dem Punkt, wo ich mich befand, blieben keine zwei Wege mehr, blieb keine Alternative. Die Kreuzwege dieser Erde war ich abgeschnitten. Wollte ich wissen, endlich wissen, wollte ich Verwandlung, blieb nur der Sprung. Ein Ausbruch, ein Eindringen, eine Grenzüberschreitung, eine Änderung meines Aggregatzustandes, Metamorphose. Ich war bereit: fühlte nicht Trauer noch Schmerz, nur mehr Leere. Was für ein Gesicht blickte mir da entgegen? Was stand dort geschrieben? Müdigkeit, Schmerz oder Eitelkeit und ein heimlicher dümmlicher Trotz, der glaubte, es besser zu wissen, oder gar nichts? Von anderen Planeten aus betrachtet, müssen wir Menschen ein komisches Bild abgeben: eine Unzahl heftig an glühenden Stengeln saugender Männlein, die in kleinen Blechkästchen ohne Sinn und Zweck kreuz und quer über den Planeten rasen und einen infernalischen Lärm machen.

Aber wie lernt man zu sterben? Einige setzten auf Gewöhnung. Sich so oft wie möglich so nah wie möglich am Tode bewegen, seinen Geruch einatmen. Dem Krieg oder der Krankheit zuvorkommen, die uns überraschen, uns passiv, unbewußt und ohne Grazie sterben lassen. Daher das gefährliche, das kühne Leben: Verletzungen ertragen, das sind aktive Cousinen des Todes. Seine Verwandtschaft einladen und mit ihr das Tanzbein schwingen. Aber die Qual ist, daß man sich dem Punkt Unendlich doch immer nur annähert, ihn nie erreicht, nie WEISS. Man kann sich an alles erinnern, nur nicht an seinen Tod. Welch ein Ordnungsproblem. Wird man es ansehnlich bestehen? Wird man fähig sein? Aber was heißt das: Das Sterben ist so ungefähr das einzige, wozu jeder Mensch fähig ist. Ein Grund mehr für mich, nicht zu sterben. Oder nicht wie alle.

Das war leicht gesagt. Aber ich vermochte mich nicht mehr zu einer Verteidigung meines Lebens aufzuschwingen, die Argumente fehlten. Sterben wollte ich nicht, weil ich mich schuldig fühlte und bestraft gehörte: Schuld ist überhaupt eher ein physiologisches als ein metaphysisches Problem. Wer Zähne hat, wird schuldig, indem er sie benutzt. Henker und Opfer sind gleich viel wert. Keine Erregung bitte.

Was erwartete die Welt noch von mir außer einem würdigen Abgang? Viel hatte sie erwartet, alles, und dies war das einzige, was noch zu beweisen blieb, die letzte Hürde, die zu nehmen war. Und wenn ich ihr in und mit meinem Leben nicht hatte beweisen können, was es mit Hagen Seelhorst auf sich hatte, dann konnte ich es vielleicht durch die Art und Weise meines Sterbens. Die letzte Flamme des Glaubens an meine Besonderheit verlangte nach Futter. Aber das Sterben ist ja ebenso banal wie das Leben. Wie sollte ich wenigstens durch meinen Tod die verstockten, vertrockneten Herzen erschüttern, wie durch mein Ende mit den Planeten kegeln und dem leidigen Universum einen anderen Dreh geben?

Müde war ich, aber zu dieser letzten Anstrengung auf der Zielgeraden mich aufzuraffen, war ich mir schuldig. Eines Tages schloß ich Freundschaft mit dem Feuer, als ich alles verbrannte, was ich besaß, Kleidung, Bücher, Papiere, und indem die Flammen hochloderten, fühlte ich mich leichter und leichter. Fort mit allem, Reinigung, Ballast verlieren, Ballast verlieren, noch war ich zu schwer zum Sterben. Ich starrte in die Flammen, bis mir die Augen tränten, anders konnte ich nicht weinen. Wie weit entfernt von Franz von Assisi, dessen Erblindung die Ärzte dem Übermaß des Geweint-Habens zuschrieben. Blind sein, nicht mehr gesehen werden, Flammentod. Ich starrte in das Feuer und sah mich in ihm, eingeschlossen von Flammenwänden, die näherzüngelten; die Panik, wenn das angstirre Leben von innen gegen den Kehlkopf hämmert und dann das Gefühl halsbrecherischer traumsicherer Freiheit, als schritte ich durch ein Flammentor. Hagen Seelhorst hat sich verbrannt! Aber warum? Warum nur? War er verrückt? War er krank? Oder beides? Hat er sich befreit? Wer war dieser Hagen eigentlich? Was ist er suchen gegangen?

Was mag er gefunden haben?

Hatte ich da von Verbrennung gesprochen? Feuer,

freundliches Element. Hagen auf dem Scheiterhaufen. Hagen Seelhorst auf dem Haufen seiner Scheiterungen. So faßte ich meinen Entschluß, Zeit und Ort meines Todes legte ich fest und machte mich daran, alle darüber zu informieren.

Ich wollte kein Spektakel aus meinem Sterben machen, aber doch eine Demonstration. Der geeignete Ort war schnell gefunden: Alle Welt führte ihn im Munde, spöttisch, begeistert, erwartungsvoll, haßerfüllt. Es war das Los Angeles der Olympischen Spiele. An einem Ort, wo Eintagshelden den Marktgesetzen hinterherrannten, würde ich einen flammenden Schlußpunkt setzen unter ein Leben, das den Markt verachtet und für welches er keine Verwendung hatte. Dort wo eigengezüchtete mutierte Körper im Glauben, die Unsterblichkeit zu gewinnen, höchst sterblichen Zwecken dienten, würde ich einmal das Gegenteil tun: mich entziehen, mich auslöschen, nicht mehr funktionieren und den wahren und einzigen Test der Unsterblichkeit wagen. Warum war ich nicht schon viel früher auf diesen Gedanken gekommen: endlich würde ich WISSEN. Die Verbrennung der Materie setzt Energie frei, und solcherart würde ich endlich gewinnen, wonach ich mich ein Lebtag gesehnt hatte: die Befreiung aus dem lahmen, steifen Gefäß meines Körpers. Meine Verstreuung in alle Winde, Allgegenwart. In einem Flammensturm würde ich entfliehen, eine aufgerissene Hochofentür und hinaus, in einer Explosion, die all die Atome, die angewidert die immer gleichen Bahnen gezogen hatten, versprengte, und jedes trüge ein Gran Hagen Seelhorst mit sich, und gleich einer Regenwolke würde ich in Millionen Tröpfchen über die Erde hinziehen und mich abregnen. Vielheit, Allgegenwart, Omnipräsenz.

Ich wollte ihnen davon berichten, allen. Allen, die ich

gekannt, allen Freunden, Feinden, Erinnerungen, jedem einzelnen war ein kurzer Brief zu senden, in dem ich mich erklärte, in dem ich Ort und Zeit meines Todes bekanntgab, und wer weiß, vielleicht kam einer, kamen zwei, drei, zehn, fünfzig, vielleicht kamen sie alle, ein gefülltes Stadion neben dem der Kampfspiele, ein schweigendes Stadion, das den brennenden Scheiterhaufen fixierte, Blicke, ins stille Rund geworfen, auf Menschen, die man nicht kannte, nie gesehen hatte und mit denen man doch via der Fackel dort unten auf eigentümliche Art und Weise verbunden war. Womöglich würde man versuchen, mir das Sterben auszureden, es gab so viele gute Gründe zum Weiterleben, wie Zuschauer gekommen waren. Ich mußte achtgeben, mich nicht von einem Kontingent von vieren oder fünfen irremachen zu lassen, die vor mir auftauchen mochten: Hagen, nimm Vernunft an, und erinnere dich an dies, und mal dir das aus, und denke an jenes, und nimm Vernunft an. Ah, meine Lieben, Vernunft! Das einzige Vernünftige, was ich noch für euch tun kann, ist diese Demonstration. Möge sie euch zum Wendepunkt werden.

Es war befreiend, all die Briefe zu schreiben, da mir an der guten oder schlimmen Meinung der Adressaten über mich nichts mehr gelegen war, mir andererseits jedoch schien, ich könne zum ersten Mal ihnen allen von einem objektiven Standpunkt aus gerecht werden, da ich nichts mehr für mich erhoffte oder erwünschte und mich ganz auf sie konzentrieren konnte, geradeso, als wäre ich schon tot. Die Briefe wurden kürzer oder länger, sie reichten von wenigen dürren Worten über Zeit und Ort meines Ablebens bis zu seitenlangen Oden und Beschwörungen; ich hütete mich aber stets, eine Einladung auszusprechen. Ich wollte niemanden zwingen, meiner Verbrennung beizuwohnen, und vor allem niemandem das

Gefühl geben, ich handle wie ein durchschnittlicher Selbstmörder, der seinen Abschiedsbrief nur aus dem Grunde verfaßt, zurückgehalten zu werden.

Wenn ich morgens nackt im Bad stand und mich im Spiegel sah, meinen Körper betrachtete, tat es mir fast leid um mich. Die Härchen auf meinen Schenkeln und Schienbeinen, so zart, so fein, schön auch, wann hatte ich je die Muße genommen, meinen Körper liebevoll zu betrachten; eine Rose, ähnliches Ding wie ein Körper, schön und vergänglich, genießt man doch auch. Das beängstigende Pulsen unter der Haut meines Handgelenks, meines Halses, meiner Brust, welcher Horror, als Ganzes in die Erde gesenkt und den Würmern zum Fraß überlassen zu werden. Beim Wasserlassen, meinen Schwanz in der Hand, kamen mir fast die Tränen. Schreien! Brüllen! Protestieren! Wie man anderen Menschen Schmerzen zufügen kann! Wie man sie kaputtschlagen und zerfleischen kann! Die Menschheit hatte tausendfach verdient, von diesem Planeten zu verschwinden. Die ziselierte Zartheit unseres entblößten Fleisches, seine absurden Formen und Funktionen, ein Irrsinn, für diesen Plasmaklumpen das Wort Schönheit zu erfinden. Und doch: Wie anders als mit äußerster Behutsamkeit, tastender Ehrfurcht, beschützender Zärtlichkeit müßten eigentlich alle Menschen einander berühren. Statt dessen Gewalt und Verstümmelung. Was war da falsch gelaufen. Und kein besseres Beispiel. Auch die Tiere zerrissen einander, die Pflanzen erstickten einander. So handelten die Mörder natürlich? Dann wenigstens eine Mörderseele haben, die unberührt bleibt. Der Geruch deines Haars, Mensch, deine zarten Fesseln, die Sommersprossen zwischen deinen Schultern unter der zerbrechlichen Säule des Halses, deine gemaserten Lippen, deine undurchdringlichen Augen, deine Fußsohlen, die ohne zu wissen, was sie tun, die Erde streifen, die Mutwilligkeit deiner Konstruktion, schweige. Schweig. Warum bist du so, warum bist du so?

Ich öffnete alle Briefe, die ich bereits geschrieben hatte, noch einmal und beschwor die Empfänger, einander zu lieben, damit anzufangen, sich selbst zu lieben, ich schrieb alles auf, was ich so spät entdeckt hatte.

Eine praktische Frage blieb: Sollte ich auch meiner Mutter schreiben? Wer anders als alle andern war sie? Was willst du Weib? Die hier sind mir Vater und Mutter. Ich schrieb ihr nicht, ich weiß nicht, warum. War das ein Zeichen? Ein anderes Zeichen und ein überdeutliches war meine panische Angst vor dem Flug. Meinem letzten Flug. Jemand, der sterben will, der solche Vorbereitungen zum Sterben trifft wie ich, der entschlossen ist, warum sollte er Angst haben vorm Fliegen, wo doch das Schlimmste, was ihm geschehen kann, zugleich das Beste ist. Das mag sein, und doch war meine Panik die letzte Woche vor dem Abflug darum nicht geringer. Auf dem Weg zum Sterben abgestürzt und gestorben. Das wäre so lächerlich, so peinlich. So idiotisch, daß die Möglichkeit mir realer und realer wurde. Genau das würde zu meiner Existenz passen. Ein Flugzeugabsturz, eine Möwe in der Turbine oder ein abbrechender Flügel. Hinterrücks, sinnlos, unerwartet, nicht gemeistert, nicht erlebt, ein Fallen mit 200 anderen, die mit mir fielen, ein Verbrennen mit 200 anderen, die mit mir verbrannten. Mein Gott, betete ich, laß mich diesen Flug überleben, auf daß ich sterben kann. Aber warum so kompliziert? Sag mir nicht, daß es dich um die 200 anderen stört. Zyniker! Ich verstehe deine Sorge nicht. Möchtest du sterben, ja oder nein? Ja, aber so, wie ich will. Das Sterben ist nicht deine persönliche Angelegenheit. Im Sterben wirst du es merken, wie dir deine Partikularinteressen abhanden kommen, ohne daß dich das übrigens noch weiter stören würde, dann. Trotzdem: Bitte keinen Absturz. Wir werden sehen.

Der Flug verlief ohne das geringste Problem. Angenehm und langweilig.

Auf Tag und Stunde genau wie vorgesehen, kam ich an meinem Sterbeort an. Um 16 Uhr Ortszeit, am Marathontor, hatte ich in meinen Abschiedsbriefen geschrieben, und nun war es 16 Uhr, und ich stand vor dem Stadion, vor dem Marathontor, im Kommen und Gehen der leicht- und buntgekleideten Menge, unter einem verzweifelt leeren blauen Himmel, im Zoom und klicketiklick der Urlauberschnappschüsse, und aus dem Rund des Stadions wehte von Zeit zu Zeit, wie das Rauschen eines Windstoßes über Waldwipfel, der Applaus der Zuschauer. Ich hatte ein wenig Lampenfieber, wartend, ob jemand käme und wer, wartend, plötzlich ein bekanntes Gesicht in der Menge zu entdecken. Was würde ich tun, wenn nur einer kam? Hallo Hagen, was war das denn für ein komischer Brief? Oder schlimmer, wenn ich per Zufall einen traf, dem ich nicht geschrieben hatte. Was machst du denn hier? Sportfan? Ich will mich verbrennen. Das ungläubige Lachen, der Moment der Peinlichkeit. Also war es mir peinlich zu sterben. Oder peinlich, es vor den andern zu tun. Selbstmord vor Zeugen, eine Frage der Prüderie, wie zum Beispiel ich auch nicht bei offenen Türen scheißen konnte. 16 Uhr 15.

Leichtes Fieber. Ich setzte mich in den Schatten. 16 Uhr 30.

Unruhiges Hin und Her. Gedankensplitter durch den Kopf, nicht zu ordnen. 16 Uhr 45.

Um 17 Uhr hatte ich begriffen. So also war das. So war das also. Nun gut. Desto besser. Um so schlimmer. Die Tür zum klaffenden Abgrund aufgerissen, der hinterhältige Stoß ins Kreuz. Zugluft. Kein Schwein. So also war das. Niemand kam. Aha, ich verstehe. Ja, großer Gott, bei Lichte betrachtet war ich ja bereits tot. Einen aus der Menge greifen, ihn am Ärmel festhalten und fragen: Stört es Sie, wenn ich sterbe? Ungeduldiges Achselzucken, als Verneinung zu verstehen. Ja mein Gott, ich war schon tot. Es hätte dessen gar nicht bedurft, daß ich hier herkam. Doch, als Beweis. Einer, der von niemand wahrgenommen wird, kann genausogut tot wie lebendig sein, ist es doch nur seine eigene Meinung, daß er noch lebe, und die kann ein Irrtum sein. Hätte lachen können, würde mir nicht plötzlich ein Knoten im Hals gesteckt haben. So also sah das aus. Ja wenn das so war. Es war ihnen gleich. Der letzte, der sich verzweifelt liebend für den hoffnungslosen Fall interessierte, war ich selbst. Eine Stimme für Hagen. Seine eigene. Aber das reicht nicht mehr. Wenn das so ist, entziehe ich mir auch die Stimme. Opportunist. Recht so. Auf diesen Klepper setzen wir keinen Pfennig mehr. Ich ging wie auf einem Wattemeer. Versank, hob die Knie, kein Boden mehr unter den Füßen.

Praxis jetzt. Wie verbrennt man sich? Holz gab es hier keines. Benzin also. Am anderen Ende des chromglänzenden Parkplatzes eine Tankstelle. Wieviel Benzin braucht es, um einen Menschen zu verbrennen? Amateurhafte Vorbereitung, wieder und noch einmal. Ein Ersatzkanister mußte doch wohl genügen. Ich kaufte einen gelben Ersatzkanister, füllte ihn und zahlte. Instinktiv hatte ich Super gewählt, das teurer war. Auf dem Rückweg fragte ich mich, warum.

Dann war ich wieder am Marathontor. Es ging auf halb sechs. Niemand, den ich kannte, war da. Meine Augen suchten einen Fixpunkt. Ich wußte nicht, wie ich vorgehen sollte. Mein Hemd ausziehen, angezogen bleiben? Stehenbleiben, mich hinsetzen, womöglich etwas vom

Benzin trinken, damit ich von innen heraus verbrannte? Dann erinnerte ich mich, daß man die Flamme einatmen soll. Ein letztes tiefes Luftholen also, ein Seufzen.

Die fiebrige Aufregung immerhin hatte mich verlassen. Ich war recht ruhig, ein wenig schläfrig. Mechanisch schraubte ich den Deckel ab. Dann stand ein Mann vor mir. Ein blau Uniformierter, Polizist oder Ordnungsdienst. Ein Schwarzer mit gestutztem Schnurrbart, die Hände auf dem Rücken verschränkt. Verzeihung Mister, fragte er höflich. Was haben Sie mit dem Benzin vor?

Ich will mich verbrennen, sagte ich mit aller Simplizität der Ehrlichkeit.

Ach so, antwortete der Uniformierte. Das geht hier aber nicht.

Lassen Sie mich, sagte ich. Es wird schnell erledigt sein.

Tut mir leid. Hier ist es zu gefährlich für die Umstehenden.

Aber ich will sterben, sagte ich.

Das ist Ihr gutes Recht, aber dürfte ich Sie bitten, deswegen nicht die öffentliche Sicherheit zu gefährden. Wenn ich Ihnen einen Tip geben darf, dann fahren Sie dort hinüber – Sie sind doch mit dem Wagen da?

Zu Fuß, sagte ich.

Dann müssen Sie ein bißchen marschieren, aber der Nachmittag ist ja schön. Sie gehen in Richtung Schwimmhalle. Nach rund vierhundert Metern kommen Sie auf einen kleinen Platz. Dort ist alles vorbereitet.

Was ist da vorbereitet? fragte ich.

Keine Ahnung, sagte der Polizist. Ich war noch nicht da. Ist nicht mein Planquadrat. Ich hab nur Anweisung, alle Selbstmörder, die ich sehe, dorthin zu schicken.

Ich dankte ihm, schraubte meinen Kanister zu und folgte dem Weg, den er mir gewiesen hatte.

Der kleine Platz war von Absperrungen umgeben, und an seiner Stirnseite war eine Holztribüne aufgebaut, die für vielleicht 200 Menschen Platz bieten mochte, auf der sich jedoch zu dieser Stunde nicht mehr als 50 verloren, meist fette Familien aus dem Mittelwesten mit Baseballkappen. Leere McDonaldboxen wurden vom Wind umhergewirbelt, Coladosen kollerten über den Asphalt. Es gab einen Eingang, durch einen Pfeil gekennzeichnet, auf dem »suicide candidates« geschrieben stand. Ich folgte ihm und fand mich am Ende einer Schlange von 10 Männern wieder, die alle mit einem Benzinkanister in der Hand vor einer Schranke warteten. Plötzlich hörte ich ein Rauschen und sah schwarzen Qualm aufsteigen, dem eine Welle widerlichen Gestanks folgte. Ich drängte mich ein wenig vor und erblickte einen brennenden Körper, die Arme emporgereckt, dann zusammensinkend, zuckend, dann bewegungslos am Boden, hell lodernd. Ein Mann in weißem Kittel trat hinzu, beugte sich über den Brand, nickte, machte eine Handbewegung, und ein Feuerwehrmann richtete seine Spritze auf die Fackel, der Wasserstrahl schoß hervor, und in drei Sekunden waren die Flammen gelöscht; es dampfte noch ein wenig, zwei Neger mit großen grauen Plastiktüten erschienen, behandschuht, wuchteten die Leiche in den Sack, der junge Mann mit einer Videokamera auf der Schulter und seine Begleiterin mit Kopfhörern und einem Mikrophon in der Hand, die die Selbstverbrennung gefilmt und kommentiert hatten, traten zurück, und eine Lautsprecherstimme ertönte: Next please.

Ein Mann im blauen Overall, auf dem geschrieben stand »Joes filling station« kam auf mich zu, den letzten in der Schlange, und deutete auf meinen Kanister:

Wo haben Sie den her?

Gekauft.

Ja, das geht aber nicht.

Wollen Sie die Rechnung sehn?

Nee. Aber Sie kommen hier nur mit einem Kanister von uns rein. Ein Kanister von Joes filling station. Wer hat Sie überhaupt passieren lassen?

Aber ich habe schon einen Kanister.

Nichts da. Ich sponsere diese Geschichte hier, und ich habe nicht soviel Geld bezahlt, damit hier jemand zu sehen ist, der einen anderen Kanister benutzt. Sie kaufen meinen Kanister, oder Sie verschwinden.

Ein Mann im grauen Anzug war hinzugetreten. Entschuldigen Sie, wandte er sich an mich, aber der Herr ist im Recht. Das sind die Spielregeln. Möchten Sie bitte auch dieses Papier hier unterschreiben. Formalitäten. Ich bin Notar. Ohne das geht's nun mal nicht.

Es handelte sich um ein vorgedrucktes Blatt, auf dem ich erklären mußte, die alleinige Verantwortung an meinem Tod zu tragen, von niemandem gezwungen oder getrieben zu sein und erlaube, daß meine Organe medizinischen Zwecken zur Verfügung gestellt wurden. Ich unterschrieb.

Und mein Kanister? sagte der kleine glatzköpfige Mann im Overall. Ich kaufte seinen Kanister, blau und rot mit der Aufschrift Joes filling station, wie ihn auch die anderen in der Schlange vor mir trugen. Er war fast doppelt so teuer wie der Kanister, den ich zuvor erworben und für den ich nun keine Verwendung mehr hatte.

Wollen Sie diesen hier? Ich brauche ihn nicht mehr.

Der Kleine murmelte etwas Unverständliches, griff dann aber den Kanister mit unwirscher Handbewegung.

Die Selbstmordkandidaten wurden zu sechsen auf ihre Eignung geprüft, es war klar, daß nicht jeder zugelassen werden konnte, die Schlange hinter mir hatte sich in fünf Minuten bedenklich verlängert, und wenn eine Verbrennung wie die andere wäre, ohne jeglichen »additional value«, würde das Publikum schnell sein Interesse verlieren.

Ein smarter braungelockter Mann im Blazer, mit imponierendem Brustkorb und Bizeps, fragte uns nach unseren Gründen, uns das Leben zu nehmen. Die Frau mit den Kopfhörern von der lokalen TV-Station war bei ihm und gab ihm zu verstehen, daß die Selektion etwas härter ausfallen müsse, da man ihr eine sinkende Zuschauerquote signalisiert habe und die Werbepreise nicht aufrechtzuerhalten seien, wenn das so weitergehe.

Der erste in unserer Gruppe war ein magerer hochaufgeschossener junger Mann mit tiefen Augenhöhlen und vorstehenden Wangenknochen. Ich habe Aids, sagte er. Ich bin verloren. Ich habe mit mindestens 5000 Männern geschlafen und mit dem letzten noch heute nacht. Ich weiß nicht, wie viele ich angesteckt habe. Ich will fort, bevor ich noch mehr Unheil anrichte.

Der Blazermann blickte die Journalistin fragend an, die nickte ihm zu.

OK, akzeptiert. Der nächste.

Der zweite war ein kleiner rundlicher Herr mit Messerhaarschnitt und dicken Brillengläsern. Seine Gesichtshaut war rosig und bartlos wie die eines Kindes. Er wollte ins Guiness-Buch der Rekorde. Hören Sie zu, krähte er. Meine Wette ist: Ich schaffe es, das gesamte Gedicht Kubla Kahn von Coleridge zu rezitieren, bevor ich hinüber bin.

Einmal die Flamme angezündet? verbesserte sich der Prüfer.

Natürlich.

Ist das ein langes Gedicht? fragte der Prüfer.

Lang genug, antwortete die Journalistin.

Man winkte den Notar herbei. Es ist für das Guiness-

Buch. Der kleine runde Mann erklärte seine Wette und wurde akzeptiert.

Der Nächste war ein Softwareerfinder, der mit seiner Firma pleitegegangen war und der umständlich erklärte, warum er bevorzuge, sich öffentlich zu verbrennen, anstatt in seiner Garage den Motor laufenzulassen. Die Journalistin zog gelangweilt die Mundwinkel nach unten, und er wurde abgewiesen und, da er protestierte, von einem muskulösen Neger fortgeschleppt.

Über der Befragung war das Zischen und Schreien der Verbrennenden der vorigen Gruppe zu hören, der Qualm stieg auf, und der Gestank breitete sich aus, gefolgt von schwachem Applaus.

Dem Nächsten, einem bebrillten Herrn mit schütterem Haar und grauer Haut, Typ Universitätsprofessor, war die Frau weggestorben, aber er erklärte mit unnatürlich leuchtenden Augen, spiritistischen Kontakt zu ihr aufgenommen zu haben, wobei sie ihm eröffnet hatte, wann und wie er zu Tode kommen müsse, um sie wiederzusehen. Twenty minutes from now we shall be reunited, wiederholte er andauernd mit pathetisch orgelnder Stimme. Ist ok, sagte der Prüfer. Großaufnahme auf seine Augen, wies die Journalistin ihren Kameramann an.

Dann kam die Reihe an den letzten vor mir, einen alten Neger, der in bester Laune, Spirituals summend und von einem Bein aufs andere tänzelnd, mich mehrmals aufmunternd angeblickt hatte.

Warum wollen Sie Selbstmord begehen? fragte man ihn abschätzig.

Because I want to see my Lord, Sir! I want to see my Lord, yes Sir! Yes, ladies and gentlemen, I made my way on this our earth, and I am old now and tired, and I want to see my Lord, my sweet Lord. Yes Sir! Tonight I shall sing the praise of the Lord with the angels. Up there. Yes Siree! The praise of our Lord almighty. He has called me to Him. To sit in the choir of the angels and to sing His praise and glory. Yes Sir! The praise und glory of our Lord who giveth and who taketh, hail to our Lord Jezoo Chrise! Hail to our Lord who sent His only begotten son to die on the tree. He sent His only begotten son to hang there and die! I want to see my Lord! I want to see my sweet Lord, yes Siree!

Bringt ihn weg, sagte der Blazermann angewidert. Der Nächste. Warum wollen Sie sterben?

Ich brachte keinen Ton heraus.

Also? fragte der Mann ungeduldig.

Sagen Sie, stammelte ich, warum haben Sie den Herrn da vor mir nicht akzeptiert? Ich finde . . .

Was Sie finden, ist Ihre Sache. Mischen Sie sich bitte nicht in unsere Entscheidungen. Jetzt geht es um Sie. Also?

Ich will sterben, weil . . . ich will sterben . . . ich will einfach sterben.

Na hören Sie! Was soll das denn heißen? Einen guten Grund werden Sie doch haben. Oder ein Thema, irgendeinen Aufhänger. Irgend etwas von Interesse. Also warum?

Ich hab mein Leben versaut, sagte ich.

Der Blazermann lachte bitter: Du lieber Himmel! Da könnten wir uns ja alle anstellen. Los Mann. Haben Sie nun etwas zu bieten oder nicht? Wollen Sie vielleicht versuchen, den Rekord zu brechen? Der steht seit vorgestern auf 46 Sekunden. Wird nicht einfach sein, glauben Sie mir.

Ich zuckte hilflos mit den Achseln.

Drei reichen, flüsterte die Journalistin dem Prüfer zu.

Der legte mir begütigend die Hand auf die Schulter.

Wenn Sie keinen guten Grund haben zu sterben, Mister, dann ist das hier nicht der Ort für Sie. Warum fahren Sie nicht einfach raus in die Wüste und tun's da? Da haben Sie Ihre Ruhe, und keiner fragt Sie was.

Ich bedankte mich und verließ den Platz mit meinem Kanister von Joes filling station in der Hand, während hinter mir unter irrem Kreischen der Aids-Kranke verbrannte und danach in den grauen Müllsack gesteckt wurde.

Am Ausgang hielt mich ein sympathisch wirkender Hispano-Amerikaner an.

Verzeihung Mister. Sind Sie einer von den Abgewiesenen?

Ich nickte.

Haben Sie fünf Minuten Zeit? Darf ich Sie auf einen Kaffee einladen?

Danke.

Wunderbar. Ich heiße Andy Garcia.

Angenehm.

Hier meine Karte.

Ich betrachtete die Karte. Andy Garcia, Managing Director, »Sudden death video production« stand darauf.

Wir tranken unseren Kaffee am Stehtisch eines Schnellimbiß. Ich hatte noch stets meinen Kanister von Joes filling station bei mir.

Sie wollten sich also umbringen?

Ich nickte.

Wollen es immer noch?

Ich seufzte und nickte.

Kummer?

Nichts besonderes.

Verzeihen Sie meine Frage. Ich will Ihnen nicht zu nahe treten. Möchten Sie tatsächlich sterben, oder möchten Sie hauptsächlich, daß man sieht, wie Sie sterben?

Ich sehe den Unterschied nicht ganz.

Verzeihung, ich frage das, weil Sie sich diesen öffentlichen Todesmarkt ausgesucht haben. Sie hätten schließlich auch, was weiß ich, in die Wüste fahren können und sich dort in aller Ruhe verbrennen.

Eure Wüste, sagte ich, muß ein einziges Leichenfeld sein.

Wie bitte? fragte Garcia.

Nichts. Ich habe nur laut gedacht. Ich bin mehr oder minder per Zufall dort reingerutscht.

Ach so. Garcia kratzte sich das Kinn.

Trotzdem, setzte er neu an. Geht es Ihnen darum, tot zu sein, oder ist Ihr Hauptziel, daß die Welt Sie sterben sieht?

Ich bin ohnehin schon tot, mein Lieber, sagte ich. Denn der Welt ist es vollkommen egal, ob ich lebe oder tot bin.

Ich verstehe, sagte Garcia. Eine interessante Situation. Denn wenn Sie jetzt schon, in Ihrem Zustand, tot sind, dann könnten Sie sich das unangenehme Verbrennen ersparen und hätten trotzdem eine Möglichkeit, der Welt sozusagen die Urkunde Ihres Endes zu präsentieren.

Und wie wäre das möglich? fragte ich.

Dank meiner Hilfe, sagte Garcia stolz. Sehen Sie, es gibt viele Leute in Ihrer Lage. Oh, mißverstehen Sie mich nicht. Natürlich sind alle Fälle höchst verschieden und individuell, ich wäre der letzte, Sie mit jemandem zu vergleichen. Was ich sagen will, ist: Es gibt viele Leute, die tot sind, ohne schon gestorben zu sein, und die diese unordentliche Situation ins reine bringen möchten. Sie sind tot, weil sie für die übrige Menschheit gestorben sind, ohne daß die übrige Menschheit allerdings den Beweis schwarz auf weiß besäße. Da die Menschheit Sie bereits für tot erklärt hat, schicken Sie ihr die Sterbeurkunde, mit der alles geregelt wäre.

Und was soll das für eine Sterbeurkunde sein?

Ein Beweis. Ein Film über Ihren Tod, über Ihren Selbstmord. Das ist der Vorteil Amerikas, daß hier alles möglich ist. Ein Film über ihren Selbstmord, der aus der Schweiz käme, den würde man für gefälscht halten. Aber daß die Menschen hier ihren Tod filmen lassen, das nimmt ihnen jeder ab. Und das Beste daran ist, da Sie schon tot sind, wie Sie sagen, kommen Sie sogar um das Sterben herum. Wir filmen es, so echt wie Sie es sich nur wünschen können. Mit dem Film machen Sie, was Sie wollen, außer ihn zu kommerzialisieren natürlich. Schikken ihn an Ihre Frau, zum Beispiel. Das hat sich bewährt und als bestes Streuungsvehikel erwiesen. Nie an Behörden oder das Fernsehen schicken. Die haben dafür keine Verwertung.

Interessant, sagte ich.

Wir nehmen Ihnen alles ab, sagte Garcia. Kostüme, Schminke, Sie brauchen sich um nichts zu kümmern. Sie wählen bloß. Wir bieten momentan fünf Selbstmordarten an: Erschießen, Erdolchen, Sturz von Haus oder Felsen, Selbstverbrennung und Harakiri. Harakiri ist zur Zeit der Renner, wenn ich es auch persönlich für etwas zu pittoresk halte.

Für mich käme nur Selbstverbrennung in Frage, sagte ich.

Wir machen das im Studio oder per Außenaufnahme, wie Sie wollen. Außenaufnahme ist etwas teurer wegen der Fahrtkosten. Um die Pyrotechnik machen Sie sich keine Sorgen, es wird Ihnen bei Ihrer Verbrennung nicht wärmer werden als beim Sonnenbaden. Ich beschäftige die besten Trickspezialisten, die von Lucasfilm und zwei erstklassige Stuntmen.

Und was kostet der Spaß?

Eine Bagatelle: 6000 Dollar, plus, wie ich schon sagte, eventuelle Fahrtkosten. Sie bekommen das ganze auf Kassette Ihrer Wahl und für einen Aufpreis, das unter uns, denn es ist nicht legal, sogar mit einem Notarsstempel, der die Authentizität Ihres Todes verbürgt.

Na ja, sagte ich. Authentizität. Wer es genau wissen will, dem genügen drei Anrufe, um zu erfahren, daß es fingiert ist.

Garcia grinste: Das ist schon richtig. Theoretisch. Aber praktisch sieht es anders aus in Situationen wie der Ihren. Sie sagten doch selbst, für die andern sind Sie gestorben. Und nun glauben Sie plötzlich, irgendwer würde drei Ferngespräche bezahlen wollen und sich mit Behörden herumschlagen, die ihm aus gutem Grund keine Auskunft geben können, nur um noch mehr Beweise zu bekommen als einen erstklassig gefälschten Totenschein. Ich sage Ihnen, Mann, die Quote solcher Hartnäckigkeit liegt bei einem Zehntelprozent. Und dann, frohlockte er, denken Sie nach: Wer solche Hartnäckigkeit zeigt, dem sind Sie nicht egal, der liebt Sie. Und Sie, vergessen Sie das nicht, Sie leben ja noch! Sie können diese Person ja treffen, und vielleicht wird so alles gut.

Nicht dumm, was Sie da sagen.

Der Totenschein kostet noch 3000 Dollar extra. Wenn Sie beides wollen, sagen wir, weil Sie's sind, acht-fünf. Was halten Sie davon?

Ich blickte mich um. Wir standen an Resopaltischen, alle in verschiedenen Farben gespritzt, hinter mir die Theke mit den blubbernden Shakes und Fruchtsäften, vor mir die Vitrine, dahinter die geparkten Autos, die fetten Frauen in Bikinis und weißen hochhackigen Schuhen, die Jogger, der Verkehr von der Straße, der lächerlich blaue Himmel, Palmen, Telegraphenmasten, Hinweistafeln. Amerika. Ich sah Garcia an, der mich aus braunen, langbewimperten Hundeaugen feucht anstierte, konzentriert, beschwörend, der Angler, der spürt, daß der Fisch gebissen hat.

Ich mußte lachen, laut lachen, ich schüttete mich aus vor Lachen, ich wieherte wie ein Pferd in einem Trickfilm, Amerika, Garcia, sudden death, Hagen Seelhorst, ich lachte so laut, daß die Leute zu uns herübersahen, und Garcia begann mitzulachen, erst nervös, dann angesteckt und schlug mir auf die Schenkel.

Ich lachte immer lauter. Hören Sie Garcia, kicherte ich. Ich stehe Todesängste im Flugzeug aus, um nach Amerika zu kommen, und erkenne hier, daß ich schon längst gestorben bin. Und wozu, prustete ich, wozu die neun Stunden Zittern? Und nun muß ich auch wieder zurück! Man hätte mich vorwarnen können, meinen Sie nicht? Mein Gott, man hätte es mir sagen können, daß ich schon längst tot sei, nicht wahr? Wenigstens den Rückflug hätten sie mir ersparen können, nein?

Garcia sah mich seltsam an, denn ich lachte nicht mehr. Die Konvulsionen, die meinen Körper schüttelten, waren jetzt Weinkrämpfe. Garcia versuchte ein Lächeln, ein wenig ängstlich, ich sei übergeschnappt und habe es mir anders überlegt mit dem Film.

Eine neue Lachsalve brach aus mir: Machen Sie nicht so ein Gesicht, Garcia, japste ich. Wir machen Ihren Film. Du lieber Himmel, ich bin frei. Was sind wir frei, wir Toten! Keine Erwartungen mehr, keine Erwartungen, denen man nicht gewachsen ist, und wenn man sie erfüllt, dann ist keiner mehr da, es anzuerkennen. Und ich bemerke es nicht einmal, daß ich längst gestorben bin. Hier Garcia, kümmern Sie sich ruhig um alles, ich habe ohnehin nichts mehr zu entscheiden bei dieser Geschichte. Schlagen Sie ein.

Garcia boxte mir freundschaftlich erleichtert auf die Schulter. 8500, ich bin Ihr Mann.

American Express oder Mastercard?

American Express bitte. Morgen um neun an dieser Adresse. Unterschreiben Sie hier.

Und ich unterschrieb mit meinem vollen Namen: Hagen Seelhorst.